BATTLE ROYALE

KOUSHUN TAKAMI

BATTLE ROYALE

KOUSHUN TAKAMI

Traduzido do japonês por
Jefferson José Teixeira

Publicado segundo acordo com Koushun Takami através da VIZ Media, LLC (EUA).
Primeira edição publicada no Japão em 1999 pela Ota Shuppan.

Título original **Batoru Rowaiaru**

Editora responsável **Camila Saraiva**
Editor assistente **Lucas de Sena Lima**
Diagramação **Diego de Souza Lima e Gisele Baptista de Oliveira**
Tradução **Jefferson José Teixeira**
Preparação **Silvia Massimini Felix**
Revisão **Andressa Bezerra Corrêa e Huendel Viana**
Projeto gráfico original **Laboratório Secreto**
Capa **Marcelo Martinez / Laboratório Secreto**

Texto fixado conforme as regras do Acordo Ortográfico da Língua Portuguesa (Decreto Legislativo nº 54, de 1995).

CIP-BRASIL. CATALOGAÇÃO NA FONTE
SINDICATO NACIONAL DOS EDITORES DE LIVROS, RJ

T142b
Takami, Koushun
Battle Royale / Koushun Takami ; tradução Jefferson José Teixeira. – 1ª ed. – São Paulo : Globo, 2014.
il.

Tradução de: Batoru Rowaiaru
ISBN 978-85-250-5612-2

1. Ficção japonesa. I. Teixeira, Jefferson José. II. Título.

13-07724
CDD: 895.63
CDU: 821.521-3

1ª edição, 2014 - 13ª reimpressão, 2022

Direitos de edição em língua portuguesa para o Brasil adquiridos por Editora Globo S.A.
Rua Marquês de Pombal, 25 — 20230-240 — Rio de Janeiro — RJ
www.globolivros.com.br

Dedico este livro a todas as pessoas que amo.
Embora duvide que elas me agradeçam por isso.

"Estudantes não são tangerinas."
Kinpachi Sakamoto (personagem do livro
San-Nen B-Gumi, Kinpachi Sensei [Nono ano, turma B,
professor Kinpachi], de Mieko Osanai)

"Tramps like us, baby we were born to run."
Bruce Springsteen, "Born to Run"

"Amar é complicado."
Motoharu Sano, "Aisurukototte Muzukashii"
[Amar é complicado]

"[...] durante aquelas últimas semanas todas que passei lá, havia no ar um sentimento perverso singular — uma atmosfera de suspeita, medo, incerteza e ódio velado. [...] Parecia que passávamos o tempo inteiro sussurrando pelos cantos em cafés, nos perguntando se a pessoa na mesa ao lado era um espião da polícia. [...]

Não sei se consigo expressar quanto aquela ação me tocou. Parece algo pequeno, mas não era. Deve-se compreender qual era o sentimento da época — a atmosfera horrível de suspeita e ódio [...]."

George Orwell. *Lutando na Espanha: Homenagem à Catalunha, recordando a guerra civil e outros escritos*. Tradução Ana Helena Souza. São Paulo: Editora Globo, 2006.

Sumário

Introdução
Num mundo à parte, a fanfarronice de um fã de luta livre 15

Prólogo 17

Parte 1
Começa o jogo 19

Parte 2
Lutas intermediárias 127

Parte 3
Lutas finais 435

Parte 4
Grand finale 605

Epílogo
Em Umeda, Osaka 657

LISTA DE CHAMADA DA TURMA B, NONO ANO, ESCOLA DE ENSINO FUNDAMENTAL SHIROIWA DA PROVÍNCIA DE KAGAWA

RAPAZES

1. Yoshio Akamatsu
2. Keita Iijima
3. Tatsumichi Oki
4. Toshinori Oda
5. Shogo Kawada
6. Kazuo Kiriyama
7. Yoshitoki Kuninobu
8. Yoji Kuramoto
9. Hiroshi Kuronaga
10. Ryuhei Sasagawa
11. Hiroki Sugimura
12. Yutaka Seto
13. Yuichiro Takiguchi
14. Sho Tsukioka
15. Shuya Nanahara
16. Kazushi Niida
17. Mitsuru Numai
18. Tadakatsu Hatagami
19. Shinji Mimura
20. Kyoichi Motobuchi
21. Kazuhiko Yamamoto

GAROTAS

1. Mizuho Inada
2. Yukie Utsumi
3. Megumi Eto
4. Sakura Ogawa
5. Izumi Kanai
6. Yukiko Kitano
7. Yumiko Kusaka
8. Kayoko Kotohiki
9. Yuko Sakaki
10. Hirono Shimizu
11. Mitsuko Soma
12. Haruka Tanizawa
13. Takako Chigusa
14. Mayumi Tendo
15. Noriko Nakagawa
16. Yuka Nakagawa
17. Satomi Noda
18. Fumiyo Fujiyoshi
19. Chisato Matsui
20. Kaori Minami
21. Yoshimi Yahagi

Introdução

Num mundo à parte, a fanfarronice de um fã de luta livre

Quê? Battle Royale? Você está me perguntando o que é Battle Royale? Mas nem isso você sabe? Como pode vir assistir a jogos de luta livre profissional sem noção de nada?! Quê? O nome de um golpe? De um campeonato? Claro que não! Battle Royale é um tipo de luta livre profissional. Como? Hoje? Hoje, aqui? Não, não está incluído no programa. Battle Royale acontece em grandes estádios, por ocasião de algum festival. Ah, olha lá, olha lá! É Takako Inoue. Não é uma gata? Opa, desculpa, foi mal. Sim, Battle Royale. Mesmo hoje, faz parte da Liga Japonesa de Luta Livre Profissional. Ou seja, Battle Royale é assim, como eu diria? Bem... em geral as competições de luta livre são disputadas um contra um ou entre duplas. Já no Battle Royale, uns dez, vinte, enfim, uma porrada de lutadores sobe ao ringue, todos juntos. E qualquer um pode atacar o outro: um contra um, um contra dez, tanto faz. Pouco importa o número de participantes; o que levar um *fall*... Quê? Porra, nem de *fall* você saca, cara? É quando o ombro do adversário encosta no chão por três segundos. Um... dois... três... Se no final da contagem o árbitro bater com a mão no chão, é sinal de que o mané foi derrotado. Igualzinho a uma luta normal. Além disso, tem desistência, nocaute... No Battle Royale a decisão é pelo número de *falls*. Como de costume. Ah, Takako, vai, manda ver, garota! Opa, desculpa aí. De qualquer forma, o sujeito que levou o *fall* perde e é obrigado a deixar o ringue. O jogo continua nesse ritmo, com o número de lutadores diminuindo. Por último, é lógico, restam só dois. Um contra o outro, numa decisão difícil. Em algum momento um deles vai dançar. Então, restará apenas um no ringue. Ele vence. É o campeão. Recebe uma taça enorme e também um prêmio em dinheiro pela vitória. Entendeu? Hã? O que acontece com lutadores que são amigos? Bem, de início eles se ajudam mutuamente. Mas, no final, os dois terão que se enfrentar. É a regra. Tive sorte em assistir a lutas de Battle Royale com finais inusitados. Por exemplo, quando Dynamite Kid e Davey Boy Smith se enfrentaram. A dupla Animal Warrior e Hawk Warrior também já ficou para a final. Então um deles, não me lembro qual, resolveu cair fora do ringue para o outro vencer. Demonstraram grande amizade, embora eu tenha me desapontado um pouco. Também é possível obviamente formar dupla com lutadores que costumam ser seus oponentes. Mas quando acha que fez par com um cara para derrotar outro, no final você é que acaba sendo traído por esse amigo da onça. Hum, que Battle Royale eu quero ver agora? Como nos últimos tempos surgiram muitas associações, queria ver um Battle Royale com os melhores de cada uma delas: Keiji Muto, Shinya Hashimoto, Mitsuharu Misawa, Toshiaki Kawada, Nobuhiko Takada, Masakatsu Funaki, Akira Maeda, Great Sasuke, Hayabusa, Kenji Takano. E também Genichiro Tenryu contra Riki Choshu, Tatsumi Fujinami contra Kengo Kimura, que ainda poderiam lutar. Acrescente Yoji Anjo e Super Delfin e é pura diversão. Eles devem lutar na final. No lado feminino, em primeiro lugar vem Takako Inoue. Depois, Aja Kong, Manami Toyota, Kyoko Inoue, Yumiko Hotta, Akira Hokuto, Bull Nakano e, logicamente, Dynamite Kansai, Cutey Suzuki, Hikari Fukuoka, Mayumi Ozaki, Shinobu Kandori, Chigusa Nagayo e... quê? O que você disse? Não conhece nenhum deles? Mas você realmente veio aqui para assistir à luta livre? Ah, não, não, não, Takako, revide. Takako! Vamos. Isso, dá-lhe garota!

Prólogo

COMUNICADO GOVERNAMENTAL INTERNO

Nº 00387461, DE 1997

(CONFIDENCIAL. DIVULGAÇÃO EXTERNA ESTRITAMENTE PROIBIDA)

DE:

OFICIAL ENCARREGADO DE DEFESA DO DEPARTAMENTO DE PLANEJAMENTO ESPECIAL DO GABINETE DO SUPREMO LÍDER E ENCARREGADO DE EXPERIMENTOS MILITARES DAS FORÇAS ESPECIAIS DE DEFESA

PARA:

ENCARREGADO DO EXPERIMENTO MILITAR DO PROGRAMA Nº 68, 12ª SESSÃO DE 1997

ÀS 18H15 DE 20 DE MAIO, DURANTE A INSPEÇÃO PERIÓDICA OCORRIDA NO CENTRO DE PROCESSAMENTO DE OPERAÇÕES DO GOVERNO REPUBLICANO, FORAM CONFIRMADOS INDÍCIOS DE UMA INVASÃO EXTERNA NO SISTEMA OPERACIONAL. APARENTEMENTE, A INVASÃO ACONTECEU NA MANHÃ DE 12 DE MARÇO E UMA INVES-

TIGAÇÃO DETALHADA BUSCA, NO MOMENTO, SINAIS DE PROVÁVEIS ATAQUES POSTERIORES.

DETALHES COMO A IDENTIDADE DO SUSPEITO, OBJETIVOS E INFORMAÇÕES QUE VAZARAM TAMBÉM ESTÃO SENDO APURADOS. PORÉM, EM VIRTUDE DO ALTO NÍVEL DE SOFISTICAÇÃO DO MÉTODO USADO NA INVASÃO, PREVÊ-SE A NECESSIDADE DE TEMPO CONSIDERÁVEL PARA O LEVANTAMENTO DE TODOS OS DADOS.

O OFICIAL ENCARREGADO DE DEFESA DO DEPARTAMENTO DE PLANEJAMENTO ESPECIAL DO GABINETE DO SUPREMO LÍDER E O DEPARTAMENTO ENCARREGADO DE EXPERIMENTOS MILITARES DAS FORÇAS ESPECIAIS DE DEFESA FORAM INFORMADOS QUE NÃO SE PODE DESCARTAR A POSSIBILIDADE DE QUE INFORMAÇÕES RELACIONADAS AO PROGRAMA Nº 68 TENHAM SIDO VIOLADAS E, PORTANTO, CONSIDEROU DE IMEDIATO O ADIAMENTO DA 12ª SESSÃO DO REFERIDO PROGRAMA.

ENTRETANTO, COMO RESULTADO DAS DISCUSSÕES MANTIDAS, EM VIRTUDE DE AS PREPARAÇÕES PARA A 12ª SESSÃO DO PROGRAMA ESTAREM CONCLUÍDAS E POR NÃO HAVER SINAIS ATÉ O MOMENTO DE VAZAMENTO DAS INFORMAÇÕES ACIMA PARA O GRANDE PÚBLICO, CONCLUÍMOS QUE O PROGRAMA DEVE PROSSEGUIR DENTRO DO CRONOGRAMA PREVISTO. POR OUTRO LADO, PRETENDEMOS ANALISAR COM URGÊNCIA A DATA DE EXECUÇÃO A PARTIR DA 13ª SESSÃO E, EM PARTICULAR, A ALTERAÇÃO DE PROJETO DO "GUADALCANAL".

TODAVIA, SOLICITAMOS QUE VOSSA SENHORIA, NA QUALIDADE DE ENCARREGADO DA 12ª SESSÃO DO PROGRAMA, SUPERVISIONE SUA EXECUÇÃO COM A MÁXIMA CAUTELA.

IGUALMENTE, SOLICITAMOS TAMBÉM ADOTAR O DEVIDO CUIDADO EM RELAÇÃO AO INCIDENTE DE INFILTRAÇÃO NO CENTRO DE PROCESSAMENTO, TRATANDO-O COMO INFORMAÇÃO ALTAMENTE SIGILOSA.

parte 1
começa o jogo

0.

Assim que o ônibus entrou na cidade de Takamatsu, capital da província, a paisagem vista pela janela começou a mudar, passando de áreas arborizadas para um ambiente urbano permeado pela claridade dos neons multicoloridos, dos faróis dos carros vindos na direção contrária e das poucas luzes ainda acesas dos prédios de escritórios. Algumas mulheres e homens bem vestidos, possivelmente colegas de trabalho, conversavam na calçada em frente a um restaurante, talvez à espera de um táxi. Jovens de aspecto abatido fumavam sentados no estacionamento bem cuidado de uma loja de conveniência. No cruzamento, um senhor com ar de operário esperava, em sua bicicleta, o semáforo abrir para atravessar. Na noite ainda friorenta para o mês de maio, o homem vestia um casaco puído. Contudo, ele também foi deixado para trás, juntamente com as várias outras impressões, sob o ronco baixo do motor. O relógio digital acima do assento do motorista mudou para 20h57.

Shuya Nanahara (o Estudante nº 15) contemplou por um tempo essa paisagem noturna, olhando para além do rosto de Yoshitoki Kuninobu (o Estudante nº 7), que, sentado ao lado da janela, não cansava de remexer o interior de sua bolsa. Depois, Shuya esticou um pouco a perna direita para o corredor entre as fileiras de assentos. Calçava tênis Keds, comuns antigamente, mas agora difíceis de encontrar. A lona interna rasgara no calcanhar direito e fios se projetavam como se fossem bigodes de um gato. Os tênis do fabricante americano eram produzidos na Colômbia. Atualmente, em 1997, a próspera República da Grande Ásia Oriental não sofria com falta de produtos. Ao contrário, vivia-se em meio à abundância, embora o acesso a artigos importados fosse extremamente difícil. Era de se esperar, por causa da política de semi-isolacionismo adotada pelo país. Além disso, os Estados Unidos eram um país inimigo (o governo os chamava de *imperialistas americanos*, denominação empregada nos livros didáticos).

Shuya estava sentado mais para o fundo do ônibus, de onde podia ver os quarenta e um colegas, os mesmos desde o ano anterior. Eles ainda conversavam animados sob a fraca luz das lâmpadas fluorescentes fixadas nos painéis encardidos do teto. Era natural que conversassem, pois ainda não fazia uma hora que haviam partido de Shiroiwa. Pernoitar dentro do ônibus na primeira noite de uma excursão escolar dava a impressão de que estavam fazendo uma viagem econômica ou uma marcha forçada. Porém, todos se acalmariam um pouco depois que o veículo cruzasse a Grande Ponte de Seto e seguisse pela rodovia Sanyo em direção a seu destino na ilha de Kyushu.

As mais animadas eram as meninas sentadas nos bancos da frente ao redor do professor Hayashida, o responsável pela turma: Yukie Utsumi (a Estudante nº 2), a representante feminina da turma, com tranças que lhe caíam bem; Haruka Tanizawa (a Estudante nº 12), colega de Yukie no time de basquete e mais alta que as outras garotas; Izumi Kanai (a Estudante nº 5), patricinha cujo pai era vereador do distrito; Satomi Noda (a Estudante nº 17), uma aluna exemplar com óculos de armação fina e arredondada que combinavam perfeitamente com seu rosto sereno; e Chisato Matsui (a Estudante nº 19), sempre calada e discreta. Formavam o grupo principal, chamado de *neutro*. Dizem que meninas gostam de formar grupos, mas na turma B do nono ano da Escola de Ensino Fundamental Shiroiwa, por não haver nenhum grupo de garotas que se destacavam, até mesmo chamá-lo de "neutro" soava um pouco estranho. Se houvesse um grupo, seria o das rebeldes ou, com toda a franqueza, o das *delinquentes*, liderado por Mitsuko Soma (a Estudante nº 11). Além dela, completavam o grupo Hirono Shimizu (a Estudante nº 10) e Yoshimi Yahagi (a Estudante nº 21). Da poltrona que estava, Shuya não conseguia ver onde elas tinham se sentado.

Bem à frente, havia assentos mais elevados atrás do motorista e no espaldar baixo se destacavam as cabeças de Kazuhiko Yamamoto (o Estudante nº 21) e Sakura Ogawa (a Estudante nº 4). Eles formavam o casal da turma e, parecendo se divertir com algo, às vezes a cabeça deles balançava ligeiramente. Eram tão cúmplices que qualquer conversa banal os levaria às risadas.

Um pouco à frente de Shuya, podia-se ver despontando para o corredor o uniforme de um estudante gigantesco. Era Yoshio Akamatsu (o Estudante nº 1). Apesar de ser o maior da classe, sua timidez o tornava alvo de insultos que beiravam o bullying. Com o corpanzil envergado para a frente, estava ocupado jogando vídeo game em seu aparelho portátil.

Ao longo do corredor, sentavam-se juntos esportistas como Tatsumichi Oki (o Estudante nº 3, time de handebol), Kazushi Niida (o Estudante nº 16, time de futebol) e Tadakatsu Hatagami (o Estudante nº 18, time de beisebol). O próprio Shuya pertencera à Little League da escola (era conhecido como um interbases genial) e mantinha amizade com Tadakatsu, embora hoje não se falassem muito, em parte porque Shuya abandonara o beisebol, mas também porque ele começara a se entregar de corpo e alma à guitarra elétrica, algo considerado antipatriótico. Shuya se lembrava de como a mãe de Tadakatsu pegava no pé dele por causa disso.

Sim, o rock era proibido neste país (logicamente, havia subterfúgios. A guitarra elétrica de Shuya tinha um adesivo colado pelo governo em que se lia PROIBIDO TOCAR MÚSICA DECADENTE NESTE INSTRUMENTO. A música decadente era o rock).

Pensando bem, meu círculo de amizades mudou bastante, Shuya se deu conta.

Uma risadinha surgiu da poltrona atrás de Yoshio Akamatsu. Shuya viu os cabelos curtos e o lindo brinco bem trabalhado no lóbulo da orelha esquerda que pertencia a um de seus mais recentes amigos, Shinji Mimura (o Estudante nº 19). No oitavo ano, eles se tornaram colegas de turma, mas mesmo antes disso Shuya já ouvira falar que no time de basquete havia um armador genial a quem costumavam chamar de "Terceiro Homem". Naturalmente, Shinji se orgulhava de sua fenomenal aptidão atlética, comparável à do genial ex-interbases Shuya na Little League (contudo, Shinji sem dúvida afirmaria: "Mas eu sou mais eu, cara"). Em parte o entrosamento entre eles deveu-se à sintonia que os dois tiveram no primeiro jogo de basquete, logo depois de passarem para o oitavo ano. Porém, Shinji era muito mais que isso. Com exceção de matemática e inglês, o restante de suas notas estava longe de ser elogiável, mas ele era dotado de um vasto e impressionante conhecimento e de uma visão muito madura para um estudante do ensino fundamental. Era capaz de responder com agilidade a quase todo tipo de questionamento, até mesmo com informações do exterior — em geral, inacessíveis neste país. Tinha sempre o conselho apropriado quando alguém estava numa enrascada. Além disso, era destituído de qualquer traço de arrogância. Poderia dizer, em seu tom brincalhão: "Você sabe que eu sou inteligente, não sabe?", mas como gracejo, sem nenhuma intenção desdenhosa. Ou seja, Shinji Mimura era um sujeito interessante.

Shinji estava sentado do lado de Yutaka Seto (o Estudante nº 12), seu amigo desde o início do ensino fundamental. Yutaka era o mais palhaço da turma. Ele devia ter contado mais alguma de suas piadas, pois Shinji ria.

Hiroki Sugimura (o Estudante nº 11) estava sentado atrás deles. Alto e magro, lia um livro acomodado sem jeito na poltrona estreita. Era calado, praticava artes marciais e, por isso, transmitia uma imagem de força. Não tinha muitos amigos, mas ao conversar com ele se via que era tímido e gente boa. Shuya se dava bem com ele. Será que Hiroki estava lendo a coletânea de poesias chinesas de que tanto gostava? (Livros traduzidos do chinês eram relativamente fáceis de ser obtidos, pois a República Popular da China era considerada "território irmão de nossa nação".)

Num romance americano que Shuya lera, encadernado em brochura (ele o encontrou num sebo e o leu com a ajuda de um dicionário), havia a citação "Amigos surgem em sua vida e dela desaparecem".* As coisas devem se passar realmente dessa forma. Assim como Shuya e Tadakatsu deixaram de ser amigos, também Shinji e Hiroki talvez um dia se afastassem dele. Ou será que não?

Shuya voltou a olhar de relance para Yoshitoki Kuninobu, que continuava a procurar algo dentro da bolsa. Os dois eram amigos de longa data. E provavelmente isso não mudaria. Era assim desde que molhavam seus lençóis durante a noite na Casa de Caridade, instituição católica de nome um tanto pomposo que abrigava órfãos e crianças em "circunstâncias" que as impediam de viver com os pais. O mais correto seria dizer que os dois estavam irremediavelmente unidos pelo infortúnio.

Talvez seja melhor aproveitar para explicar um pouco sobre religião. Neste país, assentado num tipo peculiar de socialismo estatal, cujo ápice é o detentor do poder máximo denominado Supremo Líder ("Vivemos sob um regime fascista bem-sucedido. Em que outra parte do mundo há algo tão malévolo?", Shinji Mimura segredou certa vez, franzindo o rosto), não existe algo a que se possa chamar de religião. O que há é apenas uma crença no sistema do Estado, que não chega a infringir qualquer religião existente. Portanto, as atividades religiosas são livres, desde que moderadas, mas em contrapartida não há nenhuma garantia sobre elas. Assim, apenas os verdadeiros fiéis continuam a praticá-las. O próprio Shuya nunca teve orientação religiosa, mas pelo menos fora graças à religião que pudera crescer normalmente e sem privações. Acreditava que devia ser grato por isso. Havia também orfanatos estatais, cujas instalações e sistema deviam ser péssimos, não passando de centros de treinamento de soldados das Forças Especiais de Defesa.

Shuya virou a cabeça e olhou para trás. No longo assento do fundo estava o bando de delinquentes que incluía Ryuhei Sasagawa (o Estudante nº 10) e Mitsuru Numai (o Estudante nº 17). E, embora Shuya não pudesse ver o rosto, entre os assentos, no lado da janela direita, distinguiu uma cabeça com longos cabelos até as costas, com

* Passagem do romance *O corpo*, de Stephen King: "Amigos surgem em sua vida e dela desaparecem como garçons num restaurante, você nunca notou isso?". (N. T.)

um penteado excêntrico todo puxado para trás desde a testa. A cabeça permanecia imóvel, embora do seu lado esquerdo (na realidade, Ryuhei Sasagawa sentava abrindo um espaço de dois assentos entre eles), os outros estivessem rindo de modo grosseiro por causa de alguma conversa meio indecente. Talvez estivesse dormindo ou quem sabe olhasse atentamente as luzes da cidade, como fizera Shuya até pouco antes.

Para Shuya era um grande mistério que Kazuo Kiriyama (o Estudante nº 6) participasse de algo tão infantil como uma excursão escolar.

Kazuo era um rapaz carismático entre os estudantes delinquentes das redondezas, que incluíam obviamente Ryuhei e Mitsuru. Não era do tipo grandão. Seu porte físico se assemelhava ao de Shuya, mas Kazuo punha abaixo com facilidade estudantes do ensino médio e discutia em pé de igualdade com mafiosos yakuza. Ao que parecia, sua fama se tornara lendária por toda a província. Ele deveria ter as costas quentes pelo fato de seu pai ser o renomado presidente de uma importante empresa local (corriam boatos de que era filho ilegítimo, mas Shuya nunca se interessou em saber). Logicamente, não era apenas isso. Ele era inteligente, seu rosto possuía traços nobres e sua voz, embora não fosse particularmente de tom elevado, transmitia certo autoritarismo. Era um dos melhores estudantes da turma B e suas notas só poderiam ser igualadas às do representante masculino da turma, Kyoichi Motobuchi (o Estudante nº 20), que estudava com afinco e quase não dormia. Nas práticas esportivas, Kazuo demonstrava elegância e excelência praticamente imbatíveis. Na Escola Shiroiwa, os únicos aptos a competir com ele em pé de igualdade seriam os geniais ex-interbases Shuya e o atual armador da equipe de basquete Shinji Mimura. Sob todos os aspectos, Kazuo Kiriyama era perfeito.

Por que então um rapaz tão perfeito se tornara líder do grupo de estudantes delinquentes? Shuya não tinha nada que ver com isso, mas podia sentir que Kazuo transmitia uma sensação de mal-estar quase tátil. Shuya não conseguiria identificar o motivo. Kazuo nunca se comportara mal na escola e jamais maltrataria Yoshio Akamatsu, como Ryuhei Sasagawa costumava fazer. Porém, havia algo muito… sombrio em relação a ele. O que poderia ser? Pelo menos era essa a sensação que ele passava.

Kazuo faltava muito à escola. Era a piada mais cômica deste mundo afirmar que ele "estudava". Em todas as aulas ele apenas permanecia sentado impassível, tão quieto que parecia pensar em algo que não tinha nenhuma ligação com a matéria. *Se o governo não impusesse com tanta veemência o ensino compulsório, ele provavelmente nem apareceria na escola. Bem, não se sabe. Talvez se tornasse assíduo apenas por capricho.* Seja como for, apesar de Shuya imaginar que Kazuo jamais participaria de uma excursão escolar, eis que ele resolvera dar as caras.

— Shuya.

Shuya contemplava o painel de iluminação do teto que refletia uma luz sobre Kazuo quando uma voz agradável o trouxe de volta à realidade. No assento vizinho, do outro lado do corredor, Noriko Nakagawa (a Estudante nº 15) estendeu-lhe um pacote envolto num celofane transparente primoroso. O embrulho, que cabia na palma das mãos dela, brilhava como água sob a luz branca que vinha do teto e se via através dele que estava cheio de pequenos círculos marrom-claros, provavelmente cookies. Uma fita dourada envolvia com firmeza a boca do pacote num laço em formato de gravata-borboleta.

Assim como Yukie Utsumi, Noriko Nakagawa também integrava o grupo neutro de garotas. Tinha olhos dóceis e bem negros, um rosto arredondado feminino e cabelos que se alongavam até os ombros. De estatura pequena, era muito brincalhona. Ou seja, uma garota comum. Uma característica a ser notada era o fato de ser a primeira da classe em redação (Shuya costumava conversar bastante com Noriko sobre isso, pois nos intervalos das aulas ele escrevia letras de canções na margem do caderno, que ela às vezes queria ver). Em geral, Noriko passava a maior parte do tempo com as garotas do grupo de Yukie, mas, por ter chegado atrasada hoje, acabou sentando naquele lugar.

Shuya esticou metade do braço e arqueou as sobrancelhas, curioso. Por algum motivo, Noriko falou um pouco perturbada:

— Meu irmão me encheu a paciência para assar cookies. Sobraram esses. Perdem o sabor depois de um tempo. Você e o senhor Nobu podem comer, se quiserem.

Senhor Nobu era o apelido carinhoso de Yoshitoki Kuninobu. Era apropriado à personalidade de Yoshitoki, pois, apesar dos olhos grandes e afáveis, às vezes ele demonstrava maturidade e sapiência. As garotas não costumavam chamá-lo assim, mas Noriko geralmente se sentia à vontade em chamar os rapazes por seus apelidos. Era parte do charme dela fazê-lo sem que isso os ofendesse ou lhes causasse estranheza. Era uma garota encantadora. Por sua vez, Shuya notara havia tempos que ele mesmo não tinha nenhum apelido carinhoso (na realidade, no início do ensino fundamental, recebera um "codinome" idêntico a uma marca de cigarros, mas ninguém o chamava pelo apelido, ao contrário de Shinji Mimura, que era conhecido por "Terceiro Homem"), e Noriko era a única que se dirigia a ele por seu nome.

Yoshitoki, que ouvia os dois, os interrompeu impaciente.

— Sério? Para nós? Que maravilha! Se foi você quem fez, os cookies devem estar deliciosos.

Yoshitoki surrupiou o pacote da mão estendida de Shuya, desfez rapidamente o laço dourado e pegou um cookie.

— Hum. Que delícia!

Shuya deu um sorrisinho irônico enquanto, entre os dois, ouvia os elogios de Yoshitoki dirigidos a Noriko. Yoshitoki demonstrava com sinceridade o que sentia. Desde que Noriko se sentou perto de Shuya, ele não parava de olhar discretamente para ela, se empertigava todo, não sossegava quieto na cadeira, agindo fora do normal. Há cerca de um mês e meio, durante as férias de primavera, Yoshitoki se confessou a Shuya quando foram pescar na represa formada pelo lago, fonte do suprimento de água da cidade:

"Shuya, estou apaixonado por uma garota."

"Ah! E quem é a felizarda?"

"Nakagawa."

"Da nossa turma?"

"Isso mesmo."

"Qual das duas? A Yuka?"

"Dá um tempo! Ao contrário de você, gordinhas não me atraem."

"Que grosseria! Está insinuando que Kazumi é gorda? Ela é apenas cheinha."

"Desculpe, foi mal. De qualquer forma, estou falando da Noriko."

"Hum. Ela é legal."

"Você também acha? Acha mesmo?"

"Acho, Yoshitoki, acho sim."

Sim, ele é mesmo muito sincero. Porém, Noriko parecia não perceber o que Yoshitoki sentia por ela. Talvez ela fosse um pouco lerda para notar esse tipo de coisa. Ou seria apenas uma característica de sua personalidade?

Shuya pegou um cookie de dentro do pacote que Yoshitoki segurava e o examinou com atenção. Depois, olhando para Noriko, perguntou:

— Você disse que perdem o sabor com o passar do tempo?

— Sim. — Com o olhar estranhamente tenso, Noriko baixou o queixo de leve duas vezes. — Isso mesmo.

— Isso significa que você tem certeza de que eles pelo menos estão gostosos.

Shuya deve ter sido contaminado pelo sarcasmo de Shinji Mimura. Ultimamente ele o usava muito e, às vezes, alguém reclama. Apesar disso, Noriko apenas sorriu:

— Acho que sim.

— Shuya, dá um tempo! — interrompeu de novo Yoshitoki. — Eu já não disse que estão deliciosos? Não é, Noriko?

— Obrigada. Você está sendo gentil — Noriko agradeceu, sorrindo.

Como se tivesse enfiado de repente o dedo numa tomada, Yoshitoki enrijeceu e não disse mais nada. Cabisbaixo, começou a comer ruidosamente o cookie, olhando para os próprios joelhos.

Shuya voltou a sorrir ironicamente antes de morder o cookie. Um sabor e aroma doces se espalharam em sua boca.

— Estão muito bons — elogiou.

Noriko, que até então o observava, agradeceu com voz alegre. Poderia ser apenas impressão sua, mas parecia que o tom de voz dela estava diferente de quando agradeceu a Yoshitoki. Bem... quer dizer, pelo menos ela olhava com atenção e seriedade enquanto Shuya levava o cookie à boca. Seriam esses cookies realmente as sobras dos que ela assou a pedido do irmão? Ou ela os teria feito para oferecer a "alguém" em especial? Não, devia ser somente impressão dele.

Sem nenhuma razão aparente, Shuya pensou em Kazumi. Um ano mais velha que ele, até o ano anterior ela era membro do clube de música.

Nas atividades dos clubes escolares na República da Grande Ásia Oriental, o rock fora banido do repertório dos concertos. Mesmo assim, quando a professora e consultora Miyata se ausentava, os membros do clube costumavam tocar rock para passar o tempo. Esse era o tipo de grupo formado por eles. Kazumi Shintani era a única saxofonista entre as garotas do clube. Mas, quando se tratava de tocar rock no sax, ela era a melhor do grupo. Era relativamente alta (a mesma altura de Shuya, um metro e setenta), estava um pouco acima do peso, porém tinha uma aparência fantástica quando tocava sax alto com os cabelos espalhados pelos ombros e a expressão facial sempre madura e sofisticada. O coração de Shuya palpitava. Ela lhe ensinava acordes difíceis na guitarra — "Também pratiquei um pouco, antes de começar o saxofone", — ela explicava. A partir de então, Shuya se dedicava totalmente a tocar guitarra e, até meados do oitavo ano, já se tornara o melhor do clube. No fundo, ele desejava que Kazumi o ouvisse tocar.

Certo dia, por acaso, quando os dois estavam sozinhos na sala de música depois da aula, Shuya tocou e cantou para ela "Summertime Blues", recebendo elogios. "Isso foi fantástico, Shuya. Muito bonito." Nesse dia, ele comprou pela primeira vez uma latinha de cerveja e ergueu um brinde solitário. Estava deliciosa. Porém, três dias depois, quando se declarou a ela, dizendo "Olhe, eu gosto muito de você", ela foi franca: "Desculpe. Estou saindo com alguém". Ela se formou e entrou numa escola de ensino médio que tinha um departamento de música, juntamente com esse "alguém com quem estava saindo".

Pensando bem, naquelas férias de primavera na represa, depois de confidenciar o que sentia por Noriko, Yoshitoki perguntou a Shuya: "E você, ainda está apaixonado por Kazumi?", ao que ele respondeu: "Sim, talvez a ame por toda a minha vida". Yoshitoki ficou perplexo. "Calma aí. Mesmo sabendo que ela está comprometida?" Lançando a isca prateada bem longe, com a mesma firmeza com que atiraria uma bola para além do alvo, Shuya replicou: "E daí?".

Shuya tirou o pacote de cookies das mãos de Yoshitoki, que permanecia cabisbaixo:

— Você vai comer tudo sozinho? Não vai deixar nada pra Noriko?

— Opa, foi mal!

Shuya devolveu o pacote a Noriko.

— Desculpa aí.

— Tudo bem. Podem comer.

— Podemos? É tudo para nós?

Nesse momento, Shuya olhou para o rapaz que estava sentado ao lado de Noriko. Envolto em seu uniforme escolar, Shogo Kawada (o Estudante nº 5) tinha o corpanzil encostado contra a janela, os braços cruzados e os olhos calmamente fechados. Talvez estivesse dormindo. Seu cabelo era raspado à máquina, praticamente no estilo dos monges, e no rosto, que fazia Shuya lembrar dos mambembes em festivais de rua, espalhava-se a barba por fazer. *Galera, olhem esses pelos na cara! Não é um rosto muito maduro para um estudante de ensino fundamental?*

Bem, havia um motivo para a aparência madura de Shogo. A turma B tinha os mesmos membros desde o oitavo ano, mas Shogo Kawada viera transferido de Kobe em abril. Em razão de um ferimento ou doença (provavelmente ferimento, pois não parecia do tipo que costuma adoecer), ele se ausentara das aulas por todo um semestre e estava repetindo o ano. Em outras palavras, ele seria um veterano se comparado a Shuya e seus colegas. Não que Shogo tivesse lhe contado isso. Shuya ouvira falar.

Para ser sincero, ele não ouvira boas coisas sobre Shogo. Corriam boatos de que na escola anterior ele era um delinquente incorrigível e uma briga teria causado o ferimento que resultou em suas ausências. Como prova disso, o corpo de Shogo era coberto de cicatrizes. Acima da sobrancelha esquerda, estendia-se uma longa marca — supostamente fruto de uma navalhada. Além disso, quando trocavam de roupa, seja nas aulas de educação física ou em outras ocasiões, Shuya admirava-se ao identificar cicatrizes semelhantes espalhadas pelos braços e costas do rapaz (visto pelos olhos de alguém como Shuya, o corpo esplêndido de Shogo se assemelhava ao de um boxeador de nível médio). Sobre o ombro esquerdo, viam-se em paralelo duas cicatrizes arredondadas indefinidas. Pareciam ter sido provocadas por tiros, mas isso seria algo inacreditável.

Sempre que ouviam esses rumores sobre Shogo, invariavelmente alguém sussurrava: "Qualquer dia ele e Kazuo vão acabar se engalfinhando". De fato, logo depois de ser transferido para a escola, Ryuhei Sasagawa, irrequieto e pretensioso, parece ter ido se meter com Shogo. O motivo e o que aconteceu depois também não passam de boatos. Sabe-se somente que Ryuhei voltou pálido e foi choramingar com Kazuo, que, sem demonstrar interesse, não lhe disse absolutamente nada. Por isso, pelo menos até o momento, não ocorreu nenhuma situação que levasse os dois a entrarem num clima hostil. Kazuo não parece se interessar por Shogo. E Shogo tampouco aparenta ter qualquer interesse por Kazuo. Portanto, a turma B permanece em paz. Graças aos céus!

Todos na turma evitavam Shogo, seja pela diferença de idade ou pelos rumores que corriam a respeito dele. Shuya, porém, odiava que as pessoas fossem julgadas apenas por boatos. Alguém disse certa vez que, se for possível constatar com os próprios olhos, não há razão para dar ouvido ao que os outros falam.

Shuya se virou para Noriko e indicou Shogo com o queixo.

— Ele está dormindo?

— Hum... — Noriko virou a cabeça de relance em direção a Shogo. — Bem, achei que não deveria acordá-lo.

— De qualquer forma, ele não parece do tipo que goste de cookies.

Noriko abriu um sorriso e, quando Shuya começava a sorrir, se ouviu uma voz dizendo:

— Não, obrigado.

Shuya olhou outra vez em direção a Shogo.

A reverberação da voz baixa e potente permaneceu no ouvido de

Shuya. Embora não lhe fosse familiar, a voz teria sem dúvida partido de Shogo, sempre de olhos fechados, embora aparentemente acordado. Ao mesmo tempo, Shuya percebeu que raramente ouvira a voz do rapaz, apesar de ele ter sido transferido para a escola havia mais de um mês.

Noriko voltou a olhar de relance para Shogo. Depois, virou-se novamente para Shuya, que encolheu os ombros enquanto enchia a boca com outro cookie.

Depois disso, ele se lembra de ter conversado um pouco mais com Noriko e Yoshitoki, mas…

Eram quase dez horas quando Shuya notou algo estranho.

Havia uma atmosfera diferente no interior do ônibus. Ele ouvia a respiração de Yoshitoki a seu lado, que de repente caíra no sono. O corpo de Shinji Mimura estava inclinado do assento para o lado do corredor. Noriko Nakagawa também tinha cerrado os olhos. Todas as conversas haviam cessado. Aparentemente, todos dormiam. De fato, seria a hora de pessoas saudáveis estarem indo para a cama, mas a tão esperada excursão mal começara. Não era muito cedo para dormir? *Vamos, pessoal, cantem alguma canção! Não tem neste ônibus nenhuma daquelas máquinas de karaokê de mau gosto que eu tanto odeio?*, Shuya pensou.

E o maior problema era que ele mesmo havia sido assaltado pelo sono. Olhou zonzo ao redor. Com dificuldade moveu a cabeça, que lhe parecia pesada. Enrijeceu as costas na cadeira. Sua visão flutuou até encontrar, bem em frente no espaço apertado, o retrovisor no centro do grande para-brisa, envolto pela escuridão. Shuya confirmou nele o minúsculo reflexo da parte superior do corpo do motorista.

O rosto do motorista estava coberto com o que parecia ser uma máscara. Dela descia algo semelhante a uma mangueira. Uma fita estreita passava horizontalmente acima e abaixo do lóbulo da orelha. O que seria aquilo? Salvo pela mangueira se estendendo para baixo, parecia uma máscara de oxigênio daquelas de emergência usadas em aviões.

Seria impossível respirar dentro do ônibus? *Senhores passageiros, em virtude de um problema no motor do ônibus, realizaremos uma parada de emergência. Queiram apertar com firmeza seus cintos de segurança, ponham a máscara de oxigênio e sigam as instruções da tripulação?* Só podia ser piada.

Shuya ouviu a seu lado direito um som parecido com algo sendo arranhado. Com muito custo, ele inclinou a cabeça na direção do som. Sentia o corpo pesado como se estivesse se movimentando dentro de uma gelatina transparente.

Shogo Kawada se levantara e tentava abrir a janela. Porém, por estar enferrujada ou com o trinco quebrado, ela aparentemente não se movia. Então, Shogo socou a janela com o punho esquerdo fechado. *Ele está tentando quebrar o vidro. Por quê?*

Contudo, o vidro da janela não quebrou. A mão de Shogo, que tentava mais uma vez socar a janela, perdeu a força e arriou relaxada. Seu corpo caiu pesado sobre o assento. Shuya pensou ter ouvido a mesma voz baixa de pouco antes exclamar de forma indistinta:

— Filhos da puta.

Shuya também logo caiu no sono.

Naquele mesmo instante, homens em sedãs pretos visitavam a família de cada estudante no distrito de Shiroiwa. Os pais devem ter se assustado quando, altas horas da noite, foram atender aos homens que lhes apresentaram os documentos com o brasão de pêssego, símbolo do governo.

Via de regra, os pais abaixavam a cabeça em silêncio, decerto se lembrando do rosto dos filhos que nunca mais voltariam, mas alguns deles se revoltavam. Estes, ou eram abatidos inconscientes com cassetetes especiais ou, se não tivessem sorte, recebiam as balas de chumbo quentes disparadas de uma submetralhadora. Eles dariam adeus a este mundo um pouco antes de seus adorados filhos.

O ônibus da excursão da turma B do nono ano da Escola de Ensino Fundamental Shiroiwa se afastou da pista por onde trafegavam outros veículos e pegou o retorno para a cidade de Takamatsu. Voltando ao perímetro urbano, depois de rodar por algum tempo pela estrada, o ônibus parou silenciosamente.

O motorista — um homem na casa dos quarenta, grisalho, de aspecto simpático, ainda usando a máscara de oxigênio que lhe deixava marcas na pele cansada — olhou com leve piedade os estudantes da turma B. Porém, tão logo outro homem apareceu sob a janela, o motorista voltou a enrijecer o rosto. Levantou o braço, oferecendo ao homem o excêntrico cumprimento padrão da República da Grande Ásia Oriental. Em seguida, apertou o botão para abrir a porta e manteve o olhar num ponto distante enquanto homens com máscaras e uniformes de batalha subiam no veículo.

Sob a luz do luar, o mar negro se estendia para além do ancoradouro de concreto branco azulado como uma espinha, e sobre ele balançava o navio que transportaria os "jogadores".

[RESTAM 42 ESTUDANTES]

1.

Por alguns instantes, Shuya foi tomado pela falsa impressão de que estava na sala de aula.

Obviamente, aquela não era a sala de aula habitual da turma B do nono ano, mas havia ali um estrado, um quadro-negro de cor desbotada e, à esquerda, num plano mais elevado, um grande aparelho de TV sobre um rack. Havia fileiras de carteiras e assentos de madeira compensada colada em tubos de aço. No canto do tampo da carteira de Shuya alguém entalhara com uma caneta uma mensagem ofensiva ao governo: O SUPREMO LÍDER SE EXCITA VENDO MULHERES UNIFORMIZADAS. Então, ele notou que todos os quarenta e um colegas de classe, que momentos antes — ao menos era do que se lembrava — viajavam juntos no ônibus, estavam em seus respectivos assentos: os rapazes trajando uniformes com gola ao estilo Mao e as garotas em terninhos de marinheiro. Porém, todos estavam adormecidos, cada qual esparramado de um jeito sobre a carteira.

Shuya olhou por toda a sala, a começar pelos assentos ao lado da janela de vidro jateado do lado do corredor (supondo que a disposição da sala fosse realmente idêntica à da escola). Aparentemente, ele era o único acordado. À sua frente, um pouco à esquerda e perto do centro da sala, estava Yoshitoki Kuninobu; ao lado dele, Noriko Nakagawa; e atrás de Yoshitoki estava Shinji Mimura, todos debruçados sobre sua carteira, em sono profundo. Ao lado da janela esquerda, Hiroki Sugimura desabara o corpanzil sobre a carteira (foi quando Shuya percebeu, afinal, que a disposição dos assentos na sala era idêntica à dos estudantes da turma B do nono ano da Escola de Ensino Fundamental Shiroiwa). Também percebeu o motivo da estranheza que sentia: as janelas atrás de Hiroki estavam cobertas por algo semelhante a placas pretas. Seriam de aço? Elas refletiam friamente em sua superfície a luminosidade débil vinda das lâmpadas fluorescentes enfileiradas no teto. Mais à frente, depois das janelas jateadas do lado do corredor, elas estavam imersas em algo escuro, possivelmente também cobertas. Impossível discernir se era de tarde ou noite.

Shuya olhou para o relógio de pulso. Os ponteiros indicavam uma hora. Da manhã? Da tarde? A data era "quinta-feira, 22", o que significava que, a menos que alguém tivesse mexido no relógio desde o estranho ataque de sonolência que o acometera, umas três horas haviam se passado e era madrugada do dia seguinte ou já era a tarde do dia seguinte. *Tudo bem, não importa...*

Shuya olhou para seus colegas de turma.

Havia algo estranho. Claro que toda aquela situação era anormal, mas algo estava diferente.

Shuya descobriu de imediato a razão. Ele notou que Noriko, debruçada sobre a carteira, portava acima da gola do uniforme algo semelhante a um colar metálico prateado bem justo ao redor do pescoço. Yoshitoki Kuninobu tinha um igual, embora não fosse possível vê-lo com clareza por causa da gola ao estilo Mao. Shinji Mimura, Hiroki Sugimura, todos eles, enfim, exibiam esse objeto no pescoço.

Então, num relance, Shuya tocou o pescoço com a mão direita. Sentiu algo duro e gélido. Não havia dúvida de que o mesmo colar envolvia seu pescoço.

Ele procurou puxá-lo levemente, mas estava bem apertado: era impossível que se soltasse. Quando se deu conta disso, sentiu-se sufocado. *Coleiras! Coleiras, merda, como se fôssemos cães!*

Ele mexeu na coleira por algum tempo, até acabar desistindo. Começou a refletir...

O que acontecera com a excursão?

Shuya notou a bolsa esportiva com seus pertences posta no chão, ao lado dos pés. Na noite anterior, ele enfiara nela, à revelia, suas roupas, uma toalha, o caderno recebido da escola para anotações da viagem e um cantil de uísque. Todos também tinham suas respectivas bolsas ao lado dos pés.

De repente, a porta, ao lado do estrado, abriu com um forte ruído. Shuya ergueu a cabeça.

Um homem entrou.

Ele era de estatura relativamente baixa, mas corpulento e de pernas curtas, como um mero apêndice acoplado a seu torso. Vestia calças bege-claras, jaqueta cinza, gravata vermelho-escura e calçava mocassins pretos, todos de aparência desgastada. Um crachá cor de pêssego indicativo de sua relação com o governo pendia da gola da jaqueta. A pele do rosto era bem rosada. O que mais se destacava nele era o corte dos cabelos: eles eram lisos e iam até a altura dos ombros, como os de uma jovem. Shuya se lembrou da foto da capa de uma fita cassete de Joan Baez, numa cópia de granulado grosseiro, que ele comprara no mercado negro.

De sua posição de pé sobre o estrado, o homem observou a classe. Seu olhar se deteve sobre o rosto de Shuya, um pouco mais ao fundo e o único acordado (supondo que tudo aquilo não fosse um sonho).

Os dois se encararam por um longo minuto. Contudo, o homem desviou o olhar — talvez porque os demais estudantes estivessem começando a acordar, e suas respirações um pouco tensas se espalhavam pela sala de aula. Alguns deviam ter o sono pesado, pois se ouviam vozes tentando acordá-los.

Shuya também examinou a sala de aula. Os olhos dos colegas de turma que começavam a despertar pareciam desfocados. Ninguém imaginava o que tinha acontecido. O olhar de Shuya encontrou o de Yoshitoki Kuninobu, que virara o rosto em sua direção. Quando Shuya apontou para sua coleira, inclinando a cabeça, Yoshitoki imediatamente tocou o próprio pescoço e uma expressão de espanto despontou em seu rosto. Ele sacudiu atônito a cabeça para a direita e para a esquerda, e voltou a olhar em direção ao estrado. Da mesma forma, Noriko Nakagawa olhou para Shuya vagamente. O rapaz só pôde encolher os ombros como resposta.

Por fim, quando todos pareciam despertos, o homem se dirigiu a eles com uma voz entusiasmada:

— Então, todos acordados? Dormiram bem?

Ninguém respondeu. Até mesmo Yutaka Seto e Yuka Nakagawa (a Estudante nº 16), que eram os palhaços da classe, permaneceram mudos.

[RESTAM 42 ESTUDANTES]

2.

O homem de cabelos longos de pé sobre o estrado continuou a falar, sorridente:

— Bem, bem, bem. Está na hora de eu dar umas explicações. Em primeiro lugar, sou o novo professor, Kinpatsu Sakamochi.*

O homem que se apresentou como Sakamochi se virou para o quadro-negro e escreveu com giz seu nome em grandes letras verticais: KINPATSU SAKAMOCHI. *Que diabo de nome é esse? Considerando as circunstâncias, seria um pseudônimo?*

De repente, de uma fileira mais à frente, a representante da turma, Yukie Utsumi, levantou-se e disse:

— Não entendo o que está acontecendo.

Todos os olhares se concentraram nela. Com o cabelo comprido formando um par de tranças, Yukie exibia uma expressão tensa, mas seu tom de voz permanecia firme. Apesar de tudo, ela deveria ter criado em sua mente, mesmo que de forma um pouco irracional, a ideia de que todos teriam sofrido um acidente de trânsito ou outro evento que os deixara inconscientes.

* O nome faz referência ao protagonista do livro *San-Nen B-Gumi, Kinpachi Sensei*, de Mieko Osanai, cuja série de TV homônima, estrelada por Tetsuya Takeda no papel do professor Kinpachi Sakamoto, foi exibida pela rede de televisão TBS em oito temporadas ao longo de 32 anos. Na série, o dedicado professor Kinpachi procura ajudar e aconselhar seus alunos, lidando com temas próprios à adolescência, como bullying, gravidez precoce e questões de identidade e gênero, entre outros. (N. T.)

Yukie continuou:

— O que está havendo aqui? Estávamos todos no meio de uma excursão escolar. Certo, pessoal?

Ela se virou e olhou ao redor, provocando o início de um burburinho:

— Que lugar é este?

— Você também dormiu?

— Que horas são, afinal?

— Todos adormeceram?

— Porra, cadê meu relógio?

— Você se lembra de ter descido do ônibus e vindo até aqui?

— Quem diabos é esse tiozinho?

— Não me lembro de nada.

— Isso é terrível. O que está acontecendo? Estou com medo.

Depois de confirmar que Sakamochi os ouvia serenamente, Shuya inspecionou a sala com calma. Vários outros alunos permaneciam em silêncio.

O primeiro estudante que Shuya notou foi Kazuo Kiriyama, sentado na diagonal atrás dele na fileira do meio. Ainda tinha os cabelos impecavelmente penteados para trás, e seus olhos calmos e sem nenhum brilho fitavam o homem no estrado. Kazuo não prestava atenção ao círculo de seguidores que se dirigia a ele: Ryuhei Sasagawa, Mitsuru Numai, Hiroshi Kuronaga (o Estudante nº 9) e Sho Tsukioka (o Estudante nº 14).

E, sentada na segunda fileira do lado da janela, estava Mitsuko Soma. Ela era uma das que pareciam exaustas. Seu assento estava separado do resto de seu "grupo", formado por Hirono Shimizu e Yoshimi Yahagi. Claro, nenhuma das outras garotas, ou dos rapazes, tentaria conversar com ela. (À esquerda de Shuya, Hirono e Yoshimi estavam falando uma com a outra.) Apesar de Mitsuko ter a linda aparência de um ídolo pop, exibia constantemente uma estranha expressão de desinteresse no rosto. De braços cruzados, ela olhava Sakamochi. Hiroki Sugimura estava sentado logo atrás dela, falando com Tadakatsu Hatagami.

Shogo Kawada sentava na penúltima fileira do lado da janela. Ele também olhava Sakamochi em silêncio. Então, pegou um chiclete e começou a mascar, continuando a encarar o professor enquanto sua mandíbula se movia.

Shuya olhou para a frente da classe. Noriko Nakagawa ainda o observava. Seus olhos negros tremulavam nervosamente. Shuya viu Yoshitoki, sentado na frente dela, ocupado em falar com Shinji Mimura. Shuya de imediato olhou de volta para Noriko, comprimiu de leve o queixo e acenou com a cabeça. Isso pareceu exercer um efeito calmante sobre ela. Seu olhar relaxou um pouco.

— Tudo bem, tudo bem. Por favor, fiquem quietos! — Sakamochi bateu palmas várias vezes para chamar a atenção de todos. Os protestos de repente cessaram. — Deixem-me explicar a situação. A razão pela qual vocês estão aqui hoje...

Depois de uma pausa, ele prosseguiu:

— ... é para se matarem uns aos outros.

Agora não houve burburinho. Todos ficaram paralisados, como numa fotografia. Shuya notou, porém, que apenas Shogo continuava a mascar o chiclete. Sua expressão não mudara nem um milímetro sequer. Shuya pensou ter captado de relance um leve sorriso de escárnio no rosto do rapaz.

Sakamochi continuou sorrindo e retornou:

— A classe de vocês foi escolhida para o "Programa" deste ano.

Alguém soltou um gemido.

[RESTAM 42 ESTUDANTES]

3.

Nenhum estudante do ensino fundamental na República da Grande Ásia Oriental ignorava o que era o "Programa". Ele aparecia até mesmo nos livros didáticos a partir do quarto ano. Citaremos aqui um trecho mais detalhado sobre ele que consta da *Enciclopédia compacta*, compilada pelo governo da República da Grande Ásia Oriental:

> **Programa** *subst. m.* 1. Listagem de nome, ordem e outras informações de eventos [...]. 4. Simulação de batalha instituída por razões de segurança e conduzida pelas Forças Especiais de Defesa de nossa nação. Oficialmente conhecido como Experimento Militar do Programa Nº 68. O primeiro Programa foi realizado em 1947. Anualmente, cinquenta alunos do nono ano de escolas de ensino fundamental são selecionados aleatoriamente (antes de 1949, quarenta e sete alunos eram escolhidos) para a execução do Programa e coleta de dados estatísticos. O experimento em si é simples. Os colegas de turma são forçados a lutar entre si até que reste apenas um sobrevivente, e os dados — inclusive o tempo despendido — são analisados. Ao sobrevivente final de cada classe (o vencedor) é assegurada uma pensão vitalícia e um cartão autografado pelo Supremo Líder. Em reação a protestos e agitações causados por uma parcela extremista dos cidadãos no ano inicial do Programa, o 317º Supremo Líder realizou seu memorável "Discurso de Abril".

O "Discurso de Abril", que reproduzimos a seguir, aparece nos livros didáticos do sétimo ano do ensino fundamental:

> Queridos compatriotas empenhados na Revolução e na construção de nossa nação. [*Dois minutos de interrupção no discurso do 317º Supremo*

Líder por causa dos aplausos e ovações.] Compatriotas. [*Um minuto de interrupção.*] Ainda há corjas de imperialistas desavergonhados ameaçando nossa República. Eles exploram e traem os cidadãos de nações que deveriam ser nossas aliadas e, por meio de lavagem cerebral, os transformam em guardiões de seu próprio imperialismo, manipulando-os a seu bel-prazer. [*Gritos de indignação unânimes da audiência.*] E eles tramam com toda a astúcia, se tiverem chance, para invadir o território de nossa República, o mais avançado Estado revolucionário em todo o mundo, buscando destruir nosso povo. [*Gritos irados da audiência.*] Tendo em vista essas circunstâncias que envolvem nossa nação, o experimento do Programa Nº 68 é absolutamente necessário. Sem dúvida, lágrimas de sangue me sobrevêm ao imaginar a vida de milhares ou dezenas de milhares de jovens ceifada ainda aos quinze anos. Porém, se a vida de cada um deles servir para resguardar a independência dos cidadãos de nossa nação com seu arroz abundante, não será possível afirmar que o sangue por eles derramado e sua carne se assimilarão à linda terra de nossa nação transmitida até hoje pelos deuses e nela continuarão a viver por toda a eternidade? [*Aplausos, um turbilhão de ovações. Um minuto de interrupção.*] Como é do conhecimento de todos, nossa nação não possui um sistema de alistamento militar obrigatório. As Forças Especiais de Defesa do Exército, Marinha e Aeronáutica são compostas por jovens voluntários patriotas, com firme determinação pela revolução e construção de nossa nação. Eles se arriscam dia e noite lutando nas linhas de frente. Gostaria que todos considerassem o Programa como o único tipo de sistema de alistamento militar de nosso país. Para proteger nossa nação [...].

Mas chega dessa lenga-lenga maçante. (Em frente das estações de trem era comum encontrar recrutadores de meia-idade das Forças Especiais de Defesa aplicando o convite de sempre: "Que tal termos uma conversa enquanto comemos arroz com carne de porco?".) Shuya soube pela primeira vez do Programa antes mesmo de entrar no ensino fundamental. Foi justamente na época em que ele por fim se acostumara com a Casa de Caridade, onde entrara, graças aos arranjos de um conhecido do pai, depois que seus pais morreram num acidente de trânsito. (Nenhum parente aceitou cuidar dele. Conta-se que seus pais, no passado, se envolveram em atividades antigovernamentais, mas Shuya nunca confirmou esses boatos.) Shuya devia ter por volta de cinco anos. Ele estava vendo televisão na sala de brinquedos com Yoshitoki Kuninobu, que chegara antes dele à Casa de Caridade. Seu desenho animado favorito terminara e a então superintendente da instituição, a senhorita Ryoko Anno (filha de um ex-superintendente, na época provavelmente ainda uma estudante de ensino médio — a propósito, todos os funcionários a tratavam por senhorita), mudou de canal. Shuya apenas continuou a olhar para a tela, sem nenhum interesse especial, mas assim que viu o homem adulto trajando um terno formal e falando de frente para as câmeras, percebeu que se tratava daquele programa maçante chamado *Telejornal*, exibido em todos os canais várias vezes ao dia.

O homem lia um texto manuscrito. Shuya não se lembrava do teor, mas era sempre algo aparentemente idêntico e, se fôssemos reproduzi--lo, seria algo assim:

> Acabamos de receber um comunicado do governo e das Forças Especiais de Defesa nos informando que o Programa na província de Kagawa, realizado três anos depois do anterior, foi encerrado ontem às 15h12. A classe-alvo foi a turma E do nono ano da Escola de Ensino Fundamental Zentsuji nº 4, da cidade de Zentsuji. O local de realização do Programa, até então secreto, foi Shidakajima, uma ilha distante quatro quilômetros do distrito de Tadotsu. Foram necessários três dias, sete horas e quarenta e três minutos para definir o vencedor. Com a coleta dos cadáveres e as autópsias realizadas nessa data, definiram-se as seguintes prováveis *causa mortis* dos trinta e oito estudantes: dezessete mortes por disparos de arma de fogo, nove por esfaqueamento, cinco por instrumentos contundentes, três por asfixia [...].

Apareceu na tela a imagem da aparente "vencedora": uma garota trajando um terninho de marinheiro em farrapos, com dois soldados das Forças Especiais de Defesa, um de cada lado, e o rosto estremecido direcionado à câmera. Uma substância escura e vermelha aderira à sua têmpora direita, sob os cabelos longos e desgrenhados. Estranhamente Shuya podia se lembrar com clareza de como se formava, no canto da boca do rosto contorcido da garota, uma curva semelhante a um sorriso.

Pensando bem agora, aquela deveria ter sido a primeira vez que ele vira uma louca. Contudo, na ocasião, Shuya era incapaz de discernir e sentiu medo, como se contemplasse uma assombração.

Ele provavelmente perguntara: "O que é isso, senhorita Anno?", ao que ela respondera, balançando a cabeça: "Não é nada, não". Ela afastou um pouco o olhar do rosto de Shuya e deixou escapar um "Pobre coitada". Yoshitoki Kuninobu já tinha tirado os olhos da tela e comia uma tangerina.

À medida que Shuya crescia, a mesma notícia informada subitamente, sem um horário específico, acontecia em média uma vez a cada dois anos, o que serviu para, aos poucos, começar a amedrontá-lo. A todos os estudantes do último ano do ensino fundamental, às cinquenta classes — ou seja, no caso de turmas de quarenta estudantes cada, um total de dois mil (ou, para ser mais exato, 1950) —, era dada sem falta uma sentença de morte. E não se tratava simplesmente de serem mortos: os estudantes deviam se matar uns aos outros até que restasse uma única cadeira. Sim, esse era o pior jogo da dança das cadeiras de toda a história.

Todavia, era completamente impossível se opor ao Programa. Não se podia ir contra nenhum ato praticado pelo governo da República da Grande Ásia Oriental.

Então Shuya decidiu adotar uma atitude desafiadora. Era o que a maioria dos estudantes "reservas" do nono ano neste país costumavam ter como método, certo? Tudo bem, nosso singular sistema de alistamento militar? O lindo território do país abundante em arroz? Quantas escolas de ensino fundamental há no país? Mesmo com a redução da taxa de natalidade, as chances de ser escolhido para o Programa eram inferiores a uma em oitocentas. Na província de Kagawa, isso correspondia a no máximo uma classe ser a "selecionada" a cada dois anos. Falando claramente, era uma probabilidade não muito diferente de se morrer num acidente de trânsito. Considerando que Shuya nunca foi do tipo sortudo, supunha que jamais seria escolhido. Não era nada para se vangloriar, mas mesmo nas rifas nas lojas do bairro o máximo que ganhava eram pacotinhos de lenço de papel. Por isso mesmo... *Bem, quem se importa com isso? Então, que se dane!*

Mesmo assim, quando ouvia alguém da turma ou outra pessoa, principalmente garotas, declarar em voz chorosa: "Meu primo está no Programa...", ou algo semelhante, aquele pavor sombrio voltava a lhe invadir o peito. Ao mesmo tempo, ele sentia raiva também. Quer dizer, *quem teria o direito de entristecer uma garota tão encantadora*? Uma raiva desse tipo.

Porém... em questão de dias, a mesma garota, antes completamente abatida, voltaria a exibir uma expressão sorridente. E o medo e a raiva de Shuya aos poucos minguariam e desapareceriam, deixando apenas a sensação de desconfiança e impotência extremamente vaga em relação ao governo.

Era dessa forma.

E quando por fim entrou no nono ano, Shuya acreditou que tanto ele quanto os demais colegas da turma B ficariam bem. Na verdade, só lhe restava pensar dessa forma.

Até agora.

Isso não pode estar acontecendo.

Alguém se levantou, fazendo a cadeira cair. A voz ouvida era tão esganiçada que Shuya olhou para a carteira atrás de Hiroki Sugimura, de onde ela provinha. Era de Kyoichi Motobuchi, o representante da turma. Seu rosto quase ultrapassara a palidez, tornando-se cinza e formando um contraste surrealista com os óculos de armação prateada. Assemelhava-se a uma das obras em silkscreen de Andy Warhol, apresentadas como "a arte decadente dos imperialistas americanos", que ilustravam os livros didáticos de arte.

Alguns colegas de turma talvez esperassem por alguma forma racional de protesto manifestada por Kyoichi naquele momento. *Matar os amigos com os quais você convivia bem até ontem? Isso era algo impossível. Devia haver algum engano. Representante, explique isso direitinho a eles!*

Contudo, Kyoichi falou algo completamente idiota:

— Me... meu pai é secretário do meio ambiente do governo provincial. Não havia razão para a classe em que estou matriculado ser es... escolhida para o Pro... Programa — Kyoichi disse apenas isso com voz trêmula, aparentando ainda mais tensão que o normal.

O homem chamado Sakamochi sorriu com sarcasmo e sacudiu a cabeça. Seus longos cabelos balançaram:

— Vejamos. Você é Kyoichi Motobuchi, certo? — Seu tom de voz era pegajoso. — Você deve saber o que significa igualdade. Ouça bem: todos os seres humanos nascem iguais. O fato de seu pai ser um oficial do governo provincial não confere a ele nenhum tipo de regalia. O mesmo se aplica aos filhos dele. Ouçam todos com atenção: cada um de vocês tem uma história de vida diferente. Alguns provêm de famílias ricas, outros de famílias pobres. Porém, essas são circunstâncias sobre as quais vocês nada podem fazer e não são elas que determinam seu valor como pessoa. Portanto, Kyoichi, não se engane achando que apenas você é de alguma forma especial, porque você não é!

Sendo repreendido tão subitamente, Kyoichi caiu estatelado em sua cadeira. Sakamochi fitou-o por um tempo, mas seu rosto logo voltou a exibir um sorriso.

— Vocês aparecerão nas notícias desta manhã. Como o Programa é um experimento secreto, os detalhes não serão divulgados até o término do jogo. E, bem, vamos ver, a esta hora seus pais já devem ter sido notificados.

Todos ainda estavam estupefatos. Colegas de classe assassinando-se? Não pode ser verdade!

— Como? Vocês ainda não acreditam? — Sakamochi coçou a cabeça com um olhar preocupado. Então se virou para a entrada e chamou calmamente: — Vamos, pessoal. Entrem!

Em resposta ao chamado, a porta corrediça voltou a abrir e três homens entraram fazendo barulho. Todos usavam traje de camuflagem e botas de combate e portavam capacetes de ferro com a insígnia cor de pêssego impressa na parte da frente. Eram soldados das Forças Especiais de Defesa. Tinham rifles de assalto pendurados aos ombros e Shuya podia ver a empunhadura das pistolas automáticas enfiadas no coldre preso a seus cintos. Um dos soldados era de estatura alta e seus cabelos desalinhados aparentavam excessiva falta de cuidado; o outro tinha altura mediana e o rosto belo e pueril; e o último, de jeito afeminado, não conseguia sobressair quando comparado aos outros dois. Envergados, os três carregavam um grande saco preto, de vinil grosso, semelhante a um saco de dormir. Várias partes do saco estavam estufadas como se ele estivesse recheado com abacaxis.

Sakamochi se afastou para perto da janela para que os três homens pusessem o saco sobre o estrado. Ambos os lados do saco se projetavam bastante para fora do estrado, principalmente o lado virado para a janela, talvez por seu conteúdo ser, até certo ponto, macio.

Sakamochi anunciou:

— Permitam-me apresentar a vocês os senhores Tahara, Kondo e Nomura, que nos auxiliarão durante o Programa. Senhores, por favor, mostrem a todos o que há dentro do saco.

Tahara, o desarrumado, passou para o lado do corredor, pôs a mão no zíper com firmeza e abriu horizontalmente o saco. Algo estava encharcado num líquido vermelho...

— Aiiiii!

Antes que o zíper estivesse totalmente aberto, uma das garotas na fileira da frente berrou, acompanhada por várias outras. Vozes exclamaram "Quê???", enquanto carteiras e cadeiras se chocavam umas com as outras ruidosamente e um coral de sopranos preenchia a sala.

Shuya engoliu em seco.

Podia-se ver dentro do saco entreaberto o corpo do professor responsável pela turma B, Masao Hayashida. Melhor dizendo, do ex-professor. Ou, ainda melhor, do falecido professor Hayashida.

Seu fino paletó azul-cinzento estava ensopado em sangue. Restava somente a metade esquerda de seus grandes óculos de armação preta, razão de ser apelidado de "Libélula". Nada mais natural, pois afinal restava apenas essa metade de sua cabeça. Sob a única lente, o globo ocular semelhante a uma bola de gude vermelha fitava sem foco o teto. Em alguns pontos sobre os restos dos cabelos, via-se grudada uma gelatina cinzenta parecida com massa encefálica. O braço esquerdo, portando o relógio de pulso, projetara-se para fora do saco e pendia em frente ao estrado, parecendo aliviado por ter se libertado de um espaço apertado. Os estudantes sentados na frente provavelmente puderam enxergar até mesmo o movimento da agulha dos segundos no relógio.

— Bem, bem, bem, todos quietos agora. Calados, calados. Silêncio! Vocês não sossegam, não? — Sakamochi bateu palmas, mas os gritos estridentes das garotas não paravam.

Subitamente, o soldado de rosto pueril, cujo nome parecia ser Kondo, arrancou a pistola. Shuya imaginou que ele daria um tiro de intimidação direcionado ao teto, mas em vez disso agarrou com uma das mãos o saco contendo Hayashida e o arrastou para fora do estrado. Com a cabeça de Hayashida virada para cima, ergueu-a até a altura do próprio rosto. Parecia um pouco com o protagonista de algum filme de ficção científica em luta contra um inseto gigante.

O soldado disparou dois tiros na cabeça do professor. Pedaços do que restava da cabeça voaram. Sob o impacto das balas rápidas, os fragmentos de cérebro e ossos, juntamente com o sangue, formaram uma névoa, espirrando no rosto e no torso dos estudantes na fileira da frente.

Quando os ecos dos tiros cessaram, quase nada restara da cabeça de Hayashida.

O soldado jogou o corpo do professor do lado do estrado. Nesse momento, os gritos já haviam cessado por completo.

[RESTAM 42 ESTUDANTES]

4.

Praticamente todos os estudantes de pé sentaram-se timidamente. O soldado de jeito afeminado, posicionado na extremidade do estrado, arrastou o saco com o corpo de Hayashida para o canto da sala de aula, e depois se juntou aos outros dois colegas parados ao lado do estrado. Sakamochi voltou à sua posição diante do estrado.

O silêncio voltou a reinar, mas alguém no fundo da sala gemeu e ouviu-se o som úmido de vômito batendo contra o chão. O mau cheiro por fim empesteou o ar.

— Escutem bem. O senhor Hayashida se opôs com firmeza à designação de sua classe ao Programa — Sakamochi explicou calmamente enquanto coçava a cabeça. — Bem, foi tudo muito repentino e creio que também tivemos certa culpa nisso, mas...

A sala permaneceu em silêncio. Todos aceitaram o fato. Aquilo era real, sem dúvida, não se tratava de uma brincadeira. Eles seriam forçados, a partir daquele momento, a se matar uns aos outros.

Porém, Shuya por fim se esforçou de forma desesperada para pôr a cabeça para pensar. Os acontecimentos irreais deixaram sua mente num estado de torpor, mas o horrendo cadáver do professor Hayashida e o papel que ele assumira nesse circo de horrores pareciam tê-lo despertado para a realidade.

Eles precisavam escapar a todo custo. Mas como? Certo... primeiro ele discutiria como agir com Yoshitoki, Shinji e Hiroki. Todavia, como o Programa era conduzido? Os detalhes nunca foram divulgados publicamente. Ouvia-se dizer que os estudantes recebiam armas para matar uns aos outros, mas eles poderiam conversar entre si? Como o governo monitorava o andamento do jogo?

— Ah... Eu... — Os pensamentos de Shuya foram interrompidos por uma voz. Ele ergueu a cabeça e abriu os olhos.

Yoshitoki Kuninobu fez menção de se erguer, e de uma posição quase sentado fitava vagamente Sakamochi, como se julgasse se deveria prosseguir ou não. Era como se as palavras brotassem da sua boca espontaneamente, sem que pudesse controlá-las. O corpo de Shuya ficou tenso. *Yoshitoki, não diga nada de que possa se arrepender!*

— Sim? O que é? Pergunte o que quiser. — Sakamochi abriu um sorriso amigável e Yoshitoki prosseguiu, como uma marionete.

— Eu... sou órfão. Quem vocês contataram?

— Ahã — Sakamochi falou. — Se me lembro bem, havia alguém vivendo numa instituição de caridade. Você deve ser Shuya Nanahara? Sim, de acordo com o relatório da escola, você tem ideias subversivas. Logo...

— Shuya sou eu — Shuya intercedeu, quase gritando.

Sakamochi olhou para ele e depois de volta para Yoshitoki. Ainda com a expressão vaga, Yoshitoki voltou levemente a cabeça em direção a Shuya.

— Ah, desculpem, desculpem! Havia mais um. Então você deve ser Yoshitoki Kuninobu. Bem, eu contatei a superintendente da instituição onde vocês moram. Realmente... ela era muito bonita — Sakamochi disse isso insinuando, com um sorriso, que ele a teria visto. Apesar do rosto claramente alegre, sentia-se algo desagradável nele.

O rosto de Shuya enrijeceu.

— O que houve com a senhorita Anno?

— Bem, Shuya, assim como o senhor Hayashida, ela também reagiu contra a designação de vocês ao Programa. Por isso, para que ela ficasse boazinha, fui forçado a, bem... — Sakamochi continuou calmamente — ... estuprá-la. Ah, mas não se preocupe. Ela não morreu.

Shuya enrubesceu, tomado de raiva, mas, antes mesmo que pudesse dizer alguma coisa ouviu Yoshitoki gritar:

— Eu te mato!

De pé, a expressão no rosto de Yoshitoki se transformara. Ele, sempre simpático com todos e alguém que jamais se poderia esperar que perdesse a linha, não importa o que acontecesse, tinha agora uma expressão que só mostraria nos momentos em que estivesse sentindo ódio de verdade no coração. Provavelmente os colegas de turma nunca a tinham visto e mesmo Shuya, durante o convívio de tantos anos com ele, somente a presenciara duas vezes. Na primeira delas, eles estavam no quarto ano e Eddie, o cão de estimação da Casa de Caridade, fora atropelado por um carro bem em frente ao portão. Yoshitoki correu desesperado atrás do motorista do carro em fuga. A segunda vez acontecera apenas um ano antes, quando um homem usou uma dívida da escola como desculpa para dar cantadas na senhorita Anno. Depois de ser rejeitado por ela, que acabou dando um jeito de pagar a dívida, o homem expressamente a xingou bem na frente deles. Se Shuya não tivesse segurado Yoshitoki, mesmo que o adolescente acabasse também gravemente ferido, o homem teria perdido os dentes da frente. Yoshitoki era de uma gentileza extrema e, mesmo quando ridicularizado ou criticado, geralmente apenas ria, sem fazer caso. Porém, se alguém de quem gostava de verdade fosse machucado, sua reação seria extremada. Shuya admirava muito Yoshitoki por essa postura.

— Vou te matar, seu filho da puta! — Yoshitoki continuou a gritar. — Vou te matar e te jogar num monte de bosta!

— Hum — Sakamochi sorria, parecendo se divertir com a atitude do rapaz. — Você fala sério, Yoshitoki? Saiba que as pessoas devem assumir responsabilidade pelo que dizem.

— Não se faça de besta! Não duvide que vou te matar! Não se esqueça disso!

— Yoshitoki! Pare!

Yoshitoki ignorou os gritos de Shuya.

Sakamochi falou com uma voz estranhamente doce, como se quisesse acalmar Yoshitoki:

— Olhe, Yoshitoki, o que você está dizendo agora representa uma reação contra o governo.

— Vou te matar! — Yoshitoki não parou. — Vou te matar, vou te matar, vou te matar!

Shuya não podia mais se conter, mas, antes que pudesse gritar de novo, Sakamochi balançou a cabeça e fez um gesto quase imperceptível com a mão para os três soldados das Forças Especiais de Defesa, que estavam de guarda ao lado do estrado.

Eles pareciam um grupo vocal, como os "Four Freshmen". Os três homens em uniformes de camuflagem, Tahara, Kondo e Nomura, ergueram cada qual a mão direita, numa pose idêntica. Uma pose imponente, de grande carga emocional. Porém, essas mãos empunhavam armas. O coral estaria cantando algo como "Baby please, baby please, spend this night with me…".

Shuya viu, na diagonal, os olhos arregalados de Yoshitoki se abrirem ainda mais.

As três pistolas automáticas cuspiram fogo, todas a um só tempo. O corpo de Yoshitoki, que tentou fugir para o corredor, tremeu como se dançasse uma salsa.

Tudo aconteceu tão rápido que Noriko Nakagawa, e todos os demais estudantes sentados logo atrás de Yoshitoki, não tiveram tempo de se abaixar.

Enquanto o som dos tiros ainda reverberava, Yoshitoki lentamente se inclinou para a direita e desabou entre sua carteira e a de Izumi Kanai, que emitiu um grito agudo.

O trio permaneceu de pé, cada qual mantendo a mão direita estendida. Do cano das armas de cada um, todas idênticas, se erguia uma fumaça fina. O silêncio voltou a reinar no interior da sala. E Shuya viu, entre os pés da carteira, o rosto familiar do amigo voltado para sua direção. Os olhos permaneciam bem abertos, fixados em algum ponto no chão logo abaixo deles. Uma poça de sangue vívido começou a se expandir devagar. Como num espasmo, o corpo de Yoshitoki começou a tremer do ombro direito jogado para a lateral do corpo até a ponta dos dedos do pé.

Yoshitoki!

Shuya se levantou e fez menção de correr até ele, mas Noriko Nakagawa, sentada logo atrás de Yoshitoki, foi mais rápida.

— Yoshitoki! — ela berrou e se curvou ao lado dele.

Tahara, o desgrenhado, disparou a arma contra Noriko. Como se tivesse sido puxada pelo pé, ela caiu para a frente, sobre Yoshitoki, cujos espasmos não paravam.

Tahara rapidamente apontou a arma para Shuya. Cada vez mais confuso, Shuya pensou em correr em direção a eles, mas seu corpo congelara. Somente seus olhos se moviam. Ele viu o sangue jorrando da panturrilha direita de Noriko, que estava de quatro sobre Yoshitoki.

— Você não deve se levantar da cadeira sem minha permissão — Sakamochi repreendeu Noriko. Então ele voltou o olhar para Shuya, dizendo: — O mesmo se aplica a você, rapazinho. Trate de se sentar!

Shuya afastou o olhar da perna ensanguentada de Noriko e de Yoshitoki ao lado dela, concentrando-o diretamente no rosto de Sakamochi. Sentia contrações nos músculos do pescoço provocadas pelo horror que o acometia.

— Que brincadeira é essa?! — perguntou Shuya. Tahara continuava a mirar bem no meio da testa de Shuya, que permaneceu imóvel e gritou quase chorando: — Que diabos estão fazendo? Precisamos cuidar de Yoshitoki... E de Noriko...

Sakamochi fez uma careta e balançou a cabeça. Então repetiu:

— Acalme-se e sente-se. Você também, Noriko.

Noriko, pálida por ver Yoshitoki deitado sob ela, ergueu os olhos lentamente em direção a Sakamochi. O ferimento do tiro devia lhe causar dores terríveis, mas a raiva que sentia parecia se sobrepor ao sofrimento. Ela erguera as sobrancelhas.

— Por favor... — ela falou pausadamente — ... traga ajuda para Yoshitoki.

O braço direito de Yoshitoki sofria contínuos espasmos. Porém, enquanto eles o observavam, o movimento rapidamente se tornava mais lento. Se não recebesse tratamento urgente, sem dúvida o ferimento seria fatal.

Sakamochi suspirou profundamente e, em seguida, se dirigiu a Tahara:

— Dê um jeito nisso.

Antes mesmo que pudessem entender o significado de suas palavras, Tahara apontou a arma um pouco para baixo e apertou o gatilho. A cabeça de Yoshitoki saltou uma vez e algo espirrou dela, salpicando o rosto de Noriko.

A adolescente estava atônita, boquiaberta e com pontos vermelho-escuros grudados no rosto.

Shuya também estava boquiaberto.

Apesar de lhe faltar parte da cabeça, o olhar de Yoshitoki permanecia fixo num ponto do chão. Contudo, os espasmos cessaram por completo. Ele estava imóvel.

— Vê? — disse Sakamochi. — Ele já estava morto. Logo, vocês dois, voltem para seus assentos.

— Oh... — Noriko deixou escapar ao olhar para baixo e ver a cabeça deformada de Yoshitoki. — ... isso não pode...

Shuya também estava embasbacado. Seus olhos estavam presos ao rosto desfigurado de Yoshitoki, que jazia entre os pés da carteira. Sua capacidade de raciocínio estava paralisada como se fosse a massa encefálica dele que tivesse saltado em frangalhos. Memórias do tempo em que convivera com Yoshitoki não paravam de surgir em sua mente confusa. As pequenas aventuras vividas juntos, acampando ou descendo um rio; jogando um velho jogo de tabuleiro num dia chuvoso; imitando Jake e Elwood, os personagens do filme *Os irmãos Cara de Pau*, que, como eles dois, provinham de um orfanato (era uma versão com péssimos dubladores, comprada no mercado negro); e o rosto de Yoshitoki quando recentemente lhe declarara: "Sabe, Shuya, estou apaixonado por uma garota". E depois...

— Vocês dois não estão ouvindo? — Sakamochi repetiu, mas provavelmente Shuya não ouvia. Apenas contemplava o rosto de Yoshitoki.

O mesmo se passava com Noriko. Se eles não se movessem, acabariam tendo o mesmo fim de Yoshitoki. Do lado de Sakamochi, Tahara apontava a arma para Noriko, enquanto os outros dois soldados miravam Shuya.

Mas foi uma voz tranquila, até mesmo despreocupada, chamando "S-s-senhor", que trouxe Shuya de volta à realidade. Bem, pelo menos ele virou vagamente o rosto na direção da voz.

Do outro lado do assento vazio de Yoshitoki, Shinji Mimura ergueu a mão. Noriko, por fim, olhou também na direção dele.

— Vejamos. Você deve ser Shinji Mimura. O que houve?

Shinji abaixou a mão e disse:

— Noriko parece machucada. Eu poderia ajudá-la a voltar à carteira dela?

Apesar da situação anormal, Shinji falou no tom de voz costumeiro do "Terceiro Homem".

Sakamochi ergueu de leve a sobrancelha, mas assentiu como se estivesse convencido:

— Tudo bem. Ajude-a, então. Quero prosseguir logo com isso.

Shinji fez que sim com a cabeça, levantou-se e caminhou em direção a Noriko. Enquanto andava, tirou do bolso um lenço dobrado com cuidado e se inclinou entre o corpo de Yoshitoki e Noriko. Primeiramente, limpou o rosto da moça, salpicado do sangue de Yoshitoki. Ela não esboçou nenhuma reação. Então ele disse:

— Vamos, levante-se, Noriko. — E, passando a mão sob o braço direito dela, ajudou-a a se erguer.

De costas para Sakamochi, Shinji olhava para Shuya, que se mantinha de pé. Os olhos sob as sobrancelhas bem definidas e arqueadas, que sempre tiveram certa dose de humor, haviam se tornado sérios. Apenas sua sobrancelha direita se erguia, o queixo se movendo como se balançasse levemente a cabeça, e a mão esquerda se movimentando como se comprimisse algo com firmeza para baixo. Shuya não entendeu o significado do gesto. Shinji o repetiu.

Ainda confuso, Shuya finalmente entendeu que Shinji tentava dizer para ele se acalmar. Ele olhou de volta para Shinji... E, com lentidão, deixou-se cair sobre a cadeira.

Shinji acenou de leve com a cabeça, levou Noriko ao assento dela e, virando-se, voltou à sua carteira.

Noriko se sentou. Do ferimento em sua perna direita que pendia solta na cadeira escorria muito sangue, tingindo de vermelho a meia e o tênis branco. Era como se ela calçasse uma bota do Papai Noel apenas no pé direito.

Noriko por fim retomava um pouco a consciência, pois pareceu fazer um gesto de agradecimento a Shinji. Mas, como se pudesse enxergar pelas costas, Shinji apenas encolheu os ombros, querendo dizer que não fora nada. Noriko recuou e voltou a olhar o cadáver de Yoshitoki estirado a seu lado direito. Ela o olhou fixamente, muda e com os olhos marejados de lágrimas.

Shuya também olhou mais uma vez para o corpo de Yoshitoki, embora não o pudesse ver por inteiro por estar entre as carteiras. Sim, era um cadáver. Não havia dúvida. Ainda era difícil de aceitar, mas Yoshitoki se tornara um ser sem vida. A pessoa com quem ele compartilhara dez anos de sua história agora estava morta.

Enquanto via os olhos de Yoshitoki ainda abertos, o ódio se instalou lenta mas definitivamente no coração de Shuya, intensificando-se aos poucos como uma pulsação, dominando e fazendo tremer levemente todo o seu corpo. Talvez suas emoções, reprimidas pelo choque, estivessem voltando, e Shuya virou o rosto para Sakamochi, lhe arreganhando os dentes.

Sakamochi olhava para Shuya e parecia se divertir com tudo aquilo.

Eu não o perdoarei. Jamais. Vou acabar com ele!

Mais um pouco e Shuya explodiria como fizera Yoshitoki. Porém…

Nesse momento, ele recordou do sinal enviado por Shinji Mimura, encorajando-o a se acalmar. *Entendi… Com certeza, se explodir agora, aqui, terei o mesmo destino de Yoshitoki. E, além disso, Noriko Nakagawa, a garota que Yoshitoki tanto adorava, está gravemente ferida. Se eu morrer agora… O que acontecerá com ela?*

Contrariado, Shuya afastou os olhos de Sakamochi. Ele fixou o olhar sobre a carteira. Não podia perdoá-lo. Seu coração parecia ter sido destruído pelo ódio e pela tristeza que o preenchiam.

Sakamochi riu e afastou o olhar.

Shuya segurou com toda a força as bordas da carteira, tentando de alguma forma acalmar o corpo, que, se deixado ao acaso, não pararia de tremer. Apertou com mais e mais força. Mesmo assim, não era fácil controlar as emoções, tendo bem diante dos olhos e do nariz o cadáver do melhor amigo.

Realmente, ele era incapaz de aceitar. Como tudo aquilo era possível? Como seria possível perder alguém... alguém tão próximo?

Yoshitoki e eu sempre estivemos juntos. Talvez essa convivência fosse algo banal, mas ele realmente estava sempre a meu lado, como no dia em que brincávamos no rio e eu o salvei quando estava prestes a se afogar; quando nos sentimos culpados por, meio que por diversão, termos catado gafanhotos além da conta e feito quase todos morrerem dentro da pequena caixa onde os enfiamos; quando brigamos para saber de qual de nós dois o cachorro Eddie gostava mais; ou quando aprontamos alguma e acabamos nos escondendo no sótão da sala dos professores da escola, quase fomos pegos, mas no final escapamos e demos boas risadas...

Mas como é possível perdê-lo?

Shinji ergueu outra vez a mão.

— Tenho outra pergunta, senhor Sakamochi.

— Você de novo, Shinji? Sim, o que é?

— Noriko está ferida. Isso não torna o Programa injusto?

Sakamochi sorriu de um jeito enigmático.

— Bem, talvez sim. E o que você quer dizer com isso, Shinji?

— O Programa não deveria ser adiado até que Noriko recebesse o devido tratamento médico?

Shuya, que se esforçava para conter as fortes emoções, num outro sentido se surpreendeu com o jeito calmo de Shinji Mimura. Era estranho que Shuya ainda tivesse espaço para se surpreender. Sem dúvida, Shinji era muito mais calmo que ele. Com certeza, se fosse possível um adiamento do Programa, todos teriam mais tempo e talvez pudessem escapar.

O rosto de Sakamochi se contorceu numa gargalhada.

— Você diz coisas interessantes, Shinji. — Contudo, Sakamochi apresentou uma opção: — Sendo assim, o que você acha de matarmos Noriko também e tornar tudo imparcial?

Noriko, obviamente, e todo o resto da classe foram tomados por nova tensão. Os músculos das costas de Shinji travaram sob o uniforme.

Ele respondeu de imediato:

— Retiro o que disse, retiro o que disse. Vamos, não me leve a sério.

Sakamochi soltou outra gargalhada ao ouvir o tom apreensivo na voz de Shinji. O desgrenhado Tahara transferiu rapidamente a mão direita, até então estendida sobre o coldre, de volta para a correia do rifle, pendurado do ombro à lateral das costas.

Sakamochi bateu palmas de novo.

— Bem, escutem. Cada um de vocês tem capacidades diferentes. Inteligência, força física etc., bem díspares. A injustiça existe desde o início. Portanto, não trataremos os ferimentos de Noriko... Ei, você... Pare de cochichar! — Sakamochi gritou subitamente.

E então jogou um objeto esbranquiçado na direção de Fumiyo Fujiyoshi (a Estudante nº 18), que nesse momento sussurrava algo para a representante da turma, Yukie Utsumi, sentada na carteira vizinha. Por um segundo, Shuya acreditou se tratar de um pedaço de giz, mas obviamente era algo improvável naquelas circunstâncias.

O objeto soou como um prego sendo cravado num caixão. Havia uma fina faca enfiada no meio da testa um pouco larga e branca de Fumiyo.

Yukie instantaneamente arregalou os olhos e viu o que tinha acontecido. O mais estranho era a própria Fumiyo tentando erguer, a todo o custo, os olhos para verificar a faca pregada em sua testa. Com isso, sua cabeça levantou.

No instante seguinte, ela desabou ruidosamente para um lado. Ao cair, a têmpora esquerda se chocou no tampo da carteira vizinha de Yukie, fazendo-a se mover.

Agora não restava dúvidas. Ninguém poderia sobreviver a uma facada na testa.

Ninguém se mexia. Todos estavam mudos. Yukie conteve a respiração ao fixar o olhar em Fumiyo. Noriko, embasbacada, também a olhava. Shinji Mimura contraíra os lábios contemplando Fumiyo, que, assim como Yoshitoki, caíra entre duas carteiras.

Enquanto engolia a saliva na garganta seca, Shuya pensou: *Ele age dependendo de seu humor! Sem refletir! Merda! Nossa vida está nas mãos desse imbecil do Sakamochi!*

— Opa, acho que me excedi. Desculpem-me. É uma infração às regras o professor matar alguém, não é mesmo? — Sakamochi cerrou com firmeza os olhos e coçou a cabeça. Mas logo seu rosto voltou a ficar sério e ele disse: — Porém, atos caprichosos estão daqui em diante estritamente proibidos. Ou seja, cochichar também está fora de questão. É difícil para mim, mas eu atirarei outra faca se isso acontecer de novo!

Shuya trincou os dentes e repetiu para si mesmo que deveria esperar. Em meio a esse clima anormal, com os cadáveres de dois colegas de turma estirados no chão, ele repetia isso inúmeras vezes.

Mesmo assim, era impossível: seus olhos não desgrudavam do rosto de Yoshitoki. Percebeu que estava prestes a chorar.

[RESTAM 40 ESTUDANTES]

5.

— **Permitam-me explicar as regras** — Sakamochi disse, voltando à voz animada de antes. O cheiro do sangue fresco de Yoshitoki Kuninobu, completamente diferente do cheiro de sangue seco do professor "Libélula" Hayashida, começou a exalar fortemente. De onde estava, Shuya não podia ver o rosto de Fumiyo Fujiyoshi, mas parecia não haver sangue fluindo para fora dele.

— Todos já devem saber que as regras são simples. Tudo que têm a fazer é matar uns aos outros. Não há restrições quanto a isso. E... — Sakamochi exibiu um largo sorriso — ... apenas quem restar por último poderá voltar para casa. E receberá um cartão autografado pelo Supremo Líder. Não é fantástico?

Shuya se imaginou dando uma cuspida nele.

— Vocês devem achar essa regra monstruosa. Mas, na vida, o inesperado acontece. Ouçam bem: vocês devem se manter firmes para poder lidar com acidentes. Imaginem o jogo como um exercício de autocontrole. Pensem dessa forma, por favor. E, além disso, homens e mulheres serão tratados aqui em pé de igualdade. Não haverá vantagens para nenhum lado. Mas tenho um dado que alegrará as moças. Na realidade, se observarmos os resultados das sessões do Programa realizadas até o momento, quarenta e nove por cento dos vencedores foram garotas. Como se costuma dizer: "Eu sou igual a ele; ele é igual a mim". Logo, não há o que temer.

Recebendo instruções de Sakamochi, o trio vestido com uniforme de camuflagem começou a trazer mochilas pretas de náilon relativamente grandes do corredor para dentro da sala. Elas formaram uma pilha ao lado do saco com o cadáver do professor Hayashida. Algumas estavam com partes salientes, como se contivessem algum objeto em forma de bastão que tentasse se projetar para fora delas.

— Bem, pediremos que vocês saiam da escola, um por vez. Antes disso, entregaremos uma mochila a cada um. Elas trazem um kit de sobrevivência contendo água potável, comida e uma arma. As armas são todas diferentes. Como eu já disse, a capacidade de cada um de vocês é variada. Por isso, teremos um elemento-surpresa... Bem, parece complicado, mas, em outras palavras, isso vai trazer ao jogo um pouco de imprevisibilidade. Todavia, não definimos qual arma será distribuída para quem. Conforme vocês forem saindo, entregaremos as mochilas a começar pelo topo da pilha. Em cada uma há também um mapa desta ilha, uma bússola e um relógio. Alguém aí não tem relógio? Hum... acho que todos devem ter... Ah, sim, esqueci de mencionar que estamos numa ilha. Sua circunferência é de aproximadamente seis quilômetros. É a primeira vez que ela é usada para o Programa. Evacuamos os residentes. Logo, a ilha está completamente deserta. Então...

Sakamochi se virou para a lousa e, segurando um pedaço de giz, desenhou de maneira grosseira um grande losango meio arredondado ao lado do nome KINPATSU SAKAMOCHI que ele próprio escrevera antes. Acima e à direita, desenhou uma seta apontada para o alto com a letra N e, mais para o centro do losango, à direita, fez um X. Mantendo o giz na lousa, virou apenas o rosto para trás.

— Ouçam bem. Estamos na escola desta ilha. Se este desenho representa a ilha, a escola está localizada bem aqui. Entenderam? — Sakamochi bateu várias vezes com a ponta do giz sobre o X. — Eu estarei aqui o tempo inteiro. Supervisionarei os esforços de todos.

Sakamochi desenhou ainda, ao redor do losango representando a ilha, quatro formas oblongas, espalhadas ao norte, sul, leste e oeste.

— Estes são barcos. Eles têm uma função importante: atirar para matar qualquer um que tente escapar pelo mar.

Na sequência, ele traçou sobre o desenho várias linhas paralelas horizontais e verticais. O losango representando a ilha ficou parecido com um tabuleiro de xadrez torto. Dentro dos quadrados formados nesse tabuleiro, a começar pela parte superior esquerda, Sakamochi escreveu A-1, A-2... ordenadamente. Na linha seguinte inseriu B-1, B-2... e assim sucessivamente.

— Isto é só um diagrama simplificado. O mapa dentro das mochilas é bem parecido com este. — Sakamochi largou o giz e bateu as mãos uma contra a outra para limpar o pó. — Bem, ouçam todos: vocês são livres para ir aonde quiserem quando saírem daqui. Contudo, transmitiremos anúncios por toda a ilha ao meio-dia, seis da tarde, meia-noite e seis da manhã. Ou seja, quatro vezes ao dia. Eu estarei me referindo ao mapa quando anunciar os quadrantes que serão proibidos depois de certo tempo. Vocês devem examinar seus mapas de perto e alinhar seus movimentos com eles. Quem estiver num quadrante proibido deverá sair da área o mais rápido possível. Isso por causa... — Sakamochi pôs as mãos no púlpito e encarou o rosto de cada um. — ... das coleiras colocadas ao redor de seu pescoço.

Ouvindo isso, alguns estudantes pareceram pela primeira vez notar a existência das coleiras e exibiram uma expressão de espanto ao tocarem o próprio pescoço.

— Esse dispositivo é o resultado da mais moderna tecnologia desenvolvida por nossa República. É totalmente à prova d'água, antichoque e... Ah, prestem bem atenção, nem pensem em retirá-la, pois é impossível. Não sai de jeito nenhum. Não mesmo. E se tentarem removê-la à força... — Sakamochi tomou um breve fôlego — ... ela explodirá.

Vários estudantes que mexiam em suas coleiras rapidamente tiraram a mão.

Sakamochi prosseguiu sorrindo.

— A coleira é estruturada para monitorar as pulsações do fluxo elétrico do coração de vocês, verificando se estão vivos ou mortos, e transmite por ondas elétricas essa informação ao computador que fica aqui na escola. Ao mesmo tempo, ela nos informa a exata posição de cada um na ilha. Bom, voltemos ao mapa.

Sakamochi estendeu o braço direito para trás, apontando para o mapa na lousa.

— Esse mesmo computador também selecionará aleatoriamente quadrantes proibidos. Se, depois de o tempo passar, ainda houver algum estudante no quadrante, e obviamente os estudantes mortos não contam, o computador o detectará automaticamente e enviará de imediato um sinal para a sua coleira. Então...

Shuya podia prever o que Sakamochi diria.

— ... de fato, a coleira explodirá.

Como Shuya imaginava.

Sakamochi parou por um momento para observar o rosto de todos. Em seguida, prosseguiu:

— Vocês devem estar se perguntando o porquê. O motivo é impedir que todos se escondam juntos num único local, o que travaria o jogo. Portanto, forçaremos vocês a se movimentar. Ao mesmo tempo, aos poucos, o número de quadrantes pelos quais vocês poderão se movimentar se reduzirá. É isso.

Sakamochi denominava isso de jogo. Bem apropriado. Revoltante. E, embora ninguém se manifestasse, todos pareciam haver entendido as regras.

— Ouçam bem, isso significa que permanecer dentro de um prédio não vai adiantar. E as ondas elétricas alcançam vocês mesmo que se escondam num buraco escavado no chão. Ah, a propósito, podem se esconder dentro de um prédio se quiserem, mas estão proibidos de usar o telefone. Não poderão contatar seus pais. Cada um deverá lutar completamente só. Afinal, a vida é assim. Bem, mais uma coisa: como eu disse há pouco, no início do jogo não há quadrantes proibidos, porém esta escola é a exceção. Vinte minutos depois de vocês saírem daqui, ela se tornará um quadrante proibido. Por isso, primeiro se afastem deste quadrante. Digamos, uns duzentos metros. Entenderam? Em minhas transmissões também lerei os nomes dos estudantes mortos nas seis horas anteriores. A princípio, os anúncios serão realizados a cada seis horas, mas também informarei por um deles ao último estudante sobrevivente. E antes que me esqueça: há um limite de tempo.

Ouçam bem. Um limite de tempo. Os estudantes vão morrendo aos poucos no Programa, mas se no final de vinte e quatro horas não houver nenhuma morte, o tempo regulamentar se encerra, não importando quantos estudantes sobraram...

Shuya também previu o que Sakamochi diria na sequência.

— O computador entrará em ação e detonará a coleira de todos os estudantes remanescentes. Não haverá vencedor.

Shuya outra vez acertou na mosca sua previsão.

Sakamochi parou de falar e toda a sala se manteve em silêncio. O odor forte do sangue de Yoshitoki Kuninobu ainda pairava no ar, mas todos continuavam completamente atônitos. Estavam amedrontados, sem compreender bem a situação na qual seriam atirados, um jogo de matança.

Sakamochi bateu palmas como se tivesse percebido esse estado de torpor generalizado.

— Bem, as explicações complicadas terminam por aqui. Agora tenho algo muito mais importante para lhes dizer. É um conselho pessoal. Alguns de vocês talvez pensem que matar os colegas de classe é uma ideia estapafúrdia. Mas não se esqueçam de que há alguns doidos para levar essa missão adiante!

Shuya queria gritar "isso tudo é um absurdo!". Mas, depois do incidente da execução-por-cochichar de Fumiyo Fujiyoshi, decidiu se manter calado.

E, como sempre, todos guardaram silêncio, mas houve uma mudança visível, e Shuya percebeu isso.

Todos olhavam ao redor, analisando mutuamente os rostos empalidecidos. Cada vez que um estudante encontrava o olhar de outro, esquivava-se às pressas, voltando-se na direção de Sakamochi. Isso durou apenas alguns segundos, mas a expressão no rosto de todos era a mesma. Uma expressão de tensão e desconfiança. Uma expressão que denotava dúvida se o colega em frente não estaria pronto para participar do jogo. Apenas Shinji Mimura e alguns poucos permaneciam serenos.

Shuya trincou de novo os dentes. *Merda, todos estão entrando no jogo deles! Pensem nisso, somos todos amigos. Não podemos nos matar uns aos outros!*

— Bem, agora preciso dizer algo. Vocês encontrarão papel e lápis em suas carteiras.

Todos timidamente retiraram seus papéis e lápis. Shuya também seguiu as instruções.

— Então, vocês vão escrever. Para memorizar algo, é o melhor método. Escrevam três vezes: "Nós vamos nos matar uns aos outros".

Shuya ouviu os lápis começando a correr no papel. Ele viu Noriko também segurando o lápis, com o semblante fechado. Enquanto rabiscava essa frase insana, Shuya olhou para o corpo de Yoshitoki, ainda estirado entre as carteiras. Ele recordou o rosto alegre e sorridente do amigo.

Sakamochi continuou:

— Ótimo. Agora, escrevam também três vezes: "Se não matar, serei morto".

Shuya olhou novamente para Fumiyo Fujiyoshi. Seus dedos alvos despontando pelas mangas do terninho de marinheiro formavam uma concha delicada. Ela era a encarregada de saúde da classe, do tipo calada, mas muito prestativa.

Então ele olhou para Sakamochi.

Desgraçado, eu vou apunhalar seu coração com este lápis!

[RESTAM 40 ESTUDANTES]

6.

— **Bem, então cada um de vocês deixará** a sala em intervalos de dois minutos. Assim que cruzarem esta porta e caminharem pelo corredor à direita, vocês verão o portão da escola. Saiam por ele imediatamente. Mataremos qualquer um que permanecer vagando pelo corredor. Agora, quem será o primeiro? Conforme as regras do Programa, determinaremos a primeira pessoa e as restantes seguirão na ordem de chamada da classe. Moça e rapaz, moça e rapaz. O.k.? Assim que chegarmos ao último número, voltaremos ao primeiro número da chamada. Vamos começar...

Tendo ouvido até esse ponto, Shuya lembrou que o número de Noriko era 15. Era igual ao dele. Isso significava que ele e Noriko sairiam quase juntos da escola (a menos que ela fosse escolhida primeiro, o que significava que ele seria o último a sair). Mas... Noriko conseguiria andar?

Sakamochi retirou do bolso interno do casaco um envelope.

— O primeiro estudante é escolhido por sorteio e seu nome está neste envelope. Esperem um segundo...

Sakamochi retirou do bolso uma tesoura com uma fita rosa e num gesto formal começou a cortar a borda do envelope.

Nesse momento, Kazuo Kiriyama falou. Assim como Shinji Mimura, sua voz metálica era serena, mas denotava certa frieza.

— Afinal, quando esse jogo começa?

Todos se voltaram para a última fileira, onde Kiriyama estava. (Shogo Kawada foi o único que não se virou. Ele continuou a mascar seu chiclete.)

Com um gesto, Sakamochi respondeu:

— Assim que vocês saírem daqui. Por isso, é recomendável que se escondam para elaborar cada um sua própria estratégia de luta... Aproveitem que é noite agora...

Kazuo não respondeu, mas finalmente Shuya entendeu que era de madrugada, uma hora ou já perto de uma e meia da manhã.

Depois de abrir o envelope com a tesoura, Sakamochi retirou dele um pedaço de papel branco e o desdobrou. Com uma expressão de admiração nos lábios, ele anunciou:

— Que coincidência! É o estudante número 1, Yoshio Akamatsu.

Ao ouvir o anúncio, o rosto de Yoshio Akamatsu, sentado na primeira fileira, junto da janela com placas de aço, ficou tenso. Apesar do porte físico grande, com um metro e oitenta de altura e noventa quilos, não podia sequer pegar uma bola no ar vinda em sua direção e se cansava logo na primeira volta na pista, em corridas de longa distância, só dando vexame nas aulas de educação física. Agora seus lábios grossos estavam pálidos.

— Rápido com isso, Yoshio Akamatsu! — alertou Sakamochi. Yoshio pegou sua bolsa com os pertences que preparara para a viagem de estudos e se pôs de pé vacilante. Ele caminhou em frente e, a pedido do trio em uniforme de camuflagem, cada qual agora com seu rifle na cintura, pegou seu kit de sobrevivência, parando diante da porta aberta em direção à escuridão. Por um segundo, olhou de volta para todos com o rosto tenso, para no instante seguinte desaparecer para além da porta. Ouviu-se o som de alguns passos, que logo se transformaram no ruído de corrida, distanciando-se aos poucos. Ouviu-se o som de queda e, em seguida, ele parecia ter voltado a correr.

Na sala silenciosa, vários estudantes soltaram um suspiro contido.

— Agora vamos dar um intervalo de dois minutos. A próxima será a estudante número 1, Mizuho Inada...

Nesse ritmo, a leitura dos nomes e a saída dos estudantes prosseguiram de forma implacável e contínua.

Contudo, Shuya notara algo no momento da partida da Estudante nº 4, Sakura Ogawa. Ela estava sentada dois assentos atrás dele, na última fileira, mas, ao caminhar até a saída na parte da frente da sala, tocou na carteira de seu namorado, Kazuhiko Yamamoto, logo à frente de Shuya, e deixou sobre ela um pedaço de papel. Ela deve ter escrito às pressas uma mensagem na mesma folha em que eles foram instruídos a escrever: "Nós vamos nos matar uns aos outros".

Shuya deve ter sido o único a ver a cena. Pelo menos, Sakamochi não pareceu ter reparado.

Kazuhiko pegou rapidamente o pedaço de papel e o apertou com força sob a carteira. Shuya sentiu-se aliviado ao constatar que eles ainda não estavam completamente dominados pela loucura. Os laços de amor ainda se mantinham. *Mas... qual era a mensagem?*, Shuya pensou depois de Sakura sair da sala. Teria ela — ele olhou o mapa que Sakamochi desenhara na lousa — indicado no papel uma das direções? Eles se encontrariam lá? Porém, todos viam que o desenho era bastante descuidado e, antes de mais nada, ninguém poderia garantir que o mapa que receberam fosse igual àquele. Além disso, o fato de os dois combinarem se encontrar significava que eles não confiavam nos demais e não duvidavam de que eles tentariam matá-los. Isso era exatamente o que Sakamochi esperava.

Shuya pensou: *Não faço ideia do que nos aguarda fora desta sala, mas posso esperar os que saírem depois de mim para discutir. Não há nenhum empecilho quanto a isso pelas regras explicadas por Sakamochi. Apesar de todos estarem desconfiados e confusos, se conversarmos bem, tenho certeza de que encontraremos uma solução. Então... Noriko vem logo atrás de mim (será que ela pode andar?). Shinji Mimura também vem depois. No entanto, Hiroki Sugimura partirá antes...*

Shuya considerou a possibilidade de passar uma mensagem para Hiroki, mas os assentos deles estavam muito afastados. Ademais, qualquer ato precipitado e ele teria o mesmo fim de Fumiyo Fujiyoshi.

Chegara a vez de Hiroki Sugimura partir. Pouco antes de passar pela porta, os olhos dele encontraram por um instante os de Shuya... mas fora apenas isso. Shuya soltou um suspiro. Sua única esperança era que Hiroki tivesse tido a mesma ideia e estaria esperando por ele do lado de fora. Se ele pudesse pedir aos outros para esperar também...

Na frente e atrás dele, calados, Shogo Kawada, Kazuo Kiriyama e Mitsuko Soma, que até então se mantiveram "mudos", saíram um por um.

Mascando seu chiclete, Shogo partiu com ar despreocupado, sem sequer olhar para Sakamochi e o trio de uniforme de camuflagem.

Kazuo saiu com calma. Mitsuko também.

Quando Sakamochi disse que havia alguns afoitos para levar a missão adiante, o restante da classe deve ter imediatamente suspeitado desses três estudantes. Isso porque eles eram os "delinquentes". Para eles, matar os outros para garantir sua sobrevivência não significaria absolutamente nada...

Contudo, Shuya duvidava que Kazuo Kiriyama pudesse aceitar esse jogo. Kazuo tinha sua própria gangue. Sem contar que os membros de sua gangue eram muito mais solidários que os de um grupo desajeitado de colegas. Hiroshi Kuronaga, Ryuhei Sasagawa, Sho Tsukioka e Mitsuru Numai. Pelas regras do jogo todos eram inimigos, mas era difícil imaginar que esses cinco se matassem uns aos outros. Como se não bastasse — e Shuya analisava com cuidado esse ponto —, quando Kazuo saiu, ao redor de seu assento, seus amigos de gangue exibiam feições estranhamente presunçosas. Kazuo provavelmente passara alguma mensagem aos demais. Não havia dúvida de que ele planejava uma forma de os cinco escaparem. Kazuo tinha capacidade suficiente para se libertar das garras do governo. É claro, isso significava também que Kazuo não confiava em ninguém além dos membros de sua gangue.

Mitsuko Soma tinha um tipo de grupo de colegas parecido. Seu assento estava muito longe dos de Hirono Shimizu e Yoshimi Yahagi para poder passar mensagens a elas. *Mas... Mitsuko era uma garota. Vamos com calma. Ela sem dúvida não aceitaria este jogo.*

Apenas Shogo Kawada preocupava Shuya. Ele não tinha nenhum colega na turma. Desde que viera transferido para a escola deles, raramente conversava com alguém na sala de aula. Além disso, havia algo enigmático nele. Mesmo não dando ouvido aos rumores, havia aqueles ferimentos por todo o seu corpo...

Será que Shogo seria um dos que aceitariam participar do jogo? Haveria essa possibilidade?, Shuya pensou por um instante.

Logicamente, se começasse a suspeitar de todos, estaria perdendo para o governo e, por isso, Shuya deixou de lado essa ideia. Porém, em algum lugar de sua mente pairava essa preocupação.

O tempo passava.

Muitas garotas saíam da sala aos prantos.

Apesar de parecer muito rápido, Shuya calculou que uma hora deveria ter transcorrido (contudo, com a morte de Yoshitoki Kuninobu, o tempo se reduzira na proporção de dois minutos). Depois de a Estudante nº 14, Mayumi Tendo, desaparecer para além da porta, Sakamochi chamou "o estudante número 15, Shuya Nanahara".

Shuya pegou seus pertences e se levantou. *Pelo menos vou fazer tudo o que estiver a meu alcance antes de sair da sala*, pensou.

Em vez de prosseguir diretamente para a saída, ele dobrou à esquerda. Noriko virou a cabeça e fitou Shuya, que se aproximava dela.

Sakamochi gritou, erguendo sua faca:

— Shuya! Direção errada!

Shuya parou. Os três soldados pegaram as espingardas. Shuya sentiu a garganta enrijecer. Tenso, ele falou:

— Yoshitoki Kuninobu é meu amigo. Permita que pelo menos eu feche seus olhos. Está escrito no Estatuto do Supremo Líder que devemos demonstrar respeito pelos mortos.

Por um instante Sakamochi hesitou, mas então sorriu e abaixou a faca.

— Entendi. Você é gentil.

Shuya respirou brevemente antes de dar um passo à frente. Ele parou bem diante da mesa de Noriko, onde o cadáver de Yoshitoki jazia.

Apesar de ter pedido permissão para fechar os olhos de Yoshitoki, Shuya não pôde evitar certa hesitação.

Em virtude do brusco "golpe de misericórdia" executado pelo descuidado Tahara, sobre a orelha estraçalhada de Yoshitoki, em meio aos cabelos curtos grudados com sangue, via-se de perto carne vermelha fina e algo branco. Ele constatou que era osso. Graças às balas alojadas dentro de sua cabeça, os grandes olhos de Yoshitoki estavam ainda mais projetados. Ele parecia assustado, com os olhos voltados para cima como os de um refugiado faminto ao receber sua cota de alimento. Da boca entreaberta escorria um líquido rosado e viscoso, misto de sangue e saliva. O sangue escuro aflorava de suas narinas, escorrendo para baixo do rosto e afluindo ao mar de sangue acumulado sobre o torso. Era pavoroso.

Shuya pôs sua bolsa de lado e se curvou. Ao erguer o corpo de Yoshitoki, que jazia de bruços, escorreu sangue do peito do uniforme escolar escurecido, nos três pontos perfurados no tecido, indo parar no chão. O corpo magro parecia incrivelmente leve. Teria sido porque todo o sangue se esvaíra dele?

Enquanto apoiava o leve corpo de Yoshitoki, a cabeça de Shuya esfriou rapidamente. Mais que tristeza ou medo, Shuya era dominado pelo ódio.

Yoshitoki... Vou fazê-los pagar por isso. Eu te prometo que vou.

Não havia muito tempo. Shuya limpou o sangue do rosto de Yoshitoki com a palma da mão e em seguida gentilmente fechou os olhos do amigo. Devolveu o corpo ao chão e cruzou as mãos de Yoshitoki sobre o peito.

Então, fingindo se inclinar para pegar de novo sua bolsa, ele aproximou a boca ao lado do rosto de Noriko e rapidamente sussurrou:

— Você pode andar?

Aquilo foi suficiente para levar o trio de uniforme de camuflagem das Forças Especiais de Defesa a pôr a mão nas armas, mas Shuya conseguiu obter a confirmação de Noriko, que fez um gesto positivo com a cabeça. Shuya virou o rosto para Sakamochi e o trio, cerrou sua mão numa posição mais baixa para Noriko entender e apontou o polegar para a saída, como se dissesse: *Estarei esperando. Aguardo você do lado de fora.*

Shuya não olhou de novo para Noriko, mas do canto dos olhos, além da carteira de Yoshitoki, percebeu Shinji Mimura com os braços cruzados, olhando para a frente e sorrindo de leve.

Ele deve ter notado o gesto de Shuya. Com isso, Shuya pôde se sentir mais aliviado. Afinal, era Shinji. *Se Shinji estiver conosco, poderemos escapar com facilidade*.

Porém... Na realidade, naquele momento Shinji Mimura devia estar mais ciente que Shuya da situação. O sorriso dele poderia ser interpretado como "Bem, isso pode ser um adeus, Shuya". Porém, essa hipótese nem sequer passou pela cabeça de Shuya naquele momento.

Shuya continuou a andar. Pensou um pouco antes de receber seu kit de sobrevivência preto e novamente cerrou os olhos, ao se aproximar do cadáver de Fumiyo Fujiyoshi. Ele gostaria de ter removido a faca da testa dela, mas desistiu.

Ao pisar fora da sala de aula, Shuya sentiu uma pontada de arrependimento por não ter tirado a faca.

[RESTAM 40 ESTUDANTES]

7.

Não havia iluminação no corredor além da porta. A luz proveniente da sala de aula iluminava as tábuas do assoalho. Shuya notou placas de aço nas janelas do lado do corredor semelhantes às das janelas da sala de aula. Devia ser uma barreira protetora contra os estudantes que, assim como ele, pensariam em escapar do jogo e, tentando se rebelar, atacariam o local onde Sakamochi estava. Mesmo sem elas, seria impossível se aproximar, pois essa área da escola seria designada como um "quadrante proibido".

Ele olhou para a direita. Havia mais uma sala, e outra mais à frente, ambas idênticas à de onde ele acabara de sair e, no final do corredor, o que parecia ser uma porta de saída de dois batentes se abria para a escuridão. Lá, à esquerda, havia outra sala. Seria a dos funcionários da escola? A porta do cômodo estava aberta e as luzes acesas. Shuya espiou por ela e viu soldados das Forças Especiais de Defesa sentados em cadeiras de tubo de aço atrás de uma mesa comprida e barata. Uns vinte? Trinta? Não, parecia haver praticamente o mesmo número de soldados que de estudantes na turma B do nono ano.

De fato, Shuya esperava que, se houvesse uma arma de fogo em seu kit de sobrevivência (era possível, já que nas notícias sobre o Programa informavam, juntamente com "esfaqueamento" e "asfixia", "ferimento por disparo de arma de fogo" como *causa mortis*), ou se alguns dos colegas esperando por ele diante da escola estivessem equipados com armas, pensou que poderiam usá-las para um ataque surpresa a Sakamochi e seus homens antes da partida de todos os estudantes, ou seja, antes de a escola se tornar um quadrante proibido. Mas essa esperança foi praticamente descartada. Os três homens que acompanhavam Sakamochi não eram os únicos. Pensando bem, era natural.

Um dos soldados inclinou a cabeça e olhou discretamente para Shuya por trás da xícara de chá que segurava. Como o rosto do trio na sala de aula, o dele também era estranhamente inexpressivo.

Shuya virou os calcanhares de imediato e se apressou em direção à saída. Algo dominava seu pensamento. Antes de tudo, eles precisavam a todo custo se reunir. *Mas... não seria provável que houvesse outros soldados do lado de fora para impedi-los de esperar pelos colegas que saíam posteriormente? Mas... mesmo assim...*

Shuya atravessou rapidamente o corredor escuro e cruzou a porta de dois batentes. Desceu uma escada curta de três ou quatro degraus.

Fora do prédio, sob a luz do luar, se estendia um campo de atletismo deserto de tamanho equivalente a três quadras de tênis, para além do qual se via uma floresta. À esquerda havia uma montanha não muito alta e o campo de visão se ampliava à direita; e mais adiante se via uma completa escuridão: o mar. Nele, bem ao largo, pontilhavam diminutas luzes. Devia ser o continente. Diziam que o Programa era realizado obrigatoriamente na província da escola escolhida. Às vezes, numa montanha rodeada por cercas de alta voltagem; em outras ocasiões, em prisões abandonadas antes de ser demolidas, mas, no caso da província de Kagawa, o Programa era geralmente realizado numa ilha. Segundo os relatórios de notícias locais que Shuya vira até então (o local era sempre anunciado apenas depois do término do jogo), nunca aconteceu de ser realizado no continente. O mesmo acontecia desta vez. Sakamochi não mencionou o nome da ilha, mas talvez Shuya pudesse identificar qual delas seria, verificando no mapa seu formato. Ou talvez houvesse algum prédio indicando o nome dela.

Uma brisa suave soprava impregnada do cheiro do mar. Para uma noite de maio a temperatura estava baixa, mas suportável. Era preciso tomar cuidado ao dormir para não gastar a energia do corpo.

Porém, antes de qualquer coisa...

Tudo estava deserto; nem sinal de soldados. Contudo, tampouco havia alguém aguardando por Shuya, conforme ele imaginara. Como dissera Sakamochi, todos se esconderam em algum lugar. Até mesmo Hiroki Sugimura desaparecera. Só a suave brisa misturada ao aroma marinho atravessava por sobre o terreno do campo de atletismo.

Merda. Shuya franziu o rosto. *Se nos espalharmos assim, estaremos fazendo o que o governo deseja. Não há problema que grupos de amigos íntimos se formem, como Sakura Ogawa e Kazuhiko Yamamoto, ou a gangue de Kazuo Kiriyama, que devem ter combinado de se encontrar em algum lugar. Mas, se cada um se esconder, será difícil prever o que poderia acontecer em meio à confusão quando, com o passar do tempo, um se deparar com o outro...* E não seria justamente esse estado de confusão o elemento essencial para a constituição do jogo?

Bem, pelo menos eu vou esperar aqui pelos outros. Primeiro, devo esperar por Noriko.

Shuya olhou de relance para a escuridão no interior do prédio da escola. Sakamochi alertara que qualquer um vagando no corredor seria morto, mas os soldados na sala no fim do corredor nem mesmo olharam para Shuya. Eles nem sequer batiam papo, apenas estavam sentados displicentemente. Tampouco empunhavam armas.

Shuya umedeceu os lábios com a língua e, decidindo que seria recomendável se distanciar da porta, voltou a olhar à sua volta.

Foi quando ele notou.

De início, preocupado em ter uma visão geral, Shuya não reparara em algo semelhante a um saco de lixo caído a seus pés. Imaginou que certamente alguém deixara cair a mochila, mas logo seus olhos se arregalaram.

Não era um saco de lixo nem a mochila de alguém. De uma das extremidades, saíam pelos. Fios de cabelo.

Era um ser humano. Vestia um terninho de marinheiro. O corpo estava de lado, formando um V, com o rosto virado para baixo. O rabo de cavalo e o largo laço que o prendia não eram estranhos. Não era de admirar, pois ele acabara de vê-la saindo apenas três minutos antes. O corpo completamente imóvel era de Mayumi Tendo, a Estudante nº 14.

Bem abaixo de seu cabelo trançado em formato semelhante a uma lagosta, uma vareta de vinte centímetros, prateada e pontuda, estava cravada nas costas de seu terninho de marinheiro, diagonalmente, à semelhança de uma antena de rádio transistor. Na extremidade da vareta, havia quatro pequenos objetos parecidos com a cauda de um avião de combate.

Que diabos será isso?

Shuya deveria ter de imediato procurado um lugar para se esconder, mas, atônito, permaneceu paralisado no local.

Voltara-lhe à mente a resposta de Sakamochi a Kazuo Kiriyama, que lhe perguntara quando o jogo começaria. "Assim que vocês saírem daqui."

Não pode ser... Quem poderia ter cometido um ato brutal como este? Alguém que acabara de sair voltara para matar Mayumi Tendo assim que ela pôs os pés fora da escola?

Shuya interrompeu seus pensamentos e, agachando-se às pressas, olhou ao redor.

Por algum motivo... não havia nem sombra de quem havia feito aquilo. Nenhuma flecha voou na direção dele enquanto permaneceu paralisado. Por quê? Teria o atacante fugido satisfeito em ter dado cabo apenas de Mayumi Tendo? Ou seria um estratagema planejado? Teriam os soldados da sala do final do corredor matado a moça simplesmente para que todos pensassem que havia entre eles alguém disposto a participar ativamente do jogo? Mas, sendo assim...

Shuya desconfiou que Mayumi Tendo talvez ainda pudesse estar viva. Ela poderia estar apenas inconsciente em virtude do grave ferimento. De qualquer modo, ele deveria examinar a situação...

Se Shuya não tivesse percebido "algo" estranho e por questão de segundos não tivesse interrompido o passo que estava prestes a dar, ele com certeza abandonaria o jogo bem mais cedo. Em outras palavras...

Um objeto prateado passou cortando o ar, zunindo bem em frente dos olhos de Shuya. Sim... o objeto se dirigia de cima para baixo. Mais uma antena foi cravada no chão.

Shuya sentiu um arrepio. Se ele não estivesse bem perto da saída do prédio à espera de Noriko, decerto teria sido abatido de imediato. O atacante estava posicionado no topo do prédio.

Shuya apertou com firmeza os lábios, recolheu a flecha do chão e correu para a esquerda. Quase inconscientemente, escolheu uma direção que, imaginou, poderia ludibriar o atacante. Ele girou o corpo e olhou para cima. Tendo como fundo a claridade da lua num céu opaco, podia-se ver uma sombra grande e negra sobre o telhado de duas águas do prédio térreo da escola.

Aquele é... não, Shogo não...

Não houve tempo de raciocinar. A sombra apontou para ele a arma.

Shuya lançou a flecha que tinha em mãos na direção da sombra. Ele queria apenas surpreender fosse lá quem fosse, mas a flecha desenhou uma linda trajetória e voou direto rumo à sombra. A boa pontaria poderia ser o resultado de Shuya ter sido, no passado, um interbases genial.

A sombra soltou um gemido, pressionou o rosto e, quando começou a se curvar, seu corpo balançou. E, assim... caiu.

Shuya retrocedeu um pouco e viu a sombra cair devagar de uma altura de mais de três metros e se chocar pesadamente contra o chão. O objeto que o atacante segurava tombou para um lado emitindo um som metálico.

Graças à luz que vazava pela saída do prédio, Shuya podia ver. A grande sombra, vestindo o uniforme da escola e caída de bruços no chão, era Yoshio Akamatsu, que saíra em primeiro lugar da sala com uma expressão apavorada. Ele estava imóvel, provavelmente inconsciente. Caído perto de sua mão havia um híbrido de rifle e arco — era isso que chamavam de "besta"? Aos pés de Yoshio, podia-se ver dentro de seu kit de sobrevivência um feixe de flechas prateadas.

Shuya empalideceu. Não havia dúvida de que o jogo começara! Pelo menos para Yoshio Akamatsu. *Ele pegou sua arma, voltou e assassinou Mayumi Tendo!*

Nesse instante, Shuya sentiu a presença de alguém atrás de si.

Ele se virou e viu Noriko Nakagawa, observando a situação com a respiração presa. O olhar de Shuya se transferiu do rosto de Noriko de novo para Mayumi Tendo. Ele correu até ela, abaixou-se e tocou seu pescoço. Ela estava morta. Não restava dúvida.

A cabeça de Shuya se tornara algo como um monte de estopins queimando com lentidão. Outros estudantes poderiam ter as mesmas ideias de matança de Yoshio. E um deles poderia estar voltando tranquilamente, dessa vez carregando uma arma.

Shuya estava sendo forçado a mudar de atitude em relação ao jogo. As coisas eram desse jeito. Quando Sakamochi declarou que o jogo começaria assim que eles saíssem da escola, era a isso que se referia.

Shuya se levantou rapidamente, correu até Noriko e pegou-a pela mão.

— Vamos! Ande o mais rápido que puder!

Shuya começou a correr, quase arrastando Noriko, cuja perna estava ferida. Mas correr para onde?

Shuya não tinha tempo para raciocinar. Ele se dirigiu para o bosque dentro de seu campo de visão. Primeiramente eles se esconderiam lá e depois... Pensou em algo, mas acabou desistindo. Com Noriko naquelas condições, se fossem atacados não poderiam oferecer resistência e seria extremamente arriscado vagar pelas redondezas.

Shuya descartou a ideia de permanecer diante do prédio da escola esperando pelos outros. Apressou Noriko e entraram no bosque. Árvores altas e baixas se misturavam e, a seus pés, o chão estava aparentemente coberto por samambaias.

Shuya pensou em se virar e dar um grito de alerta aos onze estudantes ainda por sair (a turma tinha vinte e um rapazes, o mesmo número de garotas, e havia doze estudantes depois do número de chamada de Shuya e Noriko, mas era preciso descontar Fumiyo Fujiyoshi), porém acabou desistindo da ideia. Os estudantes sem dúvida não eram idiotas. Bem, pelo menos não como ele. Ao sair do prédio, eles certamente fugiriam sem olhar para trás. Foi a conclusão a que Shuya chegou, sobretudo considerando o cadáver de Mayumi Tendo estirado. Por um momento lhe veio à mente o rosto de Shinji Mimura, mas...

desistiu também dessa ideia. De novo, chegou à conclusão de que deveria haver um jeito, uma forma, de se encontrarem posteriormente, pois ele não queria permanecer ali nem mais um segundo.

Segurando com firmeza Noriko Nakagawa, Shuya avançou às cegas pelo interior do bosque. Um pássaro trinou bem próximo e um som de asas levantando voo se fez ouvir. Ele não viu a ave e, de qualquer forma, eles não tinham tempo para isso.

[RESTAM 39 ESTUDANTES]

8.

Yoshio Akamatsu recuperou rapidamente a consciência, porém, por ter batido a cabeça e desmaiado, era como se na prática tivesse adormecido profundamente.

Ele se deu conta de que sua cabeça doía muito. Estava tonto. *Afinal, o que aconteceu? Ontem à noite me excedi jogando video game? Isso significa que ontem foi sábado, ou teria sido domingo? Então hoje deve ser segunda e eu preciso ir à escola, mas que horas são agora? Está escuro, ainda posso dormir mais um pouco...*

O céu e a terra se inclinaram noventa graus e sua visão por algum motivo era preenchida por um terreno baldio deserto. Para além do campo, havia uma montanha cuja sombra formava um arco mais escuro que o céu noturno.

De súbito, tudo voltou à sua mente. Sakamochi, o cadáver do professor Hayashida, a partida, a descoberta da besta no kit de sobrevivência na choupana em que a princípio se refugiara, sua volta, o rosto grave mas belo e intimidador de Takako Chigusa (a Estudante nº 13), ele a vendo se distanciar velozmente com as pernas mais rápidas do clube de atletismo e a subida a custo no teto da escola pela fina escada de aço ao lado do prédio. Enquanto carregava às pressas pela primeira vez uma flecha na besta, Sho Tsukioka (o Estudante nº 14) acabara conseguindo escapar. E...

Ele virou a cabeça e viu uma garota em terninho de marinheiro estirada ao lado.

Não foi nenhuma surpresa para Yoshio. O que voltara com a memória não era o sentimento de culpa por ter matado uma colega de turma, mas uma sensação de pavor. Esse pavor talvez fosse, por assim dizer, um gigantesco outdoor plantado no terreno desolado de seu coração. Sua superfície estava preenchida com letras escritas em sangue onde se lia VOU TE MATAR! e, ao fundo, todos os seus colegas de turma empunhavam foices e pistolas, prontos para atacar Yoshio de pé diante do outdoor, como num filme em 3D.

Matar um colega de turma era algo errado. E, além disso, pode-se dizer que era uma idiotice se esforçar, já que de qualquer forma todos acabariam morrendo quando o tempo do jogo terminasse. Mas isso não passava de racionalidade. Yoshio não queria morrer. Apavorava-se ao pensar que seus colegas pudessem lhe exibir as presas. *Pense bem nisso, você está sendo perseguido por assassinos.*

Por isso, a escolha do método mais eficaz para reduzir "os inimigos" não foi por ideia própria, mas pelo pavor da morte arraigado na sua alma. Ele não discernia amigos de inimigos. Todos deveriam ser inimigos. Mesmo quando costumava sofrer bullying de Ryuhei Sasagawa, todos fingiam não ver.

Yoshio se levantou às pressas. *Primeiro, Shuya Nanahara, que está logo em frente. Ué, para onde ele foi? A besta, preciso pegá-la... Onde ela foi parar...?*

Nesse momento, Yoshio sentiu que recebia por trás um golpe na nuca.

Ele tombou pesadamente para a frente. Seu corpo dobrou no formato de um V, e o rosto arranhou no chão levemente úmido. A pele da testa e as bochechas descascaram, mas isso não importava. Ele já estava morto ao cair.

Na nuca de Yoshio estava plantada uma flecha prateada semelhante à que ele atirara em Mayumi Tendo.

[RESTAM 38 ESTUDANTES]

9.

Dois minutos depois de Noriko Nakagawa, Kazushi Niida (o Estudante nº 16) saiu do prédio e parou por alguns instantes na porta, tremendo. A besta caída ao lado do corpo de Yoshio Akamatsu ainda estava carregada com uma flecha. Kazushi a recolheu, embora não tivesse intenção de usá-la. Entretanto, no instante em que Yoshio se levantou, seu dedo puxou o gatilho.

Kazushi se esforçou para pôr em ordem a confusão reinante em sua mente. *Bem, primeiro, a prioridade é fugir daqui.* Deveria tê-lo feito logo, sem se importar com os cadáveres de Yoshio Akamatsu e Mayumi Tendo. Ele não teve escolha senão dar um fim em Yoshio por causa das circunstâncias, pois fora Yoshio quem claramente assassinara Mayumi. Logo, ele não cometera um ato ruim.

Kazushi era mestre em inventar justificativas. Pensar assim ajudou a trazer de volta um certo ânimo aos sentidos entorpecidos.

Depois de abaixar a besta, ele recolheu praticamente sem pensar o kit de sobrevivência de Yoshio, carregado com flechas. Começou a se movimentar, mas logo parou para recolher também o kit de sobrevivência de Mayumi Tendo. Só depois disso se pôs a correr.

[RESTAM 38 ESTUDANTES]

10.

Será que eles estavam correndo já havia uns dez minutos? Com o braço ainda envolvendo Noriko, Shuya fez sinal a ela de que deviam parar, como de fato o fizeram. Sob a luz do luar que atravessava indistintamente os galhos acima de suas cabeças, Shuya notou o rosto de Noriko se erguer para olhá-lo. Sentiu a ríspida respiração de ambos formando uma espécie de parede de som dominante, mas Shuya apurou os ouvidos tentando identificar, para além dessa parede, outros sons em todas as direções no meio da escuridão.

Não se ouvia ruído de passos de nenhum perseguidor. Eles respiravam com dificuldade e não tinham tempo sequer de suspirar, mas de qualquer forma, pelo menos aparentemente, poderiam relaxar um pouco.

Quando Shuya largou as mochilas de ambos que levava penduradas, seu ombro direito estalou. Falta de exercício físico. Uma guitarra elétrica pesava mais que um bastão, mas não era algo que ele carregava o tempo inteiro. Depois de pôr as bolsas no chão, encostou as mãos levemente nos joelhos e descansou.

Shuya fez sinal para Noriko se sentar ali, no bosque envolto na escuridão. Depois de prestar atenção por algum tempo em outros ruídos suspeitos ao redor, ele também se sentou ao lado dela. Ouviu-se o leve som da grama espessa sendo esmagada sob ele.

Shuya tinha impressão de terem percorrido uma boa distância, mas, por estarem ziguezagueando e por terem corrido ao acaso para subir a montanha, eles poderiam estar a apenas algumas centenas de metros da escola. Pelo menos não viam mais a luz artificial emanando do prédio. Ele agora sentia que estariam mais seguros dentro de uma profunda escuridão, embora não soubesse dizer se era por causa do relevo suavemente irregular da montanha ou da densidade da vegetação. Foi uma decisão impulsiva de sua parte, mas pelo menos tinha a certeza de estarem mais seguros do que à beira do mar aberto.

Shuya olhou para Noriko e lhe perguntou, sussurrando:

— Está tudo bem com você?

A adolescente respondeu afirmativamente, numa voz débil acompanhada de um leve movimento do queixo.

Shuya sentia vontade de permanecer ali por um tempo, sentados como estavam, mas isso seria impossível. Primeiro, ele abriu o kit de sobrevivência recebido. Tateou até encontrar no fundo uma garrafa provavelmente de água e tocar em algo duro, fino e comprido.

O rapaz puxou o objeto. Era uma bainha com textura de couro, cujo cabo também envolto em couro se projetava para fora. Era uma faca do exército. Sakamochi avisara que havia uma arma dentro do kit de sobrevivência, mas seria aquilo? Tateou mais um pouco o interior e encontrou apenas um pacote provavelmente contendo pão e uma lanterna, porém nada parecido com uma arma de fogo. Ele soltou o botão de fixação e removeu a faca, e depois de examinar que a lâmina tinha cerca de quinze centímetros e que em princípio poderia ser utilizada, prendeu a bainha no cinto da calça escolar, deixando o botão de fixação solto. Ele abriu o botão mais inferior de seu uniforme para poder alcançar rapidamente o cabo da faca.

Shuya puxou o kit de sobrevivência de Noriko e, sem pedir licença, abriu o zíper. Xeretar os pertences de uma mulher era falta de educação, mas nesse caso não foi ela quem preparou a mochila.

Ele tirou de dentro algo estranho. Era um bastão de aproximadamente quarenta centímetros com curvatura em V. Tinha a textura dura e lisa da madeira. Seria um bumerangue? A arma atirada por aborígines em batalhas e na caça. O campeão de caça de algum vilarejo aborígine seria capaz de abater com ela um canguru, mesmo se estivesse debilitado por causa de um resfriado. Mas de que isso lhes serviria? Shuya suspirou e devolveu a arma ao kit de Noriko.

A respiração deles, até então semelhante à de um moribundo, por fim se acalmou.

— Quer água? — Shuya perguntou.

— Um pouco — respondeu Noriko, balançando a cabeça.

O colega retirou a garrafa de plástico de seu kit de sobrevivência, rompeu o lacre da tampa de rosca e cheirou. Derramou um pouco na mão e lambeu com cuidado. Tomou um gole e, tendo se certificado de que não havia nenhuma anormalidade, passou a garrafa para Noriko. Ela a pegou e tomou apenas um bocado, pois devia saber que a água se tornaria um bem precioso. A garrafa continha aproximadamente um litro apenas, e cada adolescente recebera duas delas. Sakamochi explicou que eles não poderiam usar telefones, mas e com relação à água?

— Deixa eu ver como está sua perna.

Noriko obedeceu ao pedido de Shuya e estendeu vagarosamente a perna direita, até então dobrada sob a saia. Shuya retirou a lanterna de seu kit de sobrevivência, tendo o cuidado de envolver a luz com a palma da mão para que não se espalhasse muito, e assim viu a perna machucada de Noriko.

A ferida estava na panturrilha externa. A carne estava raspada numa área de aproximadamente um centímetro de profundidade e quatro de comprimento. Um fino fio de sangue ainda escorria com abundância do ferimento. Na verdade, o ferimento parecia exigir sutura.

Shuya rapidamente desligou a lanterna e, em vez do kit de sobrevivência, puxou para si sua bolsa esportiva. Pegou o cantil de uísque e duas bandanas limpas reservadas para a viagem. Destampou a garrafa.

— Vai doer um pouco.

— Tudo bem — Noriko disse, mas, quando Shuya inclinou a garrafa e derramou o uísque sobre o ferimento para desinfetá-lo, ela deixou escapar um leve gemido. Shuya pressionou o ferimento com uma bandana e, estendendo a outra, dobrou-a no formato de uma tira, começando a envolver fortemente com ela o machucado, em substituição a uma gaze. Isso serviria para estancar o sangramento por um tempo.

Enquanto puxava com força e amarrava as duas pontas da bandana que enrolara na perna de Noriko, Shuya murmurou:

— Filhos da puta...

Noriko perguntou calmamente:

— É por causa do senhor Nobu?

Shuya cerrou os dentes com força.

— Yoshitoki, Yoshio, tudo e todos. Não gosto nada disso. Nem um pouco.

Enquanto movia as mãos, Shuya fitou por alguns instantes o rosto de Noriko. Logo baixou o olhar e terminou de amarrar a bandana. Noriko agradeceu e encolheu a perna.

— Então Yoshio foi quem matou... — As palavras saíam trêmulas. — ... Mayumi?

— Isso mesmo. Ele estava acima da saída da escola e caiu quando eu atirei uma flecha nele.

Shuya pensou e afinal lembrou que deixara Yoshio Akamatsu do jeito que estava. Ele imaginara quase involuntariamente que, desmaiado, Yoshio não levantaria por um tempo, mas talvez acordasse mais rápido do que Shuya pensava. E, empunhando de novo a besta, subiria ao telhado e talvez continuasse a matança.

Fui de novo muito ingênuo? Devia tê-lo matado no ato?

Dando-se conta disso, Shuya verificou as horas sob a luz da lua. O relógio de mergulho Hattori Hanzo, de edição limitada, um modelo velho e de fabricação nacional (doado a ele, como a maioria de seus pertences, pelo orfanato onde vivia), marcava pouco mais de vinte para as três. *Provavelmente quase todos deveriam ter saído da escola. Talvez restassem apenas dois ou três. Deixando de lado o estado de Yoshio Akamatsu depois do que aconteceu, pelo menos Shinji Mimura já tinha... Certamente Shinji não seria abatido por Yoshio... Neste momento ele já deveria ter partido.*

Shuya sacudiu levemente a cabeça. Agora ele se achava um grande idiota por ter imaginado que todos poderiam se reunir para buscar uma solução.

— Jamais poderia imaginar que Yoshio fizesse uma coisa dessas. Que ele pudesse realmente tentar matar todos os outros para sobreviver. Entendo as regras deste jogo. Mas duvidava que houvesse alguém disposto a participar dele.

— Talvez você se engane um pouco sobre isso — Noriko afirmou.

— Como? — Shuya olhou para o rosto dela, difícil de enxergar apenas com a luz da lua.

Noriko prosseguiu.

— Bem, você sabe como Yoshio é tímido. Ele devia estar apavorado. Sem dúvida. Quer dizer, não se pode saber ao certo quem se voltará contra você. Ele deve ter acreditado que, sem dúvida, todos ficariam contra ele. E que se apenas ficasse quieto, provavelmente seria... morto...

Assim como Noriko, Shuya sentou encostado no tronco de uma árvore próxima e estendeu lentamente as pernas.

Alguém apavorado talvez tentasse sair matando os outros... Essa hipótese condizia com o que Shuya imaginava, mas ele acreditava que pessoas apavoradas basicamente procurariam se esconder. Porém, se o pavor atingisse níveis extremos, certamente causaria ações contra os demais.

— Tem razão.

— Ahã — Noriko concordou. — Mesmo assim, uma matança tão desregrada é algo horrendo!

Eles ficaram calados por um tempo. Depois Shuya disse, tendo uma ideia:

— Ah, será que se Yoshio tivesse nos visto juntos teria atacado? Nossa companhia não provaria que não estamos participando do jogo?

— Hum, possivelmente.

Shuya pensou um pouco. Como Noriko dissera, Yoshio talvez estivesse apenas desconfiado de todos...

Naquele momento percebi que havia pessoas dispostas a participar do jogo. Por isso fugi. Mas talvez estivesse enganado. Seria possível algo mais idiota que matar colegas de turma? Sendo assim, não deveria ter esperado lá por outros colegas? Mesmo tendo ideia do que Yoshio faria?

De qualquer forma, tudo estava terminado. Mesmo que Shuya voltasse à escola, todos já teriam saído. Além disso, Yoshio teria feito tudo aquilo apenas por estar realmente apavorado?

Shuya não entendia mais nada.

— Sabe, Noriko.

Ela ergueu o rosto.

— O que você acha? Eu... há pouco pensei que deveria me afastar daquela escola de qualquer jeito, pois teria problemas caso houvesse outros estudantes com ideias parecidas com as de Yoshio. No entanto, se ele estava apenas apavorado... Quer dizer, você acredita realmente que haja colegas que desejam participar desse tipo de jogo? Eu imaginei que, se todos nos reuníssemos, poderíamos escapar deste jogo absurdo. O que você acha?

— Todos?

— Sim

Noriko ficou pensativa e puxou os joelhos para baixo da saia. Então declarou:

— Talvez eu seja uma mulher má.

— Hã?

— Eu não poderia... Como, por exemplo, Yukie...

Noriko mencionou o nome de Yukie Utsumi, a representante da turma. Shuya conhecia Yukie desde o início do ensino fundamental.

— Posso confiar nas garotas com quem estou sempre junto... Eu acho. Mas não confiaria nas outras. Não poderia me relacionar com elas. Não acha? Não sei o que Yoshio realmente estava sentindo, mas eu mesma tenho medo dos outros. Pela primeira vez, me dei conta de que não sei nada sobre eles... Nenhum deles. Não sei como eles realmente são... Afinal, é impossível entender o que lhes passa no coração.

Não sei nada sobre eles. Nenhum deles. Noriko tem razão. O que eu sei sobre colegas com quem estou junto somente durante o dia na escola?

Shuya voltou a sentir, de repente, que poderia haver inimigos.

Noriko prosseguiu:

— Por isso, com certeza eu acabaria desconfiando. A menos que fosse alguém em quem eu confiasse, acabaria tendo dúvidas. Será que ele ou ela não ia querer me matar?

Shuya suspirou. Aquele era um jogo monstruoso. Entretanto, estava bem estruturado. Afinal, sem ter absolutamente certeza, não se deveria puxar ninguém para formar um grupo. E se houvesse traições? Não apenas Shuya, mas Noriko também estaria exposta ao perigo. Sim... era natural que os colegas que saíram primeiro tivessem logo desaparecido. Era realista.

— Espere um pouco — disse Shuya, e Noriko olhou em sua direção. — Isso significa que o fato de estarmos os dois juntos não prova que não sejamos hostis. Desconfiarão de mim e em algum momento também de você... Pensarão que queremos matá-los...

Noriko concordou:

— Realmente. Eles desconfiarão também de mim, da mesma forma. Se permanecermos juntos, talvez os outros não nos ataquem, mas, mesmo sugerindo que eles se juntem a nós, talvez não achem uma boa ideia. Depende da pessoa, claro.

Shuya engoliu em seco.

— É pavoroso.

— Sim. Muito pavoroso.

No final das contas, fugir da frente da escola talvez tivesse sido a decisão mais acertada. Pelo menos, o que importava para Shuya era que Noriko Nakagawa, a garota adorada por Yoshitoki, estivesse sã e salva. Como ela estava agora a salvo ao lado dele, apenas isso já deveria deixá-lo satisfeito. Shuya tinha certeza de que havia escolhido a alternativa mais segura. Porém...

— Porém, eu... — ele prosseguiu. — Pelo menos, gostaria de ter Shinji aqui conosco. Ele certamente teria uma boa ideia... E você também estaria despreocupada se fosse ele, correto?

— Lógico — concordou. Como Shinji conversava bastante com Shuya, Noriko também teve várias oportunidades de dialogar com ele. Além disso...

Shuya lembrou que Shinji ajudara Noriko a se levantar e dera a ele um sinal pedindo para que se acalmasse. Pensando bem, se Shinji não tivesse feito aquilo, ele e Noriko, ambos atônitos, teriam provavelmente levado um tiro, como aconteceu com Yoshitoki.

Noriko baixou a cabeça, talvez relembrando o ocorrido, assim como Shuya, e, logicamente, o desenrolar dos acontecimentos desde o início.

— O senhor Nobu morreu...

— Sim — Shuya respondeu com estranha serenidade. — Foi mesmo.

Depois, os dois voltaram a ficar por um tempo em silêncio. Provavelmente aquele não era o momento mais adequado para conversar sobre suas lembranças e, além disso, era extremamente difícil para Shuya relembrar Yoshitoki e falar sobre o tempo que passaram juntos.

— O que podemos fazer daqui para a frente? — Noriko contraiu os lábios e, calando-se, inclinou a cabeça.

— Não conseguiríamos reunir de algum jeito Shinji e outros em quem possamos confiar?

— Bem...

Noriko pareceu refletir por instantes e, por fim, acabou se calando. Shuya não tinha ideia de como isso poderia ser feito. Pelo menos, não naquele momento.

O rapaz, afinal, foi forçado a suspirar de novo.

Por entre os ramos acima de sua cabeça, via-se o céu noturno de tonalidade acinzentada pela fosca luz do luar. *Deve ser a isso que costumam chamar de "estar num mato sem cachorro". Se todos os colegas fossem pessoas boas, bastaria andar por aí chamando-os em voz alta. Porém, isso seria o mesmo que pedir ao "inimigo" para nos matar. Obviamente, torço para que não haja ninguém assim, mas... Eu mesmo estou com medo.*

Então Shuya se lembrou de algo. Voltou-se para Noriko e perguntou:

— Você não teve receio de mim?

— Hein?

— Você não pensou que eu iria te matar?

Apesar de não poder enxergar bem apenas com a luminosidade do luar, Noriko parecia ter aberto um pouco seus grandes olhos.

— Você jamais faria algo do gênero.

Shuya ponderou um pouco. Depois disse:

— Porém... é difícil saber o que se passa no coração das pessoas. Você mesma disse isso há pouco.

— Não — Noriko balançou a cabeça. — Mas eu sei que você, Shuya, nunca faria isso.

Com uma expressão indefinida no rosto, Shuya fitou Noriko.

— Você sabe?

— Hum... sei... eu sei — Noriko respondeu pausadamente. — Porque não é de hoje que eu te observo.

Numa situação normal, seriam palavras a ser ditas num tom um pouco mais formal. Sem pedir demais, se possível, numa situação mais romântica.

De qualquer maneira, isso trouxe à mente de Shuya uma carta de amor anônima escrita num papel azul-claro. Ele a encontrou dentro de sua carteira escolar certo dia de abril. Não foi a primeira carta de amor que recebera enquanto era o genial interbases da Little League no passado ou, atualmente, o autodenominado (e, às vezes, também assim chamado por outros) "estrela do rock 'n' roll da Escola de Ensino Fundamental Shiroiwa". Por um tempo ele permaneceu tão impressionado com a carta que a conservava com carinho. Talvez pelo poema escrito nela.

"Mesmo sendo mentira, mesmo sendo um sonho, olhe para mim" (era assim que o poema começava). "Não é mentira, não é sonho, seu rosto sorridente certo dia. Mas talvez seja minha mentira, talvez seja meu sonho, seu sorriso voltado para mim. Porém, não será mentira, não será sonho, o dia em que você pronunciar meu nome" (e, continuando...). "Não é mentira, não é sonho, o amor enorme que sinto por você."

Teria sido uma carta de Noriko? Shuya achou a caligrafia parecida com a dela e também as palavras poéticas, mas a carta seria mesmo dela?

Por um instante, Shuya pensou em questioná-la sobre a carta, mas... desistiu. Não era o momento certo e ele não tinha o direito de puxar esse assunto, pois, de qualquer maneira, estava apaixonado por Kazumi Shintani, a qual, parafraseando as palavras da carta escrita em papel azul-claro, jamais "se voltaria para ele". E ele não tinha olhos para outras garotas nem, naturalmente, para aquela carta de amor. E o mais importante naquele momento era a "garota que Yoshitoki Kuninobu amava". Ele tinha o dever de protegê-la. Não se tratava "de alguém que ficaria com ele por amá-lo".

Então, de novo, recordou a expressão acabrunhada de Yoshitoki certo dia. "Shuya, estou apaixonado por uma garota."

Agora era a vez de Noriko perguntar:

— E você, Shuya, não tem medo de mim? Quer dizer, por que me socorreu?

— É que...

Shuya refletiu por um instante. Pensou em lhe revelar sobre o que Yoshitoki sentia por ela. *Sabe, meu melhor amigo gostava de você. Por isso, mais que qualquer outra pessoa, vou te ajudar custe o que custar. É lógico.*

Shuya decidiu também não contar. Um dia, eles possivelmente conversariam com calma sobre o assunto. Quer dizer, se eles tivessem esse "um dia".

— Você estava ferida. Não poderia abandoná-la nesse estado. Além disso, confio em você, Noriko. Seria castigado se não confiasse numa garota tão linda.

Noriko pareceu abrir um leve sorriso. Shuya se empenhou para devolver o sorriso. Apesar da situação terrível, ele se sentiu um pouco aliviado em ver que seus músculos formavam um sorriso.

Shuya disse:

— De qualquer modo, tivemos sorte. Não sei sobre os outros, mas pelo menos nós dois estamos juntos.

— Sim — Noriko concordou.

Mas... o que afinal eles deveriam fazer dali em diante?

Shuya começou a arrumar suas coisas. Se eles iriam descansar um momento para traçar algum plano, precisariam encontrar um local com boa visibilidade. Eles ignoravam as intenções dos outros colegas. No mínimo deveriam agir com cautela. Isso era ser realista. Toda aquela história era um absurdo.

Ele pegou o mapa, a bússola e a lanterna. Veio-lhe à mente que, se aquele jogo fosse o treinamento prático motivacional de uma empresa, com certeza seria o pior da história.

— Você ainda pode andar?

— Sim.

— Então vamos nos mover mais um pouco. Vamos procurar um lugar onde possamos descansar.

[RESTAM 38 ESTUDANTES]

11.

Mitsuru Numai (o Estudante nº 17) avançava com cautela pelo caminho entre a estreita praia de aproximadamente dez metros de largura, banhada pelo luar, e o bosque próximo a ela. Mantinha pendurado ao ombro seu kit de sobrevivência e sua mochila, e na mão direita empunhava a pequena pistola automática que encontrara dentro do kit. (Era uma Walther PPK 9mm, um dos tipos mais eficazes de armas dentre as distribuídas no jogo. Como as demais usadas no Programa, era importada em massa a baixo custo por um país intermediário que escolhera permanecer neutro com relação à República da Grande Ásia Oriental e aos inimigos, entre eles o "Império Americano".) Mitsuru conhecia a versão de chumbinho da pistola, por isso não precisava consultar o manual que vinha junto, ele sabia que não era necessário engatilhar a pistola antes de tirar. Havia também uma caixa de balas.

A arma na mão lhe proporcionou certa sensação de alívio, mas ele carregava algo ainda mais importante na mão esquerda: a bússola fornecida com o kit. Era o mesmo modelo barato de latão que Shuya recebera, mas dava conta do recado. Antes de deixar a sala de aula da escola, mais de quarenta minutos antes de Mitsuru, seu grande líder Kazuo Kiriyama (o Estudante nº 6) lhe passou um bilhete: "Se aqui for realmente uma ilha, estarei te esperando na extremidade sul".

Obviamente... não havia amigos nesse jogo. Essa era a regra. Mas laços absolutos ligavam os membros do "Clã Kiriyama". Mesmo sendo tachados de delinquentes, isso não afetava o forte vínculo entre eles.

Havia algo de especial na relação entre Mitsuru e Kazuo, pois em certo sentido fora Mitsuru quem transformara Kazuo no que ele era. Algo que os estudantes comuns como Shuya Nanahara ignoravam era que, até onde Mitsuru sabia, Kazuo Kiriyama não fora um "delinquente", pelo menos até ser admitido no sétimo ano da Escola Shiroiwa.

Mitsuru lembrava com clareza de seu primeiro encontro com Kazuo. Mesmo se quisesse, ele não esqueceria essa recordação tão vívida.

Desde o início do ensino fundamental, o próprio Mitsuru era bastante encrenqueiro. Porém, nunca agiu com despotismo ou crueldade. Mas, para ele, que crescera numa família ausente, sem ser bom nos estudos e sem qualquer tipo de talento, brigar era a única forma de autoafirmação. Apenas a "força" era seu padrão de valor. E ele a afirmava constantemente.

Por isso, não era de espantar que, em seu primeiro dia no sétimo ano, ele tenha concentrado seus esforços em suprimir a "competição" dos colegas transferidos de outras escolas. Mesmo antes disso, encontrara vários deles pelas ruas e sabia que, considerando sua capacidade, nenhum dos rapazes das outras escolas estava à sua altura. Porém, alguns não deveriam conhecê-lo. *Apenas um rei é eficaz como método de preservação da ordem...* Obviamente, ele não pensara isso com essas palavras, mas sabia que era o que acontecia.

Como era de esperar, havia dois ou três concorrentes e tudo aconteceu quando ele estava dando um jeito no último adversário, uma vez terminada a cerimônia de formatura, a sessão de orientação da turma e as aulas.

Em frente à sala de artes, por onde não passava ninguém, Mitsuru segurou o rapaz pelo colarinho e o pressionou contra a parede. Esse rapaz tinha os olhos úmidos de lágrimas e, acima de um deles, já apresentava uma mancha roxa. Ele não esboçou resistência nenhuma para Mitsuru. A questão foi concluída com apenas dois socos.

"E aí, entendeu? Ouça bem, vai parando de se achar o tal pra cima de mim."

Sem outra alternativa, o rapaz apenas movimentava a cabeça. Ou seja, ele devia estar querendo pedir que Mitsuru o soltasse, mas era necessária uma confirmação clara.

"Eu perguntei se você entendeu, porra!"

Enquanto dizia isso, ele ergueu o rapaz apenas com a força do braço esquerdo.

"Responda! O mais forte desta escola sou eu ou não?"

Enfurecido porque seu interlocutor não respondia, Mitsuru tentou suspendê-lo ainda mais alto, mas nesse momento percebeu que os olhos do rapaz se concentravam em um ponto às suas costas.

Mitsuru se virou. Soltou rapidamente o rapaz, até então seguro com firmeza, que tombou no chão. O rapaz se apressou em fugir, não valia a pena correr atrás dele.

Quatro rapazes de estatura bem superior à de Mitsuru o cercaram. A insígnia na gola de seus casacos gastos mostrava que eles eram estudantes do nono ano. Podia-se dizer de imediato que eram delinquentes. Ou seja, tinham uma maneira de viver parecida com a dele.

"E aí, pirralho?", disse o que tinha no rosto um sorriso amedrontador e coberto de acnes. "Sabia que é feio maltratar os mais fracos?"

Outro, com cabelos tingidos de castanho lhe batendo nos ombros, prosseguiu arredondando de maneira esquisita os lábios grossos.

"Muito, muito feio."

Esse jeito de falar um pouco afeminado provocou o riso de todos os quatro. Um riso bastante insano.

"A gente vai te dar uma lição."

"Vamos sim."

Os quatro voltaram a rir insanamente.

Antes mesmo de Mitsuru tentar aplicar de surpresa um chute de frente no garoto cheio de espinhas, levou uma rasteira do outro à sua esquerda.

Mitsuru caiu sentado no chão e o rapaz de espinhas no rosto, à frente dele, de repente lhe aplicou um chute. O dente da frente de

Mitsuru quebrou e a parte de trás da cabeça bateu com força na parede contra a qual ele pressionara seu colega de turma. Ele viu estrelas. Teve a sensação de que algo quente molhava a parte de cima de sua cabeça. Mitsuru ficou de quatro e tentou se levantar, mas dessa vez recebeu do rapaz à esquerda um chute no estômago. Mitsuru gemeu e de repente vomitou.

"Que nojo", um deles falou.

Que merda!, Mitsuru pensou. *Covardes... Se fosse um contra um, eu daria cabo de todos...*

Mesmo pensando assim, não havia absolutamente nada que pudesse fazer. Afinal, ele próprio escolhera um local deserto para pressionar o colega de turma. A probabilidade de um professor passar por ali era mínima.

Eles seguraram sua mão direita de encontro ao chão e um deles curvou com cuidado o dedo indicador de Mitsuru e, ao pressioná-lo embaixo de seu sapato de couro, pela primeira vez na vida ele sentiu um medo verdadeiro.

Não pode ser... não pode ser...

Na realidade, podia ser. O rapaz forçou a sola do sapato e o dedo de Mitsuru emitiu um estalido estranho. Ele soltou um grito estridente. Sentiu uma dor lancinante, nunca sentida antes. O mesmo som de risos se fez ouvir.

Esses caras..., Mitsuru pensou, *... são loucos. Não são como eu; são insanos...*

Em seguida, foi a vez de eles prepararem o dedo médio.

— Parem...

Eles não deram ouvidos a Mitsuru, que suplicava, deixando de lado qualquer tipo de orgulho. Um novo estalido se fez ouvir e o dedo médio de Mitsuru se quebrou. Ele gritou outra vez.

"Que tal mais um, pessoal?"

Foi então que afinal algo aconteceu.

A porta da sala de aula de artes se abriu, de repente, e uma voz calma falou:

"Aí, cambada, dá para vocês ficarem quietinhos?"

Por instantes Mitsuru pensou que havia um professor na sala. Porém, se fosse um professor, com certeza teria interferido. O próprio jeito de pedir para ficarem quietos soava bastante estranho.

Ainda com as costas pressionadas, Mitsuru olhou de relance.

Um jovem não muito grande, mas extremamente bonito, estava de pé. Na mão, segurava um pincel de desenho.

Mitsuru o vira durante a sessão de orientação da turma. Era um de seus colegas de classe. Ele parecia ter se mudado recentemente para o distrito e ninguém o conhecia, mas, como era calado e reservado, não chamou a atenção de Mitsuru. Pelo rosto de traços refinados, deveria ser algum filhinho de papai, do tipo que não se envolvia em brigas e sem chance de se tornar seu amigo.

Porém, o que estaria ele fazendo na sala de artes, no primeiro dia na escola? Logicamente deveria estar desenhando algo, mas isso não era muito estranho?

O rapaz de rosto espinhento se aproximou.

"Quem é você, cara?", perguntou e o encarou. "Quem é você? É do sétimo ano? O que faz aqui? Hã? Repita o que acabou de dizer. Vamos."

Ele então deu um tapa no pincel que o rapaz segurava, fazendo-o cair ao chão. A tinta azul-escura se esparramou pelo chão.

O rapaz olhou com atenção para o de rosto espinhento.

Creio ser desnecessário descrever o que aconteceu depois. Os quatro estudantes do nono ano levaram uma sova desse jovem de pequena estatura (de fato, caíram ao chão incapazes de se mexer).

O rapaz então se aproximou de Mitsuru e, depois de olhá-lo por um instante, aconselhou apenas:

"Com um ferimento desses, seria melhor ir ao hospital."

Logo em seguida, voltou para a sala de artes.

Mitsuru, contudo, por um tempo ainda permaneceu sentado no chão olhando vagamente o local onde os quatro estavam estirados. Estava impressionado por ter visto algo completamente inusitado. Ou seja, era algo similar ao espanto de um boxeador que, mesmo lutando por uma década, não conseguia passar do sexto round ao ver diante dos olhos um campeão mundial.

Ele viu um gênio.

A partir de então, Mitsuru passou a servir aquele jovem, Kazuo Kiriyama. Ele nem precisaria provar nada. Kazuo Kiriyama dera conta de quatro de uma vez só, os mesmos que Mitsuru só conseguiria vencer se fosse na base de um por um. Somente um rei faria isso, e os que não o fossem deveriam ajudá-lo. Ele pensava dessa forma fazia muito tempo. Quer dizer, era isso o que acontecia com os ávidos leitores de mangás juvenis.

Kazuo Kiriyama era um rapaz misterioso.

Como ele teria aprendido aquelas técnicas de luta? Quando Mitsuru lhe perguntou, a resposta se restringiu a um "aprendendo". Por mais que perguntasse, Kazuo não se mostrava muito propenso a responder. Mitsuru procurava descobrir perguntando se na outra escola ele já tinha boa reputação. Não, nem um pouco. Então, talvez ganhou algum campeonato de caratê. Também não. Mitsuru apenas soube que, no dia do primeiro encontro, Kazuo entrara na sala de artes sem autorização para desenhar. Por quê? Ao ser questionado, Kazuo limitou-se a responder:

"Tive vontade de desenhar, só isso."

Esse seu lado meio misterioso também atraía Mitsuru (e, a propósito, o desenho de Kazuo era uma cena do pátio deserto da escola vista da sala de artes, muito superior ao que um estudante do sétimo ano do ensino fundamental desenharia, embora Mitsuru não tivesse visto o desenho, já que Kazuo o jogara na lata de lixo logo depois de tê-lo concluído).

De qualquer forma, Mitsuru levou o novo amigo a um monte de lugares. À casa de chá da cidadezinha onde o pessoal costumava se reunir, ao local secreto que servia de depósito das coisas roubadas por ele, ao negociante suspeito que vendia todo tipo de produtos ilegais... Como a especialidade de Mitsuru era brigar, esses eram basicamente os locais que ele conhecia. Kazuo mantinha sempre uma fisionomia calma. Ele acompanhava Mitsuru talvez por curiosidade. Mitsuru chegou a ver outras ocasiões em que Kazuo deu conta, além dos rapazes que nocauteara naquele dia, de estudantes de anos superiores de outras escolas e também do ensino médio.

Sem exceção, Kazuo os obrigou a rastejar instantaneamente no chão. Mitsuru estava completamente admirado com o rapaz. Algo semelhante à alegria de um técnico ao treinar um campeão de boxe.

E Kazuo não era apenas isso. Era inteligente e sobressaía em tudo o que lhe mandavam fazer. Mesmo quando entrou no depósito de uma loja de bebidas para roubar, planejou e executou realmente bem seu plano. Graças a Kazuo, Mitsuru se safou de várias complicações (desde que se juntou a ele, nunca fora preso pela polícia). Além disso, o pai de Kazuo era presidente de uma das empresas de primeira linha não só da província, como também das regiões de Chugoku e Shikoku. Kazuo tinha as costas quentes. Mitsuru pensou que de fato havia pessoas nascidas para serem reis. *Futuramente Kazuo se transformará sem dúvida num sujeito importante... tão fantástico que ultrapassa minha imaginação.*

Porém, Mitsuru se questionou uma vez se seria correto eleger Kazuo como líder de seu grupo e cometer várias maldades. Como Kazuo continuava se recusando a convidar (embora nunca afirmasse de forma clara) Mitsuru e os outros companheiros para sua casa (para ser mais exato, sua mansão), não dava para saber se os pais dele tinham conhecimento dos atos do filho, e ele se perguntava se não estaria cometendo um erro em ensinar malvadezas a um filhinho de papai como Kazuo. Depois de muito hesitar, Mitsuru acabou falando sobre o assunto com o amigo.

Porém, Kazuo afirmou: "Não me importo. Eu me divirto com tudo isso". Assim, Mitsuru acabou se convencendo.

De qualquer forma, os dois estavam sempre juntos. Como um rei e seu fiel conselheiro.

Justamente por isso, mesmo sob circunstâncias extremas, é impossível imaginar que Kazuo e os membros do Clã Kiriyama se matassem mutuamente, embora não se possa afirmar o mesmo dos demais colegas de turma. Por isso mesmo Kazuo nos entregou um bilhete, Mitsuru pensou. *Ele já tinha em mente uma estratégia especial para lidar com a situação. Sabia como se antecipar às ações de Sakamochi e escapar dali. Se Kazuo levar mesmo isso a sério, não há governo que possa com ele.*

Enquanto pensava nisso, Mitsuru avançou por cerca de vinte e cinco minutos para o sul depois de deixar a escola, tendo visto um estudante uma única vez. Essa pessoa, que desapareceu na direção da área residencial desabitada que se localizava a nordeste da escola, era Yoji Kuramoto (o Estudante nº 8). Mitsuru ficou tenso, pois vira também Mayumi Tendo e Yoshio Akamatsu mortos do lado de fora da escola de onde partira. O jogo estava começando.

Contudo, Mitsuru decidiu chegar o quanto antes ao local combinado com Kazuo. Não se importava com os outros. Quer dizer, eles escapariam.

Conforme se dirigia para o sul, os abrigos rarearam, o que deixou o corpo e a mente de Mitsuru ainda mais tensos. Sob o uniforme escolar, todo o seu corpo estava banhado de um suor frio, que também escorria do meio de seus cabelos cacheados e curtos em direção à testa.

Um pouco mais à frente, o litoral fazia uma curva à esquerda voltando-se para oeste e, no meio dela, um recife íngreme sobressaía a partir da montanha para o oeste, mergulhando dentro do mar. Parecia um dinossauro ou um monstro enterrado com apenas as costas para o lado de fora. O recife era bem mais alto que Mitsuru e impedia sua visão. Virando de relance o olhar para o mar, Mitsuru percebeu, para além da superfície escura horizontal da água, ilhas ou várias pequenas luzes que mostravam uma grande extensão de terra. A ilha onde estavam se situava em alguma parte do mar interior de Seto. Não havia dúvida quanto a isso.

Depois de observar bem os arredores, Mitsuru se afastou da fronteira entre a praia e o bosque, o corpo banhado pela luz do luar, caminhando perto do recife. Ele começou a escalar agarrado à rocha de ríspida inclinação. A rocha era lisa e fria, e a pistola na mão direita e a mochila no ombro dificultavam a escalada. A custo subiu até o alto do recife, de apenas três metros de largura, de onde percebeu a praia se estendendo para mais longe. Mitsuru começou a descer pelo outro lado do recife.

— Mitsuru!

Atrás dele alguém o chamou. Ele levou um susto. Automaticamente se virou e levantou a arma...

Mitsuru suspirou aliviado. Abaixou o cano da arma.

À sombra de uma saliência na rocha, viu Kazuo Kiriyama. Ele estava sentado sobre uma protuberância da rocha. Com voz aliviada, Mitsuru respondeu:

— Chefe.

Porém...

Mitsuru percebeu três volumes jogados aos pés de Kazuo.

Procurou apurar o olhar na escuridão... E logo seus olhos se arregalaram.

Os volumes eram seres humanos.

Eram sem dúvida, assim como Mitsuru, os membros do Clã Kiriyama: Ryuhei Sasagawa (o Estudante nº 10), estirado de costas com os olhos virados para o céu, e Hiroshi Kuronaga (o Estudante nº 9). O outro era o corpo de uma estudante em terninho de marinheiro difícil de identificar, pois estava de bruços. De qualquer forma, parecia ser Izumi Kanai (a Estudante nº 5). Havia poças sob cada um dos corpos. As poças pareciam escuras e, se vistas sob a luz do sol, certamente seriam de um vermelho-rubro igual ao usado na bandeira da República da Grande Ásia Oriental.

Sem entender absolutamente nada, Mitsuru começou a tremer.

Afinal, o que significa isso?

Kazuo olhava para Mitsuru com os costumeiros olhos gélidos sob os cabelos repuxados para trás. Como o boxeador que depois da partida cobre os ombros com seu roupão, o casaco do uniforme estava jogado sobre seus ombros e os braços saíam soltos pelas mangas.

— O que... foi isso...? — O tremor na mandíbula de Mitsuru se transmitia à sua fala. — Afinal... o que foi isso...?

— Ah, isso? — Com a ponta do sapato de couro de bico fino de estilo simples (porém refinado), Kazuo chutou de leve o corpo mais próximo de Ryuhei Sasagawa. O braço direito de Ryuhei, alongado sobre o peito, traçou um semicírculo do comprimento do antebraço, batendo na poça. Os dedos anular e mínimo desapareceram dentro da poça. — Eles tentaram me matar. Kuronaga e Sasagawa. Por isso eu... dei um fim neles.

Não é possível.

Mitsuru não podia acreditar no que ouvia. Sem nenhum talento em especial, Hiroshi Kuronaga estava apenas agregado ao grupo e, justamente por isso, prometera lealdade absoluta a Kazuo Kiriyama. Ryuhei Sasagawa fazia pose de arrogante para encobrir suas fraquezas e era grosseiro (às vezes era difícil contê-lo quando cismava em dar chutes na bunda de Yoshio Akamatsu), mas desde a época em que descobriram que seu irmão mais novo surrupiara produtos numa loja e Kazuo usou suas conexões na polícia para livrá-lo, era imensamente agradecido a ele. Esses dois jamais trairiam a confiança de Kazuo...

Mitsuru pensava nisso quando percebeu um odor forte e pegajoso no ar a seu redor. Era sangue. O cheiro de sangue. Era muito mais forte que o emanado pelo corpo de Yoshitoki Kuninobu que ele sentira na sala de aula da escola. O volume era diferente. É provável que houvesse sangue suficiente para encher uma banheira.

Mitsuru balançava a cabeça como sufocado pelo cheiro. *Realmente... era impossível saber as reais intenções de uma pessoa e talvez Hiroshi e Ryuhei tivessem enlouquecido imaginando que seriam mortos.* Em outras palavras, eram dois joões-ninguém. Apareceram no local combinado, mas inesperadamente tentaram acabar com Kazuo.

Porém... os olhos de Mitsuru estavam pregados no outro cadáver. Izumi Kanai, que jazia de bruços, era uma linda garota de pequena estatura. Era filha de um vereador do distrito (bem, neste país ultraburocrático e de poder altamente centralizado, o cargo de vereador era puramente honorífico, sem nenhum poder real) e, embora não tão rica como a de Kazuo, provinha de uma das cinco famílias mais abastadas da região. Todavia, não era arrogante e o próprio Mitsuru a achava até graciosa. Obviamente, ele não era tão idiota a ponto de se entregar a um relacionamento com alguém de um nível social muito diferente do dele.

E Izumi agora...

Mitsuru tentou falar algo.

— Ma... mas... chefe... mas... Izumi...

O olhar frio e aguçado de Kazuo o fitava. Pressionado por esse olhar, o próprio Mitsuru procurava uma resposta.

— Izu... Izumi também... tentou matá-lo, chefe...?

Kazuo confirmou com a cabeça.

— Ela apareceu aqui de repente.

Mitsuru hesitou um pouco, mas tentou se convencer a todo custo de que era algo possível de acontecer. Afinal, se o chefe afirmava isso... Logo falou com entusiasmo:

— Co... comigo não tem problema. Não tenho intenção de matá--lo, chefe. Quero mais que este jogo sem sentido vá à merda. Você vai dar um jeito no Sakamochi e aqueles soldados das Forças Especiais de Defesa? Saiba que estou com você...

Obviamente, por ter se tornado um "quadrante proibido", agora eles não podiam se aproximar da escola. Sakamochi explicara sobre isso. Todavia, Kazuo já estaria imaginando um jeito de lidar com aquela situação.

Mitsuru interrompeu o que falava, pois notou que Kazuo balançava a cabeça. Depois prosseguiu movimentando a língua, que agora estava estranhamente grudenta:

— Então... então, nós vamos escapar daqui, não vamos? Tudo bem, vamos procurar um barco...

Kazuo o interrompeu de novo:

— Ouça bem. Para mim tanto faz.

Ouvindo isso, Mitsuru foi obrigado a piscar de novo os olhos. Não entendia o sentido das palavras de Kazuo. Tentou interpretar a expressão nos olhos do chefe, mas eles apenas brilhavam calmos como sempre, dentro da sombra formada em seu rosto.

— O que você quer dizer com isso?

Kazuo ergueu o queixo em direção ao céu noturno, como se alongasse um pouco o pescoço. A lua cintilava formando uma sombra delicada em seu rosto elegante. Nessa posição, Kazuo falou:

— Às vezes, eu perco a noção do que é correto.

Mitsuru estava cada vez mais confuso, mas, tendo ouvido até aquele ponto, um pensamento completamente diferente lhe atravessou a mente. Sentiu que faltava algo.

Foi então que percebeu o que era.

Sho Tsukioka (o Estudante nº 14) — que com ele, Hiroshi e Ryuhei formava o Clã Kiriyama — não estava ali. Ele saíra bem antes de Mitsuru. Por quê?

Certamente, Sho Tsukioka deveria estar apavorado e levando mais tempo para chegar, ou quem sabe teria sido morto a caminho dali, mas o fato é que Mitsuru tinha um mau pressentimento.

Kazuo prosseguiu:

— Agora também. Não entendo se é correto ou não.

Curiosamente, Kazuo parecia muito triste ao pronunciar essas palavras.

— Seja como for...

Kazuo se virou para Mitsuru. E, a partir daí, o tom de voz de Kazuo acelerou um pouco, como se tivesse encontrado uma indicação de *allegro* numa partitura.

— Izumi já estava aqui quando eu cheguei. Ela tentou fugir e eu a segurei.

Mitsuru engoliu em seco.

— Tirei cara e coroa. Se desse cara, eu lutaria com Sakamochi e...

Antes mesmo de Kazuo concluir a frase, Mitsuru por fim percebeu.

Não... não era possível.

Ele não queria acreditar. Era inconcebível. Kazuo era o rei e Mitsuru era seu fiel conselheiro. Era uma relação pautada em lealdade e gratidão eternas. Até mesmo o penteado puxado para trás de Kazuo fora recomendado por Mitsuru na época em que ele se curava dos dedos quebrados naquele dia. "É melhor assim. Impõe respeito, chefe." E Kazuo desde então conservara o penteado. Podia ser algo banal, mas para Mitsuru era um símbolo que expressava o relacionamento entre os dois.

Contudo, Mitsuru afinal percebeu. Talvez Kazuo não mudasse o penteado porque lhe daria trabalho, não é mesmo? Talvez ele tivesse muitas outras coisas em que pensar e apenas não se preocupasse com o visual. Mas não era só isso. O pessoal sempre agia em conjunto com Kazuo, e Mitsuru acreditava que esse era um tipo de espírito de equipe sagrado, porém, para Kazuo talvez isso fosse só um consolo ou "apenas"... sim, apenas uma experiência, tão somente uma experiência sem envolvimento emocional. Sim, Kazuo uma vez afirmara: "Isso também é divertido".

Voltara agora à mente de Mitsuru algo que o perturbara muito tempo antes. Ele sempre achara que não era nada de tão relevante e o abandonara havia muito num canto de seu coração, acumulando poeira: Ele nunca vira Kazuo Kiriyama sorrir.

O pensamento seguinte de Mitsuru talvez se aproximasse do centro da questão: *Ele sempre pareceu ter muitas ideias na cabeça. E isso é realmente verdade. Porém, bem no fundo de seu coração, não haveria de fato uma profunda escuridão que ultrapassava a compreensão? Possivelmente não fosse apropriado chamar isso de escuridão, mas um espaço completamente vazio...?*

E talvez Sho Tsukioka já tivesse compreendido isso.

Faltava a Mitsuru tempo para refletir. Todos os seus nervos estavam concentrados no dedo indicador posto sobre o gatilho de sua Walther PPK (sim, o mesmo dedo que fora quebrado naquele dia).

Uma brisa marinha soprou misturada ao odor que se elevava das poças de sangue. O som das ondas quebrando na praia continuava.

O cano da Walther PPK tremeu de leve na mão direita de Mitsuru. Porém, nesse momento, Kazuo já movia o casaco sobre os ombros.

Ouviu-se o som docemente agradável de estampidos. É lógico que a qualidade de som da pólvora estourando numa rajada de mil balas disparadas por minuto era completamente diferente, bem semelhante ao das máquinas de escrever antigas que podem ser encontradas em antiquários. Uma vez que Izumi Kanai, Hiroshi Kuronaga e Ryuhei Sasagawa perderam a vida esfaqueados, aquele era o primeiro som de tiros na ilha desde o início do jogo.

Mitsuru continuava de pé. Sob o uniforme de estudante não se via bem, mas do estômago até o peito quatro orifícios se abriram, cada qual da grossura de um dedo. Já suas costas por alguma razão apresentavam dois buracos que poderiam aninhar uma lata de conserva. Sua mão direita, que empunhava a Walther PPK, balançava ao lado da cintura. Os olhos se dirigiam para a estrela Polar, mas sob o doce luar dessa noite seria difícil vê-la.

Segurando uma massa de metal rústica parecida com uma caixa de pão de ló ou algo do gênero em que fora disposto um cabo — uma submetralhadora Ingram M10 —, Kazuo disse:

— Se desse coroa, eu participaria deste jogo...

Como se esperasse por essas palavras de Kazuo, Mitsuru tombou para a frente. Depois que o corpo ficou completamente na horizontal, a cabeça bateu na rocha e, apenas uma vez, quicou numa altura de cinco centímetros.

Kazuo Kiriyama continuou sentado por um tempo. Depois, levantou-se com calma, aproximou-se do cadáver de Mitsuru Numai e tocou levemente o corpo furado de balas com a ponta dos dedos da mão esquerda. Parecia conferir algo.

No entanto, isso não significava que ele sentisse alguma coisa. Nenhum sentimento de culpa, pesar, compaixão... Não tinha nenhuma emoção ali.

Ele apenas desejava saber como ficava um corpo humano depois da entrada dos projéteis. Ou melhor, ele simplesmente "pensou que não seria ruim saber".

Retirou os dedos e, em seguida, levou bruscamente esses mesmos dedos à têmpora esquerda... Para ser mais exato, um pouco mais atrás da têmpora. Quem o visse diria que estava arrumando o cabelo que havia despenteado.

Mas não era isso. Ele tinha uma estranha sensação — não era dor nem coceira — e, nas poucas vezes que sentia isso a cada ano, tocava ali por reflexo com a ponta dos dedos, algo que se tornara um hábito para ele.

Kazuo recebera uma educação especial dos "pais" e, apesar da pouca idade, já conhecia praticamente tudo o que se passava no mundo. Apenas a causa dessa sensação era desconhecida. Não era para menos, pois a cicatriz que estivera ali praticamente desaparecera por completo antes mesmo de ele atingir a idade de se olhar no espelho, ou seja, tudo era uma história obscura: o acidente peculiar que provocou a cicatriz e deixou o menino entre a vida e a morte; logicamente, a morte instantânea da mãe, grávida nesse acidente; a conversa entre o renomado médico e seu pai sobre o fragmento de ponta afiada que penetrara no crânio de Kazuo pouco antes de ele nascer; ou o fato de esse fragmento ter dilacerado minúsculas células nervosas. O médico morreu de uma doença hepática e o pai, ou seja, seu *verdadeiro* pai, não estava mais neste mundo por causa de complicações causadas por esse acidente, logo não havia ninguém com quem ele pudesse conversar sobre sua história.

Porém, a única coisa que não deixava dúvidas... Algo óbvio para o próprio Kazuo, apesar de não estar consciente sobre ela — ou melhor, pode-se dizer que sua conscientização sobre ela seria impossível —, era o seguinte:

Ele, Kazuo Kiriyama, agora não sentia nenhum peso na consciência, pesar ou compaixão diante dos quatro cadáveres, incluindo Mitsuru Numai. Desde que fora "jogado neste mundo pelo nascimento", jamais sentira qualquer emoção.

[RESTAM 34 ESTUDANTES]

12.

Na extremidade norte da ilha, na direção oposta ao local onde Kazuo e os outros se encontraram, um despenhadeiro íngreme se projetava para o mar. Tinha cerca de vinte metros. Sobre ele, havia um pequeno espaço aberto preenchido por gramas nativas em forma de uma coroa. O som das ondas quebrando na praia chegava até o alto do despenhadeiro e os fragmentos delas formavam pequenas névoas carregadas pela brisa ligeira.

Sakura Ogawa (a Estudante nº 4) e Kazuhiko Yamamoto (o Estudante nº 21) estavam sentados juntos na beira desse despenhadeiro coberto de grama. Os dois eram banhados pelo luar. Mantinham as pernas, do joelho para baixo, penduradas com displicência no despenhadeiro. A mão direita de Sakura apertava docemente a mão esquerda de Kazuhiko.

Seus kits de sobrevivência e suas mochilas estavam espalhados ao redor dos dois. E também duas bússolas. Assim como Kazuo marcara encontro com os membros de seu clã na extremidade sul da ilha, Sakura passou um pedaço de papel para Kazuhiko no qual escrevera "na extremidade norte" (bem ao lado do "Nós vamos nos matar"). Nesse caso, tivera sorte de a direção não ser a mesma de Kazuo Kiriyama; pelo menos, poderiam ter um tempo para conversar a sós. Uma pistola Colt Magnum .357 estava enfiada no cinto de Kazuhiko, mas ele pressentia que não a usaria.

— Está tudo calmo, não? — Sakura murmurou.

Para uma garota, seus cabelos eram bem curtos e podiam-se ver sob eles, a começar pela testa larga, as linhas de seu lindo perfil formando um rosto delicado e sorridente. Ela era alta, o que lhe dava um ar elegante e, como sempre, suas costas se mantinham eretas. Kazuhiko acabara de chegar ali e, quando os dois se abraçaram, o corpo dela tremeu levemente como um passarinho ferido.

— Sim, tem razão — Kazuhiko replicou.

A não ser pelo nariz um pouco largo, o rosto dele era bem moldado. Ele desviou os olhos de Sakura para olhar em frente. O mar se estendia sob a luz do luar, com a silhueta negra das ilhas nele salpicadas, e mais além se via uma grande extensão de terra. Havia luzes cintilando tanto nas ilhas como nesse pedaço de terra, que talvez fosse Honshu. Era pouco antes das três e meia. Lá, onde as luzes brilhavam em meio à escuridão, sem dúvida várias pessoas continuavam a dormir tranquilamente. Ou estudantes da mesma idade que eles talvez varassem a noite estudando para os exames de admissão no ensino médio. Não parecia distante, mas era um mundo agora inalcançável para ambos.

Kazuhiko aproximou o olhar um pouco mais para a frente e confirmou um pequeno ponto negro há uns duzentos metros na água. Aparentemente, era o "barco cuja função importante é atirar para matar em qualquer um que tente escapar pelo mar", conforme as palavras de Sakamochi. Em geral, mesmo durante a noite, os barcos trafegavam sem interrupção pelo mar interior de Seto, mas não se via a luz emitida pela silhueta de nenhuma outra embarcação nos arredores. Certamente, o governo restringira a navegação.

Com um arrepio de pavor, ele afastou o olhar do ponto negro. Quando saiu da escola, vira os corpos de Mayumi Tendo e Yoshio Akamatsu. Além disso, até chegar ali, ouviu o som de tiros à distância. O jogo começara e deveria continuar até o fim. Ele falara havia pouco sobre isso com Sakura, mas sentia já não ter tanta importância.

— Obrigada por isso — Sakura disse, olhando para o pequeno buquê de flores na mão contrária à que segurava a de Kazuhiko. No caminho para aquele local, ele encontrou as flores e as colheu. Eram vários trevos brancos ou algum outro tipo semelhante. No topo dos finos caules, havia um monte de pequenas pétalas parecidas com os pompons das animadoras de torcida. Não eram flores extravagantes, mas fora tudo o que ele encontrara.

Kazuhiko sorriu:

— Não há de quê.

Por um tempo Sakura manteve os olhos baixos pregados no pequeno buquê e então falou:

— Nós não poderemos voltar juntos, não é? Será impossível andar novamente pela cidade, tomar sorvetes juntos, certo?

— Bem...

Sakura o interrompeu num tom um pouco forte:

— De nada adianta reagir. Estou certa disso. Meu pai parecia ter se oposto aos métodos do governo. E, certo dia...

Kazuhiko sentiu, pela mão unida à sua, o corpo de Sakura tremendo.

— ... um policial apareceu e o assassinou. Sem uma ordem de prisão nem nada. Sem uma palavra; apenas atirou nele. Até hoje me recordo, foi na nossa cozinha. Eu, ainda pequena, estava sentada à mesa. Minha mãe me abraçava. E eu cresci fazendo sempre as refeições naquela mesa. — Sakura virou o rosto para Kazuhiko. — É inútil reagir.

Eles estavam juntos havia mais de dois anos, mas era a primeira vez que Kazuhiko ouvia sobre o caso. Mesmo depois de dormirem juntos pela primeira vez na casa de Sakura, um mês antes, ela não mencionara absolutamente nada.

Apesar de sentir que podia dizer algo mais, Kazuhiko se limitou a consolá-la:

— Deve ter sido difícil.

Porém, inesperadamente, Sakura abriu um ligeiro sorriso.

— Você é gentil, Kazuhiko, realmente é. Gosto muito disso em você.

— Eu te amo. Muito mesmo.

Se ele não fosse tão infantil e ruim com as palavras, gostaria de ter explicado o quanto a fisionomia e as palavras de Sakura, seus modos gentis e sua alma linda e imaculada representavam para ele. A existência dela por si só lhe era muito importante. Porém, ele não conseguia expressar seu sentimento em palavras. Ele era apenas um estudante do último ano do ensino fundamental com notas não muito boas, sobretudo em língua japonesa.

— De qualquer forma... — Sakura fechou os olhos e respirou como se estivesse um pouco aliviada. Então expirou. — ... eu queria muito estar com você.

Kazuhiko ouvia calado.

Ela prosseguiu:

— Daqui em diante coisas pavorosas vão acontecer. Como você disse há pouco, o jogo já começou. Até ontem éramos todos amigos, mas hoje... matamos uns aos outros.

Sakura disse isso e voltou a tremer. De novo Kazuhiko podia sentir isso pela mão dela.

A namorada mostrou-lhe um sorriso complexo, que misturava pavor à ironia do destino terrível que se abatera sobre eles.

— Não vou suportar tudo isso.

Sim, é lógico que ela não conseguiria. Sakura era uma garota extremamente gentil. Muito mais que as outras moças que Kazuhiko conhecia.

— Além disso... — Sakura voltou a falar — ... não poderemos voltar juntos. Mesmo que um de nós possa voltar, será impossível permanecermos juntos. Mesmo que porventura eu sobreviva, não vou suportar não ter você comigo. Por isso...

Sakura interrompeu a frase pela metade. Kazuhiko compreendeu o que ela pretendia dizer: *Por isso, vou me matar. Aqui, enquanto ninguém me atormenta. Diante de você.*

Ela não externou o que ele pensara, mas completou:

— ... você deve viver.

Kazuhiko sorriu com amargura, apertou com firmeza a mão de Sakura e balançou a cabeça:

— Não seja cruel. Eu me sinto da mesma forma. Por mais que eu sobrevivesse, não suportaria viver sem você. Não me deixe sozinho, por favor.

Lágrimas rolaram inesperadamente dos olhos grandes de Sakura, que miravam os de Kazuhiko. Ela desviou o rosto do dele, enxugou os olhos com a mão esquerda, que segurava o buquê de trevos brancos, e perguntou algo repentino:

— Você viu aquele programa? O das nove, às quintas? O último capítulo de *Hoje à noite, no lugar de sempre*?

Kazuhiko assentiu com a cabeça. Era uma novela transmitida pelo canal DBS da TV aberta. As novelas produzidas pela TV da República da Grande Ásia Oriental eram histórias de amor triviais, mas com um ótimo enredo e, em anos recentes, obtinham os mais elevados índices de audiência.

— Ah, eu assisti. Por recomendação sua.

— Hum. Por isso, eu pensei...

Enquanto ouvia o que Sakura dizia, Kazuhiko pensou: *Ah, a gente sempre falava coisas assim. Éramos muito felizes jogando conversa fora. Sakura quer que sejamos até o fim como sempre fomos.* Pensando assim, Kazuhiko também sentiu vontade de chorar.

— ... bem, os dois protagonistas poderiam acabar juntos, como é de esperar. Mas por que Mizue, a amiga de Miki, interpretada por Anna Kitagawa, não foi atrás do homem que amava? Isso me deixou decepcionada. Se fosse eu, teria ido atrás dele.

Kazuhiko sorriu:

— Sabia que você diria isso.

Sakura devolveu-lhe o sorriso, tímida:

— Difícil esconder algo de você. — E prosseguiu alegremente: — Lembro até hoje quando te conheci na escola e nos tornamos colegas de turma. Você era alto, bonito, porém, mais que isso, eu estava certa de que você poderia me entender, de coração.

— Não consigo me expressar bem... — Kazuhiko mordeu de leve os lábios, pensou um pouco e prosseguiu. — Não consigo me expressar bem, mas talvez eu também me sentisse dessa forma.

Falou bem.

Em seguida, virou-se de frente para Sakura. Ainda com a mão esquerda segurando a mão direita dela, estendeu o outro braço por sobre o ombro da garota.

Eles se abraçaram nessa posição e se beijaram. Foram apenas alguns segundos. Não? Algumas dezenas de segundos? Não? Uma eternidade?

Mesmo assim, seus lábios se afastaram. Eles ouviram um farfalhar. De um arbusto atrás deles. Não havia dúvida de que alguém estava lá. E aquele era o sinal. *Senhores passageiros, o trem está partindo. Favor embarcar o quanto antes*. Realmente.

Nada mais havia a dizer. Sim, eles poderiam resistir. Poderiam empunhar a arma e lutar com o adversário atrás deles. Todavia, não era isso que desejavam. O que Sakura queria era partir deste mundo de forma serena antes de se envolverem numa matança mútua completamente insensata. Ela era tudo para Kazuhiko. Ele não a trocaria por nada deste mundo. A alma trêmula de Sakura queria isso; portanto, ele a seguiria. Tivesse ele mais capacidade de descrever seus sentimentos, provavelmente se conscientizaria de que ele "morreria para provar o quanto a ama".

Tendo como fundo o mar negro, os dois corpos se lançaram do despenhadeiro dançando no ar. De mãos dadas, firmemente.

Yukie Utsumi (a Estudante nº 2) pôs metade da cabeça para fora dos arbustos e assistiu à cena com a respiração suspensa. Como ela jamais teria a intenção de ferir ninguém, não poderia imaginar que o ruído que causara tinha avisado aos dois que havia chegado o momento da partida. Apenas contemplou absorta os corpos do casal número 1 da turma desaparecerem para além da borda coberta de grama do despenhadeiro. O som das ondas batendo contra as rochas continuava, uma brisa doce soprava e o pequeno buquê de trevos brancos caído da mão de Sakura jazia sobre a grama.

Por um tempo Yukie tremeu incessantemente, mesmo quando ouviu às suas costas Haruka Tanizawa (a Estudante nº 12) perguntar o que acontecera.

[RESTAM 32 ESTUDANTES]

13.

Megumi Eto (a Estudante nº 3) estava sentada na escuridão, abraçando os joelhos, seu pequeno corpo tremendo. Ela estava no interior de uma casa no litoral leste, perto da área residencial mais populosa da ilha. As luzes deviam funcionar, mas Megumi nem tentou se certificar. O luar penetrando através da janela não chegava à velha mesa da cozinha onde ela se escondia. Nessa completa escuridão, Megumi não conseguia ver o relógio, mas duas horas deviam ter se passado desde que ela se sentara calmamente ali. Deviam ser quase quatro horas da madrugada. Há cerca de uma hora ela ouvira um som fraco à distância, semelhante ao de fogos de artifício. Porém, Megumi não queria pensar sobre o que aquilo seria de fato.

Ao erguer o rosto, vislumbrou sob a luz do luar a silhueta da prateleira de louças e da chaleira em cima da pia perto da janela. Os habitantes da casa sem dúvida foram obrigados pelo governo a mudar para uma residência temporária em outro local. Ela estava ciente disso, mas os sinais da vida diária ainda pairavam no ambiente, artificiais e apavorantes. Megumi sentiu um novo arrepio ao lembrar da história de horror que ouviu quando criança, sobre o navio *Marie Celeste*, cujos tripulantes desapareceram, deixando para trás apenas comida e pertences.

Logo depois de partir, ela nem pensava para onde ir, apenas corria, mas quando deu por si estava no meio dessa área residencial. Instantaneamente pensou que ainda eram poucos os estudantes que haviam partido da escola. Ela fora a sexta a sair. Cinco saíram antes dela, mas... apenas cinco. O vilarejo tinha cerca de cinquenta ou sessenta casas; mesmo que algum estudante se abrigasse numa delas, a probabilidade de encontrá-lo seria quase nula. E, contanto que trancasse a porta e permanecesse sitiada naquele local, estaria segura, pelo menos até que a área se tornasse um quadrante proibido e ela fosse obrigada a sair dali. A existência da coleira que explodiria se ela entrasse num quadrante proibido era opressiva, mas não havia nada a fazer a esse respeito, pois Sakamochi alertara: "Se tentarem tirá-la à força, ela explodirá". De qualquer forma, o importante era não deixar de ouvir o anúncio periódico de Sakamochi avisando quais quadrantes se tornariam proibidos e em que horário.

Pensando assim, Megumi tentou entrar numa das casas próximas, mas a primeira delas estava trancada. O mesmo se deu com a segunda. Na terceira, ela acabou quebrando com uma pedra a porta envidraçada dos fundos. O barulho do vidro estilhaçado foi tão alto que ela se escondeu sob a varanda, mas não havia sinal de ninguém na casa. Ela entrou e, como não adiantaria de nada trancar a porta com o vidro quebrado, fechou com esforço a porta corrediça externa. No instante em que o fez, tudo escureceu. Ela sentiu como se tivesse penetrado numa casa mal-assombrada, porém, mesmo assim, ligou a lanterna recebida no kit de sobrevivência e examinou o interior. Achou duas varas de pescar e as usou para escorar a porta.

E agora Megumi estava debaixo da mesa da cozinha. Matar-se uns aos outros era uma idiotice. Porém, se aquele quadrante (confirmou pelo mapa que praticamente toda a área residencial estava incluída no quadrante H-8) não se tornasse proibido até o fim do jogo, ela talvez pudesse sobreviver.

Megumi pensava enquanto tremia sem parar. *Isso é pavoroso. É claro que pelas regras do jogo todos são inimigos e é impossível confiar em quem quer que seja.* Justamente por isso ela estava ali, tremendo. Porém, quando o apito declarando o final do jogo tocasse, se ela tivesse sobrevivido, isso significaria que todos os demais teriam morrido. Suas várias amigas do peito (Mizuho Inada e Kaori Minami, entre outras) ou mesmo Shuya Nanahara, que lhe provocava palpitações cada vez que pensava nele.

No meio da escuridão, Megumi puxou os joelhos para si e pensou em Shuya. O que mais lhe chamava a atenção nele era a voz. Uma voz de timbre meio rouco, nem alta nem baixa. Ele parecia gostar daquela música proibida, o rock, e nas aulas de música, quando todos entoavam hinos glorificando o governo e o Supremo Líder, Shuya mostrava uma expressão de insatisfação. Porém, cantava de uma forma bastante especial. Megumi jamais ouvira um som de guitarra como o que Shuya fazia quando ele tocava de improviso, com seu ritmo que levava o corpo naturalmente a começar a dançar e, apesar disso, graciosa como o lindo som dos sinos de uma igreja. E seus longos cabelos ondulados (ele dizia que imitava Bruce Springsteen, mas Megumi ignorava quem seria esse) e os olhos gentis cujas pálpebras duplas lhe conferiam um ar meio sonolento (Megumi às vezes os achava graciosos como os de um gato). Sem contar o porte elegante por ter sido o principal atleta da Little League no início do ensino fundamental.

Quando pensou no rosto e na voz de Shuya, seu corpo parou um pouco de tremer. *Ah, seria maravilhoso se ele estivesse agora aqui ao meu lado!*

Mas por que não confessei a Shuya meu sentimento por ele? Numa carta de amor? Pedindo que fosse a um local determinado para ficarmos cara a cara? Ou mesmo por telefone? Agora é tarde.

Tendo pensado nisso, algo lhe passou pela cabeça.

O telefone.

Sim, Sakamochi dissera que mesmo entrando numa casa não seria possível usar o telefone. Mas...

Megumi pegou às pressas sua bolsa de náilon que estava ao lado do kit de sobrevivência. Abriu o zíper e vasculhou com afinco entre as mudas de roupa e os artigos de toalete. A ponta dos dedos tocou um objeto quadrado e duro. Ela o retirou da bolsa. Era um celular. A mãe de Megumi o comprara para o caso de acontecer algum imprevisto durante a viagem (bem, o jogo era muito mais que um imprevisto...). Ela sentia inveja dos colegas de classe que possuíam celulares e se emocionou com a sensação de ter um só dela, mas por outro lado ela sempre achara os pais superprotetores e, mesmo julgando se tratar de uma preocupação exagerada da mãe e algo desnecessário a uma estudante no último ano do ensino fundamental, ela enfiou o aparelho novo em folha no fundo da bolsa e, até aquele momento, se esquecera completamente de sua existência.

Com as mãos trêmulas, ela puxou o *flip* para cima.

Automaticamente, o celular mudou do modo de recepção para o de envio, aparecendo uma luz verde no painel e botões de discagem na pequena tela de cristal líquido. Ela agora via sob essa luz os joelhos e seus pertences, porém o mais importante era que no painel apareciam claramente os símbolos de antena e ondas elétricas que mostravam ser possível realizar chamadas.

— Ah... meu Deus...

Megumi apertou impacientemente no teclado de discagem o número de sua casa no distrito de Shiroiwa: 0, 8, 7, 9, 2...

Depois de um momento em silêncio, o sinal de chamada chegou ao ouvido de Megumi grudado ao aparelho. Seu peito se encheu de esperança.

Um, dois, três toques... *Atendam logo. Papai, mamãe. Sei que não é hora conveniente para se dar um telefonema, mas sua filha está em apuros, vamos, rápido.*

Um som se fez ouvir e, em seguida, uma voz disse "Alô".

— Ah, papai!

Megumi fechou os olhos, encolhida. Aliviada, sentia como se fosse enlouquecer. *Estou salva, salva!*

— Papai! Sou eu! Megumi! Ah, papai! Por favor, venha me ajudar! Papai, venha me ajudar!

Megumi continuava a gritar freneticamente ao telefone, mas, como seu interlocutor permanecesse mudo, ela caiu de repente em si. Há algo... errado. *Há algo... por que papai... não, este...*

Por fim, a voz do outro lado falou:

— Não sou seu papai, Megumi. Aqui é Sakamochi. Eu avisei, Megumi, que o uso de telefones é proibido.

Megumi gritou e atirou o celular longe. Depois, foi até ele e apertou às pressas o botão de término da ligação, quase batendo no aparelho caído no chão.

Seu coração quase lhe saltava pela boca e a esperança que havia nele fora destroçada pelo desespero. *Ah, não deu certo... Eu deveria saber que era impossível... Eu vou morrer... Aqui... Este será meu fim...*

Mas outra coisa provocou um sobressalto ainda maior no coração de Megumi.

O som de algo se despedaçando.

Era o barulho de um vidro sendo quebrado.

Megumi virou o rosto na direção do som. O barulho vinha da sala de estar, lugar em que ela estivera poucos minutos atrás para conferir se a porta estava trancada. Alguém chegara.

Alguém! Por quê? Com tantas casas ao redor, por que logo essa?

Às pressas, Megumi fechou o painel do celular que emitia uma indistinta luz verde. Ela o enfiou no bolso e pegou a arma que estava sobre o kit de sobrevivência: uma faca de mergulhador de dois gumes. Megumi a tirou da bainha de plástico e a segurou com força. *Preciso fugir o quanto antes.*

Porém, seu corpo petrificado lhe impedia os movimentos. Megumi conteve a respiração. *Meu Deus, por favor, eu imploro, não deixe que ouçam meu coração batendo.*

Ouviu o som da janela sendo aberta, depois fechada, e passos calmos avançando devagar. Por um tempo, o som dos passos deixou claro que alguém se movia pelo interior da casa, para por fim se aproximar diretamente da cozinha onde Megumi estava. Seus batimentos cardíacos se intensificaram.

O fino raio de luz de uma lanterna penetrou de súbito no ambiente. A luz percorreu as chaleiras e panelas sobre a pia.

Ouviu-se o som de respiração e alguém dizendo:

— Que bom. Está vazia.

O som dos passos adentrou a cozinha, mas a voz deixou Megumi em estado de pânico. A tênue esperança de que poderiam se entender caso fosse uma pessoa de seu círculo de amizades foi completamente esmagada. Isso porque aquela era a voz *dela*. A voz de Mitsuko Soma (a Estudante nº 11), a garota mais delinquente da escola, que, apesar do rosto angelical e encantador, intimidava qualquer professor apenas com um olhar.

Para Megumi, Mitsuko Soma era mais apavorante que Kazuo Kiriyama e Shogo Kawada, sobre os quais corriam vários boatos. Provavelmente porque Mitsuko também era uma garota, como Megumi, ou porque, quando se tornaram colegas de turma pela primeira vez, no oitavo ano, a própria Megumi sofrera bullying de Hirono Shimizu, que era do grupo de Mitsuko. Quando passava perto de Megumi no corredor, Hirono a fazia tropeçar e cair, ou cortava sua saia com um estilete... Ultimamente, isso não acontecia mais, como se Hirono tivesse perdido o interesse por ela (mesmo assim, quando entrou para o nono ano, Megumi achou desanimador o fato de não ter havido mudanças na turma). Contudo, embora Mitsuko jamais a tivesse atormentado, Megumi tinha mais medo dela que de Hirono.

Sim... Com certeza Mitsuko Soma teria prazer em matar alguém como Megumi.

O corpo de Megumi voltou a tremer. *Ah... que coisa, pare, não trema... Se ela ouvir...* Ela abraçou forte o corpo, esforçando-se para conter a tremedeira.

De sua posição sob a mesa, ela viu a mão de Mitsuko que segurava a lanterna e a cintura de sua saia brilhando sob a luz. Também ouviu o som de Mitsuko procurando algo nas gavetas da pia.

Rápido, por favor... Saia logo daqui... Pelo menos saia deste cômodo... Sim, posso correr para o banheiro. Posso me trancar por dentro e fugir pela janela. Tenho que fazer algo, rápido...

Trimmmmm. De repente um sinal eletrônico soou e o coração de Megumi praticamente pulou para fora.

Mitsuko Soma também pareceu tremer levemente. A luz da lanterna se apagou, assim como a linha de sua saia. Ela parecia se mover devagar para um canto do cômodo.

Megumi percebeu que o sinal eletrônico provinha de dentro de seu bolso e retirou dele às pressas o celular. Sem poder pensar em nada, ela abriu instintivamente o *flip*. Apertou nervosamente os botões.

Uma voz se fez ouvir:

— Ah... aqui é Sakamochi. Outra coisa, Megumi, recomendo que você desligue seu celular. Senão, se eu te ligar como estou fazendo agora, todos saberão onde você está. Não é? Por isso...

O dedo de Megumi procurou às pressas o botão de pausa da ligação, cortando a voz de Sakamochi.

Um silêncio sufocante continuou por um tempo. Em seguida, a voz de Mitsuko perguntou:

— Megumi? Megumi, é você?

Mitsuko parecia estar em um canto da cozinha, afundada na escuridão. Megumi pôs o celular com cuidado no chão e empunhou apenas a faca. Sua mão tremia e a faca parecia um peixe querendo fugir dela, porém ela a segurou com força, cada vez com mais força.

Mitsuko era mais alta que Megumi, mas não era tão mais forte. Megumi ainda teria chance de vencê-la se a arma de Mitsuko não fosse uma pistola. (Seria uma pistola? Não, se fosse, Mitsuko já teria apontado para onde ela estava e atirado.) Sim, ela devia matá-la, pois se não o fizesse, Mitsuko sem dúvida acabaria com ela.

Precisava matá-la.

Ouviu-se um clique e a luz da lanterna reapareceu. A luz penetrou sob a mesa, ofuscando por alguns instantes os olhos de Megumi. Porém, aquele era o momento; bastava se erguer e se lançar em direção à luz, empunhando a faca.

Contudo, a ideia de Megumi foi abortada repentinamente pelo desenrolar imprevisto dos acontecimentos.

A luz da lanterna foi direcionada para baixo e Mitsuko se sentou no chão fitando Megumi. Lágrimas escorriam dos olhos dela.

— Que bom... — Os lábios estremecidos de Mitsuko se moveram entrecortados de palavras fracas. — Eu... eu... estou apavorada.

Soluços se misturavam à voz de Mitsuko. Ela estendeu ambos os braços em direção a Megumi, como suplicando que ela a salvasse. Ela não empunhava nenhuma arma.

Mitsuko continuou num só fôlego:

— Posso... posso confiar em você, não é? Não é? Você ficará do meu lado, não?

Por um instante, Megumi permaneceu atônita. Ali estava Mitsuko chorando. E pedindo sua ajuda.

Ah... O tremor no corpo de Megumi desaparecia devagar, dando lugar em seu peito a uma massa de sentimentos difícil de descrever.

Claro. Ah, claro. Apesar de sua reputação ruim e dos boatos que corriam, Mitsuko Soma não passa de uma garota do nono ano do ensino fundamental, assim como eu. Mitsuko não conseguiria fazer algo tão pavoroso como matar nossos colegas de turma. Ela está apenas sozinha e muito assustada. E... ah, mesmo assim, eu acabei pensando... em matá-la... Que... que pessoa horrenda eu sou.

O peito de Megumi estava repleto de ódio por si mesma e, também, pela sensação de alívio de poder ter a companhia de alguém, de não estar mais sozinha. Lágrimas escorreram também de seus olhos.

A faca escorregou da mão de Megumi e caiu no chão. Ao sair engatinhando para fora da mesa, ela apertou a mão que Mitsuko lhe estendia. Como se uma represa tivesse explodido bem no fundo de seu peito, ela exclamou com uma voz excitada:

— Mitsuko! Mitsuko!

Sentia agora o corpo tremer por um outro tipo de emoção. Porém, ela não se importava com isso naquele momento. *Eu... eu...*

— Está tudo bem... tudo bem. Eu ficarei do seu lado. Permaneceremos juntas.

— Sim, sim. — Com o rosto abatido, molhado pelas lágrimas, Mitsuko segurou a mão de Megumi. — Sim, sim — ela repetia, balançando a cabeça.

Megumi abraçou Mitsuko no chão da cozinha. Sentiu o calor do corpo da garota e, conforme ela tremia indefesa em seus braços, seu sentimento de culpa se intensificou.

Eu... eu pensei coisas horríveis... Abomináveis... pensar em matar essa garota...

— Olhe... — Megumi falou. — Eu... eu...

— Hã? — Mitsuko fitou Megumi com os olhos molhados de lágrimas.

Megumi balançou a cabeça para os lados e contraiu com firmeza os lábios, prestes a deixar escapar um grito.

— Eu...eu estou envergonhada de mim mesma. Por um instante tive a intenção de te matar. Pensei nessa possibilidade. Porque estava muito... apavorada.

Ao ouvir isso, Mitsuko arregalou os olhos, mas não se mostrou zangada. Apenas concordou com vários gestos leves de cabeça, mantendo a feição amarrotada do choro. Depois afirmou, sorrindo:

— Não faz mal. Tudo bem. Não se preocupe com isso. É natural, numa situação como essa. Não esquente. O.k.? Fique comigo. Eu te peço.

Dizendo isso, Mitsuko segurou gentilmente o rosto de Megumi com a mão esquerda e encostou sua face na dela. Megumi sentiu em sua pele as lágrimas de Mitsuko.

Ah, Megumi pensou, *eu estava totalmente enganada. Mitsuko Soma é no fundo essa garota tão doce. Seu coração perdoou com palavras gentis até alguém que pretendia matá-la. É como o falecido professor Hayashida costumava dizer: não devemos julgar outra pessoa apenas por rumores. Isso é atitude de gente de coração impuro.*

Ao pensar nisso, Megumi voltou a sentir uma forte emoção no peito. Ela apenas abraçou Mitsuko ainda mais forte. Era tudo que podia fazer no momento. *Me perdoe. Eu fui realmente uma pessoa horrível...*

Megumi então ouviu um som como o de um limão sendo cortado de uma só vez.

Era um som perfeito. Dos que só seriam emitidos com uma faca nova de boa qualidade e um limão fresco, como nos programas de culinária da TV. "Caros ouvintes, hoje prepararemos salmão marinado al limone..."

Alguns segundos decorreram até Megumi perceber o que se passara. Ela viu a mão direita de Mitsuko. Abaixo de seu queixo, do lado esquerdo. E dessa mão, refletindo fortemente a luz da lanterna de bolso, estendia-se uma lâmina de leve curvatura no formato de uma banana. Uma foice. Do tipo usado para ceifar espigas de arroz. A extremidade dela penetrara na garganta de Megumi.

Segurando a parte de trás da cabeça de Megumi com a mão esquerda, Mitsuko enterrou ainda mais fundo a foice que mantinha na mão direita. O mesmo som cortante de antes se fez ouvir.

A garganta de Megumi começou a queimar ferozmente, mas isso não durou muito. Sua voz não saía, e ela perdeu a consciência quando seu peito por fim esquentou bastante com o próprio sangue. Ela morreu sem entender ao certo que tinha uma lâmina enterrada na garganta e qual o significado daquilo. No final, sem poder sequer pensar em sua família ou no rosto de Shuya, Megumi foi traída nos braços de Mitsuko.

Quando Mitsuko afastou a mão, o corpo de Megumi desabou para o lado.

Mitsuko desligou mais que depressa a lanterna e se levantou. Enxugou as lágrimas incômodas dos olhos (ela podia chorar quando quisesse, o que era, diga-se de passagem, um de seus talentos), levantou a foice de encontro à luz do luar que penetrava pela janela e a balançou para limpar o sangue. As gotas de sangue provocaram um leve ruído ao ricochetear no assoalho.

Nada mal para uma principiante... Mitsuko pensou. Ela cogitou procurar um facão mais fácil de manusear, mas a foice não fora tão ruim. Contudo, ela aparentemente não prestara atenção ao entrar numa casa onde poderia haver alguém. *Daqui para a frente, preciso tomar mais cuidado...*

Depois, olhou o cadáver de Megumi e disse com ar sereno:

— Desculpe. Eu também tive a intenção de te matar.

[RESTAM 31 ESTUDANTES]

parte 2
lutas intermediárias

14.

A primeira noite terminava num amanhecer cintilante.

Shuya Nanahara ergueu a cabeça e contemplou o céu azul que empalidecia aos poucos por entre os galhos das árvores. Os ramos e as folhas de carvalhos, camélias, algum tipo de cerejeira e outras espécies formavam uma rede intrincada ao redor, cobrindo e disfarçando o local onde Noriko e Shuya estavam.

Reexaminando o mapa, Shuya percebeu que a ilha possuía o formato de um losango meio arredondado, com colinas ao norte e ao sul. O local onde estavam se situava ao sul da montanha norte, ao sopé da encosta do lado oeste. Segundo as coordenadas em formato de rede que dividiam o mapa, seria sem dúvida o quadrante C-4. No mapa, além das curvas de nível, estavam inseridas com bom detalhamento as áreas residenciais e outras habitações (marcadas com pontos azul-claros), instalações — que no final das contas eram apenas as marcas da clínica, do prédio da brigada de incêndio, do farol e, além desses, o local de reunião da administração local, a cooperativa de pescadores e uns poucos outros — e as estradas grandes e pequenas, fornecendo uma ideia geral do quadrante onde cada um se localizava, com o relevo, as estradas e a posição das casas espalhadas.

Ao mesmo tempo, ele confirmou durante a noite, observando de uma posição relativamente alta na colina, que se tratava mesmo de uma ilha, exatamente como no mapa. No mar envolto pela escuridão se distinguiam as silhuetas de outras ilhas de tamanhos variados. E se via também a silhueta de algo semelhante a um barco-patrulha com as luzes apagadas, como Sakamochi avisara.

As árvores do bosque onde Shuya e Noriko estavam terminavam abruptamente bem do lado oeste, transformando-se numa inclinação íngreme. Abaixo havia um pequeno prado e, para além dele, uma inclinação prosseguia até o oceano. Na colina atravessada durante a noite havia uma construção semelhante a uma cabana. Há uns dez metros, pelo pórtico que se erguia, parecia haver um templo xintoísta bem pequeno (também marcado no mapa). O portão da frente estava aberto e o interior, deserto. Porém, Shuya decidiu não se esconder ali, assim como fizera com as casas pelas quais passaram pelo caminho. Afinal, outros estudantes poderiam pensar o mesmo... Como havia apenas uma entrada, seria impossível fugir caso fossem encontrados.

No final, Shuya encontrou um local relativamente perto do mar, cercado por arbustos, onde os dois poderiam deitar e descansar. Mais acima na colina, a vegetação parecia se adensar e Shuya imaginou que muitos outros poderiam se reunir ali, por isso preferiu um local menos íngreme e fácil de fugir quando um inimigo aparecesse. Além disso, havia o ferimento na perna de Noriko.

Shuya se encostou contra o tronco com cerca de dez centímetros de diâmetro de uma árvore. Noriko estava bem a seu lado esquerdo. Assim como Shuya, ela se encostou ao tronco de outra árvore e estendeu lentamente sua perna ferida. Os dois estavam exaustos. Noriko fechou os olhos com calma.

Até certo ponto, Shuya discutira com ela o que fazer dali em diante, mas no final não chegaram a nenhuma conclusão.

Pensaram primeiro em procurar um barco para fugir. Porém, logo perceberam que seria algo praticamente inútil. Havia os barcos-patrulhas ao largo e, além disso...

Shuya voltou a estender a mão docemente ao pescoço, tocando a superfície fria "daquilo". Ele se acostumara à sensação do toque em si no objeto sufocante que selava fatalmente seu destino.

Sim, a coleira.

Se o dispositivo na escola enviasse o sinal especial, a bomba inserida na coleira explodiria. Conforme as regras explicadas por Sakamochi, isso aconteceria caso alguém entrasse num quadrante proibido, mas obviamente deveria se aplicar também a quem tentasse escapar pelo mar. Podia-se dizer que, enquanto houvesse as coleiras, os barcos-patrulhas seriam desnecessários. Mesmo que eles conseguissem arranjar um barco, seria impossível fugir sem antes dar um jeito nelas.

Sendo assim... a única alternativa seria atacar Sakamochi na escola e, antes de mais nada, desabilitar as travas das coleiras. Contudo, mesmo que tentassem fazê-lo, não poderiam se aproximar do quadrante G-7, onde se localizava a escola, que logo depois do início do jogo fora designado um quadrante proibido. Afinal, a posição de cada um deles poderia ser identificada.

Enquanto pensavam em várias alternativas, o sol acabou por iluminar todo o local. Era perigoso vagar para um lado e para outro à luz do dia. Shuya achou por bem esperarem de novo pela noite.

Porém, havia o problema do limite de tempo. Sakamochi alertara para o que aconteceria "se ninguém morresse dentro de vinte e quatro horas". Porém, a última pessoa que ele viu morta foi quando deixou a escola, mais de três horas antes. Se não houvesse mais nenhuma morte em cerca de vinte horas, seria o fim de todos. Mesmo que tentassem escapar, seria tarde se deixassem para planejar depois de anoitecer. Ironicamente, quanto mais colegas de turma morressem, mais seu tempo se estenderia. Contudo, Shuya se recusava a pensar nisso.

De qualquer forma, eles estavam num beco sem saída.

Shuya pensou várias vezes em como seria bom se pudessem se encontrar com Shinji Mimura. Um rapaz como ele, com vastos conhecimentos e capacidade de aplicá-los em situações diversas, sem dúvida imaginaria um modo de se livrarem de tudo aquilo.

Ao mesmo tempo, Shuya era assaltado inúmeras vezes pelo arrependimento de não ter corrido o risco e esperado por Shinji quando fora atacado por Yoshio Akamatsu. *Será que fiz a coisa certa? Havia possibilidade de eu ser atacado ali pelo "inimigo"? Yoshio Akamatsu não seria a única exceção?*

Não... Era impossível afirmar com certeza. Podia haver muitos "inimigos" e era impossível saber quem seria um deles. Quem ainda era normal e quem já tinha enlouquecido? Porém, nesse jogo talvez eles mesmos, mais que todos, não fossem normais. Talvez estivessem loucos.

Ele sentiu que enlouqueceria.

Enfim, nossa única opção é ficarmos quietos aqui e, pelo menos por um tempo, observar o desenrolar dos acontecimentos. Conseguiremos encontrar uma solução? Ou, se for impossível, poderemos esperar anoitecer para procurar por Shinji Mimura... Mas será viável? Mesmo numa ilha de apenas seis quilômetros de circunferência, sob essas circunstâncias não é fácil achar alguém. E desde o anoitecer até o "prazo limite", quanto tempo nos restaria afinal?

Além disso, se por sorte (que palavra infeliz) eles pudessem se reunir a Shinji, ou se apenas os dois pudessem escapar, seriam considerados criminosos. A menos que se exilassem, teriam que viver o resto da vida como fugitivos. E, um belo dia, em algum beco deserto, seriam assassinados por agentes do governo, que levariam seus corpos para ser destroçados por ratazanas...

Ou seja, seria mais fácil se eles enlouquecessem logo.

Shuya se lembrou de Yoshitoki Kuninobu. Ele sentia pela morte do amigo, mas será que ele não tinha sido extremamente feliz em morrer sem precisar vivenciar toda aquela loucura? Aquela situação desesperadora?

O suicídio seria uma saída? Noriko concordaria em morrer com ele?

Shuya inclinou o rosto e pela primeira vez observou fixamente o perfil de Noriko sob a luz amena que os envolvia.

Sobrancelhas bem definidas, linhas dos cílios suaves com os olhos fechados, nariz delicado e de ponta arredondada, lábios carnudos. Era uma garota encantadora. Não era difícil de entender por que Yoshitoki se apaixonara por ela.

Porém, agora havia areia fina grudada no rosto dela e os cabelos, que lhe chegavam até pouco abaixo dos ombros, estavam bastante desgrenhados. E, logicamente, a coleira. O objeto indestrutível envolvendo seu pescoço como se ela fosse uma escrava da Antiguidade ou algo semelhante.

Aquele jogo absurdo estava destruindo toda a espontaneidade de sua beleza.

Ao pensar nisso, Shuya voltou a sentir uma fúria repentina. Felizmente, ele voltara a si.

Não serei derrotado. Vou sobreviver e contra-atacar quem nos atirou neste jogo infame. E não será um contra-ataque qualquer. Se vierem me golpear com a direita, vou acertá-los com meu taco de beisebol.

Noriko de súbito abriu os olhos e seu olhar encontrou o de Shuya.

Depois de olhar um tempo para ele, Noriko perguntou com calma:

— Há algo errado?

— Não... hum, é que...

Desconcertado ao ver que Noriko o pegara olhando fixamente para ela, Shuya tentava falar algo apropriado:

— Talvez o que vou perguntar pareça estranho, mas você não está realmente pensando em se suicidar, está?

Noriko abaixou os olhos e algo semelhante a um sorriso se esboçou em sua expressão ambígua. Depois ela falou:

— Impossível... porém...

— Porém?

Noriko prosseguiu depois de refletir por um instante.

— ... Bem, se apenas nós dois restássemos no final, eu provavelmente desejaria me suicidar. Nesse caso, pelo menos você...

Shuya balançou a cabeça espantado. Ele tremia. Tocou no assunto de forma despropositada e não poderia imaginar que receberia uma resposta como aquela.

— Não fale besteira! Você não deve sequer pensar nisso. Ouça bem: eu estarei com você até o fim e isso está fora de questão. Fora de questão, entendeu?

Noriko sorriu levemente, estendeu a mão direita e, tocando a mão esquerda de Shuya, disse:

— Obrigada.

— Entenda isso. Nós sobreviveremos a qualquer custo. Você está proibida de pensar em morrer.

Noriko sorriu outra vez. Em seguida, falou:

— Pelo visto você não desistiu, não é, Shuya?

Shuya concordou com um gesto firme de cabeça.

— É óbvio que não.

Com isso, Noriko inclinou de leve a cabeça e afirmou:

— Eu sempre achei que você tem uma força muito positiva.

— Força positiva?

Noriko sorriu.

— É difícil explicar, mas... uma atitude positiva em relação à vida. Como na situação de agora, determinado a sobreviver a todo custo. E... — Com um leve sorriso, Noriko olhou diretamente o rosto de Shuya. — ... eu adoro isso em você.

Shuya ficou ligeiramente corado e replicou:

— Talvez por eu ser um idiota. — E continuou: — Sabe, mesmo que consigamos escapar, para mim é indiferente, pois sou órfão. Mas com você o caso muda de figura. Você não poderia rever seus pais, seu irmão mais novo. Não pensou nisso?

Noriko voltou a sorrir brevemente.

— Estou consciente disso desde o início. — Ela fez uma pausa e depois completou: — E você?

— Como assim?

Noriko prosseguiu:

— Você não poderá vê-la outra vez...

Shuya engoliu em seco. Realmente, Noriko conhecia bastante sobre ele. "Não é de hoje que eu te observo", como ela mesma dissera.

Ele estaria mentindo se afirmasse que não seria algo duro de suportar. Afinal, Kazumi Shintani não saía de seu pensamento havia muito, muito tempo. Pensar que jamais poderia rever o rosto dela...

Porém, Shuya balançou a cabeça.

— Não é tão importante.

De qualquer maneira, era um amor não correspondido, apenas um deslumbramento, ele pensou em acrescentar, mas foi interrompido pela voz alta de Sakamochi ressoando pelo ar.

[RESTAM 31 ESTUDANTES]

15.

— Bom dia, pessoal.

Era impossível discernir onde estavam os alto-falantes, mas a voz de Sakamochi chegava alta e clara, à parte alguma distorção metálica. Sem dúvida, os alto-falantes não estavam apenas na escola, mas também instalados em diversos locais da ilha.

— Aqui quem fala é seu instrutor Sakamochi. Agora são seis horas da manhã. Como vocês estão se saindo?

Franzindo o rosto, Shuya se espantou com o tom alegre na voz de Sakamochi.

— Bem, vou anunciar os nomes de seus coleguinhas mortos. Vou começar com os rapazes. Em primeiro lugar, Yoshio Akamatsu.

A face de Shuya se contraiu. Havia mais mortos, mas o nome de Yoshio tinha outro significado para ele.

Yoshio não estava morto naquele momento. Sendo assim... ele deve ter tentado matar mais alguém depois e, ao contrário, teria levado a pior? Ou, caído inconsciente naquele lugar, teria essa adorável coleira explodido quando logo depois os arredores da escola foram definidos como um quadrante proibido?

Shuya se sentia mal por ter sido ele quem deixara Yoshio inconsciente.

Porém, esse pensamento se esvaneceu assim que os nomes dos demais colegas mortos foram anunciados.

— Continuando: número 9, Hiroshi Kuronaga; número 10, Ryuhei Sasagawa; número 17, Mitsuru Numai; número 21, Kazuhiko Yamamoto. E agora, vejamos, as garotas. Número 3, Megumi Eto; número 4, Sakura Ogawa; número 5, Izumi Kanai; e número 14, Mayumi Tendo.

A relação de nomes obviamente significa que o prazo-limite se distanciara um pouco, mas Shuya nem mesmo se deu conta disso. Ele estava quase tendo uma vertigem. Os rostos dos colegas de turma cujos nomes foram lidos surgiam em sua mente e, logo em seguida, evaporavam. Todos morreram e, obviamente, havia igual número de assassinos. A menos que alguns deles tivessem se suicidado.

"Aquilo" continuaria; sem dúvida continuaria. Um longo cortejo fúnebre, uma multidão vestida de preto. Um homem de terno preto e rosto sombrio e experiente falava sobre eles. *Ah, vocês são Shuya Nanahara e Noriko Nakagawa? Tem razão, ainda não chegou a hora de vocês, não é? Mas, vejam, vocês agora acabaram de passar em frente a seu túmulo... Já gravamos na lápide o número 15 da lista de presença de ambos. Ah, não se preocupem. É de graça... um brinde...*

— ... está indo muito rápido. Estou orgulhoso de vocês. Agora vamos passar aos quadrantes proibidos. Vou anunciar os quadrantes e os horários. Peguem seu mapa e anotem.

Mesmo chocado ao ouvir o nome de tantos colegas mortos e sentindo nojo do tom de voz de Sakamochi, Shuya pegou seu mapa.

— Em primeiro lugar, daqui a uma hora. Às sete, correto? Às sete o quadrante J-2 estará proibido. Logo, saiam dele até esse horário. Entendido?

J-2 se situava um pouco a oeste da extremidade sul da ilha.

— Depois, daqui a três horas, a partir das nove, o quadrante F-1.

F-1 se localizava no litoral oeste da ilha, onde Shuya e Noriko estavam. Porém, era uma área bem afastada do sul.

— Depois, daqui a cinco horas, o quadrante H-8.

H-8 englobava praticamente toda a área residencial no litoral leste da ilha.

— Por enquanto é tudo. Espero que vocês se esforcem bastante hoje. — Sakamochi encerrou a transmissão.

Os quadrantes proibidos anunciados não tinham relação com o local onde Shuya e Noriko estavam. Sakamochi explicara que os quadrantes eram escolhidos de forma aleatória, mas de qualquer forma eles aparentemente haviam tomado a decisão acertada de não fugir para dentro do vilarejo. Porém, no próximo contato, havia a possibilidade de Sakamochi proibir o local onde os dois estavam.

— Sakura e... — Noriko começou a dizer e Shuya se virou para ela. — Sakura e Kazuhiko estavam na lista.

— Sim... — Shuya murmurou num tom rouco. — Será que eles se suicidaram?

Noriko abaixou o olhar em direção aos pés.

— Não faço ideia. Mas eles deviam estar juntos até o fim, se os conheço bem. Eles devem ter arranjado um jeito de se encontrar.

Shuya vira Sakura entregar um bilhete a Kazuhiko. Mesmo assim, talvez não passasse de uma observação otimista. Eles poderiam ter sido assassinados em locais diferentes por colegas alucinados.

Shuya apagou da mente a cena das mãos dos dois se tocando ao passar o bilhete e retirou do bolso a lista com os nomes dos estudantes. Era a mesma que estava junto com o mapa no kit de sobrevivência. Era macabro, mas Shuya precisava confirmar as informações. Pegou uma caneta e, no momento em que ia riscar os nomes... desistiu. Era algo realmente horrendo.

Decidiu apenas acrescentar uma marca discreta ao lado de cada nome. Ele assinalou também Yoshitoki Kuninobu e Fumiyo Fujiyoshi.

Shuya sentiu como se tivesse se transformado no homem de terno preto presente em sua alucinação de pouco antes. *Vejamos, você e você. E também você aí. Qual é seu tamanho de caixão? Se você puder suportar esse número 8, nosso mais vendido e mais em conta...*

Deixando esse pensamento de lado, Shuya percebeu que três dos quatro membros do Clã Kiriyama haviam morrido. Hiroshi Kuronaga, Ryuhei Sasagawa e Mitsuru Numai. Porém, Sho Tsukioka, mais conhecido pelo apelido de "Zuki" e pelo estilo afetado, não fora mencionado. Kazuo também não.

Shuya se lembrou da expressão presunçosa de Mitsuru Numai quando Kazuo partiu da sala de aula. Ele conjecturou que Kazuo reuniria seus companheiros e teria intenção de escapar. Porém, o que aquele resultado significava? Apesar de terem se encontrado, nesse momento teriam surgido desconfianças entre eles que acabaram por deixá-los em pé de guerra? Então Sho Tsukioka e Kazuo teriam escapado ilesos... Ou mesmo agora os dois estariam juntos?... Não, algo bem diferente pode ter acontecido. Não se sabe.

Depois disso, lembrou-se de ter ouvido apenas uma vez um som semelhante ao de disparos. E só de lembrá-lo seus tímpanos reverberavam. Se fossem mesmo tiros, qual daquelas dez vidas teriam ceifado?

Porém, os pensamentos de Shuya foram interrompidos por um som farfalhante. Ele notou o rosto de Noriko subitamente ficar tenso. Shuya enfiou às pressas a lista de nomes e a caneta no bolso.

Ele apurou os ouvidos. O som continuava. Além disso... estava se aproximando deles.

Ele disse a Noriko em voz sussurrante:

— Silêncio.

Shuya pegou seu kit de sobrevivência. Imaginou que precisariam estar a postos para se mover a qualquer momento, por isso guardou tudo de que necessitavam numa só mochila. Deixou algumas roupas e outros pertences na bolsa de esportes, mas poderia se desfazer dela se fosse preciso. Noriko também arrumara suas coisas do mesmo jeito.

Shuya pendurou os dois kits de sobrevivência no ombro esquerdo. Ajudou Noriko a se levantar e permaneceram agachados.

Shuya desembainhou a faca recebida no kit e a segurou com a empunhadura invertida. *Eu sei como segurar uma guitarra*, pensou. *Mas conseguirei usar isso corretamente?*

O farfalhar se intensificava. Estaria há uns dez metros de distância?

O mesmo nervosismo que sentira diante da escola tomou conta de Shuya. Com a mão esquerda, ele puxou Noriko para trás pelo braço. Levantou-se e recuou até se enfiar nos arbustos. *Quanto antes melhor. O quanto antes possível!*

Atravessando os arbustos que os ocultavam, chegaram a uma trilha. Ela se estendia sinuosamente acompanhando a encosta da colina. Acima de suas cabeças, havia árvores com galhos amontoados em ambos os lados e uma faixa de céu azul.

Ainda protegendo Noriko, Shuya recuou alguns metros ao longo da trilha. O farfalhar continuava nos arbustos de onde eles haviam saído. O som se intensificou e...

Os olhos de Shuya se arregalaram.

Um gato branco surgiu saltando de dentro dos arbustos. Imundo, magrinho e com os pelos entrelaçados. Mas, definitivamente, um gato.

Shuya e Noriko se entreolharam.

— É um gato — Noriko disse, rindo.

Shuya também sorriu sem jeito. Então o felino olhou para eles como se afinal os tivesse notado.

Depois de encará-los por um tempo, veio correndo até eles.

Shuya enfiou a faca na bainha enquanto Noriko se agachava, dobrando com cuidado a perna ferida e estendendo a mão ao bicho, que saltou para a palma da mão dela e depois foi se enroscar aos seus pés. Noriko pôs as mãos sob as patas dianteiras do gato e o abraçou.

— Pobrezinho. Está muito magro — Noriko disse, estreitando os lábios e os aproximando do animal como se pretendesse beijá-lo. O gato miou de um jeito afetuoso. — Deve ser um gato doméstico. Não estranha as pessoas.

— Talvez.

Para realizar o jogo, o governo realocou todos os residentes da ilha. (Pelo fato de o Programa ser realizado secretamente, é provável que não sejam informados do motivo até seu término.) Como Noriko dissera, devia ser um gato criado por um dos moradores, deixado para trás quando seu dono foi retirado do local. Como não havia moradias nas redondezas, teria ele vagado todo esse tempo pela colina?

Enquanto pensava sobre isso, Shuya pôs o gato no colo e desviou casualmente o olhar de Noriko. Ao girar o pescoço, levou um susto.

Há apenas uns dez metros, do outro lado da trilha, como se estivesse grudado ao solo, havia alguém de pé vestindo um uniforme escolar. De altura mediana equiparada à de Shuya, corpo sólido em virtude dos treinamentos no clube de handebol, pele levemente bronzeada e cabelos curtos e eriçado na frente, lá estava Tatsumichi Oki (o Estudante nº 3).

[RESTAM 31 ESTUDANTES]

16.

Noriko acompanhou o olhar de Shuya e se virou. Shuya viu o rosto dela se tornar instantaneamente tenso. Como se poderia julgar Tatsumichi? Era inimigo ou não?

Tatsumichi Oki estava parado, olhando-os fixamente. O campo de visão de Shuya estava meio anuviado pela tensão — como num carro em alta velocidade —, mas do canto dos olhos confirmou uma grande machadinha na mão direita de Tatsumichi.

Quase inconscientemente, Shuya ergueu a mão na direção da faca enfiada no cinto da calça.

Aquilo foi o estopim. A mão de Tatsumichi empunhando a machadinha se moveu trêmula e, no instante seguinte, ele se lançava direto sobre os dois.

Shuya empurrou Noriko, ainda com o gato no colo, para dentro dos arbustos.

Tatsumichi já estava bem diante dele. Shuya ergueu com rapidez seu kit de sobrevivência, para se proteger da machadada. O kit foi rasgado e seu conteúdo se espalhou pelo chão. A garrafa de água foi atingida, pois borrifos se espalharam pelo ar. A lâmina chegou até o braço de Shuya, fazendo-o sentir uma quentura na superfície da pele.

Ele largou o kit de sobrevivência destruído e deu um pulo para trás mantendo distância. O rosto de Tatsumichi se contorcia e via-se um círculo branco ao redor de seus olhos negros.

Shuya não podia acreditar no que estava acontecendo. Sem dúvida toda a situação era terrível e ele por alguns instantes também duvidara de si, mas como Tatsumichi seria capaz de fazer algo assim? Logo ele, sempre tão alegre e animado?

Tatsumichi lançou um olhar rápido para o lado e percebeu Noriko caída nos arbustos. Shuya acompanhou seu olhar e também viu Noriko. O rosto e os lábios dela se contraíram sob o olhar de Tatsumichi. O gato já tinha ido se esconder em algum lugar.

De súbito, Tatsumichi se virou para Shuya e ao mesmo tempo balançou a machadinha horizontalmente.

Shuya retirou a faca do cinto e defendeu com ela o golpe. Infelizmente, a faca ainda estava dentro da bainha de couro, mas mesmo assim se ouviu um som metálico quando ela conseguiu interromper o ataque da machadinha, que parou a cinco centímetros da face direita de Shuya. Ele podia ver claramente o desenho de ondas azuis na superfície da lâmina, provavelmente formado quando a peça fora forjada.

Antes mesmo que Tatsumichi tentasse erguer a machadinha até a cabeça para um novo ataque, Shuya largou a faca e agarrou a mão direita dele, que a empunhava. Porém, Tatsumichi balançou mais uma vez a machadinha, que, com certa lentidão, atingiu o lado direito da cabeça de Shuya. Alguns cabelos levemente ondulados sobre sua orelha foram cortados e ele teve a sensação de que uma fissura se formara no lóbulo. Quase não doía. Um pensamento tolo e inapropriado lhe cruzou a mente: *Afinal, há caras que usam brinco, como Shinji.*

Tatsumichi juntou a mão esquerda à outra que empunhava a machadinha e, antes que pudesse desfechar novo golpe, Shuya lhe aplicou uma rasteira, passando a perna esquerda por trás da perna de Tatsumichi, que se desequilibrou. *Vamos, caia!*

Porém, Tatsumichi não caiu. Cambaleou, deu meio giro sobre si e jogou o peso do corpo para cima de Shuya, que recuou e acabou sendo pressionado contra os arbustos do lado do mar. À sua volta, os ramos se partiram.

Nessa posição, Shuya recuou. Empurrado pela incrível força de Tatsumichi, estava praticamente correndo de costas. O rosto de Noriko desaparecera do campo de visão. Nessa situação surreal, um pensamento totalmente fora de hora acerca dos exercícios na Little League lhe atravessou a mente: *Shuya Nanahara, campeão de corrida de marcha a ré. É isso aí, pessoal!*

De repente, a sensação em seus pés mudou.

Shuya se lembrou da inclinação íngreme em direção ao prado onde estava o pequeno templo.

Vamos cair!

Engalfinhados, os dois rolaram abaixo pela inclinação coberta de arbustos. O céu claro do amanhecer e o verde das árvores rodopiavam no campo de visão de Shuya. Durante todo o tempo, ele não soltou a mão que agarrava o pulso de Tatsumichi.

Ele teve a impressão de que rolaram uma distância considerável, mas na realidade não passou de uma dezena de metros. Ele parou com um baque. Tudo em volta estava cercado de luz. Eles haviam rolado até o prado.

Shuya estava sob Tatsumichi. *Preciso me levantar antes dele!*

Porém, Shuya foi instantaneamente tomado por uma estranha sensação. A força que Tatsumichi estivera empregando contra ele, semelhante à de um compressor, de repente se esvaíra. Ele não se movia.

O rosto de Shuya estava embaixo do peito do rapaz e, ao erguer os olhos, ele compreendeu o motivo.

Bem diante de seus olhos, a machadinha estava enterrada no rosto de Tatsumichi. Metade da lâmina se projetava do rosto dele como a placa de chocolate que decora os bolos de Natal. Entrara por cima da testa e cortara o globo ocular esquerdo com precisão (um líquido viscoso escorria misturado ao sangue), e a lâmina da machadinha brilhava num tom azul-claro dentro de sua boca.

E Tatsumichi logicamente segurava essa machadinha, mas Shuya agarrava seu pulso. Uma sensação desagradável se transmitia, na velocidade da luz, do rosto de Tatsumichi para o pulso de Shuya.

Como se fizesse o percurso dessa sensação, o sangue de Tatsumichi escorria lentamente, deslizando pela superfície da machadinha até a mão de Shuya, que segurava o pulso do rapaz. Shuya emitiu um gemido débil, soltou a mão e saiu de debaixo do corpo, que se virou expondo o rosto de uma morte horrível aos raios de sol matinais.

Shuya arfava movendo os ombros e, do fundo de seu peito, uma lenta sensação de vômito subia como uma onda.

O horror incomparável do rosto de Tatsumichi não poderia certamente ser chamado de circunstância trivial, mas para Shuya o problema maior estava em si mesmo. Sim, ele matara alguém. Pior: alguém que até a véspera era um colega de turma.

De nada adiantava tentar se convencer de que fora um acidente. Afinal, enquanto os dois desciam rolando, Shuya se empenhara para que a lâmina da machadinha não se voltasse em sua direção, ou seja, torcera com força o pulso de Tatsumichi para que ela se virasse para ele.

Ele sentia uma forte náusea.

Porém, engoliu em seco a saliva e resistiu. Ergueu a cabeça e olhou a inclinação por onde havia rolado.

Por estar coberta de arbustos, não pôde ver a parte superior. Ele havia deixado Noriko sozinha. Sim, agora o mais importante era proteger sua companheira. Não havia tempo para vomitar. *Preciso voltar logo para junto dela...*

Tentando se acalmar, Shuya se levantou. Por alguns instantes, contemplou o rosto de Tatsumichi e a machadinha.

Então, hesitando um pouco, mas com os lábios contraídos, soltou os dedos de Tatsumichi agarrados ao cabo da machadinha que lhe dividia o rosto. Shuya não podia simplesmente deixá-lo daquele jeito. Seria impossível enterrá-lo, mas... Pelo menos, o rosto de Tatsumichi com a machadinha fincada nele era demasiado cruel. Fisiologicamente, Shuya não podia suportar aquilo. Ele segurou o cabo e tentou puxá-la.

O rosto de Tatsumichi estava preso e subiu junto com a machadinha. Ela estava enterrada tão fundo que não se soltava.

Shuya respirou fundo. *Oh, meu Deus!*

E pensou: *Não. Deus, o que Você está fazendo comigo agora? A senhorita Anno era uma cristã devota, mas por acreditar em Você acabou estuprada por Kinpatsu Sakamochi. Final feliz, final feliz.*

A raiva voltou a explodir dentro de Shuya.

Ele cerrou os dentes, ajoelhou outra vez ao lado da cabeça de Tatsumichi e pôs sobre a testa dele sua mão esquerda um tanto trêmula. Com a mão direita puxou a machadinha, que emitiu um som desagradável quando se soltou, e o sangue espirrou do rosto do cadáver.

Por alguns instantes, Shuya sentiu como se estivesse tendo um pesadelo. O rosto de Tatsumichi, agora com uma fissura bem no centro, estava com o lado direito e o esquerdo ligeiramente assimétricos, uma visão totalmente surreal. Parecia um produto de plástico, artificial. Pela primeira vez, Shuya se deu conta de que o corpo humano podia se deformar daquela maneira.

Era melhor que ele desistisse de fechar os olhos de Tatsumichi. O olho esquerdo, cujo globo ocular e a pálpebra haviam sido rasgados, tinha a pálpebra inchada e encolhida a ponto de não ser possível fechá-la. Apenas o olho direito estava normal. Mas naquela situação, quem iria querer que um cadáver piscasse?

Shuya sentiu ânsia de vômito mais uma vez, mas voltou a se erguer e se virou. Para chegar até o local onde estava Noriko, ele deveria dar uma longa volta pela trilha.

Contudo, Shuya arregalou os olhos de novo. Isso porque a apenas uns quinze metros diante de seus olhos, bem no centro do campo, estava de pé um rapaz de óculos, vestindo seu uniforme escolar: era o representante da turma, Kyoichi Motobuchi.

E o representante da turma empunhava uma pistola.

[RESTAM 30 ESTUDANTES]

17.

Por trás dos óculos de armação prateada, os olhos do representante da turma encontraram os de Shuya. Seus cabelos, em geral repartidos de lado, estavam agora completamente desordenados, as lentes de seus óculos pareciam um pouco sujas e os olhos por trás delas estavam arregalados e sanguinolentos, assim como os de Tatsumichi. O rosto de Kyoichi trazia a mesma palidez extrema de quando Shuya o vira na sala de aula, e novamente se assemelhava a uma obra de Andy Warhol. Ele não parecia mais um ser humano.

Ao pressentir o movimento do cano da pistola, Shuya girou o corpo e se abaixou, deitando-se de costas. Nesse instante, ouviu um som cortante, *bang*, e a arma sendo envolvida por uma chama miúda. Algo quente raspou o alto da cabeça de Shuya. Logicamente, podia ter sido apenas sua imaginação. De qualquer forma, a bala não o atingiu.

Sem tempo para pensar, Shuya tentou voltar ainda agachado. Na parte inferior de suas costas, a grama alta farfalhou.

Não daria tempo. Seria impossível escapar. Kyoichi Motobuchi se aproximava e estava a apenas alguns metros de Shuya, mirando diretamente seu peito.

Os músculos no rosto de Shuya enrijeceram como se ele tivesse se transformado numa escultura de gesso. Mais que proteger Noriko, mais que qualquer outra coisa, um pavor real se intensificava agora dentro dele. *A próxima pequena bala de chumbo que a arma cuspir me matará! Me... matará!*

— Pare! — outra voz gritou.

Kyoichi de súbito se virou na direção diagonal. Shuya também acompanhou vagamente o olhar de Kyoichi.

Uma grande figura estava de pé à sombra do pequeno templo. Cabelos cortados bem curto — não, o mais correto seria dizer praticamente cortados a zero —, com uma cicatriz proeminente acima da sobrancelha e o rosto rijo de um matador. Era Shogo Kawada (o Estudante nº 5). Ele segurava uma carabina com bomba de ação (uma Remington M-31 de cano serrado).

Sem nenhum aviso, Kyoichi atirou em Shogo. Shuya viu Shogo se agachar rapidamente. Ao ouvir a explosão do tiro da carabina que Shogo ainda mantinha em sua posição de joelhos, viu faíscas voarem do cano como um lança-chamas e, no instante seguinte, o braço direito de Kyoichi desapareceu. Uma névoa de sangue preencheu o ar. Kyoichi olhou vagamente a manga curta do uniforme que aparecera ali de súbito. O restante dela, de seu cotovelo até a mão que segurava a pistola, jazia agora sobre a grama. Shogo rapidamente engatilhou a carabina, carregando o próximo tiro. Um cartucho de plástico vermelho recém-cuspido voou lateralmente.

— Aiiii! — Como se tivesse percebido o que acontecera, Kyoichi urrou como um animal. Shuya imaginou que ele cairia de joelhos.

Mas isso não aconteceu. Ao contrário, o representante da turma correu em direção a seu braço caído sobre o solo. Com a mão esquerda, arrancou a arma da mão direita. Como a troca de bastão numa corrida de revezamento. Desempenhando um duplo papel. *Fantástico*. Shuya voltou a sentir que assistia a um filme de horror mal produzido. Ou que lia um romance de terror mal escrito.

Diabos, isso foi cruel.

— Pare, eu disse! — Shogo gritou, mas Kyoichi não fez menção de parar. Ele apontou a arma para Shogo.

Shogo atirou mais uma vez. O corpo de Kyoichi vergou-se no meio em posição semelhante à de um atleta de salto em distância, mas foi impulsionado para trás. Ele aterrissou primeiro com os pés e, no instante seguinte, como numa foto com lapso de tempo, tombava de costas no solo. Kyoichi afundou na grama crescida e não se moveu mais.

Shuya se levantou às pressas.

Ele pôde ver o corpo do representante da turma entre as ondas formadas pela grama. Havia uma enorme fissura aberta na altura do estômago no casaco da escola, e o conteúdo interno parecia a lixeira de uma fábrica de linguiças.

Shogo quase não prestou atenção ao cadáver, aproximando-se rapidamente de Shuya com sua carabina. Ele a engatilhou de novo e ejetou o cartucho vazio.

Shuya ainda estava aturdido pela sucessão rápida de acontecimentos ocorrida diante de seus olhos e pelas mortes trágicas de Tatsumichi e Kyoichi, mas conseguiu dizer, com a respiração entrecortada:

— Calma, eu...

Shogo parou perto do corpo de Kyoichi e disse:

— Não se mexa. Largue a arma.

Shuya então se deu conta de que ainda segurava a machadinha. Ele acatou a ordem. A arma tingida de sangue caiu no solo com um baque surdo.

Nesse instante, Noriko surgiu no alto da inclinação íngreme em que se transformara a trilha. Arrastando a perna, ela chegara até ali por dentro das moitas, seguindo o caminho trilhado por Tatsumichi e Shuya quando os dois caíram e rolaram ladeira abaixo. (Shuya só então percebeu que menos de um minuto se passara desde seu embate com Tatsumichi Oki.) Noriko estava pálida, provavelmente por ter ouvido os tiros, mas se notava que ela continha a respiração vendo Shogo e Shuya se confrontarem em meio aos cadáveres de Tatsumichi e Kyoichi.

Shogo notou Noriko e sem perder tempo apontou sua carabina para ela. O corpo de Noriko enrijeceu.

— Pare! — Shuya gritou. — Noriko está comigo. Não temos intenção de brigar.

Ouvindo isso, Shogo virou lentamente a cabeça na direção de Shuya. Seu olhar estava estranhamente aéreo.

Shuya gritou para Noriko:

— Noriko! Shogo me salvou. Ele não é inimigo!

Shogo olhou para Noriko e depois voltou a fitar Shuya. Então, abaixou o cano da arma.

Depois de permanecer paralisada por um momento, Noriko levantou as mãos para indicar a Shogo que estava desarmada, e então desceu quase deslizando pela inclinação da trilha. Ela andou arrastando a perna direita e, depois de se aproximar de Shuya, os dois olharam para Shogo.

Shogo os observava como se contemplasse tatus gêmeos. Shuya notou que os pelos ralos no rosto e no queixo dele haviam crescido mais um pouco.

— Em primeiro lugar, deixe-me explicar — Shogo disse afinal. — Não me restou opção a não ser atirar em Kyoichi. Vocês entendem?

Olhando para o corpo de Kyoichi, Shuya refletiu sobre as palavras de Shogo e se deu conta de que talvez o representante da turma estivesse apenas confuso. *Sim, ele deve ter tido a impressão errada ao me ver golpear Tatsumichi Oki. Noriko não estava por perto, logo era natural que se enganasse.*

Conforme Shogo dissera, Shuya não poderia de qualquer forma censurá-lo por suas ações. Se Shogo não atirasse, Shuya teria sido morto por Kyoichi. Além do mais, ele também havia matado Tatsumichi Oki.

Ele olhou de volta para Shogo.

— Sim, entendi. Obrigado. Você me salvou.

Shogo encolheu de leve os ombros.

— Eu só tentei fazer Kyoichi parar. Mas parece que, por tabela, acabei te salvando também.

A excitação da luta ainda dominava seu corpo, mas Shuya foi capaz de exprimir em palavras o que sentia:

— Que ótimo... Ótimo que tenha aparecido alguém normal.

De fato, Shuya se surpreendeu bastante. Na sala de aula da escola, ele pensara que Shogo seria um dos que "entrariam" no jogo. Porém, ele não apenas não se tornara um inimigo, como ainda tinha salvado a vida de Shuya.

Shogo olhou para eles por um instante, como se examinasse algo. Em seguida, perguntou:

— Então vocês estão juntos?

Shuya franziu a sobrancelha:

— Foi o que eu disse.

Shogo voltou a perguntar:

— Por que estão juntos?

Shuya e Noriko se entreolharam. Depois se voltaram para Shogo. Shuya estava prestes a perguntar "O que você quer dizer...", mas, como Noriko fez a mesma pergunta, acabou se calando. Noriko também parou de falar. Os dois se entreolharam de novo. Como Shuya achou que Noriko lhe dera a vez para prosseguir, voltou a abrir a boca para responder, mas acabaram os dois dizendo ao mesmo tempo "É porque...". Mais uma vez, Shuya e Noriko trocaram olhares. Por fim, voltaram a fitar Shogo sem dizer nada.

Um sorriso rápido cruzou o rosto de Shogo. Se aquilo era um rosto sorridente, era a primeira vez que Shuya o via.

Shogo disse:

— Não se importem com isso. O.k. Já entendi. De qualquer forma, precisamos nos esconder. Não há motivo para ficarmos aqui de pé, desprotegidos.

[RESTAM 29 ESTUDANTES]

18.

Yuko Sakaki (a Estudante nº 9) corria pelo mato. Era perigoso correr assim às cegas, mas ela precisava escapar. A qualquer custo.

Em sua mente, a cena que acabara de testemunhar surgia em flashback. O incidente visto por trás dos arbustos. A cabeça de Tatsumichi Oki totalmente rachada. Shuya Nanahara arrancando a machadinha tingida de sangue da cabeça dele.

Ela estava de cabelos em pé. Shuya Nanahara matara Tatsumichi Oki. De forma realmente perfeita.

Até Shuya retirar a machadinha da cabeça de Tatsumichi, Yuko não pôde desprender os olhos da cena, como se estivesse enfeitiçada. Porém, ao ver a cor vermelha tingindo a machadinha, ela foi por fim dominada pela sensação de pavor. Agarrou seu kit de sobrevivência e tapou a boca com a mão, pois corria o risco de começar a gritar espontaneamente caso não fizesse isso. As lágrimas brotavam de seus olhos.

Atrás dela tiros eram trocados, mas, de tão apavorada, Yuko era quase incapaz de perceber.

[RESTAM 29 ESTUDANTES]

19.

Depois que Shuya e Noriko voltaram aos arbustos e pegaram seus pertences, Shogo comentou que a vista dali não era das melhores. Shuya pensou bastante na escolha do local, mas, como Shogo parecia estranhamente acostumado a situações do gênero, eles acabaram acatando sua ideia de se mover em direção à montanha. O gato sujo tinha sumido.

— Esperem um pouco. Vou procurar os pertences de Kyoichi e Tatsumichi — dizendo isso, Shogo se embrenhou nos arbustos próximos e desapareceu.

Shuya ajudou Noriko a sentar e também sentou ao lado dela. Ele empunhava o revólver (Smith & Wesson .38 Chief's Special) que Shogo lhe entregara depois de tê-lo recolhido do cadáver de Kyoichi. Shuya não se sentia bem e não queria ter o revólver com ele — afinal ele vira o "passe do bastão" grotesco —, mas decidiu suportar e empunhá-lo.

— Shuya, vamos usar isso.

Ao levantar o rosto, ele viu Noriko lhe mostrando um curativo adesivo rosa provavelmente encontrado no kit de sobrevivência rasgado pela machadinha de Tatsumichi. Shuya tocou na ferida em sua orelha direita. O sangramento praticamente cessara, mas ele sentia uma dor lancinante.

— Fique quieto. — Noriko se aproximou dele e rasgou o envelope do curativo. Enquanto grudava com cuidado o curativo no lóbulo da orelha de Shuya, ela perguntou: — Por que tanta gente se concentrou neste local? Cinco ao todo, se incluirmos nós dois e Shogo.

Shuya olhou de volta para Noriko. Não tinha pensado nisso em meio a toda a ação que lhe salvara a vida, mas ela tinha razão.

Ele balançou a cabeça negativamente.

— Não faço ideia. Viemos para cá para nos distanciarmos o máximo possível, certo? Evitamos subir a colina e desistimos de nos mover ao longo da linha costeira, onde há muita visibilidade. Todos devem ter pensado o mesmo, e acabamos neste lugar acreditando estarmos salvos aqui. Foi assim com o representante da turma... e com Tatsumichi.

No momento em que mencionou o nome de Tatsumichi, Shuya voltou a sentir náusea. O rosto do colega de turma dividido pela metade, esquerda e direita, sem simetria, como um amendoim. E o cadáver estirado no chão. *Vejam todos, o estranho Homem Amendoim...*

Juntamente com a náusea, a cabeça de Shuya, embotada pela excitação da luta, rapidamente esfriou e ele sentiu a normalidade dando lugar à sensação de semiparalisia.

— Shuya, você está pálido. Está se sentindo bem? — Noriko perguntou, mas Shuya foi incapaz de responder. Um arrepio atravessou seu corpo, logo se transformando numa tremedeira. Ele começou a balançar em pequenos espasmos. Seus dentes batiam sem controle como num louco sapateado.

— O que há de errado? — Noriko prosseguiu, pousando a mão sobre o ombro dele.

— Estou com medo — Shuya respondeu, com os dentes ainda batendo. Ele girou a cabeça para a esquerda e olhou para Noriko, que lhe dirigiu um olhar preocupado. — Estou com medo. Muito mesmo. Acabei de matar uma pessoa.

Noriko fitou o rosto de Shuya por algum tempo antes de mover com cuidado sua perna direita machucada e sentar diagonalmente em frente dele com os joelhos dobrados. Ela gentilmente abriu os braços e envolveu os ombros do amigo. Sua face encostou na face trêmula dele. Shuya sentiu o calor do corpo de Noriko e um aroma parecido com colônia ou xampu chegou até suas narinas, impregnadas de odor de sangue.

Shuya se surpreendeu um pouco, mas estava agradecido pelo calor e aroma reconfortantes. Ele permaneceu imóvel, abraçando os joelhos. O gesto lhe fez recordar dos tempos em que sua mãe o abraçava quando criança, antes de ela morrer no acidente. Olhando para a gola do terninho de marinheiro de Noriko, lembrou-se vagamente da mãe. Ela falava de forma clara e era cheia de energia. Mesmo sendo uma criança, ele achava a mãe elegante. O rosto dela... nossa, era bem parecido com o de Kazumi Shintani. Sua mãe sempre trocava sorrisos com seu pai, cujo bigode em nada se assemelhava ao de um típico funcionário de empresa. (Envolto nos braços dela, Shuya a ouviria dizer: "Seu pai trabalha com leis. O trabalho dele é ajudar pessoas em dificuldades. Isso é algo muito importante neste país".)

Um dia me casarei com alguém como mamãe e então sorrirei para minha mulher do mesmo jeito que papai e mamãe sorriam um para o outro. O sorriso dos pais o fazia se sentir assim.

A tremedeira foi cessando aos poucos até desaparecer por completo.

— Você está bem? — Noriko perguntou.

— Sim. Obrigado.

Noriko afastou lentamente o corpo dele.

Depois de algum tempo, Shuya declarou:

— Você tem um cheiro bom.

Noriko sorriu envergonhada.

— Oh, céus, ontem nem tomei banho.

— Não, realmente, você tem um cheiro bom.

Um sorriso percorreu de novo o rosto de Noriko, quando os arbustos balançaram farfalhando. Shuya a protegeu com o braço esquerdo e segurou a Smith & Wesson.

— Não atire. Sou eu. — Abrindo passagem pelos densos arbustos, Shogo se aproximou. Shuya abaixou a arma.

Shogo carregava dois kits de sobrevivência e a carabina a tiracolo. Ele retirou uma caixa de papelão de um dos kits e a lançou em direção a Shuya.

Shuya a segurou no ar e a abriu, expondo as extremidades prateadas das balas alinhadas. Faltavam cinco delas, havendo apenas espaços vazios como dentes cariados.

— Balas para sua arma. Carregue-a. — Shogo disse, deixando a carabina a seu lado e puxando uma linha de pesca gasta. Ele esticou uma extremidade com firmeza e Shuya viu como o fio seguia reto até as profundezas dos arbustos. Shogo então retirou do bolso um pequeno canivete e soltou a lâmina dobrada dentro do cabo. A arma que lhe fora fornecida era uma carabina. Logo, Shuya pensou, o canivete provavelmente fora trazido pelo próprio Shogo.

Com o canivete, Shogo fez um entalhe na cortiça do tronco de uma árvore que tinha a espessura de uma lata de refrigerante. Depois inseriu o fio esticado com firmeza no entalhe e cortou o excesso. Ele fixou o restante do fio ao redor do tronco da mesma forma.

— O que você está fazendo? — Shuya perguntou.

— Isso? — Shogo respondeu, guardando o canivete. — Pode-se dizer que é um sistema de alarme primitivo. Os fios estão estendidos formando um círculo com vinte metros de raio tendo este local como centro. O fio está duplicado. O sistema está ligado aqui. No momento em que alguém encostar nele, o fio será puxado e cairá da árvore. Não se preocupe, a pessoa nem notará. Isso nos alertará.

— Onde você encontrou esse fio?

Shogo balançou a cabeça levemente.

— Havia uma pequena loja de suprimentos. Eu queria pegar alguns artigos e por isso fui primeiro até lá. Foi onde encontrei os fios.

Shuya parccia impressionado. Logicamente, por menor que fosse a ilha, deveria haver pelo menos uma loja comercial, com muitos artigos úteis. Mas a ideia nem mesmo lhe passara pela cabeça. Obviamente, não teria sido possível para ele vagar pela ilha tendo que cuidar de Noriko.

Shogo sentou numa posição de onde poderia olhar de frente para Shuya e Noriko. Ele começou a procurar algo dentro do kit de sobrevivência que pertencera a Tatsumichi ou Kyoichi. Tirou uma garrafa de água e pão, propondo:

— Que tal comermos? É hora do café da manhã.

Ainda abraçando os joelhos, Shuya balançou negativamente a cabeça. Ele não tinha apetite.

— Algo errado? Sente-se mal por ter matado Tatsumichi? — Shogo examinou o rosto de Shuya e disse casualmente: — Não desanime com isso. Digamos que cada pessoa mata uma outra, em ordem, e tudo acaba se parecendo uma competição. São quarenta e dois, não, quarenta estudantes. Por isso, se você matar cinco ou seis e ainda continuar vivo, será o vencedor. Acabar com mais quatro ou cinco é tudo de que você precisa.

Shuya sabia que ele estava brincando, mas, por se tratar justamente de uma brincadeira, lançou um olhar repreensivo para Shogo.

Como se sentisse a raiva de Shuya, Shogo retrocedeu.

— Desculpe, estava só zoando.

Shuya perguntou num tom incisivo:

— Então você não sente náusea? Ou já matou alguém antes do representante da turma?

Shogo apenas deu de ombros.

— Bem, desta vez, foi meu primeiro — ele respondeu.

Um jeito de falar um pouco estranho, Shuya pensou, mas na hora não atinava o motivo. Ele estava confuso. Se Shogo era um delinquente como nos rumores que corriam sobre ele, então sua impassibilidade diante das situações deveria ser diferente da de Shuya.

Shuya sacudiu a cabeça e mudou de assunto:

— Sabe, há algo que eu não entendo.

Shogo ergueu a sobrancelha. A feia cicatriz sobre sua sobrancelha esquerda também se movimentou.

— O quê?

— O representante... Kyoichi...

— Ei — Shogo levantou de leve o queixo e o interrompeu. — Você constatou há pouco. Não me restava escolha. Eu deveria ficar calado e tê-lo deixado me matar? Não sou Jesus Cristo, o.k.? Tampouco tenho poder para ressuscitar, embora jamais tenha tentado...

— Não, não é isso — Shuya prosseguiu, enquanto imaginava se Shogo não estaria gracejando de novo. Shogo Kawada seria do tipo humorístico? — Creio que o motivo de Kyoichi tentar atirar em mim é que ele me viu... matar Tatsumichi bem diante dos olhos dele. Eu matei Tatsumichi. Porque ele me atacou...

Shogo assentiu levemente.

— Então não era estranho que Kyoichi tivesse pensado em me matar.

— Tem razão. Talvez. Mas, mesmo assim, eu...

— Não — Shuya interrompeu Shogo. — Esqueça isso. O que eu quero dizer é que Tatsumichi... Tatsumichi avançou sobre mim, mesmo eu não tendo feito nada. Além disso, eu estava com Noriko. Por que ele precisava nos atacar de repente?

Shogo deu de ombros e pôs a garrafa de água e o pão perto de seu pé.

— Tatsumichi estava disposto a fazê-lo. Só isso. O que você acha tão estranho assim?

— Não, bem... Teoricamente, sim, mas... Eu não compreendo. Quer dizer, como Tatsumichi foi capaz de...

Shogo cortou as palavras hesitantes de Shuya.

— Não há necessidade de entender.

— Como assim?

Os lábios de Shogo entortaram de leve, exibindo algo próximo a um sorriso forçado, e ele depois prosseguiu:

— Eu acabei de entrar na escola, por isso não sei muito sobre vocês e seus colegas. Você, por exemplo, o que sabe acerca de Tatsumichi? Talvez tenha alguém muito doente em sua família e por isso ele pode ter sentido a necessidade de sobreviver. Ou talvez estivesse apenas sendo egoísta. Ou enlouqueceu de pavor e perdeu a capacidade de raciocínio. Ou há até esta possibilidade: você estar com Noriko. Ele pode ter achado que você fez parceria com ela e nada garantia que vocês o deixariam ficar, não é? Vocês dois podiam ter decidido que ele era perigoso e que deveriam eliminá-lo de imediato. Ou, se vocês estavam realmente jogando, poderiam usar esse raciocínio para matá-lo. Olhe, você fez algo que pudesse provocar Tatsumichi?

— Claro que não... — Shuya parou, relembrando como instintivamente tocara em sua faca ao encarar Tatsumichi. Ele mesmo também estava apavorado, com medo de Tatsumichi.

— Não se lembra de nada?

— Eu toquei minha faca. — Ele olhou para Shogo. — Mas apenas isso não seria...

Shogo balançou levemente a cabeça.

— Claro que seria um motivo suficiente, Shuya. Tatsumichi deve ter pensado que precisaria liquidá-lo porque você estava armado. Todos neste jogo têm o pavio curto. — E completou, como se concluísse o raciocínio: — Mas, no final, Tatsumichi estava concentrado no jogo. Essa é a explicação mais simples. Olhe, você não precisa compreender. Seja lá como for, se seu oponente te apontar uma arma, não hesite. Do contrário, você morre. Antes de ficar refletindo sobre o adversário, em primeiro lugar desconfie. Você não deve confiar muito em ninguém neste jogo.

Shuya respirou. *Tatsumichi estava realmente participando do jogo? Então, como dissera Shogo, não havia motivo para pensar muito sobre o assunto.* Ele levantou de novo o rosto em direção a Shogo.

— Ah, sim — Shuya disse.

— O quê?

— Esqueci de perguntar.

— Perguntar o quê? Desembuche.

Shuya prosseguiu:

— Por que você se juntou a nós?

Shogo franziu a testa e passou a língua de leve pelos lábios.

— Pois é. Eu também posso ser um inimigo.

— Não é isso — Shuya balançou a cabeça. — Afinal, você me salvou. Não, mais que isso, você também se arriscou tentando fazer Kyoichi parar. Não suspeito de você.

— Aí é que você se engana, Shuya. Cara, pelo visto você ainda não entendeu o espírito deste jogo.

— O que você quer dizer?

Shogo prosseguiu:

— Neste jogo, fazer parte de um grupo te oferece uma vantagem para sobreviver.

Shuya pensou um pouco antes de concordar com a cabeça. Tinha lógica. Você poderia se revezar com os companheiros vigiando e descansando um pouco. E, mesmo sendo atacado por um inimigo, teria mais vantagem estando em maior número.

— É?

— Pense bem. — Shogo movimentou levemente a arma deitada sobre os joelhos. — Você acha que foi muito arriscado para mim tentar fazer Kyoichi parar? Acha que ele ia parar só porque eu mandei? Talvez eu já estivesse planejando matar Kyoichi, que estava em estado de pânico, concorda? Eu realmente precisaria matá-lo? Nunca passou por sua cabeça que eu já sabia que Kyoichi não era do tipo que atraísse um grupo, e que eu talvez o tivesse mandado parar como pura encenação para me certificar se eu poderia ou não formar um grupo com vocês? Quem garante que eu não esteja simplesmente querendo me juntar a vocês para matá-los mais tarde?

Shuya fitou Shogo. Ele se surpreendera com essas explicações claras e lógicas que Shogo repetia. Era verdade que Shogo era um ano mais velho que eles, mas falava como um adulto e, por sinal, um adulto de mente amadurecida. Nesse sentido, ele se parecia um pouco com Shinji Mimura.

Shuya balançou a cabeça.

— Se começarmos a desconfiar uns dos outros, isso não terá fim. Não o vejo como um inimigo. — Ele olhou para Noriko. — É minha opinião.

— Eu também penso assim — Noriko afirmou. — Se não pudermos confiar em ninguém, perderemos. É como vejo as coisas.

— É um pensamento nobre o seu, garota — Shogo replicou. — Se estiver tudo bem para vocês, ótimo. Apenas os alerto para não vacilar neste jogo. E então?

Shuya se lembrou afinal de que fora ele quem iniciara as perguntas.

— Ah, sim. A questão é com você. Por que confia em nós? Formar grupo com você não significa necessariamente que um de nós, ou ambos, não esteja contra você. Você mesmo disse isso, não tem motivos para confiar em nós.

Shogo gargalhou:

— Uma questão prática, Shuya. Isso mostra que você está sacando bem as coisas.

— Não tente me enrolar. Responda.

Shuya estendeu a mão que empunhava o revólver. Shogo se retraiu, querendo mostrar que a atitude de Shuya era perigosa.

— Então? — Shuya insistiu.

Shogo ergueu de novo a sobrancelha e um pequeno sorriso se revelou em seu rosto. Ele olhou por um tempo para os galhos entrelaçados acima de suas cabeças, e depois de novo para Shuya e Noriko. Sua feição parecia séria.

— Em primeiro lugar...

Shuya viu algo intenso passar de leve pelos olhos calmos de Shogo. Não sabia o que significava, mas era intenso.

— Tenho meus motivos para me opor às regras deste jogo, ou melhor, a este jogo em si. — Shogo parou por um momento para depois continuar. — Você está absolutamente certo, porém... Embora me sinta embaraçado em admitir, sempre baseio as decisões em minha consciência. Quer dizer...

Shogo pegou com ambas as mãos o corpo da carabina disposta na vertical entre seus joelhos como se fosse uma bengala e olhou para os dois. Um pássaro trinava no fundo do bosque. Como Shogo exibia uma expressão solene, Shuya o ouvia tenso.

— Quando vi vocês dois antes, achei que formavam um casal simpático. E ainda penso assim.

Shuya olhou para ele boquiaberto.

Casal?

Noriko foi a primeira a se manifestar. Seu rosto estava ruborizado.

— Você está enganado. Nós não somos. Eu não... com Shuya...

Shogo olhou para os dois e sorriu. Depois deu uma gargalhada. Foi um riso inesperado e simpático. Ele prosseguiu:

— Por isso confio em vocês. Além disso, vocês mesmos acabaram de dizer. Não tem fim se começarmos a ter suspeitas. Não é suficiente?

Shuya por fim sorriu, e falou com sinceridade:

— Obrigado. Estou feliz que você confie em nós.

Shogo continuou, rindo:

— Ao contrário, a honra é minha, rapaz.

— Desde o dia em que veio transferido para nossa escola, você me pareceu um cara individualista.

— Não use essas palavras complexas comigo. Eu sou meio tosco, cara.

Noriko abriu um sorriso e disse:

— Que ótimo. Fico aliviada em ter mais alguém junto de nós.

Em resposta a essas palavras, Shogo coçou com a ponta do dedo indicador o bigode ralo sob o nariz e fez um gesto inesperado: voltando-se para Shuya, estendeu-lhe a mão direita.

— Também acho ótimo. É triste ficar sozinho.

Shuya apertou a mão de Shogo. Sentiu que, assim como seu comportamento, a mão grossa de Shogo se assemelhava à de um homem-feito.

Shogo alongou a parte superior do corpo, passou por Shuya e ofereceu a mão a Noriko.

— Você também, garota.

Noriko apertou a mão dele.

Então Shogo disse, olhando para a perna de Noriko envolta em curativos:

— Tinha me esquecido disso. Mostre-me o ferimento de sua perna primeiro e depois conversaremos sobre como agir daqui em diante.

[RESTAM 29 ESTUDANTES]

20.

A luz do sol, que criava padrões minuciosos pelo vidro opaco da janela, se intensificava aos poucos, começando a se espalhar com alvura. Com as costas contra uma parede, Yumiko Kusaka (a Estudante nº 7) comprimiu os olhos quando os raios solares os atingiram diretamente. Yumiko lembrou a frase corriqueira repetida nos sermões proferidos pelo padre local da Igreja do Halo que os pais e ela — antes mesmo de ter seu nome registrado no cartório — frequentavam: "O sol surgirá todos os dias espalhando sobre cada um de nós suas bênçãos".

Realmente, sinto-me abençoada por fazer parte de um jogo tão divertido, pensou com amargura.

Yumiko balançou de leve os cabelos curtos, estilo joãozinho, abriu um sorriso sarcástico e olhou para Yukiko Kitano (a Estudante nº 6), sentada a seu lado, também encostada à parede. Yukiko permanecia num estado de torpor, olhando fixamente para o assoalho de madeira que começava a ser banhado pela luz. Embora o prédio em que estavam tivesse uma placa na entrada com o grandioso nome Associação Turística da Ilha de Okishima, mais parecia o local de reuniões de uma associação de bairro. Um pouco adiante, logo na entrada, havia uma mesa de escritório, uma cadeira e armários de documentos com ferrugem em vários pontos. Sobre a mesa, havia um telefone (ela tentou usá-lo, mas obviamente, conforme Sakamochi prevenira, o aparelho não emitia nenhum sinal). Dentro dos armários encontraram somente alguns panfletos turísticos sem atrativos em particular.

Yumiko e Yukiko eram amigas desde pequeninas, dos tempos do maternal. As duas estudavam em turmas separadas e viviam em vizinhanças diferentes, mas se conheceram graças, mais uma vez, à Igreja do Halo que os pais de ambas frequentavam. Elas fizeram amizade na terceira visita de Yumiko à igreja, mas para Yukiko era como se fosse sua primeira vez, pois parecia intimidada por tudo que havia lá, incluindo o gongo que soava a cada declaração do pastor e a atmosfera geral da igreja com decoração carregada. Por isso, depois das orações, Yumiko se aproximou da menina quieta deixada sozinha pelos pais, que pareciam atarefados com algo, e perguntou:

— Você não acha tudo isso muito chato?

A menina pareceu um pouco chocada, mas... sorriu. Desde então, tornaram-se amigas.

Embora com nomes parecidos, elas não tinham muitos pontos em comum. Desde pequena, Yumiko era agitada a ponto de as pessoas a acharem parecida com um menino. Mesmo hoje (embora as chances de voltar a esse "hoje" fossem baixíssimas) ela era a quarta batedora no time de softbol. Yukiko gostava de trabalhos manuais e costumava preparar bolos para a amiga. Yumiko era agora quinze centímetros mais alta que Yukiko, que costumava dizer que tinha inveja da altura e do rosto bem definido da amiga, mas Yumiko tinha de fato mais inveja de Yukiko, por sua estatura pequena e faces arredondadas. Realmente elas tinham tipos opostos. Mas eram até agora melhores amigas. Isso não mudara.

Felizmente — e isso é algo descortês a ser dito — a morte de Yoshitoki Kuninobu (o Estudante nº 7) antes da partida delas permitiu que o intervalo entre suas saídas fosse de apenas dois minutos. Depois de Yukiko deixar a sala de aula, ela se escondeu atrás de um poste e, com o rosto pálido, esperou por Yumiko. Elas fugiram (vinte minutos depois que Yoshio Akamatsu voltou para começar a matança, embora as duas ignorassem isso) e se dirigiram para o norte, muito além da área residencial. A partir do caminho no litoral leste da ilha, um pouco mais para cima da montanha norte, elas encontraram um prédio único que se destacava sobre uma colina e se trancaram em seu interior.

Mais de quatro horas haviam se passado desde então. Exaustas pela extrema tensão, permaneceram sentadas próximas uma da outra, apenas deixando o tempo passar.

Yumiko afastou os olhos de Yukiko e, como a amiga, permaneceu olhando fixamente o assoalho. Embora estivesse com a mente entorpecida, não parava de pensar. O que elas deveriam fazer agora? O anúncio das seis da manhã de Sakamochi pôde ser ouvido mesmo dentro daquele prédio. Além de Yoshitoki Kuninobu e Fumiyo Fujiyoshi, nove colegas de turma já haviam morrido. Com exceção de Sakura Ogawa e Kazuhiko Yamamoto, os outros não deveriam ter se suicidado. Alguém os matara. Naquele exato momento, alguém poderia estar sendo morto. De fato, ela teve a impressão de ouvir algo semelhante a tiros logo depois do anúncio das seis da manhã.

Como alguém poderia matar os próprios colegas de turma? Logicamente essa era a regra, mas Yumiko custava a acreditar que alguém de fato seguisse isso. Porém...

Porém, se Yumiko percebesse que alguém estava tentando matá-la, ela provavelmente revidaria. Sim.

Se for assim, então...

Yumiko olhou o microfone portátil no formato de megafone disposto num canto da sala. Seria possível usá-lo? Se pudesse...

Ela seria morta? Isso a apavorava. E ela mataria? Porque, se por um lado Yumiko não podia acreditar que alguém de fato estivesse participando do jogo, ela também não conseguia se libertar do medo que a dominava. Esse medo a levou a fugir às pressas até aquele local com Yukiko. E se... se houvesse alguém disposto a jogar?

Mas...

Veio-lhe à mente uma cena. O rosto de sua melhor amiga quando estava no início do ensino fundamental, e não era Yukiko. A amiga chorava. Por alguma estranha razão, de todo o traje da amiga na ocasião, ela só podia lembrar com clareza dos tênis cor-de-rosa.

— Yumi...

Sendo chamada por Yukiko, Yumiko interrompeu os pensamentos e voltou o rosto para a amiga.

— Vamos comer pão. Com o estômago vazio, não conseguiremos ter boas ideias. — Yukiko abriu um sorriso gentil. Parecia um pouco forçado, mas ainda era seu sorriso costumeiro. — Vamos?

Yumiko retribuiu o sorriso e concordou.

— Tudo bem. Vamos sim.

Elas tiraram pão e água dos respectivos kits de sobrevivência. Yumiko olhou para as duas latas redondas dentro do kit, semelhantes às de enlatados. As latas eram prateado-esverdeadas e, na parte de cima, tinham uma barra protuberante da grossura de um polegar, algo parecido com uma alavanca e um anel metálico de cerca de três centímetros de diâmetro. Ela imaginou que se tratassem de granadas de mão. (A arma de Yukiko era um conjunto de dardos. Devia ser algum tipo de gozação. Eles vinham até acompanhados de um alvo redondo em madeira.)

Passados alguns minutos, depois de terem comido metade do pão e tomado um gole da água, Yumiko perguntou:

— Você está mais calma, Yukiko? — Enquanto mastigava seu pão, viu que os olhos grandes da amiga cresceram um pouco mais. — Porque você tem tremido há algum tempo.

— Ah… — O rosto de Yukiko desanuviou. — Acho que estou bem agora, Yumi. Afinal, você está do meu lado.

Yumiko sorriu, balançando a cabeça. Ela pensou se deveria consultar Yukiko sobre "como deveriam agir" enquanto estavam comendo, mas decidiu não fazê-lo, pois não se sentia muito confiante sobre sua ideia. O que ela pensou em fazer poderia ser bastante perigoso. Para realizar isso, não apenas ela se arriscaria, como também poria Yukiko em perigo. Mas, por outro lado, o pânico de ultrapassar o prazo-limite forçava todo mundo a se expor a esse tipo de risco. Qual seria a coisa certa a fazer? Yumiko ainda não tinha certeza.

Elas permaneceram quietas por um tempo. Então Yukiko de súbito falou:

— Sabe, Yumi.

— Hum? O quê?

— Você pode achar que o que eu vou dizer é idiota numa situação como a nossa, mas... — Yukiko mordeu ligeiramente os lábios pequenos, porém carnudos.

— O quê?

Yukiko hesitou um pouco, mas por fim resolveu perguntar:

— Em nossa turma tinha alguém de quem você gostasse?

Os olhos de Yumiko se arregalaram de súbito.

Incrível. Esse é exatamente o tipo de tema apropriado para uma conversa à noite quando se está numa excursão da escola. Depois de terminar os jogos de cartas, guerra de travesseiros e se aventurar pelo interior do hotel, esse assunto era o número um, deixando para trás os fuxicos sobre os professores ou as conversas sobre o futuro. Era o assunto sagrado conversado em sussurros em meio à escuridão noturna. Logicamente, dentro do ônibus todas pensavam, até caírem no sono, que talvez pudesse haver essa conversa durante a viagem.

— Você quer saber se tem algum rapaz da turma?

— Sim. — Yukiko olhou meio acabrunhada para Yumiko, com os olhos abaixados.

— Hum... — Yumiko hesitou um pouco, mas então decidiu responder com sinceridade. — Sim, tem.

— Eu sabia! — Yukiko olhou para os joelhos que sobressaíam de sua saia plissada e prosseguiu. — Sinto muito nunca ter dito isso a você, mas eu gosto de... Shuya.

Yumiko assentiu sem dizer nada. Ela já desconfiava.

Yumiko puxou do arquivo em sua memória os dados sobre Shuya Nanahara. Altura: um metro e setenta; peso: cinquenta e oito quilos; visão: 1,2 de grau na vista direita, 1,5 na esquerda; porte magro, mas musculoso. Até a metade do ensino fundamental era interbases da Little League e primeiro batedor, mas depois largou o time e agora preferia se dedicar à música, sendo excelente cantor e guitarrista. Graças à sua condição de melhor jogador do time em seus dias na Little League, e pelo fato de o primeiro ideograma de seu sobrenome significar "sete", foi apelidado no beisebol de "Wild Seven", como a marca de cigarro. Seu tipo sanguíneo é B e ele nasceu no dia 13 de outubro, no outono, como o primeiro ideograma de seu nome indica. Ele perdeu os pais ainda criança e agora vive num orfanato católico chamado Casa de Caridade na periferia do distrito de Shiroiwa. Seu melhor amigo, Yoshitoki Kuninobu — *ah, mas agora ele está morto* —, também vivia na Casa de Caridade. Shuya é um estudante regular, dominando mais as matérias de humanas, como inglês e literatura. Ele tem um rosto singular, com os lábios levemente curvados, mas olhos gentis de pálpebras bem definidas, o que o torna bastante charmoso. Seus cabelos são ligeiramente ondulados e longos como os de uma garota, cobrindo o pescoço e chegando aos ombros.

O arquivo de Yumiko estava lotado de informações sobre Shuya Nanahara. (*Tenho certeza de que meu arquivo tem mais material que o de Yukiko... bem, talvez.*) Um dos assuntos mais importantes no arquivo era a altura dele. Isso porque, *se Shuya não crescer mais, não vou poder usar sapatos de salto alto quando estivermos juntos, pois ficarei mais alta que ele.*

Mas agora ela não seria capaz de compartilhar esses pensamentos com Yukiko.

— Hum... — Yumiko tentava parecer o mais calma possível. — É sério?

— Sim.

— Huuum.

Yukiko baixou o olhar. Depois disse aquilo que realmente desejava:

— Quero vê-lo. Muito. O que ele estará fazendo agora?

Sentada com as mãos ao lado das coxas, ela desatou a chorar.

Yumiko gentilmente tocou o ombro de Yukiko.

— Não se preocupe. Conhecendo Shuya, não importa o que aconteça... — Dando-se conta, no entanto, de que isso poderia soar estranho, ela complementou às pressas: — Você sabe que ele é o melhor esportista da turma. Além do mais, ele parece muito corajoso. Quer dizer, eu não o conheço bem, mas...

Yukiko enxugou as lágrimas e concordou:

— Tem razão.

Depois, como se sentisse melhor, perguntou:

— E você, Yumi? De quem você gosta?

Yumiko somente pôde olhar para o teto e murmurar "Hum" enquanto pensava. Ela estava em apuros. *Devo dizer qualquer nome mais conveniente só para despistar?*

Tatsumichi é um dos ases no time de handebol. Apesar do rosto um pouco rude, ele tem um ar simpático. Shinji? Todos o consideravam um arremessador genial do time de basquete, com vasto conhecimento sobre tudo e com inúmeras garotas em sua cola. (Mas não as da classe delas, talvez porque sua reputação quase unânime entre as meninas da turma B fosse a de playboy.) Mitsuru? Ele se fazia passar por valentão, mas realmente não parecia tão ruim. Era gentil com as garotas. (*Ah, mas ele também está morto agora.*) Hiroki tinha um ar taciturno e poderia servir. Algumas garotas têm medo dele porque pratica artes marciais, mas Yumiko achava isso um charme. Mas ele não estava namorando Takako Chigusa? *Takako me abominaria se um dia descobrisse. Ela é muito durona. Mas também é uma boa moça. Pensando bem, todos eram legais, tanto os rapazes quanto as garotas... Voltei à mesma questão: Eu não deveria confiar neles?*

— Então, quem é? — Yukiko repetiu a pergunta.

Yumiko voltou o olhar para Yukiko.

Ela hesitou de novo... Mas, por fim, decidiu revelar o que pensava. Pelo menos poderia desabafar. Afinal, Yukiko era a única amiga em quem podia confiar.

— Posso perguntar algo?

Yukiko inclinou a cabeça, curiosa.

Yumiko cruzou os braços para se concentrar e então indagou:

— Você acha realmente que há alguém desejando matar todos nós? Quero dizer, agora, em nossa turma?

Yukiko franziu de leve a testa.

— Bem... O fato é que... eles mor... — Ao pronunciar a palavra, sua voz tremeu. — ... morreram. Todos eles. Foi anunciado esta manhã. Nove estudantes desde que nós partimos. Impossível todos terem se suicidado. Além disso, não acabamos de ouvir algo parecido com disparos?

Yumiko inclinou a cabeça ao olhar para Yukiko. Ela estendeu as mãos. Só então percebeu que o punho esquerdo do terninho de marinheiro apresentava um pequeno rasgo.

— Bem. Raciocine comigo. Nós duas estamos apavoradas aqui. Mesmo juntas, estamos nessa situação.

— Sim.

— E acredito que o mesmo esteja acontecendo com os outros. Todos devem estar apavorados. Não acha?

Yukiko parecia refletir um pouco sobre o assunto. Depois de um tempo falou.

— Sim, talvez. Eu estava tão preocupada com meu próprio medo que esse pensamento nem me ocorreu.

Yumiko concordou com a cabeça e prosseguiu:

— E porque tivemos sorte suficiente para acabar juntas provavelmente não sentimos tanto, mas se estivéssemos sozinhas com certeza seria muito assustador.

— É, tem razão.

— E o que aconteceria se você encontrasse alguém nesse estado de pavor, Yukiko?

— Eu fugiria, lógico.

— E se você não tivesse escapatória?

Yukiko parecia analisar com cuidado a situação. Então, falou devagar:

— Eu... bem, eu talvez... apenas lutasse. Se tivesse algo nas mãos, lançaria... Se tivesse alguma arma de fogo, talvez atirasse... Logicamente, eu tentaria conversar. Mas se acontecesse rápido e eu não tivesse alternativa...

Yumiko concordou:

— Exatamente. Por isso não deve haver ninguém aqui querendo matar os outros. Acho que é porque, por medo, nos convencemos de que todos querem nos matar e por isso vamos à luta. Se estivermos tão convencidos disso, mesmo que ninguém nos ataque, podemos até acabar indo atacar os outros.

Ela interrompeu o que falava, descruzou os braços e pôs as mãos sobre o assoalho antes de prosseguir.

— Acho que todos estão apenas apavorados.

Yukiko comprimiu outra vez os lábios pequenos e carnudos. Depois de alguns instantes, olhou para o assoalho e disse numa voz hesitante:

— Eu não sei. Realmente não posso confiar. Nem na gangue de Mitsuko Soma... nem em Kazuo Kiriyama...

Yumiko abriu um leve sorriso e mudou de posição, mexendo as pernas sob a saia plissada.

— Vou te dizer o que penso, Yukiko.

— Hum.

— Do jeito que as coisas vão, morreremos. O prazo? Se ninguém morrer nas próximas vinte e quatro horas? Se sobrevivermos até lá, ainda assim acabaremos assassinadas.

Yukiko assentiu de novo com uma expressão de pavor.

— É... tem razão.

— Por isso, a única coisa a nosso alcance é induzirmos todos a cooperarem para descobrirmos um jeito de sair daqui, certo?

— Bem, sim, mas...

— Eu...

Yumiko interrompeu Yukiko e então inclinou de leve a cabeça.

— ... tive uma experiência desagradável porque não confiei em alguém. Foi no início do ensino fundamental.

Yukiko fitou Yumiko.

— O que aconteceu?

Yumiko olhou para o teto. Ela recordou do rosto choroso de sua amiga. E dos tênis cor-de-rosa. Em seguida, voltou os olhos para Yukiko.

— Na época eu tinha muita afeição a... Você se lembra dos gatinhos Egg Cats, que viraram uma febre?

— Sim, havia produtos com o desenho dos personagens. Eu tinha uma prancheta com a ilustração deles.

— Pois é. E eu, uma caneta esferográfica tricolor. Uma edição limitada. Hoje, quando penso nisso, parece besteira, mas na época eu adorava aquela caneta.

— Sei.

— Bem, um dia ela desapareceu... — Yumiko abaixou a cabeça. — Eu suspeitei que uma amiga a tivesse roubado. Ela queria muito a caneta e, além disso, eu me dei conta de que ela sumira depois da aula de ginástica no primeiro horário, justo quando essa amiga alegou não estar passando bem, e voltou antes de todos para nossa sala de aula para descansar. E também, isso é realmente horrível, bem, ela não tinha pai e a mãe trabalhava num bar, por isso ela não tinha boa reputação.

Yukiko acompanhava lentamente:

— O.k.

— Eu a enchi de perguntas, mas ela jurou não saber de nada. E eu até contei à professora sobre o caso. Nossa mestre, que possivelmente também discriminava a garota, pressionou-a para que contasse a verdade. Mas ela apenas chorou e insistiu em negar tudo. — Yumiko voltou a olhar para Yukiko. — Quando voltei para casa, encontrei a caneta na minha escrivaninha.

Yukiko ouvia calada.

— Eu lhe pedi desculpas. Ela afirmou que não havia problema. Mas isso abriu uma brecha em nosso relacionamento. Um tempo depois, ela acabou se transferindo para outra escola, talvez porque a mãe tenha se casado de novo, e nunca mais a vi. Éramos ótimas amigas. Assim como você e eu. Mas, no final, eu fui incapaz de confiar nela. — Yumiko deu de ombros e então continuou. — Desde então, tenho me empenhado ao máximo para confiar nas pessoas. Quero acreditar nelas. Se não puder, tudo se torna impossível. Isso é diferente do que o povo daquela estúpida Igreja do Halo prega. É nisso que eu acredito. Você me entende?

— Entendo.

— Então, vamos considerar a situação atual. Bem, Mitsuko Soma parece perigosa. É a reputação dela. Mas duvido que seja tão má a ponto de realmente sair por aí com a intenção de matar pessoas por puro prazer. Ela não pode ser tão cruel. Não havia ninguém em nossa turma tão ruim. Não é mesmo?

Depois de um momento, Yukiko concordou.

— Portanto — Yumiko continuou —, se conversarmos da forma adequada, todos pararão de lutar. Depois, poderíamos imaginar juntos como lidar com a situação que enfrentamos agora. Mesmo não levando a nada, pelo menos poderíamos evitar matarmos uns aos outros. Não acha?

— Sim... — Yukiko concordou, ainda hesitante.

Um pouco cansada da conversa, Yumiko respirou fundo e de novo trocou a posição das pernas.

— De qualquer forma, essa é minha opinião. Agora me diga a sua. Se você for contra, eu não farei nada.

Yukiko contemplou por um tempo o assoalho, pensativa. Ao término de dois minutos, ela começou a falar lentamente:

— Lembra como uma vez você comentou que eu dou muita importância à opinião alheia?

— Hum? Eu disse isso? — Yumiko examinou a face de Yukiko, que olhou para cima à procura dos olhos da amiga.

Então Yukiko sorriu gentilmente.

— Acho que você está absolutamente certa. É o que eu penso.

Yumiko também sorriu para ela e agradeceu. Ela se sentiu feliz por Yukiko ter considerado sua ideia positivamente. E agora a resposta dela parecia confirmar que seu pensamento estava correto.

Temos que fazer isso. Não quero morrer sem me esforçar. Se houver uma chance, vamos buscá-la. Como eu disse para Yukiko, quero confiar nas pessoas. Vamos tentar!

Então Yukiko perguntou:

— Mas como faremos? Como poderemos chamar o pessoal?

Yumiko apontou para o megafone jogado num canto da sala.

— Depende de podermos ou não usar aquilo.

Yukiko balançou várias vezes a cabeça, olhou para o teto e, algum tempo depois, disse lentamente:

— Se tudo der certo, poderei ver Shuya.

Yumiko concordou.

Sim, estou certa de que poderemos, ela afirmou para si mesma.

[RESTAM 29 ESTUDANTES]

21.

— **Ótimo. Está legal.** — Shogo jogou a agulha e a linha sobre o kit de sobrevivência a seu lado e pediu a Shuya: — Me empreste de novo seu uísque.

Em frente a Shogo, Noriko estendera para um lado a perna direita dobrada. O ferimento na panturrilha fora costurado com uma linha de algodão bruto. Shogo conseguira fazer a operação de sutura. Logicamente sem anestesia, mas Noriko conseguiu conter o choro durante os dez minutos do procedimento.

Shuya ofereceu a garrafa a Shogo. Perto deles havia um pequeno fogareiro feito de pedras, e a água fervia dentro da lata posta sobre o carvão. (Shogo explicou como ele encontrara o carvão juntamente com a agulha e a linha na loja de suprimentos.) Ele desinfetara a agulha e a linha com a água fervente, mas aplicar a água diretamente no ferimento estava fora de cogitação. Antes de iniciar a sutura, ele já havia lavado o ferimento com o uísque de Shuya. Ia desinfetá-lo outra vez. Noriko, que respirara aliviada por alguns instantes, agora voltava a contrair o rosto.

Shuya olhou seu relógio. Em virtude do tempo gasto para ferver por completo a água, já passava das oito.

— O.k. — Shogo disse, enquanto pressionava sobre o ferimento de Noriko a bandana, que fazia as vezes de curativo, também desinfetada com a água fervente, e rapidamente envolvia outra ao redor da perna dela. — Pronto, garota, terminado. Espero que nenhum micróbio tenha se alojado aí dentro.

Noriko encolheu a perna e mostrou sua gratidão a Shogo.

— Obrigada. Você fez um bom trabalho!

— Bem, sou bom brincando de médico — Shogo disse e tirou um cigarro Wild Seven do bolso, pôs entre os lábios e o acendeu com um isqueiro barato. Ele teria pego isso na loja ou era dele? Wild Seven era uma marca tão popular quanto Buster e Hi-nite.

Shuya olhou vagamente o pacote ilustrado com as silhuetas de motociclistas, sem ter ideia do que simbolizavam. Os cigarros atiçaram sua curiosidade, porque, embora atualmente não tivesse nenhum apelido, no beisebol costumavam chamá-lo com o mesmo nome dessa marca de cigarro. A razão era bem simples: Shuya sempre fora um craque na época da Little League. Aproveitava as chances para rebater sem falta. Uma vez na base e não havendo ninguém capaz de rebater, ele podia ampliar suas oportunidades de pontuação roubando uma base (Shuya detinha a marca impressionante de roubar a base três vezes numa temporada). Conseguia atuar brilhantemente em dupla posição com as bases cheias e seu arremessador em apuros. E, se o arremessador estivesse muito cansado, ele passava para outro sua posição de interbases e ia substituí-lo. "Wild Card Nana (Wild Seven)." *Ah, nossa, é mesmo?*

No oitavo ano, ele se tornou colega de classe do armador astro do time de basquete, Shinji Mimura. Shinji costumava ser chamado de "Terceiro Homem", apelido aparentemente recebido durante o sétimo ano, quando sentou no banco de reserva como segundo arremessador. Mas, depois de entrar na quadra quando faltavam cinco minutos para o fim do jogo e seu time perdia por vinte pontos para o oponente, mais cotado a vencer, esse terceiro homem trouxe sozinho a vitória para sua equipe. Desde então, Shinji se tornara presença constante na formação inicial e o time de basquete da Escola de Ensino Fundamental Shiroiwa aparecia sempre como um dos mais bem classificados nas competições da província. Mas, por causa do impacto naquela partida e do ideograma de "três" de seu sobrenome, ele ganhou o apelido de "Terceiro Homem".

Nos jogos da classe em abril deste ano, de brincadeira as meninas arrumaram dois uniformes costurados nas costas com os números sete e três. Shuya e Shinji os usaram durante as partidas. Agora tudo isso parecia um mundo distante. Shuya se perguntou outra vez onde Shinji estaria. Ele seria uma ajuda inestimável.

Como se o pensamento lhe ocorresse de repente, Shogo procurou em seus bolsos e tirou de um deles uma bolsinha de couro parecida com um porta-moedas. Ele retirou dela uma cartela de pílulas brancas envoltas em papel-alumínio e plástico e a entregou a Noriko.

— São analgésicos. Você deveria tomar alguns.

Noriko piscou, surpresa. Mesmo assim, pegou a cartela.

— Ei... — Shuya disse a Shogo.

— O quê? — Shogo exalou com prazer a fumaça da boca, olhando para Shuya. — Não me lance esse olhar de censura. Estudantes do ensino fundamental fumam. De qualquer forma, tenho idade suficiente para estar no ensino médio. E você não pode falar nada, já que trouxe sua cota de uísque.

Pelo jeito de falar, parecia que para Shogo não havia problema em estudantes do ensino médio fumarem, mas de qualquer forma Shuya balançou a cabeça negativamente.

— Não é o que eu queria dizer. Queria saber se essas pílulas também eram da loja.

Shogo deu de ombros.

— Bem, sim. Não era exatamente mercadoria. Eu as tirei do estojo de primeiros socorros que estava atrás da caixa registradora. Nada de mais, só algumas aspirinas chamadas Gomez. Tanto faz, mas não acha um nome idiota para aspirina? Bem, pelo menos aliviará as dores.

Shuya contraiu os lábios. *Bem, ele pode estar dizendo a verdade, mas...*

— Você está muito bem preparado para tudo. E como consegue suturar um ferimento?

Os cantos da boca de Shogo se elevaram, formando um sorriso em arco. Ele encolheu os ombros e respondeu:

— Sou filho de médico, fique sabendo.

— O quê?

— Meu pai tinha uma pequena clínica bem furreca num bairro pobre na periferia de Kobe. Quando eu era pequeno, costumava vê-lo costurando as pessoas. De fato, eu era um assistente de enfermagem excepcional e o certo seria dizer que cheguei às vezes a fazer coisas parecidas. Meu pai não tinha grana suficiente para contratar um enfermeiro profissional.

Shuya estava surpreso. Ele estaria dizendo a verdade?

Shogo ergueu o cigarro preso entre os dedos, num gesto que parecia cortar o que Shuya perguntaria a seguir.

— Não estou mentindo. Pense sobre isso e você verá como remédios são necessários na situação atual.

Shuya se manteve um momento calado, para afinal lembrar de algo mais que o surpreendera:

— Ah, outra coisa...

— O quê?

— Você se importaria se eu te perguntasse...

— Esqueça as cerimônias, Shuya. Vá direto ao ponto.

Shuya encolheu os ombros e reformulou o que pretendia dizer:

— Dentro do ônibus, você estava tentando abrir a janela. Você sentiu que se tratava de gás do sono?

Ouvindo isso, Noriko lançou a Shogo um olhar inquisidor.

Dessa vez, Shogo deu de ombros.

— Então você estava vendo? Deveria ter me dado uma mão.

— Sinto muito, mas não pude. Mas como você sabia o que estava acontecendo? Quer dizer, não havia cheiro nem nada...

— Ah, sim, havia — Shogo replicou e amassou seu cigarro já pela metade no chão. — Era muito leve. Mas quem o conhece, logo percebe.

— Como você percebeu? — dessa vez foi Noriko quem perguntou.

— Meu tio na realidade trabalhava num laboratório químico do Estado e...

— Fala sério... — Shuya o interrompeu.

Shogo abriu um sorriso amarelo e disse:

— Se for necessário, conversaremos sobre isso mais tarde. Foi uma falha e tanto minha. Percebi tarde demais. E eu não esperava que algo assim acontecesse... Mas nossa situação atual é mais importante que isso. Vocês têm planos?

Se for necessário, conversaremos sobre isso mais tarde? Essa frase deixou Shuya intrigado, mas Shogo estava certo. A prioridade deles era bolar um plano de fuga. Ele desistiu de procurar saber mais e disse:

— Nossa intenção é escapar.

Shogo acendeu outro cigarro e concordou com a cabeça. Então, como se de repente se lembrasse do que tinha para fazer, jogou terra no carvão dentro do fogareiro de pedras empilhadas. Shuya ouviu o som de Noriko engolindo uma pílula com água.

Shuya continuou:

— Você acha difícil?

Shogo sacudiu a cabeça.

— Você devia perguntar se há possibilidade. Minha resposta seria "extremamente baixa". Mas, e daí?

— Bem, essas... — Shuya levantou a mão até o pescoço. O mesmo objeto rodeava também o pescoço de Shogo e Noriko. — ... coleiras... por causa delas, mesmo fugindo, eles logo nos encontrariam.

— Tem razão.

— E não podemos nos aproximar da escola.

Sakamochi avisara que a área da escola logo se tornaria um quadrante proibido. *Num tom insolente. Desgraçado.*

— Verdade.

— Mas não haveria um jeito de atraí-lo para fora de lá? Então, nós o faríamos refém. E o obrigaríamos a desabilitar as coleiras.

Shogo ergueu as sobrancelhas.

— E depois?

Shuya lambeu os lábios antes de prosseguir.

— Então, bem, em primeiro lugar procuraríamos um barco e escaparíamos levando Sakamochi conosco.

Mesmo enquanto dizia isso, Shuya sabia que as chances de êxito de seu plano eram praticamente nulas. Como não pensou sequer em como fariam para atrair Sakamochi para fora da escola, não se poderia chamar aquilo nem mesmo de plano.

— Isso é tudo? — Shogo perguntou.

Shuya não teve opção senão concordar.

Shogo voltou a soltar uma baforada do cigarro, depois disse:

— Antes de mais nada, não há barcos.

Shuya mordeu o lábio.

— Nunca se sabe.

Shogo sorriu brevemente e soltou mais fumaça.

— Eu lhes contei que fui até a loja de suprimentos perto do porto. Não há barcos. Nem um sequer. Nem algum danificado foi deixado em terra, como em geral ocorreria. Todos os barcos foram subtraídos. Podemos tirar o cavalinho da chuva.

— Então um barco-patrulha servirá. Desde que possamos manter Sakamochi refém.

— Isso é impossível, Shuya — Shogo o interrompeu. — Você viu quantos soldados das Forças Especiais de Defesa eles têm. Além do mais... — Shogo apontou para a coleira prateada ao redor de seu pescoço. — Eles podem enviar o comando remoto para detonar essas meninas aqui quando desejarem, não importa em qual quadrante estivermos. A qualquer momento, em qualquer lugar. Estamos de mãos atadas. Mesmo que consigamos capturar Sakamochi, tenho certeza de que para o governo ele não tem serventia.

Shuya se calou outra vez.

— Você tem outras ideias? — Shogo perguntou.

Shuya balançou negativamente a cabeça.

— E você, Noriko?

Noriko também balançou a cabeça. Mas disse outra coisa.

— Bem, nós... quer dizer, e se reuníssemos alguns colegas, mesmo sendo apenas aqueles em quem confiamos, para chegar a um plano juntos? Com bastante gente pensando, podem surgir boas ideias...

Isso mesmo, Shuya pensou. *Eu esqueci de dizer isso.*

Shogo apenas levantou a sobrancelha esquerda com a cicatriz.

— E em quais deles você confia?

Nesse caso, Shuya replicou entusiasticamente:

— Há Shinji Mimura. E também Hiroki Sugimura. Vejamos, no caso das garotas, há nossa representante da turma, Yukie Utsumi. Sobretudo Shinji, que é um cara fantástico. Ele conhece muita coisa. Sabe tudo sobre máquinas também. Ele vai pensar em algo.

Shogo coçou o queixo coberto pela barba por fazer enquanto olhava para Shuya. Então perguntou:

— Shinji?

Shuya o olhou surpreso.

— O que há de errado?

— Não... É que... — Shogo pareceu hesitar, mas prosseguiu. — Eu vi Shinji...

— Como? Onde? — Shuya instintivamente levantou a voz. Ele trocou olhares com Noriko, que estava a seu lado. — Onde? Onde você o viu?

Shogo apontou com o queixo para o leste.

— Era noite. A oeste da escola. Ele parecia procurar algo dentro de uma casa. Ele tinha uma arma e parece ter me visto.

— Por que você não o chamou? — Shuya levantou a voz imbuída de um tom de censura.

Shogo olhou para Shuya surpreso.

— Por quê?

— Bem, vamos, ele ajudou Noriko a voltar para o assento dela na sala de aula. Você viu, não viu? Além disso...

Shogo continuou o que Shuya supostamente diria:

— Ele sugeriu postergar o jogo por causa do ferimento de Noriko, certo? Para que todos tivessem tempo de escapar?

Shuya concordou.

Shogo balançou a cabeça.

— Apenas por isso você espera que eu confie nele? De jeito nenhum! Ele podia estar tentando enganar todo mundo para pensarem que ele é um rapaz confiável. Seria muito conveniente para ele, caso estivesse planejando dar cabo de todos mais tarde.

— Não seja ridículo! — Shuya levantou a voz. — Como alguém pode pensar algo tão sórdido? Ele não é esse tipo de pessoa. Ele é...

Shogo calmamente estendeu as palmas das mãos para a frente num gesto de "calma, rapaz", silenciando Shuya. Ele tinha razão. Levantar a voz não era uma boa ideia. Na verdade, era uma péssima ideia.

Então Shogo disse:

— Não me leve a mal. Não conheço bem Shinji. Como disse antes, a regra neste jogo é suspeitar de todos e não confiar em ninguém. E é preciso tomar cuidado em particular com os inteligentes. Além disso, mesmo se eu o convidasse para fazer dupla comigo, duvido que ele aceitasse.

Shuya estava prestes a dizer algo, mas então expirou e desistiu. Havia lógica no que Shogo dizia. De fato, era estranho como Shogo podia confiar nele e em Noriko. Ele dissera, no entanto, que era pelo fato de eles formarem um "casal simpático".

— O.k., então. — Shuya fez uma pausa antes de prosseguir. — Deveríamos pelo menos ir até onde você viu Shinji. Podemos definitivamente confiar nele, eu garanto. Ele terá uma boa ideia. Ele é...

Mas de novo Shuya foi obrigado a parar no meio da sentença.

Shogo balançou negativamente a cabeça e disse:

— Se Shinji é tão inteligente como você diz, você realmente acha que ele permaneceria onde eu o vi?

Ele tinha razão.

Shuya soltou um suspiro longo e profundo.

— Olhe... — Noriko falou. — Shogo, não haveria um jeito de contatar Shinji e alguns outros?

Shogo sacudiu o cigarro e balançou a cabeça.

— Duvido. Se estivéssemos tentando chegar a um número não específico de colegas, talvez; mas contatar uma pessoa em particular seria difícil.

Eles permaneceram em silêncio por alguns instantes. Shuya olhou para Shogo, que mantinha um cigarro entre os lábios. O Wild Seven definhava pouco a pouco pela ponta acesa.

— Então — Shuya disse, quase sem palavras —, não há nada que possamos fazer.

Shogo, no entanto, respondeu secamente:

— Ao contrário, há sim.

— O quê?

— Tenho um plano.

Shuya voltou a olhar para o rosto de Shogo envolto na fumaça. Então, de súbito, ele se animou e perguntou:

— O que você quer dizer? Há algum jeito?

Shogo olhou para o rosto de Shuya e de Noriko. Depois, contemplou o vazio, com o cigarro ainda nos lábios, como se refletisse um pouco. Os dedos da mão direita acariciaram a superfície lisa da coleira ao redor de seu pescoço, como se algo nela o incomodasse. A fumaça pairava lentamente no ar.

Shogo disse:

— Existe um jeito. Porém, há uma condição.

— O que seria?

Shogo balançou de leve a cabeça e então aproximou de novo o cigarro dos lábios.

— Se sobrevivermos até o fim.

Shuya franziu a testa. Ele não entendera.

— O que... você quer dizer?

— É óbvio. — Shogo olhou para eles. — Significa que nós três devemos ser os únicos a sobreviver no final. Todos os demais teriam que estar mortos.

— Mas... — Noriko de imediato levantou a voz. — Isso é horrível! Quer dizer que temos que pensar apenas em nos salvar?

Shogo segurou o cigarro entre os dedos sobre as pernas cruzadas e levantou a sobrancelha.

— O sentido é o mesmo do plano de fuga de Shuya.

— Não — Shuya interveio. — Não é isso que Noriko quer dizer. Ou seja... o que ela está dizendo é que nossa sobrevivência seria em troca da morte de todos os demais. Não é isso, Noriko? Isso seria simplesmente... pavoroso.

— Calma, calma — Shogo gesticulou. Ele apagou o cigarro amassando-o no chão. — Não tenho nada contra expandir nosso grupo, desde que possamos confiar nos outros membros. Mas, em todo caso, encontremos ou não outras pessoas, a condição é que cada um que não seja de nosso grupo esteja morto. É isso.

— Quê?

— Não agora.

— Por quê?

— Simplesmente não posso.

— O que você quer dizer com "não agora"? Então quando pretende nos contar?

— Bem. Quando sobrarmos apenas nós três. Posso dizer apenas uma coisa: meu plano não funcionará se todo mundo tentar intervir. Assim, ele não poderá ser usado até que sejamos os únicos remanescentes.

Shuya voltou a ficar calado. Contemplou por um tempo o rosto de Shogo, que continuava a fumar, mas nesse meio-tempo Shuya ouviu uma voz sussurrando algo dentro de sua cabeça. Era uma voz fraca, difícil de ouvir.

Como se também pudesse ouvir essa voz, Shogo sorriu.

— Sei exatamente o que você está pensando, Shuya. É o seguinte: deve haver outra possibilidade totalmente diferente. Eu posso estar me unindo a vocês apenas para garantir minha sobrevivência. De fato, posso não ter nenhum plano e, quando restarmos apenas nós três, eu posso matar vocês dois e vencer o jogo. Isso seria muito conveniente para mim. Estou errado?

Shuya estava um pouco confuso.

— Não era isso que...

— Não?

Shuya emudeceu e olhou de canto de olho para Noriko. Noriko permaneceu quieta, contemplando o rosto de Shogo.

Shuya olhou de volta para Shogo.

— Não é isso. É apenas que...

Shuya parou de repente. Uma voz se fez ouvir. Estava muito distante e, até certo ponto, eletronicamente distorcida. Uma voz dizendo:

— Oi, pessoal...

[RESTAM 29 ESTUDANTES]

22.

— Ouçam todos! — a voz continuou. Era uma voz feminina.

Noriko disse:

— É Yumiko.

Ela se referia a Yumiko Kusaka (a Estudante nº 7). Uma garota alta, vigorosa, quarta batedora no time de softbol feminino.

— Vou dar uma olhada e já volto. — O rosto de Shogo enrijeceu. Ele pegou sua arma e se levantou. Começou a caminhar a leste, para os arbustos, na direção de onde provinha a voz.

— Vamos com você.

A conversa foi interrompida, mas Shuya enfiou sua Smith & Wesson na frente das calças e ofereceu seu ombro para ajudar Noriko a se levantar. Shogo se voltou de relance para olhá-los, mas começou a andar sem dizer nada.

Ao chegarem ao fim dos arbustos, Shogo interrompeu o passo. Shuya e Noriko também pararam.

De costas, Shogo exclamou:

— Por que elas...

Shuya se postou logo atrás de Shogo e, juntamente com Noriko, pôs a cabeça para fora dos arbustos, assim como Shogo fizera.

Era o pico da montanha norte. Havia lá uma construção semelhante a um mirante entre as árvores dispersas no local. Provavelmente se situava a quinhentos ou seiscentos metros desde o sopé da montanha onde eles estavam. Mesmo assim, eles podiam observar claramente. O mirante era uma construção rústica, semelhante a uma choupana com uma parede faltando. Havia duas pessoas de pé sob seu telhado. Os olhos de Shuya se arregalaram.

A voz chegou até eles:

— Pessoal. Parem de brigar e venham até aqui...

Shuya viu que a pessoa mais alta — provavelmente Yumiko — segurava um objeto em frente ao rosto. Seria um megafone? Do tipo que os policiais usam ao se dirigir a criminosos encurralados dentro de prédios cercados? Parecia um pouco cômico ("Estamos avisando a todos: baixem suas armas e saiam com as mãos para cima"), mas possivelmente com o aparelho a voz poderia alcançar não apenas eles, mas todo o resto da ilha.

— E a outra? — Shuya sussurrou.

— É Yukiko. Yukiko Kitano — Noriko respondeu. — As duas são muito amigas.

— Elas correm perigo — Shogo disse com uma expressão grave. — Desse jeito acabarão sendo mortas. Estão totalmente expostas.

Shuya mordeu os lábios. Basicamente, Yumiko Kusaka e Yukiko Kitano estavam tentando "convencer" todos a parar de lutar. Estavam fazendo o que Shuya imaginara, mas acabara desistindo depois de ser atacado por Yoshio Akamatsu. Elas deviam acreditar piamente que ninguém estaria realmente disposto a "jogar o jogo". Escolheram aquele local por ser o mais visível de todos. Ou talvez por já estarem próximas dali desde o início.

— Ninguém deve querer lutar. Por isso, venham se reunir aqui...

Shuya hesitou. Ele precisava de mais tempo para entender a situação... Além disso, a conversa que estavam tendo não foi concluída. Embora não fosse provável, o que aconteceria se Shogo fosse um inimigo?

No final, Shuya perguntou a Shogo:

— Você pode cuidar de Noriko?

Shogo se virou.

— O que você pretende fazer?

— Vou tentar ir até lá.

Shogo franziu as sobrancelhas e replicou:

— Você não pode ser tão estúpido.

Shuya se irritou com o jeito de falar de Shogo, e revidou:

— Por que não? Elas estão arriscando a vida fazendo isso. Elas não têm intenção de participar do jogo. Realmente não têm. Por isso, podem se juntar a nós. Além do mais, você mesmo acabou de dizer que elas estão se expondo ao perigo.

— Não é o que eu queria dizer — Shogo mostrou os dentes. Era algo estranho de se notar naquela hora, mas Shuya se admirou com os dentes grandes e aparentemente saudáveis do colega. — Eu disse antes. É melhor ficar quieto neste jogo. Qual a distância daqui até onde elas estão? Você não tem ideia de quem pode encontrar pelo caminho.

— Sei disso! — Shuya revidou.

— Não, você não compreende. Todos já notaram onde elas estão agora. Se alguém as atacar, esse inimigo vai esperar por outros que se ofereçam descaradamente a ele, como você pretende fazer. Com um número maior de alvos...

O que causou arrepios em Shuya não era tanto o conteúdo do conselho de Shogo, mas o tom de voz calmo ao dizê-lo.

— Por favor, venham até aqui! Estamos sozinhas. Não estamos lutando!

Shuya soltou seu ombro de debaixo do braço direito de Noriko.

— Eu vou.

Ele empunhou a Smith & Wesson e começou a caminhar para fora dos arbustos, mas Shogo o segurou pelo braço esquerdo.

— Pare!

— Por quê? — a voz de Shuya se elevou. — Você quer que eu fique apenas sentado olhando-as serem mortas? — A voz se esganiçou, incontrolável, e ele deixou escapar: — Ou, se eu desaparecer, isso não será conveniente para você, porque reduz suas chances de sobrevivência? É isso? Afinal, é o que está se passando? Você é nosso inimigo?

— Shuya, pare com isso... — Noriko se afligiu.

Contudo, Shuya não terminara... Foi então que percebeu: mesmo segurando seu braço, o rosto de Shogo continuava sereno. Embora não se parecessem nem um pouco um com o outro, a serenidade de Shogo fez Shuya se lembrar do antigo superintendente da Casa de Caridade, o já falecido pai idoso da senhorita Anno. Ele também tinha o mesmo tipo de expressão quando certa vez passou um sermão em Shuya. O superintendente representava para Shuya, quando ainda pequeno, depois de perder os pais, a única figura de autoridade e guardião que ele conhecera.

Shogo declarou:

— Se você quer morrer, problema seu, mas se você for agora e não voltar, as chances de Noriko ser morta aumentam consideravelmente. Esqueceu disso?

Shuya engoliu em seco. De novo, Shogo tinha razão.

— Mas...

Shogo prosseguiu calmamente:

— Estou certo de que você está ciente disso, Shuya. Amar alguém requer sempre que você não ame outros. Se Noriko for importante para você, não vá.

— Mas... — Shuya sentiu vontade de chorar. — Então, o que você sugere? Que as deixemos serem mortas?

— Eu não disse isso.

Shogo soltou Shuya e se voltou para o pico onde Yumiko continuava a berrar. Ele pegou sua carabina.

— Nós reduziremos um pouco nossa probabilidade de sobreviver. Só um pouquinho.

Shogo apontou a carabina para o ar e puxou o gatilho. A explosão da pólvora foi ensurdecedora. Por um momento, Shuya pensou que seus tímpanos fossem estourar. O som reverberou contra a encosta da montanha. A mão esquerda de Shogo desarmou a arma ejetando o cartucho gasto. Na sequência deu outro tiro. O som se espalhou pelo ar.

Entendi, Shuya pensou. *Os tiros talvez assustem Yumiko Kusaka e Yukiko Kitano, forçando-as a parar e ir se esconder.*

A voz de Yumiko, amplificada pelo megafone, parou. Aparentemente Yumiko e Yukiko olhavam na direção deles. Mas elas não deveriam saber quem eles eram por estarem escondidos entre os arbustos.

— Vamos! Dispare mais!

Shuya estava excitado, mas Shogo esfriou seu ânimo:

— Não. Alguém pode já ter calculado nossa localização com aqueles dois disparos. Dar mais tiros pode ser perigoso.

Shuya refletiu por alguns instantes, para em seguida fazer menção de apontar sua Smith & Wesson para o ar.

Shogo outra vez segurou o braço de Shuya.

— Pare com isso! Quantas vezes preciso te dizer?

— Mas...

— Tudo o que podemos fazer é rezar pela sorte delas. Para que se escondam o quanto antes.

Shuya olhou para o pico da montanha. Depois ouviu outra vez a voz de Yumiko Kusaka gritar:

— Pare! Eu sei que nenhum de nós quer brigar...

Shuya desvencilhou seu braço da mão de Shogo, que o segurava. Ele não podia mais aguentar. Queria que elas fossem se esconder em algum lugar seguro a qualquer custo. Ele pôs o dedo no gatilho da Smith & Wesson quando...

Ouviu-se um som distante como o de alguém datilografando numa máquina de escrever. Em seguida, o som de Yumiko gemendo de dor chegou até eles. Logicamente, o gemido dela fora também amplificado pelo megafone. Depois de uma pausa, um grito de "Aiiii" soou como se viesse de Yukiko Kitano. Esse grito também chegou aos ouvidos deles graças ao amplificador do aparelho. Sob o telhado do mirante no pico da montanha, uma figura alta pareceu cair devagar, acompanhada do baque surdo do megafone atingindo o chão. Yukiko gritou:

— Yumi!

Shuya ouviu um novo disparo da metralhadora, dessa vez um som bem mais fraco. Ele compreendeu que o megafone também captou esse som. Com o aparelho quebrado, o nível do som se reduziu. E agora a figura de Yukiko também caía nas sombras das árvores ao redor do mirante, desaparecendo da vista, juntamente com Yumiko.

Shuya e Noriko empalideceram.

[RESTAM 29 ESTUDANTES]

23.

Yukiko Kitano engatinhava no chão de concreto do mirante em direção a Yumiko Kusaka. Seu estômago queimava e ela sentia que todas as forças haviam minado de seu corpo, mas de alguma forma ainda era capaz de engatinhar. Yukiko deixava atrás de si um rastro vermelho, como se tivesse sido desenhado brutalmente por um pincel sobre o concreto branco do chão do mirante.

— Yumi! — Yukiko gritou. O grito provocou uma dor lancinante em seu estômago, mas ela não se importou. Sua melhor amiga caíra e jazia imóvel. Apenas isso era importante no momento.

Yumiko caiu de costas, com o rosto virado em direção a Yukiko, mas seus olhos estavam fechados. Uma poça vermelha pegajosa começou a se formar sob seu corpo.

Quando Yukiko chegou até Yumiko, ela reuniu forças para levantar a parte superior do corpo da amiga. Então a sacudiu pelos ombros.

— Yumi! Yumi! — Conforme gritava, uma névoa vermelha pulverizava o rosto de Yumiko, mas Yukiko nem mesmo se dava conta de que ela saía de sua boca.

Yumiko abriu os olhos devagar e sussurrou:

— Yukiko...

— Yumi! Fique firme!

Yumiko contraiu o rosto. Então, por fim, conseguiu falar:

— Sinto muito, Yukiko. Fui burra... Corra... fuja!

— Não! — Yukiko gritou e balançou negativamente a cabeça. — Temos que ir juntas! Vamos! Rápido!

Yukiko olhou ao redor desesperada. Não havia sinal do atacante. Os tiros foram dados de algum ponto bem distante.

— Vamos! — Ela tentou levantar o corpo de Yumiko, em vão. Yukiko percebeu de imediato a dificuldade para suportar o próprio corpo. A dor no estômago aumentou e, conforme ela gritava, caiu outra vez para a frente. O rosto de Yumiko estava bem em frente aos seus olhos. A amiga a fitava com olhos vitrificados, e perguntou com a voz fraca:

— Você não pode se mover, Yukiko?

— Não — Yukiko forçou os músculos faciais abrindo um sorriso. — Pelo visto não.

— Sinto muito mesmo — Yumiko voltou a dizer calmamente.

— Está tudo bem. Nós... nós fizemos o que era... certo? Não é, Yumi?

Ela podia sentir que Yumiko estava prestes a chorar. Embora Yukiko pensasse que não estava ferida seriamente, começava a perder a consciência bem rápido. Suas pálpebras pesavam.

— Yukiko?

Yukiko voltou à realidade graças à voz de Yumiko:

— O quê?

— Há algo que eu não te falei quando conversamos há pouco.

— Hã...

Yumiko sorriu levemente.

— Eu também estava apaixonada por Shuya.

Por um momento Yukiko não entendeu o que Yumiko falava. Ela não podia entender por ser tão inesperado ou porque os nervos auditivos começavam a se tornar estranhos.

Por fim, as palavras de Yumiko bateram na porta do coração de Yukiko e entraram. Ah... então era isso.

Depois, conforme sua mente afundava na névoa, Yukiko se lembrou de uma cena. Ela e Yumiko haviam saído para fazer compras. Numa liquidação de três mil ienes a peça, elas encontraram um lindo par de brincos e, embora raramente seus gostos coincidissem, acabaram discutindo quem os compraria. Por fim, elas concordaram em repartir o custo para que ambas pudessem usar um brinco cada. Essa foi a primeira vez que elas realmente compraram bijuterias. *E agora, esse brinco está guardado no fundo de uma das gavetas na mesa da minha casa, perto da fronteira entre Shiroiwa e o distrito vizinho.*

Por algum motivo, Yukiko se sentia muito feliz. O que era estranho, pois estava morrendo.

— Realmente — Yukiko disse. — Realmente...

Yumiko exibiu um breve sorriso. Yukiko abriu a boca apenas mais uma vez. Ela pôde dizer uma última palavra. Era verdade, ela não sabia muito acerca de religião. Mas, se a Igreja do Halo ofereceu a ela algo bonito, foi Yumiko. *Nós nos encontramos na igreja e estivemos juntas desde então.*

— Yumi. Estou tão feliz de ter tido você como...

Quando Yukiko estava prestes a dizer "amiga", um *bang* se fez ouvir e a cabeça de Yumiko balançou. Um orifício vermelho se formou em sua têmpora direita — e agora Yumiko olhava sem vida para a amiga. Seu olhar distante talvez fosse, sem querer, apropriado para o local em que estava: um mirante.

Yukiko abriu a boca horrorizada quando ouviu outro tiro, dessa vez acompanhado de um choque, como um golpe recebido na cabeça. Foi sua última sensação.

Kazuo Kiriyama (o Estudante nº 6) permaneceu agachado de forma que ninguém fora do mirante pudesse vê-lo. Abaixou a Walther PPK que pertencera a Mitsuru Numai e se apossou dos kits de sobrevivência das duas garotas.

[RESTAM 27 ESTUDANTES]

24.

Depois dos dois disparos, Shuya e Noriko permaneceram petrificados por um tempo. Um falcão sobrevoava crocitando acima deles.

Depois de examinar ao redor, Shogo se virou e lhes informou:

— Acabou. Vamos voltar.

Enquanto apoiava Noriko pelo braço, Shuya elevou o olhar até encontrar o rosto de Shogo. Os lábios de Shuya tremiam incontrolavelmente.

— Como assim, "acabou"? É tudo o que você tem a dizer?

Shogo apenas encolheu os ombros.

— Olhe, desculpe esse meu jeito ruim de falar. Não tenho um bom vocabulário. De qualquer modo, agora você entendeu, certo? Alguns colegas de turma estão realmente envolvidos no jogo. E quero apenas acrescentar que isso não foi algo que Sakamochi e seu pessoal maquinaram para nos incitar a brigar uns com os outros. Eles também não querem morrer, por isso estão confinados naquela escola.

Shuya queria acrescentar algo, mas conseguiu se conter e começou a andar segurando o braço de Noriko.

Conforme caminhavam, Noriko disse numa voz rouca:

— Foi terrível... Terrível, tudo aquilo...

Ao chegarem ao local onde estavam antes, Shogo começou a preparar os pertences de todos.

— O que você está fazendo? — Shuya perguntou.

— Preparem-se, por via das dúvidas. Vamos nos mover para uns cem metros daqui — Shogo respondeu.

— Quem disse mesmo que era mais seguro permanecermos quietinhos?...

Shogo contraiu os lábios e balançou a cabeça.

— Você viu o que aconteceu agora há pouco. Não sei quem foi, mas o desgraçado é impiedoso. Além disso, o cara está munido de uma metralhadora. Ele deve ter percebido nossa localização. Sendo assim, será melhor nos transferirmos daqui, apenas um pouco. Vamos nos mover só um pouquinho.

[RESTAM 27 ESTUDANTES]

25.

Yutaka Seto (o Estudante nº 12) corria desesperadamente ladeira abaixo. Não, seria mais correto afirmar que ele praticamente engatinhava, com o corpo agachado para se esconder entre as moitas. O casaco da escola preto e de tamanho P que cobria o corpo pequeno se tornara praticamente branco da poeira da terra seca. Seus grandes olhos emanavam uma inocência pueril, mas justamente agora o rosto do palhaço da classe se contorcia de medo.

Depois de deixar o prédio da escola, Yutaka Seto se escondera nos arbustos próximos ao pico da montanha norte, aproximadamente cinquenta metros abaixo do local onde Yumiko Kusaka e Yukiko Kitano chamavam todos com seu megafone.

Embora estivesse um pouco em diagonal em relação a elas, Yutaka podia enxergá-las com nitidez. Ele hesitou, mas, apesar da dúvida que o assaltava, por fim decidiu se juntar às meninas e, quando saíra para fazê-lo, ouviu o disparo de uma arma ao longe. E achou que as duas garotas olharam na direção oposta à dele. Então, enquanto hesitava se deveria ir verificar ou não o que acontecera, antes de se passarem dez ou vinte segundos, ouviu o som semelhante ao de uma máquina de escrever e o gemido amplificado da voz de Yumiko Kusaka, ao mesmo tempo que a via cair. Em seguida, Yukiko Kitano também foi baleada.

Elas ainda deveriam estar vivas naquele momento. Mas Yutaka não podia se mostrar e salvá-las. Afinal, ele nasceu para fazer graça: lutar era algo muito difícil para o rapaz, e, se isso não bastasse, a arma que recebera no kit de sobrevivência era um garfo, do tipo comum usado para comer espaguete. Então, ele ouviu uma arma ser disparada duas vezes mais, em algum ponto fora de seu campo de visão. Yutaka entendeu que o atacante deu o golpe de misericórdia em Yumiko e Yukiko.

Ao perceber isso, reuniu de imediato seus pertences e começou a deslizar pela encosta da montanha abaixo. *Eu sou sem dúvida o próximo alvo do atacante, seja ele quem for! Tenho certeza! Afinal sou eu quem está mais próximo!*

De súbito, Yutaka se deu conta de que criava uma nuvem de poeira atrás dele. *Oh, não! Não! Isso é muito ruim! É pior que tomar injeção na testa. Merda. Isso não é hora para minhas piadinhas chinfrins.*

Então, Yutaka mudou seu movimento, batendo as palmas das mãos (a mão direita empunhava o garfo, por isso estava com o punho fechado) e as solas dos sapatos no chão para que seu corpo não deslizasse pelo íngreme declive abaixo. Ele sentiu a pele das mãos esfolando, mas não se importou. *Merda, se alguém me vir agora achará graça de meus movimentos. Um verdadeiro homem-besouro!*

Depois de alguns minutos avançando dessa forma, Yutaka por fim parou e se virou lentamente para trás. Por entre as árvores, pôde distinguir o pico da montanha onde as duas colegas de turma foram assassinadas, muito distante em sua percepção. Tudo estava calmo. Ele apurou os ouvidos. Nenhum som.

Vou conseguir escapar? Estou a salvo agora?

Quando respondia a suas próprias perguntas, sentiu algo lhe segurando o braço.

Yutaka estava confuso por causa do medo e de sua boca saiu um grito.

— Idiota! — alguém murmurou. A força comprimindo seu braço desapareceu, dando lugar a uma mão morna lhe cobrindo a boca. Porém, a voz não entrara no ouvido de Yutaka, que, convencido de que foi alcançado pelo atacante, com medo, sacudiu o garfo que empunhava na mão direita.

O garfo fez um som metálico e parou. Por algum motivo, nada aconteceu. Yutaka abriu os olhos com cautela.

A sombra diante dele usava um casaco da escola. Esquivou-se e bloqueou o garfo com sua grande pistola automática (Beretta M92SB-F) levantada em frente ao rosto. O rapaz empunhava a arma na mão esquerda. Considerando suas respectivas posições e o fato de que sua mão direita cobria levemente a boca de Yutaka, se o rapaz não fosse canhoto, o garfo de Yutaka o teria penetrado bem fundo. Mas esse rapaz era canhoto. E havia apenas um rapaz canhoto na turma B.

— Isso foi perigoso, Yutaka.

Abaixo da franja de seu cabelo, modelada com um gel que a fazia parecer molhada, suas sobrancelhas retas se ergueram num ângulo acentuado e abaixo delas se viam seus olhos penetrantes, mas bem-humorados. Finalmente, havia o brinco em sua orelha esquerda. O rosto — o mais simpático da turma B, na opinião de Yutaka — era o do "Terceiro Homem", Shinji Mimura (o Estudante nº 19), que sorriu para ele e removeu gentilmente a mão do amigo. Estupefato, Yutaka abaixou seu garfo. Então, finalmente gritou:

— Shinji! É você, Shinji!

— Seu idiota! — Shinji Mimura sussurrou de novo e cobriu a boca de Yutaka, que, aliviado, começara a berrar. Ao liberá-la, ordenou: — Por aqui. Siga-me sem fazer barulho. — Shinji caminhou na frente dele por dentro dos arbustos baixos.

Enquanto Yutaka o seguia atordoado, ele constatou que a paisagem da ilha, que ele viu como numa fotografia aérea, era bastante plana. Em questão de minutos ele cobriu uma boa distância declive abaixo.

Yutaka então olhou para as costas de Shinji Mimura à sua frente. Mas, nesse momento, ele foi assaltado de repente por uma dúvida e, instantaneamente, seus joelhos fraquejaram.

Será que Shinji matou Yumiko Kusaka e Yukiko Kitano? E agora veio atrás de mim? Mas, sendo assim, por que ele ainda não me matou? Quer dizer, vamos lá, eu sempre pensei que ele fosse o meu melhor amigo e Shinji sabe disso. Se ficarmos juntos, Shinji pode, por exemplo, me usar como vigia enquanto dorme. Isso o ajudará a aumentar suas chances de sobrevivência.

Então, quando formos os últimos restantes, Shinji me matará. Nossa, que grande ideia! Se isso fosse um video game, era o que eu faria, sem dúvida. Mas Yutaka afastou esse pensamento. *Seu idiota. O que está pensando?*

Shinji não tinha uma metralhadora... e aquele som certamente era de uma.

Ele não tem uma metralhadora e nenhuma outra arma faria aquele barulho. Fora isso, o principal é que estamos falando de Shinji. Ele é o meu melhor amigo. Ele jamais mataria aquelas garotas como se fossem vermes.

— Alguma coisa errada, Yutaka? — Shinji se virou e sussurrou. — Vamos logo!

Yutaka, ainda atordoado, continuou acompanhando Shinji.

Shinji caminhava devagar e com cautela, parando depois de cobrir uma distância de cerca de cinquenta metros. Com a arma na mão direita, ele apontou para os pés e disse a Yutaka:

— Aqui, passe as pernas por cima.

Yutaka contraiu os olhos e notou um pedaço de linha fina e de cor discreta esticada horizontalmente com firmeza entre as árvores.

— Isso é...

— Não é uma armadilha — Shinji disse depois de passar por cima da linha. — Se você se enganchar nela, a lata vazia amarrada a ela bem adiante cairá. Fará um ruído.

Yutaka concordou, de olhos arregalados. Shinji devia ter se escondido por ali e aquilo era um tipo de alarme. Incrível. O Terceiro Homem era mais que apenas um atleta talentoso do basquete.

Yutaka passou por cima do fio.

Avançaram mais uns vinte metros até chegar dentro de um bosque um pouco profundo, quando Shinji parou e disse a Yutaka:

— Vamos sentar.

Yutaka sentou de frente para Shinji. Percebendo que ainda segurava o garfo, ele o largou no chão. Ao mesmo tempo, voltou a sentir uma dor lancinante na palma da mão esquerda e no pulso direito. A pele esfolara, deixando exposta a carne vermelha de suas articulações, em particular a dos dedos da mão direita.

Vendo isso, Shinji abaixou a arma e puxou, de debaixo de um arbusto próximo, o que parecia ser seu kit de sobrevivência. Tirou dele a garrafa de água e uma toalha, da qual umedeceu uma ponta, e disse:

— Me dê suas mãos.

Yutaka as estendeu e Shinji limpou toda a extensão das palmas gentilmente. Depois, rasgou a parte seca da toalha em tiras finas e envolveu com elas as mãos do amigo em substituição a curativos.

Yutaka agradeceu. Depois perguntou:

— Então você se escondeu aqui?

— É — Shinji confirmou sorrindo. — Daqui pude te ver de relance se movimentando pelos arbustos. Você estava muito distante, mas não tive dúvidas de quem era. Por isso, mesmo correndo certo risco, eu o acompanhei enquanto corria.

Yutaka sentiu um aperto no peito. Shinji arriscou a vida por ele.

— Se você se movimenta às cegas, aí sim é perigoso.

— É. — Yutaka estava prestes a chorar. — Obrigado, Shinji!

— Que ótimo... — Shinji expirou de súbito. — Queria muito te ver, mesmo se tivesse que morrer por isso.

Os olhos de Yutaka lacrimejavam. Porém, ele conteve as lágrimas e desviou o assunto:

— Há pouco eu estava... bem perto daquelas duas. E... não fui capaz de ajudá-las.

— Sim — Shinji disse. — Eu também estava vendo... E acabei encontrando você. Não se deixe abater por isso. Tambem não pude responder ao chamado delas.

Yutaka concordou com a cabeça. Seu corpo tremeu ligeiramente ao recordar a cena das duas colegas de turma mortas, apenas momentos antes.

[RESTAM 27 ESTUDANTES]

26.

Shuya, Noriko e Shogo acabaram se movendo aproximadamente cem metros em direção sudoeste de sua posição anterior. Passava das nove da manhã quando Shogo terminou de amarrar o fio ao redor do mato. O sol estava alto e o ar exalava o aroma de uma floresta na primavera. O mar, visível por entre as árvores conforme eles se moviam, emitia um brilho azulado. E, mais além, viam-se as ilhas alinhadas no mar interior de Seto. Se fosse um passeio pela montanha, esse seria um local ideal.

Mas eles logicamente não estavam passeando. Cada barco trafegando ao redor da ilha a uma grande distância era apenas um minúsculo ponto, sendo o mais próximo um barco-patrulha de casco cinza encarregado da região oeste. Mesmo ele estava muito distante, mas podia-se notar uma metralhadora em sua proa.

Depois de terminar de instalar o fio, Shogo respirou fundo e se sentou em frente de Shuya e Noriko. Ele pôs a carabina sobre os joelhos.

— O que houve? Vocês estão muito quietos — Shogo perguntou, vendo Shuya e Noriko calados.

Shuya levantou a cabeça e olhou para o rosto de Shogo. Ele pensou um pouco antes de falar.

— O que levou as duas a fazer aquilo?

Shogo ergueu as sobrancelhas.

— Yumiko e Yukiko?

Shuya confirmou. Depois de hesitar um pouco, ele disse:

— Quer dizer, deveria ser óbvio. Pelo menos, era algo previsível. Bem, de acordo com as regras deste jogo... — ele suspirou — ... devemos nos matar uns aos outros.

Shogo pôs outro cigarro entre os lábios e o acendeu com seu isqueiro.

— Elas pareciam grandes amigas — ele disse. — Faziam parte de um grupo religioso, não é?

Shuya concordou. Elas eram garotas muito normais, mas talvez a religião sempre as tivesse separado das outras meninas como Noriko e o grupo neutro, que incluía Yukie Utsumi e suas amigas.

— Elas eram membros de algum grupo religioso xintoísta chamado Igreja do Halo. Essa igreja fica no banco do rio Yodo, fora da rodovia nacional, logo na entrada sul.

— Talvez fosse por isso. — Shogo expirou a fumaça. — Você sabe, "amar o próximo como a si mesmo".

— Não creio — Noriko disse. — Elas não eram, pelo menos Yumiko costumava dizer, fiéis muito praticantes. Diziam que não entendiam muito de religião e que para elas a igreja era apenas um local de socialização.

— Compreendo — Shogo murmurou, e olhou para baixo. — Bem, os bons nem sempre são salvos, e este jogo não é exceção. Mas tenho inveja daqueles que seguem sua consciência, mesmo cometendo erros e sendo rejeitados pelos outros. — Ele olhou para Shuya e Noriko. — Elas tentaram acreditar em seus colegas de turma. Decerto acharam que, se todos estivéssemos reunidos, acabaríamos sendo salvos. É algo a ser elogiado. Porque nós mesmos não poderíamos agir assim.

Shuya respirou fundo e concordou com Shogo. Depois de um tempo, disse:

— Não acho que você seja um... inimigo. Por isso, quero confiar em você.

Noriko confirmou:

— Eu também. Não acho que você seja má pessoa.

Shogo balançou a cabeça e sorriu.

— Pelo menos não sou do tipo que engana garotas, eu acho.

Shuya esboçou um sorriso. E disse:

— Então, não vai nos contar? Bem, se não pode nos contar como escaparemos, tudo bem. Mas por que não? Seria por medo de que falássemos demais caso encontrássemos com os outros e puséssemos tudo a perder? Ou porque não devemos confiar nos outros? Pelo menos é o que você está pensando?

— Pare com esse interrogatório. Não sou tão inteligente.

— Mentiroso.

Shogo apoiou os cotovelos contra os joelhos e, sempre com o cigarro entre os lábios, segurou o queixo e olhou de lado por um tempo. Então, voltou o olhar para eles.

— Shuya. Você tem razão sobre o porquê de eu não poder dizer nada. Odiaria se os outros descobrissem sobre meu plano e, mesmo que vocês dois se mantenham calados quanto a isso, não queria que os outros soubessem que vocês têm conhecimento do plano. Por isso, não posso lhes contar.

Depois de refletir um pouco, Shuya trocou olhares com Noriko, olhou para Shogo e aceitou:

— O.k., então, eu entendo. Vamos confiar em você. Mas...

— Algo mais o incomoda? — Shogo perguntou.

Shuya balançou a cabeça.

— É que... se pensarmos bem, não parece haver nenhum jeito de escapar. Por isso, eu...

— Acha estranho?

Shuya balançou a cabeça, confirmando.

Shogo respirou e esmagou seu cigarro no chão. Ele passou a mão de leve pelos cabelos curtos.

— Tudo tem falhas. Bem, pelo menos na maioria dos casos.

— Falhas?

— Sim, um ponto fraco. Meu objetivo é atingir esse ponto fraco.

Shuya não entendeu. Ele contraiu os olhos.

Shogo continuou:

— Eu conheço este jogo melhor que vocês dois.

— Por quê? — Noriko perguntou, lançando a ele um olhar de perplexidade.

— Não me encare com esses olhões, garota. Sou tímido.

Ela sorriu, voltando a indagar:

— Por quê?

Shogo coçou de novo a cabeça. Shuya e Noriko esperavam.

Por fim, Shogo falou.

— Vocês sabem o que acontece com o sobrevivente deste jogo?

Shuya e Noriko se entreolharam e balançaram negativamente a cabeça. Tinha razão, havia apenas um sobrevivente no Programa. Depois de conseguir chegar ao final do jogo de matança de colegas de turma, sob a mira dos soldados das Forças Especiais de Defesa, punham o sobrevivente de pé em frente a uma câmera de vídeo para que pudessem ter uma imagem do vitorioso para as notícias. ("Sorria. Você deve sorrir.") Mas eles não tinham ideia do que acontecia com o vencedor depois disso.

Shogo prosseguiu, olhando para Shuya e Noriko:

— O vencedor é forçado a se transferir para outra escola, instruído a não mencionar o jogo e a levar uma vida normal. Somente isso.

De repente, Shuya sentiu o peito apertar e o rosto se contrair. Ele olhou para Shogo e notou que Noriko prendia o fôlego.

Shogo disse:

— Eu estudava na turma C do nono ano da Escola de Ensino Fundamental Número 2 Municipal de Kobe, província de Hyogo. — Depois de uma pausa, completou: — Sou o sobrevivente do Programa realizado na província de Hyogo no ano passado.

[RESTAM 27 ESTUDANTES]

27.

A expressão no rosto de Shogo relaxou um pouco conforme prosseguia.

— Até ganhei um cartão autografado pelo Supremo Líder. Que honra. Parecia a garatuja de uma criança do jardim da infância. Mas nem me lembro dos detalhes, porque o atirei no lixo.

Em visível contraste com a voz jovial de Shogo, Shuya continha a respiração. Havia a possibilidade para qualquer estudante do nono ano do ensino fundamental de acabar no Programa. Mesmo assim as chances de estar numa turma e ser escolhido duas vezes seguidas... Seria possível? Logicamente, isso não aconteceria se não fosse pela circunstância especial de Shogo repetir o ano escolar, mas, de qualquer forma, falando sinceramente, a probabilidade é semelhante à de acertar sozinho na loteria. Mas agora tudo se encaixava. O fato de Shogo estar tão familiarizado com o jogo, como ele notou o gás do sono dentro do ônibus e as cicatrizes por todo o seu corpo... Mas, se fosse verdade, era uma história completamente absurda.

— Isso é... — Shuya disse — ... isso é absurdo.

Shogo deu de ombros.

— O jogo foi em julho, mas permaneci hospitalizado por um bom tempo por causa dos graves ferimentos que sofri. Enquanto estava preso na cama, aproveitei o tempo para estudar sobre um monte de coisas, incluindo este país. As enfermeiras e o pessoal do hospital eram realmente gentis e pegavam emprestados livros da biblioteca para mim. O hospital foi como uma escola. De qualquer forma, foi por isso que acabei repetindo o nono ano. Mas... — Shogo olhou de novo direto para eles. — ... devo confessar que jamais esperaria poder participar outra vez deste jogo maravilhoso.

Logicamente. Shuya lembrou de sua recente (de fato, fora três horas antes) conversa. Quando ele perguntou: "Já matou alguém antes do representante da turma?", Shogo respondeu: "Bem, desta vez foi meu primeiro".

Depois de um tempo, Noriko perguntou:

— Portanto os que foram selecionados... — ela começou, mas refez a sentença, possivelmente imaginando que soava como ganhar um prêmio numa rifa. — Portanto, aqueles que já participaram não são isentos?

Shogo finalmente sorriu.

— Eu sou a prova viva de que isso não acontece. Pelo que dizem, as turmas são escolhidas aleatoriamente por computador, certo? Na realidade, sinto que minha experiência me concede alguma vantagem, mas isso não faz de mim um caso especial. Não seria esse também mais um caso de igualdade perversa?

Shogo formou uma concha com a palma da mão ao redor do isqueiro e acendeu outro cigarro.

— Agora vocês entendem como eu detectei o odor do gás. E... — ele apontou para a cicatriz acima de sua sobrancelha esquerda — ... essa cicatriz.

— Que coisa horrível! — Noriko exclamou como se estivesse a ponto de chorar. — É terrível demais.

— Não diga isso — Shogo abriu um sorriso. — Graças a essa experiência, eu tenho a chance de salvar vocês dois.

Shuya estendeu sua mão para Shogo.

— O que é isso? Não sei ler mãos.

Shuya sorriu e balançou de leve a cabeça. Então disse:

— Desculpe ter falado algo há pouco dando a impressão de que eu desconfiava de você. Um aperto de mão. Vamos ficar juntos até o final.

— Está bem — Shogo replicou, como se estivesse convencido. Ele segurou a mão de Shuya e a chacoalhou de leve.

Noriko sorriu aliviada.

[RESTAM 27 ESTUDANTES]

28.

Kinpatsu Sakamochi (o supervisor do Programa) estava sentado em sua escrivaninha na sala reservada aos funcionários da escola, remexendo alguns documentos espalhados desordenadamente. Em cada extremidade da sala, um soldado das Forças Especiais de Defesa plantava guarda ao lado das janelas norte e sul cobertas por placas de aço e equipadas com aberturas para armas. As luzes permaneciam acesas todo o tempo, porque a luz externa praticamente não penetrava no cômodo. Sentados em mesas à frente de Sakamochi, outros cinco ou seis soldados olhavam cada qual para o monitor dos computadores enfileirados à sua frente. Mais três deles usavam fones de ouvido conectados a outra máquina diferente de um computador. Na parede oeste havia um grande gerador fornecendo energia para as luzes, computadores e demais equipamentos, com seu ruído baixo se espalhando por todo o cômodo, apesar do sistema de vedação de som. Os outros soldados descansavam na sala onde os estudantes haviam estado.

— Bem, Yumiko Kusaka morreu às 8h42 e, ah, Yukiko Kitano também morreu no mesmo horário. — Sakamochi jogou seus longos cabelos para trás das orelhas. — Ah, como estou ocupado!

O velho telefone preto sobre a escrivaninha soou e, sem largar a caneta que empunhava, Sakamochi, impaciente, atendeu.

— Sim, aqui é a escola da ilha Okishima. Sede do Programa da turma B, nono ano, Escola de Ensino Fundamental Shiroiwa. — Sakamochi atendeu num tom de voz descortês, mas no instante seguinte se levantou ereto, segurando o telefone com ambas as mãos. — Sim, senhor diretor de ensino. Quem fala é Sakamochi, superintendente. Agradeço tudo o que o senhor recentemente fez por nós. Sim, senhor. O meu segundo acabou de completar dois anos. Sim, minha esposa está grávida do terceiro. Oh, não, de forma alguma! Apenas porque o declínio na taxa de nascimentos é um sério problema para nossa nação. Em que posso ajudá-lo?

Sakamochi ouviu por alguns instantes antes de sorrir.

— Ah. Não diga! Então o senhor apostou seu dinheiro em Shogo Kawada? E eu em Kazuo Kiriyama. É o favorito nas apostas. Não, bem, Shogo Kawada é um sério competidor e além de tudo tem experiência. É algo raro? Ter alguém com vivência no jogo? Claro, ele continua vivo. Quanto o senhor apostou? Nossa. Que valor alto! Como? A situação atual? Creio que o senhor pode acompanhá-la por seu monitor. Na página altamente secreta do governo. Ah, o senhor não é bom com computadores? Bem, senhor, então... Claro, se o senhor puder esperar um segundo, por obséquio.

Sakamochi afastou o fone do ouvido e chamou um soldado de aparência durona sentado em frente dos monitores:

— Ei, Kato. Shogo ainda está em companhia daqueles dois?

O soldado chamado Kato digitou silenciosamente em seu teclado e respondeu curto e grosso:

— Está.

As ondas elétricas emitidas pelas coleiras permitiam visualizar a localização de cada estudante num mapa no monitor. Sakamochi começou a contrair de leve o rosto em desagrado à resposta fria de Kato, mas então se deu conta de que esse rapaz era apenas um dos muitos estudantes problemáticos com os quais se acostumara na época em que ainda era um mero professor do ensino fundamental. Ele encostou de volta o fone no ouvido.

— Desculpe por fazê-lo esperar, senhor. Vejamos. Shogo Kawada está agora na companhia de outros dois estudantes: Shuya Nanahara e Noriko Nakagawa. Ah, sim. Bem, os três no momento falam sobre escapar juntos. O senhor gostaria de ouvir as gravações das conversas entre eles? Oh, sim, senhor. Não acho que ele esteja falando sério. Quer dizer, é difícil, mas, se pensarmos bem, é um blefe. Provavelmente. Quer dizer, é impossível escapar. Oh, sim, só um momento, senhor. Documentos, documentos. Sim, Shogo Kawada, correto? Aparentemente, na escola anterior, nunca levantou suspeitas. Nenhuma ação ou declaração contra o governo. Sim. Seu pai morreu durante o jogo anterior. Parece que se embebedou e declarou algo contrário ao governo... Mas o próprio Shogo parece ter admitido que foi um grande consolo, pois o pai era um inútil. Hum, decerto não se entendiam bem. Talvez o pai dele insistisse em algum tipo de compensação financeira. Sim, senhor. Se for assim, ele está melhor com aqueles dois que lutando sozinho. Shuya Nanahara é um atleta altamente capaz, logo será útil, embora Noriko Nakagawa esteja ferida. Sim, nosso Tahara atirou nela. Sim, claro. Eles confiam totalmente em Shogo Kawada. Ajudar uma moça ferida é, a meu ver, um estratagema simplesmente brilhante. Ele tem dito coisas de tocar o coração.

Com um sorriso subserviente, Sakamochi ergueu a sobrancelha ao ouvir a voz do outro lado do aparelho. Ele jogou os cabelos para trás da orelha com a mão que estava livre.

— O quê? — ele replicou. — É improvável. Quer dizer, aquilo ocorreu em março. Eu recebi o comunicado governamental. Mas, se isso for verdade, então justo agora... Sim, senhor. Os oficiais do governo central sempre tendem a exagerar. Além disso, são estudantes do ensino fundamental. Eles não saberiam que podemos ouvir tudo o que falam. Exatamente agora, nenhum estudante está ciente de que é escutado. Sim, senhor. Então, sim, sim, senhor. Muito bem então. Oh, não, por favor, eu não poderia aceitar... Ah, é? Bem, nesse caso, obrigado. Sim, senhor. Então, passar bem. Sim. Sim.

Sakamochi respirou fundo e desligou o telefone. Ele segurou de novo sua caneta e exclamou:

— Ah, como estou ocupado! — Jogou os cabelos para trás e começou a escrever com afinco, como se estivesse colado ao documento.

[RESTAM 27 ESTUDANTES]

29.

Quando Shinji o encontrou, logo de início, Yutaka Seto parecia estar em estado de choque por ter testemunhado as mortes de Yumiko Kusaka e Yukiko Kitano, mas algum tempo depois ele se acalmou. Shinji Mimura escutava de novo, com atenção, num local recoberto de galhos pelos quais atravessavam os mornos raios de sol. Não havia sinal de pessoas ao redor. Apenas o trinado de um passarinho. Quem quer que tenha matado as duas não deve ter notado Yutaka nem Shinji, que acabara de se unir a ele. Mesmo assim, cuidado nunca era demais.

"Relaxe quando necessário. Mas também esteja preparado para quando for preciso. Ou seja, não erre em seu julgamento." O tio adorado de Shinji lhe dissera isso. Ele lhe ensinou tudo o que sabia, a começar pelo basquete, ou seja, exerceu grande influência na formação de Shinji, também conhecido como Terceiro Homem. Seu tio também lhe passou os conhecimentos básicos de computação, mas, quando mostrava como acessar conexões estrangeiras da internet ilegalmente, ele costumava dizer enfaticamente: "Cuidado nunca é demais". E agora era um desses momentos para o qual Shinji devia estar preparado. Não havia dúvidas quanto a isso.

— Ei, Shinji.

O Terceiro Homem olhou para trás ao ouvir a voz de Yutaka, que, recostado numa árvore, abraçava os joelhos, de olhos fixos neles.

— Pensando bem, eu deveria ter te esperado na frente da escola. Então, teríamos ficado juntos desde o início. — Ele ergueu a cabeça e olhou para Shinji. — Mas eu estava apavorado.

Shinji cruzou os braços com sua Beretta na mão esquerda.

— Será? Teria sido perigoso.

Sim, com certeza. Yutaka provavelmente não sabe que Mayumi Tendo e Yoshio Akamatsu foram mortos em frente da escola. Além disso...

Só então ele se deu conta de que Yutaka chorava. Tinha os olhos repletos de lágrimas, que começaram a escorrer por suas faces. Duas linhas finas e brancas se formaram no rosto sujo de lama.

— O que houve? — Shinji perguntou gentilmente.

— Eu... — Yutaka levantou o pulso ferido que recebera o curativo feito por Shinji e enxugou os olhos com uma tira da toalha. — Eu sou patético. Sou... sou um idiota e um covarde... — Ele parou e depois disse, como se soltasse algo preso no peito: — Não fui capaz de salvá-la.

Shinji ergueu de leve a sobrancelha e olhou para Yutaka, que permanecia cabisbaixo. Esse era um assunto que ele decidira não trazer à tona.

Shinji inquiriu lentamente:

— Você está falando sobre Izumi?

Yutaka confirmou, sem levantar a cabeça.

Shinji se lembrou de quando, em certa ocasião, no quarto de Yutaka, ele lhe confessara, com um misto de orgulho e constrangimento: "Eu gosto de Izumi Kanai". E fora justamente ela uma das primeiras a morrer. Sua morte havia sido informada no anúncio das seis da manhã. Ele não fazia ideia de onde ela teria morrido. Só sabia que havia sido em algum lugar da ilha.

— Você não poderia fazer nada — Shinji disse. — Afinal, Izumi saiu da escola antes de você.

— Mas eu... — Yutaka disse, com a cabeça ainda abaixada. — Eu não pude sequer procurar por ela... Eu estava com muito medo... Pensei: "Não, isso não pode acontecer com ela, ela está bem"... Tentei me convencer disso. Então, às seis ela já estava...

Shinji ouviu sem dizer uma palavra. No fundo dos galhos, o passarinho trinou novamente. Deveria haver mais de um. Os trinados se sobrepunham, como se os pássaros conversassem entre eles.

Subitamente Yutaka olhou para Shinji.

— Eu decidi — ele disse.

— O quê?

Com os olhos ainda úmidos, ele olhou diretamente para Shinji.

— Vou me vingar. Vou matar também o desgraçado do Sakamochi e o resto dessa porra de governo!

Shinji olhou surpreso para Yutaka.

É claro que ele também estava totalmente enlouquecido com aquele jogo estúpido e com o governo que o operava. Ele nunca tivera, de fato, um relacionamento direto com Yoshitoki Kuninobu, o melhor amigo de Shuya Nanahara — ele era um pouco lerdo demais para seu gosto —, mas o considerava um bom rapaz. E o governo brutalmente o assassinou. Além de Fumiyo Fujiyoshi, Izumi Kanai, a quem Yutaka se referia, e, pouco antes, Yumiko Kusaka e Yukiko Kitano, cujas vidas foram ceifadas diante de seus olhos, fora outros colegas da turma. Mas...

— Mas... seria cometer suicídio.

— Não me importo em morrer. Porque não posso fazer mais nada por Izumi. — Yutaka parou e olhou para Shinji. — É ridículo para um covarde como eu dizer uma coisa dessas?

— Não... — Shinji arrastou um pouco o final da palavra e depois balançou negativamente a cabeça. — Nem um pouco.

Depois de fitar Yutaka por algum tempo, Shinji ergueu os olhos para o aglomerado de galhos formando uma cobertura acima de suas cabeças. Ele não se surpreendeu com a explosão emocional súbita de Yutaka, embora não fizesse parte de sua personalidade divertida. *Então Yutaka tem esse outro lado... Por isso sempre fomos amigos. Mas...*

"Não me importo em morrer. Porque não posso fazer mais nada por Izumi." Eu me pergunto como deve ser se sentir tão apaixonado por uma garota, Shinji pensava enquanto olhava a nítida cor verde-amarelada da camada de folhas da árvore reluzindo sob a luz direta do sol. Ele se relacionara com algumas garotas e até chegou a ir para a cama com três delas (*um número nada ruim para um garoto do ensino fundamental, não é?*), mas nunca sentiu por uma garota uma paixão tão forte como a que Yutaka sentia.

Possivelmente estava relacionado ao fato de que seus pais não se davam bem. Seu pai tinha amantes. (Era um funcionário excelente na empresa, mas — embora seja presunçoso para um filho que ainda não é independente dizer isso — era um homem medíocre. Era difícil acreditar que em suas veias corresse o mesmo sangue do irmão, o tio de Shinji, que irradiava luminosidade.) E a mãe, por sua vez, não era capaz de recriminar o marido e vivia enfiada em seu próprio mundo, indo de um passatempo a outro, fossem arranjos florais ou as atividades de um grupo de senhoras. Eles conversavam normalmente. Os dois faziam o que era necessário. Porém, não confiavam um no outro e não se ajudavam, apenas acumulavam uma aversão mútua que crescia à medida que envelheciam. *Bem, talvez isso seja comum com a maioria dos casais.*

Desde que se tornara o armador genial do time de basquete, Shinji Mimura fazia grande sucesso com as garotas. Logo, relacionar-se com elas era fácil. Beijá-las, idem. Depois de algum tempo, levá-las para a cama se tornou algo simples. Porém, ele jamais se apaixonara por nenhuma delas.

Infelizmente, Shinji não tivera oportunidade de comentar sobre isso com o tio, que sempre tinha a resposta certa para tudo. Ele começou a se preocupar com isso recentemente, dois anos depois da morte do tio.

O brinco na orelha esquerda de Shinji pertencera ao tio, que certa vez lhe disse: "Isso era da mulher que eu amava. Ela morreu há tempos". Shinji tinha grande estima pelo brinco. Depois da morte do tio, por ocasião da doação das roupas e outros pertences pessoais, ele se apossou do objeto sem pedir permissão a ninguém. O tio certamente lhe diria: "Pode ser o início de sua degradação, Shinji. Mas não é ruim amar e ser amado. Vá logo achar uma moça legal para você".

Mesmo assim, ele ainda não tinha encontrado ninguém por quem realmente se apaixonasse.

Ele lembrou o que sua irmã precoce, Ikumi, três anos mais nova que ele, lhe perguntou certa vez: "Irmãozinho, você quer casar por amor ou pode ser um casamento arranjado?", e como ele respondeu: "Talvez eu nem case".

Ikumi. Shinji pensou na irmã. *Espero que você se apaixone por alguém legal e tenha um bom casamento. Eu posso acabar dizendo adeus a esta vida sem ter experimentado o que é estar apaixonado.*

Shinji olhou de novo para Yutaka.

— Posso te perguntar uma coisa, Yutaka? Desde já me desculpe se isso soar ofensivo.

Yutaka olhou para ele espantado.

— O que é?

— O que havia de tão especial em Izumi?

Yutaka fitou Shinji por um tempo e então, em seu rosto molhado de lágrimas, surgiu um sorriso. Talvez essa fosse sua forma de oferecer um buquê de flores à morta.

— Não sei como dizer, mas ela era muito linda.

— Linda? — Shinji replicou, para acrescentar às pressas: — Quer dizer, não estou falando que não era.

Izumi Kanai, bem, certamente não era nenhuma baranga, mas se o assunto eram garotas lindas, havia na turma Takako Chigusa (*Ah, acho que ela faz meu tipo!*), Sakura Ogawa (*Bem, ela ficava com Kazuhiko Yamamoto e os dois já se foram...*) e Mitsuko Soma (*Sem chance, por mais linda que seja!*).

Yutaka então sorriu outra vez e disse:

— Quando ela estava sonolenta, sentada com as mãos apoiadas no rosto, era linda. E quando regava as flores na varanda da sala de aula, tocando alegremente nas folhas, ela era linda. E quando deixou cair o bastão no dia da gincana esportiva e começou a chorar, ela estava linda. E também quando, durante os intervalos, conversava com Yuka Nakagawa, segurando o estômago de tanto rir, ela era ainda mais linda.

Ah.

Conforme ouvia essas divagações, Shinji de repente se convenceu. Embora as explicações de Yutaka não explicassem absolutamente nada, ele se deu conta de que amar era aquilo. *Ei, tio, devo estar começando a entender o que significa esse negócio de estar apaixonado por alguém.*

Ao terminar de falar, Yutaka olhou para Shinji, que retribuiu o olhar gentilmente e inclinou de leve a cabeça. Então sorriu.

— Eu dizia que no futuro você viraria um comediante, mas vai acabar se tornando um poeta.

Yutaka também sorriu. Então Shinji falou:

— Sabe.

— O quê?

— Não sei como dizer isso, mas acho que Izumi realmente ficaria feliz se soubesse que alguém a amava tanto. Ela deve estar chorando exatamente agora lá em cima, no céu.

Comparadas às palavras de intensa carga poética de Yutaka, as de Shinji pareciam simples demais, mas ele as disse mesmo assim. Com isso, lágrimas voltaram a brotar nos olhos de Yutaka. Repentinamente, elas escorriam por seu rosto. Formavam duas ou três linhas brancas, listrando suas bochechas.

— Você acha? — Yutaka replicou, todo engasgado, e Shinji estendeu a mão direita até o ombro dele e gentilmente o sacudiu.

— Lógico. — Shinji fez uma pausa e depois acrescentou: — E se decidir mesmo se vingar, pode contar comigo.

Yutaka arregalou os olhos ainda marejados:

— Sério?

— Sim — Shinji afirmou.

Havia algo mais sobre o qual ele andava refletindo já fazia algum tempo. Não, não era o assunto das garotas. Ele ponderava sobre seu futuro naquela bosta de República da Grande Ásia Oriental.

Há tempos ele comentara sobre isso com Yutaka. Na época, Yutaka dissera algo como "Eu nem imagino". E complementou: "Pelo menos talvez me torne um comediante". Shinji sorriu com a resposta sarcástica do amigo. Mas era algo com que ele se preocupava seriamente. De fato, era sério para Yutaka também. Só que ele não falava sobre isso. Uma vez, disse para Shuya Nanahara: "Vivemos sob um regime fascista bem-sucedido. Em que outra parte do mundo há algo tão malévolo?". Ele tinha razão, o país era louco. Não apenas naquele jogo absurdo: qualquer um que mostrasse o menor sinal de resistência ao governo era eliminado na hora. O sistema não perdoava nem mesmo os inocentes. Por isso, todos continuavam intimidados pela sombra do governo, obedecendo totalmente às suas políticas, e viviam tendo como consolo somente as pequenas felicidades da vida diária. E mesmo quando essas felicidades lhes eram indevidamente tomadas, apenas aguentavam de modo servil.

Mas Shinji começou a achar que isso era completamente errado. Não, com certeza todos deviam estar pensando o mesmo que ele. Contudo, ninguém tinha coragem de dizer abertamente. Mesmo Shuya Nanahara extravasa a tensão ouvindo rock importado ilegalmente... E nunca passou disso. Shinji começou a pensar que ele pelo menos deveria protestar, mesmo correndo perigo. Quanto mais tomava conhecimento sobre os fatos deste mundo, mais essa convicção se fortalecia nele.

Então, aquele acontecimento, dois anos antes. A morte do tio. Oficialmente tratada como acidental. A polícia pediu a retirada do corpo explicando que ele morrera eletrocutado enquanto trabalhava sozinho no turno da noite na fábrica de máquinas da empresa. Porém, havia algum tempo que o tio estava estranho. Algo parecia atormentá-lo, o que era uma coisa rara nele. Shinji perguntou o que estava acontecendo enquanto digitava no computador do tio. Ele começou a responder: "É que um de meus velhos amigos...", mas acabou se tornando evasivo: "Ah, não, deixa para lá, não é nada".

Velhos amigos.

O tio praticamente não comentava sobre o passado. Sempre se esquivava do assunto e Shinji, percebendo que ele evitava falar, desistiu de perguntar. (Quando questionou o pai sobre o tio, ele apenas respondeu que não era da conta de Shinji.) No entanto, o amplo conhecimento do tio, que ultrapassava o limite entre o legal e o ilícito, e cada uma de suas explicações sobre o mundo e a sociedade demonstravam seu repúdio, se não ódio, pela nação. E também havia algo como uma sombra. Shinji uma vez lhe disse: "Tio, você é fantástico. Incrível". Seu tio apenas sorriu sem jeito e replicou: "Não, você está errado. Não sou nada disso. Você não poderia sobreviver neste país se realmente desejasse fazer as coisas da forma correta. Eu estaria morto se fosse uma boa pessoa de verdade". Isso levava Shinji a crer que seu tio participou, em algum momento, de ações antigovernamentais. Porém, por algum motivo, ele parou. Era o que Shinji suspeitava.

Portanto, Shinji se preocupou um pouco ao ouvi-lo mencionar "velhos amigos". Mas, como era seu tio, ele certamente estaria bem, independente do que houvesse, e assim Shinji se acalmou e decidiu não bombardeá-lo com perguntas.

Todavia, sua apreensão não foi sem razão. Possivelmente... era como Shinji suspeitava. Os velhos amigos do tio, com os quais ele deixara de se corresponder, devem ter voltado a contatá-lo, e ele acabou por aceitar alguma missão depois de ter hesitado. E como resultado... algo aconteceu. Era verdade que a polícia neste país tinha o direito de executar civis sem julgamento, portanto normalmente eles poderiam matar qualquer pessoa em seu trabalho ou no meio da rua. Mas, quando a pessoa envolvida estava relacionada a alguém importante, então era provável que eles a eliminassem secretamente como se fosse uma "morte acidental". Realmente revoltante era o fato de o pai de Shinji ser um dos diretores de uma firma renomada (ou seja, na realidade um trabalhador de primeira classe de acordo com o ranking de empregos dos cidadãos da República, a maior classificação com exceção dos burocratas do governo de alto nível) e ainda mais revoltante era que, se isso fosse verdade, então aquele pai inútil dele teria concordado, embora indiretamente, com o fato de o governo ter "dado cabo" do tio daquela forma.

De qualquer modo, não podia ter sido acidental. A morte do tio de uma forma tão estúpida como por eletrocussão era totalmente implausível!

A dona original do brinco que Shinji usava agora deveria também ter ligação com essa parte do passado de seu tio. Era o que Shinji sentia. Inconformado com o assassinato, ele jurou, tremendo de ódio, jamais se dobrar a este país.

Logicamente, ele se lembrava da declaração do tio: "Você não poderia sobreviver neste país se realmente desejasse fazer as coisas da forma correta". O tio morrera conforme ele mesmo dissera. *Depois de tudo o que você me ensinou*, Shinji pensou, *vou imaginar uma forma de fazer aquilo de que você desistiu há muito tempo. Eu... quero fazer as coisas corretamente. Afinal, foi isso que você me ensinou.*

Mas suas ideias eram vagas e ele não adotara nenhuma ação concreta até o momento. Shinji ouviu sobre alguns tipos de organizações antigovernamentais, mas ignorava sua localização e, além disso, seu tio o aconselhou: "É melhor não confiar em organizações e movimentos. São praticamente inúteis". Ele também se achou ainda muito jovem para isso. E, acima de tudo, sentia medo.

Mas agora, se tivesse sorte de escapar daquele jogo estúpido, ele se tornaria um foragido. Sendo assim — e isso era realmente irônico —, não significaria que ele podia fazer o que bem entendesse? Se isso aconteceria por intermédio de uma organização qualquer ou por conta própria era irrelevante. O importante era que agora ele poderia dar tudo de si para lutar contra o governo. Essa determinação praticamente se solidificou dentro dele.

E agora, não seria possível dizer que ele recebeu um grande incentivo nessa determinação depois de ouvir as palavras de Yutaka?

Abandonando por um instante esses pensamentos, ele decidiu confessar a Yutaka sua outra determinação sincera:

— Realmente sinto inveja por você ter uma garota a quem ame dessa forma. Por isso, se formos em frente, você pode contar comigo ao seu lado.

Os lábios de Yutaka começaram a tremer.

— Nossa, sério? Posso realmente contar com você?

— Sim, pode. — Shinji pousou a mão sobre o ombro de Yutaka e acrescentou: — Mas devemos pensar agora em escapar. Apenas matar o desgraçado do Sakamochi não faria nem cócegas no governo. Se formos lutar por isso, devemos almejar o mais alto possível, certo?

Yutaka concordou. Depois enxugou os olhos.

Shinji perguntou:

— Você viu mais alguém além de Yukiko e Yumiko?

Yutaka olhou fixamente para Shinji com os olhos vermelhos de tanto coçar e balançou negativamente a cabeça.

— Não. Eu... fugi na hora da escola... E não parei depois disso... E você? Viu alguém?

Shinji afirmou de leve com o queixo.

— Quando eu saí... você provavelmente não sabe disso, mas Mayumi e Yoshio estavam mortos na frente da escola.

Os olhos de Yutaka se arregalaram:

— Sério?

— Sim. Mayumi deve ter sido morta logo depois de sair.

— ... E Yoshio?

Shinji cruzou os braços antes de responder.

— Acho que foi Yoshio quem matou Mayumi.

O rosto de Yutaka voltou a ficar tenso.

— Sério?

— Sim. Do contrário, não haveria motivo para Yoshio, que saiu primeiro, estar ali. Ele voltou. Deve ter atirado em Mayumi de emboscada. Como os dois cadáveres tinham uma flecha do mesmo tipo cravada, ele deve ter matado Mayumi e tentado fazer o mesmo com o próximo que apareceu. Mas sua arma, provavelmente uma besta, pelas flechas, deve ter sido tomada e ele acabou recebendo uma flechada. Acho que deve ter sido assim.

— Esse próximo seria...

— Provavelmente Shuya.

Os olhos de Yutaka se arregalaram de novo.

— Shuya? Shuya matou Yoshio?

Shinji balançou a cabeça.

— Isso eu não sei. Pelo menos Shuya escapou de ser morto por Yoshio. E os que vieram depois. Por isso, deve ter sido Shuya. Mas talvez Shuya apenas tenha feito Yoshio desmaiar. E então Yoshio pode ter sido morto por alguém que apareceu depois. — Shinji pensou sobre isso e completou: — Além disso, Shuya sem dúvida fugiu acompanhado de Noriko Nakagawa. Ele pode não ter tido tempo de dar cabo de Yoshio.

— Noriko? Tem razão, ela levou um tiro. E você, naquele momento...

— Sim — Shinji sorriu sem jeito. — Na realidade, ajudaria se eles adiassem o jogo. Eu sabia que era improvável, mas não custava tentar. De qualquer forma, Noriko partiu depois de Shuya. Antes de sair, Shuya fez claramente um sinal para Noriko. Eu vi porque estava perto dele.

Yutaka concordou de novo:

— Noriko foi baleada, por isso Shuya...

— E dado o que aconteceu com Yoshitoki...

Yutaka balançou várias vezes o queixo, como se mostrasse que estava convencido.

— Saquei. Yoshitoki era apaixonado por Noriko, certo? Então, Shuya não podia deixá-la para trás.

— Sim. Bem, mesmo que não fosse o caso, a julgar pela personalidade de Shuya, ele deve ter pensado em reunir todos que saíssem depois dele. Mas se deu conta depois do ataque de Yoshio que seria impossível. Noriko estava ferida. Por isso, ele fugiu apenas com ela.

Yutaka voltou a concordar. Depois olhou para baixo.

— Eu me pergunto onde Shuya está. Ficaríamos muito fortes se vocês dois estivessem juntos.

Shinji ergueu a sobrancelha. Yutaka deve ter se lembrado das duplas magníficas formadas por ele e Shuya nos jogos da turma. Era inegável... Shinji concordou que se sentiriam mais confiantes se Shuya Nanahara estivesse ao lado deles. Não era apenas seu talento atlético. Ele era imperturbável, destemido e capaz de raciocinar rápido nos momentos cruciais, assim como Shinji. Shuya era um dos poucos caras em quem ele poderia confiar naquelas circunstâncias. Um sujeito sincero como ele — e também um pouco desligado, em sua opinião — jamais mataria os colegas de turma para sobreviver.

Shinji pousou a mão direita sobre o ombro de Yutaka, que ergueu o rosto.

— Só o fato de você estar comigo já me deixa feliz. Foi bom termos nos encontrado.

A expressão de Yutaka mostrava de novo que ele estava prestes a cair no choro. Shinji lhe deu um sorriso tranquilizador. Yutaka conteve as lágrimas e devolveu o sorriso. Shinji continuou:

— Já chega de falar dos mortos. Notei algo. Lembra do bosque bem em frente ao campo de atletismo da escola?

— Sim.

— Havia pessoas lá. Várias.

— Sério?

— Sim. Deviam estar esperando alguém. Logicamente, restavam apenas cinco estudantes depois de mim. Kyoichi Motobuchi, Kazuhiko Yamamoto, Chisato Matsui, Kaori Minami e Yoshimi Yahagi. De qualquer forma, eles não mostraram intenção de me chamar. Como estavam em grupo e não me atacaram, não deviam ser inimigos, mas eu não tinha motivo para procurá-los e propor de nos unirmos. Você acabou de dizer que deveria ter esperado por mim, mas naquelas circunstâncias teria sido impossível. O fato é que Yoshio deve ter regressado e matado Mayumi. Imaginei que aquele pessoal no bosque não resistiria se alguém voltasse lá e os encontrasse. Claro que eles podiam estar bem armados. De qualquer forma, decidi me afastar o quanto antes de lá. — Shinji fez uma pausa e umedeceu os lábios com a ponta da língua antes de prosseguir. — Também vi dois outros estudantes.

Os olhos de Yutaka voltaram a se arregalar.

— Sério?

Shinji balançou a cabeça.

— Eu me movimentei bastante durante a noite passada. A certa altura, vi uma garota. Não me lembro bem, mas ela tinha o cabelo encrespado, tipo permanente. Acho que era Hirono. Enquanto me movia pelo sopé da montanha, eu a vi passando além dos arbustos.

— Você não a chamou?

Shinji deu de ombros.

— Achei melhor não. Talvez seja preconceito meu, mas realmente tenho medo das amigas de Mitsuko.

Yutaka concordou.

— Também vi Shogo Kawada.

Yutaka abriu a boca espantado, exclamando:

— Ah, Shogo-san. — Assim como seus colegas de turma, Yutaka polidamente se referia a Shogo com o honorífico "san" por ele ser um ano mais velho. — Ele me dá um pouco de medo. Por isso...

— É, justamente por isso eu não o quis como companheiro. Mas... — Shinji elevou o olhar para o céu. Logo voltou a mirar Yutaka. — ... ele pareceu também ter me notado. Eu havia acabado de sair de uma casa onde entrei para procurar algumas coisas. Ele estava lá. Mas logo se escondeu no caminho entre os campos de plantação. Acho que empunhava uma pistola. Eu me escondi atrás da porta entreaberta... Ele deve ter me examinado por um tempo. Mas depois desapareceu. Não fez menção de me atacar.

Yutaka disse:

— Hum. Pelo menos isso mostra que ele não é um inimigo.

Shinji balançou a cabeça negativamente.

— Com Shogo nunca se sabe. Ele pode ter percebido que eu também estava armado e resolveu se precaver desistindo de me atacar. Seja como for, resolvi não segui-lo.

— Entendo... — Yutaka disse, mas depois olhou para cima como se percebesse algo. — Bem, eu não vi ninguém, mas, sabe, não houve outro disparo antes de Yumiko e Yukiko serem baleadas?

— Houve sim — Shinji afirmou.

— Não era o som daquela metralhadora. Será que foi direcionado às duas também?

— Não — Shinji discordou. — Acredito que não. O tiro deve ter sido dado como aviso para incitá-las a parar. Quem atirou sabia que o que elas estavam fazendo era arriscado. O atirador queria assustá-las com o tiro para que elas fugissem e se escondessem.

Yutaka se inclinou para a frente, parecendo excitado.

— En... então, pelo menos, esse atirador não é um inimigo.

— Pois é. Mas não temos como nos juntar a ele. Embora eu tenha uma vaga ideia de onde o tiro partiu, ele já deve ter saído de lá. Afinal, o cara da metralhadora também conhece a posição dele.

Yutaka retraiu o corpo, um pouco desapontado. Eles permaneceram em silêncio enquanto Shinji pensava, de braços cruzados. Shinji imaginava se Yutaka não teria visto alguém em quem eles pudessem confiar. Ele achava que poderiam se juntar a um colega de turma se ele ou ela não estivesse em movimento. Pensando bem, se ele pudesse confiar em alguém, Yutaka certamente também confiaria nessa pessoa; logo, se Yutaka tivesse visto outros alunos que fossem confiáveis, estaria com eles agora. Mas Yutaka estava sozinho. Então, não havia sentido perguntar.

De qualquer maneira, em quem eles poderiam confiar? Shuya... e talvez Hiroki Sugimura? O restante eram garotas. Ele poderia confiar na representante da turma, Yukie Utsumi, e suas amigas... *Mas minha reputação com as garotas da turma não é das melhores, porque já fiquei com algumas. Oh, bem. É isso aí, tio. Eu deveria ter arranjado uma namorada fixa, não?*

Mas foi uma sorte Shinji ter encontrado Yutaka. *Posso confiar absolutamente nele.* Yutaka perguntou:

— Ei, Shinji. Você disse que estava procurando por algo...

Shinji concordou com a cabeça.

— O que era? O que você procurava? Uma arma? Eu estava tão amedrontado que nem passou pela minha cabeça.

Shinji olhou para o relógio. Deveria ter terminado agora. Uma hora se passara desde que a máquina começara a tentar descobrir a senha.

Shinji se levantou e enfiou a arma na frente da calça.

— Yutaka, você pode dar licença? — ele pediu.

Yutaka se afastou da árvore em que estava encostado. Para além dela, havia arbustos se espalhando pelo chão, formando moitas.

Shinji caminhou até lá e enfiou os braços nos arbustos. Dali, puxou com cuidado os acessórios e os fios de conexão.

Ele percebeu que Yutaka o olhava espantado.

Shinji puxou uma bateria de carro (a fonte de energia), um aparelho celular semidesmontado e um notebook. Eles estavam todos conectados provisoriamente por uma mistura de fios vermelhos e brancos.

O monitor de cristal líquido estava ligado, com a tela do computador em pausa.

O que significava... Shinji contraiu os lábios e soltou devagar um assobio quase inaudível, apertando a barra de espaço. O computador, que entrara no modo de hibernação para conservar energia, inicializou com o som de seu HD girando e voltando a exibir na tela uma escala cinza.

Depois de procurar a última linha na minúscula janela na tela, os olhos de Shinji cintilaram.

— Nossa. Apenas uma mudança de letras. De tão simples, eu não adivinharia — ele disse.

— Ei, Shinji, isso é... — Yutaka disse afinal, admirado.

Shinji fechou e abriu os punhos no costumeiro exercício preparatório, antes de começar a digitar algo no teclado. Então sorriu para Yutaka.

— É um Macintosh PowerBook 150. Não esperava encontrar uma máquina boa como essa numa ilha distante.

[RESTAM 27 ESTUDANTES]

30.

Yoshimi Yahagi (a Estudante nº 21) esperou até que seu relógio marcasse dez horas e então com cuidado pôs o rosto para fora da porta dos fundos da casa onde se escondera. O lugar se situava na extremidade sul da área residencial da ilha, bem distante do local onde Megumi Eto foi assassinada, mas Yoshimi não sabia onde tinha sido. Ela apenas ouviu o nome de Megumi ser citado no anúncio da manhã.

Para Yoshimi, os quadrantes proibidos anunciados eram um problema bastante sério. Às onze horas, todas as coleiras dos jogadores que estivessem no setor H-8, que incluía a área residencial onde ela estava, explodiriam. O computador não esperaria mesmo que lhe pedissem.

A entrada dos fundos dava para um caminho estreito entre as casas. Devia haver menos de um metro até a parede da casa em frente. Yoshimi segurava a pesada pistola automática (Colt Government Modelo .45) com ambas as mãos, puxando para trás o cão da arma apertado com seu polegar direito. Ela examinou rapidamente ao redor, mas o caminho estava deserto.

Embora fosse considerada uma delinquente por fazer parte da gangue de Mitsuko Soma, o rosto redondo de Yoshimi guardava traços pueris; naquele momento, porém, transpirava um suor frio. Apenas uma ou duas horas antes ela vira da janela do andar de cima Yumiko

Kusaka e Yukiko Kitano chamando todos para se reunirem com elas. Depois, o som da metralhadora. Não havia dúvida. A matança continuava e nem todos estavam se escondendo como ela. Havia outros desejosos de matar seus colegas de turma. E era impossível saber onde eles poderiam dar as caras.

Ela começou a caminhar, avançando com cautela para a direita com as costas pregadas ao muro da casa onde se escondia. Chegando ao final do muro, virou o rosto para o sul e viu um campo se estender ao longo de uma inclinação leve. Havia pontos verdes espalhados, formando uma ladeira suave em direção à montanha sul. As casas lá não estavam tão agrupadas como no local onde Yoshimi estava. Ela decidiu que seria melhor se embrenhar na montanha. Por um tempo estaria segura.

Yoshimi ajeitou o kit de sobrevivência pendurado no ombro, voltou a examinar os arredores e então correu sem parar até a pequena moita na extremidade do campo.

Ela chegou lá em questão de segundos, separando os arbustos para adentrar neles rapidamente. Empunhando sua arma com ambas as mãos, ela a apontou para a esquerda e direita, mas não havia ninguém lá.

Apenas essa breve movimentação já deixou Yoshimi ofegante. Mas não bastava. Ela ainda não estava fora do quadrante H-8. Ou talvez até estivesse fora dele, mas, como não havia nenhuma linha branca demarcatória no solo, ela não ficaria sossegada se não se afastasse o suficiente. Havia pontos azuis no mapa indicando casas, e esse vilarejo em particular estava marcado com tantos pontos que ela não conseguia entender bem. A fronteira do setor cortava a margem desse agrupamento de pontos.

Yoshimi sentiu vontade de chorar. Se ela não fosse da gangue de Mitsuko Soma, poderia ter encontrado alguém, sim, alguma garota legal em quem pudesse confiar e se juntar. Mas certamente ninguém confiaria nela. Bem, ela praticava atos ruins na companhia de Mitsuko Soma e Hirono Shimizu. Roubava e aterrorizava seus colegas de turma. Ninguém acreditaria nela, mesmo que jurasse não ser hostil. Ao contrário, era bem capaz de a atacarem no instante em que deparassem com ela.

De fato, antes de se esconder na casa na noite anterior, Yoshimi viu outra garota. Enquanto ela entrava no vilarejo, a garota deixava a área residencial. Seria Kayoko Kotohiki (a Estudante nº 8)? Ela devia ter se escondido primeiro na área residencial, mas mudou de ideia e estava se transferindo para outro lugar (e ela acertou na decisão, pois a área do vilarejo se tornou o primeiro quadrante proibido). Era o momento certo para contatar alguém, mas Yoshimi acabou não sendo absolutamente capaz de fazer isso.

Então... então, o que teria acontecido com Mitsuko e Hirono? Não há dúvida de que elas são más, no entanto... Assim mesmo são minhas amigas. Se eu pudesse encontrá-las... Será que elas confiariam em mim? E será que eu poderia confiar nas duas? Não, provavelmente não.

Angustiada pelo desespero, veio-lhe de volta à mente o rosto de um rapaz. Era o mesmo rosto que dominava seu pensamento desde o início do jogo até aquele momento. O rapaz que lhe afirmou não se importar com o fato de Yoshimi ser amiga de Mitsuko Soma, pois gostava dela mesmo assim. Ele a beijou carinhosamente na cama e gentilmente a aconselhou: "Procure não fazer nada de errado". O rapaz que a levou a acreditar que ela poderia mudar.

Ao deixar o prédio da escola, Yoshimi acreditava que ele poderia estar esperando por ela do lado de fora. Mas, obviamente, não havia ninguém lá. Claro. A seus pés jaziam os cadáveres de Mayumi Tendo e Yoshio Akamatsu. Quem ficasse vagando por ali teria a chance de acabar como os dois. (Mesmo assim, ela estava curiosa para saber onde o assassino deles teria se escondido.)

Em que lugar desta ilha ele pode estar agora? Ou já seria tarde...

Yoshimi sentiu um aperto no peito. Seus olhos marejaram.

Ela enxugou os olhos com a manga do casaco de marinheiro e se movimentou através dos arbustos até a outra extremidade. Precisava avançar um pouco mais.

Ainda segurando a arma, procurou um novo local de refúgio. Agora havia à sua direita diversas árvores altas agrupadas. Ervas densas e altas se espalhavam por toda parte sob elas.

Ela correu de novo pelo campo. Seu rosto foi arranhado por pequenos galhos enquanto deslizou até a extremidade dos arbustos. A garota se levantou devagar e olhou ao redor. Ela não podia ver completamente através dos densos arbustos verdes, mas sem dúvida ninguém estava à vista.

Yoshimi ainda se manteve abaixada enquanto avançava com cuidado pelas moitas. Tudo estava bem. Sim, não havia problemas: o local estava deserto.

Ela chegou à outra ponta da moita. Agora tinha diante dos olhos o verde da montanha sul. As árvores de tamanhos variados e um bosque semelhante a um bambuzal eram densos e Yoshimi teve a impressão de que adiante haveria muitos lugares onde ela poderia se esconder. *O.k... O.k... Apenas mais uma vez. Até ali...*

De repente, ela ouviu um farfalhar atrás dela. Seu coração estava disparado.

Yoshimi se agachou bem rápido, segurando com as mãos a Colt .45, e lentamente se virou. Sentiu os cabelos da nuca arrepiarem.

Ela viu de relance um casaco de escola preto se movendo entre as árvores a uma distância de apenas dez metros. Seus olhos se arregalaram de medo. Alguém estava lá. Alguém!

Yoshimi cerrou os dentes para conter o pavor e abaixou a cabeça. Seu batimento cardíaco acelerou.

Ela ouviu outro farfalhar.

Não havia ninguém na moita até há pouco. Alguém chegou ali depois dela. Por quê? Essa pessoa a estaria seguindo?

Yoshimi empalideceu.

Não, talvez não seja isso. A pessoa pode simplesmente estar se movimentando como eu. Se tivesse me notado, teria avançado diretamente em minha direção. Ainda não reparou em mim. Por isso, é melhor deixá-la passar. Não se mova. Simplesmente não se mova.

Um novo som se fez ouvir juntamente com a sensação de que a pessoa se mexia. Agachada, Yoshimi pôde ver entre as densas folhas a figura se movendo com agilidade entre o tronco das árvores. Revelando seu perfil, moveu-se da direita para a esquerda de onde Yoshimi estava. *Oh, que ótimo! Não está vindo em minha direção.*

Yoshimi suspirou aliviada e, de repente, ergueu de novo o rosto.

A sombra estava oculta pelas árvores, sendo impossível vê-la. O farfalhar se distanciou aos poucos.

Ela não podia ter se enganado. Será que estava delirando? Não, impossível.

Yoshimi se levantou rapidamente e avançou com o corpo semicurvado na direção de onde vinha o som. Depois de se mover alguns metros adiante, da sombra das densas folhas ela examinou o local de onde vinha o som. Em seu campo estreito de visão, apareceu a sombra de um casaco da escola.

Yoshimi puxou inconscientemente as mãos para o peito. Não fosse pela arma que segurava, decerto daria a impressão de que ela estava rezando.

Mas naquele momento Yoshimi devia estar mesmo rezando. Certamente para um deus que, por travessura, lhe proporcionara um acaso quase impossível. Ela não tinha crenças religiosas em particular, mas naquele instante não se importava com qual deus fosse. Ela rezava agradecida. *Oh, Deus, obrigada! Eu te amo!*

— Yoji! — Yoshimi deixou escapar, enquanto se levantava.

Yoji Kuramoto (o Estudante nº 8) pareceu tremer por um instante ao ouvir a voz, para logo depois se virar lentamente. Em seu rosto de aparência latina, os olhos de cílios espessos se arregalaram, para logo voltar a seu tamanho normal. Por uma fração de segundo, o rosto dele pareceu se tornar inexpressivo, mas Yoshimi estava convencida de que era apenas uma falsa impressão. Um sorriso logo se estendeu pelo rosto dele. O sorriso de sempre do rapaz que a amava mais que qualquer outra pessoa no mundo.

— Yoshimi...

— Yoji!

Com o kit de sobrevivência no ombro e empunhando a Colt .45 na mão direita, Yoshimi correu em direção a Yoji. O rosto dela estava abatido e os olhos cheios de lágrimas.

Os dois se abraçaram no pequeno espaço formado dentro dos arbustos. Com firmeza, mas gentilmente.

Então, sem uma palavra, Yoji beijou-a nos lábios. Em seguida, nas pálpebras. E na ponta do nariz também. Era como ele sempre costumava beijá-la. Embora não fosse a ocasião adequada, o corpo de Yoshimi experimentava a suprema felicidade.

Depois, ele olhou fundo nos olhos dela e disse:

— Então você está salva. Estava preocupado.

Ainda com o corpo colado ao dele, Yoshimi respondeu:

— Eu também, eu também.

Lágrimas surgiram nos cantos de seus olhos e lhe escorriam pelo rosto.

Quando Yoji deixou a sala de aula antes dela, olhou de relance para Yoshimi, que estava prestes a chorar por vê-lo partir. Ela também saiu, amanheceu e, até aquele momento, ela não parara de se preocupar. Mas agora tinha encontrado Yoji, que ela pensou que não veria mais vivo.

— É... uma coincidência espantosa — Yoji disse, um pouco tardiamente, como se estivesse em estado de choque.

— Sim. Mal posso acreditar! Pensei que nunca... nunca mais nos veríamos. Essa situação horrível...

Yoji gentilmente acariciou os cabelos de Yoshimi, que soluçava.

— Está tudo bem agora. Vamos ficar juntos aconteça o que acontecer.

As palavras de Yoji foram firmes e Yoshimi se sentiu debulhando em lágrimas. *Pelas regras apenas um sobreviverá, mas, sim, com certeza poderei estar ao lado daquele que eu mais amo. Falaram sobre um limite de tempo, e, se assim for, ficaremos juntos até quando esse tempo acabar. Se alguém nos atacar, Yoji sem dúvida nos protegerá. Ah, Deus, diga-me que isso não é um sonho. Deus?*

Yoshimi se lembrou de várias coisas desde que conheceu Yoji no oitavo ano, quando se tornaram colegas de turma. Em particular, recordou aquele dia de outono em que eles se cruzaram por acaso na rua e decidiram ir ao cinema juntos. Depois, no Natal, a torta de morango que dividiram numa casa de chá, o beijo na mesma noite, o Ano-Novo, ela vestida com elegância num quimono de mangas longas para a primeira visita do ano ao templo. (Ao tirar o papelzinho da sorte, o dela era "pouca sorte" e o dele "muita sorte", por isso Yoji deu seu papel a Yoshimi.) Ela também recordou o inesquecível 18 de janeiro, um sábado, em que passou pela primeira vez a noite na casa de Yoji.

— Onde você estava até agora? — Yoshimi perguntou.

Yoji apontou para o vilarejo.

— Numa daquelas casas. Mas você sabe que essa coleira... Se eu ficasse lá depois das onze horas, ela explodiria. Por isso...

Obviamente Yoji tinha a expressão séria, mas Yoshimi achou aquilo engraçado. Eles estavam bem perto um do outro! Desde o início do jogo ela se perguntava onde ele estaria, para afinal descobrir que ele estava bem debaixo de seu nariz.

— O que foi?

— Eu... eu também estava escondida numa daquelas casas. Com certeza éramos vizinhos.

Eles sorriram. Vendo o rosto de Yoji, Yoshimi se deu conta de como era maravilhoso poder compartilhar um sorriso com alguém que se ama. A maioria das pessoas poderia achar banal, mas não era. Era o mais importante. E agora ela conseguia ter de volta essa sensação.

Yoji lentamente afastou o corpo do de Yoshimi. Seus olhos de repente desceram até a mão direita dela. Notando que ainda segurava a arma, ela sorriu sem jeito.

— Ah, como sou distraída...

Yoji também sorriu.

— Boa arma, não? Olhe a porcaria que eu ganhei.

Ele lhe mostrou o que segurava. Yoshimi nem havia percebido até aquele momento. Olhando com atenção, ela viu que era uma adaga, do tipo que se vende em lojas de quinquilharias. A fita ao redor do cabo estava velha e se via uma cor verde-azulada no pequeno guarda-mão ovalado. Yoji puxou a adaga da bainha e mostrou como a lâmina estava enferrujada em vários pontos. Ele guardou a adaga na bainha e a enfiou no cinto.

— Ei, deixe-me ver sua arma — Yoji pediu.

Yoshimi lhe entregou a arma, tendo o cuidado de direcionar o cano para o lado.

— Fique com ela. Duvido que eu possa usá-la direito.

Yoji concordou e pegou a Colt .45. Ele a segurou pela empunhadura, verificou a trava de segurança do gatilho, e então puxou o cursor revelando a primeira bala na câmara. O cão ainda estava armado.

— Você tem balas?

Obviamente, o cilindro da arma estava totalmente carregado, mas Yoshimi procurou a caixa de balas dentro do kit de sobrevivência e entregou para ele. Yoji pegou a caixa com uma mão, deslizou a tampa com seu polegar abrindo-a para verificar o conteúdo. Em seguida, enfiou-a no bolso do uniforme.

Então, no instante seguinte, Yoshimi não podia acreditar no que via. Ela não compreendia o que estava acontecendo, apenas fixava o olhar nas mãos de Yoji como se assistisse a um curioso passe de mágica.

Yoji apontava a Colt .45 para ela.

— Yoji?

Mesmo assim, Yoji recuou alguns passos de Yoshimi, que continuava atônita.

— Yoji?

Depois de repetir o nome dele, ela afinal se deu conta de que o rosto de Yoji se transformara, não se parecendo em nada com o que ela estava acostumada.

O rosto dele se contorcia. Os olhos com longos cílios, o grande nariz quase aquilino, os lábios largos, enfim, cada parte de seu rosto parecia a mesma de antes, mas ela nunca vira nele aquela expressão com a boca contorcida revelando os dentes.

E da boca contorcida saíram essas palavras:

— Cai fora. Vaza daqui!

Por um instante, Yoshimi não entendeu o que ele dissera.

Yoji prosseguiu, parecendo irritado:

— Já disse para desaparecer rapidinho da minha frente!

Ainda atordoada, os lábios de Yoshimi tremiam.

— Por quê?

A raiva no tom de voz de Yoji se intensificou:

— Você acha que vou ficar do lado de uma cadela como você? Cai fora, porra!

Algo dentro de Yoshimi começou a desmoronar, primeiro devagar, para depois acelerar.

— Por quê? — A voz de Yoshimi tremia. — Eu… eu… fiz algo de errado?

Com a arma ainda apontada para ela, Yoji cuspiu de lado.

— Não me faça rir. Eu sei muito bem que você é uma vadia. Que já foi fichada na polícia. Além disso, vivia trepando com caras com idade para serem seu pai. Sei de tudo! Acha que posso confiar numa vagaba igual a você?

Yoshimi contemplava boquiaberta o rosto de Yoji.

Tudo o que ele dissera era verdade. Ela foi presa em flagrante várias vezes por roubo e uma vez recebeu orientação educativa para jovens delinquentes por aterrorizar e ameaçar uma estudante do ensino médio com o grupo de Mitsuko Soma. E havia a prostituição. Tempos atrás, Yoshimi transou algumas vezes com homens de meia-idade apresentados também por Mitsuko Soma. Era um trabalho bem remunerado, muitas garotas o faziam e, na época, ela estava de saco cheio de tudo. Usava maquiagem com a qual não estava acostumada para ganhar ares de adulta e ficar com homens que pareciam gentis do jeito deles. Em sua mente, nada disso parecia ruim. Yoshimi imaginou que Yoji estivesse a par de tudo isso sobre ela.

Desde que começou a namorar Yoji naquele dia de outono, ela pôs um ponto final em tudo aquilo. Logicamente, continuou a manter amizade com Mitsuko Soma e Hirono Shimizu, pois não poderia de repente se tornar uma estudante exemplar, mas pelo menos ela parou de se prostituir e, na medida do possível, procurava não se meter em confusões. E ela sempre acreditou que Yoji a perdoou e a amava de qualquer forma.

… Acreditei nisso todo esse tempo.

Uma lágrima escorreu pela face de Yoshimi.

— Eu… eu… larguei aquela vida… — Percebia-se que lágrimas diferentes das anteriores rolavam agora por suas faces. — Porque eu desejava… Eu queria ser a mulher que você merece ter a seu lado, Yoji.

Yoji por um instante fitou Yoshimi como se as palavras dela o tivessem desnorteado completamente. Mas, logo em seguida, ele retomou a expressão de antes.

— Sua mentirosa! Pare de fingir que está chorando!

Yoshimi olhava fixo para Yoji com os olhos arregalados e molhados. As palavras saíam gaguejantes:

— Então... então, por que você me namorava?

Yoji respondeu sem pestanejar:

— Mas isso é lógico! Achei que seria fácil levar para a cama uma vadia como você. Cai fora, rápido! Porra!

De súbito, impulsionada por alguma força desconhecida, Yoshimi correu em direção a Yoji. Talvez por não querer mais ouvir o que ele lhe dizia ou por não suportar o fato de Yoji apontar uma arma para ela.

— Pare! Por favor, pare! — ela gritou chorando e tentou segurar a arma que ele empunhava.

Yoji rapidamente se esquivou e a empurrou. O kit de sobrevivência deslizou do ombro de Yoshimi até sua mão esquerda enquanto ela caía de costas sobre a grama.

Yoji rapidamente se atirou sobre ela.

— Que diabos você está fazendo, sua puta? Merda, você quer me matar? Vou acabar com você, porra!

Yoji apontou a arma para ela, mas Yoshimi desesperadamente segurou com as duas mãos o pulso do rapaz. Ele de imediato juntou a mão esquerda à mão direita com a arma. As mãos de Yoji se moveram lentamente para baixo. Apontando para a testa dela! Yoshimi sentiu o seu coração disparando. Ela forçou as mãos e gritou em desespero.

— Yoji! Por favor! Pare, Yoji!

Ele não respondeu. Seus olhos sanguinolentos a fitavam. O braço dele descia com a força metódica de uma máquina. Mais cinco centímetros... quatro... três e a bala poderia agora raspar os cabelos dela. Mais dois centímetros, mais...

Embora com o coração estraçalhado de tristeza e pavor, um pensamento ocorreu a Yoshimi.

Ela entendia tudo agora. Não queria admitir, mas a pessoa que ela adorava não passava de uma ilusão. Mesmo assim...

Mesmo assim, era uma ilusão maravilhosa. Estando com Yoji, ela acreditou que poderia recomeçar do zero. Ele lhe ofereceu essa ilusão. Sem ele, Yoshimi jamais teria sequer sonhado com essa possibilidade.

Ah, quando tomamos sorvete na única lanchonete em Shiroiwa... Ela tinha sorvete na ponta do nariz e Yoji disse: "Você é realmente uma graça". Mesmo agora, ela acreditava na sinceridade daquelas palavras.

Eu te amava.

Ela, de repente, relaxou a força nos braços. Yoji destravou a arma e a pressionou contra a testa de Yoshimi. Seu dedo estava pronto para puxar o gatilho.

Yoshimi olhou fixo para Yoji e disse com serenidade:

— Obrigada, Yoji. Eu fui muito feliz a seu lado!

Os olhos de Yoji se arregalaram e permaneceram imóveis, como se ele de repente se desse conta de algo importante.

— Vá em frente... atire...

Yoshimi sorriu carinhosamente e fechou os olhos.

Com a arma apontada para ela, os braços de Yoji começaram a tremer.

Yoshimi esperava a bala quente atravessar sua cabeça, mas, por mais que o tempo passasse, não ouvia o som do disparo.

Em vez disso, ela ouviu uma voz rouca pronunciar seu nome:

— Yoshimi...

Yoshimi lentamente reabriu os olhos.

Ela encontrou os olhos de Yoji. Através da fina película de lágrimas, ela viu os olhos dele voltarem a ser os de seu amado. Eles estavam levemente tingidos de remorso e autocensura.

Ah...

Então ele entende. Yoji... De verdade?

Pá! Um som abafado ecoou, agradável, mas de certa forma umedecido, estranho.

Quase simultaneamente, o dedo da mão direita de Yoji puxou o gatilho. Mas não foi sua intenção, apenas um espasmo do dedo. Bang!, o tiro explodiu como um rojão e a fez gritar instintivamente, mas o cano já estava apontado para longe dela e a bala se alojou na grama acima de sua cabeça. Uma pequena nuvem de poeira se elevou.

O corpo sem vida de Yoji caiu sobre Yoshimi e permaneceu completamente imóvel.

Tentando sair de debaixo dele, Yoshimi viu alguém sorrindo por sobre os ombros do casaco de escola preto de Yoji. Era sua antiga parceira de delinquência, Mitsuko Soma.

Yoshimi não fazia ideia do que estava acontecendo. Apenas sentiu um inexplicável arrepio no fundo do peito ao ver o sorriso naquele rosto angelical, adorável e lindo.

Mitsuko perguntou a Yoshimi se ela estava bem e segurou a mão dela para puxá-la.

Cambaleando, Yoshimi se pôs de pé no meio da vegetação e olhou para baixo. E viu uma foice extremamente afiada cravada na nuca de Yoji. (Uma foice! Era a primeira vez que Yoshimi, uma das garotas mais urbanas do distrito de Shiroiwa, via uma daquelas.)

Sem se importar com a foice no momento, Mitsuko se apoderou de imediato da Colt .45 na mão direita de Yoji. Os músculos dele enrijeceram e ela teve que apartar com esforço cada um de seus dedos endurecidos. Ela sorriu ao ver a arma afinal em suas mãos.

Yoshimi tremeu convulsivamente ao olhar para o corpo sem vida de Yoji. Era impossível se controlar. Yoshimi acabava de perder alguém de extrema importância para ela. Sensação semelhante à que teve quando criança (sim, no tempo em que era inocente), quando um precioso objeto de vidro que adorava, por acidente, caiu e se esfacelou no chão. Mas... a dimensão do ocorrido não se comparava.

A razão de Yoshimi voltou do espaço para a terra e ela olhou Mitsuko (logicamente, olhava para a amiga todo esse tempo, mas sua percepção visual não chegava ao domínio da consciência), que se esforçava para retirar a foice enfiada na nuca de Yoji. Ela segurou o cabo com ambas as mãos e tentou balançar a arma. A cabeça de Yoji ia de um lado para outro, acompanhando o movimento.

— Nãoooooooo!

Yoshimi gritou e empurrou Mitsuko, que caiu entre a vegetação, batendo com as nádegas no chão e revelando suas lindas pernas bem torneadas desde a borda da saia plissada até a altura das coxas.

Sem ligar para Mitsuko, Yoshimi protegeu o corpo de Yoji, em cuja cabeça a foice continuava enterrada. Suas lágrimas gotejavam sobre o corpo. A foice parecia lhe dizer: *Balançar não vai fazê-lo ressuscitar. Pare com isso. Não vê que estou enterrada nele e isso dói?*

Ondas enormes de emoção surgiam repetidas vezes do fundo do peito de Yoshimi. Ela sentia como se o mundo estivesse sendo destruído e a afogasse. Lembrou-se da causadora do ocorrido e com os olhos cheios de lágrimas fitou com ódio Mitsuko a seu lado. Ela poderia matá-la apenas com aquele olhar. Não se importava mais que tipo de jogo era aquele do qual participava ou quem eram seus inimigos ou aliados. Sim, se havia um inimigo a quem ela devia odiar, esse era Mitsuko Soma, que tirara dela seu amado.

— Por que você o matou? — As palavras soaram completamente vazias a Yoshimi. Ela sentiu como se tivesse se tornado uma caverna oca em formato humano. Mesmo assim as palavras brotaram. O corpo humano funciona de forma curiosa. — Por quê? Por que você o matou? É horrível! É terrível demais! Monstra! Por que tinha que matá-lo? Por quê?

Mitsuko contorceu a boca numa expressão de insatisfação:

— Você estava prestes a ser assassinada. Eu salvei você.

— Mentira! Eu fiz Yoji me entender! Ele estava entendendo. Você é uma víbora! Vou acabar com sua raça. Vou te matar! Yoji me entendeu!

Mitsuko balançou negativamente a cabeça dando de ombros, e apontou a .45 para ela. Yoshimi arregalou os olhos.

E, assim, Yoshimi ouviu outra vez o som seco. *Pá*. Sentiu um impacto, como se sua testa estivesse sendo atropelada por um carro. Foi apenas isso.

Yoshimi Yahagi caiu sobre o corpo de seu amado Yoji Kuramoto e permaneceu imóvel. A bala de chumbo calibre .45 saiu destruindo a parte de trás de sua cabeça. Mas sua boca permaneceu aberta como se ela desejasse gritar algo, com sangue escorrendo devagar do canto. O sangue se estendeu sobre o casaco de escola de Yoji, ampliando uma mancha escura.

Mitsuko abaixou a Colt .45 ainda fumegante e deu de ombros outra vez. Ela pensava em pelo menos usar Yoshimi como seu escudo contra tiros.

Ela curvou a parte superior do corpo e se aproximou do ouvido na cabeça esfacelada de Yoshimi para sussurrar: "Tenho certeza de que ele entendeu". Havia uma estranha cobertura de massa encefálica cinza gelatinosa e sangue no lóbulo da orelha de Yoshimi. "Sabe, eu o matei porque ele não parecia disposto a acabar com você, no final das contas."

Então, mais uma vez, ela se concentrou em tirar a foice da cabeça de Yoji.

[RESTAM 25 ESTUDANTES]

31.

O som débil chegou carregado pelo vento até o ouvido de Shuya e dos outros. Shuya levantou a cabeça. Então ouviu de novo o som. Esperou um tempo, mas foi tudo. Eles apenas ouviram o farfalhar dos galhos das árvores balançando ao vento no fundo da moita.

Shuya olhou para Shogo, sentado ao lado dele.

— Isso foram tiros?

— Foram — Shogo afirmou.

— Então mais alguém... — Noriko começou a falar, mas Shogo balançou a cabeça.

— Impossível saber — ele disse.

Depois, eles permaneceram em silêncio por alguns minutos, mas os tiros motivaram a conversa.

— Olhem, vocês dois. Se vocês confiam em mim... — Shogo falou — ... ótimo. Mas, como eu disse antes, precisamos sobreviver até o fim. Portanto, quero apenas me certificar.

Shogo se virou para Shuya.

— Você está disposto a lutar sem piedade contra eles, Shuya?

Shuya engoliu em seco.

— Você quer dizer o pessoal do governo?

— Eles também, claro. Mas você acabará com outros colegas de turma? Quando nos atacarem?

Shuya abaixou de leve a cabeça e depois respondeu:

— Se for necessário, serei obrigado. — Sua voz saiu um pouco fraca.

— Mesmo se for uma garota?

Shuya contraiu os lábios e fitou Shogo. Então voltou a baixar os olhos.

— Serei forçado a isso — Shuya repetiu.

— Tudo bem então. É bom que você entenda bem isso. — Shogo pegou a carabina deitada sobre as pernas cruzadas. — Se você se sentir culpado cada vez que matar alguém, no instante seguinte pode ser eliminado por outro deles.

Shuya pensou um pouco, hesitando se deveria ou não perguntar. Decidiu que seria melhor não perguntar, mas, contrariando sua própria vontade, as palavras se soltaram de sua boca:

— Você também foi impiedoso? Um ano atrás?

Shogo encolheu os ombros.

— Eu matei. Quer ouvir os detalhes? Quantos rapazes foram? E quantas garotas? Até que eu fosse o campeão?

Shuya viu Noriko cruzar os braços sobre o peito e contrair os cotovelos como se estivesse abraçando a si mesma.

— Não... esqueça — Shuya disse. — Não faz sentido saber.

O silêncio voltou a reinar, mas logo depois Shogo acrescentou, em tom de justificativa:

— Não tive escolha. Alguns deles estavam começando a enlouquecer e matavam intencionalmente o maior número que podiam. A maioria de meus amigos morreu relativamente rápido e não pude me juntar a nenhum deles. E eu... eu não podia simplesmente aceitar ser morto. — Depois de uma pausa, ele complementou: — E também tinha uma missão a cumprir, por isso não podia morrer.

Shuya ergueu o rosto.

— O que era?

— Vamos, é tão óbvio. — Shogo sorriu de leve, mas de repente uma luz cintilou dentro de seus olhos. — Destruir esta bosta de país. O mesmo que nos atirou neste jogo de merda.

Shuya pensou, enquanto olhava os lábios de Shogo se contorcerem de ódio. *Ele é como eu. Ele deseja se vingar dos responsáveis por este Pro-*

grama. Pensou em mandar para o quinto dos infernos aqueles que operam este jogo absurdo de troca de cadeiras, que nos faz desconfiar e odiar uns aos outros.

Ou talvez... Shogo mencionou por alto que perdeu seus amigos cedo, mas talvez ele tivesse perdido alguém com a mesma importância de Yoshitoki para Shuya.

Shuya pensou em questioná-lo a respeito, mas desistiu. Em vez disso, perguntou outra coisa:

— Você disse que estudou bastante. Era com essa finalidade?

Shogo confirmou:

— Sim. Quero fazer algo contra este país num futuro não muito distante.

— Como o quê, por exemplo?

Shogo apenas riu, sem jeito com a pergunta de Shuya.

— Ainda não sei bem. — Ele balançou a cabeça. — Falar é fácil, mas é muito difícil derrubar um sistema estabelecido. Porém, eu teria feito algo. Bem, não, mesmo agora eu pretendo fazer. Por isso preciso sobreviver também dessa vez.

Shuya olhou para o revólver disposto verticalmente sobre os joelhos e dependurado de sua mão, e depois ergueu de novo o rosto quando outra pergunta lhe ocorreu:

— Pode me dizer algo?

— O quê?

— A finalidade deste jogo. Existe algum sentido nele?

Os olhos de Shogo se arregalaram, mas logo em seguida ele baixou o rosto e começou a rir baixinho. Ele se divertiu bastante com a pergunta. Então, por fim, disse:

— Claro que não há nenhuma finalidade.

Noriko ergueu a voz:

— Mas eles insistem que o objetivo do jogo é a defesa nacional.

Ainda sorrindo, Shogo balançou a cabeça para a esquerda e para a direita.

— Invencionice de gente insana. Como o país inteiro é absurdo, devemos considerar isso normal.

Shuya sentiu o ódio invadir seu corpo quando disse:

— Como esse Programa pode continuar por tanto tempo?

— Fácil. É porque ninguém se opõe a ele. Por isso persiste. — Vendo como Shuya e Noriko custavam a encontrar palavras, Shogo complementou: — Ouçam bem. Os burocratas deste país são um bando de bundas-moles. Como se não bastasse, chegamos a um ponto em que ser idiota é condição para se tornar um burocrata. Acho que quando este jogo maravilhoso foi proposto pela primeira vez, possivelmente idealizado por algum estrategista militar destrambelhado das ideias, ninguém se opôs. Questionar os especialistas pode trazer consequências complexas. E é terrivelmente difícil neste país interromper algo já iniciado. Você se mete a fazê-lo e seu pescoço voa. Não, pior, você pode ser enviado a um campo de trabalhos forçados, acusado de desvio ideológico. Na realidade, mesmo que todos estivessem contra, ninguém poderia se manifestar. Por isso, nada muda. Há muitas coisas erradas neste país, mas a estrutura é toda a mesma. O modelo típico do fascismo.

Shogo olhou para Noriko e Shuya.

— Vocês dois, e o mesmo se aplica a mim, não podem dizer nada. Mesmo se vocês acharem algo errado, sua vida é preciosa demais para arriscá-la protestando, certo?

Shuya não podia dizer nada para revidar. O ódio que lhe preenchia o corpo de súbito esfriou.

— É vergonhoso — Noriko afirmou.

Shuya olhou para ela. Os olhos de Noriko se voltaram com tristeza para baixo. Ele concordou. Era exatamente assim.

— Havia um país chamado República da Coreia do Sul. Vocês sabiam? — Shogo perguntou.

Shuya olhou para Shogo, que mantinha o olhar preso a uma flor rosa semelhante a uma azaleia, sozinha no meio das folhagens, na árvore bem em frente deles.

Por que isso de repente?, pensou Shuya, mas respondeu assim mesmo:

— Sim, eu sei. Era a metade sul da atual Nação da Península Coreana, certo?

Os nomes oficiais eram República Popular da Coreia do Sul e Nação Democrática da Península Coreana, e os livros didáticos mencionavam os conflitos civis entre as duas nações imediatamente a oeste do mar interior da Grande República do Leste Asiático:

> Embora a RPCS fosse um país amigo de nossa nação, em virtude de conspirações engendradas pelos imperialistas americanos e alguns imperialistas da NDPC, em 1968 a NDPC invadiu e anexou a RPCS.

Depois disso, o texto continuava mencionando:

> Nossa nação deve imediatamente expulsar os imperialistas da Península Coreana e proceder à unificação dos dois países, não apenas visando à liberdade e democracia do povo coreano, como também para avançar em direção a nosso ideal de coexistência pacífica entre os povos da Grande Ásia Oriental.

— Tem razão — Shogo disse. — Aquele país era bem parecido com o nosso. Um governo opressor, absoluta submissão a seus líderes, propaganda ideológica, semi-isolacionismo, controle de informações e, além disso, o incentivo à delação. Mas em apenas quarenta anos acabou falhando. Já a República da Grande Ásia Oriental avança pelo longo caminho da invencibilidade. Por que você acha que isso acontece?

Shuya pensou a respeito. Na verdade, ele ainda não havia refletido muito sobre o assunto, mas os livros didáticos explicavam a derrota da República Popular da Coreia do Sul como uma "conspiração astuta totalmente engendrada pelos imperialistas, incluindo os americanos" (de qualquer forma, o vocabulário empregado era difícil, sendo impossível imaginar que se tratava de livros destinados a estudantes do ensino fundamental). Porém, por que então a atual Grande Ásia Oriental ainda era sólida? Logicamente a RPCS era a continuação territorial da NDPC, mas... Ele meneou a cabeça negativamente.

— Eu não sei.

Shogo olhou dentro dos olhos de Shuya e concordou de leve com a cabeça.

— Em primeiro lugar, pode-se dizer que se trata de uma questão de equilíbrio.

— Equilíbrio?

— Sim. Com relação à RPCS praticar um regime totalitário absoluto de opressão social. Evidentemente, este país também está baseado na coerção e no controle, e de forma extremamente hábil. Bem, agora é fácil dizer olhando o que passou: nosso país conseguiu perpetuar até algumas porções de liberdade. Dessa maneira, oferecendo esses fragmentos de regalia, eles podem argumentar: "Logicamente a liberdade é um direito inato de todo cidadão, mas para o bem-estar público, às vezes ela deve ser restringida". Um discurso com princípios lógicos, não? — Shuya e Noriko ouviam calados o que Shogo dizia. — Assim este país iniciou sua trajetória há setenta e seis anos.

Noriko o interrompeu.

— Setenta e seis anos? — Abraçando os joelhos por baixo da saia plissada, Noriko inclinou a cabeça com um olhar assombrado no rosto.

— Qual o problema? — Shogo disse. — Você também não sabia disso?

Noriko então olhou para Shuya, que balançou a cabeça de leve para ela e voltou o olhar para Shogo, dizendo:

— Ouvi dizer que a história ensinada nos livros didáticos é uma grande farsa e que o Supremo Líder atual não é o 325º, mas deve ser apenas o décimo segundo, certo?

Shinji Mimura dera essa informação a ele. Era natural que Noriko desconhecesse. Isso nunca seria ensinado na escola e os adultos em geral se mantinham calados sobre o assunto (não, provavelmente devia haver até adultos que ignorassem tal fato). Mesmo Shuya ficou boquiaberto ao ouvir isso pela primeira vez de Shinji. Afinal, significava que antes do aparecimento do Primeiro Supremo Líder, há menos de oitenta anos — em outras palavras, antes da Grande Revolução —, o nome deste país e o sistema de governo haviam sido totalmente diferentes, como se fosse uma outra nação. (Shinji dizia: "Aparentemente, era um regime feudal. As pessoas usavam penteados psicodélicos do tipo moicano *chonmage*. Havia também um sistema de castas, mas, para ser franco, era melhor que essa coisa que temos hoje".)

Shuya olhou de relance para a expressão de surpresa no rosto de Noriko, mas ele franziu a testa quando ouviu o que Shogo disse a seguir:

— Bem, mesmo isso pode ser mentira.

— O que você quer dizer?

Shogo sorriu e declarou simplesmente:

— Não existe Supremo Líder. É uma existência fictícia. Corre por aí esse boato.

— Quê?

— Impossível — Noriko disse em voz levemente rouca. — Nós o vemos nos noticiários e no Ano-Novo, quando aparece para a multidão em frente de sua residência oficial.

— Você acha, não? — Shogo sorriu. — Mas quem forma essa "multidão"? Você já conheceu alguém que tenha estado lá? E se não passarem de atores também, assim como o Supremo Líder?

Shuya analisou a possibilidade. Isso lhe causou náuseas. Tudo mentiras; não havia verdade em lugar nenhum. Tudo parecia incerto.

— Seria verdade? — ele perguntou, desanimado.

— Quem sabe? É apenas algo que ouvi. Mas me parece provável.

— Quem lhe disse isso? Pesquisou na internet?

Shuya pensou em Shinji Mimura quando perguntou isso, mas Shogo apenas sorriu outra vez.

— Infelizmente, sou uma negação com computadores, mas há maneiras de descobrir. Basta ter vontade para pesquisar. Seja como for, parece provável, porque isso permitiria ao governo criar um líder com autoridade máxima. Dessa forma, todos no centro do governo seriam iguais. Eles teriam liberdade igual, o que implicaria obrigações também iguais. Não haveria desigualdade. Um método irrepreensível. A única coisa é que deve haver um embuste hábil em algum lugar. O público em geral não deve ser informado até esse ponto. A figura do líder exerce apenas um papel carismático. — Shogo respirou fundo antes de prosseguir. — De qualquer maneira, esse é só um reles problema. Voltando ao assunto de antes, o país foi fundado e logo de início começou a evoluir bem. Cada vez mais... e mais... e mais... Com muito êxito. Nesse caso, "êxito" significa que o país obteve sucesso como uma moderna nação industrializada. Embora o país continue sua política isolacionista, mantém cada vez mais relações com outros países que o apoiam e com os Estados Unidos, comprando deles matérias-primas e vendendo-lhes produtos manufaturados. Os produtos vendem bem. Lógico, sua qualidade é realmente alta. Nesse sentido, rivaliza maravilhosamente com os Estados Unidos. As únicas áreas em que o país fica um pouco atrás são de tecnologia espacial e informática. Mas a alta qualidade é resultado da subserviência do indivíduo ao grupo e de ter nascido sob a orientação opressiva do governo. Ainda assim... — Shogo fez uma pausa e balançou a cabeça. — ... uma vez atingido esse nível de êxito, o povo em geral talvez não queira mudanças no sistema. Apesar do grande êxito e do alto padrão de vida, mesmo quando se enfrentam pequenos problemas, não estamos dispostos a derrubar o governo. Devemos sacrificar algumas coisas, não?

Shogo olhou de novo para Shuya e lhe ofereceu um sorriso sarcástico. Depois prosseguiu:

— E este maravilhoso jogo é um desses "pequenos problemas", dessas "algumas coisas". É lógico que os participantes e suas famílias talvez sofram bastante, mas infelizmente eles são minoria. Mesmo as famílias acabam desistindo. Com o tempo, as pessoas esquecem.

A explicação longa e cheia de desvios de Shogo por fim voltou àquele jogo estúpido, o orgulho da República da Grande Ásia Oriental, mas os lábios bastante contorcidos de Shuya levaram Shogo a perguntar:

— O que houve?

Shuya respondeu:

— Estou com vontade de vomitar.

Ele começava a entender afinal exatamente o que Shinji Mimura pretendia quando disse: "É um regime fascista bem-sucedido. Em que outra parte do mundo há algo tão malévolo?". Shinji deveria entender tudo isso.

— Ah! Então ouça essa outra que te fará botar de vez os bofes para fora — Shogo falou como se sentisse certo prazer no assunto. — Creio que a diferença fundamental entre a RPCS e este país era étnica.

— Étnica?

Shogo confirmou:

— Sim. Acho que o atual sistema praticado por este país cabe como uma luva aos seus cidadãos. Em outras palavras, sua subserviência aos superiores. Algo do tipo "maria vai com as outras". Dependência de outros e mentalidade de grupo. Conservadorismo e passividade. Se lhe mostram algo que certamente é para o bem público, com motivo nobre, mesmo que seja delação, eles sentem que estão fazendo algo bom. É uma imbecilidade irremediável que serve ao autoconvencimento. É isso. Ou seja, não há lugar para orgulho nem ética. E ninguém pensa por si. Seguimos as ordens sem refletir. Isso me enoja.

Ele estava absolutamente correto. Era asqueroso. Shuya sentiu náuseas.

Foi quando Noriko interrompeu:

— Não acho que seja assim — ela declarou.

Shuya e Shogo olharam para ela. Talvez por estar exausta, Noriko abraçava os joelhos curvada. Mas mesmo assim ela olhou para ambos e afirmou:

— Eu ignorava tudo isso. É a primeira vez que ouço essas coisas. Mas, se tudo o que você acabou de dizer fosse verdade e se todos estivessem realmente informados, com certeza não se calariam. É porque ninguém foi informado sobre nada disso que acabaram numa situação semelhante. Eu me recuso a acreditar que sejamos tão ruins. Não digo que sejamos especialmente nobres, mas acho que somos tão capazes de pensar de forma racional quanto qualquer pessoa neste planeta.

Shogo respondeu com um sorriso surpreendentemente afável:

— Sua observação é muito inteligente.

Shuya de súbito voltou a olhar para Noriko. Ele nunca a achou do tipo que sobressaísse à turma, nem extrovertida o bastante para expressar suas opiniões da forma como acabara de fazer. Ele percebeu que aos poucos, desde o início do jogo, estava vendo um lado diferente de Noriko. Provavelmente Shuya havia sido apenas idiota por não enxergar. Yoshitoki, ao contrário, deveria ter enxergado esse lado dela.

De qualquer maneira, foi uma resposta muito mais admirável que seu irrefletido "estou com vontade de vomitar". Mais uma vez

Shuya concordou com ela. Afinal, aquele era o país deles, o lugar onde nasceram e cresceram (embora fosse questionável que eles tivessem perspectivas de crescer mais sob aquelas circunstâncias). Os Estados Unidos, o Império Americano, poderiam futuramente libertar este país, mas o fato é que a nação era um problema deles; eles não deveriam depender dos outros e, no final das contas, com certeza não dependeriam.

Shuya voltou a olhar para Shogo e perguntou:

— Diga, Shogo. Você vê alguma chance de mudarmos este país?

Porém, para decepção de Shuya, Shogo balançou negativamente a cabeça. Ele achava que Shogo, até então afirmando que destruiria o país, responderia de maneira afirmativa.

Shuya disse, um pouco desajeitadamente:

— Mas você acabou de dizer que destruirá este país.

Shogo acendeu um cigarro, o que não fazia havia algum tempo, e então cruzou os braços.

— Querem ouvir o que penso? — Ele descruzou os braços, retirou o cigarro dos lábios e exalou uma nuvem de fumaça. — Acho que a história vem em ondas.

Shuya não entendeu, mas antes de poder perguntar o que ele queria dizer com isso, Shogo prosseguiu:

— Em algum momento, quando as condições se tornarem favoráveis, este país mudará. Ignoro se isso acontecerá por meio de uma guerra ou revolução. Muito menos tenho ideia de quando será. Ou talvez nunca venha a se concretizar. — Shogo tragou outra vez e exalou. — Porém, seja como for, justamente agora é impossível, em minha opinião. Como acabei de dizer, este país é insano, mas também está bem estruturado. Extremamente bem estruturado. — Shogo apontou para eles, com o cigarro entre os dedos. — Bem, o que temos hoje é uma nação apodrecida. Se não for possível suportá-la, o melhor a fazer é abandoná-la e ir para outro lugar. Há formas de escapar deste país. Então, você poderá viver sem ter que suportar o fedor de coisa podre. Você pode sentir saudades vez por outra, mas a vida lá fora seria todo dia muito agradável... Porém, eu não faria isso.

Shuya roçou de leve a mão contra a coxa. Ele esperava que a declaração de Shogo correspondesse a seus pensamentos: *Eu quero fazer algo aqui porque afinal este é meu país*. Não foi Bob Marley quem cantou "Levante, resista. Você não pode enganar todo mundo o tempo todo"?

Mas a resposta de Shogo tinha uma nuance um pouco diferente.

— Satisfação pessoal, entende? Quero vingança, mesmo que apenas para me satisfazer. Quero lutar contra este país. Só isso. Duvido muito que isso conduza a alguma mudança, no final das contas.

Shuya respirou um pouco antes de declarar:

— Soa desanimador.

— Realmente é — Shogo replicou.

[RESTAM 25 ESTUDANTES]

32.

Ao ouvirem os dois disparos à distância, Yutaka encolheu o corpo e Shinji parou de digitar no teclado.

— Nossa...

Shinji balançou a cabeça.

— Outro tiro.

Porém, ele mais que depressa voltou à sua tarefa. *Posso parecer cruel, mas não é hora de eu me importar com o que acontece com os outros.*

Yutaka voltou a olhar para Shinji. Na mão enrolada numa toalha, que servia de curativo, segurava a Beretta recebida do amigo, que lhe dissera: "Segure isso e monte guarda".

— Ei, Shinji. O que você tanto tecla nesse laptop? Já não está na hora de abrir o jogo comigo? — Yutaka perguntou, impaciente.

Depois de inicializar o software de comunicação e conectá-lo pelo celular, Shinji começou a teclar às pressas e, de vez em quando, exclamava: "Consegui! Consegui! Consegui!", "Porra! Ah, é assim..." ou "Ah, o.k.", sem oferecer a Yutaka uma única explicação.

— Espere um pouco. Estou quase lá.

Shinji digitava outra vez. Quase no centro da tela monocromática, fluíam sentenças em inglês entremeadas por caracteres como "%" e "#" e Shinji parecia responder a elas.

— Pronto.

Por último, Shinji deu o comando para o download e parou de teclar. A operação básica era UNIX, mas ele configurou uma janela de gráficos separada para indicar o andamento do download no formato Mac. Shinji alongou os braços sobre a cabeça. Agora era só esperar a conclusão do download (logicamente, depois de concluído, ele teria que reescrever o log para apagar todos os vestígios de sua operação). Então, precisaria imaginar uma estratégia baseada nos dados recebidos. Teria que simplesmente reescrever os dados ou criar seu próprio programa para enganar seus oponentes com mais eficácia. Este último caso seria bem mais trabalhoso, mas mesmo assim ele deveria dar conta do recado em metade de um dia.

— Shinji, me explique o que está acontecendo — Yutaka insistiu.

Shinji sorriu, afastando-se do laptop e se encostando outra vez contra a árvore. Ele admitia estar excitado e respirou fundo para se acalmar. Era natural, pois, apesar de não estar seguro quando disse a Yutaka "É um PowerBook 150", agora ele tinha certeza: eles venceriam!

— Estive tentando conceber um modo de escaparmos — ele disse lentamente.

Yutaka concordou, balançando a cabeça.

— E então... — Shinji apontou o pescoço. Ele não podia ver a sua, mas Yutaka podia enxergar a coleira prateada ao redor do pescoço do amigo, a mesma que ele próprio usava. — De fato, eu queria de algum modo me ver livre desta coisa. Graças a ela, aquele desgraçado do Sakamochi está a par de nossa posição e também, por exemplo, o fato de você e eu estarmos juntos. Por causa deste dispositivo, mesmo que tentemos escapar, seremos facilmente capturados ou, pior ainda, eles podem enviar um sinal de ignição da bomba no interior da coleira e acabar de vez conosco. Por isso, eu queria descobrir um jeito de me ver livre dela. — Shinji abriu a mão. Depois deu de ombros. — Mas eu desisti. Impossível soltá-la sem conhecer sua estrutura interna. Sakamochi afirmou que ela explodiria se fosse desmontada e não deveria estar blefando. Um fio para detonação deve estar ligado internamente à caixa externa, disposto de forma a explodir caso seja cortado. É muito perigoso tentar algo. Pensei em inserir uma placa de metal dentro da cinta, mas seria muito fina para proteger meu pescoço de uma explosão. Então tive uma ideia: dar um jeito no computador da escola que está nos rastreando e o sinal de ignição. Sacou?

Obviamente, foi o tio quem ensinou a Shinji os fundamentos da informática. Desde sua morte, Shinji acumulou bons conhecimentos mexendo no computador deixado por ele, com o mesmo entusiasmo que sentia pelo basquete. Às vezes ele se infiltrava nas linhas internacionais, cuja conexão era em geral proibida pelo governo. Isso permitiu que Shinji obtivesse um nível ainda mais elevado na habilidade com computadores, além de novas informações do mundo inteiro pela internet real. (O que o país costumava chamar de "internet" não passava de uma rede fechada com o ridículo nome "Rede da Grande Ásia Oriental".) Embora Shinji não pudesse receber a pena de morte por esses atos, por serem ilícitos, ele poderia ser enviado pelo prazo de dois anos a uma prisão juvenil por ofensas ideológicas. Por isso ele aperfeiçoara uma técnica para não ser de forma nenhuma detectado e jamais revelou o que fazia a ninguém, embora tenha mostrado as imagens de alguns sites a Yutaka (a maioria delas pornográfica, claro!). De qualquer maneira, Shinji possuía atualmente uma grande técnica sobre como hackear computadores.

— Procurei um computador pessoal. Eu já tinha meu celular. Se eu soubesse que eles permitem que você mantenha suas coisas neste jogo estúpido, teria trazido meu notebook. Mas não posso reclamar, pois tive sorte de achar esse laptop. Então, tudo o que eu precisava era eletricidade. Peguei essa bateria de um carro estacionado nas proximidades. Tive que ajustar a voltagem, mas foi moleza.

Conforme Shinji explicava, Yutaka parecia ter por fim começado a entender vagamente o funcionamento conjunto do PowerBook e do celular deixados no chão. Ele concordou várias vezes, mas de repente falou como se um pensamento lhe ocorresse:

— Espere aí! Sakamochi não disse que telefones são proibidos? Então, celulares são exceção?

Shinji balançou negativamente a cabeça.

— Não, eles não funcionam. Tentei ligar uma vez para o número do serviço de informações meteorológicas e a voz de Sakamochi soou dizendo: "Lindo dia na Sede do Programa da Escola de Ensino Fundamental Shiroiwa". Fiquei tão enojado que desliguei no ato. Isso significa que eles estão controlando a transmissão de sinal mais próxima. Não deve ser possível usar nenhuma operadora de telefonia.

— Então...

Shinji levantou um dedo da mão direita, interrompendo Yutaka.

— Pense nisso. Eles precisam se comunicar com o pessoal fora desta ilha. E os computadores deles devem estar ligados aos do governo central, inclusive por questão de segurança. Então, como fazem? Simples. Eles seletivamente ativaram apenas os números para fins militares das linhas de telefones móveis e celulares.

— Então isso significa que... — Yutaka começou a dizer, mas foi de novo interrompido.

— Mas, mesmo que fosse o caso, eles devem ter feito de uma forma que permita ao pessoal da companhia telefônica mexer nas linhas numa eventualidade. — Shinji sorriu e estendeu de leve o braço para pegar o celular posto no chão. — Eu não falei, mas meu celular é um modelo especial. Tem dois tipos de memória ROM para números de telefone e senhas. Impossível distinguir só olhando para ele, mas você pode trocar um pelo outro girando essa chave em noventa graus. E esse outro número é algo que consegui só por diversão para fazer ligações gratuitas. Esse é o número de celular usado pelos técnicos de empresas telefônicas para testar as linhas.

— Então, isso significa...

Shinji piscou.

— Isso mesmo. Na mosca! O resto é simples. Deu trabalho apenas para conectar o modem para telefones fixos ao celular. Afinal, estou sem as ferramentas adequadas. Mas, no final, consegui. Assim, entrei na linha telefônica. Depois, acessei remotamente meu computador em casa. Não posso hackear com os softwares de comunicação comuns, por isso existem ferramentas especiais, como um software para decifração de códigos, que eu baixei. Em seguida, invadi o site do governo provincial. O Centro de Processamento de Operações e outros do governo aparentemente são bastante difíceis de hackear, mas imaginei que os sites do governo provincial não deveriam ser tão seguros. Eu estava certo. Embora este jogo seja diretamente administrado pelo governo central, devia haver algum contato com a seção do governo da província do local de realização do jogo. Eu também estava certo quanto a isso. Havia vários endereços desconhecidos nos logs de comunicações. Xeretando os e-mails, encontrei um endereçado ao diretor de ensino notificando-o sobre o início do jogo. Então invadi o site deles. Ou seja, no servidor especial daquela escola. Deu um pouco de trabalho, mas, conforme esquadrinhava na medida do possível, encontrei um arquivo de backup da operação deixado por eles inadvertidamente. Então o peguei. Em resumo, encontrei um código estranho aparentemente importante. Fiz o Mac decifrá-lo. Isso foi antes de te encontrar. Era o que eu estava fazendo.

Shinji estendeu o braço para o PowerBook e, enquanto o download continuava, abriu um arquivo para mostrar a Yutaka uma imensa exibição de vinte e quatro pontos. Yutaka deu uma olhada. "Kinpachi Sakamocho."

— Sakamocho?

— Sim. Soa hispânico. A senha era um pouco complexa por causa dessa mudança tola de letras, mas era a senha do superusuário. Isso liberou meu acesso. Era o que eu fazia agora. Baixei todo o conteúdo dos dados do computador da escola. Vou alterá-los, voltar para dentro do sistema e desabilitar essas coleiras que nos oprimem. Estabelecendo os arredores da escola como um quadrante proibido, eles estão certos de que não nos aproximaremos, mas podemos atacá-los de surpresa. Teremos boas chances. E, quando controlarmos a escola, poderemos com certeza ajudar os outros. Mesmo sendo quase impossível, talvez possamos fazê-los acreditar que estamos mortos e então darmos adeus a esta ilha.

Depois de falar de uma tacada só, Shinji respirou fundo e sorriu:

— O que acha?

Yutaka parecia maravilhado.

— É fantástico — ele exclamou.

Animado por essa reação sincera, Shinji sorriu. *Obrigado, Yutaka. É muito bom ser admirado por seus talentos.*

— Shinji...

Como Yutaka abriu a boca ainda com a fisionomia maravilhada, Shinji franziu a testa.

— Que foi? Quer perguntar algo?

— Não — Yutaka disse. — Bem... é que...

— Fale logo.

Yutaka baixou os olhos para a Beretta em sua mão e, depois de olhá-la por alguns instantes, voltou a erguer o rosto.

— Bem... eu estava me perguntando por que você é amigo de alguém como eu.

Shinji estava boquiaberto, tentando entender o significado das palavras de Yutaka.

— Do que você está falando?

Yutaka olhou outra vez para baixo e, em seguida, falou:

— É que... Você é realmente um cara fantástico. Posso entender sua amizade com alguém como Shuya. Tanto ele quanto você são esportistas e ele é muito bom guitarrista. Mas eu... eu... não tenho nenhuma capacidade em particular. Por isso, estava me perguntando o porquê de você ser meu amigo.

Por um tempo Shinji olhou para Yutaka, sempre cabisbaixo. Então, começou a falar devagar:

— Não diga bobagens, Yutaka.

Ouvindo a voz gentil do amigo, Yutaka levantou a cabeça.

Shinji prosseguiu:

— Eu sou quem eu sou. E você é você. Mesmo que eu seja bom no basquete ou com computadores, ou popular com as garotas, não é isso que determina o valor de uma pessoa. Você é capaz de fazer as pessoas rirem e nunca maltrataria ninguém. Quando você está sério, sua seriedade é superior à minha. Como quando gosta de uma garota. Ouça bem: não vou ficar aqui dizendo besteiras sobre como "todo mundo tem seu lado bom". Mas há muitas coisas em você que eu admiro. — Ele encolheu os ombros e sorriu. — Gosto de você. Estivemos sempre juntos. Você é um amigo importante. Para ser sincero, é meu melhor amigo.

Ele viu lágrimas reluzirem de novo nos olhos de Yutaka, que disse:

— Pô, obrigado, Shinji. Valeu mesmo! — Em seguida, enxugou as lágrimas e sorriu. — Mas, estando junto de um bebê chorão como eu, vamos acabar morrendo afogados antes de escaparmos.

Shinji começou a rir, mas então... ele ouviu um ruído. Franziu as sobrancelhas e se levantou ligeiro. Era o som de alarme-padrão do Macintosh.

Shinji se ajoelhou em frente ao PowerBook e olhou para a tela.

Seus olhos se arregalaram. Uma mensagem o informava que a linha foi desconectada e o download, abortado.

— Por quê? — A voz que escapou da boca de Shinji tinha um tom próximo ao desespero. Ele começou a digitar velozmente no teclado, mas foi incapaz de salvar a conexão. Ele saiu do software de comunicação para uso em UNIX e começou a dar comandos para discar através do modem com outro aplicativo.

Uma mensagem apareceu: "O número discado está fora de serviço". Ele recebia a mesma mensagem a cada tentativa. Aparentemente, não havia nada errado com a conexão entre o modem e o telefone. Ele desconectou o celular do modem e digitou o número no próprio aparelho de telefone. Tentou de novo o número da previsão do tempo. Apurou o ouvido.

O celular não tinha sinal. O que significava... Não, a bateria estava totalmente carregada.

Não pode ser! Segurando firme o celular, Shinji contemplava embasbacado a tela do PowerBook fora de operação. Seu hackeamento não podia ter sido detectado. Por isso mesmo era chamado de hackeamento. E Shinji dominava a técnica.

— Shinji? O que houve, Shinji?

Atrás dele, Yutaka o chamava, mas Shinji era incapaz de responder.

[RESTAM 25 ESTUDANTES]

33.

Hiroki Sugimura (o Estudante nº 11) observava com atenção o ícone em formato de estrela na borda da tela de cristal líquido do pequeno dispositivo que tinha em mãos. Era o mesmo ícone exibido no centro da tela desde que ele ligara o aparelho.

Ele estava na área residencial na costa leste da ilha. Em breve o local se tornaria um quadrante proibido. Enquanto se movia entre as casas, com cuidado mas de forma ágil, ele observava com atenção o aparelho quando, por fim, apareceu uma mudança. Hiroki encontrara o aparelho em seu kit de sobrevivência. Parecia um desses palmtops de dados que os funcionários de empresas costumam usar, e aquele era o primeiro sinal emitido desde que ele o ligara, às seis da manhã, depois de folhear o manual de instruções. Ele percorrera de preferência os quadrantes anunciados como "quadrantes a ser proibidos" por Sakamochi, mas o aparelho não dava sinais em nenhuma dessas áreas, nem no setor J-2 na costa sul e no setor F-1 na costa oeste, nem no setor H-8, onde estava agora.

Tecnicamente não se poderia chamar o que ele tinha em mãos de arma. Mas naquelas circunstâncias, dependendo de como ele o usasse, poderia se mostrar muito mais útil que uma arma. Contudo, ele não tinha certeza de que estava utilizando o dispositivo da maneira correta.

Hiroki pegou seu bastão de novo com a outra mão (o bastão não passava do cabo que retirara de uma vassoura encontrada no interior de uma cabana um pouco afastada da extremidade norte do vilarejo. Se ele quisesse, poderia ter pegado uma faca de cozinha, mas o cabo da vassoura era mais útil e fácil de manusear, pois estudava artes marciais desde o início do ensino fundamental). Ele se afastou do muro de tábuas da residência no qual mantinha as costas coladas. Movimentava com agilidade o corpo grande de mais de um metro e oitenta de altura, encostando as costas outra vez no muro da casa seguinte. Viu que o ícone de estrela se aproximava de um outro de formato similar no centro da tela.

Ele relembrou a explicação do manual sobre o sistema de exibição e voltou a cabeça. Era aquela casa, dentro dela.

Hiroki enfiou o aparelho no bolso e deu a volta até a porta de trás.

No pequeno quintal havia uma horta doméstica com alguns tomateiros que chegavam à sua cintura, plantas estendidas pelo solo, provavelmente pés de batata-doce, e cebolinhas. Perto deles floresciam amores-perfeitos e crisântemos de cores variadas. Em frente à horta havia um triciclo infantil com seu guidão cromado refletindo a luz do sol perto do meio-dia.

As portas de proteção à chuva da varanda estavam fechadas. Abri-las poderia provocar um forte ruído. Hiroki circundou ainda mais pela direita.

Havia uma janela. Estava quebrada. Não havia dúvida: alguém entrou na casa. E, se ele leu corretamente o manual do detector, então ele ou ela ainda estava lá.

Como a área logo se tornaria um quadrante proibido, podia-se imaginar que, se a pessoa ainda estivesse viva, já teria saído dali. Portanto, era grande a probabilidade de ser um cadáver. Mesmo assim, ele precisava confirmar.

Hiroki olhou para o interior por um canto da janela com o vidro quebrado. Havia uma sala de estar com o assoalho forrado com tatames.

Ele abriu a janela, felizmente sem fazer ruído. Segurando no caixilho, subiu rapidamente com o movimento de um felino e entrou no interior da casa.

A sala tinha uma alcova. No centro havia uma mesa baixa e uma enorme TV no canto da janela do lado de Hiroki. Não havia mais nada. Ele saiu da sala pé ante pé.

No corredor, sentiu um cheiro misturado ao ar. O cheiro era parecido com o de um metal enferrujado.

Hiroki apressou o passo e avançou pelo corredor. O odor se intensificou.

Era a cozinha. Dissimulado pela sombra de uma coluna, Hiroki espiou dentro do cômodo.

Ele viu um par de tênis brancos e um par de meias sobre o assoalho por trás da mesa. Pôde ver as pernas até as panturrilhas.

Os olhos de Hiroki se arregalaram. Ele deu a volta na mesa.

Uma garota em terninho de marinheiro jazia de bruços. Seu rosto estava virado para o lado oposto de Hiroki. Ela era pequena, de cabelos até os ombros e sob seu rosto uma poça de sangue se formara no assoalho. Havia muito sangue, mas a superfície já tinha coagulado num vermelho-escuro.

Ela sem dúvida estava morta. A questão era...

Porte pequeno. Cabelos até os ombros.

Ela se parecia com uma das duas garotas que ele procurava, que eram igualmente importantes para ele. Contudo, Hiroki não podia se lembrar se ela usava tênis como aqueles.

Ele pôs de lado seu bastão e o kit de sobrevivência e se ajoelhou devagar ao lado do corpo. Sua mão trêmula tocou o ombro da garota. Depois de uma hesitação momentânea, ele cerrou os dentes e virou o cadáver. O sangue vermelho brilhante ainda não coagulado apareceu sob o corpo e o cheiro se intensificou.

O cadáver apresentava um estado horrível. Havia um talho profundo em seu pescoço fino, bem acima da coleira prateada, a mesma que o conduziu até ali. O ferimento era um buraco vazio e aberto, possivelmente porque seu sangue fora completamente drenado de dentro do corpo. A boca parecia desdentada como a de um bebê. O sangue fluiu do ferimento, sujando a coleira e descendo para o peito. Sua boca, o nariz e a face esquerda estavam ensopados no sangue acumulado e

Hiroki deduziu que isso deveria ter acontecido depois que ela caiu. Coágulos de sangue se formaram nas pontas de seus cílios acima e abaixo dos olhos vitrificados. Eles também endureceram.

Era Megumi Eto (a Estudante nº 3).

Não era quem ele procurava.

Embora o estado horrível do corpo o tivesse chocado, Hiroki estava aliviado. Ele fechou os olhos por um tempo e respirou fundo. Então, culpou-se por ter se sentido aliviado. Levantou gentilmente o corpo de Megumi, retirou-o de dentro da poça de sangue e o reposicionou com o rosto virado para cima um pouco mais afastado. O efeito da rigidez cadavérica começava, parecendo que ele manuseava uma boneca. Então Hiroki fechou os olhos dela. Depois de pensar um pouco, tentou cruzar os braços de Megumi sobre o peito, mas o corpo estava enrijecido demais e ele acabou desistindo.

Hiroki pegou seu bastão e o kit de sobrevivência e se levantou. Depois de olhar brevemente o corpo de Megumi, dirigiu-se às pressas para a sala de estar por onde entrara. Eram quase onze da manhã.

[RESTAM 25 ESTUDANTES]

34.

O tempo passou silenciosamente. Ao lado de Shuya, Shogo continuava a fumar sem pronunciar uma palavra e Noriko também se mantinha quieta. Dentro dos arbustos, às vezes pequenos pássaros trinavam e os galhos acima deles balançavam na brisa, deixando uma teia de luz oscilando como um pêndulo sobre a cabeça dos três. Apurando os ouvidos, podia-se escutar o som das ondas do oceano. Agora que estavam acampados no bosque, eles pareciam viver em perfeita paz.

Essa sensação advinha sem dúvida da esperança que Shuya tinha agora de escapar, depois de conversar com Shogo. Se iam seguir o que Shogo dissera, seria melhor para eles se manter quietos e esperar. Apesar dos ferimentos de Noriko, eles estariam salvos desde que vigiassem com atenção. Afinal, estavam em três agora e dois deles tinham armas.

Mas Shuya não conseguia parar de pensar nos tiros distantes ouvidos cerca de uma hora antes.

Sem dúvida alguém foi morto. Talvez — e ele não desejava pensar nesta hipótese — tivesse sido Shinji Mimura ou Hiroki Sugimura. Mesmo não sendo nenhum dos dois, poderia ser outro colega de turma inocente. Shuya e Noriko seriam salvos graças a Shogo, mas os outros viviam o terror de ser assassinados a qualquer instante.

Shuya se angustiava ao pensar. Logicamente, ele já tinha discutido o assunto com Shogo, que aconselhou permanecerem quietos. Ele tinha razão. Ele também dissera que, por Noriko estar ferida, eles seriam alvos perfeitos caso se movimentassem. Ele de novo estava certo. Mas seria correto eles apenas permanecerem sossegados como estavam? Yumiko Kusaka e Yukiko Kitano tentaram confiar nos outros mesmo sabendo que não teriam chance de escapar. Por outro lado, se acreditassem nas palavras de Shogo, em seu método de escapar, ele e Noriko tinham uma boa chance. Mas isso significaria que eles não deveriam arriscar?

Estava claro que havia um assassino, alguém matando intencionalmente. Eles testemunharam as mortes de Yumiko e Yukiko. E podia haver outros assassinos. De fato, os estudantes que ele confrontou — Yoshio Akamatsu, Tatsumichi Oki e até Kyoichi Motobuchi — deviam estar todos dispostos a matar. Ele duvidava que alguém assim desejasse se unir a eles. Não, alguém desse tipo somente se juntaria a eles para enganá-los e matá-los quando chegasse o momento certo.

Mas pelo menos não deveríamos nos esforçar para procurar colegas em quem possamos confiar? Porém, mesmo que tentássemos, seria impossível distinguir em quem confiar. Se nos esforçássemos em ajudar todos, um "inimigo" eventualmente se infiltraria em nosso grupo e eu com certeza seria morto. Noriko e Shogo também.

Shuya soltou um suspiro profundo. Seus pensamentos giravam em círculos. Por mais que refletisse, chegava sempre à mesma conclusão. Não havia escolha. Ele podia apenas esperar que eles tivessem a sorte de cruzar por acaso com Shinji Mimura e Hiroki Sugimura. Mas quais as probabilidades de que isso acontecesse?

— Ei — Shogo exclamou enquanto acendia outro cigarro. Shuya olhou para ele. — Pare de queimar os miolos. É inútil. Concentre-se agora apenas em você e Noriko.

Shuya ergueu a sobrancelha.

— Você é vidente?

— Algumas vezes. Sobretudo quando o tempo está claro como hoje — Shogo disse e tragou outra vez. Então, como se um pensamento tivesse surgido de repente, ele se virou para Shuya e perguntou: — É verdade?

— O quê?

— O que Sakamochi disse sobre você? Que você tem ideias subversivas.

— Ah, isso — Shuya baixou o olhar e concordou.

— O que você fez? — Shogo olhou para ele de um jeito malicioso. Shuya devolveu o olhar.

Havia duas coisas das quais ele poderia se lembrar. A primeira delas foi quando entrou no sétimo ano e foi admitido nos clubes de beisebol e música simultaneamente, mas acabou perdendo o entusiasmo pela disciplina militarista e a atitude de vencer a qualquer custo do time de beisebol. (Não era de espantar, uma vez que o beisebol era o passatempo nacional. Era o esporte mais prestigiado da nação em torneios internacionais. Infelizmente, o beisebol era também popular entre os imperialistas americanos; portanto, se o time nacional perdesse para eles na final das Olimpíadas, os diretores da Federação de Beisebol seriam forçados a cometer haraquiri.) Ademais, o treinador do clube, senhor Minato, humilhava constantemente os que gostavam do esporte, mesmo não o praticando bem, e em apenas duas semanas Shuya já tinha se cansado e anunciado que estava deixando o time, mandando às favas em alto e bom som o treinador e a Federação de Beisebol. Assim, o novato promissor do time de beisebol da Escola de Ensino Fundamental Shiroiwa embarcou no caminho para se tornar um novo astro do rock (autoproclamado), deixando uma mancha em seus registros escolares. Mas Sakamochi possivelmente se referia a outra coisa...

— Nada — Shuya balançou negativamente a cabeça. — Sakamochi devia estar se referindo ao fato de que eu ouço rock. Ele estava pegando no meu pé porque sou membro do clube de música.

— Ah! — Shogo concordou, curioso em saber mais. — Se não me engano, você toca guitarra, certo? Foi assim que começou a ouvir rock?

— Não. Foi o inverso: por ouvir rock comecei a tocar guitarra. No orfanato onde morava.

Shuya se lembrou do servente de meia-idade que trabalhava na Casa de Caridade até três anos antes. Era um senhor divertido, cujos cabelos começaram a rarear e, puxados para trás, grudavam na nuca (um penteado denominado "cauda de pato"). Agora ele deveria estar num campo de trabalhos forçados na ilha Sacalina. Nenhuma criança do orfanato, incluindo Shuya e Yoshitoki, foi informada dos detalhes. O próprio senhor ao se despedir deles evitou dar explicações, limitando-se a dizer: "Eu voltarei, Shuya, Yoshitoki. Porém, por um tempo, vou balançar uma picareta cantando o 'Jailhouse Rock'".* Então ele deu seu velho relógio de pulso de mecanismo de corda para Yoshitoki e sua guitarra Gibson para Shuya. Foi a primeira guitarra de Shuya. (Será que o servente estava bem agora? Ele ouviu dizer que os prisioneiros em campos de trabalhos forçados com frequência morriam de excesso de trabalho e má nutrição.)

— Alguém me deu uma fita. E também sua guitarra.

— Hum — Shogo murmurou. — Quais são seus favoritos? Dylan? Lennon? Lou Reed?

Shuya olhou fixamente para Shogo.

— Você parece conhecer bem! — Shuya estava impressionado.

Não é fácil entrar em contato com o rock na República da Grande Ásia Oriental. Música estrangeira é estritamente analisada por uma organização denominada Academia de Análise da Música Popular e qualquer tipo de música remotamente parecida com rock é barrado na alfândega. O rock era tratado como entorpecente. (Shuya viu um pôster na prefeitura provincial com a mesma linha diagonal das placas de estacionamento proibido sobre uma foto de um roqueiro de cabelos longos e aspecto deliberadamente malcuidado. Lia-se nele: STOP THE ROCK. Fantástico.) Em outras palavras, o governo cor de pêssego da República não aprecia os ritmos musicais, em particular as letras, que possam agitar os cidadãos. Bob Marley é um dos malvistos, mas um exemplo típico seria o refrão de Lennon: "Talvez você me chame de sonhador/ mas eu não sou o único./ Espero que um dia você se junte a nós/ e o mundo será um só". Como poderia a nação não considerar essas palavras uma ameaça?

Graças a isso, as únicas músicas que se podiam encontrar nas lojas de discos eram pop nacional banal ou canções tradicionais. O máximo

* Literalmente, "Rock da cadeia". Canção interpretada por Elvis Presley no filme homônimo de 1957. (N. T.)

que Shuya encontrou nessas lojas foi algo de Frank Sinatra. (Embora "My Way" pudesse ser uma canção apropriada a este país.)

Por um tempo, Shuya pensou que de fato o servente com penteado de cauda de pato fora enviado aos campos de trabalho forçado por causa disso e que havia algo apavorante acerca das fitas e da guitarra deixadas para trás pelo homem. Aparentemente ele estava errado. Depois de entrar no sétimo ano e ser admitido no clube de música, Shuya descobriu muitos outros aficionados por rock e donos de guitarras. (Claro que Kazumi Shintani também era uma fã de carteirinha desse gênero musical!) Foi por meio desse grupo que ele pôde obter cópias dos álbuns *The Times They Are A-Changin* e *Stand!*.

Mas isso se limitava a um grupo de amigos íntimos. Se houvesse uma pesquisa para identificar o número de estudantes que nunca ouviu rock na Escola de Ensino Fundamental Shiroiwa, provavelmente superaria os noventa por cento. (Mesmo os que ouviram negariam isso, portanto o resultado real seria cem por cento.) Lógico que, levando em conta o vasto conhecimento que Shogo vinha demonstrando, não era tão estranho para ele estar exposto ao rock, mas Dylan e Lennon eram os mais subversivos.

— Não se espante tanto — Shogo disse. — Sou de Kobe, garoto de cidade grande. Não sou como os caipiras de Kagawa. Conheço alguma coisa sobre rock.

Shuya contorceu de leve os lábios e relaxou um pouco. Então confessou a Shogo:

— Meu favorito é o Springsteen. Também curto Van Morrison.

Sem ficar atrás, Shogo declarou:

— "Born to Run" é incrível. Gosto de "Whenever God Shines His Light" do Morrison.

Shuya voltou a se espantar. Podia-se ver um sorriso em seus lábios.

— Você conhece bem mesmo!

Shogo também sorriu.

— Eu te falei! Sou um garoto urbano.

Shuya notou que Noriko permanecia em silêncio e, com medo que ela se sentisse excluída do assunto, perguntou:

— Noriko, você disse que nunca ouviu rock?

Noriko sorriu e balançou negativamente a cabeça.

— Nunca ouvi. Que tipo de música é?

Shuya sorriu.

— As letras são fantásticas. Não sei descrever bem, mas o rock realmente expressa nossos problemas. Claro, as letras também falam de amor, mas às vezes podem ser sobre a política ou a sociedade, ou a forma como vivemos, ou sobre a própria vida. Juntamente com as palavras, a melodia e o ritmo ajudam a transmitir a mensagem. Como Springsteen cantando "Born to Run"... — Shuya recitou o final da música: — "Juntos, Wendy, conviveremos com a tristeza/ Eu a amarei com toda a loucura de minha alma/ Algum dia, garota, não sei quando/ chegaremos ao lugar/ aonde realmente desejamos ir/ e caminharemos sob o sol. Mas, até então, vagabundos como nós, baby, nasceram para correr". É mais ou menos assim. — E cantou com voz contida a parte final em inglês: — "Tramps like us, baby we were born to run".

Em seguida, disse a Noriko:

— Vamos sem falta ouvi-la juntos algum dia.

Noriko abriu um pouco os olhos e balançou a cabeça, concordando. Na realidade, seu rosto deveria se iluminar. Porém, ela apenas respondeu com um sorriso fraco. De tão cansado, Shuya nem sequer reparou. Ele disse a Shogo:

— Se todos ouvissem mais rock, este país acabaria sucumbindo.

Da mesma forma que Noriko dissera pouco antes: "Se todos estivessem realmente informados, com certeza...", Shuya acreditava que o rock incorporava tudo o que era essencial. Por isso era banido pelo governo.

Shogo apagou seu Wild Seven esmagando-o no chão. Acendeu outro. Então disse:

— Shuya.

— O quê?

Shogo continuou soltando lentamente uma baforada.

— Você acredita mesmo que o rock tem esse tipo de poder? A ponto de apavorar o governo?

Shuya confirmou com entusiasmo:

— Lógico que tem!

Shogo olhou para Shuya e depois afastou o olhar, balançando a cabeça negativamente.

— Não acho que seja bem assim. A meu ver, serve como válvula de escape de nossas frustrações. Dizem que é ilegal e coisas parecidas, mas se você quiser realmente ouvir rock, você pode. Por isso é uma forma de catarse. Este país é muito esperto. Quem sabe um dia não acabará promovendo rock 'n' roll como um recurso nacional? Como um instrumento político?

Shuya teve um choque como se tivesse levado um tapa no rosto. Rock era sua religião, as partituras eram páginas de sua bíblia, Springsteen e Van Morrison equivaliam para ele aos doze discípulos. Logicamente, estava se acostumando ao choque de saber que seus colegas de turma morriam à sua volta e, em comparação, o que Shogo dissera não era tão impressionante.

Shuya se acalmou rapidamente e replicou devagar:

— Será mesmo?

Shogo afirmou diversas vezes balançando a cabeça.

— Eu sei. De qualquer forma, o que não me agrada não é se o rock deve ser banido ou incentivado. A questão é que qualquer pessoa que deseje ouvi-lo deveria poder fazê-lo sempre. Não concorda?

Depois de pensar um pouco sobre o assunto, Shuya disse:

— Nunca pensei sobre isso dessa forma. Mas, agora que você falou, talvez seja mesmo assim. — E completou: — Incrível. Não imaginava que você tivesse uma percepção tão apurada.

Shogo deu de ombros.

Eles permaneceram em silêncio por alguns instantes.

Então Shuya disse:

— Mas... — Shogo abriu um novo maço de cigarros enquanto olhava para o rosto de Shuya. — ... mesmo assim, eu ainda creio no poder do rock. É uma força positiva.

O mesmo que Noriko disse sobre Shuya.

Shogo sorriu. Ele acendeu o cigarro pendente da boca e, em seguida, disse:

— Para ser sincero, Shuya, concordo com você.

Shuya sorriu de volta para ele.

— É irônico que a gente esteja exatamente nessa situação — Shogo disse.

— Como assim? — Shuya perguntou.

— Que a única coisa que possamos fazer agora seja correr — Shogo replicou. — *We were born to run*.

[RESTAM 25 ESTUDANTES]

35.

Kaori Minami (a Estudante nº 20) se levantou quando ouviu um leve farfalhar. Vinha das moitas ao sopé da colina, ao norte, mais para o leste da região central da ilha. No mapa estava designado como o quadrante F-8.

Ela segurou com firmeza sua arma mais uma vez. Era uma pequena pistola automática SIG-Sauer P230 9mm. Apesar do tamanho reduzido, parecia enorme nas mãos dela.

Sem perceber, Kaori mordia o lábio. Ela ouvira o mesmo som diversas vezes desde que encontrou um esconderijo naquele local depois do início do jogo. E a cada vez que o ouvia, ela só se sentia aliviada quando percebia que era causado por uma travessura do vento ou por algum pequeno animal (um gato?), mas Kaori não conseguia se acostumar a isso. Ela mordera e cortara os lábios, agora cobertos de novas feridas. *Dessa vez... pode ser um inimigo. Um inimigo... sim, com certeza.* Um de seus colegas de turma a atacaria. As imagens dos cadáveres de Yoshio Akamatsu e Mayumi Tendo, que ela viu quando saiu da escola, lhe vieram à mente nos mínimos detalhes.

E a voz que vinha do bosque em frente à escola que ela ouviu ao deixar o local. Devia ser a voz da representante da turma, Yukie Utsumi. Ela viu outras silhuetas com Yukie nas moitas escuras. De dentro da escuridão, Yukie a chamou em voz rouca, mas clara: "Kaori! Venha conosco! Somos apenas garotas! Está tudo bem!".

Mas estaria mesmo tudo bem? Naquelas circunstâncias, não era possível confiar em ninguém. Se ela permanecesse com as garotas, poderia ser estrangulada enquanto dormia. Kaori recusou o pedido de Yukie e correu na direção contrária... E agora estava ali. *Dessa vez o som é de um inimigo?*

Ela esperou por um tempo empunhando a arma com ambas as mãos, mas o som parou.

Ela esperou um pouco mais. O som sumiu.

Kaori suspirou aliviada. Ajoelhou-se e andou agachada pelos arbustos. As folhas distorcidas roçando suas faces lhe causavam uma sensação ruim, por isso trocou de posição. Com a palma da mão, coçou inúmeras vezes o local do rosto onde as folhas tocaram. Não bastassem as acnes, ela não desejava ter o rosto inchado por causa de alergia a alguma planta. Mesmo sabendo que talvez morreria logo, não desejava algo assim para si.

Pensando nisso, uma sensação gélida lhe correu espinha abaixo. *Morrer? Eu? Eu vou morrer?*

Seu coração disparou apenas por se conscientizar disso. Quase a ponto de infartar.

Eu vou morrer? Eu vou morrer? Como um zumbido no ouvido ou um tocador de CD defeituoso incapaz de ignorar um risco no disco, começou a ouvir essas palavras se repetindo no fundo da cabeça. *Eu vou morrer?*

Kaori agarrou com certo desespero o medalhão de latão que carregava no pescoço por baixo do uniforme. Ela o abriu e alguém de rosto luminoso e de longos cabelos sorriu para ela.

Enquanto o olhava fixamente, seus batimentos cardíacos por fim se acalmaram um pouco, voltando de forma gradativa ao ritmo original.

Era uma foto de Junya Kenzaki, do grupo pop Flip Side, o favorito das meninas. Esse medalhão especial só foi distribuído a membros do fã-clube. Kaori tinha orgulho de saber que era a única estudante da escola a possuir um daqueles. (É claro que muitas garotas hoje em dia pouco se importariam com isso. Além do mais, medalhões eram algo ultrapassado. Mas Kaori não pensava assim.)

Oh... Junya. Está tudo bem, certo? Proteja-me, o.k.?

A foto de Junya Kenzaki parecia lhe dizer: "Tudo está bem. Lógico que você está bem. Devo cantar 'Galaxy Magnum', sua canção preferida?". A respiração de Kaori se acalmou um pouco. Então ela perguntou à foto:

— Diga, Junya. Eu deveria ter me juntado à Yukie? Fico imaginando se haveria uma forma de me salvar. Não, não pode ser.

Lágrimas rolavam descontroladas pela face de Kaori.

Como isso pode estar acontecendo? Queria ver mamãe. Queria ver papai. Queria ver minha irmã e meus adorados avós. Queria tomar um banho, esfregar creme nas espinhas e depois sentar no confortável sofá na sala de estar tomando chocolate e assistindo ao programa de TV *do Flip-side (embora já tenha visto os episódios inúmeras vezes).*

— Junya, me proteja. Por favor... Eu... sinto que vou enlouquecer!

No momento em que ouviu sua própria voz bem alto, Kaori sentiu como se estivesse realmente perdendo o juízo e isso a apavorou. Causava-lhe náuseas. Ela chorava copiosamente.

De repente, ela ouviu um farfalhar às suas costas e seu corpo estremeceu. Era um som muito mais alto que os anteriores.

Kaori se virou, com os olhos turvos pelas lágrimas.

Um rapaz olhava para ela do meio dos arbustos. Era Hiroki Sugimura (o Estudante nº 11). Ele chegou sorrateiro. Ela nem tinha percebido!

Completamente aterrorizada e com a mente muito entorpecida para pensar, Kaori levantou a arma com ambas as mãos e puxou o gatilho. Seus pulsos foram impulsionados com violência para trás juntamente com o som do disparo. Um cartucho dourado saiu voando e os raios de sol se refletiram nele enquanto abria caminho entre os galhos.

Hiroki já sumira para bem dentro do mato. O farfalhar continuou, para logo depois também desaparecer.

Kaori tremia, ainda empunhando a arma. Então, pegou seus pertences e correu para dentro do bosque, na direção oposta à que Hiroki se evadira. Conforme corria, sua mente agitada disparava. *Hiroki Sugimura estava tentando me matar. Se não fosse isso, por que teria neces-*

sidade de chegar furtivamente atrás de mim sem dizer uma palavra? Ele não deveria ter uma arma. Ele viu que eu tinha uma e tratou de sumir. Se eu não o tivesse notado e atirado nele, ele teria me atingido no peito com uma faca ou algo parecido. Uma faca! Não posso vacilar. Tenho que atirar em todos que cruzarem meu caminho. Impiedosamente. Do contrário, acabarei sendo morta... morta!

Oh, não... Não posso mais suportar isso. Quero voltar para casa. Tomar um banho na banheira. Creme para acnes. Chocolate! Vídeo. Flip-side. Junya. Impiedosa. Atirar. Atirar! Chocolate. Junya. Creme! Para acnes. Impiedosa, Junya.

Lágrimas escorreram pelo rosto de Kaori. A tampa do medalhão em seu peito permanecia aberta e o rosto simpático de Junya Kenzaki balançava violentamente para a esquerda e para a direita, para cima e para baixo.

Impiedosa. Junya. Serei morta! Atirar. Mamãe. Irmã! Papai. Atirar! Atirar! Novo álbum.

Kaori começava a enlouquecer.

[RESTAM 25 ESTUDANTES]

36.

— E esses foram todos os que morreram.

A voz límpida de Sakamochi prosseguia. Era o anúncio do meio--dia.

Os novos componentes da lista de espera para funerais eram Tatsumichi Oki, Kyoichi Motobuchi e, logicamente, havia também os nomes de Yukiko Kitano e Yumiko Kusaka. Os demais eram Yoji Kuramoto e Yoshimi Yahagi.

— Anunciarei agora os quadrantes proibidos a partir desta tarde e os respectivos horários. Vamos, anotem. Anotem!

Shuya voltou a puxar do bolso seu mapa e a caneta. Shogo também tinha preparado o dele.

— A partir de uma da tarde, J-5. Às três horas, H-3. Às cinco, D-8. Entendido?

O quadrante J-5 ficava na costa sudeste da ilha, H-3 nos arredores do pico da montanha sul e D-8 era uma área na encosta no lado sudeste do pico da montanha norte. O quadrante deles, C-3, não foi anunciado. Isso significava que, a princípio, eles não precisariam se mover.

— Deve ser duro perder seus amigos, mas vocês não podem desanimar. Meus jovens passarinhos precisam estar fortes para voar pelo céu. Então, até a próxima! — O anúncio de Sakamochi chegara abruptamente ao fim, pontuado com seu costumeiro discurso otimista.

Shuya suspirou. Deixou o mapa de lado e analisou a lista de estudantes agora repleta de marcas de checagem.

— Caímos para vinte e cinco estudantes. Porra.

Com as mãos em concha, Shogo acendeu outro cigarro.

— É como eu disse. Estão morrendo um depois do outro.

Shuya elevou o rosto em direção a Shogo, que soltava baforadas do cigarro enquanto retribuía calado o olhar. Shuya entendeu o sentido das palavras de Shogo. Quanto mais colegas de turma morriam, mais perto eles estavam da chance de fugir. E, além disso, o prazo se estendia. Porém...

— Isso não é jeito de falar.

Shogo apenas encolheu os ombros. Afastou os olhos de Shuya e disse:

— Foi mal.

Shuya desejava acrescentar algo, mas se esforçou para desviar o olhar do rosto de Shogo. Enfiou a cabeça entre as pernas e olhou para baixo. Algumas pequeninas flores amarelas despontavam por entre a grama e uma formiga subia pelo caule de uma delas.

Embora Shuya tivesse tido a impressão de que eles se tornaram amigos quando conversaram sobre música pouco antes, ainda havia algo em Shogo que o incomodava. Seria o lado calculista inato dele?

Ele deu um breve suspiro e depois pensou outra coisa. Das seis mortes anunciadas por Sakamochi, as de Yoji Kuramoto e Yoshimi Yahagi foram as únicas que Shuya não testemunhou. Ele estava certo de que Yoshimi e Yoji estavam namorando. Significaria que estavam juntos? E os dois tiros ouvidos depois das dez da manhã? Teriam sido relacionados a eles? Se fosse assim, quem teria disparado?

Ele lembrou o som da metralhadora assassinando Yukiko Kitano e Yumiko Kusaka. A mesma pessoa teria matado os dois? Ou...

— Shuya — Shogo chamou, e Shuya levantou o rosto. — Vocês não tomaram café da manhã, né? Esse pão fornecido pelo governo é uma bosta, mas tenho geleia de morango e café que peguei na loja de suprimentos. Vamos comer.

Shogo retirou de seu kit de sobrevivência um pote plano e uma lata de duzentos gramas de café. O rótulo do pote estava ilustrado com morangos, e podia-se ver o conteúdo brilhante, espesso e vermelho do vidro. Shuya deduziu que Shogo poria o café dentro de uma lata com água que fervia em cima de brasas de carvão. Shogo também pegou um jogo de copos de plástico.

— Você trouxe bastante coisa de lá.

— Sim — Shogo concordou. Retirou então um pacote longo e fino. — Vejam isso. Um pacote inteiro de Wild Sevens.

Shuya decidiu se animar. Ele sorriu, concordando. Tirou o pão do kit de sobrevivência. Estendeu o braço e o ofereceu a Noriko.

— Noriko, vamos comer.

Noriko ergueu os olhos, ainda abraçando os joelhos.

— Não quero. Não estou com fome.

— Algo errado? Seu apetite...

Ao olhar para Noriko, Shuya percebeu como o rosto dela estava pálido. Então se deu conta de que ela se manteve longo tempo em silêncio.

— Noriko? — Shuya se aproximou dela. Shogo os observava enquanto abria a tampa da lata de café. — Noriko!

Shuya tocou no ombro dela. Noriko juntou com firmeza as mãos postas sobre os joelhos. Seus lábios estavam colados, formando uma linha reta no rosto pálido. Somente então Shuya percebeu a respiração saindo com dificuldade por entre os lábios dela. Noriko fechou os olhos, soltou as mãos, apoiou-as no braço de Shuya e se inclinou contra ele.

A temperatura do corpo, que ele sentia pelas mãos e ombros dela por debaixo do tecido de seu terninho de marinheiro, parecia extremamente alta, como se ela incubasse um pequeno pássaro por debaixo da roupa. Shuya afastou a franja de Noriko e tocou sua testa.

Estava pegando fogo. O suor frio da testa encharcou a palma da mão de Shuya.

Em pânico, ele se voltou para Shogo.

— Ela está com febre! Shogo!

— Eu estou... bem — Noriko disse com a voz fraca.

Shogo pôs no chão a lata de café, levantou-se e, trocando de posição com Shuya, tocou a testa dela. Ele coçou o queixo, onde se via a barba rala, para depois lhe tomar o pulso, olhando para o seu relógio de pulso.

— Sinto muito por isso — ele disse ao encostar os dedos de sua mão direita com delicadeza nos lábios dela e abrir sua boca. Depois pressionou para baixo a pele sob os olhos e observou suas pálpebras inferiores bem nítidas.

— Você não está com frio? — Shogo perguntou.

Estreitando os olhos, Noriko confirmou:

— Sim... um pouco...

— Shuya — Shogo chamou.

Shuya, que assistia a tudo com a respiração contida, perguntou nervoso:

— Como ela está?

— Me empreste seu casaco — Shogo disse, removendo seu próprio casaco.

Shuya rapidamente tirou o dele também e o entregou a Shogo, que, com cuidado e gentileza, envolveu o corpo de Noriko nos dois casacos.

— Pão. Preciso da geleia, e da água também.

Obedecendo à ordem de Shogo, Shuya pegou rápido o pão e a água que oferecera a Noriko, bem como a geleia que deixara sobre o kit de sobrevivência de Shogo. Entregou primeiro a Shogo o pão e a água, abriu a tampa da geleia e, ao recebê-la, Shogo enfiou com pressa o pão dentro do pote, cobrindo-o com a geleia vermelha. Ele a ofereceu a Noriko.

— Coma isso, garota.

— Hum... mas...

— Apenas coma. Mesmo só um pouquinho já vai ajudar — Shogo insistiu num tom de voz firme.

Noriko pegou o pão com um gesto hesitante e o mordiscou. Ela pareceu engolir com muito esforço. Então, devolveu o restante do pão a Shogo.

— Não quer mais?

Noriko balançou a cabeça quase imperceptivelmente. Mesmo balançar a cabeça parecia deixá-la esgotada.

Shogo queria que ela comesse mais, mas deixou o pão de lado e de novo retirou de sua bolsa a pequena sacola de remédios.

— É medicamento para resfriado. Tome — ele disse, e ofereceu a ela uma cápsula diferente do analgésico que lhe dera pela manhã.

Noriko aceitou. Com a ajuda de Shogo, ela conseguiu engolir a cápsula com a água da garrafa. A água escorria pelos cantos de sua boca, que Shogo gentilmente enxugava com um lenço.

— O.k., deite-se agora, garota.

Obediente, Noriko se estirou sobre a grama, ainda envolta nos dois casacos.

— O que está havendo, Shogo? Ela vai ficar bem? — Shuya perguntou em tom nervoso.

Shogo balançou a cabeça.

— Ainda não tenho certeza. Talvez seja apenas gripe. Mas o ferimento pode estar infeccionado.

— O quê?

Com Noriko deitada, Shuya olhou para o ferimento na panturrilha direita dela envolta na bandana usada como curativo.

— Mas... nós limpamos bem o ferimento.

Shogo balançou de novo a cabeça.

— Ela caminhou bastante pela montanha depois de receber o tiro, certo? Pode ter infeccionado antes de limparmos.

Shuya olhou para Shogo por um tempo e depois se ajoelhou ao lado de Noriko. Ele estendeu a mão até a testa dela.

— Noriko...

Ela abriu os olhos. Sorriu devagar.

— Estou bem... Apenas... um pouco cansada. Não se preocupe.

Mas sua respiração dizia o contrário.

Shuya voltou a olhar para Shogo. Ele se conteve para não demonstrar sua agitação.

— Shogo. Não podemos continuar aqui. Temos que nos mover. Pelo menos encontrar uma casa onde ela possa se aquecer...

Shogo o interrompeu, balançando a cabeça.

— Calma. Por enquanto, vamos esperar e ver o que acontece.

Enquanto falava, Shogo passou os casacos transformados em cobertor bem apertado ao redor do corpo de Noriko, procurando eliminar os espaços.

— Mas...

— É muito perigoso nos movimentarmos agora. Eu já te disse.

Noriko abriu novamente de leve os olhos. Olhou para Shuya e disse:

— Desculpe... Shuya... — Depois olhou para Shogo e, fechando os olhos, disse: — Sinto muito.

Os lábios de Shuya se contraíram ao contemplar o rosto pálido de Noriko.

[RESTAM 25 ESTUDANTES]

37.

A cabeça de Takako Chigusa (a Estudante nº 13) apareceu à sombra de um tronco de árvore. Ela estava perto da parte central da montanha sul, do lado leste do pico. Segundo o mapa, a área se localizava nas proximidades da fronteira entre os quadrantes H-4 e H-5. Havia um bosque cheio de árvores, umas altas, outras mais baixas. À medida que avançava em direção ao pico, a altura das árvores parecia gradualmente diminuir.

Takako empunhava a arma recebida, um picador de gelo, e de vez em quando olhava para trás.

Com a visão obstruída pelas árvores, não podia mais ver a casa onde se escondeu primeiro. Era uma residência decrépita e coberta por gramas altas, como se estivesse desabitada antes de a ilha ser designada como local do Programa. Havia um galinheiro ao lado do prédio principal. Agora ela não podia ver nem mesmo o telhado de zinco enferrujado. Quanto ela teria avançado? Uns duzentos metros? Apenas cem? Takako era a melhor velocista de curta distância da equipe de atletismo feminina da Escola de Ensino Fundamental Shiroiwa (ela detinha o segundo melhor recorde histórico de estudantes de ensino fundamental da província nos duzentos metros), por isso conseguiu desenvolver uma boa percepção de distância. Porém, agora ela não tinha certeza, não apenas em virtude dos altos e baixos do terreno e da vegetação que o cobria, mas também por causa da tensão que acabava enfraquecendo seus sentidos.

Depois do desjejum com o pão e a água fornecidos pelo governo, Takako decidiu esperar até seu relógio de pulso marcar uma da tarde para deixar a casa. Desde o início do jogo, ela ouviu várias vezes sons parecidos com tiros e se manteve escondida todo o tempo num canto da casa abandonada, porém chegou à conclusão de que a situação não melhoraria se permanecesse ali. Precisava se juntar a alguém, uma amiga em quem confiasse, para se movimentar.

Talvez as amigas em quem ela confiava não confiariam nela. Mas...

Takako era uma linda moça. As linhas dos olhos amendoados eram ligeiramente ferinas, mas combinavam com o queixo proeminente, a boca bem formada e o contorno do nariz aquilino, imprimindo-lhe um aspecto aristocrático. Seus longos cabelos tingidos com luzes alaranjadas talvez destoassem à primeira vista, mas podia-se dizer que, aliados a suas bijuterias — que incluíam os brincos (dois na orelha esquerda, um na direita), vários anéis nos dedos médio e anular da mão esquerda, cinco braceletes nos pulsos e um pingente produzido com uma moeda estrangeira —, acentuavam sua beleza e expressavam autoafirmação. Seus professores pareciam não aprovar a cor de seus cabelos e as bijuterias baratas e espalhafatosas, mas, como ela tirava boas notas e era a velocista da equipe de atletismo, nunca recebeu críticas diretas deles. Takako era muito orgulhosa. Ao contrário das outras garotas da classe, ela se recusava a obedecer às normas tolas da escola.

Na turma, Takako não tinha muitas amigas íntimas, talvez em função de sua beleza, sua arrogância ou a timidez que demonstrava no contato com as pessoas. Sua única amiga era Kahoru Kitazawa, que ela conhecia desde o início do ensino fundamental, embora estivessem em turmas diferentes.

Mas...

Havia alguém em sua turma em quem Takako podia confiar. Não era uma garota. Ela conhecia esse rapaz desde que eram crianças.

E pensando nele, algo a preocupava.

Ao deixar o prédio da escola, Takako imaginou que alguém que tivesse saído antes poderia voltar munido de uma arma. Nesse caso, ela pensou que não haveria nada mais perigoso que sair pela única porta do prédio. Seria melhor deixar a escola frustrando as expectativas do provável atacante.

Depois de sair da sala de aula e caminhar pelo corredor, ela espiou escondida para fora pela porta de saída. Havia um bosque em frente, uma colina à esquerda e uma área relativamente descampada à direita. O atacante, caso houvesse um, deveria estar escondido no bosque ou na colina.

Takako se agachou ao deixar o prédio e se dirigiu para a direita, permanecendo encostada à parede do prédio da escola. Ela começou a correr usando as pernas poderosas, das quais se orgulhava, e sem olhar para trás. Não precisou pensar em nada. Correu por um caminho que atravessava algo parecido com um vilarejo, depois entrou numa trilha estreita até chegar ao sopé da montanha sul. Ela pensava o tempo todo em se afastar da escola e se esconder.

Mas...

E se houvesse alguém no bosque em frente da escola ou na colina sem intenção de atacá-la? Em outras palavras, e se "ele", que saiu antes dela, estivesse escondido no bosque ou na colina esperando por ela? Talvez Takako tenha perdido a chance correndo a toda a velocidade?

Não.

Ela achava improvável. Não havia escolha. Naquelas circunstâncias, vaguear ao redor da escola seria sinônimo de pôr a vida em risco. Eles se conheciam desde a infância, nada mais que isso. Permaneceram bons amigos e juntos durante todos esses anos. Ela considerou presunção de sua parte esperar que ele — Hiroki Sugimura (o Estudante nº 11) — arriscaria sua vida aguardando-a.

De qualquer forma, o importante era procurar alguém agora. Encontrar Hiroki Sugimura seria o ideal, mas isso era otimismo demais. Quem sabe talvez encontrar a representante da turma, Yukie Utsumi, ou outra garota qualquer. Desde que ela tomasse cuidado para não levar um tiro de repente, poderia dialogar, sobretudo com alguma das meninas mais calmas (mas também imaginava que naquela situação alguém muito calmo seria, ao contrário, perigoso). Só lhe restava procurar alguém.

Porém, sabia apenas que não poderia sob nenhuma hipótese erguer a voz. Ela já se certificara disso antes. Da casa decrépita onde se instalara, Takako também pôde ver Yumiko Kusaka e Yukiko Kitano morrerem no alto da montanha norte.

Assim, Takako decidiu abandonar a cabana onde estava e subir até o pico da montanha sul. Depois de chegar lá, ela desceria circulando a encosta da montanha, verificando se alguém estaria escondido no mato. Para se certificar, ela poderia jogar pedrinhas nos arbustos, como fez desde que deixou a cabana. Se encontrasse alguém, decidiria se chamaria ou não a pessoa. No anúncio do meio-dia, Sakamochi avisou que a área ao redor do pico da montanha sul se tornaria um quadrante proibido às três da tarde, mas, se tudo corresse bem, ela seria capaz de esquadrinhar toda a área antes disso. Além do mais, se houvesse alguém na área no momento, ele ou ela teria que começar a se mover até as três. Assim, ela teria mais chance de localizar alguém se movimentando.

Takako conferiu o relógio de pulso recebido. Era uma e vinte da tarde. Normalmente, ela usava braceletes em vez de relógio, mas não podia se dar a esse luxo agora. Depois tocou sua coleira.

Se tentar tirá-la, ela explodirá.

Era sufocante, não apenas pelo jeito como apertava seu pescoço, mas a própria existência do objeto. A correntinha de seu pingente batia de leve contra a coleira.

Takako decidiu ignorá-la e empunhou com a mão esquerda seu picador de gelo (será que aquilo serviria como arma?). Com a direita, ela pegou algumas pedrinhas e as atirou em frente, para ambos os lados. Os arbustos farfalhavam de leve quando as pedrinhas os atravessavam.

Takako esperou um pouco. Nenhuma resposta. Ela avançou e respirou fundo, pronta para correr através do espaço aberto entre os arbustos.

De repente, ela ouviu outro farfalhar. Uma cabeça apareceu de dentro dos arbustos, cerca de dez metros à esquerda dela. Ela podia ver as costas do casaco escolar, a nuca e os cabelos ligeiramente desarrumados, mas ainda lisos. A cabeça dele balançava para ambos os lados verificando a área.

Takako congelou de surpresa. Ela estava com problemas. Era um rapaz. *Garotos só causam complicação.* Ela não tinha motivo em especial para pensar assim, mas pressentia que, fora Hiroki Sugimura, qualquer rapaz provocava confusão. E de imediato pôde constatar que as costas do rapaz não eram as de Hiroki.

Takako prendeu a respiração e procurou voltar lentamente para a moita. Por mais que ela tivesse previsto a possibilidade de um encontro semelhante, não parava de tremer.

De repente, o rapaz se virou. Seus olhos encontraram os de Takako. O rosto, carregando uma expressão de grande espanto, era o de Kazushi Niida (o Estudante nº 16).

Oh, merda, mas logo esse babaca?

O que importava agora era sua total exposição a Kazushi. Isso era perigoso. Ela se virou e começou a correr de volta pelo caminho por onde viera.

— Espere!

Ela ouviu a voz de Kazushi atrás dela. E também o som de arbustos sendo separados com as mãos, enquanto a perseguia.

— Espere! — agora ele gritava. — Espere!

Ah! Que idiota...

Takako hesitou por um momento e por fim parou. Ela voltou os olhos para Kazushi. Se ele tivesse uma arma e pretendesse atirar nela, já teria feito isso. Mais problemático eram os gritos. Alguém acabaria encontrando não apenas Kazushi, mas Takako também. Ela olhou rapidamente ao redor, mas, assim como quando se certificou pouco antes, não parecia haver ninguém nas redondezas.

Desacelerando o passo, Kazushi desceu a encosta.

Takako se deu conta de que ele empunhava na mão direita um rifle equipado com um arco. Não estava apontado para ela no momento, mas, se ele o fizesse, ela poderia se esquivar e voltar a sair correndo? Será que ela tinha errado ao parar?

Não. No fundo ela estava segura do que fazia. Kazushi Niida era um atacante no time de futebol. Atletas desse esporte, como ele, eram ainda mais rápidos que corredores de pista. Embora Takako fosse uma velocista como poucas, ele poderia alcançá-la.

De qualquer forma, era tarde demais.

Kazushi parou a alguns metros dela. Ele era relativamente alto, de ombros largos e parrudo. Seus cabelos lisos eram longos, o que era moda entre os jogadores de futebol, mas agora estavam desarrumados como se ele tivesse jogado uma partida difícil que ultrapassou o tempo regulamentar. Um sorriso ambíguo surgiu em seu lindo rosto, exceto pelos dentes desalinhados.

Qual é a desse cara, afinal?, Takako pensou enquanto analisava o rosto de Kazushi. *Ele pode não ser inimigo, no final das contas. Ele pode de fato estar pensando que encontrou alguém em quem pode confiar.*

Mas Takako não tinha uma boa impressão de Kazushi Niida. Melhor dizendo, ela não suportava o jeito atrevido dele. Tampouco aguentava sua arrogância. Eles estudavam na mesma turma desde o sétimo ano (Hiroki entrou para sua turma no oitavo) e, sem se esforçar muito, Kazushi estava na média nos estudos e nos esportes, mas apesar disso — ou talvez não tivesse relação com isso — sua imaturidade realmente se destacava. Ele tentava impressionar os outros e, quando cometia um erro, inventava qualquer desculpa esfarrapada. Além do mais, e isso era realmente estúpido, quando eles estavam no sétimo ano, surgiram rumores de que Takako e Kazushi, de beleza acima da média, saíam juntos. (*Crianças do ensino fundamental não têm nada melhor para fazer. Bem, deixe-os pensar o que quiserem.*) Cada vez que os rumores reapareciam, ele ia até a carteira dela e punha a mão em seu ombro (*que atrevimento!*), dizendo: "Parece que tem uma fofoca rolando sobre a gente". Takako mudava lentamente de posição, esquivando-se da mão dele e replicando "Ah, quanta honra!", sem dar trela e por dentro o odiando (*Cresça e apareça, menino!*). Porém, agora... provavelmente não seria justo virar as costas para ele.

Preciso o quanto antes me afastar dele. Isso é essencial.

— Não grite, seu idiota! — Takako falou com cautela.

— Foi mal — Kazushi respondeu. — Mas quem mandou você fugir?

— Desculpe, mas... — Takako revidou com rapidez. *Sempre direto ao ponto, sem rodeios. É algo positivo da minha personalidade.* — ... não quero ficar com você.

Ela olhou para o rosto de Kazushi, tentando encolher os ombros tensos.

— É melhor para os dois nos separarmos aqui.

O rosto de Kazushi se contorceu em desagrado.

— Por quê?

Porque você age como se fosse um filhinho de papai, pensou de novo com seus botões.

— Nós dois sabemos o motivo. Entendeu? Então, tchau! — Ela disse e se virou. Sentia as pernas tremerem um pouco, vacilantes.

Mas Takako parou.

Porque, do canto do olho, viu a arma na mão direita do colega apontando para ela.

Takako se virou de novo devagar para Kazushi, mantendo os olhos colados nos dedos dele sobre o gatilho da besta.

— O que significa isso? — ela perguntou.

Enquanto falava, Takako casualmente deixou o kit de sobrevivência deslizar do ombro esquerdo e segurou sua tira. Será que ele serviria de escudo contra a força da flecha?

— Não me obrigue a usar isso — Kazushi disse. Aquele era exatamente o tom de voz que ela detestava. Ele se justificava, mas no fundo procurava se mostrar superior. — É melhor você ficar do meu lado.

Isso a deixou furiosa. Porém, nesse momento, ela notou algo. Quando estava escondida na cabana, a saia de seu uniforme ficou presa numa porta quebrada e abriu um rasgo, semelhante à abertura de um vestido chinês. Agora, Kazushi não desgrudava os olhos da coxa direita exposta dela. Os olhos dele possuíam uma luminosidade estranha. Ela se arrepiou.

Takako moveu de leve a posição dos pés, esforçando-se para que Kazushi não olhasse suas pernas. Depois disse:

— Fala sério. Você espera que eu me junte a você apontando esse treco para mim?

— Então você não vai fugir? — Kazushi falou no costumeiro tom de voz arrogante. Ele não baixou a besta.

Takako aguentava.

— Abaixe isso.

— Então, promete não fugir?

— Você é surdo? — Takako disse com firmeza e Kazushi, relutante, abaixou a arma.

Então adotou um tom estranhamente presunçoso:

— Sempre achei você legal.

Takako ergueu as sobrancelhas bem definidas e lindamente arqueadas.

Estou pasma. Depois de ameaçar minha vida, ele tem a petulância de dizer que eu sou legal!

Kazushi voltou a olhar para as pernas dela. Dessa vez olhava fixamente, um pouco sem cerimônia.

Takako ergueu levemente o queixo.

— Então?

— Nem penso em te matar. Apenas fique comigo.

Takako encolheu os ombros de novo. De tanta raiva, não se sentiu intimidada.

— Já disse que não quero — ela disparou. — Então, tchau.

Takako se virou... Não, dessa vez ela retrocedeu olhando para Kazushi, que imediatamente voltou a levantar a besta. A expressão em seu rosto era a de uma criança pedindo com insistência um brinquedo numa loja de departamentos. *Mamãe, eu quero esse, eu quero!*

Takako disse com calma:

— Pare com isso.

— Então... fique comigo — Kazushi repetiu. O gesto de inclinar a cabeça revelava que ele de alguma forma procurava conter seu nervosismo.

— Eu já te disse que não quero — Takako repetiu.

Kazushi não abaixou a arma. Por um tempo, os dois se olharam.

Takako não podia aguentar mais.

— Então... o que você quer? Diga claramente. Você não vai me matar. Eu não quero ficar com você, mas você insiste. Qual é a sua?

— Eu... — Kazushi olhou para Takako com um olhar malicioso e declarou: — Estou dizendo que vou protegê-la. Apenas fique comigo. Estamos seguros juntos, certo?

— Você só pode estar de gozação. — A voz de Takako tinha agora um misto de raiva. — Você aponta esse troço para mim e quer me convencer de que vai me proteger? Não posso confiar em você. Entende? Posso ir? Vou embora.

Kazushi avisou, decidido:

— Se você se mexer, eu atiro. — Ele mirou a besta diretamente para o peito dela.

Ameaçando-a verbalmente dessa forma, Kazushi talvez tenha perdido sua última chance de manter uma conversa dentro dos limites do senso comum (terrível senso comum, para falar a verdade). Ele não se moveu e era como se dissesse: "Garota, é melhor não me contradizer. Mulheres devem ser submissas a nós, homens".

Takako estava completamente furiosa. Kazushi então teve a ousadia de perguntar:

— Você é virgem, não é? — Ele formulou a frase num tom casual, como se estivesse apenas confirmando se o tipo sanguíneo dela era B.

Takako estava sem palavras.

O que esse babaca perguntou?

— Estou enganado? — ele indagou. — Hiroki não teria coragem de transar com uma garota.

Kazushi disse isso porque ele, assim como muitos colegas de turma dela, tinha a errônea impressão de que Takako namorava Hiroki Sugimura. Isso irritou Takako por dois motivos. Primeiro, o relacionamento dela com Hiroki não era da conta de ninguém. Segundo, ela estava furiosa porque ele se referia a Hiroki de uma forma petulante.

Os lábios de Takako se contorceram no formato de um sorriso. Há tempos ela percebera que podia sorrir quando estava totalmente furiosa. Portanto, ela sorriu dessa forma para Kazushi, perguntando:

— E o que isso tem a ver com você?

Kazushi deve ter interpretado errado o sorriso de Takako. Ele lhe devolveu um sorriso meio contorcido.

— Então, eu estou certo.

Takako continuou fitando Kazushi sem parar de sorrir. *Sim, de fato você está corretíssimo. Posso parecer meio espalhafatosa à primeira vista, mas como vossa excelência acaba de dizer, sou virgem. Uma inocente menina de quinze anos. No entanto...*

Isso não é da sua conta, seu babaca!

Kazushi prosseguiu.

— Vamos morrer de qualquer jeito. Não tem vontade de experimentar uma vez antes disso? Posso ser um bom parceiro.

Embora Takako nunca tenha se sentido tão furiosa na vida, ela apenas olhava para ele estupefata. Devia estar boquiaberta. A conduta ultrajante de Kazushi, até então limitada a tocar seu ombro, passava agora dos limites. *Capitão Colombo, parece ser a ilha de São Salvador. O.k., são selvagens. Devemos tomar cuidado com eles.* Takako abaixou o olhar e deixou escapar um risinho. Era incrivelmente engraçado. Aquele poderia ser de verdade o maior acontecimento do ano.

Takako levantou a cabeça. Ela olhou fixamente para Kazushi e lhe ofereceu uma última chance:

— Essa é a última vez que eu digo isso. Não quero ficar com você. Abaixe essa arma e me deixe em paz. Caso contrário, entenderei que você pretende me matar. Tudo bem?

Kazushi não abaixou sua besta. Em vez disso, ele a levantou até a altura dos ombros e a ameaçou.

— Esse é meu último aviso. É melhor você me obedecer, Takako.

O fato de Takako se sentir estimulada com essa conversa, que em alguns sentidos foi o ponto de virada de seu encontro, pode ter sido por causa de seu temperamento inato. *E a partir dali não serei responsabilizada pelo que acontecer.*

Takako deu um passo à frente para pôr um ponto final nessa conversa com o rapaz idiota.

— Entendo. Ou seja, você só quer me estuprar. É isso? Acha que a morte te dá o direito de fazer o que bem entende?

Kazushi retornou o olhar.

— Em nenhum momento eu disse isso...

E não é tudo a mesma coisa? Ela ria por dentro. *Em seguida você pretende dizer que não quer me estuprar, mas vai me mandar tirar a roupa?*

Takako sorriu enquanto inclinava a cabeça e disse calmamente:

— Escute aqui, na situação atual você deveria estar se preocupando mais com sua vida do que com esse seu pinto mixuruca.

O rosto de Kazushi de repente ficou vermelho desde o pescoço. Sua boca entortou e ele pronunciou estas palavras severas:

— Não me provoque! Você realmente quer ser estuprada?!

Takako sorriu e respondeu:

— Então agora vemos sua real intenção.

— Eu avisei para não me provocar! — Kazushi repetiu. — Posso te matar se eu quiser, você sabe!

Takako estava enojada. Ela lembrou como ele tentou persuadi-la com uma voz meiga pouco antes, dizendo "Eu não vou matá-la".

Kazushi então se vangloriou:

— Eu já matei Yoshio.

Takako estava um pouco chocada, mas apenas ergueu a sobrancelha e comentou:

— Hum.

Mesmo se fosse verdade, levando em conta como ele se escondera, Kazushi estaria aterrorizado e de alguma forma acabou matando Yoshio Akamatsu ao deparar com ele por acaso. Assim, com medo de cruzar com alguém mais forte, deve ter se mantido escondido. Mas ela conhecia bem Kazushi para saber que, depois de sobreviver por ter se escondido, se aparecesse um oponente final mais fraco ele o mataria sem hesitar, alegando algo como "Não tive alternativa".

— Estive pensando — Kazushi prosseguiu, confirmando que a suspeita de Takako não estava assim tão errada — e decidi entender isso como um jogo. Por isso, vou deixar de lado as cerimônias.

Como sempre, Takako olhava com serenidade o rosto de Kazushi. Com o mesmo sorriso nos lábios.

Agora entendi tudo. Então, é o seguinte. Seja consensual ou estupro, você pretendia me violentar e depois me matar. Contanto que você possa sobreviver acabando com todos, inclusive comigo? Estou sacando a sua. Você calculou também quantas vezes vai me foder?

Sua espinha dorsal tiritava de nojo e fúria.

— Então, é um jogo? — ela repetiu as palavras de Kazushi e por fim seus lábios se contorceram. — Mas você não tem vergonha de fazer isso quando seu oponente é uma garota?

Por um instante, a expressão de Kazushi denotava que ele estava abalado, mas logo voltou a se tornar tenso. Seus olhos frios reluziam.

— Você quer morrer?

Takako respondeu de imediato:

— Vá em frente. Dispare.

Kazushi hesitou por um instante. Aproveitando a chance, Takako atirou no rosto dele as pedrinhas que com cautela retirara do bolso. Enquanto Kazushi cobria o rosto para se proteger, ela rapidamente girou o corpo, deixou cair seu kit de sobrevivência e começou a correr pelo caminho por onde viera, sempre segurando o picador de gelo.

Ela achou que o ouvia gritar xingamentos atrás dela. Correndo a toda a velocidade, a estrela do clube de atletismo se afastou uns bons quinze metros quando, de repente, sentiu um impacto na perna direita e caiu para a frente. Sentiu a face se cortar ao roçar contra uma raiz de árvore protuberante no solo úmido. Ela estava mais desconcertada com o ferimento no rosto que com a dor lancinante da perna que sentiu em seguida. *Aquele filho da puta rasgou meu rosto!*

Takako contorceu o corpo, sentando-se no solo. Uma flecha prateada atravessou sua saia e estava plantada atrás de sua coxa direita. Sentiu que, abaixo do ferimento, o sangue escorria pela perna de músculos bem desenvolvidos.

Kazushi a alcançou. Vendo-a sentada, ele largou a besta no chão e retirou do cinto da calça um *nunchaku* — dois paus de madeira presos por uma curta corrente —, empunhando-o com a mão direita. A corrente balançava. (A propósito, a arma estava no kit de sobrevivência de Mayumi Tendo, que ele recolheu depois de ter matado Yoshio Akamatsu. A "arma" que Kazushi recebera, por alguma razão, era uma corda de *shamisen* — banjo japonês — completamente comum. Logicamente, isso não era do conhecimento de Takako.)

Takako olhou de relance a besta sobre o solo e pensou. *Você vai se arrepender de tê-la largado.*

— É culpa sua — Kazushi disse, arfando —, você me irritou.

Ainda sentada, Takako ergueu os olhos em direção a Kazushi. *Ele ainda continua se justificando. Custo a crer que por dois anos esse babaca foi meu colega de turma.*

— Espere um pouco — Takako disse.

Enquanto Kazushi franzia o rosto, ela se ajoelhou e girou a mão direita para as costas, apertou os dentes e puxou a flecha. Ela podia sentir a carne dilacerando, em seguida um jorro de sangue. Sua saia rasgou outra vez. Agora tinha duas aberturas.

Ela descartou a flecha e se levantou fitando Kazushi. Ela estava bem. A dor era intensa, mas podia se levantar. Ela transferiu o picador de gelo para a mão direita.

— Não faça isso — Kazushi advertiu. — É inútil.

Ela posicionou horizontalmente o picador de gelo, apontando-o para o peito dele.

— Você disse que isso é um jogo, certo? O.k. Eu serei seu oponente. Não serei derrotada por um cretino como você. Vou dar tudo de mim para acabar com você. Sacou? Entendeu? Ou você é muito estúpido para compreender?

Mas Kazushi ainda parecia tranquilo. Ele devia pensar que ela era uma garota e, mais que isso, estava ferida, portanto ele não poderia ser derrotado por ela.

— Vou repetir — ela continuou. — Nem pense em me estuprar depois de me deixar semimorta. Olha, mocinho, você deveria se preocupar mais com sua vida que com seu pau.

O rosto de Kazushi se contorceu e ele levantou o *nunchaku* até a altura da face.

Takako segurou firme o picador de gelo. A tensão entre eles intensificou.

Ele devia ser quinze centímetros mais alto, vinte quilos mais pesado. Takako se orgulhava de ser a atleta número um da turma B, mas mesmo assim a probabilidade de uma vitória seria mínima. Além disso, o ferimento em sua perna direita era bastante grave. Mas ela sabia que não podia perder, não importa o que houvesse.

De repente, Kazushi se moveu. Ele avançou, balançando o *nunchaku* de cima para baixo, na diagonal!

Takako bloqueou o golpe com o braço direito. Com um som metálico, um de seus dois braceletes voou pelo ar. (*Justo o meu favorito, feito por índios da América do Sul. Maldito!*) Ela sentiu uma sensação de picada subindo pelo braço em direção ao centro do crânio. Apesar da dor, ela agitou o picador de gelo na mão direita. Kazushi contorceu o rosto num sorriso e se esquivou, dando um pulo para trás. De novo dois metros os separavam.

O braço esquerdo de Takako estava adormecido agora. Mas tudo bem, não estava fraturado.

Ele retomou o ataque. Dessa vez, balançou o *nunchaku* como numa levantada de bola com as costas da raquete no tênis.

Takako abaixou a cabeça e inclinou o corpo, esquivando-se do golpe. O *nunchaku* passou de raspão sobre seus longos cabelos com luzes. Alguns fios voaram. Ela rapidamente balançou seu picador de gelo em direção ao pulso direito de Kazushi. Sentiu que o ferira de leve quando ele gemeu um pouco e recuou.

Havia outra vez uma distância entre os dois. O pulso da mão de Kazushi que empunhava o *nunchaku* estava vermelho, mas o corte não parecia grave.

O ferimento na perna direita de Takako pulsava. Ela podia sentir quase toda a perna abaixo da coxa molhada de sangue. Ela não aguentaria muito mais naquela condição. Também notou um som ofegante. Sentiu que escapava de seus lábios.

Kazushi voltou a avançar balançando seu *nunchaku*. Ela podia ver que ele queria acertar o lado esquerdo de sua cabeça e o ombro.

Takako recuou. Ela subitamente lembrou algo que Hiroki, que frequentava aulas de artes marciais, lhe ensinara: "Diminuindo a distância, você reduz bastante os danos. Também às vezes é importante se lançar em frente sem medo".

O *nunchaku* atingiu o ombro dela, mas apenas a parte da corrente: o impacto foi pouco violento. Takako se lançou sobre o peito de Kazushi. O rosto dele, com os olhos arregalados de surpresa, estava bem em frente ao dela. Ela levantou o picador de gelo.

Kazushi empurrou Takako com a mão esquerda livre. Ela, com a perna direita ferida, perdeu o equilíbrio e caiu de costas.

Escapando por um triz de ser atingido, Kazushi friccionou o peito com a mão esquerda, olhando Takako e dizendo:

— Você é foda.

Kazushi sem demora balançou seu *nunchaku* em direção a Takako, que lentamente se levantava. Dessa vez, ele mirou o rosto dela.

Ela ergueu o picador de gelo para receber o golpe. Com um som metálico alto, a arma caiu de suas mãos, rolando até o chão. Apenas uma dor intensa restou na palma da mão dela.

Takako mordeu o lábio e olhou para Kazushi enquanto recuava.

Kazushi contorceu a boca formando um sorriso e avançou passo a passo. *Que diabos! Sem dúvida, esse cara está totalmente fora de seu juízo. Ele não tem escrúpulos de bater numa garota, e ainda por cima com um objeto contundente. Ao contrário, está até se divertindo com isso.*

Kazushi balançou de novo seu *nunchaku*. Ela se esquivou do objeto curvando a parte superior do corpo para trás, mas o *nunchaku* a acompanhou. Como tivesse se acostumado com a arma, dessa vez Kazushi conseguiu aumentar seu alcance.

Ela sentiu um baque surdo contra a lateral esquerda da cabeça e começou a pender o corpo para um lado. Um líquido morno parecia escorrer de sua narina esquerda.

Seu corpo começou a vacilar. Kazushi devia ter no rosto uma expressão vitoriosa.

Ainda nessa posição, os olhos lindos e amendoados de Takako se estreitaram devagar. Caída, ela estendeu as longas pernas e, com toda a força, chutou o joelho esquerdo de Kazushi. Ele soltou um gemido lancinante de dor e tombou sobre o joelho esquerdo. Seu corpo pareceu nadar e, tendo o joelho esquerdo como eixo, deu meia-volta. Agora ela podia ver metade de suas costas.

Se Takako tivesse tentado a todo custo recolher o picador de gelo, teria sido derrotada. Mas não foi isso o que fez.

Ela pulou sobre as costas de Kazushi.

Segurou a cabeça dele como se montasse em seus ombros. O peso dela o forçou a desabar para a frente.

Instantaneamente, ela pensou quais dedos usaria. Seu indicador e o médio? Não! A combinação mais forte seria o dedo médio e o polegar. E Takako sempre fora muito zelosa com as unhas. Não importava quantas vezes o treinador do time, o senhor Tada, a repreendesse, ela se recusava a cortar as unhas afiadas.

Montada sobre Kazushi, Takako agarrou-o pelos cabelos e puxou a cabeça dele para trás. Ela sabia onde deveria atacar.

Como prevendo a intenção dela, Kazushi instintivamente fechou os olhos.

Foi inútil. O dedo médio e o polegar direitos de Takako rasgaram as pálpebras bem fechadas dele, indo se cravar nas órbitas oculares.

— Aaaaaaaa! — Kazushi berrou. Ele caiu sobre os braços e, da posição ajoelhada, levantou-se, soltou seu *nunchaku* e tentou afastar as mãos dela de seu rosto. Movimentava o corpo sem parar, tentando tirá-la de cima dele.

Takako se agarrou com firmeza a Kazushi, sem largá-lo. Enfiou ainda mais os dedos. Seu polegar e indicador se afundaram por completo até a segunda junta nos olhos de Kazushi. No meio do caminho, Takako sentiu um pequeno impacto se transmitir aos dedos e se deu conta de que perfurara o globo ocular do rapaz. Ela não esperava que as órbitas dos olhos dele fossem tão pequenas. Takako não hesitou em dobrar com firmeza seus afiados dedos dentro delas. Sangue misturado com um líquido viscoso e semitransparente escorria pelas faces dele como estranhas lágrimas.

— Aaaaaaaaa! — Kazushi gritou, levantando-se e agitando em desespero os braços. Ele puxou com ambas as mãos os cabelos de Takako na tentativa de desvencilhar a mão direita dela do seu rosto.

Takako o largou. Ele arrancara não alguns, mas dezenas de fios de cabelo dela, mas não era hora para se preocupar com isso.

Ela procurou seu picador de gelo; logo o encontrou e o recolheu.

Kazushi gemeu e agitou os braços como se lutasse contra um inimigo invisível (de fato era o que acontecia), depois caiu de bunda no chão. Seus olhos estavam abertos, mas desde o contorno até o interior completamente vermelhos, como um macaco albino. Arrastando a perna direita, Takako avançou em direção a ele. Ela ergueu a perna direita ferida e pisou na virilha desprotegida dele. O tênis de corrida branco com detalhes púrpura, usado tanto para exercícios quanto nas competições de atletismo, estava agora vermelho, ensopado com o próprio sangue de Takako, mas sob a sola ela sentiu algo amolecido como se esmagasse um pequeno animal.

— Argh — Kazushi gemeu. Ele pôs a mão entre as pernas e virou de lado para uma posição fetal. Takako pisou na garganta dele com a perna esquerda, jogando todo o seu peso. Kazushi estendeu os braços tentando se livrar do pé dela, batendo nele fracamente.

— So... — Kazushi pronunciou. Soava como um sopro de ar, porque sua garganta foi estraçalhada.

— Socor...

Você não vai conseguir, meu caro, Takako pensou. Ela podia sentir seus lábios se contorcendo no formato de um sorriso. *Agora não estou mais furiosa.* Ela pensou. *Na verdade estou me divertindo. E daí? Não sou o papa nem o dalai-lama, então qual o problema?*

Ajoelhada, ela cravou o picador de gelo, que segurava com ambas as mãos, na boca de Kazushi. Os braços dele, que se debatiam para se livrar da perna dela, de repente paralisaram. Takako empurrou mais fundo o picador de gelo. O objeto afundou por completo na garganta dele sem muita resistência. Todo o corpo de Kazushi, do peito até as pontas dos dedos dos pés, foi tomado por convulsões, como um nadador de nado de costas nos primeiros metros depois da largada, antes de voltar à superfície. Por fim parou. Os braços caíram. Os olhos albinos permaneceram abertos, envoltos numa espécie de teia de aranha de sangue pegajoso, como tinta espessa escorrida.

Ela sentiu uma súbita onda forte de dor na perna direita e caiu sentada, bem do lado da cabeça dele. Sua respiração entrecortada estava igual a quando acabava de correr tiros de duzentos metros para cronometragem de tempo.

Ela venceu. Contudo, sentia que tinha sido uma vitória inglória, pois a luta real possivelmente durou apenas cerca de trinta segundos. Ela não teria sobrevivido a um embate mais demorado. De todas as maneiras, sagrou-se vencedora. Apenas isso importava.

Takako segurou a perna direita ensanguentada enquanto olhava o corpo de Kazushi, que parecia um mágico itinerante tentando cuspir um picador de gelo de sua garganta. *Agora, senhoras e senhores, cuspirei o que acabei de engolir...*

— Takako.

A voz veio de trás dela e, ainda sentada, Takako se voltou. Ao mesmo tempo, ela segurou e puxou o picador de gelo da boca de Kazushi. (A cabeça dele levantou um pouco e depois despencou sobre o solo.)

Mitsuko Soma (a Estudante nº 11) olhava na direção dela.

Takako rapidamente lançou o olhar para a mão direita de Mitsuko, que segurava uma grande pistola automática.

Ela não tinha ideia de quais eram as intenções de Mitsuko. Mas se, como Kazushi Niida, ela pretendia seguir o jogo (a possibilidade era grande, pois afinal ela era Mitsuko Soma!), Takako não teria chances de vencer. Se ela tivesse que lutar contra uma arma, não conseguiria.

Era preciso escapar. Seria melhor. Takako puxou com dificuldade a perna direita tentando se levantar.

— Você está bem? — Mitsuko perguntou. Sua voz soava terrivelmente doce. Ela não apontou a arma para a colega. Mas Takako devia tomar cuidado.

Ela recuou e conseguiu por fim se levantar, apoiando-se numa árvore próxima. Sua perna direita rapidamente se tornou pesada. Ela respondeu:

— Estou bem, eu acho.

Mitsuko contemplou sem pestanejar o corpo de Kazushi. Depois olhou o picador de gelo nas mãos de Takako.

— Você o matou apenas com isso? Incrível! Falando de mulher para mulher, é algo admirável.

Ela realmente parecia impressionada. Soava até como se estivesse animada. Os olhos reluziam em seu rosto adorável e angelical.

— Foi sim — Takako respondeu. Possivelmente por causa da enorme perda de sangue da perna direita, ela sentia o corpo em desequilíbrio.

— Sabe — Mitsuko falou. — Notei uma coisa faz tempo: de todas, você foi a única que nunca fez algo para me impressionar.

Takako fitou Mitsuko ainda incapaz de compreender as reais intenções dela (as duas garotas mais lindas da Escola de Ensino Fundamental Shiroiwa se entreolhavam. *Bijuterias e o cadáver de um rapaz de olhos destruídos. Nossa, que lindo!*).

Mitsuko estava absolutamente certa. Takako era do tipo que preferia morrer a ter que puxar o saco de alguém e não tinha receio, ao contrário das outras garotas, de dirigir a palavra a Mitsuko. Era orgulhosa e não sentia medo dela.

Então Takako lembrou das palavras de um estudante veterano de quem ela gostou tempos atrás (na realidade, apenas alguns meses antes). Quando seus sentimentos por Hiroki Sugimura eram vagos, ela realmente era apaixonada por esse rapaz. Depois de se envolver numa briga com seu amigo, antes do jogo, ele apareceu machucado na sala do time e declarou num tom de voz peculiar: "Não há nada a temer. Nada para se apavorar".

Seja forte e bela... Takako estava apaixonada por esse cara desde o sétimo ano e ele possivelmente teve um profundo efeito na personalidade dela. Porém, ele tinha namorada. Alguém muito elegante, como Sakura Ogawa, de temperamento calmo como um lago sereno escondido na profundeza de uma floresta. Bem, tudo isso era passado.

Porém, Takako ao mesmo tempo pensou que o fato de ela subitamente lembrar suas palavras, embora isso não tivesse acontecido mesmo quando lutava com Kazushi Niida alguns momentos antes, significaria que ela de fato temia Mitsuko?

— Sempre fui um pouco invejosa — Mitsuko prosseguiu. — Você era bela e melhor que eu.

Takako ouviu em silêncio. Havia algo errado. Ela logo percebeu. Por que Mitsuko se referia a ela no tempo pretérito?

— Mas... — Os olhos de Mitsuko brilharam como se brincassem. Suas palavras voltaram ao tempo presente. — Eu realmente gosto de garotas como você. Talvez eu seja meio lésbica. Por isso...

Os olhos de Takako se arregalaram. Ela se virou e se pôs a correr. Sua perna direita puxava um pouco, mas ainda assim foi uma corrida respeitável para uma estrela das pistas.

— Por isso...

Mitsuko levantou sua Colt Government. Puxou o gatilho três vezes consecutivas. Takako já tinha se afastado vinte metros pelo leve declive para dentro do bosque, quando três orifícios surgiram nas costas de seu terninho de marinheiro. Ela caiu de frente, estendendo os braços como num mergulho de cabeça. Com o rosto para baixo, ela deslizou pelo solo e suas pernas bem torneadas contrastantes — a esquerda branca, a direita vermelha — apareceram conforme sua saia flutuou. Ela logo caiu no chão.

Mitsuko baixou a arma e completou:

— ... é uma grande perda.

[RESTAM 24 ESTUDANTES]

38.

A respiração de Noriko se tornava mais pesada. O remédio de Shogo parecia não fazer efeito. Eram quase duas da tarde e em pouco tempo o rosto de Noriko começou a parecer bastante pálido. Shuya usou toda a água remanescente numa das garrafas para umedecer o lenço de Noriko, com o qual lhe enxugava a face suada e então o ajeitava sobre a testa dela. Ela mantinha os olhos fechados, mas movia o queixo ligeiramente em forma de agradecimento.

Shuya olhou para Shogo. Ele permanecera na mesma posição, encostado todo esse tempo contra uma árvore, fumando e de pernas cruzadas. Sua mão direita gentilmente tocava a empunhadura da pistola Remington que jazia sobre seu colo.

— Shogo — Shuya chamou.

— O quê?

— Vamos.

Shogo ergueu as sobrancelhas.Tirou da boca o cigarro.

— Para onde?

Os lábios de Shuya se contraíram.

— Não posso mais suportar. — Ele apontou com o queixo para Noriko. — Ela piora a cada segundo.

Shogo olhou de relance para Noriko, que estava deitada com os olhos fechados.

— Se for septicemia, aquecê-la e deixá-la descansar não vão curá-la.

— O que faremos então? — Shuya revidou, procurando a todo custo conter um novo surto de impaciência. — No mapa há uma marca indicando uma clínica médica. Se formos até lá, não encontraremos algum remédio mais eficaz? Situa-se bem mais ao norte da área residencial e não está em nenhum quadrante proibido.

— Ah, sim. — Shogo exalou lentamente a fumaça pelo canto da boca. — Talvez você esteja certo.

— Vamos até lá — Shuya repetiu.

Shogo inclinou a cabeça. Deu mais um trago e amassou o cigarro no solo.

— A clínica está a pelo menos um quilômetro e meio daqui. É muito perigoso nos movermos agora. Temos que esperar anoitecer.

Shuya rangeu os dentes.

— Não podemos esperar até escurecer. E se a área se tornar um quadrante proibido?

Shogo não respondeu.

— Ei — Shuya prosseguiu. Ele não estava certo se era por causa da impaciência ou o mero pensamento de ter que se desentender com Shogo, mas ele começava a gaguejar um pouco. Mesmo assim falou: — Nã-não digo que você esteja querendo nos matar. Mas por que está com tanto medo de correr riscos? Está se importando apenas com você?

Por um momento, Shuya fitou os olhos de Shogo, cuja expressão calma permanecia inalterada.

— Shuya...

Shuya ouviu a voz de Noriko por trás dele e se virou.

Com apenas a cabeça inclinada horizontalmente, ela olhava para Shuya. O lenço em sua testa tinha caído no chão.

— Pare com isso. Sem Shogo, não poderemos nos salvar — ela conseguiu falar entre respirações penosas e intermitentes.

— Noriko... — Shuya balançou a cabeça. — Você não vê como está enfraquecendo? Você não pode morrer antes de escaparmos daqui.

Shuya se virou de novo para Shogo.

— Se você não quiser vir, levo Noriko comigo por minha conta. Esqueça nosso trato. Pode se virar sozinho — Shuya disse enquanto começava a arrumar suas coisas e as de Noriko.

— Espere — Shogo disse. Ele se levantou devagar, se aproximou de Noriko e verificou o pulso esquerdo dela. Além de Shuya, que permanecia todo o tempo ao lado de Noriko, Shogo tomava o pulso da colega a cada vinte minutos.

Shogo coçou outra vez o queixo com a barba por fazer e olhou para eles.

— Você não saberá qual remédio usar. — Ele inclinou de leve a cabeça e olhou para Shuya. — Está bem. Eu vou com vocês.

[RESTAM 24 ESTUDANTES]

39.

Apesar de mais de meia hora ter se passado desde que foi baleada três vezes nas costas e ter perdido grande volume de sangue do ferimento provocado pela flechada na perna, recebida da besta de Kazushi Niida, Takako Chigusa continuava viva. Mitsuko Soma desaparecera, mas ela não se preocupava com isso.

Ela estava meio entorpecida, sonhando. Sua família — o pai, a mãe e a irmã dois anos mais nova — acenava para Takako do portão de sua casa.

Ela podia perceber a irmã Ayako chorando. Ela dizia: "Adeus, mana. Adeus". Seu lindo pai, de quem Takako herdara a maioria das características faciais, e sua mãe, a quem Ayako puxou mais, permaneciam em silêncio, olhando com pesar na fisionomia. Sua cadela de estimação, Hanako, ao lado deles, cabisbaixa, abanava o rabo. Desde pequena, Takako cuidou dessa cachorrinha esperta.

Oh, Takako pensou em seu sonho, *é horrível. Eu só vivi quinze anos. Ei, Ayako, cuide da mamãe e do papai, por favor. Você é tão mimada, por isso tome como exemplo sua irmã mais velha, entendeu?*

Então, ela viu Kahoru Kitazawa. Sua única amiga íntima de verdade, a menina pequena de quem foi amiga por sete anos e a única com quem podia se abrir.

É hora de me despedir de você também, Kahoru. Você foi a única a dizer que nada, nem mesmo o inferno, a amedrontaria contanto que você desse o melhor de si. Não tenho medo. Porém, ainda é um pouco duro ter que morrer sozinha desse jeito...

Então Kahoru parecia gritar. Mas Takako não podia ouvi-la bem. Soava como: "E quanto a ele?".

Ele?

A cena mudou para o vestiário da equipe de atletismo. Ela sabia que era o verão de seu oitavo ano. Isso porque essa sala havia sido demolida no último outono e substituída por um novo espaço.

Ei, isso não é um sonho. Isso realmente aconteceu. Isso...

Havia um colega veterano no time. Seus cabelos cortados bem curtos se erguiam na frente e ele vestia uma camiseta com os dizeres FUCK OFF! e shorts de corrida verdes com linhas pretas. Olhos travessos, mas gentis. Ele era o garoto por quem Takako se apaixonou. Era bom na corrida com obstáculos. Agora ele se concentrava em dar tapinhas sobre o joelho que machucou um pouco antes. Só havia os dois na sala. Takako disse: "Você tem uma linda namorada. Acho que vocês fazem um grande par".

Ai, ai, quando converso com ele, eu me sinto uma garota comum. Quanto otimismo!

"Você acha?", ele ergueu o rosto e sorriu. "Pois saiba que você é mais bonita que ela."

Takako sorriu, mas sentiu certa estranheza. Ela se alegrou por ter sua aparência elogiada pela primeira vez, mas o fato de ele poder dizer a outra garota que a achava mais bonita também indicava que o relacionamento dele com a namorada era muito próximo e repleto de confiança mútua.

"Você não tem namorado, Takako?", ele perguntou sorridente.

A cena voltou a mudar.

Ela estava no parque, mas tudo parecia muito baixo.

Ah, isso deve ser na minha infância. Eu devia estar no segundo ou terceiro ano.

Hiroki Sugimura chorava diante dela. Ele não era tão alto como agora. De fato, na época Takako era mais alta que ele. Um moleque lhe tomara uma revista em quadrinhos que ele tinha acabado de comprar.

"Vamos, garotos não choram. É vergonhoso. Seja forte. Venha. Nossa cadela teve filhotes. Quer vê-los?"

"O.k." Hiroki enxugou as lágrimas e a acompanhou.

Pensando bem, Hiroki começou a praticar artes marciais no ano seguinte a esse. Ele também começou, na época, a crescer rápido e depois acabou a ultrapassando em altura.

Até o final do sexto ano, eles costumavam ir um à casa do outro. Uma vez, quando ela parecia preocupada, Hiroki lhe perguntou: "O que aconteceu, Takako? Algo errado?".

Takako pensou um pouco antes de falar.

"Sabe, Hiroki, o que você faria se alguém dissesse que gosta de você?"

"Hum. Não tenho certeza, já que isso nunca me aconteceu."

"Não tem ninguém de quem você goste?"

"Hum. Não. No momento não", ele disse.

Takako pensou um pouco. *Então, ele não sente nada por mim?* Seja como for, ela prosseguiu. "Ah, é? Você deve encontrar alguém e se declarar a ela o quanto antes."

"Eu não tenho essa coragem. Talvez seja impossível."

A cena mudou. De novo a escola. Eles se tornaram colegas de turma no oitavo ano. Eles conversavam no primeiro dia de aulas e em algum momento Hiroki declarou: "Dizem que há um veterano muito simpático em sua equipe de corrida".

Embora Hiroki não tivesse dito isso com todas as letras, imaginou que ele sugeria que ela estivesse gostando do rapaz.

"Quem te disse?"

"Um passarinho me contou. Então, acha que rola algo?"

"Sem chances", ela confessou. "Ele tem namorada. E você? Ainda não tem ninguém?"

"Ah, Takako, vê se larga do meu pé."

Mantínhamos uma boa amizade. Ambos gostávamos um do outro — ou estarei apenas imaginando coisas? —, ou pelo menos eu gostava de você. Quer dizer, era diferente do jeito que eu sentia com relação a meu colega da equipe de corridas. Entende o que eu digo?

O rosto de Hiroki surgiu. Ele chorava.

— Takako, não morra.

Vamos, rapaz, seja homem. Garotos não choram. Você pode ter crescido, mas não fez muito progresso nessa área.

Fora por graça de Deus? Takako recobrou os sentidos. Ela abriu vagamente os olhos.

Hiroki Sugimura olhava para ela sob a luz tênue da tarde. Acima dele, Takako viu copas de árvores, por entre as quais alguns fragmentos do céu azul formavam padrões complexos semelhantes aos de um teste de Rorschach.

De pronto, percebeu que Hiroki não chorava. Sua dúvida veio depois.

— Como você... — ao tentar formar palavras com a boca, sentiu como se estivesse tentando abrir uma porta enferrujada. Ela teve a certeza de que não viveria muito tempo. — ... chegou aqui?

Tudo o que Hiroki disse foi:

— Dei um jeito.

Ele se ajoelhou ao lado dela e gentilmente ergueu um pouco a cabeça de Takako. Ela caíra de bruços, mas agora por alguma razão estava de costas. Talvez ele a tivesse carregado até o bosque próximo, pois ela sentia as ervas sob a palma da mão direita. Sua mão esquerda — não, todo o lado esquerdo de seu corpo — estava adormecida agora, de forma que ela nada sentia, possivelmente sequela do golpe desfechado por Kazushi Niida na lateral de sua cabeça.

Hiroki então perguntou com calma:

— Quem fez isso?

Era uma informação importante.

— Mitsuko — Takako respondeu. Ela pouco se importava com Kazushi Niida. — Tome cuidado.

Hiroki concordou balançando a cabeça. Então ele disse:

— Me perdoe.

Takako não entendeu. Ela fitou Hiroki.

— Eu estava escondido fora da escola, à sua espera — Hiroki explicou, e então contraiu os lábios com medo de dizer algo. — Mas então Yoshio voltou. Eu... eu me distraí por uma questão de segundos. E você sabe como você é veloz na corrida... Eu te perdi. Corri em sua direção, te chamei, mas você provavelmente estava longe demais para me escutar.

Oh, não, Takako pensou. Depois de correr da escola para dentro do bosque ela imaginou ter ouvido uma voz à distância. Mas, de tão desesperada, acreditou que sua imaginação lhe pregava uma peça — e, se não fosse, isso significava que haveria alguém —, então continuou correndo a toda a velocidade.

Oh...

Hiroki esperou por ela. Assim como ela imaginava, ele arriscou a vida aguardando-a. E quando ele disse "Dei um jeito", significava que ele devia ter procurado por ela todo esse tempo.

Takako teve vontade de chorar ao pensar nisso. Mas se empenhou para movimentar os músculos do rosto e abrir um sorriso.

— Verdade? Obrigada.

Takako sabia que não poderia falar muito e pensou em escolher o que deveria dizer, mas então uma estranha dúvida surgiu e ela acabou perguntando:

— Tem alguém de quem você goste?

As sobrancelhas de Hiroki se moveram e ele respondeu gentilmente:

— Tem.

— Não diga que sou eu.

Ainda parecendo triste, Hiroki sorriu fraco.

— Não, não é.

— Bem, então... — Takako respirou profundamente. Ela sentiu como se um veneno se espalhasse por todo o corpo, que estava ao mesmo tempo estranhamente friorento e muito quente. — Pelo menos você poderia... apenas me abraçar forte? Vai acabar... logo.

Hiroki contraiu os lábios e a levantou, abraçando bem apertado o corpo dela. A cabeça de Takako estava prestes a cair para trás, mas Hiroki a segurou.

Ela sentiu que poderia dizer algo mais.

— Você tem que sobreviver, Hiroki.

Deus, posso dizer só mais uma coisinha?

Takako fitou os olhos de Hiroki e sorriu.

— Você se tornou um homem e tanto!

— E você… a garota mais charmosa do planeta — Hiroki declarou.

Takako sorriu levemente. Ela desejava lhe agradecer, mas estava ofegante. Apenas olhou fixamente nos olhos dele. Estava agradecida. *Pelo menos, não morrerei sozinha. Que ótimo ter sido Hiroki a pessoa a estar comigo no momento final. Que bom, realmente.*

Kahoru… obrigada, eu ouvi você.

Takako Chigusa permaneceu nessa posição ao morrer, aproximadamente dois minutos depois. Seus olhos continuaram abertos. Hiroki Sugimura abraçou o corpo pesado e sem vida de Takako e chorou por algum tempo.

[RESTAM 23 ESTUDANTES]

40.

— Abaixe a cabeça — Shogo ordenou.

Ele examinou com cuidado a área enquanto empunhava sua carabina. Carregando Noriko nas costas, Shuya obedeceu. Eles estavam à sombra de um enorme olmo, de tronco tão grosso que uma pessoa sozinha seria incapaz de abraçar. Eles deviam ter chegado a dois terços da distância da instalação médica. Deveriam estar na vizinhança do quadrante F-6 ou F-7. Se a direção não estivesse errada (Shogo os guiava, portanto não poderiam estar errados), o prédio da escola logo apareceria abaixo deles à direita.

Movendo-se ao longo da costa, eles primeiro passaram pelo quadrante C-4. Depois, se movimentaram para leste ao longo do sopé da montanha norte. Mover-se em plena luz do dia realmente não era tarefa fácil. Eles andavam um pouco e, logo em seguida, paravam para retomar o fôlego. E quando tinham que atravessar a vegetação espessa, Shogo jogava várias pedrinhas adiante para se certificar de que ninguém estava lá. Gastaram meia hora para percorrer a distância.

A respiração penosa de Noriko continuava bem atrás da cabeça de Shuya. Ele inclinou a cabeça para trás como as mães fazem com os filhos e lhe disse:

— Estamos quase lá, Noriko.

— Ahã — ele a ouviu responder.

— Tudo bem, vamos — Shogo disse. — Em seguida, continuamos até aquela árvore mais em frente, o.k.?

— Entendido.

Shuya levantou e avançou pelo solo macio e coberto de ervas baixas, outrora provavelmente uma plantação agrícola. Shogo estava bem perto deles, segurando os pertences de todos com a mão esquerda e a carabina na direita, indicando as direções com um movimento de cabeça. O cano da arma apontava na mesma direção de sua cabeça.

Eles chegaram até uma árvore fina e pararam. Shuya respirou fundo.

— Não está cansado, Shuya?

Shuya abriu um sorriso.

— Noriko é leve.

— Podemos descansar.

— Não — Shuya balançou negativamente a cabeça. — Quero chegar lá o quanto antes.

— Está bem — Shogo replicou, mas Shuya teve dúvidas. Ao mesmo tempo, ele se preocupava se não estaria agindo como um idiota. O inconveniente nele é que sempre tirava conclusões precipitadas, deixando de verificar detalhes importantes.

— Shogo.

— O quê?

— Aquela marca no mapa realmente indica uma clínica?

Sempre de costas, Shogo riu em silêncio.

— Se não me engano, foi você quem afirmou que indicava.

— Não, é que...

Shuya estava com vergonha, mas Shogo disse de imediato:

— Não se preocupe, é uma clínica. Eu verifiquei.

Os olhos de Shuya se arregalaram.

— É mesmo?

— Sim. Dei um giro pela ilha ontem à noite até encontrar vocês. Deveria ter previsto e pegado mais remédios. Não imaginei que precisaríamos deles.

Shuya suspirou aliviado. Ao mesmo tempo, teve vontade de dar um soco em si mesmo. *Preciso ficar mais atento. Caso contrário, não só eu como também Noriko acabaremos mortos.*

Mesmo enquanto conversavam, Shogo procurava o próximo local.

— Bem...

No momento em que Shogo começou a dizer algo, disparos ecoaram. O corpo de Shuya ficou tenso. Ele se agachou às pressas e examinou a área ao redor. Será que Shuya tinha sido muito otimista ao esperar que eles chegariam à instalação médica sem nenhum obstáculo?

Mas não havia ninguém à vista.

Shuya voltou os olhos para Shogo, que alongava o braço esquerdo como se quisesse proteger Shuya e Noriko e observava adiante, à esquerda, para onde se dirigiam. Havia uma inclinação leve indo até as fileiras de altos pinheiros que obstruíam sua visão aproximadamente dez metros à frente. Os disparos teriam vindo daquele lado?

Shuya soltou o ar contido no fundo do peito.

— Está tudo bem — Shogo disse em voz baixa. — Não somos os alvos.

Shuya decidiu não puxar sua arma e, ainda carregando Noriko, disse:

— Está perto.

Shogo concordou em silêncio. Justo nesse momento, houve tiros seguidos. Dois, depois três. O terceiro deles parecia mais alto que os dois primeiros. Então, mais um ecoou. Foi um som mais fraco.

— Um tiroteio — Shogo sussurrou. — O pessoal está animado.

Ciente agora de que não corriam perigo, Shuya se sentia aliviado, mas continuava mordendo o lábio involuntariamente.

Fossem quem fossem, estavam se matando uns aos outros. De fato, acontecia bem perto deles. E eles procuravam apenas se manter quietos, esperando tudo acabar. Era exatamente...

A imagem do homem de preto lhe surgiu na mente: *O.k., você é o próximo. E você. Felizmente, caro Shuya, sua vez ainda não chegou.*

Com as costas viradas para Shuya, Shogo disse como se pudesse ler seus pensamentos (ele não afirmara algo idiota sobre ser mais fácil ler a mente num dia claro?):

— Espero que você não esteja pensando em ir até lá para fazê-los parar, Shuya.

Shuya engoliu em seco e negou um pouco gaguejante:

— Não...

Sua prioridade era levar Noriko até a instalação médica sem problemas. Se eles se envolvessem em lutas alheias, acabariam pondo em risco suas vidas.

Nesse momento, Noriko chamou Shuya. A febre dela estava tão alta que ele podia até sentir o calor em suas costas. Ela praticamente sussurrava.

Shuya voltou a cabeça para trás. Viu os olhos de Noriko apertados logo atrás de seu ombro.

— Deixe eu ficar de pé... — ela disse por fim. — Temos que ver... nos certificar... se... alguém...

Suas palavras eram entrecortadas pela respiração pesada, mas Shuya entendeu o que ela queria dizer. E se alguém sem intenção de participar do jogo, em outras palavras alguém inocente, estivesse prestes a ser assassinado naquele momento? De fato, esse podia ser o caso com ambas as partes trocando tiros.

A área em que estavam era uma descida direta rumo ao sul, a partir do pico norte onde Yukiko Kitano e Yumiko Kusaka foram mortas. Porém, o som dos disparos que lhes chegava aos ouvidos não era o de uma metralhadora. Logo, nenhum dos que estavam se digladiando naquele momento era o assassino de Yukiko e Yumiko. Mas, se o assassino das duas estivesse ouvindo esse tiroteio, ele poderia aparecer a qualquer instante.

Mais tiros foram trocados. E de novo o silêncio reinou.

Shuya cerrou os dentes. Ele tirou com rapidez Noriko das costas e a acomodou contra o tronco da árvore atrás da qual se escondiam.

Shogo se virou:

— Ei, você não deve...

Shuya o ignorou e disse a Noriko:

— Vou verificar.

Ele pegou sua Smith & Wesson e disse a Shogo:

— Cuide de Noriko.

— E... ei! Volte aqui!

Shuya ouviu o que Shogo disse, mas já havia começado a correr.

Ele subiu com cuidado a inclinação, mantendo os olhos em todos os lados, e se embrenhou através das coníferas.

Havia vegetação densa além das árvores. Shuya avançou para dentro dela. Ele se agarrava pelo solo formando uma inclinação e passando por baixo de folhas longas e afiadas como facas que lhe arranhavam.

Mais tiros foram trocados. Shuya por fim chegou à beira dos arbustos e pôs devagar a cabeça para fora.

Havia uma casa. Era uma construção velha, com apenas o andar térreo e um telhado grande e triangular, construída com madeira. Uma típica casa de fazenda. À esquerda havia o caminho da entrada não pavimentado. A encosta da montanha cercava a propriedade na parte de baixo e a área acima estava coberta por uma densa floresta. E, mais para o alto, era possível ver também dali o mirante sobre a montanha norte onde Yumiko e Yukiko foram assassinadas.

A casa estava do lado esquerdo de Shuya. Hirono Shimizu (a Estudante nº 10) estava agachada, colada contra o muro em frente à casa. Hirono olhava para além do quintal do que parecia ser uma cabana para equipamentos agrícolas bem ao lado do caminho de entrada. Ele pôde distinguir a silhueta de uma garota ao lado da entrada. Ela ergueu um pouco a cabeça e Shuya viu Kaori Minami (a Estudante nº 20). Ambas, logicamente, empunhavam armas. Quinze metros separavam as duas.

Ele ignorava as circunstâncias que conduziram ao tiroteio. Possivelmente uma delas pretendia atacar a outra. Mas Shuya imaginou que não seria o caso. Elas deviam ter se cruzado por acaso e, confusas e desconfiando uma da outra, acabaram iniciando os disparos.

Essa ideia podia estar baseada apenas em sua opinião favorável sobre as garotas, mas, de qualquer maneira, ele não poderia permanecer calado, vendo as coisas acontecerem. Ele devia fazê-las parar.

Enquanto Shuya tentava entender a situação, Kaori pôs a cabeça para fora da entrada da cabana e atirou em Hirono. Ela segurava a arma como uma criança brincando com uma pistola d'água, mas o som do tiro ecoando e um pequeno cartucho de bronze voando pelo ar provaram que não se tratava de um brinquedo. Hirono revidou com dois disparos. Ela realmente segurava a arma com destreza e seus cartuchos não voavam. Uma das balas atingiu a coluna da cabana onde Kaori estava e levantou poeira. Kaori rapidamente enfiou a cabeça para dentro.

De onde estava, Shuya podia enxergar quase todo o corpo de Hirono. Ele a viu abrir o cilindro do revólver para expelir os cartuchos vazios. A mão esquerda da garota estava ensanguentada. Seu braço devia ter sido ferido por Kaori. Mesmo assim, ela foi capaz de recarregar a arma rapidamente com essa mão. Ela a apontou de novo para Kaori.

Tudo aconteceu em questão de segundos, mas, antes de Shuya poder agir, foi tomado outra vez pela sensação de estar preso dentro de um pesadelo. Kaori Minami adorava ídolos pop, por isso conversava com frequência com as amigas sobre seus astros favoritos ou se gabava de ter conseguido a foto de um deles. E lá estava Hirono Shimizu, que costumava se relacionar com Mitsuko Soma — logo, havia algo de estranho nela. Mas ambas eram estudantes do nono ano e cada qual tinha seu charme peculiar. Agora as duas atiravam uma na outra. Com seriedade, e eram balas reais. Obviamente.

Preciso agir rápido.

Shuya impulsionou os pés, levantou-se e deu um tiro para o ar com a Smith & Wesson. *Oh, maravilha, aqui estou eu bancando o xerife*, ele pensou por um momento. Mas, sem perda de tempo, gritou:

— Parem!

Hirono e Kaori ficaram paralisadas e olharam ao mesmo tempo para Shuya.

Shuya prosseguiu, olhando para o rosto das duas.

— Parem! Desistam disso! Estou com Noriko Nakagawa! — Ele achou melhor não mencionar o nome de Shogo por enquanto. — Podem confiar em mim!

Ao dizer isso, ele se deu conta de quão suas palavras soavam ridículas. Mas não imaginava nenhuma outra forma de se expressar.

Hirono foi a primeira a desviar o olhar de Shuya e se mover. Olhou de novo para Kaori, sua oponente, que estava de pé contemplando Shuya vagamente.

Shuya percebeu naquele momento que metade do corpo de Kaori estava exposto além da entrada. Ela estava do lado de fora agora.

O que aconteceu em seguida se assemelhou a um acidente de tráfego que ele testemunhara no passado. Foi num entardecer de outono pouco antes de ele completar onze anos. Possivelmente o motorista adormeceu ou algo assim, perdendo o controle do caminhão, que bateu contra a murada de proteção, avançou para cima de uma calçada e atropelou uma garotinha dos primeiros anos do ensino fundamental que voltava da escola, com Shuya logo atrás dela. Foi inacreditável, mas a mochila dela saiu voando dos ombros, traçando uma trajetória diferente do corpo da menina. Ela caiu na calçada antes da mochila. Obstruída pelo muro de concreto, ela deslizou pelo meio-fio até parar, imóvel. O sangue saiu jorrando, deixando um rastro de mais de um metro de comprimento na beirada inferior do muro de concreto.

Shuya parecia ver toda a cena em câmera lenta, desde o instante em que o caminhão saiu da estrada até atingir a menina. Qualquer um que estivesse lá imaginaria o que iria acontecer, mas ninguém poderia fazer nada. Era como ele se sentia agora.

Hirono mirou e atirou em Kaori, totalmente desprotegida. Dois tiros seguidos. O primeiro a acertou no ombro direito, fazendo-a girar em meia-volta para a direita. O segundo atingiu a cabeça. Shuya viu parte do crânio — da têmpora esquerda para cima — explodir.

Kaori desabou na porta da frente da cabana.

Em seguida, Hirono olhou de relance para Shuya.

Então ela se virou e correu para a esquerda, na direção de onde o grupo de Shuya viera. Ela correu para dentro dos arbustos e desapareceu de vista.

— Merda!

Um gemido escapou do fundo da garganta de Shuya, que depois de alguma hesitação saiu de dentro do mato e correu para a cabana onde Kaori tombou.

Kaori estava deitada de lado, com as pernas saindo de dentro da cabana, que alojava apenas um trator decrépito. Seu corpo permanecia contorcido e, de sua boca, escorria sangue misturado à hemorragia dos ferimentos da cabeça e do ombro, começando a formar uma poça no chão de concreto, logo abaixo do rosto dela. Seus olhos contemplavam arregalados vagamente o céu. Uma correia dourada fina pendia do terninho de marinheiro para o chão, tendo ligado a ela um medalhão, que parecia uma ilhota em meio a um lago de sangue. Um famoso cantor pop sorria com vivacidade na foto do medalhão.

Shuya tremia. Mesmo assim, se ajoelhou ao lado dela.

Oh... que horrível... essa garota... já não pode mais fofocar sobre ídolos pop. Ela não pode mais ir aos shows deles. Se eu usasse uma tática melhor... talvez ela não tivesse sido morta?

Ele ouviu um som e se voltou. Era Shogo que aparecia por entre os arbustos, apoiando Noriko num dos braços.

Shogo deixou Noriko lá e marchou em direção a Shuya.

A expressão de Shogo parecia dizer "Viu, eu falei, não falei?", mas ele não disse uma palavra. Apenas apanhou a arma e o kit de sobrevivência de Kaori e depois, como se lembrasse de algo que esquecera, agachou-se e fechou os olhos dela com o dedo mindinho direito. Então, disse a Shuya apenas:

— Vamos. Depressa!

Obviamente, ele sabia que era perigoso. Qualquer um — especialmente o assassino com a metralhadora — poderia ter ouvido os tiros e aparecer a qualquer momento.

Mesmo assim, Shuya continuou impassível, com os olhos grudados no corpo de Kaori, até Shogo puxá-lo pelo braço.

[RESTAM 22 ESTUDANTES]

41.

A clínica era um galpão velho e pequeno de madeira. As paredes estavam escurecidas e as telhas pretas que cobriam o telhado tinham os cantos embranquecidos pelo passar do tempo. Assim como a cabana onde Kaori Minami morreu, a clínica se localizava em frente à montanha norte, ligada a um caminho estreito e sem pavimentação. Eles atravessaram a montanha, mas perceberam que o caminho estreito conduzia para baixo a uma estrada pavimentada ao longo da costa leste da ilha. Havia uma caminhonete branca estacionada em frente à clínica, talvez usada pelo médico para atender chamados. Da posição em que estavam, puderam ver o oceano depois da caminhonete.

A luminosidade da tarde cintilava sobre o mar. A cor do oceano era linda, de um azul brilhante com uma leve mistura de verde, completamente distinta da água escura batendo contra os muros de concreto que protegem o porto de Shiroiwa. Não havia quase ondas, e pontos da luz solar refletindo aqui e ali na superfície prosseguiam até bem longe, aumentando aos poucos sua densidade. A silhueta de outras ilhas iguais à deles flutuava no mar interior de Seto, o que as tornava estranhamente próximas, mas essa sensação de reduzida distância era provocada, diziam, por um mar com ausência de objetos. Portanto, eles deveriam estar afastados delas pelo menos quatro ou cinco quilômetros.

Seja como for, eles haviam chegado. Foi sem dúvida uma grande sorte terem conseguido ir até lá sem se machucar. Eles se afastaram de imediato da área onde Kaori morreu, mas desde então nenhum tiro de metralhadora foi ouvido. Segundo o mapa, eles percorreram uma distância de menos de dois quilômetros, mas Shuya, que carregava Noriko e se preocupava com um possível ataque, estava incrivelmente cansado. Ele queria se certificar o quanto antes de que não havia ninguém na área da clínica, para que não apenas Noriko mas ele também pudesse descansar um pouco.

Porém, algo chamou sua atenção.

Um barco flutuava no mar pacífico. Provavelmente era o barco-patrulha que Sakamochi mencionou. Mas, por algum motivo, havia três barcos em fila. Sakamochi explicou que haveria um barco em cada direção — norte, sul, leste e oeste —, mas eles de fato só viram um no lado oeste. Então o que era aquilo?

Ainda carregando Noriko, Shuya tirou o rosto de dentro das folhas e informou Shogo:

— Há três barcos.

— Sim — Shogo replicou. — O menor é um barco-patrulha. O maior é o barco que transportará de volta, ao término do jogo, os soldados que estavam no prédio da escola. O do meio é para levar de volta para casa o vencedor do jogo. Quem ganhar embarca nele. Até o modelo é igual ao do ano passado.

— Então, o Programa de Hyogo também foi realizado numa ilha como esta?

— Sim — Shogo confirmou. — A província de Hyogo também compartilha o mar interior de Seto. Quando há Programas realizados em províncias ao longo da costa do mar interior de Seto, a maioria aparentemente acontece em ilhas. Afinal, há pelo menos mil ilhas neste mar estreito.

Shogo então pediu a Shuya para esperar e desceu a ladeira até a clínica empunhando sua carabina. Ele se agachou e de início examinou a caminhonete. Olhou até embaixo do veículo. Depois, aproximou-se furtivamente do galpão e observou ao redor. Quando voltou, examinou a entrada equipada com uma porta corrediça. Como parecia trancada, Shogo virou sua arma e quebrou a janela de vidro fosco com a extremidade da empunhadura curta. Abaixou a cabeça e esperou por alguns instantes. Depois disso, enfiou a mão pelo buraco em forma de triângulo no vidro quebrado, abriu a porta e entrou.

Quando viu Shogo fazendo isso, Shuya inclinou o pescoço de volta na direção de Noriko, cuja cabeça repousava contra suas costas.

— Noriko, chegamos — Shuya informou, mas ela apenas conseguiu gemer. Sua respiração continuava penosa.

Depois de cinco minutos, Shogo pôs a cabeça para fora da entrada e fez um gesto para que Shuya fosse até lá. Shuya desceu com cautela a ladeira de dois metros, tentando não perder o equilíbrio, e entrou no terreno da clínica.

Numa placa dependurada bem ao lado da entrada, de madeira grossa e encardida, com traços de letras em nanquim gastas pelas intempéries, lia-se CLÍNICA MÉDICA DA ILHA DE OKISHIMA. Shuya passou ao lado de Shogo, que olhava para todas as direções empunhando a carabina, e cruzou a porta. Ele entrou, acompanhado de Shogo, que fechou a porta com firmeza.

Bem perto da entrada, havia um pequeno cômodo que servia de sala de espera com cerca de quatro tatames e meio. Encostado no canto esquerdo, havia um longo sofá verde forrado de capa branca sobre um tapete gasto de cor creme. O relógio de parede fazia tique-taque e se aproximava das três horas. O lado direito parecia ser a sala de exames.

Usando uma vassoura como trava para a porta, Shogo indicou a Shuya:

— Por aqui.

Embora eles devessem tirar os sapatos para entrar, como era de hábito, Shuya avançou para dentro da sala à direita calçando tênis. Havia uma mesa de madeira em frente da janela e o que parecia ser a cadeira redonda de couro preto do médico. Diante dela, uma banqueta redonda de vinil verde. Apesar de pequena, a clínica exalava um cheiro de desinfetante.

Havia dois leitos no fundo da divisória formada por uma fina cortina de tecido verde-claro presa a tubos metálicos. Shuya levou Noriko para o leito à sua frente e a abaixou, deitando-a com cuidado. Ele pensou em fazê-la tirar seu casaco da escola, mas acabou desistindo da ideia.

Depois de fechar com rapidez a cortina das janelas, Shogo trouxe cobertores e entregou a Shuya dois deles, marrons e finos, que estavam bem dobrados. Shuya os pegou e, depois de pensar um pouco, estendeu um deles sobre a outra cama. Em seguida, abraçou Noriko e a transferiu para lá, envolvendo-a com o outro cobertor. Ele a cobriu até os ombros. Shogo vasculhava o gabinete cinza que seria um armário de remédios ou um simples móvel de escritório onde os medicamentos eram guardados.

Shuya aproximou-se de Noriko e levou os cabelos suados que cobriam o rosto dela para trás das orelhas. De olhos cerrados, ela parecia entorpecida e continuava a respirar penosamente.

— Merda! — Shuya deixou escapar. — Noriko, você está bem?

Noriko abriu quase imperceptivelmente os olhos e olhou vagamente para a direção de Shuya, murmurando "Ahã". Ela devia estar semiconsciente por causa da febre alta, mas mesmo assim ainda parecia raciocinar de forma coerente.

— Quer um pouco de água?

Noriko moveu de leve o queixo. Shuya pegou uma nova garrafa de água do kit de sobrevivência que Shogo jogara no chão e a abriu. Ele levantou Noriko e a ajudou a beber. Shuya enxugou a água que escorria do canto da boca de Noriko com as costas dos dedos.

— Já chega? — Shuya perguntou e Noriko fez que sim. Então, ele a deitou outra vez e acenou para Shogo.

— Tem remédios?

— Espere um pouco — Shogo respondeu. Ele buscou em outro armário mais baixo e tirou dele uma caixa de papelão. Retirou a tampa e leu as instruções, parecendo ter se convencido. Shogo extraiu de lá o que se assemelhava a um pequeno vidro e uma ampola. O vidro parecia estar cheio de um pó branco.

— Isso é para tomar via oral? — Shuya perguntou.

Shogo respondeu:

— Não, intravenosa.

Shuya estava um pouco chocado.

— Você sabe como usar isso?

Shogo abriu a torneira da pia no fundo da sala. Como nenhuma água parecia sair, ele emitiu um estalido de língua em sinal de desaprovação. Pegou sua garrafa de água do kit de sobrevivência e lavou as mãos com cuidado. Em seguida, inseriu uma agulha numa seringa e extraiu o conteúdo da ampola.

— Não se preocupe, já fiz isso antes.

— Sério?

Shuya sentiu que estava repetindo constantemente essa palavra para Shogo.

Shogo quebrou o invólucro da pequena garrafa e transpassou a rolha com a agulha, enchendo-a com o líquido da ampola. Depois de remover a seringa, ele segurou a garrafa com uma das mãos e a sacudiu inúmeras vezes com força. Então, reinseriu a agulha para extrair o líquido misturado.

Depois de preparar outra seringa como essa, Shogo se aproximou de Shuya e Noriko.

— Ela vai ficar bem? — Shuya voltou a perguntar. — Não há efeitos colaterais ou choque?

— É isso que vou ver agora. Me ajude aqui. Puxe o braço de Noriko.

Ainda sem compreender bem a situação, Shuya suspendeu a lateral do cobertor e enrolou para cima as mangas do casaco da escola e do terninho de marinheiro. O braço de Noriko era muito fino e sua pele, que em geral tinha uma coloração rosada muito saudável, estava agora pálida.

— Noriko, você já teve reação alérgica a algum medicamento? — Shogo perguntou.

Noriko reabriu os olhos vagamente. Shogo repetiu:

— Você é alérgica a algum remédio?

Noriko balançou negativamente a cabeça, um sinal quase imperceptível.

— Bom. Vou fazer um teste em você primeiro.

Shogo segurou firme o braço dela com a palma da mão virada para cima, depois pegou um chumaço de algodão embebido em antisséptico e limpou com ele a área entre o pulso e o cotovelo dela. Ele inseriu devagar a agulha, injetando apenas um pequeno volume de líquido. Um ligeiro inchaço se formou nessa área da pele. Shogo pegou outra seringa e deu nova injeção ao lado da anterior.

— O que é que você está fazendo? — Shuya perguntou.

Shogo respondeu enquanto rapidamente arrumava a seringa:

— Apenas uma delas é o remédio real. Se Noriko estiver na mesma condição daqui a quinze minutos, não teremos que nos preocupar com efeitos colaterais extremos. Significa que poderemos usar o medicamento. Mas...

— Mas?

Shogo rapidamente pegou outra garrafa um pouco maior da caixa de papelão. Ele a pôs sobre a pequena mesa próxima e olhou para Shuya enquanto preparava outra seringa como fizera pouco antes.

— É difícil diagnosticar septicemia. Para ser sincero, não sei distinguir septicemia de um simples resfriado. Antibióticos são muito potentes. Logicamente é por isso que estamos fazendo o teste, mas o fato é que minha experiência e conhecimento são bastante restritos, portanto lhe aplicar uma injeção com essa seringa é perigoso. Mesmo assim...

Shuya esperou que ele continuasse, sempre segurando a mão de Noriko.

Shogo respirou antes de prosseguir.

— ... se ela estiver sofrendo de septicemia, então teremos que tratar dela o quanto antes. Caso contrário, será tarde demais.

Os quinze minutos passaram rapidamente. Nesse meio-tempo, Shogo verificou o pulso de Noriko outra vez e tomou sua temperatura. O termômetro indicou trinta e nove graus. Não era de espantar que ela não pudesse se manter de pé.

Shuya não sabia distinguir entre as duas marcas adjacentes das seringas. Shogo também pareceu chegar à conclusão de que não havia problemas, pois pegou a seringa maior.

— Noriko. Você está acordada? — Shogo perguntou, curvando-se levemente.

Noriko respondeu de olhos fechados:

— Ahã.

— Vou ser sincero. Não sei se você está sofrendo de septicemia ou não. Mas a probabilidade é alta.

Noriko balançou levemente a cabeça, concordando. Ela devia ter escutado a conversa entre Shuya e Shogo pouco antes.

— Está bem... aplique a injeção...

Shogo concordou e inseriu a seringa, dessa vez profundamente. Ele injetou o líquido e rapidamente removeu a agulha. Depois, limpou o braço com o algodão e disse a Shuya:

— Aperte o local da injeção.

Shogo pegou a seringa vazia e foi até a pia para jogá-la fora. Logo voltou.

— Agora ela deve dormir. Cuide dela por um instante. Se parecer sedenta, você pode usar toda a água da garrafa.

— Mas essa... — Shuya começou a dizer, porém Shogo balançou a cabeça.

— Não tem problema. Encontrei um poço atrás do prédio. Podemos beber aquela água, só precisamos ferver.

Depois de dizer isso, Shogo deixou a sala. Shuya se voltou em direção ao leito. Com a mão direita pressionando o chumaço de algodão e a esquerda gentilmente segurando a mão de Noriko, Shuya velou por ela.

[RESTAM 22 ESTUDANTES]

42.

Noriko adormeceu quase de imediato. Depois de permanecer ao lado dela por algum tempo, Shuya se certificou de que não havia hemorragia no local da injeção, descartou o chumaço de algodão, ajeitou-lhe o braço embaixo do cobertor e deixou a sala.

O local de residência do médico que clinicava ali aparentemente se situava no fundo da sala de espera contígua. Shuya foi até lá.

Havia uma cozinha ao final do saguão à direita. Shogo estava lá. O fogão a gás ao lado da pia parecia não funcionar, mas havia sobre ele uma grande panela cheia de água e sob ela se via a cor rubra do carvão queimando.

Shogo estava em cima da mesa, procurando algo dentro do armário afixado na parede. Shuya notou pela primeira vez que Shogo usava tênis New Balance. Até então ele vira o tênis sem prestar atenção, achando que se tratava de alguma marca nacional como Mizumo ou Kageboshi. New Balance. Era a primeira vez que via um par deles.

— O que você está fazendo? — Shuya perguntou.

— Procurando por comida. Encontrei arroz e pasta de soja, nada mais. Os vegetais na geladeira estão podres.

Shuya balançou a cabeça.

— Você parece um ladrão.

— Lógico que sou — Shogo afirmou friamente e, enquanto continuava a procurar, acrescentou: — Isso não importa. Fique preparado. Alguém pode aparecer a qualquer momento. Imagine se o carinha da metralhadora surgir. Não temos como fugir daqui. Portanto, fique atento.

— Sim, tudo bem — Shuya respondeu.

Depois de vasculhar mais um pouco o armário, Shogo desceu da mesa. Os tênis New Balance rangeram contra o assoalho.

— Noriko adormeceu? — ele perguntou.

Shuya confirmou.

Shogo tirou outra panela de debaixo da pia, andou até o canto do cômodo, pegou a vasilha plástica contendo arroz e jogou um punhado na panela.

— Você está cozinhando arroz?

— Isso mesmo. Noriko não vai se fortalecer comendo aquele pão horrível — Shogo replicou, retirando com uma tigela a água do balde que pegara do poço e vertendo-a dentro da panela de arroz. Ele mexeu o conteúdo ligeiramente e trocou a água uma única vez. Quando a água ferveu, ele pôs diversos pedaços de carvão que trouxe em seu kit de sobrevivência na outra boca do fogão, depois esvaziou um maço de cigarros retirado do bolso. Torceu o maço, ateou fogo nele com seu isqueiro e o enfiou entre os pedaços de carvão. Pouco depois, quando o carvão acendeu espalhando o fogo, ele pôs sobre as brasas a panela de arroz fechada. Foi bastante hábil da parte dele.

— Porra! — Shuya exclamou.

Shogo parou e, enquanto acendia um cigarro, olhou para Shuya, que disse:

— Você é bom em tudo.

— Acha mesmo? — Shogo respondeu num tom leve de voz. Mas algo mais atravessava a mente de Shuya. A cena em que Kaori Minami foi morta... *Você sabe o que vai acontecer, mas não há nada que possa fazer para impedir.* Slow motion. *Ela deu um giro e a lateral esquerda de sua cabeça explodiu. Explodiu, você viu? Se fosse Shogo e não eu que interviesse para fazê-las parar, o resultado não teria sido tão desastroso.*

— Ainda chateado por causa de Kaori? — Shogo perguntou. De novo, os poderes psíquicos dele pareciam funcionar. A luz solar não chegava dentro da sala, mas aquilo parecia não afetá-lo.

Shuya levantou a cabeça e olhou para Shogo, que balançou negativamente a cabeça e disse:

— Não se chateie. Foi uma situação ruim. Você deu o melhor de si.

Apesar da voz amável de Shogo, Shuya baixou de novo os olhos. O corpo de Kaori Minami, caído de lado dentro de uma cabana imunda de equipamentos agrícolas. A poça de sangue espesso se alastrando. Agora, o sangue já devia estar começando a coagular aos poucos. Mas o corpo de Kaori continuaria lá, sem direito a funeral, estirado no assoalho daquela cabana exatamente como um manequim descartado. O mesmo acontecia com Tatsumichi Oki, Kyoichi Motobuchi, Yukiko Kitano e Yumiko Kusaka. Todos estavam no mesmo barco.

Shuya sentiu ânsia de vômito. Todos jaziam sobre o solo, quase vinte deles agora.

— Shogo.

Shuya não podia conter as palavras. Parecendo interessado, Shogo inclinou a cabeça e moveu ligeiramente o cigarro que segurava.

— O que acontece com os mortos... com os cadáveres? Eles são largados à revelia até este jogo de merda terminar? Continuam assim, se decompondo, mesmo se o jogo se estender?

Shogo respondeu com um tom de voz burocrático:

— Isso mesmo. No dia seguinte ao término do jogo, uma equipe de limpeza designada virá dar um fim neles.

— Equipe de limpeza? — Shuya mostrou os dentes.

— Sim. Ouvi de alguém que trabalha para a subcontratada, então deve ser verdade. Os soldados das Forças de Autodefesa são orgulhosos demais para realizar essas tarefas servis. É claro, os oficiais do governo acompanham o pessoal para recolher as coleiras e autopsiar os corpos. Sabe? Como a gente vê no noticiário da TV, quando informam o número de mortos por estrangulamento e coisas assim.

Shuya estava se sentindo ainda mais enojado. Ele lembrou dessa parte final da notícia. As *causa mortis* sem sentido e a listagem com o número de estudantes.

Mas, ao mesmo tempo, ele percebeu algo mais e franziu levemente as sobrancelhas.

Shogo pareceu entender o que se passava e perguntou:

— O que houve?

— Bem, isso é completamente sem sentido. Quer disser, essas... — Shuya levou a mão até o pescoço. As pontas de seus dedos tocaram a superfície fria, uma sensação com a qual já tinha se familiarizado. — Pensei que as coleiras fossem secretas. Eles não deviam recolhê-las antes do pessoal contratado chegar?

Shogo deu de ombros.

— O pessoal da limpeza nem imagina o que possam ser. Provavelmente imaginam que sejam marcadores. O cara da subcontratada com quem conversei nem se lembrava delas até eu lhe perguntar a respeito. Não há pressa. Eles podem cuidar das coleiras depois da equipe de limpeza remover os cadáveres, concorda?

Talvez fosse verdade. Mas, sendo assim, algo mais perturbava Shuya.

— Espere. E se uma delas apresentar defeito? Digamos que ela quebre e alguém que esteja vivo seja considerado morto, então essa pessoa não poderia escapar? Eles não deveriam confirmar todos os mortos assim que o jogo acabasse?

Shogo ergueu as sobrancelhas.

— Você fala como se trabalhasse para o governo.

— Não... — Shuya gaguejou. — É que...

— Duvido que elas possam apresentar algum defeito — Shogo disse de imediato. — Pense bem. Se isso acontecesse, haveria problemas no andamento do jogo. Além disso, se um estudante equipado com armas acabasse vivo, eles não poderiam sequer conferir os corpos. Isso se tornaria, pelo menos, uma nova batalha.

Pensativo, Shogo inalou a fumaça do cigarro, depois a exalou.

— Isso é só uma suposição — ele prosseguiu —, mas acho que cada coleira é equipada internamente com sistemas múltiplos. Mesmo se um deles falhar, é substituído por outro. Mesmo que haja um defeito num sistema individual, e as chances disso acontecer devem ser muito inferiores a um por cento, se os sistemas estiverem combinados, a possibilidade praticamente seria mínima. Em outras palavras — ele disse, olhando para Shuya —, a probabilidade de escaparmos dessa forma seria próxima de zero.

Shuya entendeu e concordou levemente com a cabeça. Shogo devia estar certo com relação a isso. (De novo, a capacidade de raciocínio dele era realmente admirável.)

Porém...

A pergunta que Shuya prometera a si mesmo não fazer lhe passou pela cabeça. Ou seja...

Como Shogo planejava vencer um sistema tão perfeito e à prova de fugas?

Antes mesmo de Shuya analisar o caso, Shogo disse:

— Olhe, de qualquer forma, eu te devo desculpas.

— Sobre o quê?

— Sobre Noriko. Eu não dei a devida importância ao caso. Devíamos ter tratado dela mais cedo.

— Não... — Shuya balançou a cabeça. — Tudo bem. Obrigado. Eu não conseguiria fazer nada sozinho.

Shogo acendeu outro cigarro, soltou uma baforada e concentrou o olhar numa parte da parede.

— Agora só podemos esperar para ver. Se for um mero resfriado, a febre vai baixar depois que ela descansar. E se for septicemia, então o remédio deve surtir efeito.

Shuya concordou. Estava agradecido por Shogo estar com eles. Sem o colega, ele teria sido inútil e apenas observaria a condição de Noriko piorar, impotente. Também se sentia um pouco envergonhado ao censurar Shogo de forma imatura, dizendo "Esqueça nosso trato" antes de partir para a clínica. Shogo deve ter se decidido depois de avaliar com cuidado o risco de se mover durante o dia e a condição de Noriko.

Shuya decidiu se desculpar.

— Olhe, eu sinto muito. Quando disse para você se virar sozinho e todas aquelas coisas. Eu estava muito nervoso...

Ainda com o rosto de lado para Shuya, Shogo balançou a cabeça e sorriu.

— Não. Você tomou a decisão certa. Fim de conversa.

Shuya respirou e decidiu não levar o caso adiante. Depois, lembrando-se de algo, perguntou:

— Seu pai ainda exerce medicina?

Shogo inalou a fumaça e balançou a cabeça.

— Não.

— O que ele faz? Está em Kobe?

— Não. Ele morreu — Shogo disse casualmente, mas os olhos de Shuya se arregalaram.

— Quando?

— No ano passado, enquanto eu participava deste jogo. Quando voltei para casa, ele já estava morto. Provavelmente por bater de frente com o governo.

O rosto de Shuya enrijeceu. Ele começava a entender o significado do brilho que transpassou os olhos de Shogo quando ele declarou: "Vou destruir esta bosta de país. O mesmo que nos atirou neste jogo de merda". No momento em que Shogo entrou no Programa, o pai deve ter tentado protestar de alguma forma. E, obviamente, recebeu como resposta uma bala de chumbo.

Ocorreu a Shuya que os pais de alguns de seus colegas da turma B devem ter tido o mesmo fim.

— Sinto muito. Não queria parecer enxerido.

— Não se preocupe com isso.

Depois de uma pausa, Shuya fez outra pergunta:

— Então você mudou para a província de Kagawa com sua mãe?

Shogo balançou de novo a cabeça e respondeu:

— Não. Minha mãe morreu quando eu era criança. Eu tinha sete anos. Foi de doença. Meu pai se lamentava muito por não ter sido capaz de salvá-la. Mas a especialização dele era em abortos provocados e cirurgias. Distúrbios emocionais estavam fora da sua área.

Shuya voltou a se desculpar:

— Lamento.

Shogo sorriu e disse:

— Ei, está tudo bem! Também sou órfão como você. E é verdade sobre receber uma pensão vitalícia. Tenho o suficiente para viver. Embora não seja um valor tão alto como eles declaram.

Bolhas começaram a se formar na parte inferior da grande panela que estava no fogo. Ainda havia muitos pontos pretos no carvão sob a panela de arroz, mas sob a panela maior estava praticamente tudo vermelho. O vapor quente chegou até a mesa ao lado da qual Shuya e Shogo estavam, de pé, um ao lado do outro. Shuya sentou sobre a mesa, que estava coberta com uma toalha de vinil com desenhos florais.

Sem rodeios, Shogo perguntou de repente:

— Você e Yoshitoki Kuninobu eram bons amigos, não é?

Shuya se virou para Shogo e contemplou seu perfil. Depois voltou a olhar para a frente. Era como se não pensasse em Yoshitoki há séculos. Sentiu-se um pouco culpado por isso.

— Sim — ele respondeu. — Nós nos conhecíamos desde pequenos. — Depois de hesitar um pouco, Shuya prosseguiu: — Yoshitoki era apaixonado por Noriko.

Shogo continuou a fumar, ouvindo calado.

Shuya hesitou se deveria dizer o que lhe veio em seguida à mente. Não tinha intimidade com Shogo. Porém, decidiu lhe contar de qualquer jeito. Afinal, Shogo era um amigo agora. Não havia problema que ele soubesse e, além disso, eles tinham tempo.

— Yoshitoki e eu vivíamos nesse orfanato chamado Casa de Caridade...

— Eu sei.

Shuya balançou a cabeça de leve e prosseguiu:

— Havia muitos tipos de crianças num lugar como aquele. Meus pais morreram num acidente quando eu tinha cinco anos e acabei entrando nessa instituição. Porém, são poucos os órfãos. A maioria...

Shogo logo entendeu:

— ... está lá por problemas familiares. Principalmente, por serem filhos ilegítimos.

Shuya concordou.

— Você entende, não?

— Um pouco.

— De qualquer modo... — Shuya respirou fundo. — ... bem, Yoshitoki era filho ilegítimo. Claro que ninguém no orfanato lhe revelou isso, mas havia formas de descobrir. Hoje em dia adultério é muito comum, não é? O pai dele arranjou uma amante.

A água na panela emitiu um som gorgolejante.

— Eu me lembro de algo que Yoshitoki me disse certa vez. Foi há muito tempo, provavelmente no início do ensino fundamental.

Shuya lembrou daquele momento. Eles estavam num canto do pátio da escola, indo e vindo montados numa tora de madeira presa por cordas.

"Ei, Shuya. Estive pensando..."

"O quê?", Shuya respondeu em sua voz casual, golpeando o solo para fazer balançar a tora. Yoshitoki não fazia muito esforço, deixando as pernas soltas balançando em ambos os lados da tora.

"Bem... é..."

"O quê? Desembuche!"

"Bem... você gosta de alguém?"

"Ah, me poupe", Shuya sorriu. Ele sabia que a conversa era sobre garotas. "Então é isso? O que houve? Você gosta de alguém, não é?"

"Bem...", Yoshitoki se esquivou da pergunta e insistiu: "Você gosta?".

Shuya pensou bem antes de murmurar: "Hum".

Shuya já era o Wild Seven da Little League e costumava receber muitas cartas de amor. Mas na época ele realmente não tinha a noção exata do que era estar apaixonado. Pelo menos até encontrar Kazumi Shintani.

Assim mesmo, ele respondeu: "Bem, há umas garotas que acho legais".

Yoshitoki não falou nada, portanto Shuya deduziu que ele queria ouvir mais. Ele continuou a falar, como sempre num tom leve.

"Komoto não é ruim. De fato, ela me escreveu uma carta de amor. Eu, bem, não respondi. E tem Yukie, da turma dois, da equipe de vôlei, que é muito legal. Faz meu tipo. Sabe, bem extrovertida."

Yoshitoki parecia pensativo.

"E aí? Você me fez dizer e não fala nada? Vamos. De quem você gosta?"

Mas Yoshitoki se limitou a dizer: "Não, não é isso".

Shuya franziu a testa.

"Então o que é? Diga."

Yoshitoki parecia hesitar, mas acabou dizendo: "Sabe, eu não entendo bem".

"Hã?"

"Quer dizer..." Suas pernas sacudiam soltas. "... Acho que, se eu gostar de alguém, vou me casar com essa pessoa, não?"

"Bem, sim", Shuya respondeu com uma expressão apalermada. "Sim. Eu também, se eu amasse alguém, ia querer me casar com ela... Ainda não me sinto desse jeito com relação a ninguém."

"Imaginei", Yoshitoki disse e, então, perguntou meio que querendo confirmação: "Digamos, por exemplo, que você não possa se casar por algum motivo. Se você acabasse tendo um filho com a pessoa de quem você gosta, você não criaria a criança?".

Shuya se sentiu um pouco sem jeito. Ele estava só começando a entender como os bebês vinham ao mundo.

"Ter um filho? Você pensa nessas perversões? Sabe, ouvi dizer que isso..."

Foi quando Shuya lembrou afinal que Yoshitoki era resultado de um adultério e nenhum dos pais desejava criá-lo. Espantado, ele parou de falar.

Yoshitoki fitava a tora entre suas coxas. Então murmurou: "Meus pais não eram assim".

Shuya de súbito se sentiu muito mal por ele. "O-olhe, Yoshitoki..."

Yoshitoki voltou a elevar os olhos para o rosto de Shuya e disse num tom um pouco forte: "Por isso, eu... eu não sei. Amar alguém. Não sei se poderia confiar nesse tipo de coisa".

Shuya continuou impulsionando as pernas, sem alternativa senão olhar fixamente Yoshitoki, sentindo como se estivesse ouvindo alguém usar um idioma falado num outro mundo. Apesar disso, soava como uma horrível profecia.

"Talvez..."

Estendendo as mãos, Shuya segurou de leve nos cantos da mesa coberta com a toalha de vinil. Shogo continuava a expelir a fumaça do cigarro, parecendo estreitar um pouco os olhos na fumaça.

— Acho que Yoshitoki já era muito mais maduro que eu naquela época. Eu era apenas um garoto bobo. E, desde então, Yoshitoki nunca mais comentou sobre o caso, mesmo depois, mais tarde, quando lhe contei que estava apaixonado por alguém. — Esse alguém era Kazumi Shintani. — Isso me preocupava.

Outro som gorgolejante de água fervente.

— Porém — Shuya virou o rosto na direção de Shogo —, certo dia ele me contou sobre como gostava de Noriko. Eu não dei muita importância, mas no fundo estava muito feliz por ele. E isso foi, isso foi...

Shuya desviou os olhos de Shogo, porque ele sentiu que estava prestes a chorar. Depois de conseguir conter as lágrimas, continuou, sem olhar para Shogo:

— Isso foi há dois meses.

Shogo permaneceu em silêncio.

Shuya voltou a olhar para Shogo.

— Entende? Por isso, vou proteger Noriko até o fim.

Depois de Shuya encará-lo por um tempo, Shogo disse apenas:

— Compreendo. — Ele amassou a ponta do cigarro diretamente na toalha da mesa para apagá-lo.

— Não conte nada disso a Noriko. Eu vou contar a ela sobre Yoshitoki depois de escaparmos deste jogo.

Shogo balançou a cabeça e replicou brevemente:

— Entendido.

[RESTAM 22 ESTUDANTES]

43.

Quase cinco horas haviam se passado desde que o Macintosh PowerBook 150 fora desconectado da internet com o trágico som de um bip. Shinji Mimura suspirava, rolando o documento numa das janelas na tela do 150, agora reduzido de monitor de comunicação a mera calculadora.

Ele mexeu várias vezes no telefone, verificou as conexões e tentou reiniciar, mas a tela monocromática exibia sempre a mesma mensagem. Por fim, depois de desconectar todos os cabos do modem e do telefone, ele chegou à conclusão de que o celular não servia mais para nada. Sem uma linha telefônica, Shinji não poderia sequer acessar o computador de casa. E, claro, não poderia ligar para todas as garotas com as quais tinha saído e entre lágrimas dizer a cada uma delas: "Estou prestes a morrer, mas você foi o grande amor da minha vida". Mesmo assim, ele pensava em desmontar o celular para ver o que poderia estar errado, mas de repente desistiu.

Um calafrio percorreu sua espinha.

O motivo de não conseguir mais se conectar era evidente. Mais que um telefone especial que Shinji produziu com esforço, ele tinha agora um telefone comum, ou seja, o governo conseguiu interromper o número teste da linha usada pelo técnico de DTT — o número usado como "segundo ROM" que ele tanto se empenhou em falsificar — e cortar todas as conexões. A questão era como o governo teria feito isso. Shinji não poderia ter cometido nenhum deslize que os levasse a descobrir a invasão da rede. Ele estava convencido disso.

Só haveria uma forma possível de o governo ter descoberto sua ação. Eles souberam da tentativa de invasão de Shinji por um método separado do sistema de segurança interno dos computadores deles, do sistema de alerta e de outros sistemas de monitoramento manual. E agora que eles sabiam...

No momento em que Shinji se deu conta do que se passava, sua mão se elevou até a coleira ao redor do pescoço.

Agora que o governo sabia, não seria surpresa se enviassem o sinal remoto para explodir instantaneamente a coleira e matá-lo. Provavelmente o mesmo aconteceria com Yutaka.

Graças a essa conscientização, a água e o pão fornecidos pelo governo, que eles consumiram à tarde, tinham um gosto ainda pior.

Ao ver Shinji desligar o laptop, Yutaka pediu uma explicação. Shinji apenas respondeu:

— Não deu certo. Não sei qual o motivo, mas não funciona. Possivelmente uma pane do telefone.

Desde então Yutaka se mostrava totalmente desanimado e voltou a sentar na mesma posição em que estava pela manhã. Exceto pelo barulho de tiros eventuais e umas poucas palavras trocadas, tudo permanecia em silêncio. O magnífico plano de escapada de Shinji, que tanto fascinou Yutaka, acabou dando com os burros n'água.

Mas...

Eu os farei se arrepender de não terem me matado logo de cara. Custe o que custar.

Ele pensou um pouco e depois remexeu no bolso da calça e tirou dele um pequeno e velho canivete do qual nunca se separou desde que o ganhou, ainda menino. Com o canivete, havia um pequeno cilindro amarrado a um chaveiro. Shinji examinou o objeto com a superfície cheia de riscos.

Seu tio lhe dera o canivete muito tempo atrás. E o cilindro também era uma recordação do tio, juntamente com o brinco em sua orelha esquerda. Assim como Shinji, seu tio mantinha o cilindro amarrado ao pequeno canivete e sempre o carregava para onde quer que fosse.

Do tamanho de um polegar, o tubo possuía um anel de borracha por dentro da tampa que o tornava à prova d'água. Normalmente os soldados punham dentro desse tipo de tubo um papel com o nome, tipo sanguíneo e histórico da doença no caso de ferimentos. Outros o usavam como uma caixa de fósforos. Enquanto o tio estava vivo, Shinji sempre achou que o dele tivesse algo semelhante. Mas, depois da morte do tio, quando Shinji abriu o tubo, encontrou dentro dele algo completamente diferente. Não, além disso, até a caixa do tubo em si era gravada com uma liga especial e continha dois pequenos cilindros dentro. Logicamente, Shinji retirou os cilindros. À primeira vista, não imaginava o que poderiam conter. Apenas percebeu que o conteúdo dos dois deveria ser misturado.

O parafuso de um acoplava-se perfeitamente ao outro. A razão de serem mantidos em cilindros separados era o perigo de conectá-los. E ao descobrir para que serviam, depois de uma pesquisa (não era de estranhar que estivessem separados — do contrário, não seria possível carregar aquilo, por ser muito perigoso), ele ainda não tinha ideia do motivo de seu tio sempre tê-lo carregado consigo. Isso porque o objeto em si não tinha uma finalidade em particular. Ou, assim como o brinco que Shinji jamais tirava da orelha, seu tio possivelmente era apegado a ele por lembrá-lo de alguém. De qualquer forma, para Shinji o objeto se tornou mais uma pista para conjecturar sobre o passado do tio.

Com um leve ruído, Shinji abriu a tampa. Era a primeira vez que fazia isso desde a morte do tio. Ele deixou cair os dois cilindros na palma da mão. Em seguida abriu o cilindro menor, que possuía enchimento de algodão para protegê-lo de choques. Via-se o amarelo escurecido do latão sob o algodão.

Depois de examiná-lo, Shinji voltou a fechar a tampa e devolveu ambos os cilindros ao recipiente maior. Antes ele pensava que, se um dia tivesse que usá-lo, seria depois de escapar da ilha. Ou depois de danificar os computadores da escola, juntando o necessário para um ataque súbito a Sakamochi. Porém, de qualquer modo, agora era tudo com que podia contar.

Ele fechou a tampa bem apertado e abriu a lâmina do canivete. O sol se movera bastante para oeste e os arbustos se refletiam numa cor amarela escura contra o aço prateado. Ele puxou do bolso do casaco um lápis. Era o mesmo usado pelos estudantes para escrever a frase "Nós vamos nos matar uns aos outros", antes do início do jogo. Sua ponta estava gasta depois que ele o utilizou para marcar os quadrantes proibidos e o nome dos colegas mortos. Shinji apontou um pouco o lápis com o canivete. Depois, tirou de outro bolso seu mapa e o abriu. Ele o virou. O verso estava em branco.

— Yutaka.

Yutaka abraçava os joelhos e olhava para o solo. Ao ouvir ser chamado, ergueu a cabeça. Seus olhos brilhavam.

— Teve alguma ideia? — Yutaka perguntou.

Shinji não estava muito certo do porquê da reação de Yutaka tê-lo incomodado. Talvez pelo tom de sua voz ou as palavras usadas. Shinji se sentiu irritado por um segundo, dizendo a si mesmo: *Poxa, qual é a sua? Eu aqui martelando os neurônios para idealizar um plano de fuga e você fica apenas sentado olhando para o vazio? Para quem disse coisas grandiosas como se vingar pelo que fizeram a Izumi Kanai, você não está pensando em nada, no final das contas. Está achando que é um cliente de fast-food e, eu, o carinha da caixa registradora? Quer fritas com seu pedido, senhor?*

Mas Shinji se conteve.

As faces rechonchudas de Yutaka estavam chupadas e era possível discernir claramente os ossos do rosto dele. Era natural. Yutaka devia estar desgastado pela tensão do jogo de matança mútua que poderia acabar a qualquer momento para eles.

Desde pequeno, Shinji sempre foi o melhor nas aulas de educação física. (A partir do oitavo ano, apareceram duas exceções: o famoso Wild Seven Shuya Nanahara e Kazuo Kiriyama. Ele podia vencê-los no basquete, mas não tinha confiança quanto a outros esportes.) Quando era pequeno, seu tio costumava levá-lo para subir montanhas e, por isso, tinha confiança em si mesmo em qualquer competição que exigisse vigor físico. Mas nem todos tinham o preparo físico do Terceiro Homem Shinji Mimura. Yutaka não era bom em educação física e, na estação do ano em que as gripes eram comuns, ele se ausentava com frequência. Ele se cansava com mais facilidade que Shinji, portanto não estava podendo pensar direito.

Nesse momento, Shinji se espantou ao se dar conta de algo importante. O fato de ele estar um pouco irritado com Yutaka não seria indicação de seu próprio cansaço? Logicamente, tendo em vista as chances mínimas de ambos se salvarem, seria muito mais estranho se não estivessem desgastados.

Não.

Tenho que tomar cuidado. Se isso fosse um jogo de basquete, você apenas se sentiria mal se perdesse... Mas a conclusão óbvia deste jogo é que você acabará morto.

Shinji balançou levemente a cabeça.

— Algo errado? — Yutaka perguntou.

Shinji ergueu a cabeça e sorriu.

— Nada. Só quero examinar o mapa, o.k.?

Yutaka se aproximou de Shinji.

— Ei! — Shinji levantou a voz. — Há um inseto em seu pescoço!

Yutaka levantou o braço para tocar o pescoço.

— Eu faço isso para você — Shinji o fez parar e se aproximou de Yutaka. Ele fixou o olhar na nuca do amigo, mas não era um inseto que procurava.

— Ah, escapou! — ele disse, e foi para trás de Yutaka. Shinji examinou o pescoço dele de novo.

— Shinji. Conseguiu tirá-lo? Shinji?

Enquanto ouvia a voz aguda e amedrontada de Yutaka, Shinji observou com mais detalhe.

Então ele passou com rapidez a mão na nuca de Yutaka. Esmagou o inseto imaginário com a sola do tênis, fingiu que o pegou e jogou nos arbustos.

— Peguei — disse. Voltou para a frente de Yutaka e complementou: — Parecia uma centopeia.

— Oh, céus! — Yutaka coçou a nuca e olhou para onde Shinji aparentemente jogou o inseto, franzindo o rosto.

Shinji abriu um leve sorriso e propôs:

— Vamos dar uma olhada no mapa.

Yutaka olhou e franziu a testa ao ver o mapa virado.

Shinji acenou com o dedo indicador para que Yutaka não falasse nada, pegou o lápis e rabiscou algo no verso do mapa. Escrevendo com a mão esquerda por ser canhoto, as palavras saíam garranchadas na beira do papel.

Eles podem nos escutar.

O rosto de Yutaka se crispou e ele perguntou:

— Sério? Como você sabe?

Shinji sem demora tampou a boca de Yutaka, que entendeu e concordou, balançando a cabeça, de olhos arregalados.

Shinji soltou a mão e disse:

— Apenas sei. Conheço muito sobre insetos também. Esse não era peçonhento.

Então, apenas para se certificar, ele rabiscou de novo.

Estamos conferindo o mapa. Não diga nada que levante suspeitas.

— Bem, agora que o hackeamento não deu certo, estamos de mãos atadas — Shinji soltou o comentário falso e depois voltou a escrever.

O pessoal do governo ouviu quando eu te dava as explicações e cortou a conexão do Mac. Fui muito idiota. Eles devem imaginar que, assim como nós, alguns mostrarão resistência. Por isso o método mais seguro de se protegerem é monitorar nossas conversas. É natural.

Yutaka também pegou o lápis do bolso e escreveu abaixo dos garranchos de Shinji. Sua escrita era muito mais legível que a do amigo.

Como eles podem usar um aparelho para nos monitorar numa ilha tão grande?

Ele parecia ter copiado a palavra *monitorar* do texto de Shinji, mas *aparelho* estava grafado errado. Não importa. Aquilo não era uma aula de redação.

— Creio que devemos procurar os outros. Não podemos fazer muito sozinhos. Portanto... — Shinji disse enquanto dava tapinhas leves com a ponta do dedo em sua coleira. Os olhos de Yutaka se arregalaram enquanto balançava a cabeça concordando.

Shinji escreveu de novo.

Verifiquei sua coleira. Não parece ter uma câmera acoplada a ela. Apenas um aparelho de escuta. Não creio que haja câmeras na área. O que me preocupa é a monitoração por satélite, mas estamos encobertos pelas árvores e eles não podem observar o que fazemos agora.

Os olhos de Yutaka se arregalaram mais uma vez e ele olhou para o alto. Os ramos das árvores balançavam, impedindo que eles vissem por completo o céu azul.

O rosto de Yutaka enrijeceu de súbito como se percebesse algo. Ele pegou o lápis com firmeza e o direcionou para o verso do mapa.

Deu errado com o laptop porque você me contou tudo. Se eu não estivesse aqui, você teria conseguido!

Shinji cutucou o ombro de Yutaka com o dedo indicador da mão esquerda, que segurava o lápis, e sorriu. Depois voltou a rabiscar:

Foi, mas não esquente. Falta de cuidado da minha parte. As coleiras poderiam ter explodido no momento em que o pessoal do governo percebeu. Ainda estamos vivos graças à "generosidade" deles.

Com uma expressão de espanto, Yutaka levou outra vez a mão até a nuca envolta pela coleira. Olhou por um tempo fixamente para Shinji, depois contraiu os lábios e balançou a cabeça. Shinji concordou, balançando de volta.

— Eu me pergunto onde eles se esconderam...

Vou escrever meu plano aqui. Vou falar qualquer coisa e você apenas siga o que eu disser.

Yutaka respondeu rapidamente:

— Hum, mas talvez não haja ninguém em quem possamos confiar.

Muito bom, Shinji pensou e sorriu. Yutaka sorriu de volta.

— É verdade. Mas acho que dá para confiar em Shuya. Queria me encontrar com ele.

Quero avisar algo. Se o hackeamento tivesse dado certo, poderíamos ter salvo outras pessoas. Mas, agora, só podemos pensar em como nós dois vamos escapar. Tudo bem?

Depois de refletir um tempo, Yutaka escreveu.

Não vamos procurar Shuya e os outros?

É. Sei que é duro, mas não podemos mais nos dar ao... Pensou em escrever o ideograma de *luxo*, mas não sabia qual era. ***... de nos preocupar com os outros. Tudo bem?*** Shinji também não tirava notas muito boas em língua japonesa.

Yutaka mordeu o lábio, mas por fim concordou.

Shinji prosseguiu:

Mas, se meu plano der certo, o jogo será temporariamente suspenso. Isso pode dar aos outros uma chance de escapar.

Yutaka balançou a cabeça duas vezes, concordando.

— Você acha que todos estão escondidos na montanha como nós? Talvez alguns estejam em casas.

— Talvez...

Shinji refletia sobre o que escrever em seguida quando Yutaka se adiantou:

Qual é o plano?

Shinji balançou a cabeça e pegou o lápis.

Estou esperando algo acontecer desde cedo.

Yutaka inclinou a cabeça, sem usar o lápis.

O anúncio do cancelamento do jogo. De fato, ainda espero.

Yutaka pareceu surpreso e virou a cabeça espantado. Shinji sorriu para ele.

Antes de conversar com você, quando tive acesso ao computador da escola, de início procurei todos os arquivos de backup. E os aplicativos de procura de arquivos. Não demorou para achá-los. Então, antes de baixá-los, eu os infectei com vírus. Como segurança.

Yutaka formou a palavra "vírus?" nos lábios sem pronunciá-la em voz alta. *Ei, Yutaka, só eu é que escrevo, afinal?*

Shinji escreveu:

O vírus penetraria no sistema de computadores da escola se eles procurassem arquivos ou backups quando julgassem que algum problema aconteceu. Causaria o caos no sistema e paralisaria o jogo.

Impressionado, Yutaka balançou a cabeça várias vezes de leve. Shinji sabia que era perda de tempo, mas queria escrever assim mesmo.

É um vírus foda que eu projetei. Realmente show de bola! É como pegar micose, mas cem vezes pior.

Yutaka conteve a vontade de rir, mas abriu um grande sorriso.

Quando ativado, depois de destruir todos os dados, ele tocará o hino nacional americano sem parar. Isso levará à loucura aquele pessoal do governo avesso aos imperialistas.

Yutaka pôs a mão sobre o estômago e com a outra tampou a boca, esforçando-se para não gargalhar. Shinji também se segurou para não cair na risada.

De qualquer forma, agora que eles descobriram que eu os hackeei, provavelmente não recuperarão os arquivos. Portanto, o jogo teria que parar por um tempo. Mas não parou. Isso significa que eles apenas fizeram as verificações de praxe. Eu não cheguei aos arquivos principais.

— Que tal darmos uma circulada e procurar por Shuya?

— Não é perigoso?

— Sim, mas pelo menos estamos armados.

Meu plano: fazê-los recuperar os arquivos. Isso ativará o vírus.

Shinji pegou seu PowerBook 150 e mostrou a Yutaka o documento que ele olhava antes. Era um arquivo com quarenta e duas linhas de texto. Os dados baixados haviam sido interrompidos, mas, de todos os arquivos copiados até aquele momento, esse era na opinião de Shinji o mais importante. O texto escrito na horizontal. No lado esquerdo de cada linha havia uma lista de números sequenciais de "M01" a "M21" seguidos de "F01" a "F21", também na ordem. Cada linha estava acompanhada por um número de dez dígitos, todos também sequenciais, semelhante ao de um telefone. Finalmente, havia o que parecia ser números de dezesseis dígitos aleatórios. Essas três listas estavam separadas por pequenas vírgulas. A parte inicial do arquivo tinha um significado desconhecido: *guadalcanal-shiroiwa9b*.

O que é isso?, Yutaka escreveu.

Devem ser os números destinados à monitoração de nossas coleiras, Shinji explicou.

Yutaka balançou forte a cabeça, como se dissesse "oh". Portanto, "M01" era o Estudante nº 1 (Yoshio Akamatsu) e "F01" era a Estudante nº 1 (Mizuho Inada, aquela garota lunática) — com M simbolizando Masculino e F, Feminino.

Acho que as coleiras têm um sistema igual ao dos telefones celulares. Cada uma possui um número e uma senha. Talvez eles os usem para explodir. Quer dizer...

Shinji parou e olhou para Yutaka. Depois prosseguiu.

... ***se os dados estiverem infectados com vírus, não temos por que nos preocupar com a explosão das coleiras. Com o vírus se espalhando, de nada adiantará se tiverem arquivos de backup. Se reprogramarem manualmente para parar o vírus, mesmo assim o sistema se destruirá, o que nos fará ganhar tempo.***

— Que tal jogar uma chuva de pedrinhas em determinados locais para ver se alguém sai correndo?

— Calma lá. E se for uma garota que comece a berrar? Isso poderia ser perigoso tanto para nós quanto para ela. Quer dizer, supondo que ela não seja má.

— Hum.

Como você os forçará a fazer isso?

Shinji voltou a escrever.

Ao sair da escola, você viu o cômodo onde estavam os caras das Forças Especiais de Defesa?

Yutaka fez que sim com a cabeça.

Os computadores estão lá. Lembra?

Os olhos de Yutaka se arregalaram e ele balançou a cabeça. ***Eu não tive tempo de ver isso***, ele escreveu.

Shinji riu de leve.

Eu dei uma boa olhada. Havia uma fileira de computa-

dores desktop e um grande servidor. E também um cara meio esquisito. Tinha no uniforme uma insí... Como se escreve mesmo? Deixa quieto. Ele tinha um treco pregado no uniforme mostrando que era um oficial técnico em informática. Não há dúvidas de que os computadores que operam este jogo estão lá. Por isso, devemos atacar a escola para fazê-los pensar que aniq... Opa, outra palavra difícil... aniquilamos seus dados. Se pudermos pôr as mãos em todos os materiais que precisamos, poderemos praticamente destruir os computadores deles.

Shinji parou temporariamente de escrever. Ele estendeu as mãos com um movimento imitando um mágico. Depois, voltou a escrever nas costas do mapa.

LANÇAR UMA BOMBA NA ESCOLA. DEPOIS, ESCAPAMOS PELO MAR.

Os olhos de Yutaka saltaram das órbitas. Ele moveu os lábios com a palavra "bomba?".

Shinji sorriu.

— Devíamos procurar algo que possa servir de arma. Não podemos lutar só com esse garfo.

— Sim, tem razão.

O que preciso mesmo agora é de gasolina. Acho que havia um posto de serviço no porto, mas não podemos chegar lá. Deve haver muitos carros nesta ilha. Não sei se eles teriam combustível no tanque, mas de qualquer forma vamos procurar. Na pior das hipóteses, óleo servirá. Também precisamos de fertilizante.

Yutaka franziu as sobrancelhas, espantado. Fertilizante?

Shinji confirmou e tentou escrever o nome do composto de fertilizante, mas não soube como escrevê-lo. Essa era a consequência de usar sempre o computador ou processador de palavras para escrever. Mas o importante mesmo é que ele conhecia a fórmula molecular.

Nitrato de amônia. Também não sei se encontraríamos. Com ele e gasolina, podemos produzir uma bomba.

Shinji retirou do bolso seu canivete e o tubo ligado a ele e o mostrou a Yutaka.

Aqui dentro tem um detonador. Muito complicado explicar o motivo de eu ter um. Mas com certeza tem.

Yutaka pareceu pensativo. Depois escreveu:

Seu tio?

Shinji sorriu constrangido e confirmou. Yutaka imaginou que fosse isso, porque Shinji não cansava de falar sobre esse tio.

Depois Yutaka escreveu:

Mas como bombardearemos a escola? Não podemos nem mesmo chegar perto dela. Fazer um estilingue gigante com árvores?

Shinji sorriu.

Não. O alvo não seria muito preciso. Se tivéssemos muitas bombas não haveria problema, mas, como só há um detonador, temos apenas uma chance. Cordas e talha.

Yutaka abriu a boca como para dizer "Oh...".

Ou seja, uma espécie de teleférico. Sem dúvida não podemos nos aproximar da escola, mas não há problemas com a área da montanha e a área do outro lado da escola.

Shinji virou o mapa e mostrou a Yutaka as áreas. Depois desvirou o mapa.

Da montanha até o local plano... não, errei... do lado plano até o lado da montanha estendemos uma corda. Deve ser uns trezentos metros. Nós esticamos a corda bem firme e rapidamente para poder, da montanha, deslizar a bomba por ela com a talha acoplada. Então cortamos a corda quando a bomba estiver acima da escola. Ou a afrouxamos. Será um arremesso especial.

Muito impressionado, Yutaka balançou a cabeça inúmeras vezes.

— Será fácil procurar armas se nos movimentarmos durante o dia.

— Sim, também acho. Será mais fácil que procurar alguém.

Para as tarefas também será melhor. Eu vi uma talha perto do poço. Pegamos a gasolina dos carros. O problema será o fertilizante e a corda. Será que vamos achar uma corda tão longa?

Eles se mantiveram em silêncio, mas Yutaka logo escreveu:

Só nos resta essa alternativa. Vamos tentar.

Shinji concordou e prosseguiu.

Se tudo correr bem, talvez a gente consiga matar Sakamochi e seus soldados das Forças Especiais de Defesa. Mas, é como eu falei, ou melhor, escrevi antes: Temos que fazê-los achar que os dados estão danificados. Então ele apontou para sua coleira e escreveu: ***Essas aqui não poderão mais acabar conosco.***

E depois, escapamos pelo mar?

Shinji fez um gesto afirmativo.

Mas eu não sei nadar direito. Ele olhou meio desconfiado para Shinji.

Shinji interrompeu a escrita de Yutaka e escreveu. ***Esta noite será de lua cheia. Podemos aproveitar a corrente da maré. De acordo com meus cálculos, a maré nos levará a seis ou sete quilômetros por hora. Se nos empenharmos e nadarmos rápido, atingiremos a próxima ilha em menos de vinte minutos.***

Como se não pudesse se expressar apenas arregalando os olhos, Yutaka também balançou a cabeça, mostrando sua admiração.

E o barco-patrulha?

Shinji escreveu:

Claro, há o risco de sermos descobertos. Porém, como dependem dos computadores, o pessoal de bordo deve estar relaxado. Um barco em cada direção é a fraqueza deles. É nisso que temos que nos concentrar. Com os computadores sem funcionar, eles não saberão a nossa localização. O barco-patrulha somente poderá vir ao nosso encalço a olho nu. Mesmo que o governo esteja usando satélites, as câmeras serão praticamente inúteis à noite. Não precisamos nos preocupar com as coleiras explodindo. Teremos oportunidade de escapar.

Mas, mesmo assim, não será tarefa fácil.

Tenho uma outra ideia com relação a isso.

Shinji enfiou a mão dentro do kit de sobrevivência e tirou dele um pequeno transmissor que ele encontrou numa das casas.

Posso tentar aumentar a capacidade de saída disso aqui. Não deve ser complicado. Depois que estivermos no mar, num local

apropriado, enviaremos um SOS. Podemos dizer que nosso barco de pesca naufragou e ficamos à deriva ou algo do gênero.

O rosto de Yutaka se iluminou.

Sendo assim, poderemos escapar, não? Algum barco nos salvará.

Shinji balançou negativamente a cabeça.

Não. O governo logo suspeitará, por isso informaremos uma localização falsa. Numa direção oposta à que usaremos para escapar.

Yutaka balançou a cabeça. Depois escreveu:

Shinji, você é fantástico!

Shinji sorriu.

— Tudo bem, então. — Ele olhou o relógio. Eram quatro da tarde. — Vamos começar a nos mexer em cinco minutos.

— O.k.

Shinji largou a caneta, cansado de tanto escrever, algo que raramente fazia. Como um arquivo de log de comunicação de um PC, o verso do mapa estava preenchido com um volume enorme de palavras. (Na realidade, ele teria preferido usar o teclado do notebook, em vez de escrever a lápis, mas Yutaka não sabia digitar.)

Porém, ele pegou mais uma vez o lápis e acrescentou: ***Não é um grande plano. Nossas chances de nos salvar são mínimas. Mas isso foi tudo que pude imaginar.***

Ele encolheu os ombros e olhou para Yutaka.

O amigo lhe deu um sorriso animado e escreveu:

Não custa tentar!

[RESTAM 22 ESTUDANTES]

44.

No lado sul da montanha norte, um rapaz sentado num canto de uma inclinação coberta de densa vegetação se olhava num pequeno espelho que segurava na mão esquerda, arrumando com cuidado, com o pente na mão direita, seu penteado volumoso na frente. Desde o início do jogo, ele deve ter sido o único estudante da turma B do nono ano, incluindo as garotas, que teve tempo para cuidar dos cabelos. Mas isso era muito natural. Um rosto rude não combinava com ele, que era do tipo que zelava demais por sua aparência. Na turma B praticamente ninguém sabia o motivo exato, mas entre os amigos ele é chamado... Ou melhor, levando em conta o que estava acontecendo, ele era chamado, no passado, de "Zuki". De qualquer forma, ele era homossexual.

Sobre sua localização, ele estava, em distância horizontal, cerca de duzentos metros bem a oeste de onde Shinji Mimura e Yutaka Seto estavam escondidos. Aproximadamente seiscentos metros a noroeste da clínica onde o trio de Shuya abrigava-se. Em outras palavras, sua posição era bem acima da casa de fazenda onde Shuya Nanahara testemunhou Kaori Minami ser morta por Hirono Shimizu. Se olhasse para o alto ele teria tido uma visão clara do mirante onde os corpos de Yumiko Kusaka e Yukiko Kitano ainda jaziam, banhados pela luz do sol poente.

Esse estudante arrumando os cabelos viu os corpos de Yumiko Kusaka e Yukiko Kitano, bem como o de Kaori Minami. De fato, ele viu bem mais. Kaori Minami era o sétimo cadáver com o qual se deparou.

Ai, que nojo. Tenho outra folha no cabelo! É só eu deitar que elas grudam nele.

Movendo o dedo mindinho da mão direita, que segurava o pente, retirou a folha presa nos cabelos. Depois, olhou para os arbustos a quase vinte metros para além de seu rosto refletido no espelho.

Ka-zu-o-zi-nho. Está dormindo?

Os lábios grossos do rapaz se contorceram num sorriso.

Você está atento? Bem, nem mesmo um sujeito fantástico como você poderia imaginar que, depois de falhar ao tentar me matar, estaria sendo vigiado por mim.

Sim, Sho Tsukioka (o Estudante nº 14), esse rapaz gay segurando um espelho e se penteando, era o único membro do Clã Kiriyama a escapar do massacre de Kazuo, por não ter aparecido no local de encontro combinado. Nas moitas estava o próprio Kazuo Kiriyama, que já tinha acabado com seis estudantes desde o início do jogo. Por mais de duas horas ele se manteve quieto.

Sho voltou a se olhar no espelho, dessa vez verificando a aspereza de sua pele, enquanto se lembrava de como Mitsuru, outro membro do Clã Kiriyama, sempre lhe repreendia por sua mania de chamar Kazuo pelo diminutivo "Kazuozinho". Mitsuru diria algo como: "Ei, Zuki, você tem que chamar Kazuo de chefe". Mas mesmo o corajoso Mitsuru parecia passar apertos com um "rapaz afeminado". Por isso, assim que Sho respondia, com seu costumeiro olhar meio enviesado, "Ai, bofe, não esquenta com essas ninharias. Cadê sua masculinidade?", Mitsuru apenas sorria, resmungando e desistindo de dizer algo mais.

Chamá-lo de chefe, é?, Sho pensou enquanto olhava bem os olhos no espelho, um de cada vez. *Mas você acabou mortinho por esse seu chefe. Que bundão!*

Era verdade. Pode-se dizer que Sho Tsukioka foi mais cauteloso que Mitsuru Numai. Não que tivesse uma ideia tão clara de Kazuo como a que Mitsuru tivera pouco antes de morrer, mas Sho sempre se ateve à crença de que "traições podem acontecer a qualquer momento". Este mundo é assim. Podia-se dizer que, comparado a Mitsuru, um mero brigão sem refinamento, Sho tinha mais conhecimento das coisas mundanas, fruto de sua vivência no mundo dos adultos, quando criança, no bar gay administrado pelo pai.

Depois de sair da escola, Sho não se dirigiu diretamente à extremidade sul da ilha conforme combinado, mas adentrou um pouco a partir da costa, seguindo seu caminho através do bosque. Apesar de dificultoso, ele gastou apenas uns dez minutos.

Sho acabou observando tudo de dentro do bosque ao longo da praia. Três corpos, dois deles trajando casacos e um com terninho de marinheiro, espalhados sobre as rochas que se estendiam até o mar como dividindo em duas a areia da praia. Lá estava Kazuo Kiriyama, calmamente de pé numa cavidade da rocha, escondido à sombra do luar.

Mitsuru Numai apareceu quase de imediato. Depois de uma breve troca de palavras com Kazuo, ele se tornou isca das balas da metralhadora sobre a rocha já ensopada de sangue (seu odor chegava até as narinas de Sho).

Ai, ai, Sho pensou. *Isso não é nada bom*.

Depois de deixar esse local e começar a seguir na cola do "chefe" Kazuo Kiriyama, Sho decidiu seu curso de ação.

Sem dúvida, Kazuo era o forte candidato a vencer o jogo. Ele não pôde ouvir o que o chefe e Mitsuru conversaram, mas, uma vez que Kazuo decidiu seguir o jogo, praticamente não restavam dúvidas de que ele era o favorito. Além disso, Kazuo portava não apenas uma metralhadora (Teria recebido no kit de sobrevivência ou pertenceria a um dos três estudantes mortos por ele?), mas também a pistola de Mitsuru. Ninguém sairia vencedor num confronto direto com ele.

Porém, Sho Tsukioka tinha uma vantagem, uma capacidade na qual ele era muito bom. Era dotado de talento para se infiltrar em certos locais, roubar quando alguém se distraía e seguir pessoas. (Quando encontrava um garoto de quem gostava, ele não parava de persegui-lo.) Ou seja, tinha talento para ser sorrateiro — *O que você quer dizer com sorrateiro? Como ousa?* — em todos os aspectos. A arma que encontrou em seu kit de sobrevivência era uma Derringer .22 dupla de alto padrão. O pente era uma magnum, letal a curta distância, mas inapropriada para tiroteios.

Então, Sho pensou, *mesmo que Kazuo Kiriyama se empenhe para vencer o jogo, ele terá nesse processo necessariamente que se aliar a rapazes que rivalizam com ele, como Shogo Kawada e Shinji Mimura. (Hum, Shinji faz meu tipo!) Se eles tiverem armas também, provavelmente acabarão por machucá-lo. E toda essa luta vai desgastá-lo.*

Então, vou apenas segui-lo até o final e, já bem no fim de tudo, posso apenas alvejá-lo pelas costas. No momento em que ele estiver desatento por achar que acabou com o último deles, atirarei nele com minha Derringer. Mesmo Kazuo jamais suspeitaria que alguém o esteja seguindo, especialmente eu, que não compareci ao encontro marcado.

Ao mesmo tempo, essa também era uma forma de Sho evitar sujar as mãos nesse jogo, sem ter que matar seus colegas de turma um depois do outro. Não que ele tivesse algum forte sentimento ético com relação a matar seus colegas, mas apenas pensava: *Eu me recuso a matar crianças inocentes. Nossa, que vulgaridade! Deixo a matança para Kazuo e vou apenas continuar atrás dele. Mesmo que ele mate alguém bem na minha frente, não vou fazer nada para impedir. É muito perigoso. E, no final, vou matá-lo em autodefesa. Quer dizer, se eu não der cabo dele, ele me mata.* Era esse seu raciocínio.

Havia outra vantagem no fato de ele seguir Kazuo: se estivesse exatamente atrás dele, Sho não precisaria se preocupar muito em ser atacado. E, mesmo se isso acontecesse, desde que pudesse se esquivar do primeiro tiro, Kazuo responderia ao barulho. Se Sho pudesse apenas desaparecer rapidamente do local, Kazuo com certeza daria cabo do inimigo. Logicamente, isso também significaria perder Kazuo de vista, destruindo seu plano; logo, ele queria evitar tanto quanto possível que isso acontecesse.

Depois de refletir, decidiu manter uma distância básica de vinte metros atrás de Kazuo. Ele avançaria quando Kazuo avançasse, e pararia quando Kazuo interrompesse o passo. Havia também a questão dos tais quadrantes proibidos. Kazuo deveria estar levando isso em consideração, portanto evitaria os quadrantes, mantendo boa distância. Desde que Sho estivesse sempre a vinte metros dele, não haveria risco de entrar nos quadrantes. Quando Kazuo parasse, ele olharia o mapa para se certificar de que não estaria entrando num local proibido.

Tudo prosseguia conforme o plano de Sho.

Kazuo deixou a extremidade sul da ilha e, depois de entrar em várias casas na área residencial (decerto obtendo o que lhe era necessário), decidiu se dirigir à montanha norte por algum motivo, e acabou se sentando. Quando ouviu pela manhã um tiroteio ao longe, primeiro olhou para aquela direção, mas então resolveu não se mover, possivelmente por causa da distância. Contudo, algum tempo depois, quando Yumiko Kusaka e Yukiko Kitano começaram a chamar os outros do pico da montanha com seu megafone, ele se moveu rapidamente e matou as duas, não sem antes se certificar de que ninguém respondia ao chamado delas. (Naquele momento, ouviu outro tiro. Sho acreditou que o tiro era para levar as duas a interromper a gritaria, incentivando-as a se esconder. *Nossa, que maravilha, temos alguém com senso humanitário.* Sho se emocionou, mas parou por aí.) Depois disso, Kazuo desceu a encosta norte. Antes do meio-dia houve outro tiro distante, mas Kazuo permaneceu quieto em relação a esse também. Então, pouco antes das três da tarde, Kazuo começou a se movimentar depois de ouvir tiros desse lado da montanha. Porém, o que ele viu (e também Sho) foi apenas o corpo de Kaori Minami estirado dentro de uma cabana com equipamentos agrícolas. Kazuo desceu para verificar o cadáver, talvez para se apossar de seus pertences, mas aparentemente alguém tinha chegado antes dele. Então, voltou a se movimentar um pouco...

E agora ele está no bosque bem abaixo de mim.

A estratégia de Kazuo parecia simples, pelo menos até aquele momento. Ao tomar conhecimento da localização de alguém, ele corria até o local e mandava bala para todo lado. Sho estava um pouco decepcionado com a forma impiedosa de Kazuo ao matar Yumiko Kusaka e Yukiko Kitano, mas era inútil se apegar a esses detalhes. (*Kazuo, seu nome é tão comum, mas suas ações estão fora de controle. E, no entanto, meu nome — Sho Tsukioka — soa como o de uma celebridade, apesar de eu ser apenas um cara comum.*) Por enquanto, ele deveria se sentir satisfeito por Kazuo não perceber de forma nenhuma sua presença.

Kazuo parecia descansar serenamente. Conforme Sho supunha, ele devia ter dormido.

Por outro lado, Sho não podia dormir nem um pouco, mas ele também estava confiante com relação a isso. Era natural. *Garotas têm mais resistência física que rapazes. Foi o que eu li num livro. Bem, de qualquer forma...*

O que acabou se tornando muito penoso era o fato de ele ser um fumante compulsivo. O cheiro da fumaça do cigarro, dependendo da direção do vento, denunciaria sua presença a Kazuo. Mais que isso, o som de seu isqueiro eletrônico sendo acionado seria fatal. Afinal, eles estavam bem próximos.

Sho tirou do bolso seu maço importado de Virginia Slims mentolado. (*Adoro o nome, embora seja difícil consegui-los neste país. Porém, há lugares onde são vendidos e tudo o que eu preciso fazer* é *roubá-los. Tenho pilhas de maços no quarto do apartamento.*) Ele pôs o cigarro fino entre os lábios. Chegou-lhe às narinas o cheiro leve das folhas de tabaco e o odor singular de mentol, aliviando sua situação de abstinência. Na realidade, ele desejava com ardor encher os pulmões com a fumaça do cigarro, mas conseguiu se conter.

Não posso simplesmente morrer. Na minha idade, ainda há muita coisa para fazer e se divertir.

Para se distrair, ele levantou o espelho na mão esquerda e contemplou seu rosto com o cigarro na boca. Inclinou a cabeça de leve e examinou o perfil refletido.

Ah, como sou lindo, ele pensou. *E, como se não bastasse, inteligente. É lógico que eu devo vencer este jogo. Apenas os belos sobrevivem. Isso é o que Deus...*

Na extremidade de seu campo de visão, os arbustos farfalharam ligeiramente.

Sho rapidamente retirou o cigarro da boca e o enfiou no bolso, juntamente com o espelho. Em seu lugar, pegou a Derringer. Segurava com a mão esquerda o kit de sobrevivência.

A cabeça de Kazuo Kiriyama, com seus cabelos puxados para trás, apareceu na margem dos arbustos. Ele olhou devagar para a esquerda e para a direita, e em seguida para a direção norte, diretamente para a esquerda de Sho, acima da encosta.

Da sombra de uma azaleia carregada de flores, Sho observou a cena com as sobrancelhas levemente erguidas.

O que ele está fazendo?

Ele não ouvia tiros. Nenhum som. Haveria algo na direção em que Kazuo olhava?

Sho lançou um olhar na mesma direção, mas não notou nenhum movimento.

Kazuo pôs todo o corpo para fora dos arbustos. Ele tinha seu kit de sobrevivência pendurado no ombro esquerdo e a metralhadora no ombro direito, cujo cabo ele segurava. Começou a subir a encosta por entre as árvores. Atingiu mais que depressa a mesma posição alta de Sho e continuou a subir. Sho então se levantou e começou a segui-lo.

O movimento de Sho era gracioso como o de um felino, não combinando com seu porte relativamente grande de um metro e setenta e sete de altura. Ele mantinha com cuidado a distância de vinte metros atrás do casaco de escola preto de Kazuo que com intermitência surgia entre as árvores. A confiança de Sho se intensificava ao perceber que Kazuo não o notava.

O movimento de Kazuo era também muito preciso e veloz. Ele parava à sombra de uma árvore, verificava o que havia à frente e onde a vegetação era densa, se ajoelhava e verificava por baixo dela antes de avançar. O único problema era que...

... suas costas estão desprotegidas, Kazuo.

Eles devem ter avançado uma centena de metros. O observatório estava acima, à esquerda. Kazuo parou lá.

As fileiras de árvores em frente foram interrompidas por uma estrada estreita e sem pavimento. Tinha largura inferior a dois metros, suficiente apenas para um carro.

Oh... este era o caminho conduzindo ao pico. Nós o cruzamos pouco antes de vermos o corpo de Kaori Minami, Sho pensou.

À direita de Kazuo, para onde ele olhava, havia um espaço com um banco e um banheiro químico bege. Possivelmente era uma área de descanso para pessoas subindo rumo ao pico.

Kazuo chegou à área e depois olhou para trás, mas Sho, logicamente, estava escondido nas sombras. Kazuo entrou no caminho e correu até o banheiro. Ele abriu a porta e entrou. Pôs a cabeça para fora e olhou mais uma vez antes de fechar a porta. Ele a deixou levemente aberta, possivelmente para o caso de ter que escapar se algo acontecesse.

Oh, céus. Sho levou a mão aos lábios. *Oh, céus.* Sho permanecia agachado, tentando conter uma risada.

Era verdade que, desde que Sho começara a segui-lo, Kazuo não havia ido nem uma vez ao banheiro. Ele pode ter usado o toalete de uma das casas em que entrou antes do nascer do sol, mas, de qualquer forma, seria impossível se segurar um dia inteiro, portanto Sho pensava que ele tivesse feito suas necessidades escondido nos arbustos. (Seja como for, foi o que Sho fez. Era duro não poder fazer nenhum som.) Mas ele estava enganado. No fim das contas, Kazuo Kiriyama provinha de uma família abastada. Possivelmente o pensamento de ir a qualquer lugar que não fosse um toalete estava fora de cogitação. Ele deve ter se lembrado de ter visto esse banheiro ao passar por ali algum tempo antes. Por isso voltou até o local.

É isso, tenho certeza! Mesmo Kazuo Kiriyama precisa fazer pipi. Que gracioso.

Ele estava mijando no vaso agora. Sho podia ouvir o som da urina se chocando contra a cerâmica. Sho voltou a se segurar para não cair no riso.

Então ele se lembrou de algo e olhou o relógio para verificar a hora. Eles estavam perto do quadrante D-8, que Sakamochi anunciou como proibido a partir das cinco da tarde.

Os números itálicos elegantes no relógio feminino indicavam 16h57. (Ele acertou seu relógio com o anúncio de Sakamochi, por isso estava exato.) Sho pegou seu mapa e examinou a área da montanha norte. A estrada da montanha estava apenas indicada por uma linha hachurada no mapa, e a área de descanso e o banheiro químico não estavam nem dentro nem fora do quadrante D-8.

Sho de súbito ficou tenso e inconscientemente ergueu a mão até a coleira metálica. Sentiu, de repente, a necessidade de voltar pelo caminho que viera, mas...

Ele olhou para o banheiro, onde o som da urina continuava. Sho deu de ombros e expirou de leve.

Estamos falando de Kazuo Kiriyama, no final das contas. Mesmo a natureza o chamando, ele deve ter verificado sua posição. O motivo pelo qual ele olhou com cautela para cá, antes de sair dos arbustos onde estava escondido, foi para determinar se o toalete estava no D-8 ou não. E a posição de Sho era aproximadamente trinta metros do toalete. Kazuo estava mais próximo da zona que ele, por isso o fato de Kazuo estar lá, em outras palavras, significava que ele estava seguro também. Ele não devia perder Kazuo entregando-se a um medo irracional. Isso arruinaria seu plano.

Sho pegou o Virginia Slims que retirara do bolso pouco antes e o enfiou entre os lábios. Depois olhou para o céu escurecido. Nessa época do ano, ainda demoraria duas horas antes de o sol se pôr, mas o céu estava agora tingido de laranja no oeste e as pontas de várias pequenas nuvens se tornaram de um alaranjado brilhante. *É lindo. Assim como eu.*

O som da urina continuava. Sho voltou a sorrir. *Você deve ter se segurado por um bom tempo, Kazuozinho.*

O som continuava.

Oh, eu preciso realmente fumar. Gostaria de tomar uma ducha, lixar as unhas, preparar um coquetel e bebê-lo aos poucos enquanto relaxo...

E o som continuava.

Oh, céus, gostaria que ele parasse. Ei, vamos terminar com isso, saia e vamos voltar ao trabalho.

Mas... não parou.

Foi então que Sho franziu por fim as sobrancelhas grossas e encurvadas. Retirou o cigarro da boca e levantou rapidamente. Ele se aproximou do toalete, movendo-se ao longo dos arbustos, e comprimiu os olhos.

O som da urina continuava. E a porta foi deixada levemente aberta.

Foi quando um vento repentino soprou, abrindo a porta com ruído. Que momento brilhante.

Os olhos de Sho se arregalaram.

Dentro do toalete, uma garrafa de água fornecida pelo governo estava pendurada no teto e balançava ao vento. Kazuo devia tê-la cortado com uma lâmina, porque havia uma fina corrente de água saindo, balançando ao vento.

Sho entrou em pânico.

Então ele vislumbrou as costas de um casaco da escola abrindo caminho por entre as árvores. Viu o penteado liso singular e reconhecível mesmo por trás e de longe.

O-o-o quê? Kazuo? Mas então... Ei, mas eu...

Enquanto Kazuo desaparecia para além dos arbustos, Sho ouviu um baque surdo. Parecia o som de um silenciador ou um tiro num travesseiro. Era impossível dizer se o som vinha da estrutura da bomba embutida na coleira ou da vibração provocada por todo o seu corpo.

Mais de cem metros abaixo, Kazuo Kiriyama nem mesmo olhou para cima ao verificar seu relógio.

Sete segundos depois das cinco.

[RESTAM 21 ESTUDANTES]

45.

Depois de movimentar de leve o corpo, Noriko acordou. Já passava das sete da noite. Ela olhou para o teto da sala, agora escuro. Em seguida, olhou para Shuya a seu lado.

Shuya se levantou do assento e retirou a toalha úmida da testa dela. Ele tocou a testa. Assim como da última vez que verificou, a febre havia praticamente desaparecido. Shuya sentiu uma onda de alívio. *Ótimo. Realmente.*

— Shuya — a voz de Noriko ainda estava embotada. — Que horas são?

— Já passa das sete. Você dormiu bastante.

— Eu...

Shuya continuou:

— Sua febre se foi. Shogo disse que não devia ser septicemia. Apenas um resfriado muito forte. Provavelmente por causa do cansaço.

— Entendo — Noriko balançou a cabeça lentamente como se ela também estivesse aliviada. Depois se virou para Shuya. — Desculpe por todo o trabalho.

— Do que você está falando? — Shuya balançou a cabeça. — Não é sua culpa. — Então perguntou: — Você pode comer? Temos arroz.

Os olhos de Noriko se arregalaram.

— Arroz?

— Sim, Shogo cozinhou um pouco. Espere um segundo.

Shuya deixou a sala.

Shogo estava sentado numa cadeira ao lado da janela perto da porta da cozinha. Os últimos traços de luz — mais como partículas de azul próximo a índigo — adentravam pela janela, mas o local onde Shogo se sentara estava quase completamente escuro como breu.

— Noriko acordou?

Shuya confirmou.

— Como está a febre?

— Ela está bem. A febre parece ter desaparecido.

Shogo fez um gesto afirmativo de leve com a cabeça, depois se levantou, segurando a arma como de costume. Ele abriu a tampa da panela sobre o forno. Shuya e Shogo já haviam comido sua porção de arroz cozido e sopa de missô. A base para a sopa veio de algumas estranhas folhas crescendo nos fundos da clínica.

— A comida está fria? — Shuya perguntou.

Shogo lhe respondeu brevemente:

— Espere cinco ou dez minutos. Eu levo lá.

— Obrigado.

Shuya voltou à sala de exames. Ele se sentou ao lado do leito e disse a Noriko:

— Espere um pouco. Shogo vai trazer arroz de verdade.

Noriko concordou. Depois perguntou:

— Há um banheiro aqui?

— Sim, logo ali.

Shuya ajudou Noriko a se levantar do leito. Apoiando-a pelo braço, ele mostrou o banheiro no outro lado da sala de espera. Ela titubeava ainda, mas havia se recuperado da condição terrível de antes.

Shuya a ajudou a voltar ao leito. Quando Noriko se sentou na beirada da cama, Shuya envolveu os ombros dela com uma coberta do jeito que a senhorita Anno costumava fazer com ele quando criança na Casa de Caridade.

— Depois de comer — Shuya disse enquanto puxava as beiras da coberta —, acho que você deveria dormir mais um pouco. Precisaremos sair daqui antes das onze horas.

Noriko olhou para Shuya. Seus olhos ainda pareciam ligeiramente desfocados.

— Isso significa...

Shuya confirmou:

— Sim, este quadrante vai se tornar proibido às onze da noite.

Foi parte do anúncio das seis da tarde de Sakamochi. Outros quadrantes proibidos eram G-1 às sete e I-3 às nove. Isso equivalia à fronteira sudoeste e à encosta sul da montanha sul. Como era difícil distinguir exatamente onde estava a fronteira do quadrante proibido, toda a área da costa sudoeste estava fora dos limites agora.

Noriko olhou para seus joelhos e tocou a testa sob as franjas.

— Dormi feito uma idiota.

Shuya elevou o braço e tocou no ombro de Noriko.

— Não seja tola. Era melhor mesmo que você dormisse. Você precisa descansar mais. Vá com calma.

Mas Noriko levantou os olhos e perguntou:

— Mais alguém além de Kaori morreu?

Shuya contorceu os lábios. Depois afirmou:

— Takako, Sho e Kazushi.

Segundo o anúncio de Sakamochi, os quatro morreram durante as seis horas depois do meio-dia. Agora restavam vinte e um estudantes. Apenas dezoito horas haviam se passado desde o início do jogo e, mesmo assim, a turma B do nono ano da Escola de Ensino Fundamental Shiroiwa foi reduzida à metade.

Sakamochi disse entusiasticamente: "Outra coisa. Sho Tsukioka foi pego num quadrante proibido. Portanto, quero que todos tomem cuidado".

Sakamochi não comentou onde Sho morrera, e Shuya não se lembrava de ter ouvido uma grande explosão na parte da tarde. Porém, ele não via motivo para Sakamochi estar mentindo. Aquele rapaz grande e de jeito grosseiro, com trejeitos estranhamente femininos, o "Zuki" do Clã Kiriyama, foi pego num quadrante proibido. Em consequência, sua cabeça explodiu. Exceto pelo chefe, todos os membros do Clã Kiriyama estavam mortos.

Shuya pensou em dizer isso a Noriko, mas desistiu ao ver como ela estava chocada. Ele duvidava que compartilhar notícias sobre a cabeça de alguém explodindo teria um efeito positivo na recuperação dela.

— Entendo... — Noriko disse com calma, e acrescentou em seguida, começando a tirar o casaco que vestia: — Obrigada por isso.

— Fique com ele.

— Não. Estou bem agora.

Shuya pegou o casaco e ajeitou a coberta de volta sobre o ombro dela.

Shogo entrou na sala logo depois. Parecendo um garçom, carregava uma bandeja redonda cheia de tigelas equilibrada sobre a palma de uma das mãos. Um vapor se elevava das tigelas. Ao abaixar a bandeja, ele disse:

— Aqui está, madame.

Shuya riu.

— Então ela recebe serviço de quarto?

— Bem, a comida não é exatamente de primeira classe. Espero que o gosto esteja bom. — Shogo pôs a bandeja sobre o leito e arrumou as tigelas perto de Noriko.

Ela baixou os olhos e perguntou:

— Sopa?

— *Yes, ma'am* — Shogo respondeu num inglês que soou muito fluente aos ouvidos de Shuya.

— Grata! — Noriko disse e pegou a colher. Ela levou a tigela até os lábios e engoliu um bocado da sopa. — Está deliciosa. Tem ovo nela.

Shuya olhou para Shogo.

— É nosso especial do dia, madame.

— Onde você encontrou isso? — Shuya perguntou. Toda a comida perecível na geladeira estava podre, possivelmente porque o governo transferiu os civis um tempo atrás. Todas as demais casas deviam estar nas mesmas condições.

Shogo olhou para Shuya com o canto do olho e sorriu:

— Encontrei uma casa com uma galinha. Parece que não se alimentava há bastante tempo e estava muito enfraquecida.

Shuya balançou a cabeça exageradamente.

— Quando comemos, não notei nenhum ovo.

Shogo levantou as sobrancelhas.

— Achei somente um. Desculpe. Sou mais gentil com garotas. É meu jeito de ser.

Shuya riu baixinho.

Shogo voltou à cozinha e trouxe um pouco de chá. Shuya e Shogo beberam chá enquanto Noriko comia sua refeição. O chá tinha uma doçura suave e um aroma agradável, nostálgico.

— Nossa! — Shuya exclamou. — Nós três aqui, sentados desse jeito, me dá a impressão de que tudo está bem.

Shogo sorriu e disse:

— Vou preparar café depois. Ou você prefere chá, Noriko?

Com a colher ainda na boca, Noriko sorriu.

— Ei, Shogo. — Shuya tinha algo mais a dizer. Claro que eles ainda estavam nesse jogo de morte, mas, agora que Noriko parecia se recuperar, ele se sentia um pouco sentimental. — Algum dia vamos nos reunir para um chá. Sentaremos na varanda e contemplaremos as flores das cerejeiras.

Era algo quase improvável. Mesmo assim, Shogo balançou os ombros e disse:

— Pensei que você fosse um roqueiro. Falando assim, parece um velho.

— Eu sei. Você não é o primeiro a me dizer isso.

Shogo sorriu. Shuya e Noriko riram.

Noriko terminou sua refeição e agradeceu. Shogo recolheu as tigelas. Indicou com a outra mão a xícara de Shuya, que a entregou a ele.

— Shogo — Noriko disse —, sinto-me muito bem agora. Muito obrigada. E me desculpe por todo o problema que causei.

Shogo sorriu e replicou em inglês:

— *You're welcome*. Mas parece que o antibiótico era desnecessário.

— Não. Sei que parece estranho, mas acho que ele fez eu me sentir segura o suficiente para adormecer.

Shogo voltou a sorrir:

— Bem, você poderia estar ainda sofrendo de septicemia. Seja como for, deveria descansar um pouco mais. Vá com calma. — E, virando-se para Shuya: — Você se importa se eu dormir um pouco?

Shuya perguntou:

— Está cansado?

— Não, mas é melhor dormir enquanto se pode. Depois de sairmos daqui, eu ficarei acordado a noite toda. O.k.?

— Sim, claro, está bem.

Shogo concordou, pegou a bandeja e se dirigiu ao saguão.

— Shogo, você deveria dormir aqui — Noriko sugeriu, apontando para o leito ao lado do dela.

Shogo, na porta, dirigiu-lhe o olhar e sorriu como se recusasse.

— Não estou a fim de me intrometer entre vocês. Vou dormir no sofá da sala. — Ele inclinou a cabeça em direção à sala de espera e acrescentou: — Favor ter consideração por seus vizinhos caso fiquem mais íntimos.

Na sala envolta na penumbra, Shuya pôde ver o rosto de Noriko ficar vermelho.

Shogo deixou a sala. Pela porta entreaberta, Shuya o ouviu passando pela cozinha e entrando na sala de espera. Tudo ficou em silêncio.

Noriko abriu um sorriso e disse:

— Shogo é muito divertido.

Talvez por causa da refeição, o rosto dela parecia mais animado.

— Sim, ele é — Shuya sorriu também. — Eu nunca tinha conversado muito com Shogo até agora, mas ele me lembra Shinji.

Os dois não se pareciam nem um pouco fisicamente, mas o jeito direto de falar de Shogo e sua capacidade de se manter humorado durante as adversidades lembravam o Terceiro Homem. Sem mencionar o jeito de estudante fora do modelo, mas mesmo assim capaz de ser incrivelmente inteligente e confiável.

Noriko concordou.

— Sabe que você tem razão? Completamente. — Então, ela murmurou: — Me pergunto onde Shinji está.

Shuya respirou fundo. Ele se questionava se haveria alguma forma de contatar Shinji, mas, levando em conta a condição de Noriko, ele não podia se dar ao luxo de fazer nada.

— Sim, se ele estivesse conosco...

Com Shinji e Shogo do lado deles, Shuya imaginou que eles não poderiam ser derrotados. E, se Hiroki Sugimura estivesse com eles, eles seriam intrépidos e invencíveis.

— Ainda me lembro do jogo da turma — Noriko disse olhando para o teto. — Não a deste ano, a do ano passado. Nas finais. Shinji estava por si só contra a turma D, que tinha quatro estudantes no time de basquete. Estávamos trinta pontos atrás, mas então você voltou correndo depois da partida de softbol e, juntos, os dois começaram uma virada incrível.

— Foi — Shuya concordou. Ele notou como Noriko estava conversando mais. Era um bom sinal. — Deve ter sido isso mesmo.

— Eu estava torcendo por vocês. Quando venceram, Yukie estava de pé berrando.

— É.

Shuya lembrou também, porque Noriko, sempre muito reservada, era quem mais fazia barulho na torcida. E, embora não tão sem coordenação como Yoshio Akamatsu, o não atlético Yoshitoki Kuninobu estava de pé longe de Noriko e dos outros. Shuya viu Yoshitoki acenando e fazendo sinais de chifrinho com os dedos. Era um gesto comedido, mas a exibição de apoio de Yoshitoki comoveu Shuya mais que os gritos de Noriko e das outras garotas.

Yoshitoki...

Shuya olhou para Noriko e então se deu conta de que ela chorava. Ele se aproximou dela, tocou seu ombro e perguntou:

— Algo errado?

— É que... — Noriko soluçou de leve. — Eu estava me contendo para não chorar, mas... comecei a pensar como nossa turma era maravilhosa...

Shuya concordou. Por causa do resquício de febre ou em função dos medicamentos, Noriko parecia estar muito emotiva. Ele manteve as mãos sobre seus ombros até ela parar de chorar.

Noriko disse:

— Desculpe. — Enxugando os olhos, completou: — Não falei nada porque poderia acabar te perturbando.

— O que você quer dizer com isso?

Noriko fitou Shuya.

— Sabia que um monte de garotas eram loucas por você?

O tópico da conversa foi tão inesperado que Shuya não conseguiu conter o riso.

— Do que você está falando?

Mas Noriko prosseguiu de rosto sério.

— Megumi... e também Yukiko, eu acho.

Shuya inclinou a cabeça como se estivesse espantado. Megumi Eto e Yukiko Kitano. Duas colegas já fora desse jogo.

— Essas... — seria apropriado chamá-las assim? — O que têm essas duas?

Noriko olhou para Shuya e disse calmamente:

— Ambas eram apaixonadas por você.

O rosto de Shuya enrijeceu. Ele hesitou e depois exclamou:

— Verdade?

— Ahã — Noriko afastou o olhar de Shuya e confirmou. — Entre garotas é fácil saber essas coisas. Quero apenas que você pense nelas com carinho. — Ela acrescentou: — Não sou a mais indicada para te dizer isso, considerando a situação em que estou.

Shuya tinha uma imagem dos rostos de Megumi Eto e Yukiko Kitano. Procurou não se aprofundar nos pensamentos. Restringiu-os ao mínimo possível.

— Nossa — ele expirou. — Queria que você tivesse me dito depois de escaparmos.

— Sinto muito. Ficou chocado?

— Sim, um pouco.

Noriko inclinou outra vez a cabeça.

— Achei que você deveria saber, caso eu morra.

Shuya olhou para cima. Sua mão direita apertou o pulso esquerdo dela.

— Olhe, não diga isso. Estamos nisso juntos até o final. Vamos sobreviver juntos.

Noriko se surpreendeu com a intensidade repentina de Shuya.

— Sinto muito.

— Ei.

— Hum?

— Eu conheço alguém que estava apaixonado por você.

Agora era a vez de Noriko arregalar os olhos.

— Sério? Por que eu? — Ela disse isso inocentemente, mas sua expressão facial mudou rapidamente. Shuya viu a luz difusa da janela refletida como um retângulo obscuro nas pupilas dela.

Ela perguntou:

— É um colega de turma?

Shuya lentamente balançou a cabeça. Lembrando os olhos ternos, ele pensou: *Merda, como teria sido agradável e calmo ser apenas capaz de se preocupar com um triângulo amoroso envolvendo um amigo de longo tempo. Mas isso nunca aconteceria. Não mesmo. De forma nenhuma.*

— Não.

Noriko parecia aliviada ao olhar para a saia à altura dos joelhos e murmurar:

— Certo. — Depois, ela ergueu os olhos e disse: — Então, quem poderia ser? Eu não fazia parte de clubes ou times. E não tenho amigos em outras turmas.

Shuya balançou a cabeça.

— Não vou contar. Só quando estivermos fora daqui.

Noriko parecia levemente cética, mas não levou o assunto adiante.

Depois de permanecerem em silêncio por algum tempo, Shuya olhou para o teto. Embora asseio fosse obrigatório numa clínica, a lâmpada fluorescente pendurada ali estava com as tampas empoeiradas. As luzes não funcionavam. Eles não poderiam ligá-las mesmo se quisessem.

— Megumi-san... — ele disse, adicionando o honorífico "san" ao nome dela. Rapazes podem ser muito instáveis. — ... e Yukiko-san. Se isso é verdade, o que elas poderiam ter visto em mim?

Já estava escuro como piche, mas Noriko parecia estar sorrindo um pouco.

— Você se importa se eu der minha opinião?

— Vá em frente.

Noriko inclinou a cabeça.

— Tudo sobre você.

Shuya sorriu e balançou a cabeça.

— O que isso quer dizer?

— É o que significa amar alguém — Noriko subitamente parecia séria. — Não é como você se sente com relação àquela garota?

Shuya pensou no rosto de Kazumi Shintani. Ele refletiu sobre isso. Hesitou, mas achou que deveria ser sincero.

— Sim. Algo desse tipo.

— Do contrário, não será real — Noriko disse, como se estivesse se divertindo. Ela soltou um riso calmo.

— O quê?

— Estou com ciúmes. Mesmo nessa situação, ainda é difícil.

Shuya procurava olhar o rosto dela, já indefinido na escuridão, e refletiou se deveria lhe dizer ou não, mas então decidiu ser sincero com ela.

— Posso entender por que esse cara está apaixonado por você.

Noriko olhou para Shuya. As sobrancelhas bem definidas dela devem ter tremido de leve na escuridão. Seus lábios devem ter formado um sorriso leve e melancólico.

— Você é tão maravilhosa — Shuya disse.

— É bom ouvir isso, mesmo não sendo verdade.

— Mas é.

— Será que eu posso...?

Shuya arregalou os olhos como se perguntasse "O quê?", mas não estava certo se Noriko poderia ver sua reação. Noriko então se inclinou levemente e, com gentileza, pôs ambas as mãos na parte superior dos braços de Shuya, encostando a cabeça contra seu ombro. Seus cabelos batendo nos ombros roçavam nas faces e orelhas dele.

Eles permaneceram assim por bastante tempo, até que a escuridão fora da janela foi iluminada pela luz do luar.

[RESTAM 21 ESTUDANTES]

46.

Antes de escurecer por completo, Hirono Shimizu (a Estudante nº 10) saiu dos arbustos nos quais se escondera e se dirigiu para oeste. Era insuportável. Seu corpo estava quente, como se caminhasse por um deserto sob o sol escaldante.

Água.

Ela precisava de água.

Kaori Minami atirou na parte superior de seu braço esquerdo. Depois de rasgar a manga do terninho de marinheiro ensopada de sangue, ela descobriu que a bala penetrara no braço. A pele ao redor da ferida estava em más condições. A bala parecia ter passado bem perto das principais artérias. A manga rasgada com a qual ela envolveu o braço como curativo aparentemente estancou o sangue por um tempo. Porém, logo o ferimento começou a arder e a sensação se espalhou por todo o corpo. O frio inicial foi substituído por um calor entorpecente. No momento do anúncio das seis da tarde de Sakamochi, Hirono havia acabado com todo o seu estoque de água. Depois de matar Kaori, ela correu por aproximadamente duzentos metros para longe de Shuya e se escondeu nos arbustos, mas usou muita água na tentativa de limpar o ferimento, algo que acabou lamentando profundamente.

Quase duas horas haviam se passado desde então. Por um tempo, ela suou copiosamente sob o uniforme, mas agora o suor tinha parado.

Ela possivelmente estava perto de se desidratar. Em outras palavras, ao contrário de Noriko Nakagawa, Hirono de fato sofria de septicemia. E, incapaz de desinfetar o ferimento, a situação se agravou. Logicamente, ela não teria como saber de nada disso.

A única coisa que ela sabia era que precisava de água.

Enquanto se movia com cuidado pelo bosque verde da montanha, a mente de Hirono era tomada por pensamentos de ódio contra Kaori Minami. Seu corpo febril e a sede apenas os intensificavam.

Hirono Shimizu não tinha intenção de confiar em ninguém nesse jogo. Obviamente ela sempre foi ligada a Mitsuko Soma, que vinha logo depois dela na lista de chamada. Por isso, se ela pudesse evitar Hiroki Sugimura, que partiu entre a saída das duas, ela teria encontrado Mitsuko, mas decidiu não fazer isso por saber que a colega de turma era realmente terrível. Como na ocasião em que Mitsuko bateu de frente com a líder de gangue de outra escola (que na época era amante de um mafioso da yakuza). Essa garota acabou sendo atropelada por um carro. O ferimento foi quase fatal. Mitsuko não comentou nada sobre o caso, mas Hirono sabia que ela mandou um rapaz dar um jeito na garota. Havia muitos rapazes prontos a fazer qualquer coisa por Mitsuko.

Se Hirono decidisse ir atrás dela, Mitsuko provavelmente se aproveitaria ao máximo da aliada para no final enfiar uma bala em suas costas. Embora fizesse parte do mesmo grupo, Yoshimi Yahagi, uma garota meio sem brilho, talvez confiasse em Mitsuko (o que fez Hirono lembrar que Yoshimi morrera e imaginar que devia ter sido Mitsuko quem a assassinou), mas Hirono se recusava a trilhar o mesmo caminho.

Ela não poderia se imaginar confiando em mais ninguém de sua turma. Os que agiam com simpatia eram justamente aqueles que não titubeariam em matar os outros agora. Ela podia ter somente quinze anos, mas sua idade já lhe ensinara tudo isso.

Ao mesmo tempo, Hirono não estava muito disposta a matar seus colegas de turma. Ela se envolveu em prostituição e drogas e constantemente brigava com os pais, que a tratavam como causa perdida, mas assassinato era tabu. Claro que as regras do jogo permitiam matar, por isso não seria considerado um crime ali. Porém, embora ela tenha praticado atos ruins, jamais prejudicou outras pessoas. Mesmo se prostituindo, comparada a garotas que se faziam passar por santas apesar de marcarem encontros sexuais por telefone (ela sabia que Mayumi Tendo era uma dessas), Hirono pelo menos trabalhou com profissionais por intermédio das conexões de Mitsuko Soma e manteve sua integridade. Com relação às drogas, o que havia de errado em afirmar sua liberdade de escolha individual? E ela não levava a seção de cosméticos da loja de departamentos à falência apenas por roubar alguns itens de lá. *Eles têm muito capital*. Sim, ela fazia bullying com as pessoas ao redor, mas elas mereciam. E no que diz respeito a suas brigas com estudantes de outras escolas, todos sabiam exatamente o que queriam e estavam prontos para se machucar uns aos outros. *Quer dizer, qual é, cresçam e apareçam!* De qualquer forma, ela não era do tipo de garota que sairia por aí matando pessoas. Ela sabia disso.

Mas, mas...

... tudo seria diferente caso ela tivesse que se defender. E se acabasse sobrevivendo no jogo, abriria uma garrafa de champanhe para celebrar. Ou se o tempo se esgotasse e ela morresse... Seus pensamentos não estavam claros quanto ao assunto. De todas as formas, não havia nada que ela pudesse fazer.

Então, ela acabou se escondendo na casa onde mais tarde houve um tiroteio com Kaori Minami.

Ela permaneceu na casa depois de verificar que estava vazia. De vez em quando, Hirono olhava pela janela e, uma vez, para seu espanto, percebeu uma silhueta na cabana do outro lado do terreno onde estava.

Depois de alguns minutos, decidiu deixar a casa. (Ela tinha experiência em deixar casas.) Hirono não podia aguentar a ideia de alguém estar perto dela. Não havia entrada nos fundos, portanto ela estava escapando pela janela mais distante da cabana quando aconteceu.

Kaori procurava a porta da cabana. Ela de súbito abriu fogo contra Hirono, que não estava fazendo nada. O tiro de Kaori atingiu o braço de Hirono, que praticamente rolou no chão para fora. Mas de alguma forma conseguiu se pôr de pé e, pela primeira vez, mirou a pistola e atirou de volta. Depois, permaneceu colada ao muro da casa. Foi quando Shuya Nanahara apareceu.

Aquela vadia. Sempre agindo de forma inocente com sua devoção cega por grupos de música pop e, do nada, teve a petulância de atirar em mim. Bem, eu pude acabar com ela. (Em autodefesa. O veredito do júri seria unânime a meu favor, sem problema.) E se os outros forem como ela, pelo visto terei que ser impiedosa.

Então Hirono pensou em Shuya Nanahara. Pelo menos ele não apontou sua arma para ela, o que lhe permitiu atirar em Kaori. Ele também afirmou que estava com Noriko.

Shuya Nanahara e Noriko Nakagawa. Será que estavam namorando? Nunca pareceram estar se relacionando. Será que estão tentando escapar?

Hirono automaticamente balançou a cabeça.

Ridículo. Nada poderia ser mais arriscado que estar com alguém nessas circunstâncias. Se você estiver num grupo, bem, então é sua culpa se receber uma bala pelas costas. Além disso, de qualquer forma será impossível escapar.

Hirono não viu Noriko Nakagawa, mas, se Shuya Nanahara estava dizendo a verdade, talvez em breve ele pudesse matar Noriko. Ou quem sabe Noriko desse um fim em Shuya. Se um deles acabasse sobrevivendo, então Hirono poderia terminar tendo que matar um deles. Porém, nada disso importava agora, comparado a seu único e real desejo.

Água.

Sem perceber, ela percorreu uma distância considerável. A luz solar baça no horizonte a oeste desaparecera. O céu estava agora negro e a lua cheia — como a da noite anterior, quando o jogo começou — brilhava sinistramente, cobrindo toda a ilha com uma luz azul pálida.

Enquanto corria com ímpeto por entre os arbustos, ela segurava a Smith & Wesson Military & Police .38 com a qual matara Kaori Minami. De cabeça baixa e respiração contida, espiou por entre a folhagem. Havia uma casa além de uma estreita plantação. Hirono estava perto da montanha norte. Do outro lado da casa, havia uma colina. À esquerda, viam-se várias plantações e, mais adiante, outras duas casas similares. Depois, o terreno avançava para cima em direção à montanha sul. De acordo com o mapa, em frente a essa montanha supostamente havia uma ampla estrada longitudinal atravessando a ilha. Portanto, tendo em vista a posição das montanhas, Hirono imaginou que estivesse perto da costa oeste da ilha. Assim como fez antes de se mover, ela verificou sua posição para se certificar de que não estava num quadrante proibido.

Hirono se empenhou para esquecer a sede e espiou a casa mais próxima. A área estava completamente calma e silenciosa.

Permanecendo agachada, ela atravessou a plantação. A área ao redor da casa parecia um pouco acima do nível do terreno. Hirono interrompeu o passo à beira do campo e, depois de olhar para trás, observou de novo a casa. Era uma antiga residência de andar único, do tipo comum. Porém, ao contrário da casa onde ela se escondeu anteriormente, o telhado dessa tinha telhas. Via-se uma estrada sem pavimento à esquerda da plantação. Um pequeno caminhão estava estacionado em frente à casa. Ela também viu uma motoneta e uma bicicleta.

Faltava água na primeira casa onde Hirono se escondeu. Talvez acontecesse o mesmo com esta, pensou. Ela olhou para a direita e esquerda e encontrou um poço na extremidade da área no caminho da entrada. Tinha inclusive uma viga segurando um balde. Havia tangerineiras repletas de folhas ao redor do poço. Seus ramos eram altos, permitindo constatar que não havia ninguém escondido sob elas.

Sem poder usar a mão esquerda, ela enfiou a arma na cintura da saia. Depois, tateou pelo chão sob a luz do luar. Encontrou uma pedra do tamanho de um punho fechado, que atirou para cima. Traçando um arco, a pedra bateu de encontro ao telhado. Rolou pelas fileiras de telhas e caiu pela extremidade do telhado, fazendo um baque surdo no solo.

Hirono empunhou a arma e esperou. Ela olhou o relógio. Depois esperou mais um pouco.

Cinco minutos se passaram. Ninguém apareceu na janela ou na entrada. Hirono mais que depressa entrou na propriedade e correu até o poço. Sua cabeça rodava de sede e febre.

O poço era um tubo de concreto de aproximadamente oitenta centímetros de altura. Hirono se inclinou sobre sua beirada.

Dentro dele, a luz do luar revelou um pequeno círculo seis a sete metros abaixo. Sua sombra também se refletiu dentro do círculo. Era água.

Ah, não está seco!

Hirono enfiou novamente o revólver na cintura da saia e, com a mão direita, tirou o kit de sobrevivência do dolorido ombro esquerdo. O kit caiu sobre o chão sujo. Em seguida, ela olhou para a corda puída pendurada da viga do balde.

Ao puxar a corda, um balde pequeno apareceu na superfície da água. Hirono em desespero puxou com força a corda. A viga do balde estava equipada com o que parecia ser uma antiga manivela, permitindo retirar água com dois baldes. Seu braço esquerdo estava adormecido demais para se movimentar, mas a cada puxão ela mantinha a corda firme contra a beira de concreto do poço com o cotovelo, conseguindo puxar o balde até em cima.

O balde chegou por fim à beira do poço. Ela prendeu a corda com o cotovelo mais uma vez, segurou a alça do balde e o colocou sobre a beirada. Havia água. O balde estava cheio. Ela não se importou se ficaria doente ou não. Seu corpo necessitava de água imediatamente.

Mas, então, ela descobriu algo que a fez soltar um grito.

Havia um minúsculo sapo, do tamanho de uma unha, nadando na água. Sob a luz do luar, Hirono viu seus pequenos olhos esbugalhados brilhando para ela. (À luz clara do dia, a cor do sapo seria um verde fluorescente nojento ou um marrom sujo asqueroso.) Era o animal que ela mais detestava e apenas olhar sua pele lisa era suficiente para provocar-lhe arrepios na espinha.

Hirono se esforçou para conter o nojo. Faltavam-lhe forças para puxar o balde para cima outra vez. Sua sede era agora insuportável. Ela teria que se livrar daquele sapo, e então...

O sapo subiu na beira do balde e pulou em cima de Hirono. Ela soltou um gritinho e se agitou, contorcendo o corpo. Era uma questão de vida ou morte. Ela simplesmente não podia suportar sapos. Conseguiu de alguma forma se esquivar do bicho, mas sua mão direita largou o balde, que de repente caiu de volta dentro do poço com um som de água chapinhando.

Hirono suspirou e olhou na direção do sapo. *Vou te matar. Vou te trucidar, seu filho da puta!*

Porém... algo mais entrou no campo visual de Hirono.

A apenas quatro ou cinco metros à frente ela viu, imóvel, uma silhueta negra num casaco de estudante.

Hirono estava de costas para a casa, mas ela via por trás da pessoa a porta dos fundos aberta.

O fato de a silhueta estar imóvel trouxe inconscientemente à mente de Hirono uma memória dos tempos de infância: o jogo no qual você deve congelar quando o "demônio" se vira. Mas isso era irrelevante naquele momento. O problema era que esse rapaz magro, baixo e cujo rosto feio lembrava realmente um sapo — Toshinori Oda (o Estudante nº 4) — empunhava com ambas as mãos um objeto fino semelhante a uma fita. Hirono percebeu instantaneamente que era um cinto.

Olhem só... Toshinori Oda, o filhinho mimado do presidente de uma empresa, que mora no bairro residencial rico da cidade. Geralmente era um rapaz normal. Sem dúvida um exímio violinista. (Parece ter ganhado algum concurso.) Um garoto pretensioso, de berço nobre, calado. E esse cara está agora...

... tentando me matar!

Como se a pausa temporária num vídeo fosse de repente liberada, Toshinori se moveu e, agitando no ar o cinto que segurava na mão direita, avançou em direção a Hirono. A grande fivela refletiu por alguns instantes a luminosidade do luar. Se Hirono fosse atingida por ela, com certeza pedaços de carne iriam voar pelos ares. Apenas quatro metros os separavam.

Chega.

A mão direita de Hirono segurou a arma. Ela sentiu o cabo, agora já familiar.

Toshinori estava bem diante dos olhos dela. Ela atirou. Dessa vez, disparou três vezes na sequência.

Todos os tiros atingiram o estômago dele. Ela viu o casaco de Toshinori se rasgar instantaneamente.

Ele deu um giro sobre si e caiu com o rosto no chão. Um pouco de poeira voou pelo ar e ele permaneceu imóvel.

Hirono pôs o revólver de novo na cintura. Sentia no estômago a quentura do tambor, causando-lhe certa dor, mas ela não podia se preocupar com isso. O importante naquele momento era a água.

Ela pegou seu kit de sobrevivência e entrou na casa. Era um descuido da parte de Hirono voltar as costas para a casa, mas não havia nenhuma razão para se preocupar com alguém escondido lá e, além disso, ela poderia beber a água de Toshinori.

Ela refletiu se deveria usar a lanterna fornecida pelo governo, mas acabou encontrando o kit de sobrevivência de Toshinori logo atrás da porta. Hirono se agachou e tentou abrir o zíper apenas com a mão direita.

Havia duas garrafas de água. Uma delas estava fechada e a outra ainda tinha água pela metade. Ela se alegrou.

Ainda ajoelhada, abriu a tampa da garrafa com água pela metade e a inclinou, apertando-a contra os lábios como se a chupasse. Seria esse um beijo indireto no rapaz que tentou matá-la e que, além disso, estava morto? Dane-se. Preocupações como essa eram tão remotas agora como um lugar nos trópicos ou o polo Norte com uma bandeira cravada na neve. Ou a superfície lunar. *Aqui é Armstrong. Este é um pequeno passo para o homem, mas...*

Ela deixou a água escorrer garganta abaixo. Estava deliciosa. Sem dúvida. Jamais a água tivera um gosto tão bom. Mesmo tépida, era como se estivesse gelada ao descer garganta abaixo até o estômago de Hirono. Estava ótima.

Ela esvaziou a garrafa quase imediatamente. Respirou fundo.

De repente, sentiu alguma coisa envolver sua garganta, logo acima da coleira de metal que todos os estudantes da turma usavam. Ela começou a tossir e uma névoa da água restante dentro da boca jorrou de seus lábios.

Conforme se debatia tentando com a mão direita se livrar do objeto que lhe sufocava a garganta, ela virou a cabeça. Bem à direita do seu rosto viu a face tensa do rapaz. Era Toshinori Oda, que acabara de morrer!

Sua garganta estava aos poucos sendo estrangulada. Depois de vários segundos, Hirono se deu conta do que envolvia seu pescoço. Era o cinto de Toshinori.

Como como como... como esse cara pode estar vivo?

Sua visão do interior escuro da casa começava a se tingir de vermelho. As unhas dos dedos de sua mão direita se rasgavam tentando se desvencilhar do cinto.

Ah, sim, minha arma.

Hirono estendeu o braço para puxar a arma enfiada na frente da saia.

Mas seu braço foi chutado por um pé num sapato de couro caríssimo. Ouviu-se um som violento e o braço direito de Hirono, como o esquerdo, perdeu a sensibilidade. O cinto relaxou por um momento para, em seguida, retomar o aperto. Ela não podia mais segurar o cinto e, em vez disso, balançou o braço estranhamente torcido, tentando bater em Toshinori.

Foi uma questão de algumas dezenas de segundos. O braço dela ficou dependurado. O corpo perdeu a força. Apesar de não se equiparar a Takako Chigusa ou Mitsuko Soma, Hirono era uma linda moça e tinha o aspecto charmoso e maduro de uma estudante de ensino médio ou superior. Mas agora seu rosto estava inchado pela congestão sanguínea e sua língua, com o dobro do tamanho normal, pendurada do meio da boca.

Apesar disso, Toshinori Oda continuava a estrangulá-la. (Claro que ele não se esquecia de olhar ao redor ocasionalmente.)

Depois de uns cinco minutos, Toshinori soltou por fim o cinto do pescoço de Hirono. Sem respiração, ela tombou para a frente sobre a tábua de madeira na borda frontal do assoalho. Ouviu-se um som abafado de algo se quebrando. Talvez alguns ossos no rosto dela. Seus cabelos meio punk, sempre eriçados, espalhavam-se agora em todas as direções e desapareciam na escuridão. Sua nuca, aparente acima da coleira, e seu braço esquerdo com a manga rasgada foram as únicas partes banhadas pela luminosidade.

Toshinori Oda respirou pesado por um tempo enquanto permanecia imóvel na escuridão. Ainda sentia dor no estômago, mas não tão forte agora. Quando ele abriu pela primeira vez seu kit de sobrevivência, não sabia o que era aquele estranho e desajeitado colete, mas seguiu exatamente as instruções do manual.

É incrível o que um colete à prova de balas pode fazer.

[RESTAM 20 ESTUDANTES]

47.

A área ao redor já estava negra como breu, mas graças à lua quase cheia a rocha que se estendia do sopé da montanha norte oferecia uma vista ampla do oceano. As ilhas no mar interior de Seto flutuavam no mar negro, mas não havia luzes de embarcações nas proximidades, possivelmente por causa da proibição do governo de tráfego na área. Era impossível saber a posição dos barcos-patrulhas ancorados com as luzes apagadas.

Shinji contemplara essa paisagem antes, mas de uma posição mais baixa, ao deixar o prédio da escola. Logicamente, aquela não era a hora de se alegrar por ver de novo o local.

— Tudo bem, é aqui — Shinji disse.

Ele enfiou a arma no cinto e foi o primeiro a subir pela rocha, oferecendo a mão a Yutaka, que mesmo ofegante por conta da escalada da montanha e pela tensão de poder ser atacado subitamente na escuridão, conseguiu segurar a mão de Shinji e se esforçar para subir.

Eles deitaram de bruços e olharam para o outro lado da rocha.

Fileiras de árvores escurecidas se estendiam sob seus olhos e bem mais ao longe uma luz podia ser vista. Era o prédio da escola, onde Sakamochi estava. As placas de aço vedando as janelas impediam praticamente qualquer luz de entrar. O prédio se situava a aproximadamente cem metros do local onde eles estavam. O quadrante da escola,

G-7, já fora designado "proibido", logo os dois morreriam de imediato se entrassem nele, mas eles atentavam para isso. Antes de o sol se pôr, Shinji foi capaz de distinguir quase precisamente o layout do quadrante usando o método de marcação cruzada com sua bússola e mapa. A escola, no quadrante G-7, estava mais próxima da fronteira de F-7, onde Shinji e Yutaka estavam agora e, no mapa, a distância mais curta até a fronteira era de aproximadamente oitenta metros. Além disso, conforme o anúncio das seis da tarde sobre os quadrantes proibidos adicionais, nem F-7 nem H-7, circundando a escola, haviam sido incluídos.

Isso lembrou Shinji que Sakamochi informou em seu anúncio das seis horas que Sho Tsukioka foi pego num quadrante proibido. Ele era um rapaz homossexual desagradável ("Shinji, que tal marcarmos um encontro amoroso?") e, embora naquele exato momento Shinji realmente não pudesse se preocupar com o que acontecia aos outros, lastimava um pouco que Sho tivesse tido a cabeça provavelmente explodida por uma bomba. Ele se perguntava onde teria acontecido.

Ele também sentiu uma pitada de tristeza pela morte de Takako Chigusa. Ela era a garota mais bonita da turma (de acordo com o gosto de Shinji, de qualquer forma) e, se não bastasse, era amiga de infância de Hiroki Sugimura. Ao contrário do que a maioria do pessoal da turma B acreditava, Hiroki e Takako não estavam se relacionando (o próprio Hiroki disse isso para Shinji). Mesmo assim, o anúncio deve ter sido um choque para Hiroki.

Hiroki, onde diabos você está?

Shinji decidiu se concentrar no presente. Ele examinou com atenção o prédio da escola e a geografia ao redor dele. Eles teriam que estender uma corda por cima da escola desde onde estavam até o outro lado do quadrante. Na realidade, era uma distância considerável.

Olhando de longe a luz fraca que emanava das janelas cobertas com as placas de aço, Shinji pensou: *Merda. Sakamochi e seus comparsas estão ali. Está na hora do jantar. Talvez estejam comendo macarrão* udon *frito.* (Ele pensou nesse prato porque era seu favorito: seu tio costumava prepará-lo quando Shinji visitava a pequena casa de um único quarto alugada por ele, e era o que mais desejava comer justamente agora.) *Desgraçados*.

Shinji já tinha tudo de que precisava.

Embora sem indicação no mapa (conforme Shinji confirmou, o local estava apenas marcado com um ponto azul, indicativo de uma residência), Shinji e Yutaka conseguiram encontrar uma cooperativa agrícola mais ao sul da escola, perto da estrada que corta a ilha longitudinalmente. Na entrada do prédio de muros e telhado em ardósia, havia uma placa com a inscrição ASSOCIAÇÃO COOPERATIVA AGRÍCOLA DO NORTE DE TAKAMATSU, SUCURSAL DA ILHA OKISHIMA (Yutaka estava impressionado que Shinji já tivesse adivinhado que eles estavam nessa ilha, localizada ao largo da cidade de Takamatsu). Longe da imagem comum que se tem de uma cooperativa agrícola, essa não contava com um escritório nem máquinas operacionais. Havia apenas um trator, uma ceifadeira e uma debulhadora espalhados dentro do espaço de um galpão que parecia servir de depósito. O único outro equipamento que encontraram foi uma escrivaninha num dos cantos de um cômodo com uma divisória de madeira. De qualquer forma, acharam ali o nitrato de amônia. Felizmente estava fresco, sem umidade. Além disso, seria desnecessário coletar gasolina dos carros, pois descobriram várias vasilhas cheias dela.

Pegaram a talha do poço vizinho à casa onde Shinji encontrou o Macintosh PowerBook 150 logo depois do início do jogo, um pouco a leste da cooperativa.

O grande problema, no mesmo nível do nitrato de amônia, era a corda. Se eles iriam estender uma corda pelo quadrante G-7 diante de seus olhos, precisariam de pelo menos trezentos metros dela. Além disso, como teriam que estendê-la bem frouxa para escapar da detecção de Sakamochi e seus comparsas até a finalização do plano, seria recomendado terem ainda mais. Não seria fácil encontrar corda tão comprida. A que havia na sucursal da cooperativa agrícola teria no máximo duzentos metros de comprimento e, por ser usada em estufas ou similares, possuía menos de três milímetros de diâmetro, o que criava certo problema quanto ao grau de resistência.

Felizmente, porém, eles conseguiram encontrar o que parecia ser um depósito de equipamento de pesca particular afastado da costa ao sul do porto, num quadrante agora proibido juntamente com a área residencial. Apesar de a corda de pesca estar desgastada pela exposição à água do mar, e de seu peso absurdo e comprimento de mais de trezentos metros, Shinji e Yutaka conseguiram dividir entre si a tarefa de transportá-la e escondê-la na cooperativa.

Deixando todo esse material no local, eles foram até ali.

Shinji forçava o olhar na escuridão. O sopé da montanha norte onde estavam se estendia desse lado da escola e à direita. Em outras palavras, os lados norte e oeste. Para a esquerda da escola, o bosque no leste se estendia até o lado norte da área residencial e até a costa. Havia campos de arroz para além da escola. Havia também grupos de árvores espalhados e, entre elas, era possível ver algumas casas. Ao longe, Shinji e Yutaka mal distinguiam o prédio da cooperativa onde haviam deixado todo o equipamento. Logo à esquerda, a área se tornava aos poucos lotada de fileiras de telhados que se estendiam sobre a fronteira do quadrante proibido e para dentro da área residencial.

Yutaka deu um tapinha no ombro de Shinji, que virou o rosto para ele. Yutaka puxou seu bloco de anotações e começou a escrever algo.

Antes de começarem a se mover, Shinji confirmou com Yutaka, por outra mensagem escrita, que eles deveriam tomar cuidado para não comentar sobre o assunto quando estivessem conversando. Afinal, se Sakamochi e seus comparsas descobrissem o "plano malévolo" deles, Shinji estava certo de que explodiriam sem piedade suas coleiras por controle remoto.

Ele refletiu também sobre o porquê de Sakamochi haver decidido não detonar de imediato sua coleira e a de Yutaka. Possivelmente porque o objetivo do jogo era *fazer os estudantes lutarem ao máximo entre si*. Sobre isso, ocorreu algo a Shinji: o rumor de que os oficiais do alto escalão do governo "apostavam" em quem venceria o jogo. Se fosse verdade, embora nada pudesse dizer sobre Yutaka, tinha certeza de que ele, o genial armador da Escola de Ensino Fundamental Shiroiwa, o Terceiro Homem, devia ser um dos mais cotados. Mais uma razão por que Sakamochi não poderia facilmente acabar com ele. Essa era a hipótese de Shinji. Nesse sentido, Yoshitoki Kuninobu e Fumiyo Fujiyoshi, mortos antes da partida, eram jogadores irrelevantes. Ou, para ser mais exato, ninguém apostaria neles.

Mesmo sendo verdade, enquanto Sakamochi (*aquele filho da puta do "Kinpatsi Sakamocho"*) tivesse todos os poderes com relação ao andamento do jogo, poderia explodir a cabeça deles a qualquer instante. Shinji só podia rezar para que isso não acontecesse até que eles conseguissem bombardear a escola. É claro que Shinji achava a ideia desprezível. Pensar que alguém possuía total controle sobre sua existência o revoltava por completo, pois fora orientado por seu tio a ser autossuficiente em tudo na vida.

Ao olhar a luz vinda da escola abaixo, balançou a cabeça. *De nada adianta falar isso agora.*

Ele lembrou a voz do tio ao lhe aconselhar: "Não se preocupe com coisas que não dependem de você. Faça o que está a seu alcance mesmo que as probabilidades de sucesso sejam inferiores a um por cento".

Yutaka acabou de escrever sua mensagem e deu novo tapinha no ombro de Shinji, que voltou os olhos e a examinou. Estava difícil de ver, mas ele a leu sob a luz do luar.

Como faremos para esticar a corda? É impossível jogar aquela corda enorme até lá. Como se não bastasse, nós a deixamos para trás. O que faremos?

Ele ainda não tinha explicado isso. Afinal, estavam completamente concentrados em juntar os materiais. Shinji balançou a cabeça num gesto afirmativo, pegou o lápis e escreveu no bloco de anotações.

Eu trouxe fios. Vamos estendê-los para o outro lado e amarrá-los à corda. Então, depois de voltarmos aqui, puxaremos os fios para esticar a corda. Pouco antes de executarmos o plano.

Ele entregou o bloco de anotações a Yutaka. Depois de forçar a vista, Yutaka olhou para Shinji e balançou a cabeça como se estivesse satisfeito. Em seguida escreveu:

Você vai amarrar uma pedra no fio e lançá-la até lá?

Shinji balançou a cabeça para os lados. Yutaka arregalou os olhos, surpreso. Depois de pensar um pouco, voltou a escrever.

Você vai produzir um arco e flecha? Vai amarrar o fio à flecha para lançá-lo?

Shinji balançou a cabeça outra vez. Ele pegou o bloco de anotações e começou a rascunhar com o lápis.

Seria uma possibilidade. De qualquer forma, nem mesmo eu conseguiria lançar uma pedra a trezentos metros como num jogo de softbol. E não posso errar o alvo. Experimente errar a pedra ou a flecha e atingir a escola para ver o que acontece. E, mesmo que isso não aconteça, se errar e o fio ficar preso em algum lugar ou se no final puxarmos e o fio se romper, não teremos outro para substituí-lo. Tenho um método mais seguro.

Yutaka não pegou o lápis dessa vez, ficou apenas olhando para Shinji com um ponto de interrogação na testa. Shinji continuou:

Primeiro, amarramos o fio a uma árvore aqui. Depois, descemos a montanha segurando a outra ponta do fio. Esticamos bem firme quando estivermos do outro lado.

Depois de ler isso, Yutaka lançou um olhar cético a Shinji. Ele escreveu rapidamente:

A gente não vai conseguir. Com certeza o fio vai ficar preso nas árvores. Em algum lugar bem no meio do caminho.

Shinji riu.

Era natural que Yutaka achasse a tarefa impossível. É desnecessário dizer que o caminho tomado pelos dois estava cheio de árvores de diversos tamanhos formando uma vegetação densa. Mesmo que conseguissem puxar o fio evitando o G-7 e o esticassem mais tarde, ele poderia ficar preso nas árvores. Apenas descreveria uma grande curva dentro da montanha. Pareceria uma obra de arte contemporânea ao ar livre de aspecto um pouco estranho. *A obra em si é gigantesca, mas, se você se afastar cinco metros, ela já se torna imperceptível, impedindo distinguir sua inteireza. Nesse sentido, a obra descreve o delicado equilíbrio entre a natureza e os seres humanos.*

Além disso, as árvores continuavam até perto da escola, tal qual dentro do quadrante G-7, repleto de densa floresta. A menos que você fosse um gigante de cem metros (falando nisso, tempos atrás ele vira na casa do tio um vídeo antigo com efeitos especiais, no qual o super--herói salvava o mundo lutando contra monstros enquanto esmagavam por completo a cidade com os pés, um tipo de filme difícil de se ver hoje em dia), seria impossível movimentar o fio até a escola sem antes cortar todas as árvores. E essa era a razão óbvia por que Yutaka perguntou de início como fariam para lançar a corda, e por que ele insistia que era impossível.

Entretanto, Shinji abriu os braços com elegância (como estavam deitados de bruços, o efeito não foi tão impressionante) e em seguida escreveu:

Que tal lançarmos um daqueles balões com anúncio publicitário, Yutaka?

Yutaka leu a nota e franziu o rosto. Shinji fez um gesto a Yutaka, incentivando-o a descer do rochedo e segui-lo. Depois de sentarem sob as rochas, ele enfiou a mão dentro de seu kit de sobrevivência. Tirou de lá o conteúdo e o enfileirou sobre o solo.

Meia dúzia de latas de gás pesticida, vários carretéis de cem metros de linha de pesca fina (foi tudo o que encontrou na cooperativa), fita plástica e sacos de lixo de vinil preto para uso doméstico.

Shinji pegou uma das latas e a mostrou a Yutaka. Com fundo azul e letras vermelhas brilhantes, via-se escrito nela ALTERADOR DE VOZ (logo abaixo havia a frase de efeito "Agora você será o centro das atenções na festa!". *Ah, será mesmo?*) e abaixo dela a ilustração de um pato, que Shinji reconheceu como sendo baseado num personagem de Walt Disney. Um objeto semelhante a um apito estava acoplado à parte superior da lata.

Shinji escreveu:

Na realidade o que me levou a bolar essa estratégia foi ter lembrado de ver isso na casa onde encontrei o PowerBook. Sabe o que é?

Antes de pegar a talha, Shinji deu um pulo na casa próxima e apanhou as latas.

Mas por que o ocupante da casa teria providenciado algo do gênero? Os arquivos deixados no disco rígido do PowerBook lhe deram uma pista. Títulos como *Ciências do quinto ano* ou *Minutas de relatório do terceiro período* mostravam que o dono do notebook devia ser um professor de ensino fundamental. Sim, ele era provavelmente um dos professores daquela escola.

Yutaka levou a mão à garganta e abriu ligeiramente a boca.

Exato! Isso faz sua voz ficar parecida com o grasnar de um pato! Tem gás hélio. E esse aqui é um produto defeituoso, de fabricação suspensa. Está cheio de gás.

Yutaka ainda não estava convencido. Shinji julgou que uma demonstração real seria uma forma mais rápida de explicar o que imaginava, por isso rasgou o pacote de sacos de lixo e puxou um deles. Ele o abriu, enfiou nele a válvula da lata (supostamente de sucção) e a fixou ao saco com a fita de plástico. Fechou hermeticamente a beira do saco com mais fita. Então, pressionou o botão da válvula e o saco começou a inflar rapidamente.

Com o dedo no botão, Shinji pensou: *Seria muito mais divertido com preservativos. Mas, mesmo que eles tivessem camisinhas, elas seriam pequenas demais. Hã? Será que eu tenho alguma? Bem, quer dizer, vamos lá, isso era para ser uma excursão escolar. Tudo pode acontecer, certo? Como? Se eu ainda tenho preservativos mesmo tendo jogado fora mudas de roupa para trocar? Sim, ainda os tenho. Bem, é que eu imaginei que poderiam ser úteis. O.k., evitarei entrar em detalhes.*

Depois de inflar o saco com o gás até que ele ficasse quase totalmente cheio, Shinji virou a extremidade logo acima da lata e a amarrou com fita. Ele pegou um carretel de linha de pesca e o amarrou à ponta do saco. Em seguida, removeu a fita abaixo para liberá-la da lata. Apenas para se certificar, dobrou a margem e a vedou de novo com mais fita.

Shinji abriu a mão.

O saco de lixo flutuou para cima. Ele se elevou até o fio estar esticado a ponto de quase parecer erguer o carretel, mas parou bem na altura dos olhos de Shinji e Yutaka.

— Vê? — Shinji perguntou em voz alta.

Yutaka já tinha balançado a cabeça várias vezes, talvez se dando conta do que acontecia enquanto Shinji trabalhava com a lata.

Shinji amarrou mais um pedaço de fio puxado de outro carretel ao esticado abaixo do balão. Apenas para se certificar, ele o fixou com a fita plástica. Com o par de fios em ambas as mãos, ele moveu o balão como se fossem as pernas de uma pessoa caminhando. Então, apontou para uma árvore próxima. Ele movimentou de novo o fio. Sim, em outras palavras, elas eram as pernas do gigante. *Eram muito frágeis para esmagar uma cidade e agora eram mais curtas que eu, mas...*

Parecendo ter entendido tudo, Yutaka concordou duas vezes com um grande movimento da cabeça. Depois, sem emitir nenhum som, moveu apenas a boca: "Fantástico, Shinji", ele parecia estar dizendo. Mas também poderia ser: "Patético, Shinji". Bem, isso não importa.

Shinji pegou o bloco e escreveu:

Fazemos mais um ou dois balões e os prendemos um ao outro. Mas ainda não sei até que altura o fio pode ser esticado. Tem também a questão do vento. Mas vamos tentar de qualquer jeito.

Yutaka leu isso e concordou.

Shinji olhou para o céu. Os sacos eram pretos, por isso, mesmo sob o luar, Sakamochi e seus comparsas não os identificariam. No momento também o vento era ameno. Mas ele não tinha ideia de como estaria bem alto no céu.

Então ele disse:

— Vamos nos apressar!

Shinji fez um gesto para que Yutaka segurasse o primeiro balão e puxou outro saco de lixo.

[RESTAM 20 ESTUDANTES]

48.

Shogo levantou-se pouco depois das dez da noite.

Shuya estivera cuidando de Noriko, que permanecia descansando no leito. Ele tateou pelo cômodo praticamente às escuras e entrou na sala de espera.

— Vou preparar café — Shogo disse, olhando para Shuya. Depois, caminhou depressa pelo saguão. Ele parecia ter boa visão noturna.

Shuya voltou ao leito, onde encontrou Noriko de pé, sem a coberta.

— Você devia descansar mais um pouco — Shuya aconselhou.

— Ahã... — Noriko balançou a cabeça e depois murmurou: — Você pode perguntar a Shogo se eu posso pegar uma xícara extra se ele for ferver mais água?

Noriko estava sentada na beira do leito com as mãos ao lado das coxas, envolta pela luz do luar que entrava através da cortina da janela. Ela manteve o queixo pressionado contra a garganta ao olhar para o lado.

— Claro, mas para quê? — Shuya perguntou.

Noriko hesitou antes de responder.

— Eu suei demais, queria só passar um pano molhado pelo corpo. Talvez esteja pedindo demais.

— Oh, não — Shuya replicou e concordou rapidamente. — Sem problema. Vou falar com ele.

E deixou a sala.

Shogo fervia água na sombria cozinha. O fogo dos pedaços de carvão postos sob a panela e o cigarro entre seus lábios eram pontos vermelhos, à semelhança de um estranho bando de vaga-lumes esperando um de seus membros.

— Shogo.

Ao ser chamado por Shuya, Shogo se virou, fazendo a brasa do cigarro se mover. A imagem da chama traçou uma linha grossa no olho de Shuya, para logo em seguida se dissipar.

— Noriko perguntou se você poderia esquentar um pouco mais de água para ela. Disse que uma xícara seria suficiente...

— Ah.

Shuya não conseguiu continuar. Shogo o interrompeu. Ele o viu retirar o cigarro da boca e sorrir na luz baça do luar que atravessava a janela.

— Claro. Uma xícara ou uma pia cheia, não tem problema.

Shogo se moveu, pegou com uma tigela a água do balde sobre o assoalho e a adicionou à panela. Ele repetiu o movimento cinco vezes. Deixava a chama do carvão baixa o suficiente para manter a água na panela fervendo. Shuya sentiu o vapor se elevar.

— Realmente é uma garota — Shogo comentou.

O raciocínio de Shogo era mais rápido que o de Shuya. Ele parecia entender o motivo de Noriko pedir água quente.

Shuya permaneceu em silêncio e Shogo, numa atitude pouco comum, continuou tomando a dianteira.

— Ela quer ficar bonita porque está a seu lado.

Shogo soltou uma baforada do cigarro.

Shuya permaneceu quieto, para em seguida perguntar:

— Precisa de ajuda?

— Não.

Shogo parecia balançar a cabeça. Contraindo os olhos, Shuya pôde ver sobre a mesa três xícaras e um coador de café já equipado com um filtro. Havia também um sachê de chá, sem dúvida para Noriko.

— Sabe, Shuya...

Shuya ergueu as sobrancelhas ao ouvir Shogo falar.

— O que foi? De repente você ficou muito tagarela, algo raro.

Shogo riu.

— Entendo como você se sente em relação a Yoshitoki, mas tome cuidado com os sentimentos de Noriko.

Shuya silenciou de novo. Depois falou. Por algum motivo, havia traços de insatisfação em seu tom de voz.

— Eu sei.

— Você tem namorada? — Shogo perguntou em seguida.

— Não. — Shuya deu de ombros.

— Então, qual o problema? — Shogo continuou a olhar a janela, fumando seu cigarro. — Não é ruim ser amado.

Shuya deu de ombros outra vez. Depois perguntou:

— Você não tem ninguém?

A ponta do cigarro de Shogo brilhava fortemente. Ele não disse nada. A fumaça flutuava devagar na escuridão.

— Um segredo, hã?

— Não... — Shogo começou a falar, mas de repente tirou o cigarro dos lábios e o jogou dentro do balde de água. — Abaixe-se, Shuya! — ele sussurrou, agachando-se ao mesmo tempo.

Shuya o obedeceu às pressas. Seria um atacante? Seu corpo enrijeceu.

— Vá buscar Noriko. Não faça barulho — Shogo sussurrou mais uma vez.

Mesmo antes de ouvir a ordem, Shuya já se encaminhava para a sala de exames onde Noriko estava.

Ela continuava sentada na beira do leito ainda com a expressão vaga. Shuya fez sinal para ela se abaixar. Ela deve ter entendido de imediato, porque saiu do leito prendendo a respiração. Shuya lhe ofereceu a mão como apoio enquanto se moviam agachados para a cozinha. Ele olhou para a porta enquanto caminhava em sua direção, mas não havia sombra de ninguém do outro lado dela.

Shogo já tinha reunido os kits de sobrevivência, enfiando dentro deles garrafas de água e outros itens, e agora estava ajoelhado ao lado da porta dos fundos empunhando sua arma.

— O que houve? — Shuya perguntou em voz sussurrante. Shogo ergueu a mão esquerda para silenciá-lo. Shuya não disse mais nada.

— Tem alguém lá fora — Shogo sussurrou. — Se essa pessoa entrar, sairemos por outra direção.

A única coisa visível na escuridão era a chama brilhante do carvão sob a panela, mas, dada a localização da pia, ela não podia ser vista de fora.

O som leve de uma batida chegou afinal também ao ouvido de Shuya. Vinha da entrada. A porta não abriria, porque uma tábua servia de trave. O vidro estava quebrado, portanto a pessoa do lado de fora deveria pelo menos notar a presença de alguém dentro da casa. E que a casa ainda estaria ocupada.

Ouviu-se uma pancada e, logo em seguida, parou. Aparentemente a pessoa tinha desistido de abrir a porta.

Shogo murmurou:

— Merda, vamos ter problemas se decidirem tocar fogo na casa.

Eles esperaram com a respiração contida, mas não se ouvia nenhum som. Então, Shogo fez sinal para que eles se movessem em direção à entrada. Ele pode ter ouvido um leve ruído.

Eles estavam praticamente engatinhando pelo assoalho.

Conforme avançavam, Shogo, atrás dos outros dois, estendeu o braço até Shuya, que estava na frente, fazendo-o parar. Shuya se voltou e, em meio à escuridão, olhou por cima do ombro para Shogo.

— Ele está dando a volta de novo até a frente — Shogo acenou para a parte de trás. — Vamos sair pelos fundos.

Então eles seguiram pelo corredor até a cozinha.

Shogo parou de novo, antes de entrarem na cozinha.

— Porra, por quê? — ele sussurrou.

Ou seja, a pessoa do lado de fora parecia estar dando a volta outra vez até a porta dos fundos.

Reinava o silêncio. Shogo empunhava sua carabina. Com Noriko entre ele e Shogo, Shuya também segurava a SIG-Sauer que pertenceu a Kaori Minami. (Ele entregou a Smith & Wesson para Shogo, decidindo ficar com a arma carregada com mais balas.)

Mas, de repente, o silêncio foi quebrado. Uma voz chamou de fora da janela da cozinha, dizendo:

— É Hiroki. Não tenho intenção de lutar. Respondam, os três. Quem são vocês?

Era sem dúvida a voz de Hiroki Sugimura (o Estudante nº 11), que juntamente com Shinji Mimura era um dos poucos colegas de turma em quem Shuya poderia confiar.

— Que diabos! — Shuya murmurou. — Isso é incrível...

Foi um golpe de sorte. Ele nunca pensou que eles veriam Hiroki. Shuya e Noriko se entreolharam. Noriko mostrava uma expressão de alívio.

Shogo impediu Shuya quando ele tentou se levantar.

— O quê?

— Quieto. Não levante a voz.

Shuya olhou para a expressão séria no rosto de Shogo e respondeu com um gesto exagerado de ombros, sorrindo:

— Não se preocupe. Podemos confiar nele. Ponho minha mão no fogo!

Shogo balançou a cabeça e disse:

— Como ele sabia que havia três de nós aqui?

Shuya não tinha pensado nisso. Ele refletiu por alguns instantes olhando para Shogo. Mas não fazia ideia.

Porém, mesmo não sabendo, achou que isso não era tão relevante quanto o fato de Hiroki estar ali. Ele só queria ver seu rosto agora.

— Talvez ele tenha nos visto entrar aqui de longe. Mas não sabia que éramos nós.

— Por que então demorou tanto para chegar aqui?

Shuya voltou a pensar.

— Ele deve ter custado até decidir confirmar quem estava aqui. Com certeza foi isso. De qualquer forma, podemos confiar em Hiroki tranquilamente.

Shuya ignorou Shogo, que parecia querer dizer algo, e elevou a voz para fora da janela:

— É Shuya, Hiroki. Estou com Shogo Kawada e Noriko Nakagawa.

— Shuya! — uma voz aliviada replicou. — Deixe-me entrar. Por onde eu entro?

Antes que Shuya pudesse responder, Shogo levantou a voz:

— Aqui é Shogo. Dê a volta até a porta. Cruze as mãos atrás da cabeça e não se mova. Entendeu?

— Shogo...

Shuya estava prestes a censurá-lo, mas Hiroki de imediato respondeu:

— Entendido.

O que parecia ser a parte superior do corpo de Hiroki cruzou pela parte exterior da janela de vidro fosco.

Shogo se levantou primeiro e foi até a entrada. Shuya, apoiando Noriko, o acompanhou.

Shogo abaixou a cabeça na porta e, depois de examinar o lado de fora pelas frestas no vidro, retirou a trava que a obstruía e abriu a porta empunhando a carabina.

Hiroki Sugimura estava de pé com as mãos cruzadas atrás da cabeça. Ele era ligeiramente mais alto que Shogo, porém mais esbelto. Seus cabelos ondulados, como os de Shuya, desciam até a metade da testa. O kit de sobrevivência estava caído a seus pés e, por algum motivo, havia um bastão de um metro e meio no solo.

Era verdade. Shuya piscava os olhos como se custasse a crer. Ao ver o rosto de Shuya, Hiroki sorriu.

— Tenho que fazer uma inspeção corporal. Não se mexa.

— Shogo, já chega.

Shogo não deu ouvidos aos protestos de Shuya e avançou empunhando a arma. Ele se postou atrás de Hiroki e primeiro verificou suas mãos atrás do pescoço. Depois, deslizou a mão esquerda pelo casaco de Hiroki.

Sua mão parou no bolso.

— Que diabos você tem aí?

— Vá em frente e tire — Hiroki disse com as mãos juntas. — Mas depois me devolva.

Shogo tirou o objeto. Tinha o tamanho e o formato de um bloco de anotações grosso, mas era de plástico ou aço. Shuya pôde ver que o painel liso cobrindo a superfície superior refletia a luz do luar. Depois de girá-lo várias vezes, Shogo deu uma gargalhada.

Ele movimentou o corpo com o objeto nas mãos e depois olhou o painel contra a luz do luar. Balançou a cabeça aprovando e o devolveu ao bolso de Hiroki. Depois o revistou minuciosamente, descendo até a bainha das calças. Ele também conferiu seu kit de sobrevivência e, por fim, anunciou:

— O.k. Desculpe por isso. Pode baixar as mãos.

Hiroki descruzou as mãos e recolheu do solo seu kit de sobrevivência e o bastão. Aparentemente, ele usava isso como arma.

— Hiroki — Shuya abriu um sorriso. — Vamos, entre! Temos café. Quer um pouco?

Hiroki concordou meio hesitante e passou pela porta com Shuya e os outros. Shogo olhou para fora antes de fechar a porta.

Hiroki permaneceu de pé, imóvel. Mantendo as costas para a sapateira a seu lado, repleta de chinelos enfileirados, Shogo olhou fixamente para Hiroki. O cano da Remington foi abaixado, mas Shuya notou que o dedo de Shogo permanecia no gatilho e se sentiu um pouco incomodado. No entanto, decidiu não se preocupar.

Hiroki olhou para Shuya e Noriko outra vez e, em seguida, na direção de Shogo. Foi quando Shuya se deu conta de que Hiroki estava incomodado não tanto por ele e Noriko, mas pelo fato de eles estarem unidos a Shogo.

— Shuya — Shogo disse. — Hiroki parece querer perguntar se não há problemas com o fato de vocês estarem comigo.

Hiroki sorriu de leve para Shogo e disse:

— Não, eu apenas achei a combinação um tanto inusitada. — Ainda sorrindo, prosseguiu: — Shuya jamais estaria a seu lado se você fosse hostil. Pelo que sei, Shuya é muito bobo para certas coisas, mas está longe de ser estúpido.

Shogo respondeu com um sorriso, embora não tirasse o dedo do gatilho. De qualquer forma, Hiroki e Shogo acabaram com as trocas de apresentações.

— Que maldade falar assim de mim, Hiroki! — Shuya lhe ofereceu um sorriso.

Noriko disse:

— Entre. Não é nossa casa, por isso não posso me desculpar pela bagunça.

Hiroki sorriu, mas não fez menção de se mover da porta.

Apoiando Noriko com a mão esquerda, Shuya apontou com a mão direita para dentro.

— Entre. Logo teremos que sair daqui, mas ainda nos resta algum tempo. Vamos lhe dar uma festa de boas-vindas.

Mesmo assim, Hiroki continuou impassível onde estava. Hiroki deve ter ficado atônito por Shuya ter usado a palavra "festa" naquela situação. Shuya se deu conta de que esquecera de informar algo importante:

— Hiroki, nós poderemos fugir daqui. Shogo vai nos ajudar.

Os olhos de Hiroki se arredondaram um pouco.

— Sério?

Shuya confirmou. Mas então Hiroki baixou o olhar. Em seguida, reergueu a cabeça.

— O problema é que... — ele disse e balançou a cabeça — ... há algo que eu preciso fazer.

— Algo? — Shuya franziu a testa. — Por que primeiro você não entra...

Em vez de aceitar o convite de Shuya, ele perguntou:

— Vocês três estiveram juntos todo esse tempo?

Shuya pensou bem e depois balançou a cabeça.

— Não. Bem, Noriko e eu estávamos. E depois...

Então, ele lembrou o que aconteceu de manhã. Passara-se algum tempo desde que a imagem do crânio aberto de Tatsumichi Oki lhe assaltara e, outra vez, ele sentiu um calafrio lhe passar pela espinha.

— Bem, muita coisa aconteceu e acabamos nos unindo a Shogo.

— Entendo — Hiroki concordou e depois disse: — Ei, vocês viram Kayoko?

— Kayoko? — Shuya repetiu. *Kayoko Kotohiki? A Estudante nº 8? Aquela que, apesar de praticar a cerimônia do chá, parecia mais brincalhona que elegante?*

— Não — Shuya balançou a cabeça negativamente. — Não a vimos, mas...

Shuya pensou em Shogo e olhou para ele, mas Shogo também balançou a cabeça e disse:

— Eu também não.

Claro que Kayoko tinha que estar na ilha. Como seu nome não foi proferido ainda nos anúncios de Sakamochi, ela devia estar viva. A menos que tivesse sido morta depois das seis da tarde.

De novo Shuya percebeu como ele não podia fazer nada para impedir que a maioria de seus colegas de turma morresse e se sentiu péssimo.

— O que tem ela? — Noriko perguntou.

— Nada — Hiroki disse. — Se vocês não a viram, tudo bem. Obrigado. Desculpe, mas preciso ir andando.

Ele lançou também a Shogo um olhar de despedida e se voltou para sair.

— Calma lá, Hiroki! — Shuya exclamou, fazendo-o parar. — Aonde você vai? Eu falei que estando com a gente você se salvará, não foi?

Hiroki voltou o rosto em direção a Shuya. Havia tristeza em seus olhos, mas eles ainda carregavam traços do humor irônico que lhe era tão peculiar. Deviam ser traços que todos os amigos íntimos compartilham, como Yoshitoki Kuninobu (*morto, merda*), Shinji Mimura, é claro, e — aparentemente também — Shogo Kawada.

— Devo encontrar Kayoko a todo custo. Por isso, tenho que ir.

A todo custo. O que isso poderia significar nesta situação em que se mover somente os deixaria mais perto da morte?

De qualquer forma, Shuya disse:

— Espere. Você não pode ir, pois nem uma boa arma você tem. É arriscado. E como você pretende encontrá-la?

Hiroki mordeu o lábio inferior. Então, puxou do bolso o objeto que pouco antes Shogo retirou dele, algo parecido com um palmtop, e o mostrou a Shuya.

— Esta é a "arma" que estava em meu kit de sobrevivência. O professor Shogo já deve ter entendido do que se trata. Tem a ver com isto aqui. — Ele apontou para seu pescoço enquanto segurava o dispositivo. As coleiras prateadas ao redor do pescoço de Shuya, Noriko e Shogo estavam todas brilhando. — Parece que este dispositivo detecta qualquer um usando essas coleiras. Quando há alguém na vizinhança, ele aparece na tela. Mas não é possível dizer a quem a coleira se refere.

Shuya entendeu afinal a resposta às perguntas de Shogo. Graças ao dispositivo, Hiroki pôde saber que eles três estavam na casa e se movimentou acompanhando o movimento deles. Assim como o computador da escola que monitorava suas posições, ele podia averiguar a posição de qualquer um usando uma coleira, embora não pudesse, conforme explicara, distinguir quem fosse.

Hiroki enfiou o dispositivo no bolso.

— Vejo vocês... — Ele se despediu e começava a se virar quando, de repente, algo o interrompeu. — Ah, mais uma coisa. Tomem cuidado com Mitsuko Soma — ele acrescentou, dirigindo um olhar carregado a Shuya e depois a Shogo. — Ela está participando ativamente do jogo. Não sei sobre os outros, mas ela com certeza está.

— Você cruzou com ela? — Shogo perguntou.

Hiroki balançou a cabeça.

— Não. Mas Takako... Takako Chigusa me alertou sobre ela antes de morrer. Mitsuko a matou.

Shuya de repente lembrou que Takako estava morta. Depois de ouvir Sakamochi anunciar a morte dela no pronunciamento das seis, ele ficou preocupado sobre seu efeito em Hiroki, mas estava tão feliz em vê-lo que esqueceu por completo do fato.

Hiroki e Takako Chigusa eram bons amigos. Por um tempo, Shuya de fato se enganou achando que os dois estivessem namorando. Mas, quando ele casualmente perguntou a Hiroki sobre isso, ele riu e respondeu: "Não sou do tipo de homem que poderia se relacionar com Takako. Nós nos conhecemos desde criança. Vivíamos brincando de esconde-esconde e coisas assim. Quando brigávamos, era eu quem terminava chorando". É claro que Takako Chigusa era uma atleta fantástica e muito dinâmica, mas soava engraçado, pois nem se comparava a Hiroki, com mais de um metro e oitenta de altura e lutador de artes marciais (tempos atrás, na única visita de Shuya à casa dele, Hiroki com relutância mostrou-lhe como podia partir uma tábua de cedro com a palma da mão).

Mas agora Takako Chigusa estava morta. E, considerando a forma como Hiroki acabara de descrever, ele estava lá quando isso aconteceu.

— Então você estava com ela? — Noriko perguntou com delicadeza.

Hiroki balançou a cabeça.

— Somente no fim. Eu... quando saímos, eu me escondi em frente da escola, esperando por ela... Mas então Yoshio voltou, eu me distraí e acabei me desencontrando de Takako. E, ao procurar por ela, perdi minha oportunidade de me juntar a você, Shuya, ou a Shinji.

Shuya moveu o queixo para cima e para baixo várias vezes concordando. Então, Hiroki estava em frente da escola até Yoshio Akamatsu voltar. Ele provavelmente se escondeu no bosque. Era perigoso. Mas isso apenas mostrava como Takako era importante para ele.

— Mas — Hiroki prosseguiu — eu encontrei Takako. Porém, já era... muito tarde.

Dizendo isso, Hiroki abaixou a cabeça, balançando-a várias vezes. Sem ouvir mais nada, Shuya entendeu que, no momento em que Hiroki encontrou Takako, ela estava morrendo, depois de ser abatida por Mitsuko Soma.

Shuya pensou em contar a Hiroki como Yoshio Akamatsu matou Mayumi Tendo e como ele quase acabou com Shuya também, mas isso era irrelevante agora. Yoshio Akamatsu também estava morto.

— Não sei se é o mais conveniente a ser dito nesse caso, mas meus pêsames — Noriko disse.

Hiroki sorriu de leve e respondeu:

— Obrigado.

— De qualquer forma — Shuya disse —, entre. Vamos conversar sobre isso. Para que a...

Ele pretendia dizer "pressa", mas se conteve. Se Hiroki desejava ver Kayoko enquanto os dois estivessem vivos, o que mais poderia fazer senão se apressar? Enquanto a ligação de Hiroki com Takako Chigusa era clara, Shuya não fazia ideia por que era tão importante para ele encontrar Kayoko. Mas, seja como for, enquanto eles estavam ali conversando, ela poderia estar lutando com alguém ou mesmo morrendo.

Hiroki sorriu. Parecia adivinhar o que Shuya pensava.

Shuya passou a língua nos lábios. Ele olhou para Shogo antes de falar.

— Se você insiste… — ele olhou para Hiroki e prosseguiu. — Vamos te ajudar a procurá-la.

Mas Hiroki recusou terminantemente. Ele apontou Noriko com o queixo.

— Noriko está ferida. É muito perigoso. Não posso aceitar.

Shuya não conseguia se conter:

— Mas você poderia estar a salvo conosco. Como vamos nos encontrar outra vez se você partir?

Realmente, se eles se separassem, seria praticamente impossível voltar a se ver.

— Hiroki — Shogo chamou, de repente. Ele ainda segurava a arma, mas seu dedo não estava mais sobre o gatilho.

Hiroki olhou para ele, e Shogo tirou algo pequeno do bolso com a mão livre. Ele o levantou até a boca e mordeu sua ponta de metal, girando-o.

O objeto emitiu o som de um pássaro. *Chi, chi, chi, chuku, chuku.* Era um som alto, vívido e divertido. Como o trinar de um tordo ou de um chapim.

Shogo afastou a mão da boca e Shuya percebeu que o aparelho de Shogo que emitia o som era… um apito de pássaro? *Por que ele teria aquilo?* Era um desses objetos que imitavam o chilreio das aves.

— Quer você encontre Kayoko ou não — Shogo disse —, se desejar nos ver, faça uma fogueira em algum lugar e queime madeira verde. Com isso, criará fumaça. Faça duas fogueiras. Logicamente, afaste-se assim que acendê-las, porque você somente atrairá atenção. E certifique-se de que não provocará um incêndio. Assim que a virmos, emitiremos por quinze segundos esse apito a cada, digamos, quinze minutos. Tente nos encontrar seguindo esse som.

Ele apontou para o apito de pássaro.

— Este som é sua passagem para fora daqui. Se você estiver disposto, pode pegar nosso trem.

Hiroki concordou.

— O.k. Vou fazer isso, obrigado.

— Mais uma coisa. — Shogo pegou seu mapa. Ele o desdobrou e o entregou junto com seu lápis para Hiroki. — Desculpe te atrasar, mas você pode marcar no mapa onde Takako foi morta? Se você viu mais alguém, gostaria de saber também onde foi.

Hiroki ergueu de leve a sobrancelha e pegou o mapa. Ele o abriu sobre a sapateira, aproveitando a luz do luar proveniente da janela, e segurou o lápis.

— Dê-me seu mapa. Vou escrever a localização que conhecemos dos corpos — Shogo disse.

Hiroki parou de escrever e entregou a Shogo seu mapa. Os dois começaram a marcar os mapas lado a lado.

— Vou trazer um pouco de café — Noriko disse e largou o braço de Shuya. Ela arrastou a perna direita, usando a parede como apoio para se dirigir à cozinha.

— Takako chegou a dizer se Mitsuko tem uma metralhadora? — Shogo perguntou enquanto escrevia.

— Não — Hiroki respondeu sem erguer a cabeça. — Ela não comentou nada sobre isso. Sei que ela foi atingida várias vezes nas costas. Não foi um único disparo.

— Entendo.

Conforme os dois avançavam na tarefa, Shuya a seu lado descreveu os destinos de Yoshio Akamatsu, Tatsumichi Oki e Kyoichi Motobuchi. Hiroki acompanhava enquanto escrevia.

Shogo terminou de marcar o mapa e o mostrou a Hiroki.

— Aqui é onde Kaori Minami foi morta. Shuya viu Hirono escapar. Ela pode ter feito isso em autodefesa. Mas é sempre bom tomar cuidado.

Hiroki concordou. Então, inesperadamente, ele disse:

— Eu também vi Kaori. — Ele apontou o local no mapa. — Foi antes do meio-dia. Ela atirou de repente em mim, mas acredito que estava em pânico.

Shogo concordou e trocou o mapa de Hiroki com o dele.

Noriko voltou pelo corredor segurando uma xícara. Shuya veio até ela, que caminhava a passos incertos, e pegou a xícara de sua mão. Ele a ofereceu a Hiroki, que sentiu o aroma, assobiou levemente e depois a segurou.

— Obrigado — ele disse a Noriko, e tomou um gole.

Logo depois, colocou a xícara no piso da entrada. Estava praticamente cheia.

— A gente se vê.

— Espere.

Shuya puxou sua SIG-Sauer de debaixo do cinto. Com seu cabo apontado para Hiroki, ele lhe ofereceu a arma. Ele também puxou um pente extra do bolso.

— Se você insiste mesmo em ir, leve esta com você, o.k.? Temos uma carabina e mais uma pistola.

A primeira arma era de Kyoichi Motobuchi, e a Smith & Wesson que Shuya carregava estava agora enfiada na cintura da calça de Shogo. De qualquer forma, entregar a SIG-Sauer reduziria a capacidade de luta do grupo, mas Shogo não demonstrou oposição.

Porém Hiroki balançou a cabeça, negando.

— Você precisa dela, Shuya. Use-a para proteger Noriko. Não posso aceitá-la. E não seria capaz de matar ninguém com isso. — Ele inclinou a cabeça e examinou Shuya e Noriko. Abriu um leve sorriso e acrescentou: — Eu sempre achei estranho vocês dois não estarem namorando.

Disse apenas isso e, depois de fazer uma discreta reverência para cada um deles, calmamente abriu a porta.

— Hiroki — Noriko chamou. Sua voz estava calma. — Tome cuidado.

— Vou tomar. Obrigado. E rezo pela felicidade de vocês.

— Hiroki — Shuya conseguiu dizer, embora estivesse engasgado pela emoção. — Vamos nos ver de novo. Eu prometo!

Hiroki concordou balançando a cabeça e partiu. Shuya apoiou Noriko e passou pela porta olhando Hiroki, enquanto ele rapidamente subia a montanha à direita e desaparecia.

Sem uma palavra, Shogo fez um gesto para Shuya e Noriko voltarem para dentro e fechou a porta.

Shuya suspirou e virou-se para dentro da casa. Ele mal podia enxergar o vapor ainda subindo da xícara que Hiroki deixara sobre o piso.

[RESTAM 20 ESTUDANTES]

49.

A lua estava alta no céu. Não havia uma única nuvem. A luz branca da lua quase cheia cobria com um filme fino o restante do céu, obscurecendo as estrelas.

Shogo, que liderava o grupo, parou. Shuya, sem deixar de apoiar Noriko com o ombro, parou também.

— Você está bem? — Shuya perguntou a Noriko.

— Estou — ela afirmou.

Mas Shuya não tinha dúvidas de que ela ainda estava enfraquecida. Ele olhou o relógio. Passava das onze da noite agora, mas eles já haviam deixado o G-9, que se tornou um quadrante proibido. Eles deviam encontrar outro lugar para se acomodar.

A princípio, eles se movimentavam pelo caminho por onde haviam vindo, ao longo do sopé da montanha norte. Árvores se espalhavam esparsamente pela área. Um pouco mais à frente, eles estariam perto do local onde Kaori Minami foi morta. Imediatamente à esquerda deles, Shuya viu uma extensão plana e estreita que se estendia desde a área residencial na costa leste da ilha. O platô, salpicado de casas em meio às plantações, se tornava então bastante estreito à medida que se avançava para oeste, formando uma espécie de leque. De acordo com o mapa, a estrada que atravessava a ilha passava por esse pivô e prosseguia em direção à costa oeste.

Shogo se virou para perguntar:

— O que fazemos agora?

O cobertor de Noriko estava amarrado à parte de cima do kit de sobrevivência sobre o ombro dele.

— Não poderíamos parar numa casa, como fizemos antes?

— Uma casa... — Shogo olhou para longe de Shuya e contraiu os olhos. — Não é realmente uma boa ideia. Conforme o número de quadrantes diminui, a quantidade de casas também se reduz. Quando alguém precisar de algo, vai querer entrar numa delas. Seja para comer ou por outro motivo.

— Ei, se vocês estiverem preocupados comigo, eu estou bem agora. Mesmo estando do lado de fora — Noriko disse.

Um sorriso passou de leve pelo rosto de Shogo e ele contemplou em silêncio o terreno plano. Talvez estivesse considerando as marcas de Hiroki em seu mapa ao olhar a vista.

Com os corpos que viu, Hiroki forneceu explicações detalhadas de como os colegas morreram. O corpo de Kazushi Niida estava próximo de onde Takako Chigusa morreu. Além dos olhos arrancados (!), sua garganta foi esfaqueada por algum objeto. Na área residencial agora proibida, foi a vez de Megumi Eto. Sua garganta foi cortada por uma lâmina. (Shuya sentiu um aperto no peito por essa morte, desde que Noriko lhe contou como Megumi era apaixonada por ele.) Um pouco mais ao leste, Yoji Kuramoto e Yoshimi Yahagi foram assassinados onde a área residencial da costa leste da ilha encontra a montanha sul. Yoji foi esfaqueado na cabeça e Yoshimi levou um tiro. Na extremidade sul da ilha, Izumi Kanai, Hiroshi Kuronaga, Ryuhei Sasagawa e Mitsuru Numai parecem ter sido encontrados mortos juntos. Mitsuru Numai levou quatro ou cincos tiros enquanto a garganta dos outros três foi dilacerada por uma lâmina. Três membros do grupo de Kiriyama morreram juntos, sendo a única exceção Sho Tsukioka, que foi pego num quadrante proibido.

— Shogo — Shuya disse, e Shogo olhou para trás. — Você acha que Mitsuko Soma matou Yukiko e Yumiko?

Mesmo agora, ao perguntar isso, Shuya achava tudo aquilo irreal. Ele acreditava firmemente, chegando a ser um tipo de convicção, que uma garota não pudesse fazer coisas tão horríveis. Mas, como foi o confiável Hiroki quem lhes informara, ele sabia que era verdade.

— Não — Shogo balançou a cabeça. — Não creio. Depois que Yukiko e Yumiko morreram vítimas daquela metralhadora, você lembra de termos ouvido o som de dois tiros de pistola? Foram tiros de misericórdia. Mas, segundo Hiroki, Takako estava viva depois de ser atingida quando ele a encontrou, o que significa que sua assassina não era tão meticulosa. Naturalmente ela poderia ter deixado Takako viva por saber que logo morreria de qualquer forma. No entanto, considerando o horário e o local, não creio que Mitsuko Soma estivesse de posse da metralhadora.

Shuya se lembrou do som de tiros de metralhadora que ouviu antes das nove da manhã. O assassino sem dúvida ainda vagava pela ilha. E os disparos distantes que eles ouviram pouco depois seriam de Mitsuko Soma?

— No final das contas nós... — Shogo forçou um sorriso e balançou a cabeça — ... cruzaremos com ele ou ela. Então saberemos com certeza.

Shuya se lembrou de algo mais que o incomodava:

— Quando Hiroki nos mostrou seu detector, lembrei que Sakamochi deve saber que estamos juntos e nossas posições.

Enquanto inspecionava o terreno plano, Shogo respondeu:

— Isso mesmo.

Os ombros de Shuya se moveram ligeiramente enquanto ele continuava a apoiar Noriko.

— Isso não servirá de obstáculo à nossa fuga?

Shogo sorriu e, com as costas viradas para Shuya, disse:

— Não. Nem um pouco. Deixe tudo comigo. — Ele contemplou o terreno plano de novo e declarou: — Vamos voltar para onde estávamos. Uma estratégia comum adotada pelos jogadores ativos deste jogo é aparecer em qualquer lugar onde ouviram alguma ação. Se não existisse o prazo de vinte e quatro horas, eles não necessitariam sair por aí matando. Por isso, eles fazem isso quando podem. E o fato de estarem num festival de matança significa que estão por conta própria e, por isso, não podem se dar ao luxo de dormir muito e decidem tudo em lutas curtas. Se algo acontece perto deles, vão até o local e, se houver uma luta em andamento, eles apenas esperam o desenrolar e depois dão um fim nos sobreviventes. Por isso devemos ficar em algum lugar onde possamos evitar confrontos. Se nos envolvermos com alguém em pânico, logo em seguida um dos grandes jogadores deverá aparecer. Se voltarmos para onde estávamos, é improvável que encontremos alguém. Como Tatsumichi Oki e Kyoichi Motobuchi já não estão mais escondidos por lá, a área está desabitada.

— Mas Hirono correu na direção onde estávamos de início.

— Não, com certeza ela não foi tão longe. Não seria necessário — Shogo disse, apontando o terreno plano com o indicador. — Mas evitaremos essa montanha onde ela pode estar escondida. Vamos pegar um caminho diferente.

Shuya ergueu a sobrancelha.

— É seguro para nós nos movimentarmos por um terreno plano?

Shogo respondeu:

— Por mais que a lua esteja clara, não é dia. Mas deve ser mais seguro que na montanha repleta de mato.

Shuya concordou. Shogo pegou a dianteira e começou a descer a leve inclinação. Shuya segurou com força a SIG-Sauer na mão direita, apoiando Noriko e acompanhando Shogo.

As árvores se transformaram em campos de ervas baixas. O primeiro com o qual depararam estava plantado com algo que parecia abóboras. Depois de atravessá-lo, havia um outro de trigo. Numa ilha tão pequena, deveriam ser para consumo próprio. Logicamente, o governo da República da Grande Ásia Oriental emitia sem cessar ordens para promover a autossubsistência nacional, de forma que mesmo uma pequena plantação como aquela podia contribuir um pouco naquele empenho. Conforme eles se moviam ao longo da beira da plantação, o solo sob seus tênis parecia seco. Talvez fosse por causa dos vários dias que se passaram desde a evacuação da área. Mesmo assim, Shuya ficou impressionado com o odor agradável do trigo envolvendo o ar noturno de final de primavera.

Era um cheiro muito bom. Sobretudo depois de se acostumar ao odor de sangue.

Havia um trator à esquerda deles. E, além do veículo, uma casa.

Era um sobrado comum e parecia relativamente novo. Devia ser uma dessas construções baratas, produzidas em massa, como os conjuntos habitacionais. Apesar de estar no meio do campo, a casa estava cuidadosamente cercada por um muro de concreto.

Conforme avançava, Shuya olhava para as costas de Shogo.

Alguma coisa o preocupava.

Ele olhou para trás. Noriko se encostava em seu ombro esquerdo enquanto andava, mas ele notou algo acima da cabeça dela no meio do céu. Algo brilhando na luz do luar, traçando um arco. Esse objeto veio voando na direção deles.

[RESTAM 20 ESTUDANTES]

50.

O que transformou Shuya num atleta genial em seus dias na Little League foi sua ótima visão cinética. A capacidade dinâmica de ver objetos em movimento. Mesmo numa luz difusa, ele pôde distinguir que o objeto voando em direção a eles parecia uma lata. Claro que, na serena região do mar interior de Seto, seria impossível uma lata vazia cair do céu por causa de um tornado. Não, essa chance podia ser descartada.

Não é possível.

Shuya de repente se afastou de Noriko, que vinha se escorando nele. Infelizmente, ele não teve tempo sequer para chamar Shogo, que devia ter sentido algo estranho, porque também se virou de repente para trás. Noriko cambaleou um pouco sem o apoio de Shuya.

Shuya recuou alguns passos e deu um pulo alto. Sua capacidade de saltar era extraordinária. No passado, durante a semifinal da competição provincial da Little League, ele pôde mostrar seu jogo impedindo, na posição de ataque, uma rebatida que levaria ao *home run* vencedor dos oponentes no início do segundo turno da décima primeira entrada.

Com a mão esquerda, Shuya pegou a bola — não, a lata — em pleno ar. Ele a passou para a mão direita e, quando começou a descer, virou o corpo e a atirou para o mais longe possível.

Antes mesmo de Shuya aterrissar, uma luz branca reluziu pela noite.

Em seguida, sentiu o ar se dilatando, e o barulho sônico da explosão em seus tímpanos provocou o violento agito de seu corpo. Seus pés ainda não haviam tocado o chão quando o vento gerado pela explosão o jogou longe, estirando-o sobre o solo. Se ele tivesse esperado a granada de mão cair, os três teriam se transformado sem dúvida em carne moída. Embora a equipe de Sakamochi tivesse tido o cuidado de reduzir o poder explosivo da granada para impedir que fosse usada contra a escola, ela tinha capacidade suficiente para matar ou ferir seres humanos.

Shuya levantou a cabeça de imediato. Percebeu que tinha ficado surdo. Seus ouvidos estavam estranhos. Nesse silêncio, Shuya viu Noriko caída à sua esquerda. Depois ergueu o rosto para olhar para trás, em busca de Shogo, e viu...

... outra lata voando na direção deles!

Mais uma! Tenho que... mas era tarde.

Seus ouvidos incapacitados de repente ouviram um *bang* nítido e surdo, quase simultaneamente acompanhado de outra explosão no ar. Esse som também estava abafado, mas dessa vez pareceu um pouco mais distante e Shuya nada sofreu. Bem ao lado dele, Shogo estava sobre um joelho empunhando sua carabina. Ele atirou na granada de mão como se praticasse tiro ao prato, partindo-a em pedaços antes de explodir.

Shuya correu até Noriko e a segurou. Sua boca estava contorcida. Parecia estar gemendo, mas ele não podia ouvi-la.

— Shuya, volte! — Shogo acenou com a mão esquerda e disparou simultaneamente a carabina com a mão direita.

Shuya então ouviu um som diferente — *ratatatá* — e as hastes de trigo em frente dele dispersaram, cortadas no ar. Shogo atirou mais duas vezes seguidas. Num estado de confusão, Shuya arrastou Noriko para a sombra da leiva divisória da plantação. Ele se abaixou. Shogo deslizou rapidamente até seu lado e atirou mais uma vez. O som de metralhadora continuou, e o solo estourou, com a poeira voando para dentro de seus olhos.

Shuya puxou sua SIG-Sauer e pôs o rosto para fora da sombra da leiva. Ele atirou cegamente na mesma direção em que Shogo disparava.

Então ele viu, menos de trinta metros distante do muro de concreto da casa, a cabeça com os cabelos puxados para trás.

Era Kazuo Kiriyama (o Estudante nº 6). E, embora a audição de Shuya estivesse um pouco prejudicada, ele se lembrou do som da metralhadora. Era o mesmo que ouviu a longa distância quando Yumiko e Yukiko foram abatidas no pico da montanha norte. É claro que ele poderia não ser o único com uma metralhadora, mas mesmo assim Kazuo, que estava bem em frente dos olhos deles, acabara de tentar matá-los sem aviso prévio. E, ainda por cima, com granadas de mão.

Shuya estava certo de que foi Kazuo quem matou Yumiko e Yukiko. Ele se lembrou de como elas foram mortas e sentiu uma onda de ódio.

— O que é isso? Que diabos ele está fazendo?

— Pare de berrar e atire! — Shogo entregou a Shuya a Smith & Wesson e recarregou sua carabina.

Com uma arma em cada mão, Shuya começou a atirar no muro de concreto. (*Duas armas! Que loucura!*) Primeiro a Smith & Wesson, depois a SIG-Sauer esgotaram as balas. Ele precisava recarregá-las!

Kazuo aproveitou esse momento para levantar rapidamente a parte superior do corpo. *Ratatatá*. Faíscas voavam dele. Shuya recuou a cabeça, e Kazuo começou a revelar a parte de seu corpo que estava escondida atrás do muro.

Shogo disparou a carabina. O corpo de Kazuo desapareceu de novo. A rajada de balas da carabina destruiu parte do muro.

Shuya ejetou o pente vazio de sua SIG-Sauer, retirou outro carregado do bolso e o inseriu nela. Ele abriu o tambor da arma e empurrou a haste do centro para liberar os cartuchos com os diâmetros inflados pelos disparos. Um deles tocou o dedo indicador da mão direita, com a qual segurava a arma, quase o queimando. Não importava. Ele carregou depressa as balas .38 que Shogo rolou até ele. Depois, mirou a casa onde Kazuo estava.

Shogo atirou de novo. Outra parte do muro voou pelos ares. Shuya também disparou várias vezes nele com sua SIG-Sauer.

— Noriko! Você está bem? — Shuya berrou.

A seu lado, Noriko respondeu:

— Estou.

Ao ouvir a resposta dela, Shuya percebeu que recuperara a audição. Com o canto do olho, ele viu Noriko de bruços recarregando balas curtas de 9mm no pente vazio que ele retirou da SIG-Sauer. De todas as coisas que ele presenciou desde o início do jogo, essa realmente deixou sua cabeça zonza. *Como pode uma garota como Noriko ajudar numa batalha dessas?*

Uma mão apareceu do outro lado do muro. Segurava a metralhadora. Outra rajada foi disparada. Shuya e Shogo recuaram a cabeça.

Sem perder um só instante, Kazuo levantou-se. Correu adiante num movimento elástico enquanto atirava. Logo se posicionou atrás do trator. A distância entre eles era menor.

Shogo atirou outra vez. Atingiu o painel do motorista do trator.

— Shogo — Shuya chamou depois de disparar duas vezes.

— O quê? — Shogo respondeu enquanto recarregava a carabina.

— Em quantos segundos você é capaz de correr cem metros?

Shogo deu outro tiro (reduzindo a pó a lanterna traseira do trator) e respondeu:

— Sou muito lento. Talvez treze segundos. Em contrapartida, os músculos de minhas costas são fortes. Por quê?

De repente, o braço de Kazuo se estendeu de detrás do trator. *Ratatatá!* Faíscas voaram. Por um segundo, Kazuo pôs à mostra a cabeça, mas, como Shuya e Shogo revidassem ao mesmo tempo, ele a recuou de novo.

— Só podemos bater em retirada para dentro da montanha, certo? — Shuya falou. — Eu posso correr cem metros em menos de onze segundos. Você e Noriko vão na frente. Vou manter Kazuo aqui.

Shogo olhou de relance para Shuya. Isso foi tudo. Ele entendeu.

— No local em que estivemos mais cedo, Shuya. Onde conversamos sobre rock — Shogo disse brevemente, entregou a Shuya sua carabina e retrocedeu numa posição agachada. Ele se moveu assim até onde Noriko estava, à esquerda de Shuya.

Shuya respirou fundo e atirou três vezes no trator com a carabina.

Esse foi o sinal para Shogo e Noriko se levantarem e correrem na direção de onde vieram. Os olhos de Noriko encontraram os de Shuya por um momento.

O tronco de Kazuo apareceu por detrás do trator. Shuya atirou várias vezes. Kazuo, que tentava apontar sua arma para Shogo e Noriko, recuou a cabeça. Shuya percebeu que as balas da carabina acabaram, trocou-a pela Smith & Wesson e recomeçou a atirar. Ele imediatamente usou cinco balas. Abriu a SIG-Sauer, carregou o pente extra preparado por Noriko e voltou à carga. Era importante continuar atirando.

Ele viu Shogo e Noriko desaparecerem para dentro da montanha.

Shuya voltou a abrir a SIG-Sauer. Não havia mais pentes extras. Ele somente podia recarregar balas...

Nesse instante, o braço de Kazuo surgiu, dessa vez na parte dianteira, por trás da lâmina de escavação do trator. *Ratatatá!* A Ingram uivou. Como antes. Kazuo se levantou e correu na direção de Shuya.

Shuya já não se preocupava com o tiroteio. Apenas segurou a SIG-Sauer vazia (ele ainda tinha mais sete balas individuais de 9mm), virou-se e desandou a correr. Se ele pudesse chegar à montanha onde havia cobertura, Kazuo não conseguiria segui-lo facilmente. Numa decisão instantânea, os pés de Shuya se voltaram para a direção leste. Noriko e Shogo estariam indo em direção oeste para voltar ao local onde eles estavam no dia anterior. Ele desejava afastar Kazuo o máximo possível dos dois.

Tudo dependia de sua velocidade de corrida. Na medida do possível, ele precisava se afastar o quanto antes de Kazuo num curto espaço de tempo. Uma metralhadora enviava chuvas de balas, sendo o tipo de arma que sem dúvida atinge a curta distância. O que importava era para quão longe ele poderia se afastar.

Shuya correu. Como o corredor mais rápido da turma B, ele somente poderia contar com a velocidade (pelo menos Shuya se achava o mais rápido. Ele era até uma fração de segundo mais veloz que Shinji Mimura, mas e se Kazuo não estivesse se empenhando de verdade durante os testes de medição da capacidade física?).

No instante em que Shuya pensou que com mais cinco metros ele poderia penetrar na sombra das árvores, ouviu atrás de si o soar da metralhadora. Sentiu um impacto contra o lado esquerdo do estômago como se houvesse sido golpeado com toda a força.

Shuya gemeu enquanto começava a perder o equilíbrio, mas continuou a correr. Ele correu para dentro de um fileira de árvores altas e subiu até a leve inclinação. O som da metralhadora foi retomado e dessa vez seu braço esquerdo por reflexo se recolheu. Ele se deu conta de que foi atingido bem acima do cotovelo.

Mesmo assim ele correu. Continuou em direção leste — *Aí, rapaz, se liga, esse é um quadrante proibido!* — e mudou de direção para o norte. Novo som de metralhadora atrás dele. Uma árvore fina à sua direita se estilhaçou em pequenos cavacos do tamanho de palitos de fósforo.

Mais som de metralhadora. Dessa vez ele não foi atingido. Ou talvez tivesse sido. Ele já não distinguia mais nada. Sabia apenas que estava sendo caçado. Pelo menos ganhava tempo para Noriko e Shogo.

Shuya prosseguiu através das árvores e da vegetação, subiu uma colina e depois a desceu, continuando a correr. Ele não tinha tempo para pensar se haveria alguém escondido nas sombras, pronto para atacá-lo. Não tinha ideia da distância que percorrera. Nem mesmo tinha certeza da direção em que corria. Às vezes parecia poder ouvir o som da metralhadora, às vezes não. Ele não podia escutar muito bem, possivelmente por causa do zumbido, resquício do som daquela explosão. De qualquer maneira, ele ainda não podia descansar. Precisava se mover. Para longe.

De repente, Shuya escorregou. Ele chegou de algum jeito a um precipício e percebeu que o declive se acentuava. Exatamente como fez ao lutar com Tatsumichi Oki, Shuya saltou declive abaixo.

Ele aterrissou com um baque surdo. Notou que não segurava mais a SIG-Sauer. Quando tentou se levantar...

Percebeu que não podia se erguer. Ele se perguntava, com a mente entorpecida: *Será que estou delirando por causa da perda de sangue? Será que bati a cabeça?*

Impossível. O ferimento não é tão grave que eu não possa me levantar... Preciso voltar até Noriko e Shogo... Preciso proteger Noriko. Eu prometi a ela... Eu...

Quando tentou se levantar, no entanto, tombou para a frente.

Shuya desmaiou.

[RESTAM 20 ESTUDANTES]

51.

Praticamente escurecera, mas ao lado da janela banhada pela luz fosca do luar, Shinji soltou outra vez o objeto que tinha em mãos. O som do objeto atingindo o assoalho foi abafado pela coberta grossa dobrada, mas houve outro, fino e longo, de algo rebentando.

Shinji de imediato recolheu o objeto do assoalho e o enfiou na extremidade da peça de plástico pequena caída ao lado da coberta. O som cessou.

— Vamos, vamos — Yutaka disse espiando Shinji a seu lado, mas o amigo fez sinal para que se acalmasse. Ele repetiu o teste.

Os mesmos sons de antes se reproduziram. Shinji levantou o objeto, e o som parou.

Estava tudo bem? Mas, se aquilo não funcionasse, todas as preparações meticulosas deles seriam infrutíferas. Mais uma tentativa...

— Temos que nos apressar — Yutaka repetiu, e o rosto de Shinji começou a se mostrar irado, mas ele conseguiu se conter.

Embora não estivesse inteiramente satisfeito, ele disse:

— Entendi.

Shinji deu o teste por concluído. Ele desconectou o fio de chumbo, que ligava a bateria ao minimotor, e começou a retirar a fita de plástico, que fixava a unidade do motor à bateria.

Shinji e Yutaka estavam de volta à Associação Cooperativa Agrícola do Norte de Takamatsu, sucursal da ilha Okishima.

Assim como a escola e a cooperativa de pesca do porto, aquele deveria ser um dos maiores prédios da ilha. O espaço, obviamente sem iluminação e envolto na escuridão, era do tamanho de uma quadra de basquete e abrigava equipamentos agrícolas, entre eles um trator e uma ceifadeira, espalhados pela área. Havia também, erguida por um macaco, uma caminhonete leve com uma roda faltando, esperando para ser reparada. A um canto se empilhavam sacos com vários tipos de fertilizantes (e o perigoso nitrato de amônia estava mais ao fundo, armazenado num enorme gabinete com uma tranca que Shinji arrombou). As paredes de ardósia tinham pelo menos cinco metros de pé-direito; e no andar superior mais fertilizantes, pesticidas e outros suprimentos eram armazenados na parede norte. Ao longo da parede leste, oposta ao local onde Shinji e Yutaka estavam agora, uma escada de aço levava ao segundo andar, e embaixo de seus degraus ficava a grande porta corrediça do depósito. Perto dela, em frente aos degraus no canto sudeste, um espaço semelhante a um escritório foi montado com paredes de compensado. Além da porta aberta ele pôde ver equipamento de escritório, inclusive o contorno de uma mesa e uma máquina de fax.

Armar o fio atravessando o setor G-7, onde a escola estava, acabou sendo uma tarefa árdua. Primeiro, Shinji amarrou a extremidade do fio à ponta de uma árvore alta atrás da rocha que eles tinham escalado. Em seguida pegou a outra extremidade e começou a caminhar entre as árvores, mas uma rajada de vento acabou fazendo os balões de sacos de lixo não obedecerem às suas instruções. Shinji teve que subir em árvores mais de dez vezes para liberar o fio. Além disso, considerando que o inimigo poderia estar em qualquer lugar em meio à escuridão e que ele tinha que se preocupar com Yutaka, a tarefa acabou esgotando todas as suas forças.

Quando, depois de três horas de esforços para instalar o fio, ele relaxava um momento, ouviu um violento tiroteio bem próximo. Passava das onze da noite. Também ouviu uma explosão, mas ele não podia se dar ao luxo de se envolver, por isso se apressou de volta à cooperativa agrícola com Yutaka. Chegando lá, o tiroteio cessou.

Depois disso, por fim, Shinji começou a construir o detonador elétrico, mas isso também foi mais difícil do que ele imaginava. Faltavam-lhe as ferramentas adequadas e o dispositivo exigia um delicado equilíbrio. A corrente elétrica deveria passar pelo dispositivo no momento do impacto contra a escola, mas Shinji precisava ao mesmo tempo se certificar de que ele não era muito sensível a ponto de disparar durante seu envio pela talha por uma vibração ou nó na corda do "teleférico".

Mas ele deu um jeito de construí-lo usando um motor que removeu de um barbeador elétrico no lugar do detonador. Sakamochi fez o anúncio da meia-noite logo depois do início do teste. Morreu apenas Hirono Shimizu (a Estudante nº 10), que Shinji viu assim que o jogo começou. Ele supôs que teria sido resultado do intenso tiroteio que ouviram depois das onze horas, mas, seja lá como for, Sakamochi anunciou algo muito mais importante, pelo menos para ele e Yutaka. O setor F-7, que incluía o rochedo do precipício que eles escalaram para inspecionar a escola, passaria a ser um quadrante proibido a partir da uma da manhã.

Não era de estranhar a impaciência de Yutaka. Se eles não pudessem entrar naquela área, todas as suas preparações iriam por água abaixo. Seria o fim para eles. Shinji queria evitar aquela situação absurdamente tola em que, depois de se concentrar no jogo, ao se chegar muito perto do xeque-mate, acontece a explosão de uma mina terrestre.

Shinji rapidamente puxou o detonador elétrico do tubo preso a seu canivete. Em meio à escuridão, conectou os dois cilindros — seu exterior metálico brilhou na escuridão — e retirou o isolamento do fio de chumbo estendido. Depois, usando uma fita, fixou primeiro a diminuta peça de plástico usada como interruptor elétrico para, em seguida, pegar a extremidade do fio de chumbo estendido do detonador e amarrá-lo ao fio saindo do dispositivo de carga. Ele passou fita muitas vezes na conexão para ter certeza de que não se soltaria. Depois, instalou uma placa de circuito condensador tirada do componente de flash de uma câmera no local apropriado na lateral da caixa da bateria. Era fundamental ter saída de alta voltagem, para garantir que o detonador funcionaria. Ele também conectou os fios firmemente ao dispositivo.

Para prevenir uma detonação acidental, Shinji decidiu que trabalharia no fio restante do detonador elétrico quando chegasse no alto da montanha, esgarçando o isolamento de vinil e grudando a extremidade com fita à lateral da bateria.

— Pronto — Shinji disse, levantando-se e enfiando o dispositivo de detonação concluído no bolso. — Rápido. Vamos nos preparar.

Yutaka concordou. Por via das dúvidas, Shinji jogou no kit de sobrevivência seu equipamento, incluindo os alicates e o fio de chumbo extra, e em seguida pôs nos ombros as várias pilhas de corda separadas. Ele olhou para baixo. Havia uma lata de querosene cheia de mistura de gasolina e nitrato de amônia. Para acrescentar oxigênio, ele inseriu material de isolamento preenchido com ar e dobrou em pregas. A abertura estava fechada, mas perto dela outra tampa de borracha, funcionando como o cabo do detonador, estava amarrada com uma corda de plástico pendurada do cabo.

Em seguida, Shinji olhou o relógio. Era meia-noite e nove. Tinham bastante tempo.

Tudo bem então. Ele tremia de excitação. Foi bem complicado, mas agora eles tinham todo o material de que necessitavam. Eles conectariam todas as suas cordas, ligando uma extremidade a uma árvore que haviam marcado no alto da montanha dentro do quadrante H-7. Depois, amarrariam a outra extremidade da corda na ponta do fio de pesca, seguro pelo peso de uma pedra para que não se movesse. Eles desenredariam a corda e a deixariam lá para em seguida dar a volta na escola, subindo a montanha e adentrando o quadrante F-7. Pegariam o fio amarrado ao alto da árvore e o balançariam de imediato. A corda, presa ao fio, viria então até eles. Eles continuariam juntando a talha à gôndola com a lata de querosene munida do dispositivo de detonação e passariam a corda por ela. Então, esticariam a corda bem firme com um movimento ágil por cima da escola e a fixariam em uma árvore ou outro local. Depois disso... *Vamos festejar. Divirta-se! Sim, vamos conseguir!*

Uma vez tendo causado algum dano no computador da escola ou em sua corrente ou fiação elétrica, o pessoal do Sakamochi suspeitaria de uma falha no sistema. Não, considerando o poder dos explosivos, toda a sala... Não, de fato isso é pouco... Metade da escola voaria pelos ares. Em seguida, eles pegariam as câmaras de ar pneumáticas escondidas atrás da rocha no F-7 e correriam em direção à costa oeste, escapando pelo mar de acordo com o planejado. Se pudessem confundir o governo enviando um falso sinal de SOS por seu radiotransmissor e chegar à ilha vizinha, Toyoshima, em menos de meia hora como calculado, poderiam pegar um barco. (Shinji tinha experiência com barcos de recreio. Ele era grato às habilidades do tio.) De lá eles talvez escapassem para Okayama, desembarcando com sorte em algum local discreto da costa onde estariam por fim a salvo. Poderiam pegar um trem de carga do interior. Ou roubariam algum carro que estivesse passando. Afinal de contas, Shinji possuía uma arma. *Sequestro de carro. Maneiro!*

Shinji olhou para baixo a Beretta M92F enfiada em seu cinto. Eles pretendiam adotar uma tática de enganar o governo, mas, apenas para o caso de serem descobertos no mar, ele encheu várias garrafas de coca-cola com sua mistura especial de nitrato de amônia e gasolina, tampou-as hermeticamente e as enfiou em seu kit de sobrevivência. Mas sem um detonador elas eram basicamente como coquetéis molotov. Quando estivessem prestes a ser descobertos, poderiam se antecipar ao inimigo, aproximar-se nadando do barco-patrulha e subir a bordo para lutar. Se tudo corresse bem, eles pegariam as armas deles e, se pudessem operar o barco, seriam capazes de escapar. Mas para isso tiros certeiros eram condição quase imprescindível.

Shinji estava um pouco preocupado. Até então ele percorreu toda a ilha com sua Beretta, mas, pensando bem, não a usou nem uma só vez. E mesmo seu tio não possuía armas, por isso ele nunca aprendeu como manejar uma.

Mas ele balançou a cabeça. O Terceiro Homem, Shinji Mimura. Não há problema. A primeira vez que ele segurou uma pesada bola de basquete e fez um lançamento livre, ela fantasticamente entrou na cesta.

— Shinji — Yutaka chamou.

Shinji olhou para cima.

— Está tudo preparado?

— Não — Yutaka falou num lamento. Depois, puxou o bloco de anotações e escreveu algo nele às pressas.

Shinji o leu sob a luz do luar ao lado da janela. Estava escrito:

Eu não acho a talha.

Ele olhou surpreso para Yutaka. Seu rosto estava provavelmente assustador, já que Yutaka, ao vê-lo, recuou de repente.

Yutaka estava encarregado de metade da corda e da talha. Desde que Shinji pegou a talha do poço, Yutaka estava tomando conta dela, trazendo-a até ali e a deixando em algum lugar.

Shinji abaixou de novo os rolos de corda e o kit de sobrevivência. Ele se ajoelhou e começou a procurar ao redor. Yutaka o acompanhou na tarefa.

Eles tatearam no escuro, para além do trator e debaixo da escrivaninha, mas não puderam encontrá-la. Shinji se levantou e olhou mais uma vez seu relógio. Passara da meia-noite e dez, era quase meia-noite e quinze.

Então, ele decidiu retirar de seu kit de sobrevivência a lanterna fornecida pelo governo. Shinji girou a área da lâmpada com a mão para acendê-la.

Tomou cuidado para não deixar a luz vazar, mas uma luminosidade amarelada se espalhou pelo interior da cooperativa agrícola com seu jeito de depósito. Shinji viu o rosto embaraçado de Yutaka e então descobriu a talha para além do ombro do amigo. Ela estava sobre o assoalho ao lado da parede, num local sombrio em que a luz do luar vinda da janela não alcançava. Estava a menos de um metro do kit de sobrevivência de Yutaka no chão.

Shinji deu uma piscadela para Yutaka e rapidamente desligou a lanterna. Yutaka recolheu a talha mais que depressa.

— Sinto muito, Shinji — Yutaka se desculpou e Shinji forçou um sorriso.

— Tome mais cuidado, Yutaka.

Então Shinji pôs de volta o kit de sobrevivência e as cordas sobre os ombros e, em seguida, ergueu a lata de querosene. Tinha confiança em sua força, mas juntos os itens pesavam bastante. Teria que carregar a corda apenas parte do caminho, mas a lata de querosene de vinte quilos precisava na realidade ser levada até o alto da montanha. E eles também tinham que se apressar.

Yutaka carregava seu rolo de corda. A carga pesada o fazia parecer uma tartaruga carregando seu casco. *Bem, Shinji não parecia diferente*, ele pensou. Os dois caminharam para a porta corrediça no lado leste do prédio. A porta estava aberta aproximadamente dez centímetros, deixando penetrar um fino raio da luz pálida e azulada do luar.

— Sinto muito mesmo, Shinji — Yutaka voltou a se desculpar.

— Está tudo bem. Não se preocupe. Vamos só nos certificar de que faremos tudo certo daqui em diante.

Shinji transferiu a lata de querosene para a mão esquerda, pôs a mão direita sobre a pesada porta de aço e a deslizou para abri-la. A luz pálida se espalhou.

Do lado de fora do prédio havia um amplo estacionamento de terra batida. A entrada ficava à direita. A cooperativa dava de frente para uma estrada estreita e perto da entrada havia uma caminhonete estacionada. A larga estrada que cortava longitudinalmente a ilha se localizava um pouco mais ao sul.

Em frente à porta, a leste do estacionamento, havia uma plantação com várias casas em seu terreno. Mais ao fundo havia uma área residencial e mesmo no escuro era possível distinguir o aglomerado de casas.

À sua esquerda Shinji viu um pequeno depósito no fundo do terreno e mais distante, numa posição um pouco mais elevada como se estivesse envolta pela colina, via-se a escola. Havia algumas árvores bem ao lado de um sobrado em frente à escola. Eles planejavam amarrar a corda na árvore mais alta dali. Fixaram o fio esticado desde a montanha bem perto do curso de água da plantação imediatamente à esquerda. Portanto, o fio estava ligado até a rocha no meio da montanha, formando uma linha reta que passava ao lado da escola. Na realidade, o fio tinha mais de trezentos metros de comprimento.

Minha ideia foi realmente genial. Porém, eu me pergunto se esse fio de fato levantará a corda até a montanha sem romper no meio do caminho.

Shinji respirou e, depois de refletir um pouco, decidiu dizer algo. Não importava se eles ouvissem o que ele diria.

— Yutaka.

Yutaka olhou para Shinji.

— O quê?

— Nós podemos morrer. Você está preparado?

Por um momento, Yutaka emudeceu. Mas logo depois respondeu:

— Sim. Estou pronto.

— O.k.

Shinji pegou de novo a lata de querosene pela alça e estava prestes a abrir um sorriso.

Um sorriso que se apagou assim que ele viu algo no canto do olho.

A cabeça de alguém emergiu do lado leste do estacionamento, do meio da plantação, num nível um pouco mais baixo.

— Yutaka! — Shinji gritou, segurando o braço do amigo e correndo de volta para trás da porta corrediça. Os dois entraram no prédio da cooperativa com muros em ardósia de onde haviam acabado de sair. Yutaka titubeou por um momento, em parte por causa da corda pesada que carregava, mas foi capaz de acompanhá-lo. No momento em que eles se agacharam atrás da porta corrediça, Shinji já tinha sua arma apontada para a pessoa, que gritou:

— Na... Não atire! Shinji! Por favor, não atire! Sou eu. Keita!

Shinji percebeu que era Keita Iijima (o Estudante nº 2). Na turma, Keita se dava relativamente bem com Shinji e Yutaka. (Afinal, eles eram colegas desde o sétimo ano.) Mas Shinji não estava aliviado por ter mais alguém se juntando a eles. Ao contrário, ele achou que isso seria um problema. Foi quando percebeu que até aquele momento ele não tinha pensado na possibilidade de ter outros estudantes se juntando a eles. *Porra, logo agora!*

— É Keita, Shinji. Vamos, é Keita.

Shinji achou que a voz excitada de Yutaka soava um pouco inadequada.

Keita levantou-se devagar e adentrou o terreno da cooperativa. Segurava seu kit de sobrevivência na mão esquerda e o que parecia um facão de cozinha na direita. Ele falou com cautela:

— Eu vi a luz.

Shinji contraiu os molares. Devia ter sido a luz da lanterna que ele usou apenas uma vez ao procurar pela talha. Shinji se arrependeu de ter cometido tamanho descuido ao se apressar para usar a lanterna.

— Por isso vim até aqui e vi que eram vocês — Keita prosseguiu. — O que estão fazendo? O que estão carregando? Corda? De-deixe eu me juntar a vocês.

Sabendo como suas conversas eram monitoradas, Yutaka franziu a testa e olhou para Shinji. Seus olhos devem ter se arregalado. Ele percebeu que Shinji não baixou a arma.

— Shinji... Shinji, o que está havendo?

Shinji moveu a mão direita aberta fazendo sinal a Yutaka para não avançar.

— Yutaka. Não se mexa.

— Ei — Keita disse. Sua voz tremia. — Por que está apontando esse treco para mim, Shinji?

Shinji respirou fundo e ordenou a Keita:

— Não se mexa. — Ele podia sentir que a seu lado Yutaka ficava tenso.

O rosto lamentável de Keita Iijima estava visível sob a luz do luar quando deu um passo à frente.

— Por quê? Por que vocês não me querem junto? Esqueceu quem eu sou, Shinji? Deixe-me ficar com vocês.

Shinji destravou o cão da arma com um clique. Keita Iijima parou. Ainda havia uma boa distância entre eles, sete ou oito metros.

— Não se aproxime — Shinji repetiu devagar. — Não posso deixá-lo se juntar a nós.

A seu lado, Yutaka perguntou com voz queixosa:

— Por quê, Shinji? Podemos confiar em Keita.

Shinji balançou a cabeça sem dizer nada. Depois pensou: *Há algo que você ignora sobre nós, Yutaka.*

Não era nada de tão importante. De fato, fora um incidente trivial.

Aconteceu durante o oitavo ano, quase no fim do período, em março. Shinji foi com Keita Iijima a Takamatsu assistir a um filme (não havia cinemas em Shiroiwa). Yutaka iria junto, mas caiu de cama resfriado nesse dia.

Foi quando três estudantes de ensino médio mal-encarados se aproximaram de Shinji numa ruela afastada da longa rua principal onde ficava uma galeria de lojas comerciais. Shinji e Keita já tinham visto o filme e estavam passeando pelas livrarias e lojas de discos. (Shinji comprou livros de informática importados. Foi um achado. Apesar de serem manuais técnicos, o governo verificava com rigor os livros do Ocidente, o que os tornava difíceis de se obter.) Depois disso, eles se dirigiam para a estação de trem, quando Keita percebeu que esquecera de comprar uma revista em quadrinhos e voltou sozinho à livraria.

"Ei, você tem alguma grana?", um dos caras perguntou. Esse rapaz era pelo menos dez centímetros mais alto que Shinji, que tinha um metro e setenta e dois — baixo para um jogador de basquete.

Shinji deu de ombros.

"Devo ter uns 2.570 ienes."

O rapaz que perguntou fez uma cara para os outros dois como se dissesse: "Que mixaria!". Então, ele aproximou o rosto da orelha de Shinji, que se sentiu incomodado. Talvez por causa da intoxicação constante com cola de sapateiro ou alguma droga estranha em moda naqueles dias, as gengivas do rapaz retrocederam, formando sulcos entre os dentes e exalando mau hálito. *Porra, mano, vê se escova os dentes!*

O rapaz disse:

"Me passa toda a grana. Entrega logo."

Shinji aparentou surpresa exagerada e disse:

"Ah, vocês são vagabundos! Deviam se contentar com vinte ienes. Eu posso lhes dar algum se vocês se ajoelharem e pedirem com jeitinho."

O rapaz com falhas nos dentes tinha uma expressão de surpresa no rosto. Ele olhou para os outros dois, que riam.

"Você ainda está no ensino fundamental, certo? Deveria aprender a respeitar os veteranos", o rapaz disse, e, apoiando a mão no ombro de Shinji, deu uma joelhada no seu estômago.

Shinji contraiu os músculos do estômago para receber o golpe. Na realidade, o choque foi suportável. Era apenas um golpe de joelho como ameaça. Esses rapazes sem dúvida não aguentariam brigar com alguém da idade deles.

Imperturbável, Shinji empurrou o estudante. Depois perguntou:

"O que foi isso? Um abraço ao estilo russo?"

Se duvidar esses delinquentes não sabiam nem onde ficava a Rússia. Mas, como se reagisse ao tom de voz de Shinji, o rosto fino e feio do rapaz com as falhas nos dentes se contorceu.

"Não dê uma de engraçadinho para cima da gente."

Ele deu um soco no rosto de Shinji. Esse também não doeu muito, embora tenha cortado sua boca pelo lado interno.

Shinji enfiou os dedos na boca para verificar o ferimento. Doía um pouco. Quando os retirou, viu sangue neles. Não era nada.

"Vamos, rápido, passe sua carteira."

Ainda olhando para baixo, Shinji sorriu. Ergueu o rosto. Quando seus olhos encontraram os de seu oponente, o rapaz com falhas nos dentes mostrou uma expressão intimidada.

Shinji falou em tom de deboche:

"Quem comprou briga foi você."

Então, com o movimento de um gancho curto, ele empurrou violentamente o livro importado de capa dura que segurava para dentro da boca nojenta do rapaz. Sentiu os dentes do delinquente quebrarem, enquanto a cabeça dele se inclinava para trás.

Bastaram dez segundos para a luta terminar. Logicamente, lições de luta estavam incluídas nas aulas do tio, que lhe ensinou tudo. Isso não era um problema.

Ao contrário, o problema era outro.

Deixando para trás os estudantes esparramados pelo chão e os passantes que contemplavam de longe a cena, Shinji voltou para a livraria e encontrou Keita na seção de histórias em quadrinhos. A revista que ele voltou para comprar já estava em sua sacola de compras. Ele parecia vagar sem rumo e, quando Shinji o chamou, ele disse:

"Desculpe, desculpe. Lembrei que havia mais uma que eu queria." Então arregalou os olhos e perguntou: "O que aconteceu com sua boca?".

Shinji deu de ombros e disse:

"Vamos voltar."

Ele sabia, no entanto, que Keita tinha espiado da esquina da rua por uma fração de segundos e se esquivado quando percebeu o amigo cercado pelos três estudantes. Shinji imaginou que Keita iria chamar a polícia. (Bem, considerando como os policiais estavam mais ocupados em acabar com civis do que com criminosos, era impossível contar com eles de qualquer forma.) *Ah, então havia outra história em quadrinhos que você desejava... Entendo.*

Graças a esse incidente, a viagem de trem de volta a Shiroiwa foi desagradável.

Keita devia ter pensado que Shinji poderia dar conta de três estudantes mais velhos com uma mão nas costas. *E estava certo.* Keita provavelmente não se envolvera na luta por não querer se machucar. *Realmente.* E Shinji entendia que os estudantes poderiam lembrar do rosto de Keita caso ele chamasse os tiras. *Ahã.* E Keita não tinha intenção de se desculpar com Shinji. *Mentiras são necessárias para o mundo continuar a girar de forma harmoniosa.*

São coisas inevitáveis. Como seu tio costumava dizer, "não é culpa dos covardes serem como são. Não devemos responsabilizá-los por tudo".

Mas a capa do livro técnico que Shinji comprara acabou rasgando. Além disso, a borda estava manchada com a saliva do rapaz e apresentava as marcas de seus dentes. Isso deixou Shinji arrasado. Cada vez que pegava o livro, lembrava daquele rosto nojento. Se isso não bastasse — e ele poderia ser chamado de neurótico por isso —, Shinji odiava que seus livros estivessem rasgados ou sujos. Ao ler um livro, ele sempre retirava a sobrecapa que o envolvia para não sujá-la.

Seu tio também lhe disse o seguinte: "Caso o resultado de algo não nos agrade, devemos punir o responsável, Shinji. Por desforra, entende?".

Desde então, Shinji decidiu punir Keita mantendo-se afastado dele. *A penalidade não foi severa, caro Keita. Cortar simplesmente relações não seria uma atitude madura. Ambos estaremos melhor assim.*

Portanto, era uma história trivial. E ele não comentou nada, nem mesmo com Yutaka.

Mas banalizar uma história trivial não poderia conduzir à morte neste jogo? *Não é desforra, tio. Isso é o que você mesmo costumava chamar de mundo real. Preciso cortar relações com ele.*

— Isso mesmo. — Respondendo à declaração de Yutaka, Keita Iijima estendeu os braços. O facão de cozinha em sua mão direita refletiu a luz do luar. — Pensei que fôssemos amigos.

Mesmo assim, Shinji não baixava o cano da arma.

Vendo a atitude de Shinji, o rosto de Keita aos poucos foi se tornando choroso e, por fim, ele atirou o facão no chão antes de dizer:

— Está vendo? Não quero briga. Entende agora?

Shinji balançou a cabeça.

— Esqueça. Vaza daqui.

O rosto de Keita se avermelhou de ódio.

— Por quê? Por que não confia em mim?

— Shinji...

— Cala a boca, Yutaka.

Nesse instante, o rosto de Keita pareceu enrijecer. Silenciou... para depois dizer em voz trêmula:

— É por causa daquilo, Shinji? É isso? Por eu ter caído fora? Por isso você não confia em mim?

Shinji mirou a arma nele sem uma palavra.

— Shinji! — A voz de Keita voltou a se tornar suplicante. Ele praticamente soluçava. — Perdão por aquilo, Shinji! Sinto muito, Shinji...

Os lábios de Shinji se contraíram. Ele hesitou por instantes se Keita estava sendo sincero ou se era apenas pura encenação. Mas logo tirou a ideia da cabeça. *Não estou sozinho. Não posso pôr em risco a vida de Yutaka também.* Ele ouviu dizer que o Ministério da Defesa de certo país adotava como lema: "Estar preparado de acordo com a capacidade e não com as intenções do oponente".

O prazo de uma hora da manhã se aproximava.

— Shinji, o que está havendo...

Shinji manteve Yutaka afastado com a mão direita.

Keita avançou, dizendo:

— Por favor, estou com medo sozinho. Deixe-me ficar com vocês.

— Não se aproxime mais! — Shinji gritou.

Keita Iijima balançou para os lados o rosto prestes a chorar e continuou a avançar. Começou a se aproximar timidamente de Shinji e Yutaka.

Shinji apontou a arma para baixo e puxou o gatilho pela primeira vez. *Bang*. Acompanhando o som seco do disparo, o cartucho da Beretta traçou um arco branco pálido sob a luz do luar e uma nuvem de poeira se elevou em frente dos pés de Keita, que olhou fixamente para ela como se fosse um raro experimento químico.

Mas então ele recomeçou a andar.

— Pare! Pare já!

— Por favor, me aceitem. Por favor.

Keita avançou como um desajeitado boneco movido a corda, cujo destino fosse sempre marchar adiante. Esquerda, direita, esquerda.

Shinji apertou firmemente os molares. Se Keita fosse puxar algo além do facão, viria de seu braço direito.

Você pode mirar bem? Com precisão, sem erro? O próximo tiro não será de advertência.

Lógico.

Não restava mais tempo. Shinji voltou a puxar o gatilho.

Sentiu o dedo indicador deslizar sobre o gatilho.

Uma fração de segundos antes do *bang* do disparo, Shinji de repente se deu conta. *Suor. A tensão me fez suar.*

Tarde demais. Keita Iijima se dobrou como se a parte superior do corpo tivesse recebido um golpe. Ele estendeu os braços como um atleta antes de lançar um peso, no instante seguinte dobrou os joelhos e com um baque surdo desabou de costas. Mesmo na escuridão, Shinji podia ver claramente o sangue jorrando pelo orifício na lateral direita do peito do rapaz, com um intervalo de tempo à semelhança do jato de uma pequena fonte se erguendo. Isso também foi instantâneo.

— Shinji! O que você fez? — Yutaka gritou e correu em direção a Keita. Ajoelhou-se ao lado dele, que estava de boca aberta, e pôs as mãos sobre seu corpo. Então, depois de hesitar por um momento, tocou o pescoço do jovem. Seu rosto se tornou inexpressivo. — Está morto.

Shinji permaneceu paralisado, ainda de arma em punho. Ele sentia sua mente em branco, embora na realidade não estivesse. *Que babaca*, a voz ecoou em sua cabeça, como quando se está conversando consigo mesmo no chuveiro.

Que babaca. Você não é afinal o Terceiro Homem, Shinji Mimura, que jamais errou um lance? O armador genial da Escola de Ensino Fundamental Shiroiwa, Shinji Mimura, certo?

Shinji se levantou e começou a andar em frente. Seu corpo pesava como se de repente tivesse se tornado um ciborgue. *Numa manhã, ao despertar, Shinji Mimura se deu conta de ter se transformado no Exterminador. Fantástico.*

Ele lentamente caminhou até o corpo de Keita Iijima.

Yutaka olhou para Shinji.

— Por quê, Shinji? Por que diabos você o matou?

Ainda imóvel, Shinji respondeu:

— Pensei que estaríamos fodidos se Keita tivesse outra arma além do facão. Eu mirei o braço. Não era minha intenção matá-lo.

Ouvindo isso, Yutaka passou as mãos rapidamente pelo corpo de Keita Iijima. Verificou até mesmo dentro do kit de sobrevivência, como se quisesse mostrar a Shinji que não havia nada. Depois falou:

— Ele não tinha nenhuma arma! O que você fez foi monstruoso, Shinji! Por que não confiou nele?

Shinji então foi tomado por um sentimento de completa exaustão. *Mas foi necessário. Ei, tio, eu não fiz nada de errado, fiz? Certo?*

Shinji olhou para baixo, para Yutaka, sem dizer nada. Mas — sim, não importa como — eles precisavam se apressar. Não era hora de se preocupar com um erro.

Pouco antes de Shinji dizer isso, algo mudou no rosto de Yutaka.

Seus lábios tremeram. Ele disse:

— Oh, não, Shinji, não me diga que você...

Shinji ignorava o que Yutaka pretendia dizer. Ele perguntou:

— O quê?

Yutaka rapidamente retrocedeu num sobressalto. Ele manteve distância de Shinji.

Yutaka falou por entre os lábios trêmulos:

— Shinji, você não fez isso... na verdade... propositalmente...?

Os lábios de Shinji se contraíram. Ele apertou fortemente a Beretta na mão esquerda.

— Você insinua que eu matei Keita expressamente para não perdermos tempo? Isso é...

Yutaka balançou a cabeça freneticamente. Depois, enquanto retrocedia um passo, e mais outro, falou.

— Não... não... na verdade... na verdade...

Shinji franziu as sobrancelhas e fitou o rosto de Yutaka. *Yutaka, o que é isso? O que está dizendo?*

— ... na verdade... na verdade... Toda essa história de fuga... Foi tudo...

As palavras de Yutaka ainda não faziam sentido, mas Shinji, cuja CPU cerebral, de incrível velocidade, era insuperável, já havia entendido o que se passava na mente de Yutaka.

Não, não pode ser...

Mas o que mais poderia ser?

Ou seja, Yutaka acusava Shinji de não ter nenhuma intenção de escapar, e que ele tinha planejado tudo aquilo por estar participando ativamente do jogo. Por isso ele atirou em Keita.

O rosto de Shinji estava contorcido de estupefação. Ele deveria estar boquiaberto.

Então ele gritou:

— Não seja ridículo! Se fosse assim eu não precisaria estar com você!

Trêmulo, Yutaka balançava a cabeça.

— Isso... isso...

Yutaka não disse mais nada, mas Shinji entendeu isso também. Ele provavelmente desejava alegar que Shinji o usava para sobreviver, por exemplo, mantendo vigília enquanto dormia.

Mas espere um pouco, eu usei o laptop para atacar Sakamochi e, mesmo depois de ter fracassado, fiz todos esses preparativos, não foi? Então, você está insinuando que, pelo fato de ser inteligente, eu estava fingindo usar o celular e o laptop para ganhar sua confiança e que minha intenção oculta era usar a gasolina e o fertilizante para me proteger e vencer o jogo? Que por ter apenas uma pistola, um explosivo especial seria perfeito para sobreviver neste jogo? Que pouco antes de executar o plano de bombardear a escola eu diria "Bem, que tal desistirmos"? Do mesmo jeito que eu disse "Não está funcionando" quando hackeava o computador deles? Ei, calma aí! O que me diz desse fio que instalamos perto da escola? Você está sugerindo que eu desejava apostar minhas fichas num negócio de telefonia com fios e latas nesta ilha onde todos os circuitos telefônicos foram interrompidos? Ou apenas está afirmando que isso era também uma camuflagem habilidosa? Ou que eu tinha algum outro plano para usá-lo que você nem poderia imaginar?

Mas, quando eu disse que o ajudaria depois que você me contou que pretendia se vingar da morte de Izumi Kanai, você chorou, não foi? Então isso também foi uma artimanha minha?

Você está exagerando, Yutaka. Quer dizer, não há fim para desconfianças depois que se começa. Mas você está se deixando levar por sua imaginação fértil. É pura tolice. Com toda sinceridade, chega a ser hilário. Mais engraçado que suas piadas. O cansaço não estaria travando seus miolos?

Isso é o que Shinji pensou num nível racional. E se ele pudesse explicar cada ponto em detalhes, então Yutaka se daria conta de quão tola cada suspeita era. De fato, se Yutaka refletisse com calma sobre tudo, não expressaria sua desconfiança por Shinji. Devia ser um simples caso de cansaço aliado ao choque de testemunhar a morte de um amigo próximo levando um pensamento oculto no fundo da mente a aflorar de súbito em seu rosto. Mas brotou justamente à superfície porque estava lá desde o início. E pensar em suspeitar de Yutaka nunca passou pela mente de Shinji.

De repente, o sentimento de exaustão que invadiu o corpo de Shinji se intensificou de um só golpe. Um motor plano de doze cilindradas turbinado. *Esse nível de exaustão tem uma potência extraordinária. O senhor estará fazendo um bom negócio ao comprá-lo!*

Shinji travou o cão da Beretta e a entregou a Yutaka. Yutaka hesitou, mas a recebeu.

Sentindo-se exausto, Shinji pôs as mãos sobre os joelhos.

— Se você não é capaz de confiar em mim, atire logo, Yutaka. Não me importo, apenas atire.

Yutaka olhou para Shinji com os olhos arregalados.

Ainda agachado, Shinji completou:

— Eu atirei em Keita para te proteger, porra!

Yutaka por um instante olhou para Shinji com uma expressão vaga. Então, prestes a começar a chorar, ele pronunciou:

— Oh, oh… — E correu em direção a Shinji. — Perdão! Me perdoe, Shinji! Foi um choque para mim ver Keita morrer…

Yutaka pôs a mão no ombro de Shinji e começou a soluçar alto. Shinji olhou fixamente para o chão com as mãos sobre os joelhos. Ele se deu conta de que seus olhos também estavam marejados de lágrimas.

Em algum lugar em sua mente, ele dizia a si mesmo que estava num domínio de inconsciência: *Ei, vamos, isso não é hora de se entregar ao sentimentalismo. Veja como vocês estão vulneráveis arreganhando os dentes um para o outro desse jeito. Esqueceram que estão cercados por inimigos? Olhe para seu relógio: por causa da choradeira, seu tempo está se esvaindo…* A voz parecia com a do tio.

Mas, como os nervos de Shinji estavam muito enfraquecidos, o corpo esgotado e as emoções bastante agitadas com o choque causado pela suspeita de Yutaka contra ele, a voz não chegou até os domínios de sua consciência.

Ele apenas chorou. *Yutaka. Eu estava tentando te proteger. Como pôde suspeitar de mim de forma tão cruel? Eu confiei em você… Mas novamente, talvez Keita Iijima se sentisse do mesmo jeito. Como é horrível ser alvo da suspeita de alguém em quem se confia. Acabei fazendo algo monstruoso.*

Em meio a essas emoções desgastadas de tristeza, exaustão e arrependimento, Shinji ouviu um som semelhante ao de quando se datilografa numa velha máquina de escrever.

Uma fração de segundos depois, ele sentiu como se pinças quentes atravessassem seu corpo.

Os ferimentos já eram fatais, mas a dor trouxe Shinji de volta à realidade. Yutaka, que estava com a mão no ombro de Shinji, caiu ao solo. Na extremidade mais ao fundo do estacionamento da cooperativa, havia alguém vestido com um casaco da escola. Ele empunhava uma arma — algo maior que uma pistola. Parecia mais como uma lata retangular daquelas de biscoito. Shinji percebeu que algo penetrara seu corpo — *Lógico que eram balas, porra!* — depois de atravessar o corpo de Yutaka.

Sentindo o corpo quente e rígido (*Nada mais natural por ter tido o corpo atravessado por balas de chumbo, certo?*), Shinji reflexivamente caiu para a esquerda e recolheu a Beretta que Yutaka tinha segurado e deixado cair. Ele deu um giro sobre si no solo, levantou-se e apontou para a pessoa, Kazuo Kiriyama (o Estudante nº 6), mirando o estômago dele e disparando várias vezes.

Antes disso, Kazuo Kiriyama foi para a direita. Então, juntamente com o *ratatatá*, as pontas de seus dedos brilharam como fogos de artifício fora de estação.

Shinji recebeu um choque duas vezes maior que o anterior na lateral direita do estômago, no ombro esquerdo e no peito, deixando cair a Beretta.

Mas nesse momento Shinji já corria em direção ao prédio da cooperativa. Por alguns instantes cambaleou, mas logo em seguida se agachou e apressou o passo, pulando de cabeça pela porta corrediça. Uma saraivada de balas o perseguiu e, justo quando pensou que tinha escapado, uma delas conseguiu acertar a ponta do pé direito de seu tênis de basquete. Dessa vez, Shinji contorceu a cabeça em agonia pela dor que lhe percorria o corpo.

Mas ele não tinha tempo para descansar. Pegou a lata de querosene deixada à sombra da porta corrediça e recuou para dentro da escuridão onde o trator e a ceifadeira estavam, praticamente engatinhando com o braço e a perna esquerdos. Ele arrastou a lata de querosene com a mão direita.

Sentiu o sangue jorrando da boca. Deveria haver mais de uma dezena de balas em seu corpo. E apesar da dor mais lancinante que vinha da ponta de seu pé direito estendido, ele conseguiu olhar para a ponta desaparecida de seu tênis de basquete e pensou: *Acho que não poderei mais jogar basquete. Impossível. Mesmo que pudesse, jamais serei um astro. Aqui termina a carreira do armador genial.*

Mas Shinji estava mais preocupado com Yutaka. Haveria possibilidade de ele estar vivo?

Kazuo — o sangue escorreu dos cantos da boca de Shinji quando ele apertou os molares —, *então você exibe superioridade decidindo participar do jogo. Vamos, venha me pegar! Yutaka não pode se mexer, mas eu ainda posso. Você pode cuidar de Yutaka mais tarde. Primeiro venha atrás de mim. Vamos, venha!*

Como atendendo ao seu desejo, Shinji pôde ver por baixo do trator a pessoa na faixa de luz pálida azulada entrando pela porta corrediça.

No instante seguinte, juntamente com o *ratatatá*, luzes dispararam como contínuos flashes de câmera, e balas alvejaram o interior do prédio. Parte dos equipamentos da fazenda voou pelos ares em pedaços e a janela oposta foi estilhaçada.

Os tiros cessaram. Kazuo estava sem balas. Mas, logicamente, ele recarregaria outro pente.

Shinji pegou algo como uma chave de fenda perto dele e a jogou para sua esquerda. Ela fez um som metálico ao bater em algo, caindo em seguida no chão de concreto.

Ele imaginou que Kazuo atiraria naquela direção, mas em vez disso ele lançou balas descrevendo um arco, tendo o objeto caído como centro. Shinji se abaixou, rezando para não ser atingido. Os tiros cessaram outra vez. Ele ergueu a cabeça.

Agora podia sentir a presença de Kazuo no interior do prédio.

Seus lábios molhados de sangue se contorceram num sorriso. *Isso mesmo, Kazuo. Estou aqui. Venha me buscar.*

Shinji ergueu a lata de querosene com a mão direita e a ajeitou sobre o estômago. Ele voltou a recuar usando o braço e a perna esquerdos, tendo o cuidado de não emitir qualquer som. Suas costas atingiram um objeto duro semelhante a uma caixa e Shinji deslizou ao redor dele, continuando a retroceder. Seus movimentos, porém, não eram completamente silenciosos. Kazuo sabia que Shinji se escondia em algum lugar na escuridão. Seu sangue, que não parava de gotejar, era uma indicação.

Ele sentiu que Kazuo se agachou para espiar sob os vários instrumentos agrícolas e a caminhonete em reparo. Ele verificou cada um deles à medida que se aproximava de Shinji.

Shinji inspecionou a área. Ele mal distinguia a silhueta do sobrado no lado oposto do prédio. Tampouco as escadas de metal que conduziam até lá. Se seu corpo estivesse na condição adequada, ele teria sido capaz de saltar sobre Kazuo de lá de cima. Mas isso logicamente estava fora de questão.

Havia um carrinho de mão encostado na parede leste. Tinha quatro rodinhas e era usado para carregar equipamentos. Mais ao fundo, no canto do prédio, ficava o escritório com paredes divisórias e logo ao lado uma passagem para a área externa. A porta corrediça, se completamente aberta, era larga o suficiente para passar um carro, mas aquela passagem era apenas para a entrada e saída de pessoas. A porta estava fechada.

Aquela porta... Eu a tranquei, assim como as outras portas e janelas. Quanto tempo eu demoraria para girar a chave e abri-la?

Ele não tinha tempo para pensar nisso. Shinji se arrastou até o carrinho de mão. Ao chegar ao lado do carrinho, colocou a lata de querosene calmamente sobre ele. Abriu a tampa. Empurrou para dentro o objeto de borracha com um orifício aberto no meio dependurado a uma corda de plástico.

Também retirou do bolso o dispositivo de detonação. Era difícil controlar seus dedos — possivelmente por causa dos ferimentos —, mas ele acabou conseguindo destacar a fita do lado da bateria. Um fio vindo do tubo detonador estava pendente. Shinji o conectou à ponta do fio do circuito do condensador e puxou o filme de isolamento da caixa da bateria. Ao ouvir um ruído leve e alto do carregamento rápido do condensador, ele rapidamente retirou a fita da chave do dispositivo de carga e enfiou o tubo do detonador bem fundo dentro da tampa de borracha da lata de querosene. Deixou no alto da lata o conjunto, incluindo o dispositivo de carga e a caixa da bateria. Não havia tempo para fixá-lo. Podia ver os pés de Kazuo à direita da ceifadeira.

Sim, claro. É um raio de esperança. Mas, agora que Yutaka e eu estamos feridos, de jeito nenhum poderíamos engatinhar até o alto da montanha. Por isso...

Aqui vai um presente especial para você, Kazuo.

Shinji empurrou o carrinho com um chute, com o máximo de força que pôde. Enquanto o carrinho passava pelos outros equipamentos, Shinji saltou até a maçaneta da porta de saída sem sequer verificar se ele deslizava ou não em direção a Kazuo.

Ele girou a trava da porta numa fração de segundos. Até usou seu pé direito sem as pontas das unhas para chutar o solo e quase empurrou o corpo contra a porta para saltar para fora do prédio.

A parede de ardósia da cooperativa por trás dele de repente inchou com o som da explosão que abalou todo o ar noturno envolvendo a ilha. O som da granada de mão atirada por Kazuo, que prejudicou temporariamente a audição de Shuya, não era nada comparado a essa explosão. Shinji pensou: *Nossa, isso arrasou meus tímpanos!*

Seu corpo debruçado foi projetado ao solo pelo impacto da explosão, a pele da testa arranhou, fragmentos e refugos de algo voaram ao redor, mas mesmo assim Shinji conseguiu olhar para trás rapidamente e ver, justo onde antes era a parede do prédio, a caminhonete em reparo flutuando de cabeça para baixo no ar. Provavelmente por causa de sua posição elevada sobre o macaco, o impacto da explosão a empurrou por baixo com forte pressão, fazendo-a voar. Ela girou devagar pelo ar no espaço repleto de fragmentos de vidro, ardósia e concreto — Shinji pôde sentir os destroços batendo contra seu corpo, enquanto a caminhonete voava —, descreveu um arco exagerado e bateu com força de lado no meio do estacionamento. Rolou mais noventa graus e parou, completamente de ponta-cabeça. A caçamba traseira estava praticamente rompida, torcida como um trapo, e a roda sem pneu conseguia continuar girando sem parar.

Os destroços caíram, se acumulando rapidamente. Imersa em densas nuvens de fumaça, a Associação Cooperativa Agrícola do Norte de Takamatsu, sucursal da ilha Okishima, agora se reduzia ao seu esqueleto. Apenas uma parte das paredes do lado norte restava de pé, junto com o mezanino completamente exposto por trás da fumaça. O lado sul do telhado foi destroçado e os implementos agrícolas se espalhavam por suas laterais. Mesmo no escuro, Shinji podia saber que estavam carbonizados. Ele viu várias chamas luminosas. Talvez algo estivesse pegando fogo. A porta pela qual Shinji escapou mal se conectava pelas dobradiças inferiores aos restos da parede. Ela se curvou em seu caminho, como se lhe fizesse uma reverência. O escritório, com suas paredes divisórias, desapareceu sem deixar vestígio. Bem, na verdade, por algum motivo, apenas a escrivaninha ainda dependurada clamava sua presença grudada à parte da parede que escapou ilesa da destruição, depois de ter sido empurrada por trás pela ceifadeira que se movimentou com a explosão.

Algo foi ejetado bem alto no céu e parecia, por fim, aterrissar fora de sincronia dentro da fumaça, provocando um alto som metálico. Todavia, Shinji mal podia ouvir isso.

Ele ergueu a parte superior do corpo e soltou um grito de admiração ao contemplar o esqueleto do prédio e os destroços da parede e de outros materiais cobrindo tudo ao redor.

Sim, a bomba de lata de querosene fabricada manualmente foi bem produzida. Com esse tipo de força destrutiva, eles teriam sem dúvida arrasado a escola.

Mas agora estava tudo acabado. O importante era que ele destruíra o inimigo diante dele. E ainda mais urgente era...

— Yutaka.

Murmurando, ele acabou se levantando, apoiado no joelho direito sobre os destroços. No momento em que abriu a boca, o sangue saiu escorrendo por entre seus dentes e ele sentiu uma dor torturante desde o peito até o estômago. Era inacreditável que continuasse vivo. Apesar da dor, ele estirou os braços, abaixou a perna direita sobre os calcanhares e depois estendeu a perna esquerda. De alguma forma, conseguiu se levantar. Shinji olhou para a beira do estacionamento onde Yutaka estava deitado...

Foi quando viu a porta da caminhonete virada — ela também deve ter sido danificada — abrir com um som de algo se partindo. (Ele pôde ouvi-lo bem baixo. Sua audição parecia estar voltando.)

Kazuo Kiriyama saiu da caminhonete e pisou no solo. Como se nada tivesse acontecido com ele, segurava o que parecia ser uma lata de biscoitos na mão direita.

Ei...

Shinji sentiu vontade de gargalhar. Na realidade, seus lábios ensopados de sangue fresco devem ter até formado um sorriso.

Só pode ser gozação.

Kazuo já saiu atirando. Shinji dessa vez recebeu uma chuva frontal de balas de uma Parabellum 9mm e cambaleou para trás para o solo coberto de destroços. Algo pressionou suas costas. Não havia necessidade de verificar o que era, mas ele achou que se tratava da frente da caminhonete estacionada. A caminhonete também foi destruída pela explosão, com sua parte traseira enfiada dentro do poste de telefone de madeira agora relativamente inclinado pelo impacto. O fragmento de algum objeto parecia ter se chocado contra o para-brisa, que se estilhaçou e agora se assemelhava a uma teia de aranha.

Cercado pela luminosidade proveniente das chamas dentro do prédio, Kazuo permanecia calmamente de pé. Então, além dele, Shinji viu Yutaka que jazia de costas, semienterrado nos destroços. Bem perto dele Keita Iijima estava de bruços, com o rosto virado em direção a Shinji.

Ele pensou: *Merda, quer dizer que eu acabei perdendo para você, Kazuo?*

Ele pensou: *Sinto muito, Yutaka, eu me distraí por um momento.*

Ele pensou: *Tio, como fui babaca, não?*

Ele pensou: *Ikumi, apaixone-se e seja feliz. Parece que eu não serei capaz de amá-la como você merece... parece...*

A Ingram de Kazuo Kiriyama disparou de novo, pondo fim aos pensamentos de Shinji. As balas destruíram o centro da fala no córtex cerebral. Perto de sua cabeça o para-brisa dianteiro já cheio de riscos estava agora estilhaçado e, embora a maioria de seus fragmentos tenha deslizado para dentro do carro, algumas partículas mais finas caíram como uma névoa sobre o corpo já coberto de poeira de Shinji.

Shinji lentamente caiu com o rosto voltado para o chão. Destroços saltaram com o impacto. Não demorou nem trinta segundos até o restante do corpo morrer. A lembrança de seu adorado tio — o brinco usado pela mulher que o tio amava — estava agora manchada com o sangue que escorria da orelha esquerda de Shinji, refletindo vivamente o brilho das chamas vermelhas dentro do prédio da fazenda.

E assim, o rapaz conhecido como Terceiro Homem estava morto.

[RESTAM 17 ESTUDANTES]

parte 3

lutas finais

52.

Dentro da mata, com a coberta sobre os ombros, Noriko abraçava os joelhos, cabisbaixa. No fundo da intensa escuridão reinante, insetos zuniam baixinho como uma lâmpada fluorescente prestes a queimar.

O anúncio da meia-noite de Sakamochi aconteceu logo depois de eles terem finalmente chegado de volta à área. Ele anunciou o nome de Hirono Shimizu (a Estudante nº 10), morta — embora Noriko não tivesse presenciado — por Kaori Minami ao fugir de Shuya, e em seguida complementou com os três novos quadrantes proibidos. À uma da manhã o F-7, às três o G-3 e às cinco o E-4. O setor de Noriko e Shogo, C-3, ficou de fora. Não houve menção ao nome de Shuya, mas...

Dez ou doze minutos depois, ouviu-se de novo o som de tiro à distância e os disparos da tal metralhadora. O coração de Noriko apertou. O barulho continuou.

O som inconfundível era o da metralhadora de Kazuo Kiriyama. A menos, claro, que outra pessoa estivesse de posse de arma idêntica. Isso foi o bastante para conduzir à terrível conclusão de que Shuya tinha sido seguido por Kazuo.

Antes que Noriko pudesse mencionar isso a Shogo, porém, aconteceu uma incrível explosão. A granada de mão que eles encontraram quando lutavam com Kazuo não era nada comparada àquilo. E então, depois desse som, ouviu-se o ruído fraco da metralhadora, uma ou duas vezes. Depois disso, a ilha voltou a mergulhar no silêncio.

Mesmo Shogo parecia surpreendido pelo som. Ele entalhava um objeto em formato de flecha com seu canivete quando, de repente parou e declarou:

— Vou dar uma olhada. Não saia daqui. — E caminhou para fora da mata. Ele logo voltou e informou: — Um prédio está em chamas no lado leste.

Noriko começou a perguntar:

— Poderia ser...

Mas Shogo balançou a cabeça e disse:

— É muito mais ao sul de onde deparamos com Kazuo. Shuya escapou para o lado da montanha, logo não pode ser ele. De qualquer forma, vamos esperar Shuya voltar.

Noriko sentiu-se aliviada por um tempo. Mas quase uma hora se passou desde esse momento, e Shuya ainda não regressava.

Noriko estendeu o pulso sob um raio de luar do tamanho de uma moeda transpassando os galhos e olhou o relógio. Era uma e doze da manhã. Ela repetia o gesto como se fosse um ritual mágico.

Então, Noriko voltou a enfiar a cabeça entre os joelhos cobertos pela saia.

Uma imagem desagradável cruzou sua mente. O rosto de Shuya. Sua boca entreaberta e os olhos fixos num ponto distante como quando, durante um intervalo na sala de música, longe do olhar da professora, se punha a cantar "Imagine" (Shuya afirmou que era um clássico do rock). Mas em sua testa via-se um ponto grande negro similar aos usados pelos fiéis hindus. Sem aviso prévio, um líquido vermelho começou subitamente a jorrar para fora do ponto. O grande ponto era de fato um orifício muito escuro e profundo. O sangue escorria suavemente do fundo do cérebro para fora, cobrindo seu rosto como fissuras num vidro.

Noriko, trêmula, balançou a cabeça, descartando o pensamento. Ergueu o rosto em direção a Shogo, que fumava um cigarro encostado ao tronco de uma árvore. Havia um arco feito à mão ao lado dele e várias flechas fincadas no solo.

— Shogo.

Ele, que parecia uma silhueta provavelmente por causa da escuridão, retirou da boca o cigarro e pousou o punho sobre o joelho levantado.

— O que foi?

— Shuya está demorando muito.

Ele pôs de novo o cigarro na boca. A ponta avermelhou, iluminando bem pouco seu rosto inexpressivo. Noriko se impacientava. O rosto de Shogo voltou a se tornar sombrio e a fumaça saía de sua boca.

— Tem razão.

Seu tom sereno também a irritava. Mas então Noriko se lembrou de como ele ajudou Shuya e a ela mesma várias vezes, por isso se conteve.

— Algo deve ter acontecido.

— Possivelmente.

— O que você quer dizer com "possivelmente"?

A silhueta de Shogo ergueu os braços. O cigarro aceso mudou de posição.

— Calma. Há pouco era sem dúvida a metralhadora de Kazuo. A menos que eles tenham fornecido uma metralhadora idêntica a mais alguém. E, considerando como a explosão ocorreu lá, isso significa que Kazuo estava lutando com alguém que não era Shuya. Ele escapou de Kazuo. Tenho certeza.

— Mas então por que ele...

Shogo a interrompeu:

— Ele deve estar escondido em algum lugar. Ou pode ter se perdido.

Ela balançou a cabeça:

— Ele pode estar ferido. Ou mesmo...

Ela sentiu um calafrio descer a espinha e não conseguiu terminar a frase. A imagem de Shuya com uma teia de aranha vermelha no rosto e a boca entreaberta lhe atravessou a mente. Shuya pode ter escapado de Kazuo, mas poderia estar mortalmente ferido. Poderia estar morrendo naquele momento. Mesmo se não fosse esse o caso, poderia ter sido atacado por alguém enquanto corria pelas montanhas. Ou ter caído inconsciente em algum lugar. E, se isso acontecesse num quadrante proibido, ele acabaria morrendo. Shuya podia ter parado na colina no sopé da montanha norte, que estava no quadrante F-7, diretamente ao norte da escola e que passou a ser proibido a partir da uma da manhã; agora já passava desse horário, o que significava...

Noriko balançou de novo a cabeça. *Isso não pode acontecer. Shuya não pode morrer. Porque Shuya é como um homem sagrado com uma guitarra. Ele é muito gentil, solidário, sempre com um sorriso tranquilizador, íntegro, transparente e inocente, mas também persistente. Ele é meu anjo da guarda. Alguém assim não pode morrer. Não é possível que ele esteja... mas...*

Shogo disse com calma:

— Ele tanto pode estar como pode não estar.

Noriko girou o pulso e nervosamente verificou de novo seu relógio. Ela moveu sua perna dolorida e aproximou-se de Shogo. Apertou entre as suas a mão esquerda de Shogo, que ele pousara sobre os joelhos.

— Por favor. Não podemos ir procurar... por ele? Você viria comigo? Não posso fazer isso sozinha. Por favor.

Shogo não disse nada. Ele apenas levantou a mão esquerda devagar, devolvendo as mãos de Noriko às coxas dela, e dando um leve tapinha nelas.

— Não podemos. Mesmo se você insistir em ir sozinha, vou impedi-la de fazer isso. Caso contrário, estarei quebrando minha promessa a Shuya de cuidar direitinho de você. O grande risco que ele assumiu por nós teria sido em vão.

Ela o fitou, mordendo o lábio inferior.

— Não me faça essa cara. É duro ver um rosto assim numa garota. — Shogo coçou a cabeça com a mão que segurava o cigarro e depois disse: — Você gosta de Shuya, certo?

Ela balançou a cabeça afirmativamente, sem vacilar.

Shogo balançou de volta, dizendo:

— Então, vamos respeitar os desejos dele.

Ela mordeu outra vez o lábio, mas então abaixou a cabeça e concordou.

— Tudo bem. Só podemos esperar, não é?

— Isso mesmo.

Depois de permanecerem ambos em silêncio por um tempo, Shogo perguntou:

— Você acredita em sexto sentido?

O tema foi tão inesperado que Noriko arregalou os olhos. Será que ele estava tentando distraí-la desviando a conversa para outro assunto?

— Bem, um pouco. Mas não sei realmente. E você, acredita?

Ele amassou o cigarro no chão antes de dizer:

— Nem um pouco. Bem, não creio que seja importante, no final das contas. Toda essa história de fantasmas, vida após a morte, força cósmica, sexto sentido, previsão do futuro e poderes paranormais é coisa de tolos que evitam a realidade por serem incapazes de enfrentá-la. Sinto muito. Você disse que acreditava um pouco. Essa é apenas minha opinião. Mas...

Ela olhou nos olhos dele:

— Mas?

— Mas às vezes, sem razão aparente, tenho convicção sobre coisas ainda incertas. E, por algum motivo, nunca estive errado quando isso acontece.

Noriko permaneceu calada, olhando para Shogo.

Ele disse:

— Shuya ainda está vivo. Ele voltará. Estou certo disso.

O rosto de Noriko de repente relaxou. Devia ser tudo invencionice de Shogo, mas mesmo assim ela estava feliz por ele ter dito isso.

— Obrigada — ela disse. — Você é gentil, Shogo.

Ele balançou os ombros.

— Apenas estou lhe dizendo como me sinto. Shuya é um cara sortudo.

Ela olhou para ele.

— Hã?

— Sortudo por ter alguém que o ama tanto.

Ela sorriu levemente... bem levemente.

— Você está enganado.

— O quê?

— É um amor não correspondido. Shuya gosta de outra pessoa. É uma linda garota. Não me comparo a ela.

— Sério?

Ela olhou para baixo e balançou a cabeça, confirmando.

— Ela é realmente fantástica. Não saberia descrevê-la. Transmite integridade e por isso é muito bonita. Tenho ciúmes, mas posso entender o porquê de Shuya se sentir atraído por ela.

Shogo deu de ombros e disse:

— Não sei, não... — Ele girou seu isqueiro várias vezes e acendeu outro cigarro, complementando: — Acho que Shuya gosta de você agora.

Ela balançou a cabeça de leve para os lados.

— Acho que não.

— Quando ele voltar — Shogo sugeriu sorrindo —, você deveria dar uma dura nele por te deixar tão preocupada.

Ela sorriu outra vez.

Shogo soltou fumaça do cigarro.

— Agora se deite. Você ainda não está recuperada. Quando estiver com vontade de dormir, é melhor não resistir. Vou ficar acordado a noite inteira. Se Shuya aparecer, eu direi a ele para acordar a princesa com um beijo.

— O.k. — Noriko sorriu. — Obrigada.

Ela esperou ainda sentada uns dez minutos e depois se enrolou no cobertor e virou de lado.

Porém, não conseguiu dormir.

[RESTAM 17 ESTUDANTES]

53.

Hiroki Sugimura estava exausto. Porém era natural estar cansado, pois estava caminhando sem parar desde o início do jogo. Mas a cada seis horas, quando ouvia o anúncio de Sakamochi com o relatório do número de mortos, seu nível de exaustão se intensificava como se galgasse uma escada. Agora restavam apenas vinte — não, até onde ele sabia, agora o número tinha caído para dezessete. Era difícil de acreditar, mas Shinji Mimura estava morto, assim como Yutaka Seto e Keita Iijima.

Depois de deixar o grupo de Shuya na clínica, Hiroki foi para a costa noroeste da ilha, ainda inexplorada por ele. Então, pouco depois das onze da noite, ele ouviu o forte tiroteio e, acompanhando o som, voltou um pouco mais para leste da área central da ilha. Mas o ruído parou antes de Hiroki chegar lá, por isso ele não pôde descobrir nada. Então veio o anúncio da meia-noite e os novos quadrantes proibidos foram divulgados. Hiroki decidiu vasculhar cada um deles. Tão logo entrou no setor ao norte da escola, o F-7, que estaria proibido a partir de uma da manhã, ele ouviu um tiro e, logo depois, outra vez o som familiar da metralhadora.

Por estar no alto da montanha olhando a área plana abaixo, Hiroki viu repetidos flashes parecendo sair de um cano de arma, no campo imediatamente a oeste da área residencial. Enquanto ele descia a encosta nessa direção, ouviu uma explosão de estourar os tímpanos. O céu noturno visto por entre as árvores por um instante pareceu se iluminar. Então ele ouviu o *ratatatá*.

Ao chegar ao sopé da montanha, justo no local onde viu a luz bruxuleante dos flashes, um prédio ardia em chamas. Hiroki supôs que o inimigo com a metralhadora ainda estivesse lá, mas, assim como ocorreu com Megumi Eto, ele teria que confirmar o que havia acontecido. Hiroki avançou com cautela através do campo...

Ali, onde ainda havia fogo, Hiroki deparou com o corpo de Shinji Mimura. A área brilhava nas chamas. O grande prédio parecido com um armazém — provavelmente o que explodiu — estava destruído. Shinji jazia de bruços em frente de uma caminhonete no estacionamento, ao lado do armazém, onde destroços de tamanhos variados estavam espalhados por toda parte. Seu corpo estava crivado de balas. Bem a seu lado, Hiroki encontrou os corpos de Yutaka Seto e Keita Iijima cobertos pelos destroços.

Não havia traço do atirador com a metralhadora que lutou com Shinji, mas Hiroki pensou que alguém possivelmente "jogando o jogo" logo apareceria, portanto mais que depressa se afastou da área.

Somente depois de cruzar a estrada que cortava a ilha longitudinalmente e entrar na planície ao sopé da montanha sul, ele refletiu sobre a morte de Shinji Mimura. Era algo inacreditável para Hiroki, que o conhecia muito bem. Soava ofensivo agora, mas ele sempre achou que Shinji fosse imortal. Hiroki frequentou a escola de artes marciais local e aprendeu a lutar, mas no final era tudo uma questão de técnica. Não se comparava à capacidade física inata de Shinji. Mesmo que Hiroki lutasse de acordo com as regras das artes marciais com as quais estava acostumado, e mesmo sendo dez centímetros mais alto que Shinji, não se achava páreo para ele. Além disso, Shinji era muito mais inteligente. Mesmo que não pudesse escapar do jogo (embora ele considerasse haver grande possibilidade), Hiroki acreditava piamente que ninguém seria capaz de matar Shinji. E, mesmo assim, o atirador conseguiu de algum jeito fazer isso.

Porém, ele não podia pensar em velar o corpo de Shinji. O que importava agora era encontrar Kayoko. E logo. Se o atirador a encontrasse antes, uma pessoa como ela seria morta instantaneamente.

Como o quadrante G-3, proibido a partir das três da manhã, estava localizado no lado norte do pico da montanha sul, Hiroki decidiu caminhar até ele.

Ele já tinha vagado várias vezes por essa montanha. O corpo de Takako Chigusa ainda jazia no setor H-4, logo antes de entrar na região do G-3. Ele não pôde sequer enterrá-la, apenas fechou seus olhos e cruzou os braços dela sobre o peito. A área ainda não era um quadrante proibido.

Conforme avançava com cautela na escuridão, Hiroki pensou vagamente: *Que horrível de minha parte! Não fui capaz sequer de permanecer ao lado de minha amiga de infância mais íntima. Devo ter cruzado com ela, sem vê-la, ao me dirigir ao quadrante G-3.*

Perdoe-me, Takako! Ainda preciso resolver uma coisa. Neste momento tenho que encontrar Kayoko Kotohiki. Por favor, me perdoe...

Então algo mais lhe ocorreu. Tinha a ver com Yutaka Seto.

O número de Yutaka na turma era o seguinte ao dele, portanto Yutaka saiu da escola logo depois de Hiroki. Porém, Hiroki ainda estava conferindo o local, concentrado em procurar um esconderijo que lhe desse uma visão clara da saída da escola, e quando percebeu Yutaka havia desaparecido. Decidindo que Takako seria sua prioridade, Hiroki deixou Haruka Tanizawa (a Estudante nº 12) e Yuichiro Takiguchi (o Estudante nº 13) passarem. (Mas, apesar de sua cautela extrema, com o aparecimento surpresa de Yoshio Akamatsu, Hiroki foi tomado de pânico suficiente para perder Takako de vista.) Yutaka conseguiu se reunir com seus amigos Shinji Mimura e Keita Iijima. Mas tanto Yutaka quanto Shinji estavam mortos agora.

Preciso me apressar, ele pensou. *Não posso deixar Kayoko morrer.*

Ele parou ao lado de uma árvore com poucos galhos e conferiu outra vez o detector em sua mão esquerda. Com a lua fornecendo a única fonte de luz, era difícil visualizar a tela de cristal líquido, mas ele apertou os olhos como vinha fazendo havia algum tempo e distinguiu os traços delicados exibidos pelas partículas de cristal.

Nada mudou na tela. A única marca de estrela era aquela indicativa de sua própria posição. Hiroki soltou um leve suspiro.

Será que eu deveria gritar chamando Kayoko? Várias vezes Hiroki pensou em fazer isso, mas acabou desistindo. Quando encontrou Takako, foi tarde demais. O que poderia fazer para que não acontecesse de novo?

Não. Isso não funcionaria. Ele não poderia. Primeiro, não havia garantia de que Kayoko respondesse ao seu chamado. De fato, ela poderia até mesmo fugir. Além disso, embora Hiroki não se importasse com alguém vindo atrás dele assim que gritasse o nome dela, se Kayoko viesse ao mesmo tempo ela poderia acabar se tornando um alvo fácil.

No final, ele poderia contar apenas com o detector simples fornecido pelo governo. E, sem esse equipamento, sua situação seria ainda pior. Ele odiava o governo por tê-los lançado naquele jogo estúpido, mas era obrigado a admitir que se beneficiava do dispositivo. Como era mesmo que denominavam isso? Uma pequena sorte em tempos difíceis. Ou, mais provavelmente, estar agradecido em meio à indignação.

Hiroki atravessou uma colina baixa coberta por arbustos e chegou a uma leve inclinação pontilhada de árvores. Ele sabia que logo estaria entrando no quadrante H-4, onde Takako jazia em paz. Hiroki levantou o detector, movendo-o devagar para que a luz do luar se refletisse na tela.

Ele viu uma imagem dupla embaçada da marca de estrela indicando sua posição no centro do monitor. *Ah, não. Estou tão cansado que minha visão está esquisita agora.*

Hiroki ainda olhava para baixo quando se deu conta de que estava enganado. Ao mesmo tempo, girou o corpo e agitou o bastão que segurava na mão direita. Seguindo a técnica das artes marciais que aprendeu em detalhes, seu balanço elegante traçou um arco gracioso. O bastão bateu com força no braço da pessoa de pé atrás dele. Ela gemeu e deixou cair a arma apontada para Hiroki. Alguém postou-se às suas costas quando ele se descuidou por um breve momento.

A pessoa correu para recolher a arma no solo. Hiroki impulsionou o bastão na frente dela. Ela paralisou e retrocedeu, cambaleante.

Hiroki a viu. Primeiro, era apenas o terninho de marinheiro. Depois, o lindo rosto, iluminado pelo luar. O rosto angelical e amoroso. Não havia dúvida. O rosto que, logo depois de ele ter deixado a escola, enquanto ainda não tinha encontrado um esconderijo e estava à espreita num canto do campo de atletismo, Hiroki vislumbrou quando saía do prédio da escola. O rosto de Mitsuko Soma (a Estudante nº 11).

Mitsuko de súbito levantou ambas as mãos diante do rosto e foi para trás.

— Por favor, não me mate! Não me mate! — berrou.

Ela cambaleou e caiu sentada, revelando as pernas brancas que sobressaíam de sua saia plissada. E continuou a se movimentar para trás com graça sob a luz pálida da lua.

— Por favor, eu estava apenas tentando falar com você! Eu não pensaria em matar ninguém. Por favor, me ajude. Me ajude!

Hiroki a olhava em silêncio.

Talvez interpretando seu silêncio como um sinal de que ele não desejava ser hostil, Mitsuko abaixou devagar as mãos erguidas até a altura do queixo. Ela tinha um olhar intimidado de um pequeno animal apavorado. Lágrimas brilhavam nos olhos dela.

— Você acredita em mim, não? — Mitsuko perguntou.

Um raio de luar caiu sobre seu rosto molhado de lágrimas e ela sorria levemente. É claro que não era o sorriso orgulhoso por ter sido vitoriosa em ludibriar seu interlocutor, mas sim do alívio que ela sentia bem no fundo do coração.

— E... eu... — ela gaguejou, mas então puxou a saia com a mão esquerda como se percebesse afinal que suas coxas estavam expostas. — Pensei que poderia confiar em você. Estive apavorada todo esse tempo... completamente só... Com tudo o que está acontecendo... estou horrorizada.

Sem dizer uma palavra, Hiroki pegou a arma que Mitsuko deixara cair. Ele viu que estava destravada, por isso travou o cão com uma mão e caminhou em direção a Mitsuko. Ele ofereceu a ela o cabo da arma.

— O... obrigada... — Mitsuko fez menção de pegá-la.

Mas a arma paralisou.

Hiroki a girou para si com um gesto. Agora o cano estava apontado para o meio das sobrancelhas de Mitsuko.

— O... o que está havendo, Hiroki?

O rosto de Mitsuko se contorceu de assombro e horror — ou pelo menos pareceu se contorcer. Só se poderia dizer que ela era fantástica. Não importando os sórdidos rumores que se ouvia sobre Mitsuko Soma, muitas pessoas (em particular rapazes) acreditariam nela quando seu rosto angelical suplicava. Não, mesmo não acreditando nela, certamente acabariam decidindo fazer o que ela desejava. Se não tomasse cuidado, Hiroki também seria um deles. Ainda mais porque a situação dele era um pouco especial.

— Acabe com essa farsa, Mitsuko! — Hiroki disse. Empunhando a arma, ele se manteve ereto. — Estive com Takako antes de ela morrer.

— Oh.

Ela ergueu para ele os olhos trêmulos de formato perfeito. Mesmo se por dentro se arrependesse de não ter acabado com Takako, ela não mostrava nenhum tipo de pesar. Ela apenas conservava a expressão apavorada. Uma expressão que clamava por compreensão e proteção.

— Nã-não! Aquilo foi um acidente. Claro, eu vi alguns dos outros. Mas quando encontrei Takako... foi ela! E-ela tentou me matar. Essa arma é na realidade de Takako... Por isso... por isso eu...

Hiroki destravou de novo a Colt .45 com um clique. Os olhos de Mitsuko se contraíram.

— Eu conheço bem Takako. Ela jamais tentaria matar alguém nem começaria a atirar em pânico para todo lado. Nem mesmo durante este jogo estúpido — Hiroki disse.

Mitsuko levantou de leve o queixo ao ouvir as palavras de Hiroki e, em seguida, inclinou a cabeça. Ela olhou para ele e seus lábios formaram um sorriso. Embora esse sorriso provocasse calafrios, naquele momento serviu para ressaltar ainda mais sua beleza.

Ela riu de leve.

— Eu jurava que ela tinha morrido na hora! — disse.

Hiroki não respondeu e manteve a arma apontada para ela.

Ainda sentada, Mitsuko segurou a beira da saia com o polegar e o indicador esquerdos e a subiu devagar, exibindo mais uma vez suas pernas brancas atraentes.

Hiroki a olhava.

— Que tal? Se você me ajudar, eu te deixo fazer o que quiser comigo. Não sou má, sabia?

Hiroki permaneceu imóvel, de arma em punho. Ele fixou o olhar atentamente no rosto dela.

— Ou talvez não — Mitsuko disse num tom leve. — Claro que não. Quer dizer, eu te mataria no momento em que se descuidasse. Além disso, você não transaria com a garota que matou sua namorada, correto?

— Ela não era minha namorada.

Mitsuko voltou a olhar para Hiroki.

— Era minha melhor amiga — Hiroki acrescentou.

— Ah, é? — Mitsuko ergueu a sobrancelha. — Por que então não atira em mim? É algum tipo de feminismo? Não pode atirar em mulheres?

Seu rosto de suprema autoconfiança continuava lindo. Era totalmente diferente do de Takako, cuja beleza graciosa se assemelhava à de uma deusa da guerra da mitologia greco-romana. Uma feiticeira adolescente, se existisse, seria sem dúvida como ela. Mitsuko é espevitada, cândida, angélica, mas completamente fria. Sob a luz do luar, o fundo de seus olhos estava repleto de uma luz gélida. Hiroki se sentiu tonto.

— Como... — Ele sentia a própria voz rouca. — Como você pôde matar alguém com tanta facilidade?

— Seu tolinho — Mitsuko disse. Ela soava como se não se importasse nem um pouco com a arma apontada para sua testa. — Essas são as regras do jogo.

Hiroki contraiu os olhos e balançou a cabeça.

— Nem todos estão jogando.

Mitsuko inclinou de novo a cabeça e um pouco depois chamou o nome dele com o sorriso habitual.

— Hiroki.

Soava verdadeiro e amistoso, do jeito que uma garota sentada ao lado do garoto de quem gosta o chamaria, tentando puxar conversa antes de as aulas da manhã começarem.

— Você é com certeza uma boa pessoa, Hiroki — ela disse.

Sem entender, Hiroki franziu a testa. Devia estar boquiaberto.

Mitsuko prosseguiu, num tom leve, como se cantasse:

— Boas pessoas são boas. Em vários aspectos. Mas mesmo pessoas boas podem se tornar más em algum momento. Ou pode ser que acabem boas durante a vida toda. Talvez você seja uma delas.

Mitsuko afastou os olhos de Hiroki e depois balançou a cabeça.

— Mas isso não importa. Apenas decidi passar para o lado de quem domina do que me deixar dominar. Não argumento se é algo bom ou ruim, certo ou errado. É apenas o que quero fazer.

Os lábios de Hiroki tremeram e se contraíram, tremulando sem controle.

— Por quê?

Mitsuko voltou a sorrir.

— Não sei. Mas, se precisasse dar uma explicação, bem... — Ela olhou Hiroki diretamente nos olhos antes de prosseguir. — Fui estuprada aos nove anos. Três caras, um de cada vez, três vezes cada. Ah, espere, um deles deve ter me fodido quatro vezes. Homens, assim como você. Embora eles fossem de meia-idade, eu era apenas uma menina ainda com os peitos achatados, pernas iguais a caniços, magrela, mas tudo isso devia estar bem para eles. E quanto mais eu gritava e chorava, mais eles pareciam se excitar. Portanto, mesmo agora, quando transo com um desses pervertidos de meia-idade, finjo chorar.

Hiroki sentiu um arrepio ao olhar o rosto sorridente de Mitsuko, apesar de tantas revelações de uma só vez. Ele se chocou com a história.

Foi...

Hiroki devia estar prestes a dizer algo. Mas, antes de poder fazer isso, uma luz prateada se iluminou nas mãos de Mitsuko. Hiroki percebeu afinal que ela levou a mão direita às costas, mas aí a faca de mergulhador de lâmina dupla (a arma que era de Megumi Eto) estava cravada no ombro direito dele. Hiroki soltou um gemido e, embora ainda empunhasse a arma, cambaleou para trás de dor.

Aproveitando a deixa, Mitsuko instantaneamente se levantou e, passando ao lado de Hiroki, correu para dentro do bosque atrás dele.

Hiroki rapidamente olhou para trás e a viu por um instante, mas ela logo desapareceu na escuridão.

Apesar de saber que, se não matasse Mitsuko Soma agora, Kayoko Kotohiki poderia ser a seguinte a cair na lábia dela, Hiroki foi incapaz de segui-la. Em vez disso, olhou para a escuridão por onde Mitsuko desapareceu, enquanto pressionava com a mão esquerda o ombro direito de onde o sangue da punhalada começava a escorrer por seu casaco da escola.

É claro que Mitsuko podia ter inventado toda aquela história apenas para surpreendê-lo. Mas Hiroki não podia acreditar nisso. Mitsuko provavelmente lhe contou a verdade. E ele ouviu apenas uma parte da história. Hiroki se espantou ao ver como uma estudante do nono ano do ensino fundamental, assim como ele, podia se tornar tão cruel e calculista. Ela adquiriu a psique de um adulto. De um adulto pervertido. Não, não seria isso. Seria mais correto dizer que se tratava da psique de uma criança pervertida?

O sangue escorria por dentro de sua manga, chegando até a Colt .45, de cujo cano começava a gotejar, formando uma linha fina. E era absorvido sem ruído pelas folhas bolorentas amontoadas aos pés dele.

[RESTAM 17 ESTUDANTES]

54.

Pouco depois das três e meia da manhã, Toshinori Oda (o Estudante nº 4) deixou a casa onde se escondia. Logo depois de entrar na residência, percebeu que ela deveria estar localizada dentro do quadrante E-4. Sakamochi anunciou que o quadrante se tornaria proibido a partir das cinco da manhã.

Antes de abrir a porta dos fundos para sair, ele olhou de relance para o corpo de bruços de Hirono Shimizu que ele arrastara para um canto da entrada. Toshinori apenas olhou o corpo. Não sentia nenhuma pena em particular por ela. Afinal de contas, a competição era séria. Era cada um por si. Na realidade, Hirono Shimizu atirou sem piedade nele no momento em que o viu. Logicamente, foi ele quem se aproximou furtivamente por trás dela para estrangulá-la.

Depois de pensar sobre seu próximo local de descanso, Toshinori acabou decidindo se mover para leste em direção à área residencial. Cada área no mapa era de aproximadamente duzentos metros quadrados. Segundo o mapa, na planície estreita que se estendia desde a zona residencial havia campos agrícolas nos quais pontilhavam casas. Uma vez bem longe do quadrante onde estava, tudo o que teria a fazer era se esconder numa dessas casas. Afinal, ele era de uma das famílias mais abastadas de Shiroiwa e viveu no que deveria ser a residência mais confortável da província (a casa de Kazuo Kiriyama era com certeza a mais confortável, mas Toshinori jamais admitiria isso). Esconder-se no meio de arbustos era um ato vulgar e, para ele, insuportável. Entrar numa casa era perigoso, considerando que alguém pudesse já estar escondido dentro dela, mas ele não se preocupava muito com isso. Agora não apenas vestia um colete à prova de balas (com um certificado que atestava sua qualidade superior), como também tinha o revólver tomado de Hirono. Além disso...

Ele agora usava um capacete de motoqueiro encontrado dentro da casa, que lhe cobria toda a face.

Uma nuvem fina começou a aparecer no céu. Ela se movia devagar, com a ponta atravessando a lua cheia muito baixa. Depois de arrumar o protetor de queixo do seu capacete sofisticado, ele atravessou o quintal da casa e desceu até a beira do estreito campo ao lado.

Toshinori pôde ter uma visão total da planície que se estendia abaixo até a costa leste. Não era uma área completamente plana, pois possuía leves altos e baixos, com a maior parte coberta por plantações visíveis sob a luz do luar. À esquerda, à distância de uns cem metros, havia uma casa ao pé da montanha norte. Outra casa situava-se também uns cem metros mais à direita. Um pouco mais ao fundo, à esquerda, se viam mais duas delas. A partir daí a fileira de casas se interrompia, porém trezentos a quatrocentos metros mais adiante reapareciam salpicadas pelos campos. A colina e o bosque que se projetavam para fora da montanha norte impediam uma boa visão, mas a mesma paisagem parecia continuar até a área residencial no lado leste da ilha. As chamas da intensa explosão ocorrida logo depois do anúncio da meia-noite de Sakamochi ergueram-se exatamente à direita da colina. Porém, o fogo se extinguiu, e a área agora estava imersa na escuridão.

No lado sul, à frente e à direita de Toshinori, havia duas casas contíguas. Mas ali era — se os pontos azuis sobre o mapa, indicativos de residências, fossem confiáveis — a fronteira entre os quadrantes E-4 e F-4. Atrás de Toshinori, as montanhas norte e sul conectavam-se, ou, mais precisamente, o sopé da montanha norte estendia-se ao longo da costa oeste sem nenhuma casa à vista. No entanto, segundo o mapa, deveria haver duas casas montanha acima.

A menos que Toshinori tivesse lido errado o mapa, ele estaria fora do quadrante proibido quando chegasse à terceira ou quarta casa a leste. Porém, se ao se aproximar encontrasse cabanas sujas e vulgares, então ele pensaria em se mover mais adiante. Primeiro de tudo, ele não suportava casas imundas e, em segundo lugar, estava certo de que um local vulgar atrairia pessoas do mesmo nível.

Toshinori começou a caminhar agachado e com cautela ao longo da leiva do campo, mas no meio do caminho se irritou com a sensação do solo se colando a seus pés. A irritação foi intensificada pela dor obtusa na área do estômago que sentia do tiro de Hirono Shimizu (*aquela vadia*) em seu colete à prova de balas. Por que ele foi atirado nesse jogo grosseiro e era obrigado a engatinhar por aí com aquilo que somente podia considerar como sendo "as massas incultas" de sua turma? (O pai, dono da maior empresa alimentícia da parte leste da província, costumava usar essa expressão em casa, mas era também a favorita do próprio Toshinori, que a usava para exprimir seu desprezo pelos "seres comuns". Óbvio que, por se dar ares de filho de uma boa família, ele jamais a pronunciou em voz alta.)

Tivesse ou não direito de se vangloriar disso, Toshinori sem dúvida possuía um dom único, mesmo entre seus talentosos colegas da turma B, que variavam de craques de seus respectivos times e clubes a líderes delinquentes. Incluindo um homossexual (*um veadinho extremamente vulgar que já foi para o saco*). De fato, era um dom único em toda a escola.

Ele começou lições particulares de violino aos quatro anos de idade e agora era um destacado músico entre os estudantes das escolas de ensino fundamental de toda a província. Toshinori não era um gênio, mas tampouco poderia ser categorizado como medíocre. Estava praticamente acertado que ele entraria numa famosa escola de ensino médio em Tóquio, com um departamento de música próprio. E, com relação à sua carreira futura, Toshinori acreditava que pelo menos se tornaria o maestro da orquestra sinfônica do governo provincial.

Isso lhe dava — pelo menos em sua opinião — ainda mais razão para não morrer. Ele atingiria o status de maestro, iria se casar com uma mulher linda e refinada e conviveria com pessoas ricas e elegantes. (Seu irmão mais velho, Tadanori, herdaria a empresa. É claro que o pensamento de ganhar muito dinheiro como presidente era atraente, mas Toshinori pensou: *Não preciso lidar com produtos alimentícios. Que asco! Vou deixar essa tarefa para meu irmão vulgar. Sou diferente das massas incultas que formam meus colegas de turma. A morte deles não significa nada para mim, afinal sou talentoso e tenho valor. E mesmo em termos biológicos, as espécies cujo valor se distingue das demais devem sobreviver, certo?*

Lógico, no início do jogo ele tinha somente esse colete à prova de balas estranhamente fornecido como uma arma e, por isso, tudo o que podia fazer era se esconder, mas agora ele estava de posse de uma arma. Então jogaria sem piedade. O que costumavam mesmo dizer sobre os lindos sentimentos de um amante da música? Totalmente ingênuo! Era verdade que Toshinori tinha apenas quinze anos e não vira muito da vida, mas pelo menos conhecia bem o mundo dos músicos. Gênios à parte, para os dotados de talento que não chegavam à genialidade tudo se resumia ao dinheiro e aos contatos. E também a como sobreviver esmagando o talento alheio sem se deixar esmagar. Fosse um fato objetivo ou não, pelo menos era no que Toshinori Oda acreditava.

Obviamente ele não tinha amigos do peito na massa inculta da turma B do nono ano. De fato, ele chegava mesmo a odiar seus colegas vulgares. Em particular... Sim, um dos motivos seria a presença de Shuya Nanahara.

Toshinori não tomava parte no Clube de Música da Escola de Ensino Fundamental Shiroiwa, no qual se reuniam as massas incultas particularmente vulgares, que tocavam todo o tempo música pop medíocre (aparentemente circulavam pela sala do clube partituras de música importadas ilegais). Sim, principalmente Shuya Nanahara.

Toshinori era muito superior a Shuya em termos de capacidade musical por causa de seu sentido auditivo treinado desde a mais tenra idade e sua compreensão de complexos modos musicais. Apesar disso, as putinhas vulgares de sua turma berravam indecentemente ao ouvir Shuya Nanahara arranhar em sua guitarra acordes grosseiros, do nível do jardim de infância. (*Quer dizer, vamos com calma. Essas putinhas que ouvem Shuya Nanahara tocar durante o curto intervalo antes da aula de música têm escrito em negrito na testa: "Oh, Shuya, me fode agora, aqui mesmo, eu imploro!"*.) Em contraste, elas se limitavam a aplaudir mecanicamente quando Toshinori terminava de tocar uma passagem elegante de uma ópera designada pela professora de música.

Por um lado, as putinhas das massas incultas não apreciavam o valor de uma refinada música clássica, por outro era apenas pelo fato de Shuya Nanahara ter um rostinho bonito. (Embora Toshinori não se conscientizasse disso, em seu âmago ele odiava seu rosto feio.)

Tudo bem. Mulheres são assim mesmo. Não passam de uma espécie diferente. Apenas uma ferramenta para produzir bebês (e, logicamente, para dar prazer aos homens quando e na medida em que precisarem) e, se são bonitas, transformam-se em meros objetos decorativos postos ao lado de homens bem-sucedidos. Sim, tudo se resume a dinheiro e contatos. E tenho talento suficiente para usar ambos em meu proveito. Por isso...

Eu mereço sobreviver.

Ele ouviu tiros algumas vezes durante a noite e a fantástica explosão acima de tudo, mas agora a ilha estava imersa na escuridão e em completo silêncio. Toshinori sem demora circundou a primeira casa, passou por ela e se aproximou da segunda. Ele podia sentir que era bastante velha, embora só pudesse distinguir sua silhueta. A casa estava cercada por árvores e em frente dela, em seu lado oeste, havia uma extremamente frondosa, com folhas largas e os galhos espalhados. A circunferência do tronco era de quatro a cinco metros, com provável altura de sete a oito metros.

Não deve haver ninguém lá.

Toshinori pegou sua arma e avançou com calma, verificando com cuidado a casa e a árvore. Obviamente ele não esquecia de parar de tempos em tempos e olhar em todas as direções. *Nunca se sabe onde as massas incultas podem aparecer. São como baratas.*

Depois de cinco minutos verificando, passou pelo lado dessa casa olhando para trás por cima dos ombros. Olhou de novo para a casa cercada de árvores de variados tamanhos. Não havia sinal de movimentos suspeitos que ele pudesse observar pelo visor retangular aberto na frente de seu capacete de motoqueiro.

Vamos lá.

Ele pôde ver a terceira casa, a que ele desejava, logo ao lado.

Toshinori virou outra vez a cabeça. Ele pressentiu algo redondo e negro se movendo perto do chão entre as árvores ao redor da casa. Era a cabeça de alguém, ele imaginou, e mirou com seu revólver nessa direção. Mas a pessoa vagava numa área que em breve se tornaria um quadrante proibido. *Quem poderia ser?*

Não importava.

Ele puxou o gatilho. Um súbito estímulo agradável se transmitiu à palma da mão na qual segurava a empunhadura de madeira da Smith & Wesson Military & Police e uma chama laranja se alongou do cano da arma juntamente com um disparo relativamente leve, fazendo entorpecer os músculos das costas de Toshinori. Embora odiasse as massas incultas e vulgares, ele tinha um passatempo considerado não muito refinado, ou, melhor dizendo, bem menos refinado que tocar violino: ele sempre colecionou réplicas de armas. Seu pai possuía vários rifles de caça, mas jamais permitiu que Toshinori os manuseasse, portanto essa era a primeira vez que ele puxava o gatilho de uma arma de verdade. *Puta merda, isso é real. Estou atirando com uma arma de verdade!*

Toshinori disparou duas vezes e seu oponente abaixou a cabeça, parecendo não poder se mover. A pessoa não revidou os tiros. *Claro que não. Se meu adversário tivesse uma arma, teria atirado em mim pelas costas. Por isso pude puxar o gatilho com tranquilidade.*

Toshinori se aproximou lentamente da silhueta. Uma voz se fez ouvir:

— Pare!

Ele distinguiu pela voz que se tratava de Hiroki Sugimura (o Estudante nº 11). Esse rapaz alto praticava caratê ou outra arte marcial vulgar. (Toshinori, por sinal, odiava rapazes altos também. Ele tinha apenas um metro e sessenta e dois de altura e, se não fosse por Yutaka Seto, seria o mais baixo da turma. Ele não podia suportar: 1. rapazes de rosto bonito; 2. rapazes altos; e 3. rapazes vulgares.) *Hiroki supostamente namorava Takako Chigusa, que tinha o mau gosto de tingir o cabelo e usava bijuteria espalhafatosa. Ah, sim, ela também partiu desta para melhor. Bem, ela não tinha um rosto tão feio assim.*

— Não tenho intenção de brigar! — Hiroki prosseguiu. — Quem é você? Yuichiro?

Hiroki pronunciou o nome de Yuichiro Takiguchi (o Estudante nº 13), que era, depois de Toshinori, o terceiro mais baixo da turma. Sim, como Hiroshi Kuronaga tinha morrido havia pouco tempo, os únicos que restavam vivos da altura de Toshinori eram Yuichiro e Yutaka.

Seja como for, Toshinori se perguntou por um momento, *que história era aquela de não ter intenção de brigar? Impossível. Não entrar no jogo seria equivalente a cometer suicídio. Será que ele está tentando me enganar? Mesmo que estivesse, desde que ele não possua uma arma…*

Toshinori decidiu mudar de estratégia. Ele abaixou sua arma. Com a mão esquerda, puxou para baixo a guarda do queixo do capacete que lhe protegia toda a cabeça e disse:

— É o Toshinori.

Então pensou: *Oh, talvez tenha mais impacto se eu gaguejar um pouco.*

— De-desculpe ter atirado. Vo-você se machucou?

Hiroki Sugimura se levantou devagar, revelando sua grande compleição. Como Toshinori, ele tinha seu kit de sobrevivência pendurado no ombro direito. Na mão direita segurava um bastão, e a manga direita do casaco da escola estava faltando. Talvez tivesse rasgado ou ele mesmo tivesse arrancado. Também não se via a camiseta de baixo e seu braço estava descoberto. Um pano branco estava envolto ao redor do ombro. Com o braço direito nu segurando o bastão, ele se assemelhava apenas nessa parte a um aborígine incivilizado. De uma tribo de homens nus vulgares.

Hiroki pareceu inclinar de leve a cabeça.

— Estou bem. — Depois, ele perguntou olhando para a cabeça de Toshinori: — Isso é um capacete?

— Sim, é.

Conforme respondia, Toshinori avançou pisando no solo da plantação. *Tudo bem, só mais três passos.*

— Eu… eu estive muito apavo…

Antes de terminar de pronunciar a palavra "apavorado", Toshinori levantou a mão direita. A cinco metros ele não poderia errar.

Os olhos de Hiroki se arregalaram. *Tarde demais, tarde demais para você, seu lutador de caratê vulgar desgraçado! Você vai ter uma morte vulgar, acabará num ataúde vulgar, num túmulo vulgar. E eu lhe oferecerei flores ainda mais vulgares.*

Mas Hiroki não estava no final da chama expelida quando a Smith & Wesson disparou. Uma fração de segundo antes do tiro, ele se esquivou inesperadamente para a esquerda — direita de Toshinori, que, é claro, não fazia ideia de que Hiroki usaria um movimento de artes marciais. A velocidade dele foi incrível!

De sua posição agachada, Hiroki sacou uma arma com a mão esquerda, aquela que não segurava o bastão. (Toshinori também não tinha como saber que Hiroki era canhoto, apesar de, ao contrário de Shinji Mimura, ter se "corrigido": agora era, na verdade, ambidestro.) *Então ele tinha uma arma... por que o tolo não a usou logo de cara?* Esse pensamento cruzava a mente de Toshinori quando seus olhos distinguiram uma chama miúda.

A arma rapidamente desapareceu de sua mão direita. No instante seguinte, ele sentiu uma dor lancinante no dedo anular direito, que tinha explodido. Toshinori gritou. Ele caiu de joelhos no solo e segurou o toco de dedo com a mão esquerda, só então se dando conta do desaparecimento do dedo anular. O sangue esguichou. Ele podia estar usando um colete à prova de balas e um capacete, mas seus dedos estavam desprotegidos.

Aiii, desgraçado! Meu dedo... meu dedo da mão direita que elegantemente conduzia o arco do violino...! Não pode ser! Nos filmes, dedos jamais são atingidos em tiroteios!

Hiroki se aproximou de Toshinori empunhando a arma. Toshinori segurava a mão direita e olhava para ela do fundo do capacete, com os olhos exibindo uma mistura de terror e confusão. Seu rosto se tornava pegajoso do suor que rapidamente escorria sob o capacete.

Hiroki disse:

— Então você decidiu participar do jogo!? Eu não queria, mas não me resta alternativa senão atirar. Estou sendo obrigado.

Toshinori não entendeu o verdadeiro sentido dessas palavras e, apesar de sentir dores terríveis, ainda se mantinha confiante, uma vez que a arma estava apontada para seu peito. É lógico que estaria. Ele usava o capacete não por ser à prova de balas, mas porque imaginou que isso forçaria o inimigo a preferir mirar em seu corpo. E sob seu casaco da escola ele usava o colete à prova de balas. Contanto que seu colete parasse a bala, tudo o que ele precisaria fazer seria esperar por uma chance para recuperar sua arma e depois — como seu dedo indicador ainda funcionava — poderia puxar o gatilho e vencer.

A arma estava a seus pés.

Com Toshinori o encarando, Hiroki Sugimura pausou por alguns instantes para em seguida apertar seus lábios com força e pressionar com calma e de leve o gatilho. Toshinori lembrou sua luta com Hirono Shimizu e considerou, até pouco antes do tiro, como ele deveria fazer para se fingir de morto de forma que parecesse real.

Mas tudo acabou muito mais abruptamente do que ele esperava. A arma de Hiroki apenas emitiu um pequeno clique metálico.

Hiroki pareceu confuso. Ele destravou às pressas a arma e puxou o gatilho. Mais um clique.

Os lábios de Toshinori se contorceram num sorriso escondido sob o capacete. *Carateca filho da puta! Essa aí não vai atirar. Cara, com essa automática você terá que puxar o bloco da culatra e recarregar a câmara.*

Toshinori saltou para cima da arma a seus pés. Hiroki de imediato fez menção de movimentar o bastão na mão direita, mas, talvez levando em conta a distância, virou-se e correu rumo à montanha além da casa.

Toshinori recolheu a arma. Mesmo com a mão doendo bastante pela perda do dedo, deu um jeito de pegá-la. Ele atirou. Embora não segurasse com firmeza a empunhadura e não conseguisse mirar em Hiroki, percebeu que tinha acertado a coxa dele, perto das nádegas. Foi só de raspão? Hiroki de súbito cambaleou, mas mesmo assim não caiu. Ele continuou a correr. Toshinori também começou a correr e disparou uma segunda vez. Dessa vez não acertou. O recuo da arma, tão agradável momentos antes, parecia penetrar sua mão ferida, enfurecendo ainda mais Toshinori. Ele disparou de novo. Errou mais uma vez. Percebeu que, apesar de ter sido atingido na perna, Hiroki ainda era mais veloz.

Hiroki desapareceu dentro do bosque no sopé da montanha.

Maldito!

Toshinori hesitou por alguns segundos se deveria continuar a perseguir Hiroki e acabou desistindo. Assim como seu oponente, ele também estava ferido. A empunhadura da arma estava pegajosa por causa do sangue escorrendo do toco que antes era seu dedo anular. Além do mais, se Toshinori entrasse nas montanhas agora, Hiroki recarregaria sua arma e revidaria. Pensando nisso, seria muito perigoso se expor daquela forma sem ter como se esconder. Ele se agachou às pressas.

Ele precisava chegar à primeira casa, na qual tinha decidido entrar. E devia se assegurar de que Hiroki não o veria entrando.

Toshinori apertou a mão direita que ainda empunhava a arma e cambaleou até lá, suportando a dor. Conforme atravessava a leiva do campo, a dor se tornou tão insuportável que ele sentiu tontura. A primeira coisa era sua mão. Ele tinha de tratá-la. Precisava rever sua estratégia. *Oh, mas, que inferno!, mesmo que eu seja capaz de tocar violino depois da recuperação, a mão sem o dedo sem dúvida se destacará durante um concerto, sobretudo se for televisionado e derem um zoom nela. Portanto, agora vou entrar para esse grupo os deficientes. Que melodia elegante! Como ele superou sua deficiência! Porra, que babaquice!*

Ele se aproximava da casa. Toshinori olhou de novo por cima do ombro. Olhou bem de perto, mas não viu nenhum sinal de Hiroki. Ele estava seguro agora. Hiroki não estava vindo atrás dele.

Toshinori voltou a cabeça em direção à casa.

Ele viu um rapaz de pé na leiva do campo, seis ou sete metros distante, bem em frente da casa que ele queria entrar. O rapaz pareceu brotar num espaço onde até pouco antes nada havia. Ele tinha os cabelos bem longos puxados para trás do pescoço e olhos frios e brilhantes.

Quando ele se deu conta de que era Kazuo Kiriyama (o Estudante nº 6) — outro rapaz que ele não suportava: categoria 1. rapazes de rosto bonito — , uma rajada de fogo intensa saiu de Kazuo acompanhada de um som de *ratatatá* e Toshinori sentiu vários golpes contra o torso. Ele foi arremessado para trás e se estatelou de costas no solo. A dor e o fato de não ter muita força na mão direita o obrigaram a largar a Smith & Wesson, e ele ouviu a mão bater contra algo. Suas costas ralaram violentamente contra um objeto sujo. A cabeça coberta pelo capacete bateu no solo.

O eco dos tiros enfraqueceu no ar noturno. O silêncio voltou a reinar.

Mas, obviamente, Toshinori Oda não tinha morrido. Ele segurou a respiração e ficou deitado, paralisado, fazendo o melhor que podia para conter a vontade de rir com escárnio. Agora que ele estava dominado por esse prazer pernicioso, pela dor agonizante de sua mão direita, pela irritação por deixar Hiroki Sugimura escapar e pelo ódio por ter sido atacado inesperadamente por um rapaz inserido em sua categoria 1, o sistema límbico regulador de suas emoções estava praticamente em total desordem, mas seu corpo (exceto pelo dedo anular da mão direita) funcionava bem, como quando foi atacado por Hirono Shimizu. Portanto, ele acertou ao usar o capacete: Kazuo mirou no torso de Toshinori, protegido pelo colete à prova de balas. Assim como aconteceu com Hirono Shimizu, Kazuo provavelmente deduziu que Toshinori estava morto.

As pálpebras de Toshinori estavam praticamente fechadas; seu campo de visão, em cuja extremidade podia ver a Smith & Wesson refletindo levemente a luz do luar, parecia um filme em tela panorâmica. Mesmo agora sentia a dureza do facão que havia enfiado na parte de trás das calças (obtido na casa onde matou Hirono Shimizu). Gastaria menos de um segundo para desenrolar o pano que envolvia a lâmina.

Conforme continuava a suar em bicas, para ele a única coisa incapaz de conter, Toshinori pensou: *Bem, agora venha pegar minha arma caída ali. Assim, vou cortar com o facão essa sua glote vulgar, Kazuo. Ou você vai virar as costas e partir? Irá atrás de Hiroki? Sendo assim, pegarei a arma e abrirei um buraco nessa sua nuca vulgar. Vamos. Para mim é indiferente. Apresse-se e escolha!*

Mas, por algum motivo, em vez de se aproximar da Smith & Wesson, Kazuo veio direto até Toshinori.

Ele estava vindo direto até ele e o olhava com aqueles conhecidos olhos frios.

Por quê?, Toshinori se perguntava. *Você não vê que estou morto? Duvido que você consiga encontrar um defunto tão perfeito quanto eu.*

Kazuo não parou. Ele continuava a se aproximar. Um passo, dois...

Mas supostamente eu morri. Por que ele avança?

O som leve de seus passos sobre o solo amolecido se intensificou e o campo de visão de Toshinori estava agora preenchido pela silhueta de Kazuo.

De súbito, dominado pelo pânico e pelo medo, Toshinori freneticamente abriu os olhos.

Nesse exato momento, a Ingram de Kazuo disparou nova rajada no capacete de Toshinori.

Alguns tiros à queima-roupa se transformaram em centelhas coloridas por vararem a superfície de plástico reforçado do capacete enquanto outros ricochetearam dentro dele depois de atravessarem o crânio de Toshinori, fazendo sua cabeça se agitar com violência. (Seu corpo se movia no ritmo cadenciado de um *boogie-woogie*. O próprio Toshinori com certeza não apreciaria esse tipo de dança vulgar.) E, logicamente, depois de tudo terminado, sua cabeça dentro do capacete se transformou numa massa de carne.

Toshinori não se fingia mais de morto. Ele não se movia mais: estava morto. Na extremidade do capacete, que se tornou uma espécie de tigela de sopa, o sangue escorria pastosamente da fronteira com a cabeça.

Assim, Toshinori Oda, esse rapaz tolo que desprezava as massas incultas e vulgares, morreu facilmente porque superestimou o valor de seu colete à prova de balas e subestimou as ações calculistas de Kazuo Kiriyama. Se tivesse observado bem como Yumiko Kusaka e Yukiko Kitano haviam morrido na manhã anterior, teria percebido que seu atacante seguiria o inimigo para executar um golpe de misericórdia, mas ele não teve tanto discernimento. Além disso — embora não fosse algo relevante agora —, Toshinori ignorava que seu assassino, Kazuo

Kiriyama, durante certo tempo, no terraço de sua mansão — por sinal muito maior que a casa de Toshinori no distrito de Shiroiwa — demonstrou sua elegância ao tocar violino num nível muito superior ao de Toshinori (instrumento que, posteriormente, Kazuo descartou na lixeira).

[RESTAM 16 ESTUDANTES]

55.

Vozes de pessoas conversando. O som de alguém se movendo. Uma respiração leve que se deseja em vão conter. Porém, o que chegou aos ouvidos de Mitsuko Soma (a Estudante nº 11) foi o som de um líquido jorrado em cima da grama. Ela podia distinguir que provinha de alguém urinando no bosque próximo (a menos que houvesse um cão na ilha). O amanhecer se aproximava. Ela olhou para o alto e viu um azul pálido começando a emergir no céu escuro.

Depois de encontrar Hiroki e de conseguir escapar dele, Mitsuko se deu conta de início que precisava de uma arma. Ela cruzou com Megumi Eto praticamente por acaso e, depois, ao ouvir Yoshimi Yahagi e Yoji Kuramoto no meio de sua luta, ela os matou e conseguiu pegar uma arma. (Se ela tivesse tido uma desde o começo, teria voltado à escola e matado todos os que saíam de lá, um por um.) Ao conseguir uma arma, ela pôde se mover pela ilha com confiança, então foi fácil abater Takako Chigusa, que tinha acabado de brigar com Kazushi Niida. *Não ter aplicado o golpe de misericórdia nela poderia ter sido mortal. Preciso ter mais cuidado da próxima vez.*

Mas agora Mitsuko estava desarmada. Ela usou o facão de Megumi Eto e só lhe restava agora a foice original recebida no início do jogo. Precisava conseguir uma arma, pois não era a única que tinha escolhido seguir as regras do jogo. Havia o atirador com a metralhadora que deu fim em Yumiko Kusaka e Yukiko Kitano. Meia hora atrás, ela ouviu novos disparos dessa arma.

É claro que, graças ao atirador, ela não precisou se esforçar para reduzir o número de colegas de turma. Ela podia apenas deixar o atacante tomar conta das matanças e somente agiria quando fosse fácil. De fato, depois de escutar à meia-noite os tiros da metralhadora ecoarem acompanhados de uma explosão, ela decidiu não se aproximar do local. Apenas com um revólver, Mitsuko não teria chance contra uma metralhadora. Por isso, enquanto se movia para algum local de onde pudesse ter uma vista da área à distância, acabou encontrando Hiroki Sugimura e o seguiu. Seria supostamente um trabalho fácil acabar com ele, mas...

Era muito provável que ela terminasse tendo que lutar com esse atirador. Não ter uma arma representaria uma desvantagem esmagadora. Se uma pistola jamais venceria uma metralhadora, imagine uma foice então!

Obviamente, ela poderia perseguir Hiroki às escondidas, mas imaginou que seria muito complicado tentar se apossar da arma que ele levava. O histórico de artes marciais dele, ou fosse lá o que fosse, não era brincadeira. Sua mão direita ainda doía com o ferimento. E dessa vez, se ele acaso a visse, com certeza atiraria nela sem dó nem piedade.

Assim, Mitsuko começou a procurar outras pessoas, movendo-se de início para oeste ao longo da estrada que cortava a ilha longitudinalmente bem no centro e depois até a montanha norte. Cerca de três horas se passaram.

E agora ela ouvia afinal o ruído de alguém.

Com cautela, Mitsuko avançou dentro do mato. Ela fez isso de forma a não emitir ruído.

À beira do bosque, os arbustos se abriam num espaço pequeno, de menos de sete metros quadrados. O bosque se estendia à frente e à esquerda; e, à direita dela, a um canto da clareira, um rapaz com casaco de escola tinha as costas viradas para ela. Ele olhava nervoso para os lados, enquanto o som de gotejamento continuava.

Talvez ele temia ser atacado por alguém. Ela distinguiu se tratar de Tadakatsu Hatagami (o Estudante nº 18). Um rapaz comum, sem nada de realmente excepcional, membro do time de beisebol. Ele era alto, parrudo e tinha um rosto comum. *Seus passatempos eram... bem, não faço ideia, e de que vale perguntar agora?*

O crucial era que, enquanto Tadakatsu se aliviava, Mitsuko percebeu que ele segurava algo com firmeza na mão direita.

Era uma arma. Um modelo bem grande de revólver. No rosto de Mitsuko, um sorriso angelical voltou a surgir.

Tadakatsu ainda não tinha terminado. Ele devia ter se segurado por um bom tempo. Ele continuava a olhar para ambos os lados enquanto esperava a bexiga esvaziar.

Com a mão direita, Mitsuko retirou sua foice devagar e sem barulho e esperou. Tadakatsu teria que usar ambas as mãos para fechar a braguilha das calças. Mesmo que tentasse usar apenas uma delas, estaria vulnerável.

Parece que nesse momento seu fim terá chegado, meu caro. Não havia um detetive num filme que morreu enquanto fazia suas necessidades?

O gotejamento foi diminuindo. Parou. E então mais um pouco, para por fim cessar de vez. Tadakatsu olhou outra vez ao redor e então rapidamente moveu as mãos para a frente.

Mitsuko já tinha se esgueirado até ficar atrás dele. A nuca de Tadakatsu, com cabelos pontiagudos e curtos, estava bem em frente dela. Mitsuko começou a levantar a foice.

Ela ouviu alguém por trás dizer "Ei...", e tanto Tadakatsu quanto Mitsuko se viraram ao mesmo tempo. Ela (claro!) abaixou a foice e olhou para o dono da voz.

Yuichiro Takiguchi (o Estudante nº 13) estava de pé. De estatura inferior a de Tadakatsu, ele era dono de um rosto pueril. Na mão direita segurava um bastão metálico, possivelmente uma arma, e fitou Mitsuko boquiaberto.

Tadakatsu viu Mitsuko e exclamou:

— Ei! Merda! — Ele apontou sua arma para a garota.

Vendo como o surgimento de Yuichiro não o surpreendeu, Mitsuko constatou que os dois estavam juntos. Ela rangeu os dentes, xingando a si mesma: *Tadakatsu apenas se afastou um pouco de Yuichiro para urinar. Como fui estúpida em não verificar! Vamos, vocês são dois rapazes, não poderiam mijar um ao lado do outro?*

Esse não era o momento para censurá-los. O cano do revólver de Tadakatsu — embora isso pouco importasse, era um Smith & Wesson M19 .357 Magnum — estava apontado diretamente para o peito de Mitsuko.

— Tadakatsu! Pare! — Yuichiro exclamou em voz trêmula, talvez por causa da situação confusa e do pânico de provavelmente ver alguém ser morto em frente de seus olhos.

Tadakatsu parecia pronto a puxar o gatilho a qualquer momento, mas seu dedo interrompeu o movimento uma fração de milímetro antes de o cão cair.

Com a arma apontada para Mitsuko, Tadakatsu olhou para Yuichiro.

— Por quê? Ela estava tentando me matar! O...olhe! Uma foice! Ela está segurando uma foice!

— Nã-não. — Mitsuko coaxou como se as palavras a engasgassem. Ela se assegurou de que sua voz estava com um tom alto e trêmulo e, logicamente, não esqueceu de recuar o corpo. A atriz teve nova oportunidade de mostrar seu talento cênico. *Me admirem bem agora.*

— E-eu...

Ela pensou em deixar cair a foice, mas desistiu, uma vez que pareceria mais natural segurá-la.

— Eu estava apenas tentando te chamar. Então e... eu me dei conta de que você estava urinando, por isso eu... — Mitsuko olhou para baixo, fingindo-se encabulada. — Por isso...

Tadakatsu não abaixou a arma.

— Mentirosa! Você tentou me matar!

Sua mão segurando a arma tremia. O que o impedia de atirar era apenas o medo por nunca tê-lo feito. No momento em que Tadakatsu a viu, atiraria por reflexo. Mas agora que Yuichiro interveio, ele tinha tempo para pensar e hesitou. E isso...

Isso significará sua derrota, meu caro.

— Pare com isso, Tadakatsu — Yuichiro prosseguiu pedindo. — Já não disse que temos que nos juntar aos outros...?

— Você só pode estar de gozação — Tadakatsu balançou a cabeça. — Não há como eu ficar junto dessa vagaba. Você conhece bem essa pilantra. Pode ter sido ela quem matou Yumiko e Yukiko.

— Nã-não! Eu jamais... — Mitsuko fez os olhos se encherem de lágrimas.

Yuichiro argumentou freneticamente:

— Mitsuko não tem uma metralhadora. Ela não tem nem sequer uma arma.

— Quem garante? Ela pode muito bem tê-la jogado fora quando a munição acabou!

Yuichiro silenciou por instantes e depois aconselhou:

— Tadakatsu, você não deve erguer a voz.

Sua voz soava diferente de antes. Estava calma e gentil. Tadakatsu olhou para Yuichiro com a boca levemente aberta, como se tivesse sido pego de surpresa.

Mitsuko também se surpreendeu um pouco. Yuichiro Takiguchi gostava de animês e era o mais fanático da turma B nessa área, e o que dizia agora soava com muita dignidade.

Yuichiro balançou a cabeça.

— Todos são inocentes até que provem o contrário — ele continuou, como se repreendesse Tadakatsu. — Pense bem. Mitsuko deve ter se aproximado porque ela confia em você de verdade.

— Mas... — Tadakatsu franziu as sobrancelhas. Sua arma prosseguia apontada para Mitsuko, mas a tensão de seu dedo no gatilho parecia ter relaxado. — Então o que você sugere que façamos?

— Se você insiste que ela não é confiável, então podemos nos revezar para vigiá-la. Quer dizer, mesmo que disséssemos a ela para ir embora, você continuaria preocupado. Afinal, ela poderia nos atacar na primeira oportunidade.

Mitsuko estava cada vez mais impressionada: *Esse garoto é esperto e articulado. Quer dizer, deixando de lado se ele está tomando a decisão correta ou não (que seria, de fato, atirar em mim agora).*

Tadakatsu umedeceu de leve os lábios com a língua.

— Vamos. Precisamos de mais gente ao nosso lado. E, depois, temos de imaginar um jeito de fugir daqui. Se passarmos um tempo com ela, saberemos se é confiável, certo?

Yuichiro insistiu e, finalmente, Tadakatsu concordou, mas continuou encarando Mitsuko com ar de suspeita. Ele disse, aparentemente cansado:

— O.k., então.

Mitsuko deixou o corpo relaxar (ou fingiu?). Roçou os olhos com a mão esquerda para livrá-los das lágrimas forçadas. Viu Yuichiro exalar também um suspiro de alívio.

— Largue essa foice! — Tadakatsu ordenou.

Mitsuko às pressas a atirou ao solo. Então, alternou olhares nervosos a Tadakatsu e Yuichiro.

Em seguida, Tadakatsu ordenou ao amigo:

— Reviste-a!

Mitsuko olhou de volta para Tadakatsu, com os olhos arregalados de espanto.

Ela olhou então para Yuichiro, que permanecia de pé, abobalhado. Tadakatsu repetiu o que disse. Ele apontou a arma diretamente para ela.

— Apresse-se. Nada de acanhamento. Isso é questão de vida ou morte. Você sabe disso.

— Ah... sim.

Yuichiro abaixou o bastão e avançou com relutância. Ele parou ao lado de Mitsuko.

— Rápido! — Tadakatsu insistiu.

— O.k.

Seu jeito digno se foi. Ele voltou a ser o mauricinho fraco e fanático por animê de sempre.

— Mas...

— Vamos logo!

Yuichiro disse:

— Ah, Mitsuko, sinto muito. Não quero fazer isso, mas sou obrigado.

E ele deslizou levemente as mãos pelo corpo dela. Mesmo na luz difusa do amanhecer, Mitsuko podia ver que o rosto dele ficou vermelho. *Que lindinho*. Logicamente, ela não esqueceu de agir como se estivesse um pouco constrangida.

Terminada a revista, Yuichiro afastou as mãos. Tadakatsu disse:

— Olhe debaixo da saia também.

— Tadakatsu...

Yuichiro lançou um olhar de censura ao amigo, que, por sua vez, balançou a cabeça.

— Não me tome por um pervertido. Só não quero morrer.

Então, Yuichiro ficou ainda mais vermelho e disse a Mitsuko:

— Ah... bem... será que você se importaria em suspender a saia?

Oh, céus, contenha a excitação agora, rapazinho.

Mas Mitsuko apenas respondeu em voz meiga:

— O-o.k. — E ergueu a saia acanhadamente até onde sua calcinha estava quase visível. *Nossa, isso está se tornando um daqueles vídeos pornôs intitulados* Fetiches especiais! *Estrelando estudantes do ensino fundamental!*

Na realidade, eu atuei num deles.

Depois de se certificar de que Mitsuko não tinha nada a esconder, Yuichiro declarou:

— Terminado.

Tadakatsu concordou e complementou:

— Está bem. Yuichiro, quero que você amarre as mãos dela com seu cinto.

Yuichiro deu novo olhar relutante a Tadakatsu, mas ele não cedeu, continuando com a arma empunhada.

— Essas são minhas condições, Yuichiro. Se você não aceitá-las, vou atirar nela agora.

Yuichiro olhou para Mitsuko, depois para Tadakatsu e passou a língua nos lábios. Em seguida, Mitsuko disse:

— Yuichiro, obedeça. Por mim, não tem problema.

Yuichiro olhou para Mitsuko, mas então concordou, tirou o cinto e amarrou as mãos dela.

— Sinto muito, Mitsuko — ele se desculpou.

Tadakatsu ainda apontava sua arma para ela ao dizer:

— Você não deve tratá-la com tanto respeito.

Mas Yuichiro pareceu ignorar a recomendação e, calado, apenas passou gentilmente o cinto ao redor dos punhos dela.

Enquanto estendia as mãos com ar inocente, Mitsuko pensava:

Foi um grande azar ter sido pega quando estava erguendo a foice, mas tive muita sorte de ter limpado antes o sangue grudado nela.

E agora, o que devo fazer?

[RESTAM 16 ESTUDANTES]

56.

— **Por isso pensei que deveríamos** procurar nossos colegas de turma — Yuichiro disse, parou e olhou de soslaio para Mitsuko.

O amanhecer já raiava e ela podia ver com nitidez como o rosto dele estava encardido de terra.

Eles estavam sentados um ao lado do outro em meio aos arbustos. É obvio que as mãos de Mitsuko estavam amarradas com o cinto e Yuichiro tinha enfiado a foice dela atrás das calças. Um pouco afastado deles, Tadakatsu Hatagami dormia profundamente. Ele ainda segurava sua arma e até chegou a amarrá-la à mão com um lenço.

Depois que Mitsuko de alguma forma se juntou ao grupo, Tadakatsu insistiu que houvesse revezamento na hora de dormir.

— Concordo que será ótimo procurarmos os outros. Mas antes disso, vamos dormir um pouco. Estivemos acordados todo esse tempo. A cabeça não raciocina direito desse jeito.

Depois de Yuichiro concordar, Tadakatsu instruiu:

— Primeiro, será Yuichiro ou eu. Depois de nós, Mitsuko pode dormir.

Yuichiro respondeu:

— Posso dormir depois.

Logo, a ordem estava decidida. Segurando sua arma (ela deveria ter sido entregue a Yuichiro, que ficaria de vigília, mas Tadakatsu nem tocou nesse assunto e Yuichiro não protestou), Tadakatsu deitou e caiu no sono em questão de segundos.

Mitsuko imaginou que Tadakatsu não teria dormido até encontrar Yuichiro nem tampouco depois de estarem juntos. O motivo? Ele devia temer que Yuichiro o matasse durante o sono. E embora Mitsuko pudesse ser muito mais duvidosa que Yuichiro, agora que estava com eles, mesmo se Tadakatsu adormecesse, Mitsuko e Yuichiro teriam que manter um olho em cada um. Por isso, desde que ele não largasse sua arma e ficasse atento, poderia afinal dormir. (Logicamente, Mitsuko também não tinha dormido nada, mas isso não era difícil para ela. Mitsuko era muito mais durona que a média dos estudantes.)

Yuichiro e Mitsuko permaneceram em silêncio por um tempo, mas então ele começou a narrar para ela tudo o que aconteceu até seu encontro com Tadakatsu.

Ao que parecia, Yuichiro tampouco se movera durante o dia, mas, assumindo que estaria mais seguro à noite, depois do pôr do sol ele começou a se movimentar com cautela. (*Logicamente*, Mitsuko pensou, *é uma questão de gosto pessoal. É claro que seria mais difícil ser detectado à noite, mas isso também dificultaria enxergar seu oponente. Mas, se você estivesse em apuros e precisasse fugir, seria mais recomendável à noite.*) Yuichiro parece ter encontrado Tadakatsu apenas duas horas antes de Mitsuko deparar com os dois. Eles tentaram conceber um plano de fuga, mas acabaram não tendo nenhuma boa ideia. Tadakatsu se afastou um pouco para urinar, mas, como estava demorando, Yuichiro se preocupou e resolveu procurá-lo. E foi quando deparou com Mitsuko.

— Eu estava apavorado de início. Pensei que não poderia confiar em ninguém. Mas então me dei conta de que a maioria, assim como eu, deve estar pensando em escapar.

Yuichiro parou de falar e olhou de relance para Mitsuko. O fanático por animês da turma B, Yuichiro Takiguchi, não costumava conversar olhando diretamente para seu interlocutor. E acabou logo desviando o olhar.

Mesmo assim, pela maneira com que lhe dirigia a palavra, Yuichiro não parecia estar tão cauteloso com relação a ela. Por algum motivo.

Mitsuko fingiu parecer aliviada e prosseguiu:

— Então Tadakatsu tinha essa arma?

Yuichiro confirmou:

— Sim.

— Você não teve medo de Tadakatsu? — *O.k., agora se tranquilize e seja um pouco mais articulada.* — Não, quer dizer, mesmo agora ele não parece largá-la de jeito nenhum.

Yuichiro sorriu.

— Bem, em primeiro lugar, Tadakatsu não atirou em mim ou algo que o valha. Ele apontou sua arma para mim, mas eu… eu e ele somos colegas de turma desde o início do ensino fundamental. Por isso, eu o conheço muito bem.

— Mas… — Mitsuko fez uma cara inexpressiva. — Você viu como Yumiko Kusaka e Yukiko Kitano morreram. Alguns estão participando deste jogo. Como você pode ter certeza de que Tadakatsu não é um deles? — Depois de dizê-lo, ela abaixou a cabeça. — Ele suspeita até de mim.

Yuichiro apertou os lábios e balançou a cabeça, concordando, repetidas vezes.

— É verdade. Mas se apenas nos imobilizarmos, acabaremos morrendo. É melhor tentar algo. Não consigo agir como Yumiko e Yukiko, mas pensei em fazer com que outros estudantes se juntem a nós aos poucos.

Yuichiro fitou Mitsuko por um instante e, em seguida, olhou de novo para baixo. Ele parecia ainda mais retraído que de costume, talvez por não estar acostumado a olhar o rosto de uma garota tão de perto. (Ela devia ter acertado na mosca e, além disso, ele estava lidando com uma garota de beleza insuperável.)

— Não tem jeito de Tadakatsu deixar de lado a arma. Ele deve estar muito apavorado.

Mitsuko inclinou a cabeça e forçou um sorriso.

— Você é um cara legal.

Yuichiro olhou espantado para ela com o canto do olho.

Ainda sorridente, Mitsuko prosseguiu:

— Tem que ter coragem para se preocupar com o sentimento dos outros mesmo nas atuais circunstâncias.

Yuichiro olhou de novo acanhadamente para baixo, passou a mão direita pelos cabelos desgrenhados e afirmou:

— Não é bem assim. — Então, sem olhar para ela, completou: — Sabe... você poderia desculpar Tadakatsu por suspeitar de você? Ele deve estar apavorado. Está muito desconfiado.

Está muito desconfiado. A frase soava realmente estranha, e ela riu. Depois disse, entre suspiros:

— Não tem jeito. Por tudo o que fiz até hoje, não é de espantar que desconfiem de mim. Você também não deve me achar confiável.

Yuichiro ficou em silêncio. Depois se voltou para Mitsuko e a olhou no rosto. Dessa vez, ele a olhou por um tempo mais longo. Então disse:

— Não. — Ele direcionou de novo o rosto para o solo antes de prosseguir. — Bem, quer dizer, se for assim eu desconfio também de Tadakatsu. Quer dizer... — Ele arrancou uma grama a seus pés. Então, começou a rasgar em tiras finas o caule da grama molhada pelo orvalho matinal. — Não ouvi coisas boas a seu respeito. Mas isso é irrelevante numa situação como a nossa. Ao contrário, muitas vezes são as pessoas sempre respeitáveis que acabam perdendo o juízo em situações extremas. — Ele jogou a grama dilacerada a seus pés. Depois ergueu o rosto de novo para Mitsuko. — Não creio que você seja má pessoa.

Mitsuko inclinou a cabeça.

— Por quê?

Talvez pelo fato de ela o estar encarando, Yuichiro desviou de novo às pressas o olhar. Depois disse:

— Bem... são seus olhos.

— Meus olhos?

Ainda cabisbaixo, Yuichiro começou a dilacerar mais gramas.

— Seus olhos sempre foram meio ameaçadores.

Mitsuko forçou um sorriso. Ela tentou dar de ombros, mas não funcionou por causa do cinto ao redor de seus pulsos.

— Você deve ter razão.

— Mas... — A grama foi fracionada em quatro partes, depois em oito. — Às vezes seus olhos parecem tristes de verdade e extremamente doces.

Mitsuko olhou para Yuichiro e ouviu calada.

— Por isso — ele prosseguiu, jogando fora de novo a grama —, eu sempre pensei que você não era tão má como todos diziam. Mesmo tendo feito, talvez, quem sabe, coisas ruins, eu estava certo de que você agiu por falta de opção, por haver algum motivo que a levou a isso.

Ele gaguejava, com a voz tímida e tensa como se confessasse seu amor a uma garota. Então acrescentou:

— Eu apenas não quero ser um cara tolo que não entende esse motivo.

Mitsuko suspirou por dentro. Logicamente ela pensava: *Como você é ingênuo, Yuichiro*. Mas então sorriu e disse:

— Obrigada.

Até ela se surpreendeu com a gentileza na própria voz. Logicamente era puro fingimento e ela admitiu que, se sua encenação era um pouco exagerada, talvez fosse por haver um pouco de sentimento verdadeiro misturado a suas palavras.

Mas apenas um pouco.

Instantes depois, Yuichiro perguntou:

— E quanto a você, Mitsuko? O que fazia até nos encontrar?

— Beeem... — Mitsuko começou, alongando o final da palavra. Ela se mexeu um pouco e sentiu o orvalho matinal molhando sua saia sobre a grama. — Estive fugindo todo o tempo. Sabe, dos tiros de pistola próximos... Foi... foi por isso que, quando vi Tadakatsu, estava tão assustada... Mas eu também estava muito cansada e apavorada por estar só e refleti, naquela hora, se devia chamá-lo. Achei que ele entenderia... Mas eu não tinha certeza se deveria fazer isso ou não. Estava vacilante...

Yuichiro concordou de novo levemente. Ele voltou a olhar para ela e abaixou a cabeça.

— Creio que você fez o que era certo.

Mitsuko sorriu e disse:

— Eu também penso assim.

Seus olhos se encontraram e eles trocaram um sorriso.

— Ah, tem razão — Yuichiro disse —, desculpe, eu nem me dei conta. Você deve estar com sede. Você perdeu seus pertences, não é? Deve estar sem beber água há algum tempo.

Mitsuko havia deixado seu kit de sobrevivência para trás quando lutou com Hiroki Sugimura. Ela estava de fato sedenta.

— Pode me dar um pouco... um pouco d'água?

Sem olhar para ela, Yuichiro balançou a cabeça, estendeu o braço para o kit de sobrevivência e o pegou. Tirou de dentro dele duas garrafas de água e, depois de compará-las, escolheu a garrafa selada e guardou a outra de volta. Ele abriu a garrafa nova.

Mitsuko estendeu suas mãos amarradas com o cinto. Yuichiro estava prestes a entregar a garrafa a ela, mas de súbito parou. Olhou para Tadakatsu, que ainda parecia adormecido, depois transferiu os olhos para a garrafa de plástico em sua mão.

Ele pôs a garrafa ao lado da perna.

Calma lá, você vai me deixar beber a água ou não? Desistiu de mimar a prisioneira porque isso poderia irritar o severo sargento Hatagami?

Yuichiro pegou nas mãos dela sem dizer uma palavra, fez Mitsuko levantar as mãos, e tocou no cinto ao redor de seus pulsos. Ele começou a desamarrá-lo.

— Yuichiro — ela disse, como se estivesse surpreendida (de fato estava um pouco). — Tem certeza de que não há problema? Tadakatsu ficará furioso.

Yuichiro respondeu com o olhar concentrado nos pulsos dela:

— Está tudo bem. Tenho sua arma. Além disso, como você poderia beber com as mãos amarradas desse jeito?

Yuichiro voltou a olhar de soslaio para Mitsuko. Ela sorriu com carinho e disse:

— Obrigada. — E fingiu timidez enquanto baixava os olhos.

O cinto foi desamarrado. Mitsuko esfregou cada pulso alternadamente. Como o cinto não estava apertado, eles estavam bem.

Yuichiro lhe ofereceu a garrafa. Ela a pegou e tomou dois goles breves e delicados. Depois a devolveu.

— É suficiente? — ele perguntou e parou de passar o cinto na cintura. — Pode tomar à vontade. Se acabar, podemos pegar mais do poço de alguma casa.

Mitsuko balançou a cabeça para os lados:

— Oh, não, já é bastante.

— Tudo bem.

Yuichiro pegou a garrafa. Depois de enfiá-la no kit de sobrevivência, ele voltou a mão ao cinto e o afivelou.

Mitsuko o chamou:

— Yuichiro!

Ele ergueu o rosto.

Mitsuko estendeu com rapidez as mãos desatadas e pegou gentilmente a mão direita dele. Yuichiro parecia tenso — não porque suspeitava que houvesse nisso algum motivo dissimulado, mas simplesmente porque uma garota segurava sua mão.

— O... o quê?

Mitsuko sorriu com carinho. Ela abriu seus lábios de delicado formato e falou com gentileza:

— Estou tão feliz por poder encontrar alguém como você. Não parava de tremer de tanto medo... mas agora me sinto segura.

Yuichiro parecia um pouco envergonhado. Sua boca tensa tremeu e ele por fim replicou:

— Está tudo bem agora.

Ele parecia querer recolher logo de volta sua mão direita, mas Mitsuko se recusava a largá-la, apertando-a com firmeza. Yuichiro receava dizer algo e sua voz estava tensa quando por fim falou:

— Eu a protegerei, Mitsuko. — E complementou: — Tadakatsu está conosco. Ele está um pouco nervoso agora, mas depois de se acalmar ele verá que você não é nossa inimiga. Então, nós três vamos procurar o restante da turma. Depois vamos bolar algum meio de fugir.

Mitsuko sorriu carinhosamente.

— Obrigada. Fico contente.

Ela intensificou o aperto da mão de Yuichiro, que ficou ainda mais vermelho e afastou de novo o olhar.

— Oh, Mitsuko. Vo-você sabe, você é re-realmente bonita — ele disse sem olhar para ela.

Mitsuko ergueu a sobrancelha.

— Não diga. Acha mesmo?

Yuichiro moveu repetidamente o queixo. Mais que confirmar, ele parecia tremer por causa da enorme tensão. Isso fez Mitsuko sorrir outra vez. Ela percebeu que esse sorriso não tinha nenhuma malevolência.

Bem, talvez praticamente nenhuma.

[RESTAM 16 ESTUDANTES]

57.

No final das contas, Tadakatsu foi desperto pelo anúncio das seis da manhã de Sakamochi. Embora tivesse dormido menos de duas horas apenas, declarou ser suficiente e, depois de desamarrar o lenço do pulso para poder segurar com firmeza a arma, foi se sentar ao lado de Mitsuko e Yuichiro. Yuichiro sugeriu que Mitsuko dormisse antes dele, mas, como ela recusou, ele acabou indo se deitar. (Nesse momento, eles tomaram conhecimento que o quadrante onde estavam não se tornaria proibido e que quatro estudantes — Keita Iijima, Toshinori Oda, Yutaka Seto e Shinji Mimura haviam morrido nas últimas horas.)

Tadakatsu protestou ao ver desamarrado o cinto que prendia os pulsos de Mitsuko, mas Yuichiro deu um jeito de convencê-lo a aceitar. Logicamente, mesmo que Yuichiro não tivesse desamarrado o cinto, Mitsuko planejava persuadir Tadakatsu a fazê-lo.

Foi isso.

Ela não poderia se dar ao luxo de perder tempo pensando em algo. Se Hiroki Sugimura aparecesse, sua encenação iria por água abaixo. (*Falando nisso, por qual motivo Hiroki estaria vagando de um lado para outro? Estaria ele, assim como Yuichiro e Tadakatsu, tentando encontrar outros estudantes com quem pudesse se aliar?*) E ela pensava também na existência do atirador com a metralhadora, fosse ele quem fosse.

Embora Yuichiro tivesse confessado a Mitsuko, com um sorriso, que provavelmente não conseguiria dormir, ele apagou em questão de cinco minutos. Mauricinho como era, não tinha muita resistência. Devia estar cansado. Ao contrário de Tadakatsu, que roncava levemente, Yuichiro dormia sereno como um bebê.

Tadakatsu sentou encostado a uma árvore, mantendo uma boa distância de três metros à esquerda de Mitsuko. Ele tinha cabelos cortados curtos e bem aparados, e pequenas acnes apareciam sobre os ossos molares. Ele olhava com atenção para Mitsuko. O revólver em sua mão direita não estava mais apontado na direção dela, mas seu dedo permanecia firme sobre o gatilho, como para indicar que poderia atirar nela a qualquer momento.

Mitsuko esperou outra meia hora e então, depois de se certificar de que Yuichiro, de costas para eles, continuava dormindo, virou-se para Tadakatsu e declarou com tranquilidade:

— Você não precisa me olhar desse jeito. Não vou fazer nada.

Tadakatsu franziu o rosto.

— Nunca se sabe.

Como em resposta à réplica ríspida de Tadakatsu, o corpo de Yuichiro se mexeu um pouco. Por um tempo, Mitsuko e Tadakatsu olharam para as costas dele até que sua respiração profunda foi retomada.

Sem olhar para ele, Mitsuko respirou fundo para demonstrar cansaço por estar na mesma posição. Então mexeu as pernas, deixando o joelho direito no chão e levantando ligeiramente o esquerdo.

Sua saia plissada deslizou, revelando a maior parte de suas coxas brancas, mas Mitsuko apenas olhou ao redor, fingindo nada perceber.

Ela sentiu Tadakatsu todo tenso. *Epa. Consegue ver um pedaço da minha calcinha? Ela é de seda rosa e muito sexy.*

Mitsuko permaneceu nessa posição por um tempo. Depois olhou lentamente para Tadakatsu, que se apressou em levantar o rosto. É lógico que, até então, seus olhos estavam grudados nas coxas dela.

Porém, Mitsuko continuou a agir como se nada percebesse e o chamou.

— Tadakatsu.

— O quê?

Ele pareceu se empenhar para manter um tom intimidador, mas agora se notava um ligeiro tremor em sua voz.

— Estou com muito medo.

Ela pensou que ele daria uma resposta áspera de novo, mas Tadakatsu não disse nada e continuou a olhá-la.

— Você não tem medo?

As sobrancelhas do estudante moveram-se um pouco, mas logo depois ele declarou:

— Lógico que tenho. Por isso mesmo estou de olho em você.

Mitsuko olhou para longe dele com ar tristonho.

— Então você ainda não confia em mim.

— Não me leve a mal... — O tom de voz de Tadakatsu agora não continha nem metade da rispidez de antes. — Sei que estou sendo repetitivo, mas apenas não quero morrer.

Mitsuko olhou de volta rapidamente para ele. Ela disse com certa ênfase:

— Estamos todos no mesmo barco, você sabe. Eu tampouco desejo morrer. Mas você precisa confiar em mim ou nunca poderemos cooperar e encontrar um jeito de nos salvar.

— Hum... bem... — Tadakatsu balançou a cabeça, como se começasse a amolecer. — Entendo, mas...

Mitsuko sorriu com carinho. Ela olhou nos olhos do oponente e os cantos de seus lábios vermelhos bem formados se elevaram... Diferia do sorriso durante sua conversa um tanto idílica com Yuichiro. Esse era o sorriso especial angelical de Mitsuko Soma. Os olhos de Tadakatsu cintilaram, seduzidos.

— Sabe, Tadakatsu... — ela continuou, assumindo de novo sua face de menina insegura. *Expressões mutantes, virgem e puta, dia e noite. Nossa! Parece o título de um filme.*

— O quê?

— Sei que já disse isso outras vezes, mas apenas estou amedrontada.

— Ahã...

— Por isso... — Ela olhou diretamente para ele.

— Por isso?

Todo e qualquer traço de antagonismo e suspeita pareciam ter desaparecido da voz e da expressão no rosto de Tadakatsu.

Mitsuko enviesou a cabeça de leve e perguntou:

— Não podemos conversar um pouco?

— Conversar? — Ele franziu as sobrancelhas estranhamente. — Mas não é o que estamos fazendo?

Mitsuko abafou a voz:

— Não seja bobo. Será que eu preciso ser mais clara? Que tolinho! — Seu olhar grudou em Tadakatsu e ela indicou Yuichiro com o queixo. — Não aqui, o.k.? Quero conversar com você, mas longe de Yuichiro. Afinal não é com ele, mas com você que quero ter um diálogo.

A boca de Tadakatsu se abriu ligeiramente. Olhou para Yuichiro de modo vago. Depois olhou de volta para Mitsuko.

— Tudo bem? — Mitsuko perguntou, levantou-se, olhou ao redor e decidiu que a moita atrás de Tadakatsu seria o local ideal. Ela caminhou em direção a ele, inclinou de leve a cabeça e seguiu em frente. Ela não estava certa se ele a seguiria ou não, mas depois de alguns instantes Mitsuko sentiu que ele a acompanhava.

Mitsuko parou aproximadamente vinte metros de onde Yuichiro dormia. Como na área onde estavam antes, esta era uma pequena clareira cercada por moitas.

Quando ela se virou, Tadakatsu apareceu, abrindo caminho pelo mato. Seus olhos estavam vagos, mas ainda, talvez inconscientemente, ele segurava firme sua arma.

Mitsuko puxou de imediato para baixo o zíper lateral da saia plissada, que deslizou até o chão expondo suas coxas à fraca luz matutina. Ela sentiu que Tadakatsu engolia em seco.

Então, ela tirou o lenço do pescoço e a blusa de marinheiro. Ao contrário das outras garotas, ela nunca foi muito chegada a usar sem sensualidade uma camiseta por baixo da blusa, por isso estava apenas de calcinha e sutiã. *Ah, não posso esquecer de descalçar os sapatos*. Depois de tirar os tênis, lançou a Tadakatsu seu olhar angelical.

— Mi-Mitsuko... — as palavras saíram de seus lábios entreabertos pela tensão.

Mitsuko resolveu se certificar:

— Estou com tanto medo, Tadakatsu. Por isso...

Tadakatsu se aproximou desajeitadamente dela, passo a passo.

Como se de repente tivesse notado a arma, Mitsuko olhou para baixo, para a mão direita dele, e disse:

— Ponha essa coisa em algum lugar por aí.

Tadakatsu ergueu a mão, como se pela primeira vez notasse a existência da arma, e olhou fixo para o revólver. Depois, às pressas, o deixou no solo um pouco afastado deles.

Ele se reaproximou dela.

Mitsuko deu um sorriso simpático e, estendendo os braços, envolveu o pescoço do rapaz. O corpo dele tremia, mas, no momento em que Mitsuko ofereceu seus lábios, ele de imediato se lançou a eles. Mitsuko recebeu Tadakatsu respirando pesadamente.

Depois de alguns instantes, seus lábios se separaram.

Mitsuko olhou direto nos olhos dele e perguntou:

— Essa é sua primeira vez, não é?

— E isso... importa? — Tadakatsu replicou com a voz trêmula.

Os dois deitaram na grama, Mitsuko sob ele.

Tadakatsu, sem pestanejar, estendeu as mãos até os seios dela.

Seu idiota, você deveria me beijar mais antes de chegar a eles, ela pensou, mas em vez disso resolveu apenas gemer um "Ahhh". As mãos grossas de Tadakatsu tiraram seu sutiã. Em seguida, ele apertou os fartos seios expostos e sua face se aproximou deles.

— Ahh, ahh! — Ela continuava a fingir que estava excitada (no estilo exagerado dos vídeos pornôs), mas enquanto isso a mão direita dela se estendia para a parte mais baixa... de sua calcinha... na parte de trás da cintura.

As pontas de seus dedos tocaram um objeto duro e fino.

Garotas de gangues não usariam mais essas armas baratas e desgraciosas. Mas era a arma preferida de Mitsuko havia longo tempo. A mais útil para ela no momento, por ser justamente algo que ela podia esconder na calcinha.

Tadakatsu estava ocupado acariciando às cegas os seios de Mitsuko. Enquanto isso, ela olhava o topo da cabeça dele. A mão esquerda de Tadakatsu estendeu-se rapidamente para tocá-la entre as pernas. Mitsuko soltou um gemido. Os olhos de Tadakatsu concentravam-se nos seios dela.

Mitsuko moveu lentamente a mão direita para perto do pescoço dele.

Desculpe, Tadakatsu. Mas pelo menos você acabou tendo uma agradável recordação, não? Pena que não chegaremos ao final.

O dedo anular da mão direita de Mitsuko tocou gentilmente no pescoço de Tadakatsu. O objeto estava entre seu indicador e o dedo médio.

Cáu-cáu, chilreou um pássaro, infelizmente, à sua direita.

Tadakatsu instintivamente levantou a cabeça e olhou na direção da ave.

Era o mero trinado de um passarinho. O que de fato fez os olhos de Tadakatsu se abrirem foi...

... a lâmina de barbear na mão direita de Mitsuko, em frente a seu rosto.

Diabos!

Justo nessa hora!, foi o que lhe passou pela cabeça dela. Porém, indiferente aos detalhes, Mitsuko sacudiu a lâmina.

Tadakatsu soltou um breve urro e, sem demora, afastou-se de Mitsuko. A lâmina passou de raspão em seu pescoço, mas o corte foi muito raso para ser fatal. *Oh, céus, que reflexo bom! Era de esperar num jogador de beisebol.*

Tadakatsu ficou de pé e olhou boquiaberto Mitsuko, que se levantava. Ele parecia querer dizer algo, mas não encontrava palavras.

Pouco se importando com o estado de Tadakatsu, ela se levantou e correu em direção ao revólver jogado próximo à sua direita.

Mas o corpo de Tadakatsu passou num salto diante dos olhos dela. Exatamente como num movimento de beisebol, ele se atirou de cabeça e girou o corpo, recolhendo a arma e, com o joelho apoiado no chão, levantou-se. Tadakatsu jogava na posição de interbases anteriormente ocupada por Shuya Nanahara no início do ensino fundamental (embora nos primeiros anos Mitsuko tenha estudado em outra escola, Shuya Nanahara, chamado de gênio da Little League, era tão famoso que ela o conhecia de nome). *Desse jeito o time de beisebol da Escola de Ensino Fundamental Shiroiwa está em boas mãos, certo? Bem, pelo menos aconteceu antes de você ter abaixado as calças. Seria patético se estivesse completamente nu.*

Mas isso não vinha ao caso. Logo depois de se dar conta de que Tadakatsu pegaria a arma antes dela, Mitsuko mudou de direção. Ela ouviu tiros às suas costas, mas, sem que eles a atingissem, conseguiu se embrenhar no mato.

Mitsuko pôde ouvir Tadakatsu correndo atrás dela. Ele a alcançaria, com certeza.

Ela saiu de dentro do mato. Ali estava Yuichiro Takiguchi. Ele devia ter escutado os tiros, levantou-se e, percebendo que Tadakatsu e Mitsuko não estavam mais lá, olhou ao redor e seus olhos se arregalaram assim que a viram. (*Claro, eu estou seminua. Não estou pronta para um serviço completo? Uma noite de prazeres com Mitsuko Soma. Mas, espere, ainda é de manhã.*)

— Yuichiro! — Mitsuko gritou e correu na direção dele, sem se esquecer de fazer uma cara de choro.

— O-o que aconteceu, Mitsuko?

Quando Tadakatsu Hatagami saiu de dentro das moitas, Mitsuko tinha ido se postar atrás de Yuichiro. Como o rapaz era apenas uns cinco centímetros mais alto que ela, Mitsuko não poderia realmente se esconder atrás dele, mas de qualquer forma...

— Yuichiro! — Tadakatsu parou e berrou, empunhando sua arma. — Saia da frente!

— Ca-calma... — Com a cabeça ainda zonza de sono, Yuichiro falava com nervosismo por não compreender totalmente a situação. Mitsuko segurou os ombros de Yuichiro por trás e comprimiu seu corpo seminu contra as costas dele. — O que está havendo?

— Mitsuko tentou me matar! Cara, eu bem que avisei!

Ainda se escondendo atrás de Yuichiro, Mitsuko disse com a voz fraca:

— Nã-não é verdade. Tadakatsu tentou me forçar a... ele me ameaçou... com essa arma. Me salve, Yuichiro!

O rosto de Tadakatsu se contorceu em espanto.

— I-isso... essa vadia... É pura mentira dela, Yuichiro! Acredite. Veja!

Tadakatsu apontou para o pescoço com os dedos da mão esquerda livre. O corte estreito apresentava uma marca leve de sangue.

— Ela me cortou com uma lâmina de barbear!

Yuichiro se virou e olhou para Mitsuko com o rabo do olho. Ela balançou a cabeça (da forma mais graciosa possível, como se estivesse mortificada, fazendo-se passar por vítima).

— Eu... o arranhei com as unhas de tão concentrada que estava em escapar dele. Então, Tadakatsu se enfureceu... E tentou atirar... em mim.

Ela já tinha descartado a lâmina de barbear nos arbustos. Mesmo que a forçassem a tirar toda a roupa (ela estava quase nua) para revistá-la, não haveria provas.

O rosto de Tadakatsu ficou vermelho de raiva.

— Saia da frente, Yuichiro! — ele gritou. — Vou matar essa piranha!

— Calma — disse Yuichiro, esforçando-se para manter a voz serena. — Eu... bem... não sei quem está mentindo.

— Quê? — Tadakatsu levantou a voz, irado, mas Yuichiro permaneceu imóvel, limitando-se a estender a mão direita na direção de Tadakatsu.

— Me dê sua arma. Depois veremos quem diz a verdade.

Tadakatsu contorceu de novo o rosto. Estava prestes a chorar, e a expressão em seu rosto era de desconsolo. Ele gritou:

— Isso não é hora para essas babaquices! Se não dermos um fim nela agora, você também... Está me ouvindo?... Você também vai acabar morto!

— Que coisa horrível! — Mitsuko exclamou em voz chorosa. — Eu não faria isso. Me salve, Yuichiro, me salve! — E apertou forte o ombro de Yuichiro.

Com paciência, Yuichiro estendeu a mão direita.

— Vamos, me entregue. Se você não estiver mentindo, me entregue.

Tadakatsu contraiu de novo o rosto.

Porém, depois de alguns instantes, deu de ombros, respirou fundo e baixou sua arma. Inseriu o dedo na trava do gatilho, virou o cabo para a frente e, como se tivesse desistido, estendeu a arma para Yuichiro.

Logicamente uma luz brilhou no fundo dos olhos de Mitsuko, que mantinha a fisionomia chorosa. O momento principal seria quando a arma estivesse nas mãos de Yuichiro. Não seria tão difícil tirá-la dele. A questão era como faria isso.

Yuichiro balançou a cabeça e avançou.

Mas...

Foi um movimento praticamente igual ao de Hiroki Sugimura com o Colt Government diante de si. Como num passe de mágica, a arma voltou à posição de antes. Ao mesmo tempo, Tadakatsu abaixou-se sobre o joelho direito e se inclinou lateralmente. O cano da arma apontava diretamente para Mitsuko, com a linha de fogo passando reto pelo ombro esquerdo de Yuichiro. Afastada agora das costas de Yuichiro, Mitsuko estava plenamente exposta.

Yuichiro acompanhou o alvo da arma e rapidamente olhou para trás para Mitsuko.

Os olhos dela se arregalaram.

Vou ser morta...

Sem perder um instante, Tadakatsu puxou o gatilho.

Tiros. Dois.

O corpo de Yuichiro caiu diante dos olhos dela, como em câmera lenta.

Para além dele, via-se o rosto em pânico de Tadakatsu.

Nesse momento, Mitsuko já havia recolhido a foice que Yuichiro mantinha a seu lado enquanto dormia.

Ela a lançou. A foice cruzou o ar girando e sua lâmina no formato de uma banana alojou-se no ombro direito de Tadakatsu. Com um grito de dor, ele soltou a arma.

Sem perder um momento sequer, Mitsuko recolheu o bastão e foi em frente. Saltou sobre Yuichiro, estirado com o rosto voltado para baixo, correu em direção a Tadakatsu e, aproveitando o embalo, sentou o bastão na cabeça dele, que, cambaleante, segurava o ombro direito.

Olhe. É um bastão, um instrumento bem familiar a você. Espero que você se satisfaça com ele.

Tum! A ponta do bastão acertou o centro do rosto de Tadakatsu, esmagando a cartilagem do nariz, quebrando vários dentes e afundando seu maxilar.

Tadakatsu caiu desmaiado. Mitsuko sem demora balançou o bastão em direção à testa dele. *Tum!* A testa afundou. Os olhos de Tadakatsu saltaram parcialmente das órbitas e os punhos das mãos estendidas nas laterais do corpo fecharam-se. Mais um golpe, dessa vez mirando o dorso do nariz. *Treinamento especial de mil rebatidas de Mitsuko Soma. Venha, venha! A próxima vai para o centro do campo.*

O sangue jorrou das narinas de Tadakatsu com esse golpe.

Mitsuko abaixou o bastão. Todo o rosto do rapaz estava imerso em sangue. Estava morto. O sangue, espesso, escorria do nariz deformado e para fora dos ouvidos.

Mitsuko jogou fora o bastão e tomou a pistola caída à sua esquerda.

Em seguida, caminhou até Yuichiro, que estava deitado de bruços.

Uma mancha de sangue se espalhava por toda a grama sob o corpo dele.

Ele serviu de escudo para Mitsuko. Um instante apenas.

Ela ajoelhou-se devagar ao lado do corpo de Yuichiro. Ao aproximar o rosto, notou que ele ainda estava vivo.

Depois de pensar um pouco, postou-se numa posição que impedia Yuichiro de ver o cadáver de Tadakatsu. Então, pegou firme no ombro de Yuichiro e o virou para cima.

Ele gemeu e abriu vagamente os olhos. O casaco de seu uniforme exibia dois buracos, um no peito à esquerda e o outro no flanco, pelos quais o sangue saía em abundância, sendo absorvido pelo tecido preto. Mitsuko manteve o torso dele levantado.

Os olhos de Yuichiro vaguearam ao redor por um tempo e, por fim, pararam no rosto de Mitsuko. Sua respiração entrecortada e curta acompanhava o batimento cardíaco.

— Mi-Mitsuko — ele disse. — Tada-Tadakatsu...

Mitsuko balançou a cabeça negativamente.

— Ele ficou apavorado depois de atirar em você e fugiu.

Tadakatsu tentou, antes de mais nada, matar Mitsuko. Logo essa explicação não fazia muito sentido. Além disso, não respondia à questão de quem mentiu: Tadakatsu ou Mitsuko? Porém, Yuichiro, cuja capacidade de raciocinar deveria estar embotada, pareceu concordar de leve com a cabeça.

— É... é mesmo? — Seus olhos pareciam fora de foco. Ele provavelmente tinha apenas uma imagem vaga de Mitsuko. — Vo-você não está ferida?

— Estou bem — ela disse. — Você me salvou.

Um sorriso frágil pareceu surgir no rosto de Yuichiro.

— De-desculpe. Eu... não posso mais te proteger. Eu... não po-posso me mover...

Espumas de sangue irrompiam dos cantos de seus lábios. Seus pulmões deviam estar perfurados.

— Eu sei. — Ela o abraçou gentilmente e curvou-se. Seus longos cabelos negros caíram sobre o peito dele, com as pontas se molhando no sangue que vazava dos ferimentos. Antes de Mitsuko beijar Yuichiro nos lábios, os olhos dele se moveram de leve, fechando a seguir.

Era diferente do beijo de puta que ela deu em Tadakatsu momentos antes. Um beijo macio, terno, pleno de emoção. Apesar do gosto de sangue.

Seus lábios se separaram. Yuichiro reabriu os olhos semientorpecidos.

— De-desculpe — ele disse. — Parece que...

Mitsuko sorriu.

— Eu sei.

Bang, bang, bang! Com esses tiros pesados, os olhos de Yuichiro se arregalaram.

Yuichiro Takiguchi morreu olhando a face de Mitsuko, e provavelmente sem nenhuma noção do que se passava.

Mitsuko removeu devagar a pistola fumegante do estômago de Yuichiro e segurou mais uma vez o corpo dele. Ela fitou os olhos do rapaz, que já não enxergavam mais nada.

— Você até era simpático. Me deixou um pouco feliz. Lembrarei para sempre de você — ela falou para si. Depois, fechou os olhos. Como tomada de remorso, ela de novo encostou seus lábios nos de Yuichiro, sem vida mas ainda mornos.

A luz solar começou a banhar, por fim, a encosta oeste da montanha norte. Sob a cabeça de Mitsuko, que bloqueava a luz do sol, as pupilas de Yuichiro dilataram-se rapidamente.

[RESTAM 14 ESTUDANTES]

58.

Shuya Nanahara (o Estudante nº 15) acordou de súbito.

Viu o céu azul parecendo emoldurar o verdor fresco da grama.

Ele se levantou num salto. Para além da grama que o rodeava, havia a visão familiar do prédio da Escola de Ensino Fundamental Shiroiwa sob a agradável luz solar.

Vários estudantes estavam no campo esportivo da escola em suas roupas de ginástica. Deviam estar jogando softbol na aula de educação física. Podiam-se ouvir as vozes agitadas.

Ele estava no canteiro numa extremidade do pátio da escola. Uma palmeira fênix estendia seus galhos de folhas largas sobre a cabeça dele. Ali Shuya tirava às vezes um cochilo, na hora do almoço ou quando matava alguma aula.

Ele se levantou e verificou o próprio corpo.

Não tinha ferimentos. Pedaços de grama estavam colados a seu casaco. Shuya livrou-se deles com as mãos.

Um sonho...

Shuya balançou a cabeça, ainda entorpecido. Então se deu conta.

Um sonho. Tudo não passou de um sonho. Tudo.

Assim como acontece depois de se ter um pesadelo, ele estava encharcado de suor, que aderiu ao dorso de sua mão quando enxugou a testa.

Que... que sonho horrível! Matar-nos uns aos outros? Fomos selecionados para aquele Programa?

Então ele percebeu num relance. Aqueles no campo esportivo... A aula de educação física?

Olhou o relógio. As aulas da tarde haviam começado. Ele dormiu demais!

Shuya saiu do canteiro às pressas e se dirigiu para o prédio da escola. Hoje... hoje é dia... Verificou o relógio enquanto corria e viu que era quinta-feira.

A primeira aula da tarde nas quintas-feiras era de língua japonesa. Ele sentiu um alívio: adorava essa matéria e tinha bom desempenho nela. Além disso, a professora, Kazuko Okazaki, gostava dele. Por isso, bastaria abaixar a cabeça e pedir desculpas sinceras pelo atraso.

Língua japonesa. Disciplina favorita. Notas. Professora Okazaki.

Essas palavras passando por sua mente o fizeram sentir saudades.

Shuya realmente apreciava as aulas de japonês. Mesmo que os romances e ensaios nos livros didáticos estivessem cheios de slogans exaltando a República e os princípios de "ideologias" idiotas, ele conseguia descobrir no meio deles palavras de que gostava. As palavras eram tão importantes para ele quanto a música. Porque, afinal, o rock não era nada sem as letras.

Falando nisso, os poemas escritos por Noriko Nakagawa, a melhor aluna na classe de língua japonesa, eram lindos. Comparado às letras das músicas que Shuya com dificuldade escrevia para suas composições de rock, as palavras dela eram mais adequadas e brilhantes. Apesar de moderadas e gentis, eram por outro lado severas e fortes. Ele achava que a natureza feminina de forma geral aparecia desse jeito no mundo das palavras. Sem dúvida era esse lado dela que atraía Shuya, mesmo que Yoshitoki Kuninobu fosse apaixonado por Noriko por outras razões.

O que levou Shuya a pensar: *Ah, sim, Yoshitoki está vivo.* Mesmo achando tudo uma idiotice, enquanto corria chegou por um instante quase a chorar de alívio. *É realmente idiota. Como pude ter um sonho tão tolo no qual Yoshitoki morria?*

E como, nesse sonho idiota, eu acabei ficando com Noriko? Ei, espere um pouco, desde quando eu deixei de chamá-la de Noriko-san? Que atrevimento meu! No sonho parecia haver uma ligação entre nós. Isso quer dizer que eu sinto algo por ela além da admiração por sua poesia? Oh, céus, desse jeito vou acabar brigando feio com Yoshitoki. Isso não pode acontecer!

Mesmo assim, essa ideia feliz o fez sorrir.

Shuya adentrou o prédio da escola, agora silencioso porque as aulas estavam em curso. Subiu correndo as escadas. A turma B do nono ano ficava no terceiro andar. Ele galgou as escadas de dois em dois degraus.

No terceiro andar, virou à direita no corredor. A segunda sala de aula era da turma B.

Shuya parou em frente à porta por um momento, tentando imaginar uma desculpa para a professora Okazaki. *Estava me sentindo mal... Não, é melhor dizer que tive um tontura, precisei descansar um pouco.* Será que ela acreditaria em Shuya, levando em conta que ele tivera sempre a saúde perfeita? Yoshitoki encolheria os ombros exageradamente; alguém como Yutaka Seto lhe diria algo como "Aposto que você estava tirando um cochilo"; Shinji Mimura olharia para ele coçando a ponta do nariz; e Hiroki Sugimura permaneceria de braços cruzados ao peito, com uma expressão levemente engraçada. Noriko riria para Shuya enquanto ele coçava a cabeça. *O.k., vai ser essa a desculpa. Não me importo de passar vergonha.*

Shuya pôs a mão na porta e, fazendo ar de estar realmente sentido, a abriu gentilmente.

Quando estava prestes a levantar a cabeça depois de fazer uma reverência em direção ao estrado, um fedor pestilento lhe assaltou o nariz.

Ele olhou para cima. Abriu a porta com toda a força.

A primeira coisa que viu foi alguém estirado sobre o estrado.

A professora Okazaki...

Não, não era ela. Era o professor encarregado da turma, Masao Hayashida. E... ele foi decapitado. Havia uma poça onde deveria estar a cabeça. Apenas metade da armação de seus óculos jazia a seu lado.

Shuya afastou o olhar do corpo do professor Hayashida e virou-se para o restante da classe.

As carteiras e cadeiras estavam alinhadas como de costume.

O estranho é que os colegas de sempre estavam esparramados sobre suas carteiras. E...

O assoalho estava coberto de sangue. Um odor intenso pairava no ar.

Depois de permanecer petrificado por um momento, ele chegou às pressas perto de Mayumi Tendo, sentada logo à frente. Foi quando notou uma flecha prateada semelhante a uma antena cravada nas costas dela. A ponta saía pelo estômago de sua blusa de marinheiro enquanto o sangue gotejava para a saia, e da barra dela para o chão.

Shuya avançou. Sacudiu o corpo de Kazushi Niida, que se inclinou de repente com o rosto voltado para ele.

Shuya sentiu um calafrio. Os olhos de Kazushi formavam agora dois buracos de um vermelho escuro. Deles escorria uma mistura de sangue e uma substância viscosa semelhante a clara de ovo. Além disso, havia um objeto parecido com uma broca com um cabo grosso enfiado em sua boca.

Shuya gritou e correu para a carteira de Yoshitoki Kuninobu. Havia três grandes orifícios nas costas de seu uniforme, dentro de cada qual floresciam flores de sangue. Quando o ergueu, a cabeça de Yoshitoki bruscamente caiu sobre o ombro de Shuya. Os olhos protuberantes do amigo estavam voltados para o teto.

Yoshitoki!

Shuya ergueu a voz. Então olhou desesperado ao redor.

Todos estavam estirados em suas carteiras ou sobre o assoalho.

A garganta de Megumi Eto foi cortada como uma fatia de melancia. Uma foice estava enterrada na cabeça de Yoji Kuramoto. A cabeça de Sakura Ogawa estava aberta como uma fruta madura demais. Via-se apenas metade da cabeça de Yoshimi Yahagi. Uma machadinha estava enfiada na cabeça de Tatsumichi Oki, dividindo seu rosto ao meio, com a parte esquerda e direita fora de alinhamento, como um amendoim cortado. O estômago de Kyoichi Motobuchi parecia a lixeira de uma fábrica de linguiça. O rosto de Tadakatsu Hatagami foi completamente esmagado e estava ensopado de sangue. O de Hirono Shimizu estava inchado e negro; e sua língua, do tamanho de uma lesma-do--mar, pendia de um canto da boca escancarada. O corpo do Terceiro Homem, Shinji Mimura, estava cravejado de balas.

Em outras palavras, todos estavam mortos.

Algo chamou a atenção de Shuya. Shogo Kawada — o estudante transferido antissocial e de péssima reputação — apresentava ferimentos profundos de punhaladas por todo o peito. Seus olhos entreabertos e fora de foco estavam voltados para o assoalho, mas nada viam.

Shuya engoliu em seco e olhou em direção ao assento de Noriko. Era atrás do de Yoshitoki, portanto ele poderia ter reparado antes. Por algum motivo, entretanto, ele sentiu como se os assentos de seus colegas de classe estivessem se movendo ao redor juntamente com os cadáveres. Ele conseguiu por fim localizar Noriko.

Ela estava ainda estirada sobre sua carteira.

Shuya correu na direção dela e a levantou.

Tum! A cabeça dela "caiu". Deixando para trás o corpo vestido no terninho de marinheiro, a cabeça bateu no chão com estrondo e rolou para dentro de uma poça de sangue. Ao parar, permaneceu fitando Shuya com olhos repletos de rancor. *Você não disse que me salvaria, Shuya? E olhe agora: estou morta. Eu te amava de verdade. Muito mesmo!*

Os olhos de Shuya se colaram à cabeça de Noriko e ele segurou com ambas as mãos a própria cabeça. Seu queixo caiu. Imaginou que estivesse enlouquecendo.

Ele podia ouvir um grito brotando de sua alma.

De repente, algo branco entrou em seu campo de visão.

Quando ligou a sensação do corpo à impressão visual — seu corpo estava na horizontal em relação ao chão —, Shuya percebeu afinal que olhava para o teto. Do seu lado esquerdo, a um canto de seu campo de visão, havia uma lâmpada fluorescente.

Alguém tocou com carinho seu peito.

Ele percebeu que respirava com dificuldade. Seus olhos seguiram a mão até o braço, daí subiram para o ombro e, por fim, distinguiu a figura vestida em terninho de marinheiro com tranças nos cabelos — a representante da turma, Yukie Utsumi (a Estudante nº 2) — sorrindo afetuosamente.

— Que bom. Você acordou! — Yukie disse.

[RESTAM 14 ESTUDANTES]

59.

Shuya se levantou sobressaltado. Porém, sentiu uma dor intensa por todo o corpo e ele foi forçado a voltar às pressas à posição inicial. Percebeu que estava deitado numa cama com um colchão macio e lençóis limpos.

Yukie voltou a tocar gentilmente o peito de Shuya e depois levou a coberta estofada até o pescoço dele.

— Não tente se levantar. Seus ferimentos são bem graves. Parecia que você estava tendo um pesadelo. Como se sente?

Shuya foi incapaz de responder de forma coerente. Em vez disso, girou a cabeça inspecionando o cômodo com o olhar. Era um quarto pequeno. Logo à esquerda da cama onde estava deitado, viu uma parede coberta por um papel de parede de tecido barato e, à direita, atrás de Yukie, outra cama. Não havia praticamente mobília. Uma porta próxima ao pé da cama estava fechada. Sua estrutura de madeira tinha um aspecto antigo. Parecia haver uma janela acima de sua cabeça pela qual entrava uma luz fraca que iluminava todo o cômodo. Considerando a intensidade da luz, o tempo deveria estar nublado do lado de fora. *Mas... aqui... afinal... que lugar é este?*

— Não entendo — Shuya disse, percebendo que podia falar. — Não me lembro de ter me hospedado num hotel com a representante da turma.

Ele ainda estava meio entorpecido, mas Yukie suspirou aliviada. Então, dos lábios dela irrompeu uma risada:

— Você não tem jeito mesmo, Shuya. Estou aliviada que esteja bem. — Em seguida, olhando para ele, acrescentou: — Você dormiu bastante. Deixe-me ver, foram... — Ela olhou seu relógio de pulso. — ... cerca de treze horas.

Treze horas? Treze horas. Há treze horas eu estava...

Shuya arregalou os olhos. Sua memória e o presente estavam interligados. Estava completamente acordado agora.

Havia algo que ele precisava perguntar. Logo.

— O que houve com Noriko... Noriko Nakagawa? E com Shogo Kawada? — Shuya perguntou e engoliu em seco. Será que estavam vivos?

Yukie lhe dirigiu um olhar estranho e disse:

— Creio que Noriko e Shogo ainda estão vivos. Acabamos de ouvir o anúncio da tarde, mas os nomes deles não foram pronunciados.

Shuya suspirou profundamente. Noriko e Shogo conseguiram escapar. Kazuo o perseguiu e acabou perdendo Noriko e Shogo. Kazuo estava...

Shuya olhou outra vez para Yukie.

— Kazuo. É Kazuo! — Sua voz continha um misto de apreensão. — Onde estamos? Você está sozinha aqui? Temos que tomar cuidado.

Yukie tocou gentilmente a mão direita de Shuya fora da coberta.

— Calma. Foi Kazuo quem feriu você?

Shuya confirmou:

— Ele está nos atacando. Está totalmente envolvido no jogo.

— Realmente — Yukie concordou e prosseguiu. — Estamos seguros aqui. Há seis de nós, além de você. As outras estão de guarda, por isso não se preocupe. São todas boas amigas minhas.

Shuya levantou as sobrancelhas. *Seis?*

— Quem?

— Yuka Nakagawa — Yukie mencionou a garota jovial com o mesmo sobrenome de Noriko. E continuou: — Satomi Noda, Chisato Matsui, Haruka Tanizawa e Yuko Sakaki.

Shuya passou a língua levemente pelos lábios. Vendo a expressão no rosto dele, Yukie perguntou:

— O quê? Você não confia nelas? Em qual? Em todas?

— Não é isso... — Shuya balançou a cabeça. — Se são suas amigas, eu confio nelas.

Mas como seis garotas, todas boas amigas entre si, conseguiram se reunir?

Yukie sorriu e apertou a mão de Shuya.

— Fico feliz por ouvir isso.

Shuya também sorriu. Mas seu sorriso desapareceu quase instantaneamente. Havia mais a perguntar. Ele perdeu três anúncios: os da meia-noite, das seis da manhã e do meio-dia.

— Quem morreu? — ele perguntou. — Eu... quero dizer... à meia-noite, às seis da manhã e ao meio-dia houve três anúncios, certo? Alguém... morreu?

A boca de Yukie enrijeceu. Ela pegou um papel da mesinha de cabeceira ao lado deles. Era um mapa e a lista de estudantes. A maneira de dobrar e as marcas de lama pareciam familiares. Ele notou que eram os que ele guardava no bolso do casaco de seu uniforme.

Olhando a lista, Yukie informou:

— Hirono Shimizu, Keita Iijima, Toshinori Oda, Yutaka Seto, Yuichiro Takiguchi, Tadakatsu Hatagami e Shinji Mimura.

Shuya permaneceu boquiaberto. Logicamente o jogo prosseguiu, mas ele teve um choque ao saber que agora restava pouco mais de uma dezena de estudantes. Ele foi colega de equipe de Tadakatsu Hatagami na Little League, mas o que realmente o surpreendeu foi...

— Shinji...

O Terceiro Homem, Shinji Mimura, morreu. Era difícil de crer. Ele imaginou que Shinji não morreria.

Yukie balançou a cabeça em silêncio.

Foi estranho para Shuya perceber que não estava tão chocado. Ele se acostumou às mortes. Talvez fosse isso. Mesmo assim, recordou do sorriso largo peculiar de Shinji. Depois lembrou da expressão facial séria do amigo quando, na escola da ilha, enviou-lhe um sinal alertando-o para manter a calma.

Então não contemplaremos mais as jogadas admiráveis do Terceiro Homem, o genial armador da Escola de Ensino Fundamental Shiroiwa, Shuya pensou, sentindo uma pontada de angústia.

— Quando o nome de Shinji foi anunciado?

— Pela manhã — Yukie respondeu. — Com os de Keita Iijima e Yutaka Seto. Eles deviam estar juntos. Eram bons amigos.

— Eram.

Shinji ainda estava vivo à meia-noite. E, como disse Yukie, ele talvez estivesse com Yutaka Seto e Keita Iijima.

Yukie acrescentou:

— Houve uma explosão horrível ontem à noite. E tiros. A morte deles deve ter sido por isso.

— Explosão?

Shuya lembrou da granada de mão que Kazuo atirou sobre eles.

— Kazuo... ele na realidade usou uma granada de mão contra nós. Será que não foi esse som?

Yukie levantou ligeiramente as sobrancelhas.

— Então aquele som foi isso. Foi pouco depois das onze horas, certo? Não, a explosão a que me refiro aconteceu depois que te trouxemos para cá. Foi depois da meia-noite, foi muito pior do que a que ouvimos por volta das onze. A garota encarregada da vigília comentou que o clarão iluminou o céu no centro da ilha.

Shuya estreitou os lábios. Então percebeu que a conversa sobre onde eles estavam naquele momento foi interrompida pela metade.

Porém, antes mesmo de poder perguntar, Yukie lhe entregou o mapa e a lista dos estudantes.

— Estes são seus. Fiz a marcação no mapa também.

Ao recebê-los, Shuya notou que havia mais quadrantes proibidos. Ele abriu o mapa.

O local onde conversamos sobre rock, Shuya.

Esse local, o setor C-3, próximo ao litoral oeste da ilha, assim como vários outros setores, estava todo pintado com linhas diagonais a lápis. A escrita pequena "23, 11h" significava que ele havia sido proibido às onze da manhã daquele dia, enquanto Shuya dormia. Não seria mais possível entrar nele.

Shuya comprimiu os lábios. Noriko e Shogo não estavam mais lá. Seu pensamento retomava por fim a normalidade. Isso, claro, se eles não tivessem morrido do meio-dia até aquele momento. *Eles não podem ter morrido*, Shuya pensou. Porém, um arrepio lhe percorreu a espinha ao lembrar do sonho no qual Shogo e Noriko, juntamente com Yoshitoki e Shinji, estavam mortos.

De qualquer forma, no momento ele só podia acreditar que eles estivessem vivos. Mas como poderia reencontrá-los?

Shuya pôs o mapa sobre o peito. Nas atuais circunstâncias, seria idiotice perder tempo pensando. O mais importante eram as informações. E, como não estava sozinho, deveria haver algum jeito.

Ele ergueu os olhos para Yukie.

— Afinal, onde estamos? Como eu vim parar nesta cama?

Yukie olhou para a janela acima deles e declarou:

— Aqui é um farol.

— Farol?

— Isso mesmo. No extremo nordeste da ilha. Está marcado no mapa. Estamos aqui desde pouco depois do jogo iniciar.

Shuya voltou a olhar seu mapa. Conforme disse Yukie, o farol estava localizado no setor C-10, destacando-se no nordeste da ilha. Ao redor praticamente não havia quadrantes proibidos.

— Bem, Shuya, sobre ontem à noite. Na frente do farol há um despenhadeiro, de onde você caiu. A garota encarregada da vigília te encontrou e te arrastou para cá. Você tinha ferimentos sérios. Estava coberto de sangue. Pensei que ia morrer.

Shuya acabou por se dar conta de que seu torso estava nu e que o local latejante no ombro esquerdo estava envolto num curativo (considerando como se sentia, deduziu que a bala se alojou na escápula e continuava lá). Sentiu na parte direita do pescoço, logo abaixo da coleira, uma queimação onde havia outro curativo (mas esse ferimento à bala deve ter sido de raspão apenas). E também acima do cotovelo esquerdo, que estava pesado (embora a bala não tivesse se alojado ali, talvez em virtude do rompimento do osso ou do tendão, ele o sentia praticamente paralisado), e todo o seu lado esquerdo (a bala o atravessou, mas o ferimento aparentemente não atingiu seus órgãos vitais). Receoso, Shuya movimentou o braço direito ileso e levantou um pouco a colcha, confirmando estar de fato coberto de curativos.

Ele voltou a se cobrir e perguntou:

— Então você cuidou de mim?

— Sim — Yukie disse. — Encontramos um estojo de primeiros socorros no farol. Demos alguns pontos nos ferimentos. Não foi um trabalho perfeito, pois somos amadoras e só sabíamos usar agulha e linha do kit de costura. A bala continua alojada no ferimento de seu ombro. Não pudemos fazer muito. A meu ver, você precisaria mesmo de uma transfusão. Você perdeu um volume enorme de sangue.

— Muito obrigado.

— Não por isso. — Yukie sorriu gentilmente. — Nem acreditei que estava tocando o corpo de um rapaz! E também tirando sua roupa.

Shuya riu. Apesar de Yukie ser dotada de raciocínio rápido e ser atenciosa, era capaz de dizer coisas atrevidas como aquela. *Ela sempre foi assim desde que eu a conheci num dia de chuva no ginásio, no início do ensino fundamental, negociando o espaço alocado para a prática da Little League e do voleibol feminino. E, realmente, na época eu costumava dizer a Yoshitoki: "A Yukie do time de vôlei é muito legal. Faz meu tipo. Você sabe, muito extrovertida".*

Logicamente, aquele não era o momento apropriado para se entregar a sentimentalismos baratos. E quando Yukie lhe ofereceu um copo de água, Shuya se admirou. Ele estava de fato com sede. O copo já estava sobre a mesinha de cabeceira, fora de seu campo visual.

Ele pensou como a representante era fantástica. *Um dia você será uma esposa maravilhosa. Não, uma mulher maravilhosa. Não, de fato você já deve ser uma mulher maravilhosa. Eu realmente já penso nisso há tempos.*

Shuya pegou o copo, levantou a cabeça e bebeu. O ferimento no pescoço doeu quando ele engoliu, provocando uma careta. Mas bebeu tudo.

— Desculpe pedir tanto — ele disse, devolvendo o copo —, mas acho que seria melhor eu beber muito mais. E também você não teria algum analgésico? Qualquer um serve. Para aliviar as dores.

Yukie concordou:

— Claro. Vou providenciar.

Shuya enxugou os lábios e disse:

— É incrível que suas amigas tenham me aceitado e me arrastado para cá. Eu poderia ser um inimigo.

Yukie balançou a cabeça.

— Não podíamos deixar uma pessoa morrer diante de nossos olhos. Além disso... — Ela fitou Shuya e sorriu brincalhona. — ... Porque era você, Shuya. Como sou a líder do grupo, eu as obriguei a concordar.

Isso significa que... Ela também achou que havia algo especial entre nós desde aquele dia no ginásio?

Shuya falou algo a mais que refletiu:

— Isso significa que algumas delas estavam relutantes. Eu sabia.

— Também, pudera! Nas atuais circunstâncias... — Yukie baixou a cabeça. — Não leve a mal. Todas estamos muito confusas.

— Claro! — Shuya balançou a cabeça. — Eu entendo.

— Mas eu as convenci. — Ela levantou o rosto e voltou a sorrir. — Por isso você precisa me agradecer.

Shuya estava prestes a concordar quando notou que o sorriso de Yukie deu lugar a olhos marejados de lágrimas.

Ela o fitou e confessou:

— Eu estava preocupada. Pensei que você ia morrer, Shuya.

Tomado de surpresa, Shuya olhou para ela.

— Não sei o que seria de mim se você morresse! — Yukie prosseguiu, com a voz completamente embargada. — Entende o que eu digo? Compreende por que eu tinha que salvá-lo a qualquer custo?

Shuya fitou os olhos cheios de lágrimas de Yukie e balançou a cabeça devagar. Então pensou: *Nossa, não posso acreditar que eu seja tão popular entre as garotas!*

Logicamente isso pode ser um tipo de efeito psicológico provocado pela situação de confinamento. Naquelas circunstâncias, eles provavelmente logo morreriam (não, de acordo com as regras, eles sem dúvida morreriam. Ele jamais ouviu falar que alguém, além do vencedor, tivesse sobrevivido ao Programa, onde a providência divina não existia), e o número de sobreviventes se reduzia gradualmente. Talvez um rapaz de quem você gostasse "um pouquinho" desde que trocou ideias num canto do ginásio no início do ensino fundamental se transformasse em alguém por quem "você morreria".

Não, esse não deveria ser o caso. Ela não ficaria contra as amigas para ajudá-lo a menos que realmente gostasse dele. Ademais, por que outro motivo ela teria confiado nele?

— Entendo. Obrigado — ele agradeceu.

Yukie enxugou as lágrimas com a parte inferior da palma da mão direita. Depois disse:

— Conte-me. Você me perguntou sobre Noriko e Shogo. Você disse "nós". Isso significa que você estava com eles?

Shuya balançou a cabeça, confirmando.

Yukie franziu as sobrancelhas.

— Entendo sobre Noriko, mas custo a crer que vocês estavam realmente com Shogo.

Shuya entendeu o que ela pretendia insinuar.

— Shogo não é má pessoa — ele replicou. — Ele me salvou. Noriko e eu sobrevivemos até aqui graças a ele. Estou certo de que ele a está protegendo agora. Mas há algo mais importante — ele continuou, animado. — Eu esqueci. Nós seremos salvos, Yukie.

— Salvos?

Shuya confirmou com veemência:

— Shogo vai nos salvar. Ele conhece uma forma de escaparmos daqui.

Yukie arregalou os olhos.

— Sério? É verdade? Como?

Shuya se sentiu numa situação difícil. Shogo lhe dissera que não poderia revelar o que era até o final.

Pensando bem... Não havia nenhum fundamento na conversa de Shogo. Shuya confiava nele, mas duvidava que sua explicação convencesse Yukie, pois, ao contrário dele, ela não havia estado longo tempo com Shogo. Como o próprio Shogo lhe disse constantemente, as pessoas poderiam achar que ele estivesse apenas se aproveitando de Shuya e Noriko.

Shuya decidiu explicar tudo desde o começo.

Ele contou a Yukie como foi atacado por Yoshio Akamatsu logo no início do jogo, como esteve com Noriko depois disso, sua luta com Tatsumichi Oki e como, enquanto Kyoichi Motobuchi atirava nele, Shogo o salvou e os três estiveram juntos desde então; falou sobre o plano de fuga, que Shogo foi o sobrevivente do Programa no ano anterior, que Noriko teve febre e eles foram até a clínica; falou também sobre Hiroki Sugimura ter lhes contado como Mitsuko Soma era perigosa; e como foram atacados por Kazuo Kiriyama enquanto se movimentavam.

— Então Tatsumichi... — Depois de Shuya terminar de contar, ela por algum motivo falou sobre Tatsumichi Oki primeiro. — ... foi um acidente?

— Isso mesmo. Como eu descrevi — ele respondeu e franziu as sobrancelhas olhando para ela. — Por quê?

Yukie balançou a cabeça.

— Por nada — ela disse, mudando de assunto. — Desculpe a franqueza, mas não posso de uma hora para outra confiar em Shogo. Quer dizer, quando ele afirma que existe um jeito de escapar daqui.

Shuya ainda não entendia por que Yukie lhe perguntou sobre Tatsumichi, mas, julgando não ser nada importante, deixou quieto e aceitou a desconfiança de Yukie.

— Entendo por que você se sente assim. Mas creio que podemos confiar nele. É difícil explicar, mas ele não é um cara ruim. — Shuya movimentou impaciente o braço direito livre ao lado do rosto. — Você entenderia se estivesse com ele.

Yukie apertou os dedos da mão direita contra os lábios e disse.

— Tudo bem. Parece valer a pena ouvir o que ele tem a dizer. Não devemos ter nada a perder.

Shuya olhou para ela.

— O que vocês pretendem fazer?

Yukie encolheu os ombros.

— Estávamos praticamente desesperadas. Discuti com as meninas se seria melhor nos empenharmos para escapar ou se deveríamos permanecer aqui por mais algum tempo, mas não chegamos a nenhuma conclusão.

Shuya se deu conta de que se esqueceu de perguntar algo:

— Como vocês se reuniram? Todas as seis?

— Ah! — Yukie exclamou. — Eu voltei à escola, nosso ponto de partida, e chamei cada uma delas.

Shuya se surpreendeu.

— Quando foi isso?

— Deve ter sido logo depois de você e Noriko fugirem. De fato, eu vi Kazushi Niida correndo. Eu queria muito voltar a tempo de te contatar, mas, de qualquer forma, foi assim que eu vi... os dois mortos bem em frente à entrada da escola.

Shuya levantou as sobrancelhas.

— Yoshio estava apenas inconsciente, não é?

Yukie balançou a cabeça.

— Não pude olhar de perto, mas parecia estar morto naquele momento. Havia uma flecha cravada no pescoço dele.

— Então Kazushi...

Yukie completou:

— Provavelmente.

Shuya então perguntou:

— Você não se apavorou? Não pensou que poderia haver outros como Yoshio?

— Claro que essa ideia me passou pela cabeça... Mas não imaginei nenhuma outra alternativa a não ser formar um grupo. Por isso fui ao bosque em frente à escola. Pensei que, se me escondesse nele, não seria vista. Se fosse, estaria perdida.

Shuya estava emocionado. Ele precisou cuidar de Noriko, que estava ferida, e por isso fugiu sem se importar com os outros. Hiroki Sugimura disse ter esperado por Takako Chigusa, mas ele era um rapaz e também praticante de artes marciais.

— Nossa. Estou surpreso, representante!

Yukie sorriu.

— Você chama Noriko pelo nome, mas me chama de "representante", não?

Shuya ficou sem jeito.

— É que... bem...

— Não se preocupe, tudo bem.

Um sorriso atravessou o rosto de Yukie. Ela prosseguiu um pouco tristonha.

— Então Yuka Nakagawa apareceu e eu a chamei.

— Você conseguiu convencê-la de imediato? Não me entenda mal, rep... Acho que você tem uma boa reputação.

— Bem — Yukie prosseguiu —, não voltei sozinha. De início estava confusa, mas precisava regressar a qualquer custo. E no caminho de volta à escola encontrei, realmente por acaso, Haruka. Você sabe como somos amigas.

Shuya confirmou com um gesto de cabeça. Haruka Tanizawa e Yukie faziam parte do time de vôlei.

— Falei com ela. Quando lhe propus voltarmos, ela de início se opôs, mas tínhamos armas. Eu carregava uma pistola no kit de sobrevivência. Quando Yuka nos ouviu chamando, ela confiou em nós.

Depois de pensar um pouco, Shuya mencionou a "regra":

— Mas você não pode necessariamente confiar em alguém com quem está fazendo par neste jogo.

Yukie concordou:

— Sim, e foi por isso mesmo.

— O que você quer dizer?

— Bem, decidimos não chamar rapazes... Desculpe... Discutimos entre nós e decidimos que garotos só causariam problemas. Portanto, nós os excluímos, e depois chamamos Satomi... Fumiyo... — Yukie parou. Fumiyo Fujiyoshi (a Estudante nº 18) morreu antes da partida delas. — Depois dela veio Chisato. Portanto, éramos cinco. Também chamamos Kaori Minami, mas...

Shuya completou o resto:

— Ela fugiu.

— Sim, isso mesmo.

Shuya não contou a ela que viu Kaori morrer diante de seus olhos. Ele pensou em fazer isso, porém decidiu não contar. Agora que Hirono Shimizu, que matou Kaori, também estava morta, não lhe pareceu relevante e, além disso, não era uma lembrança agradável. E também, por mais terrível que pudesse soar, ele não podia gastar mais tempo falando sobre os mortos.

— Com Yoshimi foi o mesmo que aconteceu com Kaori? — Shuya pronunciou o nome de Yoshimi Yahagi, a estudante com o último número de chamada da classe, além do nome de Kaori, e de repente sentiu um calafrio lhe percorrer a espinha. *Nomes de mortas. Ambas. Deus do céu.* O rosto sorridente do homem de terno preto apareceu de súbito na mente de Shuya. Já fazia um tempo. *Olá, Shuya. Então você ainda está vivo? Que obstinado é você!*

— Bem... — Yukie afastou o olhar de Shuya e mordeu o lábio. Olhou-o de canto de olho. — Foi diferente.

— Como assim?

Yukie respirou fundo.

— Propus chamá-la. Mas algumas meninas protestaram. Você sabe que Yoshimi pertencia ao grupo de Mitsuko. As meninas alegaram que não poderiam confiar nela.

Shuya permaneceu em silêncio.

Yukie falou olhando para o outro lado.

— Agora ela está morta. Nós a deixamos morrer.

Shuya revidou:

— Não, você está errada.

Yukie voltou os olhos de novo para Shuya.

— Estava fora de seu controle. Não é culpa de ninguém.

Ele sabia que não estava sendo lógico, mas falou assim mesmo.

Yukie sorriu amargamente e suspirou.

— Você é gentil, Shuya. Sempre foi assim.

Começou a se formar entre eles um silêncio, mas Shuya tinha algo mais a dizer:

— Você deveria ter chamado Shinji.

O grupo de Yukie poderia pelo menos ter chamado Shinji Mimura, que estava mais para o fim da lista de chamada (mas ele estava morto agora).

— Shinji... vocês poderiam ter confiado nele.

Yukie suspirou outra vez.

— Eu também pensei nisso. Mas Shinji não tem... não tinha... boa reputação entre as meninas. Você sabe que ele fazia o tipo playboyzinho. E a inteligência dele intimidava as pessoas. Você lembra como ele interveio quando Noriko se machucou? Uma das meninas sugeriu que teria sido um ato calculado.

Foi a mesma explicação que Shogo deu a Shuya quando mencionou que tinha visto Shinji.

— Antes de chegarmos a uma conclusão sobre como agir, Shinji havia desaparecido. — Yukie deu de ombros. — De qualquer forma, desde o início decidimos não chamar rapazes. Por isso tampouco chamamos Kazuhiko.

Tem razão. Kazuhiko Yamamoto, apesar de namorar Sakura Ogawa, tinha boa aparência, era gentil e despretensioso, e certamente deveria ter sido popular entre as meninas. Porém, o grupo de Yukie decidiu não contatá-lo. E considerando essa regra... era natural que tivesse havido posições contrárias a trazer Shuya para o farol.

Shuya se deu conta de que Yukie apenas comentou sobre cinco garotas. Ela não mencionou Yuko Sakaki (a Estudante nº 9).

— E Yuko? Ela não está com vocês?

Yukie olhou de volta para Shuya.

— Foi por acaso também com ela. Nós viemos para cá ontem pela manhã. Como fortaleza é um ótimo local, não? Ontem à noite, possivelmente por volta das oito horas, Yuko apareceu aqui. Ela estava totalmente apavorada.

Yukie parou como se tivesse algo mais a dizer. Shuya estava prestes a perguntar se havia algo errado, quando ela retomou de onde parou:

— Seja como for, todas conhecem Yuko, logo não houve problema.

E com isso, Yukie encerrou o que tinha a dizer. Shuya pensou em perguntar mais sobre Yuko Sakaki, mas decidiu não fazê-lo. Se ela esteve sozinha até a noite anterior, então deve ter deparado com algo horrível. Será que tinha fugido do ataque de alguém? Ou visto diante dela estudantes matando uns aos outros? Ou deparado com algum corpo dilacerado depois de uma luta?

Shuya balançou a cabeça levemente várias vezes.

— Agora eu compreendo.

— Há algo que *eu* não entendo — Yukie disse.

Shuya levantou a cabeça. Ela prosseguiu:

— Não é nada sério, mas Hiroki disse que precisava ver Kayoko Kotohiki, certo? E por isso não se juntou ao seu grupo.

Isso era algo que preocupava Shuya enquanto narrava sua situação para Yukie. Hiroki e Kayoko continuavam vivos. Será que ele a encontrou?

— Ele precisava vê-la. Eu me pergunto por quê.

Shuya balançou a cabeça, confirmando:

— Nós não questionamos. Ele estava apressado. Para nós também foi algo estranho.

Conforme falava, Shuya não podia deixar de pensar se Hiroki tinha conseguido afinal encontrar Kayoko. Caso tivesse conseguido...

A voz de Shogo de repente lhe voltou à mente: "Este som é sua passagem para fora daqui. Se você estiver disposto, pode pegar nosso trem".

Shuya arregalou os olhos e exclamou:

— O apito de pássaro.

— O quê?

Shuya fitou Yukie:

— Eu sei como podemos nos juntar a Noriko e Shogo.

— Sério?

Shuya balançou o queixo. Então começou a tentar movimentar o corpo. Ele poderia explicar tudo depois.

— Eu preciso entrar em contato com eles agora. Tenho que ir.

— Calma — Yukie o impediu. — Você precisa descansar.

— Não posso. Enquanto estou descansando, eles podem...

— Eu disse para se acalmar. Você tem que ouvir o que diz uma garota apaixonada por você — ela conseguiu dizer por trás de um sorriso maroto, mas ficou vermelha. — Nós o abrigamos porque, mesmo acordando, você não seria capaz de se mexer. Essa sua energia repentina pode aterrorizar as outras meninas.

Shuya arregalou os olhos. Mas fazia sentido. Isso devia ter sido a razão pela qual as outras garotas deixaram Yukie permanecer sozinha com ele ali.

Yukie continuou:

— Seja como for, descanse um pouco. Vou relatar a elas tudo o que você me contou. E convencê-las de que podemos confiar em você e Shogo. Com relação a contatar Shogo e Noriko, não posso permitir que você vá sozinho. É perigoso demais. Discutirei isso com elas também.

Espere por mim. — Como se estivesse se lembrando de algo, perguntou: — Você consegue comer?

— Sim.

Na realidade, ele estava faminto. Estava preocupado com Noriko e Shogo, mas achou melhor se alimentar antes. Ajudaria seu corpo a lutar contra os ferimentos.

— Seria ótimo se você tivesse algo comestível que pudesse dividir comigo. Sinto-me muito fraco.

Yukie sorriu.

— Estamos preparando o almoço agora. Vou trazer algo para você. Creio que teremos sopa. Tudo bem?

— Sopa?

— Sim. Este lugar está cheio de comida, embora enlatada ou congelada. Mas achamos água e combustível sólido e podemos prepará-la.

— Fantástico. Agradeço muito! — Shuya exclamou.

Yukie afastou as mãos da beirada da cama, caminhou até a porta e disse:

— Sinto muito, mas vou ter que trancar a porta.

— Como?

— Desculpe. Há alguém aqui apavorada. Por isso, apenas espere aqui.

Yukie disse apenas isso. Ela sorriu gentilmente enquanto abria a porta e saía. Suas tranças balançavam como a cauda de um misterioso e desconhecido animal. Shuya notou de relance uma arma enfiada atrás da saia dela.

Ouviu-se um ruído do outro lado da porta. Chave... Deve ter sido fechada com uma barra de ferro. Será que elas haviam tido essa precaução especialmente por causa dele?

Shuya conseguiu levantar a parte superior do corpo apoiando com esforço o cotovelo direito na cama e olhou para a janela acima da cabeça. Ela estava coberta por várias placas de madeira, por cujas frestas uma luz vazava. Provavelmente foram pregadas ali para impedir a entrada de intrusos, mas agora serviam também como uma espécie de cárcere.

Os dedos de sua mão esquerda semiparalisados reflexivamente formaram acordes de guitarra por baixo da colcha, imitando os acordes da

"Jailhouse Rock", música popular cantada pela estrela do rock adorada pelo homem de meia-idade que lhe deu a guitarra.

Shuya respirou profundamente e voltou a se deitar. O leve movimento foi suficiente para enviar uma dor aguda por todo o ferimento na lateral de seu corpo.

[RESTAM 14 ESTUDANTES]

60.

O farol da ilha Okishima era antigo, porém de construção sólida. Virava-se em direção ao norte com sua torre de dezessete metros de altura, e a vivenda, um prédio térreo de tijolos, foi construída como moradia anexa à torre, em seu lado sul. O cômodo que servia de sala de jantar, cozinha e sala de estar estava imediatamente ao sul da torre, e ainda um pouco mais ao sul se localizavam a despensa e o banheiro. Mais adiante havia dois dormitórios — um grande, outro pequeno — e outra despensa bem ao lado da entrada frontal. O corredor ao longo do lado oeste do prédio conectava esses cômodos (Shuya estava deitado no quarto menor perto da entrada).

A um canto da ampla sala de estar e cozinha, com tamanho parecido ao de uma sala de aula, havia uma pequena mesa destoando do ambiente. Sentada numa das cadeiras ao redor da mesa estava Yuko Sakaki (a Estudante nº 9). Como se dormitasse, seu corpo estava jogado por sobre o tampo branco da mesa. Ao contrário das outras cinco garotas, ela vagou por muitas horas pela ilha e uma noite apenas no farol não foi suficiente para aliviar seu cansaço. Não era de estranhar. Ela teve um bom motivo para não dormir na noite anterior.

O grupo de Yukie Utsumi usava essa sala como dormitório e sala de estar. Alguém precisava permanecer de vigília no alto da torre, e Yukie decidiu que as restantes deveriam ficar o tempo todo juntas.

Bem atrás de Yuko, Haruka Tanizawa (a Estudante nº 12) e Chisato Matsui (a Estudante nº 19) estavam ocupadas preparando a comida enlatada em frente ao fogão, onde o combustível sólido foi aceso em lugar do gás, que estava desligado. Com um metro e setenta e dois de altura, Haruka era atacante no time de voleibol. Ela e Yukie, que atuava como levantadora, formavam uma dupla fantástica. Haruka tinha cabelos curtos e ao lado da pequena Chisato, de cabelos longos, pareciam formar, por assim dizer, um casal. O menu consistia numa sopa descongelada misturada a alguns vegetais em lata. Acima da cabeça delas havia tábuas de madeira encontradas na despensa e pregadas grosseiramente na janela de vidro fosco pelo qual a luz do céu nublado penetrava. A finalidade das tábuas era manter os intrusos do lado de fora. Tão logo chegaram, Yukie e as meninas imediatamente vedaram todas as entradas e saídas do prédio. (A porta frontal tornou-se o único meio de entrada e saída, e foi por ela que deixaram Yuko entrar; no entanto, estava protegida no momento por uma barricada de mesas e armários.)

De onde estava, Yuko tinha uma visão clara do outro lado do cômodo, onde havia uma escrivaninha com uma máquina de fax e um computador. À esquerda dela, Satomi Noda (a Estudante nº 17) estava sentada num sofá encostado na parede, enquanto a mesa que compunha o conjunto era agora usada na barricada da entrada frontal. Assim como Yukie, Satomi era uma estudante exemplar e, embora parecesse sempre um pouco fria, talvez por estar agora um tanto cansada, levantava os óculos de armação de metal e esfregava os olhos sonolenta.

Ainda mais à esquerda do sofá, a porta na extremidade da cozinha dava para o corredor que conduzia até a entrada frontal. À direita de Yuko, a porta mais ao fundo no lado direito levava diretamente à parte inferior do farol onde se viam os primeiros degraus de uma escada de aço que dava acesso à sala da lanterna no alto. Yuka Nakagawa (a Estudante nº 16) devia estar no alto, em vigília. Yuko ainda não tinha ficado de guarda, mas Yukie lhe confidenciou que a tarefa de vigiar não seria muito difícil, pois logo atrás do farol já se via o oceano e, em frente, havia apenas um caminho estreito para o porto, com o restante da área sendo cercado por montanhas. Yukie estava agora no cômodo perto da entrada onde mantinham Shuya Nanahara.

Shuya Nanahara.

Yuko sentiu o pavor voltando. Ao mesmo tempo, cruzou-lhe a mente a imagem da qual se lembraria pelo resto da vida. O baque surdo e a cabeça partida. A machadinha ensanguentada removida dela. E o rapaz empunhando a machadinha.

Uma lembrança que a deixava paralisada. E o rapaz — Shuya Nanahara — estava agora no farol, sob o mesmo teto que ela. Isso era...

Não, está tudo bem. Tudo bem.

Tentando eventualmente acalmar a tremedeira que parecia acometê-la, Yuko fixou o olhar no tampo branco da mesa, enquanto pensava. *Sim, está tudo bem. Ele está prestes a morrer. Com aqueles ferimentos e hemorragia, ele não acorda mais.*

Alguém deu um tapinha em seu ombro e ela olhou para cima.

Haruka Tanizawa sentou ao lado de Yuko, olhou para ela e perguntou:

— Conseguiu dormir um pouco?

Haruka parecia descansar das tarefas na cozinha. Aparentemente, Chisato Matsui verificava o modo de preparo na embalagem da comida enlatada. (Chisato chorou bastante naquela manhã a um canto do cômodo. Haruka Tanizawa sussurrou que foi por causa do anúncio das seis da manhã com a revelação da morte de Shinji Mimura. Até então, Yuko nem desconfiava que Chisato era apaixonada pelo rapaz. Os olhos de Chisato ainda estavam vermelhos.)

Yuko forçou um sorriso e respondeu:

— Sim, um pouco.

Estava tudo bem. Enquanto estivesse com essas outras cinco amigas, ela estaria segura. Estava a salvo ali. Mesmo se a segurança expirasse quando o prazo acabasse. Porém...

Haruka puxou conversa:

— Sobre o que você disse ontem.

— Ah... — Yuko sorriu. — Não se preocupe mais com isso.

Certo. Estava tudo bem. Na realidade, não quero mais pensar sobre isso. Apenas relembrar aquela cena me provoca calafrios por todo o corpo. Fico trêmula. Mas, em todo caso...

Shuya Nanahara não acordará mais. Logo, está tudo bem. Sem problemas.

Haruka abriu um sorriso ambíguo.

— Sendo assim, tudo certo.

Certo... Quando Shuya Nanahara foi descoberto inconsciente em frente ao farol ontem, Yuko se opôs veementemente a levá-lo para dentro. Ela explicou o que viu (talvez fosse mais correto afirmar que ela berrava em vez de explicar): o crânio aberto fracionado de Tatsumichi Oki e Shuya Nanahara removendo a machadinha, como ele era perigoso e como ele tentaria matá-las se elas o deixassem viver.

Yuko e Yukie estavam a ponto de brigar, mas então Haruka e as outras insistiram que não poderiam abandonar alguém com risco de morte e levaram Shuya para dentro. Com o rosto pálido, Yuko só observou, mantendo distância, enquanto as outras carregavam o corpo ensanguentado de Shuya. Era como se elas recebessem em casa como convidado um monstro estranho e amedrontador que costumava assombrar seus sonhos de infância. Na verdade, era exatamente isso.

Mas, conforme o tempo passava, Yuko se convencia de que Shuya estava morrendo. Depois de tudo, ele dificilmente sobreviveria a ferimentos tão graves. Claro que até mesmo saber que ele estava à beira da morte era desagradável, mas ela procurou se conter. A única condição que impôs foi a de que a porta do cômodo onde ele estava fosse trancada.

Haruka continuou. Era a mesma pergunta que fez repetidas vezes na véspera:

— Você afirmou ter visto Shuya matar Tatsumichi, mas é possível que tenha sido em autodefesa, não é?

Era verdade. Ela estava escondida no mato afastada alguns metros quando ouviu o som de queda e, ao olhar por entre os arbustos, a única parte que testemunhou foi Shuya removendo a machadinha da cabeça de Tatsumichi Oki. Logo em seguida, ela fugiu do local.

Em outras palavras, conforme Haruka disse (baseada na própria explicação de Yuko), ela viu apenas o final da cena. Era possível que ele tivesse agido em autodefesa. No entanto...

Por mais que Haruka e Yukie explicassem isso a ela, Yuko não podia aceitar. Não, melhor dizendo, ela simplesmente rejeitava a ideia.

O que você quer dizer com "possível"? Eu vi tudo. O crânio rachado. Shuya Nanahara segurando a machadinha. O sangue tingindo a arma. O sangue pingando.

Essa cena se fixou bem no íntimo de sua mente. Yuko perdeu a racionalidade, pelo menos no que se referia a Shuya Nanahara. Talvez fosse semelhante a uma enchente, um ciclone ou outra catástrofe natural. No momento em que ela começava a pensar nele, uma corrente parecia arrastar essa cena e o medo. Somente restava uma sensação quase visceral de que Shuya Nanahara era perigoso.

Ela não deixava de ter razão quanto a isso. Yuko abominava violência. Não podia suportar. Certo dia, ouviu uma amiga gracejar na turma B sobre um filme macabro — Teria sido Yuka Nakagawa? "Lógico, era divertido, mas não foi lá essas coisas, não havia vísceras e deveria ter mais sangue escorrendo" — e se sentiu mal a ponto de ter que ser encaminhada ao ambulatório da escola.

Isso provavelmente estava relacionado à memória de seu pai. Embora não fosse seu padrasto — era seu pai biológico —, ele bebia muito e agredia a mãe, o irmão mais velho e ela própria. Muito nova na época, ela não entendia a razão. Até hoje ela não questionou a mãe sobre o motivo. Porque ela não queria se lembrar de tudo aquilo. Bem, talvez não houvesse motivo, no final das contas. Ela não sabia. De qualquer forma, quando seu pai foi esfaqueado até a morte por um mafioso yakuza por causa de uma briga de jogo — Yuko ainda estava no sétimo ano —, ela se sentiu mais aliviada que triste. Desde então ela, a mãe e o irmão puderam viver em paz. Podiam convidar amigos para visitá-los. Eles por fim se sentiram seguros com o falecimento do pai.

Porém, mesmo agora, às vezes ela sonhava com ele. Sua mãe sangrando depois de ser golpeada na cabeça com um taco de golfe (embora fossem pobres, esse era um artigo de luxo em sua casa). Seu irmão sendo atingido por um cinzeiro jogado contra ele, com risco de perder a visão. E ela própria, sofrendo queimaduras de cigarro e paralisada de medo (sua mãe, que tentou intervir, acabou sendo golpeada de novo).

Talvez tudo isso estivesse relacionado, talvez não. De qualquer maneira, Yuko estava absolutamente convencida de que Shuya Nanahara era perigoso.

— Certo?

Ela ouvia Haruka dizer algo para chamar sua atenção, mas as palavras não chegavam à área de seu entendimento. Um calafrio percorreu todo o seu corpo, acompanhado por uma visão. Todas as seis, incluindo ela, caídas sobre o assoalho, seus crânios fraturados abertos e Shuya Nanahara sorrindo, empunhando a machadinha.

Não, não. Isso não acontecerá. Shuya Nanahara não conseguirá mais se levantar.

— Sim — Yuko ergueu o rosto e concordou. Na verdade, ela ignorava sobre o que Haruka falava. Porém, de qualquer forma, contanto que Shuya não se recobrasse, não haveria razão para desestabilizar a harmonia do grupo. Haruka parecia buscar alguma palavra que indicasse que Yuko tinha se convencido.

— S-sim. Eu não devia estar bem. Culpa também do cansaço.

Isso pareceu tranquilizar Haruka. Ela disse:

— Shuya é um bom rapaz. São poucos os caras legais como ele.

Yuko fitou Haruka como se ela fosse uma múmia em exibição num museu. Ela também tinha a mesma opinião sobre Shuya até recentemente. Apesar de seu jeito estranho, no final das contas, havia algo muito simpático nele. De fato, ela o achava um sujeito legal.

Entretanto, essa sensação desapareceu por completo de sua mente. Talvez fosse mais apropriado afirmar que a cena do crânio estraçalhado apagou todas as outras lembranças.

O quê? O que você está dizendo, Haruka? Que ele é um bom moço? Que história é essa?

Haruka fitava Yuko com certa dúvida, mas acrescentou:

— Então, mesmo que ele acorde, você promete não provocá-lo?

Yuko sentiu um arrepio. Não havia possibilidade de Shuya acordar. Se isso acontecesse...

Mas, usando parte da capacidade de raciocínio que lhe restava, ela concordou e disse:

— Está bem. Não vou provocá-lo.

— Bom. Sinto-me aliviada.

Haruka balançou a cabeça e, virando-se para Chisato, sem se levantar, declarou:

— Que cheiro gostoso!

Da panela sobre o fogão, o cheiro da sopa subia com o vapor branco.

Chisato virou a cabeça e disse em sua voz sempre serena e baixa:

— Sim, está com uma cara boa. Deve estar melhor que a de ontem.

Ela esteve chorando por Shinji Mimura por um longo tempo, mas parecia estar melhor agora. Mesmo Yuko podia notar isso.

Nesse momento, a porta que conduzia ao corredor se abriu. Yukie Utsumi entrou. Como sempre, ela mantinha uma postura perfeita, bem peculiar, e avançou com confiança. Depois da chegada de Yuko, Yukie ainda realizou um bom trabalho como líder do grupo, mas mostrava sinais de cansaço. Desde que resgataram Shuya, por alguma razão tinha o rosto sombrio (mais precisamente, se sua expressão mostrava contentamento por ter reencontrado Shuya, por outro lado exibia preocupação com seus ferimentos provavelmente fatais, porém Yuko não percebeu isso). Fazia tempo que Yuko não via Yukie com tanta energia. E, mais que tudo, agora seu rosto se iluminava.

É claro que, em geral, vê-la assim serviria também para lhe encher de ânimo. Porém...

Yuko sentiu um frisson, como se uma centopeia se arrastasse ao longo de sua espinha dorsal.

Yukie parou, pôs as mãos nos quadris e olhou ao redor para cada uma delas. Então, em tom de brincadeira, levou as mãos em concha à boca, como no formato de um megafone, e informou:

— Shuya Nanahara acordou.

Haruka e Chisato gritaram de alegria, enquanto Satomi se levantava do sofá, mas perto delas...

...Yuko empalideceu.

[RESTAM 14 ESTUDANTES]

61.

— Sério? Ele pode falar? — Haruka perguntou.

— Ahã. Ele disse também que está com fome — Yukie declarou. E, olhando para Yuko, continuou: — Está tudo bem. Eu tranquei a porta do quarto dele para você não ter com que se preocupar.

Ela não estava sendo sarcástica. Soava natural, considerando-se sua posição de líder.

Mas essa não era a questão, Yuko pensou num instante. Não, de fato ela refletiu muito durante a noite. Embora estivesse segura de que ele jamais acordaria, o que aconteceria se ele acordasse? E como ela lidaria com isso? Ao sentir o aroma que lhe chegava às narinas, tomou sua decisão.

A hora era perfeita. Elas estavam prestes a comer. Não seria estranho para um rapaz à beira da morte sofrer uma rápida piora em sua condição, seria?

Yuko forçou um sorriso (na realidade foi, na medida do possível, impecável) e balançou a cabeça.

— Não estou preocupada — ela continuou. — Desculpe. Eu estava muito mal ontem. Não vou mais desconfiar de Shuya.

Ouvindo isso, Yukie respirou com uma expressão de alívio no rosto.

— Então, pelo visto, eu não precisava ter trancado a porta. — Ela sorriu para Yuko e acrescentou: — O que aconteceu com Tatsumichi Oki foi um acidente. Foi o que Shuya me contou.

O nome de Tatsumichi Oki provocou um flashback da cena, enviando outro calafrio à espinha de Yuko, mas ela conseguiu manter o sorriso e concordar. *Um acidente. Bem, suponho que para Tatsumichi Oki foi um acidente horrível.*

Yukie então pediu a Haruka:

— Você pode ir chamar Yuka? Há algo que eu gostaria de discutir durante a refeição.

Haruka replicou:

— Não tem problema se ninguém estiver de guarda?

— Está tranquilo — Yukie respondeu. — O prédio está bloqueado, logo estamos protegidas. Serei breve.

Haruka concordou e entrou no cômodo que conduzia à sala da lanterna. Era possível ouvir seus passos subindo pelos degraus de aço.

Enquanto Satomi e Chisato perguntavam, uma depois da outra, "Como ele está?" e "Ele pode comer a mesma comida que nós?", Yuko se mantinha de pé em silêncio, caminhando em seguida até a pia.

Havia uma pilha de pratos fundos brancos bem ao lado da panela fumegante de sopa, que Chisato e Haruka haviam retirado do armário.

Yuko enfiou a mão direita no bolso da saia e segurou um objeto em seu interior. A arma que encontrou no kit de sobrevivência era um bastão de polícia dobrável do tipo telescópico mas, junto, havia algo com uma etiqueta na qual se lia "bônus especial". De início achou que seria completamente inútil ao jogo. Ao vir para o farol, não sentiu necessidade de comentar sobre ele com as amigas. Porém, quando Shuya Nanahara apareceu, surgiu-lhe a ideia de usá-lo.

No passado, a violência do pai e o terror do resto da família acabaram de repente por acaso. Foi assim que sua família obteve finalmente a paz.

Havia outra sombra de violência agora no local onde Yuko estava. Ela própria deveria pôr um ponto final nela. Depois que o fizesse, estaria de novo segura. Nada mais teria a temer.

Ela não precisava hesitar. Parecia estranho, mas estava calma.

Dentro do bolso, com apenas uma das mãos, ela removeu gentilmente a rolha do pequeno frasco.

[RESTAM 14 ESTUDANTES]

62.

— Ei — Yuko chamou Yukie, que conversava com Satomi e Chisato. — Não seria melhor levarmos primeiro a comida para Shuya?

Yukie sorriu para ela:

— Tem razão. Vamos fazer isso.

Yuko acrescentou em tom casual:

— A sopa parece pronta, então o que você acha de eu começar a servi-la?

Ela segurou o prato. O prato...

— Ah, é mesmo — Yukie disse como se, de repente, se lembrasse de algo. — Tem um estojo médico na gaveta da escrivaninha. Ali deve ter algum analgésico. Você pode pegá-lo para mim? Preciso levar para Shuya com a comida.

— Claro. Espere um pouco. — Yuko se afastou do prato, que produziu um barulho contra a pia.

A escrivaninha, sobre a qual havia um computador e um aparelho de telefone, estava além da pia, no canto do cômodo. Yuko deu a volta na mesa para chegar até lá.

Passos com sons metálicos ecoaram pelos degraus de aço abaixo. Haruka e Yuka Nakagawa apareceram. Yuka carregava uma arma de cano curto, semelhante a uma pistola automática em tamanho maior com a parte traseira estendida. (Uma submetralhadora Uzi

9mm. Foi a arma fornecida a Satomi Noda, mas, como parecia ser o armamento mais poderoso do grupo, decidiram que quem estivesse de vigília a carregaria.)

— Ouvi que Shuya se levantou! — Yuka disse com sua voz animada habitual, deixando a Uzi sobre a mesa. Um pouco acima do peso e bronzeada graças à prática de sua equipe de tênis nas quadras externas, Yuka não perdeu o jeito alegre mesmo sob aquelas circunstâncias.

— Sim — Yukie disse.

— Bem, você deve estar radiante de felicidade, representante — Yuka caçoou dela.

Yukie corou ligeiramente ao ouvir a insinuação.

— Não sei do que você está falando.

— Ora, vamos! Você é a alegria em pessoa.

Yukie franziu as sobrancelhas e balançou a cabeça. De repente, dando-se conta de algo, Yuka olhou para Chisato e silenciou. Chisato havia perdido Shinji Mimura, o rapaz que ela amava, e agora apenas fitava o chão.

Yuko praticamente não ouvia essa conversa quando pegou o estojo médico de madeira de dentro da gaveta da escrivaninha. Ela o abriu sobre a mesa. Continha vários tipos de medicamentos, gazes e cataplasmas. Os únicos artigos faltando eram curativos, pois usaram quase todos para tratar Shuya Nanahara.

Analgésicos... Qual deles é o analgésico? É lógico que isso pouco importa. Não fará diferença porque...

— Nossa, o cheiro está ótimo! Yuka disse, tentando mudar o clima. Mas Yuko também não prestou muita atenção a isso.

Analgésicos... Ah, são estes. Bem aqui. Para dores de cabeça, cólicas menstruais, dores de dente... Pensando bem, meu estômago tem estado meio dolorido. Vou tomar um desses mais tarde. Depois que as coisas se acalmarem um pouco. Isso mesmo, depois que tudo se acalmar.

— Então, o que você quer conversar conosco? — Satomi perguntou a Yukie com a voz ligeiramente rouca.

— Sim. O que temos que conversar? — Haruka perguntou.

— Bem, sim, isso... Por onde devo começar? — Yukie disse.

Foi apenas quando Yuka falou "Vamos provar então" que Yuko de repente se deu conta.

Ela virou o rosto. E viu Yuka, em frente da pia, levantar o prato de sopa com uma das mãos e o levar à boca. *Ela deveria usar uma colher se quisesse provar*. Ao invés disso, ela pôs a boca justo naquele prato que tinha sido polvilhado com o pó semitransparente.

Yuko empalideceu. Ela estava prestes a levantar a voz, mas tudo aconteceu muito rápido.

Yuka deixou cair o prato, que se espatifou com estrondo contra o assoalho e derramou a sopa. Todos os olhares se concentraram nela.

Yuka segurou a garganta e cuspiu a sopa que tinha acabado de engolir. Depois cuspiu com mais violência em cima da mesa branca. Agora a substância era de um vermelho vivo. O vermelho se esparramou em círculo depois que a massa arredondada caiu sobre a mesa branca, parecendo a bandeira nacional da República da Grande Ásia Oriental. Instantaneamente, Yuka tombou sobre o assoalho coberto de sopa.

— Yuka!

Todas — menos Yuko, que permanecia muda — gritaram e correram na direção de Yuka, que dobrou o corpo, virou-se de lado e novamente cuspiu sangue. Seu rosto bronzeado estava cada vez mais pálido. Uma espuma vermelha saía do canto de sua boca.

— Yuka! Yuka! O que houve?

Yukie sacudiu o corpo da amiga, mas a espuma vermelho-escura apenas continuava a escorrer-lhe pelo canto da boca. Seus olhos estavam abertos até o limite, parecendo prestes a saltar das órbitas, mas agora até mesmo o branco deles estava avermelhado. Por algum motivo — congestionamento ou capilares estourados —, pontos vermelho escuros e pretos começaram a aparecer por todo o seu rosto azulado, transformando-o em algo semelhante às feições de um monstro grotesco.

Além disso, havia algo mais, incontestável. Era óbvio.

Yuka parou de respirar.

Todas silenciaram. A mão trêmula de Yukie tocou a garganta de Yuka. A representante disse:

— Ela está morta...

Yuko permaneceu de pé com o rosto completamente pálido, um pouco mais atrás de Yukie e Haruka, que se sentaram ao lado de Yuka. Ela tremia. (Logicamente era muito provável que as outras quatro estivessem também no mesmo estado.)

Ah, como pode... como pode isso... isso tudo é um engano... engano... ela apenas provou um bocado... como pode ser tão forte... eu não... isso é um erro... eu a matei... matei... por engano... eu não pretendia... meu alvo era...

— Impossível ter sido intoxicação alimentar... ou não? — Yukie prosseguiu, com a voz trêmula.

Chisato revidou:

— Eu provei. Nada aconteceu... será... poderia ser...

Haruka completou:

— ... algum tipo de veneno?

Foi o estopim. Todas (ou, mais exatamente, todas menos Yuko, mas as outras quatro ignoravam isso) entreolharam-se.

Houve um baque surdo. Satomi Noda tomou a Uzi e apontou para as outras. As outras quatro, incluindo Yuko, moveram-se para o lado ou para trás do corpo de Yuka.

Satomi gritou. Seus olhos por trás dos óculos estavam arregalados de pavor:

— Quem? Quem fez isso? Quem pôs veneno na sopa? Quem está tentando nos matar?

— Pare com isso! — Yukie vociferou. Yuko viu a mão de Yukie procurar a arma (Browning High Power 9mm. Esta foi a arma fornecida à própria Yukie e ela, como líder do grupo, a carregava) enfiada na parte de trás da saia, mas depois parou e retrocedeu. — Baixe sua arma. Isso tudo só pode ser um engano.

— Engano coisa nenhuma! — Satomi balançou a cabeça. Logo ela, que sempre parecia tão calma, tinha surtado. — O último anúncio mencionou que restam apenas catorze de nós. São poucos agora. É de esperar que os falsos amigos comecem a pôr as manguinhas de fora. — Então, ela olhou para Haruka e a acusou: — Você estava cozinhando.

Haruka balançou a cabeça violentamente.

— Não fui só eu. Chisato também...

— Que absurdo! — Chisato exclamou. — Eu não fiz nada. Além disso... — ela pareceu hesitar, mas então complementou: — ... Satomi e Yuko também tiveram tempo suficiente para envenenar a comida.

— Tem razão. — Haruka se virou para Satomi. Seu tom de voz era sombrio. — Não é estranho ficar tão nervosa?

— Haruka! — Yukie tentou contê-la, mas era tarde. O rosto de Satomi estava alterado.

— O que você falou?

— É isso mesmo — continuou Haruka. — Em primeiro lugar, você quase não dormiu. Eu sei. Quando acordei no meio da noite, você estava de pé. Isso não mostra que você desconfia de nós? Não é a maior prova?

— Por favor, pare, Haruka! — Yukie implorou. Ela praticamente berrava em desespero: — Satomi! Baixe a arma!

— Qual é a sua? — Satomi apontou a Uzi para Yukie. — Pare de se fazer de líder. Está tentando nos enganar depois de seu plano de envenenar todas nós ter dado errado? É isso?

— Satomi... — Yukie disse atônita.

Yuko levou a mão à boca e retrocedeu alguns passos, aturdida. Seu corpo estava paralisado pelo súbito desenrolar dos acontecimentos. Mas... ela precisava falar, explicar o que de fato ocorrera... do contrário, algo... algo muito horrível acabaria acontecendo.

De repente, Chisato se movimentou. Correu em direção à mesinha de canto contra a parede no lado direito da pia. Lá estava mais uma das armas fornecidas às seis garotas, uma cz75 tcheca. (Era, na realidade, a arma de Yuka.)

Estampidos ecoaram pelo cômodo. Três orifícios se abriram nas costas de Chisato, que desabou contra a mesinha, escorregou como se abraçasse a quina do móvel e caiu com o rosto voltado para o assoalho. Não havia necessidade de verificar. Chisato estava morta.

— Satomi! O que está fazendo? — Yukie gritava, com os olhos arregalados. Sua voz estava esganiçada.

— Qual é? — Satomi encarou Yukie, ainda segurando a Uzi fumegante. — Ela foi pegar a arma porque era culpada.

— E você também pegou uma arma! — Haruka gritou. — Yukie! Atire em Satomi!

Com um estalido, Satomi apontou a Uzi para Haruka. O rosto de Haruka escureceu. Satomi parecia pronta a atirar em Haruka a qualquer momento.

Yukie ficou angustiada. No instante seguinte, sua mão estava posta sobre a Browning atrás da saia. Depois de hesitar, ela sem dúvida mirou o braço de Satomi ou outra parte de seu corpo.

Satomi então rapidamente moveu a Uzi e a direcionou a Yukie.

Papapá. Juntamente com o som dos tiros, Yukie foi impulsionada para trás. Jorrou sangue dos furos abertos em sua blusa de marinheiro e ela caiu de costas.

Haruka permaneceu petrificada por um momento e no instante seguinte correu para recolher a Browning que Yukie deixou cair. A Uzi de Satomi acompanhou Haruka e disparou, *papapá*, estourando a lateral de sua blusa de marinheiro e fazendo o sangue esguichar juntamente com o tecido do uniforme. O corpo de Haruka deslizou para o assoalho.

A mesa estava entre elas agora. Satomi apontou a Uzi para Yuko. Ela disse:

— E que tal você?... Você é diferente, não é?

Yuko apenas tremia. Conforme tremia, seus olhos se mantinham fixos no rosto de Satomi.

Houve um estouro. Um orifício apareceu no lado esquerdo da testa de Satomi. Ela abriu a boca... e olhou para sua mão esquerda. O sangue jorrou do orifício em sua testa, esguichando contra a parte interna dos óculos e parando no canto do olho. Daí continuou escorrendo para baixo.

O pescoço de Yuko se moveu rigidamente, à semelhança de um dispositivo mecânico, conforme acompanhava os olhos de Satomi, e ela viu Haruka com o torso levantado de dor de sua posição caída, segurando de algum jeito com a mão direita a Browning.

A Uzi de Satomi disparou. *Parararararará!* Não era claro se ela puxou o gatilho de propósito ou se foi uma contração nervosa. Uma rajada de balas criou uma fileira em todo o assoalho e atravessou o corpo de Haruka, que saltou fazendo um semigiro sobre si. Uma névoa de sangue se elevou no ar. O pescoço de Haruka estava dilacerado na metade acima da coleira.

O corpo de Satomi caiu para a frente devagar, aterrissando com um baque surdo no assoalho sobre o cadáver de Yuka Nakagawa e permanecendo absolutamente imóvel.

Completamente só no cômodo, Yuko apenas tremia. Seu corpo estava petrificado. Com os olhos de uma criança vagando pela exibição de um museu de horrores, os dela percorreram o assoalho coberto pelos corpos de suas cinco colegas de turma.

[RESTAM 9 ESTUDANTES]

63.

Ao ouvir o som de algo se estilhaçando, Shuya imaginou que alguma das meninas desajeitadas tivesse deixado cair um prato da refeição que preparava, mas, quando o som foi acompanhado de uma discussão, ele se levantou da cama.

Sentindo fortes dores por todo o lado esquerdo do estômago e da escápula, Shuya gemeu levemente, mas apoiando o braço direito não conseguiu sair da cama e com os pés descalços pisou no assoalho. Ele vestia apenas as calças do uniforme escolar. A discussão continuava. No meio das vozes, pensou ter ouvido Yukie gritar.

Shuya caminhou até a porta e pôs a mão na maçaneta. Ela girou, mas quando ele empurrou a porta, que estava bloqueada, ela não se moveu. Pela fresta de um centímetro ele pôde ver uma tábua disposta em diagonal contra a porta. Conforme Yukie lhe avisou, elas improvisaram uma barra como tranca.

Shuya segurou a maçaneta e a chacoalhou com vigor várias vezes, mas a porta não se mexia. Ele também tentou enfiar os dedos pela fresta, mas a tábua encostada contra a porta não se movia.

Ele respirou fundo, prestes a desistir, quando ouviu pela fresta o já familiar estampido dos tiros. Houve inúmeros gritos.

Shuya empalideceu. Se fosse o atacante... Mas se fosse isso... Mesmo assim, algo estava errado!

Shuya conseguiu manter seu corpo ferido de pé, sem cambalear. Suspendeu o pé direito e coiceou a porta com a sola descalça, usando a técnica de chute frontal aprendida com Hiroki. Mas seu chute foi em vão, ele se desequilibrou e caiu sentado no assoalho. Sentiu uma dor no ferimento da lateral do estômago. Notou também que sentia vontade de urinar, mas isso teria que esperar.

Mais som de tiros. *Papapá.*

Shuya voltou para a cama onde estivera deitado, levantou-se e ergueu com a mão direita a beirada feita de tubos de aço. O móvel virou de lado com estrondo, e a colcha e lençol escorregaram.

Shuya arrastou a cama, apoiou uma ponta contra a porta e, dando a volta até a outra extremidade, empurrou o móvel em direção à porta com toda a sua força. A porta emitiu um som de quebra. Ele empurrou outra vez.

Bang. Dessa vez, apenas um tiro.

A cama atingiu a porta de madeira com estrondo. A porta dobrou-se pela metade e abriu para o corredor. Shuya puxou bruscamente a cama da frente da porta com a mão direita e a deixou cair no assoalho.

O estampido dos tiros semelhante ao som de uma máquina de escrever era agora claramente audível através da porta aberta.

Shuya saiu para o corredor. As sombras eram formadas nas janelas, em que as tábuas de madeira foram pregadas. O corredor estava às escuras. A entrada era à sua esquerda, e havia três portas enfileiradas pelo longo corredor. Apenas a porta mais distante estava entreaberta, e a luz que dela se refletia no corredor criava uma fria poça luminosa.

Shuya pegou uma das peças mais longas das tábuas quebradas em frente à porta, de aproximadamente um metro de comprimento. Ele avançou pelo corredor arrastando o corpo dolorido. Tudo estava em silêncio. *Que diabos aconteceu? Alguém atacou ou...*

Shuya se aproximou com cuidado dessa porta... Espiou pela fresta e viu no cômodo com os equipamentos de cozinha Yukie Utsumi e Haruka Tanizawa caídas ao lado da mesa do centro. Para mais além delas, jazia Yuka Nakagawa. (*Que cara era aquela?*) Chisato Matsui estava contra a parede à direita. E à sombra da mesa alguém jazia com o rosto para baixo. Deveria ser Satomi Noda, porque, a menos que Shuya se enganasse, a garota de pé com as costas voltadas na direção dele, de corpo relativamente esbelto e de cabelos sedosos, lisos e batendo nos ombros, era Yuko Sakaki.

Havia várias armas espalhadas ao redor dos corpos caídos do grupo de Yukie. Shuya foi assaltado pelo cheiro fétido do sangue esparramado pelo assoalho.

Em estado de choque, Shuya estava petrificado. Essa sensação de paralisia era idêntica à que sentiu ao ver o cadáver de Mayumi Tendo em frente à escola.

O que é isso? Como pode ter acontecido? Yukie, que tinha acabado de lhe dizer "você tem que ouvir o que diz uma garota apaixonada por você", jazia logo ali. Quatro outras também estavam caídas. Estariam mortas? Acabaram morrendo?

Yuko, com as costas viradas para Shuya, estava desarmada. Permanecia apenas de pé, imóvel, como uma venusiana jogada de repente em Plutão.

Shuya estava totalmente confuso ao girar a maçaneta, abrir a porta e entrar na sala.

Yuko virou-se ao sentir a presença dele. Ela encarou Shuya com olhos sanguinolentos, mas logo pulou para pegar a arma caída no assoalho entre Yukie e Haruka.

Ao mesmo tempo, Shuya despertou de seu atordoamento. Levantou bruscamente a tábua que segurava com o braço direito, da mesma forma que faria ao lançar uma bola rápida do monte alto de terra, com todo o corpo, quando estava na Little League. (Ele tinha suas dúvidas se esse esporte teria existido algum dia na Terra. Parecia ser de um planeta distante na remota Nebulosa de Andrômeda, onde os habitantes o jogavam usando três de suas cinco mãos, embora o uso de uma cauda fosse excepcionalmente permitido no último tempo do jogo.) Por causa disso, uma dor súbita assaltou todo o seu corpo e Shuya franziu o rosto.

A tábua atingiu o assoalho bem em frente de Yuko e pulou para cima. Yuko parou para proteger o rosto com as mãos e acabou caindo sentada no assoalho ensanguentado.

Shuya correu em direção à arma. Não havia dúvida de que, naquele caos, se Yuko pegasse a pistola, as coisas só piorariam.

Yuko soltou um grito agudo e retrocedeu. Levantou-se, girou o corpo e correu para o lado oposto da sala. Passou pelo lado da mesa e desapareceu pela outra porta aberta ao fundo. Ouviu-se um barulho metálico. *Seria uma escada?*

Shuya olhou para lá por um momento depois que ela desapareceu. Então, correu até Yukie e ajoelhou ao seu lado.

Ele podia ver no peito da blusa de marinheiro vários orifícios. O sangue já se esvaía embaixo de seu corpo e os olhos dela estavam fechados serenamente, como se dormisse. Sua boca estava levemente aberta.

Ela já não respirava.

Shuya gritou. Estendeu a mão direita até o rosto sereno de Yukie. Pela primeira vez, desde o início do jogo, sentiu as lágrimas brotarem de seus olhos. Seria pelo fato de eles terem conversado havia apenas alguns minutos? Ou pelas coisas que ela disse?

"Não sei o que seria de mim se você morresse! Entende o que eu digo? Entende?"

"Você chama Noriko pelo nome, mas me chama de 'representante', não?"

O rosto choroso mas repleto de alívio dela. Com feições levemente melancólicas. E agora o rosto de estranha serenidade bem diante dos olhos dele.

Shuya olhou ao redor. Era desnecessário confirmar. O rosto de Yuka Nakagawa tinha mudado de cor. De sua boca escorria uma espuma de sangue. Satomi Noda estava de bruços, com uma poça de sangue sob a cabeça. As costas de Chisato Matsui estavam cobertas de orifícios de balas, e Haruka Tanizawa... tinha o pescoço dilacerado.

Como pôde... Como isso pôde ter acontecido?

Shuya voltou a olhar para Yukie. Seu braço esquerdo, quase paralisado, apoiava o braço direito para que ele pudesse levantá-la. Provavelmente era um gesto sem sentido. Mas Shuya tinha que fazê-lo.

Conforme ele erguia o corpo de Yukie, ouviu o gotejar do sangue no assoalho caindo dos orifícios no peito dela pelas balas que lhe vararam as costas. A cabeça da garota pendeu para trás e suas tranças tocaram o braço de Shuya, que se lembrou de sua voz mais uma vez:

"Entende o que eu digo?"

Lágrimas caíam dos olhos de Shuya sobre a blusa de marinheiro dela.

— Ah! — Shuya mordeu o lábio inferior e gentilmente a ajeitou sobre o assoalho. Pegou a Browning da qual Yuko tentou se apossar. Caminhou para a porta na extremidade da sala, por onde ela tinha saído. Sentia o corpo incrivelmente pesado, e não era apenas por estar ferido. Ele enxugou os olhos com o braço direito nu da mão que segurava a Browning.

Do outro lado da porta, havia um espaço cilíndrico em concreto aparente. Ali estava a torre do farol, com uma grossa coluna de aço no centro e uma escada de aço em espiral ao redor. Não havia janelas, apenas um raio de luz vindo do alto.

— Yuko! — Shuya gritou. Ele começou a subir a escada, enquanto gritava. — O que aconteceu, Yuko?

Ele não via Yuko no alto da escada, porém ouviu um grito que ecoou pelo espaço cilíndrico da torre. Shuya franziu as sobrancelhas e subiu a escada a passos rápidos. O ferimento na lateral do seu corpo latejava. Achou que deveria ser uma nova hemorragia, pois sentia agora o curativo começar a se tornar úmido.

[RESTAM 9 ESTUDANTES]

64.

Yuko Sakaki subiu correndo até o topo da torre do farol, a ponto de perder o fôlego. Lembrando o único olho gigantesco de um ciclope, a lente de Fresnel instalada no centro da plataforma deixava apenas um espaço estreito para se mover a seu redor. Yuko viu o céu nublado pelas janelas à prova de vento da sala da lanterna. À sua esquerda, estava a porta baixa que conduzia ao estreito balcão. Ela a abriu, desesperada, e saiu.

Talvez por causa da altura, soprava um vento mais forte do que Yuko esperava. Ela recebeu um forte bafejo da brisa marinha.

O oceano estava bem à frente. Refletindo o céu nublado, o mar era azul-escuro e as ondas brancas avançavam dando voltas sobre ele como um tecido. Yuko se deslocou para a direita. A montanha do norte estava bem à sua frente. Havia uma pequena praça diante do prédio do farol. Um pouco mais à esquerda, uma estrada de terra batida se estendia ao redor do pé da montanha, e ali havia uma caminhonete branca perto de um portão sem utilidade aparente.

Yuko segurou no corrimão de aço que rodeava o balcão. Bem abaixo se situava o cômodo em que Shuya estivera apenas alguns momentos antes. Ela viu o telhado do prédio térreo anexo. Seguindo o corrimão, ela continuou circulando a sala da lanterna, mas não encontrou o que esperava — uma escada de aço. Yuko ainda não tinha montado guarda e, por isso, não conhecia bem o exterior do farol. Ela estava de pé olhando para o céu. Não havia como sair dali. Dando-se conta disso, começou a entrar em pânico, mas apertou os dentes e procurou se conter. Na falta de uma escada de emergência, o jeito era se atirar.

Respirando com dificuldade, acabou voltando à posição anterior e olhou de novo para baixo.

Era alto. Não era tão ruim quanto pular até o solo, mas mesmo assim era uma altura considerável. De fato, seria impossível saltar dali, mas, antes de poder fazer uma escolha racional, a imagem costumeira lhe cruzou a mente de novo. Só que, dessa vez, era a *sua* cabeça que estava rachada e aberta. O sangue jorrando para cima. O rosto de Shuya coberto com o sangue dela. Ela precisava escapar. A todo custo. Precisava mesmo fugir. Não havia tempo a perder.

Yuko se agachou e deslizou por entre os amplos espaços entre as barras da cerca de aço instalada por acaso. Conseguiu passar entre elas. Segurando o corrimão pela parte de fora, ela se pôs de pé com cuidado sobre a beirada do balcão de menos de dez centímetros de largura, mas...

A visão sob os pés lhe causou tonturas. *É... alto... não conseguirei pular... é realmente muito alto...*

A visão de Yuko subitamente tremeu. Seus pés escorregaram. A lateral de sua canela bateu contra a beirada de concreto do balcão (ela sentiu a pele raspando) e seu corpo ficou dependurado.

— Aiii! — Yuko gritou. Simultaneamente, suas mãos buscaram ao redor e puderam segurar a fina barra de aço inferior da cerca. O corpo de Yuko estava dependurado na beirada do balcão.

Segurando o corrimão, Yuko estava ofegante. *Que perigo... eu quase morri.*

Porém, ela engoliu em seco e pôs todas as suas forças nas mãos. Primeiro, claro, ela precisava erguer o corpo e voltar para o outro lado do corrimão. Depois, ela teria que pensar num jeito de lutar com Shuya Nanahara. Essa era a única...

O vento forte assobiou e balançou seu corpo. Ela gritou "Aiii!", mas em vão. Suas mãos agarradas à barra de aço escorregaram e, agora, apenas as palmas se seguravam à beirada do balcão. Yuko não podia nem mesmo estender as mãos até as barras de aço.

Ela se espantou ao constatar que as palmas da mão suavam em abundância. Yuko estava dominada pelo pavor e pânico. *Como, como, como eu vou suar logo numa hora dessas? Minhas mãos... estão escorregando...*

Seu dedo mínimo direito deslizou para fora da beirada do balcão.

— Não! — Yuko berrou. Depois foi a vez do dedo anular. A seguir toda a mão direita caiu para fora do corrimão (ela sentiu a unha do indicador agarrada, mas ela acabou se desprendendo). Seu corpo balançou, tendo a mão esquerda como ponto de apoio. E agora a mão esquerda também...

— Aiiiiiii! — No momento em que gritou, Yuko foi dominada por uma sensação semelhante à de um sonho no qual estava caindo.

Mas então sentiu um impacto passar do braço para o ombro. Sua queda foi interrompida alguns centímetros abaixo.

Balançando como um pêndulo pelo braço esquerdo, Yuko olhou vagamente para cima... E então viu Shuya Nanahara do outro lado do corrimão alongando o corpo, estendendo o braço direito, segurando o pulso dela.

Por um instante Yuko fitou o rosto de Shuya. No momento seguinte, berrou:

— Não!

Logicamente se ela se soltasse morreria, mas era Shuya Nanahara quem segurava sua mão.

— Não! Não!

De olhos arregalados e cabelos desgrenhados, Yuko continuava gritando enquanto refletia: *Por que você está tentando me salvar? Deseja me usar para sobreviver? Ou, ah, entendo. Você deseja me matar com as próprias mãos.*

— Não! Me solte! — Yuko gritou. Qualquer vestígio de racionalidade tinha desaparecido por completo. — Não! Prefiro morrer aqui a deixar você me matar! Me solte! Me solte!

Seja lá o que Shuya pensou (ou não) ao ouvi-la, sua expressão permaneceu inalterada ao gritar:

— Não se mexa!

Yuko olhou para Shuya outra vez e percebeu que o curativo sob a coleira cobrindo o ferimento no pescoço dele estava encharcado de sangue gotejando para o ombro nu.

O sangue escorreu pela extensão do braço e chegou à mão esquerda de Yuko.

— Argh! — Shuya exclamou, e segurou com mais força a mão dela. Seu rosto transpirava pela tensão. Não apenas seu pescoço, mas todo o corpo estava coberto por sérios ferimentos. Ele devia estar sentindo uma dor incrível, considerando que não apenas segurava todo o peso dela com seu braço direito, como também tentava puxá-la.

Yuko ficou sem palavras: *Por quê? Por que ele está tentando me salvar quando sente tanta dor?*

Por mais estranho que fosse, de repente tudo se esclareceu em sua mente. A névoa negra cobrindo seus pensamentos clareou num instante, como se afastada para longe pelo vento (pela brisa marinha soprando contra seu corpo). A imagem de Shuya segurando a machadinha ensopada de sangue, olhando para baixo o cadáver de Tatsumichi Oki, subitamente se desvaneceu, fragmentada pelo vento. Todas as suas lembranças anteriores (embora apenas de dois dias antes) da sala de aula da turma B do nono ano, juntamente com as expressões animadas de Shuya Nanahara, voltaram a ela. Sua expressão risonha ao brincar com Yoshitoki Kuninobu e Shinji Mimura; o rosto sério repetindo uma passagem difícil na guitarra ao praticar na sala de música; as faces risonhas quando fazia pose triunfante na segunda base depois de atingir com perfeição a linha da terceira base durante a aula de ginástica, que ela podia ver do ginásio onde jogava voleibol; e, um certo dia, o rosto preocupado quando ela empalideceu por causa das cólicas menstruais e ele perguntou gentilmente: "O que houve, Yuko? Você parece pálida", interrompendo a leitura do professor de inglês, senhor Yamamoto, e chamando a assistente da enfermeira, Fumiyo Fujiyoshi.

Oh, não. Yuko afinal compreendeu exatamente a situação diante de seus olhos. *Este é Shuya. Ele está tentando me salvar. Eu... por quê? Por que eu pensei que devia matá-lo? Por que eu acreditei nisso? É Shuya. E eu sempre o achei um cara simpático, muito legal, mas não...*

Então um pensamento diferente veio à mente dela. O ato que cometera e suas consequências. Yuko voltou a empalidecer.

Eu... minha mente estava conturbada... e... E foi assim que todas elas...

Yuko começou a chorar. Shuya olhou para ela perplexo.

— Shuya! — ela gritou. — Eu... Fui eu! Eu tentei te matar!

Shuya pareceu surpreso ao ver Yuko logo abaixo de seu braço se esforçando para olhar para cima com os olhos cheios de lágrimas.

Yuko continuou:

— E... eu... eu achei que você tinha matado Tatsumichi... Eu vi vocês dois e me apavorei. Tive muito medo. Por isso, tentei envenenar sua comida, mas Yuka acabou provando da sopa e então todas... todas...

Shuya então entendeu tudo. Escondida num arbusto próximo, Yuko o viu remover a machadinha da cabeça de Tatsumichi Oki depois de brigar com ele. Ela apenas testemunhou essa cena e não viu como Kyoichi Motobuchi e Shogo apareceram depois. Obviamente, ela poderia ter interpretado isso como um ato de autodefesa por parte de Shuya ou como um acidente. Todavia, Yuko estava muito apavorada para confiar em Shuya. Por isso envenenou a comida para matá-lo, mas Yuka a comeu por engano... E todas entraram em pânico, desconfiadas. A culpada, Yuko, acabou sendo a única sobrevivente...

— Tudo bem! — Shuya gritou. — Está tudo certo, apenas não se mexa. Vou puxá-la!

Shuya estava quase deitado sobre o balcão, seu corpo projetado entre as barras, mas, por não poder usar o braço esquerdo, não podia segurar no corrimão. Mesmo assim, ele girou o corpo e conseguiu por fim dobrar apenas o joelho até se ajeitar numa posição em que pudesse pôr força nas costas. Ele fez o que pôde segurando o pulso de Yuko. A dor dos ferimentos em todo o corpo, na lateral, no ombro esquerdo e no lado direito do pescoço, se intensificava. Porém...

Com o rosto banhado em lágrimas, Yuko balançou a cabeça.

— Não. Não. Por minha culpa todas... todas...

De repente, sua mão começou a se soltar dos dedos dele. O aperto forte que ele tentava manter afinal começou a afrouxar. Shuya se apressou em segurar mais forte, mas o sangue gotejando de seu pescoço fez sua mão escorregar.

A mão de Yuko soltou a de Shuya. O peso no braço de Shuya, de repente, desapareceu.

O rosto de Yuko olhando o de Shuya foi se afastando.

Com um baque surdo, Yuko caiu de costas sobre o telhado do prédio térreo abaixo. Shuya sentiu que, em vez de escorregar de sua mão, ela parecia ter simplesmente surgido lá de repente, como numa montagem fotográfica.

Seu corpo envolto na blusa de marinheiro e na saia plissada do uniforme estava estatelado. Seu pescoço entortado dava a impressão de que sua cabeça estava estranhamente deslocada do restante do corpo. Da parte superior direita da cabeça esguichou uma substância vermelha que criava o formato de uma longa folha de bordo.

— Ah... — Ainda com o braço direito estendido para fora do balcão, por um tempo Shuya contemplou a cena.

[RESTAM 8 ESTUDANTES]

65.

Hiroki Sugimura (o Estudante nº 11) respirou fundo.

Cerca de dez minutos atrás, ele ouviu um forte tiroteio. Hiroki vagava nos arredores da montanha norte, mas rapidamente se dirigiu para leste em direção aos tiros. Tudo já estava quieto no momento em que chegou ao farol na extremidade nordeste da ilha. Ele sabia o que era pela indicação no mapa, mas imaginou que Kayoko Kotohiki jamais se esconderia sozinha num local evidente como aquele e, por isso, não tinha ido lá até aquele momento. Hiroki não estava certo se os tiros haviam sido disparados de lá. Olhou do despenhadeiro o farol abaixo e notou uma garota estirada no telhado do prédio de tijolos anexo. Mesmo à distância, ele pôde perceber a cor vermelha abaixo da cabeça da garota e constatar que estava morta. Os cabelos na altura dos ombros e a baixa estatura se assemelhavam aos de Kayoko, assim como quando encontrou o corpo de Megumi Eto.

Hiroki escorregou pela margem do despenhadeiro abaixo. Conforme descia, o corpo no telhado sumiu de seu campo de visão. Ele chegou à porta do farol. Cadeiras e mesas se empilhavam em desordem além da porta aberta. Alguém tinha formado uma barricada, mas por algum motivo ela também foi destruída. Ele olhou a janela fechada com tábuas e, com cuidado, avançou pelo corredor. (Havia um cômodo com uma cama bem perto da entrada e sua porta também foi derrubada por alguma razão.) Seu detector respondeu. Seis pessoas. Hiroki avançou com cautela.

E permaneceu imóvel no cômodo agora repleto de poças de sangue.

Os corpos de cinco garotas estavam espalhados por todo o cômodo onde se encontravam os utensílios da cozinha. Lá estava Yukie Utsumi, a representante da turma, de costas ao lado da mesa de centro. À sua direita Haruka Tanizawa, com a cabeça quase decepada. E ao fundo Yuka Nakagawa, de rosto enegrecido. Chisato Matsui estava de bruços em frente à mesinha lateral à direita, com o rosto pálido azulado voltado na direção dele. E havia uma outra garota com o rosto para baixo atrás da mesa suja de sangue.

As quatro garotas, incluindo Yukie, estavam claramente mortas. Porém, aquela cujo rosto ele não pôde ver... quem seria?

Hiroki verificou o cômodo de novo com cuidado. Ele procurava ouvir algum som além da porta aberta do lado oposto. Aparentemente não havia ninguém escondido.

Ele pôs nas costas a arma que segurava na mão esquerda, caminhou por entre os corpos de Yukie Utsumi e Haruka Tanizawa, passando ao lado de Yuka Nakagawa, e deu uma volta ao redor da mesa. A sola de seu sapato chapinhou no sangue, cobrindo todo o assoalho. Ele se agachou ao lado da garota de bruços, abandonou o bastão que carregava na mão direita e levantou o corpo dela. Por causa da força despendida, sentiu uma dor aguda no ferimento em seu ombro direito atingido por Mitsuko Soma. O tiro disparado por Toshinori Oda em sua coxa pegou apenas de raspão, por isso não havia muita hemorragia ou dor no ferimento. Hiroki tentou ignorar a dor e virou o corpo imóvel.

Era Satomi Noda. Ela apresentava um orifício vermelho no lado esquerdo da testa e seus óculos, apesar de curvados, permaneciam no rosto, embora a lente esquerda deva ter se estilhaçado quando ela caiu. Obviamente estava morta.

Hiroki a deitou de novo no assoalho e transferiu o olhar para a porta escancarada no fundo do cômodo. Era onde a torre se situava. Podia-se subir por ali até a sala da lanterna.

A outra pessoa acusada pelo detector era obviamente a garota sobre o telhado. Sem dúvida ela estava morta também, mas ele precisava verificar quem era. Afinal, ela se parecia com Kayoko.

Hiroki empunhou outra vez a arma e passou pela porta. Havia uma escada de aço. Ele a subiu rapidamente, mas com passos silenciosos. Afinal, ainda poderia haver alguém na parte superior. Ele segurava o bastão e o detector em sua mão direita, verificando-o conforme subia.

Até entrar na sala da lanterna, não houve novas respostas do detector. Hiroki guardou o aparelho no bolso, enfiou a arma atrás das calças e foi até o balcão que rodeava a sala.

Ele tocou no corrimão de aço e, depois de engolir em seco, inclinou-se sobre ele e pôs de repente o rosto para fora.

Lá estava o cadáver em terninho de marinheiro. O pescoço da garota estava torcido de um modo estranho e o sangue se espalhava debaixo da cabeça, mas o corpo... não era o de Kayoko. Era Yuko Sakaki.

Mesmo assim...

Ele sentiu a brisa marítima soprar em seu rosto enquanto contemplava vagamente o mar. Seis garotas morreram ali de uma só vez. Não havia armas no cômodo, mas, considerando a forma como elas foram feridas e como as paredes e o assoalho estavam cobertos de buracos de bala, ele tinha certeza de que os tiros que ouvira haviam sido dados ali. A hipótese mais lógica foi que as garotas de alguma forma decidiram se reunir e se confinar ali, mas alguém as atacou. As cinco foram abatidas primeiro na parte de baixo, e como Yuko Sakaki conseguiu fugir para a sala da lanterna, caiu em direção à morte sem ter sido assassinada. Então, o atacante partiu antes de Hiroki chegar...

Porém, tendo em mente como elas formaram uma barricada na entrada, as tábuas pregadas nas janelas e cada ponto de entrada vedado, por que teriam elas posto abaixo a barricada? Teria o atacante a destruído ao sair? Mas então, como poderia ele ou ela ter entrado? Poderia ser que... havia uma sétima pessoa? E essa pessoa de súbito traiu o resto, revelando suas reais intenções? Não, não pode ser... Outra coisa foi que Yuka Nakagawa não parecia ter morrido baleada. Aparentemente, foi estrangulada. O sangue espalhado sobre a mesa tampouco fazia sentido. Como poderia um volume tão grande de sangue acabar ali? Havia mais. A porta para esse cômodo perto da entrada. Por que foi destruída?

De nada adiantava tentar entender. Hiroki balançou a cabeça, verificou o telhado do prédio e voltou para a sala da lanterna.

Conforme descia a escada de aço em espiral na escura torre e olhava para as paredes internas do farol, Hiroki sentiu uma leve sensação de tontura, como se o movimento espiral da escada se internalizasse nele. Provavelmente por causa do cansaço, mas mesmo assim...

Portanto, agora havia menos seis estudantes. Sakamochi revelou que restavam catorze estudantes no anúncio do meio-dia. Logo, agora deveriam restar no máximo oito.

Kayoko estaria ainda viva? Seria possível que tivesse morrido entre meio-dia e agora em algum local desconhecido?

Não, Hiroki pensou, *ela tem que estar viva.*

Mesmo que dificilmente pudesse justificar isso, por algum motivo ele estava quase certo. *Oito estudantes restantes, talvez menos. Mas eu estou vivo e Kayoko também deve estar. Isso está tomando muito tempo. Já se passou um dia e meio desde o início do jogo e eu ainda não consegui achar Kayoko. Mas uma hora irei encontrá-la.* Mais uma vez ele estava quase certo disso.

Então ele se lembrou do grupo de Shuya. Nenhum dos nomes deles foi anunciado. Shogo Kawada dissera: "Se você estiver disposto, pode pegar nosso trem".

Haveria realmente um jeito de escapar? E ele conseguiria chegar a essa "estação de trem" com Kayoko? Ele não tinha certeza. Mas ele faria o que estivesse a seu alcance para que pelo menos Kayoko pegasse esse trem.

Poderia ajudá-la a subir, senhorita?

Soava como algo que Shinji Mimura teria dito. Agora ele entendia bem o porquê de Shinji ser amigo íntimo de Yutaka Seto. Shinji gostava de zoar. Suas brincadeiras eram diferentes das de Yutaka, claro. Eram mais sarcásticas e algumas vezes mordazes. Shinji parecia valorizar a importância de rir nas situações difíceis. Na cerimônia de encerramento antes do Ano-Novo, quando eles estavam no oitavo ano, os dois conversavam durante o discurso maçante do representante do conselho distrital de ensino. Shinji disse: "Meu tio uma vez falou que o riso constitui um elemento essencial para manter harmonia e que ele pode representar nossa única válvula de escape. Você entende isso, Hiroki? Eu ainda não compreendo bem".

Mesmo achando que podia entender até certo ponto, Hiroki também sentia que não compreendia completamente. Talvez por ser ainda uma criança. Mas, de qualquer forma, Shinji Mimura e Yutaka Seto estavam ambos mortos agora. Ele não poderia mais responder a Shinji.

Conforme refletia sobre esses pensamentos, logo estava de volta à cozinha abarrotada de corpos. Hiroki olhou de novo ao redor do cômodo tingido de sangue.

Envolto pelo odor fétido, ele não havia notado a panela sobre o fogão e sentiu um cheiro apetitoso. Logicamente não havia gás, por isso elas deveriam estar cozinhando com combustível sólido. Hiroki foi dar uma olhada. A chama sob a panela estava apagada, mas ainda havia vapor subindo de algo semelhante a uma sopa.

Desde o início do jogo, ele comeu apenas o pão fornecido pelo governo (quando sua água acabou, ele pegou mais um pouco do poço de uma casa), por isso estava faminto, mas balançou a cabeça e afastou os olhos da panela. Ele simplesmente não sentia vontade de comer aquilo. Não naquele cômodo horrível. *Em vez disso, devo me apressar e encontrar Kayoko. Vou sair logo daqui.*

Ele cambaleou até o corredor. Por não ter dormido por longo tempo, não sentia muita firmeza nas pernas.

Alguém estava de pé na entrada ao fundo do longo corredor. Como o saguão estava escuro, essa pessoa parecia uma silhueta contornada por trás pela luz.

Hiroki saltou de lado antes mesmo que seus olhos pudessem se arregalar e foi às pressas para a cozinha. Ao mesmo tempo, chamas começaram a sair das mãos dessa silhueta. Uma rajada de balas passou perto dos pés de Hiroki ainda visíveis no corredor.

Hiroki contorceu o rosto pela tensão. Levantou-se, fechou a porta com estrondo e, já agachado, segurou a maçaneta e a trancou.

O som dos disparos parecia familiar. Era o mesmo que tinha ouvido antes e depois da incrível explosão. Depois de escapar de Toshinori Oda durante a madrugada, Hiroki ouviu o som de tiros atrás dele... Em outras palavras, o mesmo som dos tiros que puseram fim a Toshinori. Eram também os disparos que ele ouviu quando Yumiko Kusaka e Yukiko Kitano foram mortas. Ele ouviu o disparo várias outras vezes. Todos partiram do "atirador". Assim como Hiroki, ele veio conferir o local depois de escutar os tiros. Ou talvez estivesse ali para acabar com a pessoa que matou o grupo de Yukie Utsumi. Ou quem sabe fosse o próprio atirador de volta.

Ajoelhado no assoalho, Hiroki levou a mão esquerda às costas e pegou de novo sua arma. Ele encontrou as balas no kit de sobrevivência que Mitsuko deixou para trás, portanto a arma estava agora totalmente carregada, embora ele não tivesse encontrado um pente extra. Talvez Mitsuko o tivesse guardado no bolso. Colt Government .45 automática de ação simples. Sete cartuchos no pente mais um na câmara. Ele não poderia perder tempo recarregando as balas uma a uma. No momento em que fizesse isso, seria detonado pela metralhadora ou outra arma do atirador.

Com as costas contra a parede, Hiroki olhou para a cozinha onde os corpos das garotas jaziam espalhados. Infelizmente, as janelas estavam vedadas com tábuas pelo lado de dentro. Ele gastaria muito tempo para removê-las e escapar. Olhou para a porta que conduzia à torre. Não, seria impossível. Era muito alto para que ele saltasse de lá de cima. No máximo acabaria indo tomar banho de sol ao lado de Yuko Sakaki. Não, mas espere... O que esse "atirador" pretendia fazer? Será que ele estava andando na ponta dos pés atrás da porta ou do lado de fora calmamente esperando a saída de Hiroki? Não, o atirador não tinha tanto tempo e, se não fizesse logo o serviço, daria oportunidade a alguém, que chegasse por ter ouvido os disparos, de acabar com ele pelas costas.

Hiroki estava certo. A madeira ao redor da maçaneta da porta foi estilhaçada. (De fato, várias balas saindo da porta arrancaram o ombro e a lateral de Chisato Matsui, que jazia bem em frente da porta.)

A porta abriu com estrondo.

No instante seguinte, a figura sombria saltou para dentro do cômodo.

Ao saltar e depois se levantar, Hiroki percebeu que se tratava de Kazuo Kiriyama (o Estudante nº 6). Ignorando os corpos no cômodo, ele apontou sua metralhadora para a lateral da porta, seu ponto cego, e em seguida começou a atirar.

Depois de cinco ou seis balas atravessarem a parede, o atirador parou por não haver ninguém lá.

Hiroki aproveitou a chance e caiu sobre Kazuo Kiriyama balançando seu bastão. No último instante, ele decidiu subir na alta prateleira instalada ao lado da porta. Preferiu não usar a arma por não estar acostumado com ela, e a enfiou de novo nas calças. O importante era fazer o atirador — Kazuo Kiriyama — parar de atirar.

Kazuo olhou para cima. Ele levantou o cano da metralhadora, mas Hiroki golpeou seu pulso com o cabo da vassoura que empunhava. A Ingram M10 9mm estatelou no chão, escorregou e parou depois da mesa onde o cadáver de Satomi Noda estava.

Kazuo tentou puxar da frente da calça outra arma (uma grande pistola automática, diferente do revólver de Toshinori Oda), mas, já tendo descido, Hiroki se balançou, agitou sem demora a ponta do bastão e atingiu essa arma também, jogando-a ao chão.

Uma rápida investida! Vou fazê-lo cair!

O bastão veio descendo, mas Kazuo com rapidez inclinou o corpo para trás, dando uma cambalhota. Ele pulou por sobre o corpo de Yukie Utsumi com uma elegância digna dos filmes de kung fu e, depois de girar uma vez sobre si mesmo, se pôs de pé em frente da mesa no centro do cômodo. Nesse momento ele já empunhava na mão direita o revólver que pertencia a Toshinori Oda.

Mas sem dúvida os movimentos de Hiroki causaram espanto até em Kazuo. Hiroki moveu-se de imediato oitenta centímetros para longe de Kazuo.

— Yahh! — Hiroki agitou seu bastão, atingindo a arma na mão de Kazuo três vezes. Ela voou no ar e, antes de chegar ao chão, a outra ponta do bastão de Hiroki se agitou na direção do rosto de Kazuo. Havia uma mesa atrás dele que o impedia de retroceder mais.

Porém, o bastão parou a alguns centímetros antes de atingir o rosto do atirador. No instante seguinte, Hiroki viu um terço do bastão passar de raspão pela cabeça do adversário. Estranhamente, ele o ouviu se quebrar apenas depois. Kazuo tinha golpeado o bastão com a mão esquerda que levantou diante do rosto.

No instante seguinte, Kazuo manteve a mão direita aberta estendida na direção do rosto de Hiroki, com os dedos tensionados. Ele mirava nos olhos.

Provavelmente foi um milagre Hiroki conseguir se abaixar e se esquivar. O golpe foi realmente rápido.

Mas Hiroki conseguiu se livrar dele, segurando o punho de Kazuo com ambas as mãos, uma vez que já tinha largado o bastão. No instante seguinte ele virou o pulso para trás. Ao mesmo tempo, aplicou com toda a força uma joelhada no estômago de Kazuo. O absolutamente calmo Kazuo ofegou de leve.

Com a mão esquerda contendo o braço do adversário, Hiroki pegou a arma e puxou o cão. Pressionou-a contra a boca do estômago de Kazuo e puxou o gatilho.

Ele continuou puxando o gatilho até acabar com todas as balas. O corpo de Kazuo estremecia a cada tiro.

Quando por fim o bloco da culatra da arma travou, o oitavo cartucho caiu no chão com um tinido, rolou e depois bateu contra outro caído antes dele.

Hiroki sentiu em sua mão esquerda, a que segurava o braço direito de Kazuo, que o restante do corpo do oponente aos poucos se tornava flácido. Seu cabelo puxado para trás e o restante da cabeça caiu para a frente. Quando Hiroki o largasse, seu corpo deslizaria contra a quina da mesa e cairia sobre o assoalho.

Mas agora mesmo Hiroki estava de pé de frente para Kazuo como se dançando uma estranha dança, arfando, seu peito ofegante.

Eu venci.

Ele venceu *o grande* Kazuo Kiriyama. O mesmo Kazuo Kiriyama cuja aptidão atlética era provavelmente superior à de Shinji Mimura ou de Shuya Nanahara e que nunca perdeu uma luta que fosse de seu conhecimento. Ele o derrotou.

Eu o venci...

De repente, uma dor aguda perfurou a lateral direita do estômago de Hiroki. Ele gemeu, respirou com dificuldade e arregalou os olhos.

Kazuo olhava para Hiroki. E em sua mão esquerda havia uma faca enterrada no estômago de Hiroki.

Hiroki lentamente moveu de novo o olhar dessa mão para o rosto de Kazuo, que fitou Hiroki com seus costumeiros olhos lindos e gélidos.

Como ele pode continuar vivo?

Logicamente era porque Kazuo Kiriyama vestia o colete à prova de balas de Toshinori Oda, mas Hiroki não sabia e naquele momento não havia muita razão para refletir sobre isso.

Kazuo girou a faca e Hiroki gemeu. Sua mão esquerda, que segurava o pulso direito de Kazuo, começou a se afrouxar.

Oh, não, isso não é nada bom. Nada mesmo.

Mas Hiroki juntou todas as forças em sua mão e balançou a mão direita que ainda segurava a arma sem balas.

Ele dobrou o cotovelo direito formando um ângulo reto e atingiu o queixo de Kazuo, que voou e deslizou pela mesa branca suja de sangue. A mancha de sangue que se assemelhava à bandeira nacional da República da Grande Ásia Oriental transformou-se nas listras do pendão americano. Simultaneamente, a faca enfiada no estômago de Hiroki, depois de dilacerar aproximadamente trinta gramas de sua pele, fez o sangue jorrar. Hiroki resfolegou do fundo de seus pulmões.

No instante seguinte, ele se virou e correu para a porta que dava para o corredor.

Justo quando ele estava passando pela porta, ouviu tiros e o caixilho dela arrebentou. Kazuo não teria tido tempo de recolher as armas espalhadas pelo chão. Logo, ele devia ter uma quarta arma (provavelmente fixada sob a calça, atada ao tornozelo ou algo assim).

Hiroki correu, ignorando os tiros.

Ele saltou por cima da pilha de cadeiras e mesas jogadas em desordem na entrada. Pouco antes de chegar do lado de fora, ele ouviu o som familiar da metralhadora, mas, por estar agachado, os tiros não o alcançaram.

O céu estava bastante nublado, com jeito de chuva, mas por algum motivo para ele parecia luminoso.

Hiroki correu o mais rápido que pôde até o bosque além do portão onde a caminhonete estava estacionada. Ele deixou para trás uma trilha de manchas vermelhas sobre a terra branca.

Ele ouviu outra vez o som da metralhadora, mas então já havia saltado para dentro do bosque.

Logicamente, ele não podia se dar ao luxo de descansar ali.

[RESTAM 8 ESTUDANTES]

66.

Começou a garoar. A chuva banhava a vegetação que cobria a ilha, e uma cor vívida escura se destacava em meio à luz opaca que caía por entre as gotas de água e as densas nuvens.

Shuya se movimentava lentamente pela mata. A área à sua direita era aberta e lhe oferecia uma visão do mar, que apresentava um cinza baço por trás da cortina branca de chuva.

Ele agora usava sua camisa, o uniforme e o tênis que encontrou no cômodo onde o grupo de Yukie estava. Seu uniforme estava molhado pela água da chuva que gotejava dos galhos. Shuya mantinha a submetralhadora Uzi pendurada ao ombro, a mão direita no cabo, e a CZ75 enfiada na frente da calça. A Browning e as balas que ele recolheu estavam dentro do kit de sobrevivência em suas costas.

No final das contas, Shuya deixou o farol de imediato e, como previa (Seria adequado falar dessa forma?), quinze minutos depois, justo quando ele começava a recolher madeira para fazer uma fogueira sobre um despenhadeiro próximo à extremidade norte da ilha, ouviu tiros vindos do farol. Apesar de o massacre do grupo de Yukie ter ocorrido dentro do farol, ele conjecturou que pelo menos dois estudantes deveriam ter chegado ao local depois de ouvir os tiros e acabaram brigando.

Depois de alguma hesitação, Shuya começou a voltar para o farol. Ele se lembrava do som dos tiros. Imaginou que fossem da metralhadora de Kazuo Kiriyama. Ele duvidava que Noriko e Shogo sairiam de onde estavam para o local dos tiros, mas não restavam agora muitos estudantes. Supondo que um deles era Kazuo, havia uma boa chance de que o outro fosse Hiroki Sugimura. Logicamente, também poderia ser Mitsuko Soma.

Mas os tiros cessaram de imediato. Shuya pensou um pouco mais e acabou decidindo não regressar ao farol. Mesmo que voltasse, não deveria haver mais ninguém lá. Ou, na melhor das hipóteses, mais um cadáver estaria esperando por ele juntamente com os do grupo de Yukie.

Começou a chover justo quando Shuya acabava de preparar duas fogueiras sobre a rocha do despenhadeiro. Ele trouxe um isqueiro do farol, mas a chuva dificultava atear fogo.

A chuva apertou e Shuya acabou desistindo e deixou a área. Noriko e Shogo provavelmente não teriam se movimentado muito. C-3 estava proibido, mas os quadrantes adjacentes D-3 e C-4 ainda eram seguros. Eles possivelmente estariam nessa área, portanto ele poderia fazer outra fogueira quando estivesse na vizinhança.

Com esse pensamento em mente, Shuya começou a andar. Então escutou o trinado de um pássaro distante quando se voltava para o oeste no litoral norte da ilha, por volta das duas e meia da tarde. Shuya ouviu atentamente e com rapidez olhou para seu relógio. O ponteiro dos segundos se moveu sete escalas e o trinado fraco parou. Shogo tinha dito quinze segundos. Considerando o tempo até Shuya olhar o relógio, a duração do trinado correspondia ao que foi combinado. Além disso, ele duvidava que houvesse tantos pássaros trinando na chuva. Pelo menos, desde que o jogo começou, ele não ouviu nenhum trinado durante o dia.

Shuya continuou ao longo da costa nordeste da ilha e de novo ouviu o mesmo trinado. Dessa vez estava claro. Exatamente quinze minutos se passaram desde o anterior e ele parou exatos quinze segundos depois. Era Shogo. Não havia necessidade do sinal de fumaça. Shogo estava usando o apito de pássaro.

O terceiro trinado falso ocorreu apenas três minutos antes. Ele soou próximo. Em termos de quadrantes, Shuya começava a avançar de B-6 para B-5.

Shuya parou para descansar. Ajeitou o cano da Uzi sob o pulso esquerdo para apoiar o braço. Era mais fácil dessa forma, pois ele evitava empregar à força seus músculos. Os ponteiros do relógio, fora de foco por causa das gotas de chuva sobre o vidro, indicavam três e cinco da tarde.

O trinado pareceu soar mais perto da montanha que do mar. Shuya olhou para o mar, depois avançou e subiu uma ladeira de inclinação leve. Ao olhar para cima, notou que o formato da montanha do norte à sua frente parecia diferente, e então se deu conta de que circundava o pé da montanha e se aproximava do litoral oeste.

Faltava mais um pouco. Ele não tinha andado nem um quilômetro e meio, mas sentia o corpo enfraquecido por causa do grande volume de sangue perdido. A dor dos ferimentos era tão severa que ele sentia vontade de vomitar (provavelmente ele deveria parar e descansar). Mas ele estava quase lá. Quase.

Ele passou por dentro do bosque e seu cansaço se intensificou por ter que abrir caminho entre os arbustos. Logicamente, poderia ser atacado em qualquer lugar do mato. Mas Shuya não tinha tempo para se preocupar com isso. Se acontecesse... bastaria apertar o gatilho da Uzi.

Os galhos baixos entrelaçados se tornaram esparsos até que os arbustos desapareceram por completo. Shuya estava assustado. Não porque houvesse alguém segurando uma arma, mas... havia algo estranho nessa estreita clareira.

De início lhe pareceram ser duas massas cinzentas e rígidas. Porém, elas se moviam. Shuya apurou os olhos. Na cena, se destacavam calças pretas e tênis.

Ele se deu conta de que eram cadáveres. Dois rapazes morreram ali.

Havia algo vermelho em cima dessas massas cinzentas e rígidas, algo que levantou voo gritando "Cááá". Shuya acabou percebendo que se tratava de um pássaro do tamanho de uma garça com a cabeça tingida de vermelho. Os pássaros se alimentavam dos corpos!

Instintivamente, Shuya levantou a Uzi em direção aos bichos. Pôs o dedo no gatilho, mas decidiu não atirar. Avançou até eles.

As aves agitaram as asas e voaram para longe dos dois corpos.

Shuya permaneceu imóvel sob a chuva ao lado dos cadáveres. Sem perceber, ergueu a mão direita que segurava a Uzi à boca, sentindo vontade de vomitar.

Era uma cena horrenda. Os pássaros bicavam as faces expostas dos dois cadáveres. A carne vermelha despontava de dentro da pele. Os rostos estavam cobertos de sangue.

Shuya conteve a náusea e a custo conseguiu olhar para eles. Viu que deveriam ser Tadakatsu Hatagami e Yuichiro Takiguchi. Notou algo no rosto de Tadakatsu, em condição muito pior que o de Yuichiro. Os pássaros não eram responsáveis pelo crânio cruelmente deformado. Seu nariz, não molestado pelos pássaros, também estava esmagado.

Ele olhou em volta e encontrou um bastão caído sobre a grama. Mesmo tendo sido lavado pela chuva, sua extremidade ainda estava tingida de um vermelho claro. Pelo estado do rosto de Tadakatsu, ele devia ter recebido golpes com um taco de beisebol até morrer.

Comparado a ele, o rosto de Yuichiro se mostrava em formato relativamente melhor. Mas Shuya percebeu que os lábios e os glóbulos oculares já haviam desaparecido.

Um dos pássaros pousou com ruído outra vez sobre o rosto de Tadakatsu perto dos pés de Shuya. Vários outros também regressaram. Considerando como Shuya continuava petrificado, eles deduziram que estavam seguros.

Seguros? Você deve estar brincando!

Shuya quase apertou o gatilho da Uzi, mas se conteve. O importante para ele era voltar até Shogo e Noriko.

Mais pássaros reapareceram.

Os demais cadáveres espalhados por toda a ilha também estariam sendo comidos por aves? Ou seria apenas pelo fato de os dois corpos estarem perto do mar?

Afastando o olhar dos cadáveres, Shuya atravessou por cima deles e entrou nos arbustos em frente. Ouviu as aves gritarem "Cááá" atrás dele.

Conforme se movimentava, voltou a sentir ânsia de vômito. *Acabei me acostumando com pessoas morrendo, mas a imagem desses pássaros… Dessas aves nojentas alimentando-se delas… Nunca mais vou conseguir admirar serenamente as gaivotas em voo na praia. Mesmo se escrever as letras de minhas músicas, jamais incluirei pássaros nelas. Talvez por um bom tempo não consiga comer carne de frango. Pássaros são um nojo.*

Mas então ele ouviu de novo o trinado. Olhou para o alto. Gotas grossas de chuva atingiram seu rosto.

Pássaros são um nojo, mas... Creio que um pássaro pequeno não tem problema.

Mais quinze segundos passaram e o trinado cessou. Dessa vez, ele soava realmente próximo.

Shuya olhou ao redor. Os arbustos continuavam ao longo de uma leve inclinação. *Deve ser por aqui. Eles devem estar perto daqui. Mas... onde?*

Antes mesmo de pensar, voltou a sentir náuseas. Os dois cadáveres com os rostos destruídos. E a carne macia deles serviria de lanche da tarde dos pássaros. *Bom apetite!*

Ele não devia vomitar. Já estava muito enfraquecido... mas...

Shuya ajoelhou e vomitou. Obviamente, como não havia comido nada, era apenas suco gástrico. Um fedor ácido invadiu suas narinas.

Shuya vomitou mais. Uma substância rosada se misturava ao líquido amarelo como uma gota de tinta. Pelo que ele sabia, seu estômago deveria estar começando a se destruir agora.

— Shuya.

Ele olhou rapidamente para cima. Instintivamente apontou a Uzi na direção da voz. Mas o cano abaixou de novo devagar em direção ao chão.

Entre os arbustos, Shuya viu aquele rosto de matador. Era Shogo. Na mão esquerda, ele segurava algo no formato de um arco produzido de madeira, e tinha acabado de abaixar a flecha que mantinha na mão direita. Foi quando Shuya percebeu que deveria ter disparado o fio do sistema de alarme criado por Shogo.

— Curtindo uma ressaca? — Shogo perguntou. Por trás das palavras cômicas podia-se sentir gentileza em sua voz.

Ouviu-se um farfalhar. Noriko apareceu por trás de Shogo. Ela olhou para Shuya através de seus cabelos ensopados de chuva, com as pupilas e a boca trêmulas.

Deixando Shogo de lado, Noriko arrastou a perna como se corresse em direção a Shuya.

Shuya enxugou a boca e levantou cambaleante. Ele largou a Uzi e estendeu apenas a mão direita, abraçando Noriko. Com o impacto do corpo dela, sentiu uma sacudida de dor pela lateral do próprio corpo, mas não se importou. Eles estavam se reunindo bem acima de um vômito fresco, mas isso tampouco era importante. Sob a chuva, sentia o corpo aquecido de Noriko contra o dele.

Abraçada a Shuya, Noriko ergueu o rosto.

— Shuya... Shuya... Estou tão feliz... tão feliz... — Ela chorava. As lágrimas rolaram dos cantos dos olhos de Noriko, misturadas às gotas de chuva batendo contra seu rosto.

Shuya sorriu gentilmente. Depois se deu conta de que estava prestes a chorar também. *É um número exagerado de mortes. Muitos morreram neste jogo, mas é maravilhoso que nós dois estejamos vivos.*

Shogo se aproximou dele e lhe ofereceu a mão direita. Por um momento, Shuya se desconcertou com o gesto, mas logo entendeu. Ele estendeu a mão direita sobre o ombro de Noriko e segurou a de Shogo. Era a mão grande e sólida de sempre.

— Bem-vindo de volta! — Shogo disse em voz suave.

[RESTAM 8 ESTUDANTES]

67.

Descendo um pouco em direção ao litoral apareceram rochas entre as árvores. Havia uma falésia baixa de frente para o mar. Shogo aparentemente usou um canivete para inserir dois grandes ramos na parede de rocha e sobre eles dispôs alguns ramos copados para servirem de telhado de proteção contra a chuva que gotejava das extremidades dos galhos.

Depois de receber um forte analgésico que Shogo trouxera da clínica, Shuya lhe contou o que se passou no farol. Com carvão e uma lata vazia, Shogo esquentou água, cujo som de fervura se misturava ao da chuva que caía.

Ao terminar de ouvir a narração, Shogo disse:

— Entendo. — Ele respirou fundo e pôs outro Wild Seven nos lábios. A Uzi estava a seu lado. Eles acharam melhor que Shogo ficasse com ela. Shuya portava a CZ75; e Noriko, a Browning. Shogo acendeu o cigarro.

Shuya balançou fracamente a cabeça:

— Foi horrível.

Shogo soltou umas baforadas e tirou o cigarro dos lábios:

— Yukie ter formado um grupo tão grande acabou sendo um tiro pela culatra.

Shuya balançou a cabeça, concordando amargamente.

— Confiar em alguém... é realmente muito difícil.

— Sim, é — Shogo concordou, olhando para baixo. — É muito difícil.

Ele continuou fumando calado, parecendo pensativo. Depois prosseguiu:

— Seja como for, fico feliz que você esteja vivo.

Shuya se lembrou do rosto de Yukie. Ele estava vivo. Vivo graças ao grupo de Yukie, que acabou saindo do jogo.

Shuya olhou para Noriko à sua esquerda. Ouvir sobre as mortes de suas amigas Yukie Utsumi e Haruka Tanizawa deve ter sido duro para ela.

Quando viu que a água estava fervendo, Noriko pegou uma sopa sólida que Shogo deve ter encontrado e jogou dois cubos na lata. O cheiro do caldo se espalhou pelo ar.

— Você pode comer, Shuya? — Noriko perguntou.

Shuya olhou para Noriko e ergueu as sobrancelhas. Ele sabia que precisava comer, mas tinha acabado de vomitar e, além disso, as imagens das massas cinzentas e rígidas ao redor de Tadakatsu Hatagami e Yuichiro Takiguchi, a causa do vômito, ainda lhe atravessavam a mente. (Shuya não contou a eles sobre isso. Os cadáveres estavam a apenas cem metros de distância... Ele só disse que havia vomitado em razão da dor dos ferimentos.) De qualquer forma, não tinha apetite.

— Coma, Shuya. Noriko e eu já almoçamos — Shogo disse, com o cigarro posto entre os lábios.

Os olhos de Shuya se moveram para o rosto de Shogo, onde a barba por fazer estava mais densa. Por fim, ele concordou levemente com a cabeça. Shogo suspendeu a lata, segurando-a pela beirada com um lenço, despejou a sopa num copo plástico e a ofereceu a Shuya.

Shuya pegou o copo e lentamente o levou à boca. O gosto do caldo se espalhou por todo o interior de sua boca. Em seguida, o líquido morno escorreu garganta abaixo até o estômago. Não foi tão ruim como ele esperava.

Noriko lhe ofereceu pão. Shuya o pegou e mordeu. Ao começar a mastigar, ele se surpreendeu por descobrir que podia comer. Ele acabou devorando tudo instantaneamente. Apesar de seu estado mental, seu corpo estava faminto.

— Quer mais? — Noriko perguntou.

Shuya balançou a cabeça afirmativamente:

— Um pouco mais de sopa.

Ele ergueu o copo vazio. Dessa vez foi Noriko quem o encheu.

Pegando o copo, Shuya disse:

— Noriko.

Ela olhou para ele.

— Que foi?

— Você está se sentindo bem agora?

— Sim — ela sorriu. — Tenho tomado antigripais. Estou bem.

Shuya olhou o rosto de Shogo. Sempre virado de lado, Shogo balançou a cabeça, confirmando, com o cigarro dependurado entre os lábios. Ele havia pegado outro estojo de seringas antibióticas na clínica, mas não foi necessário usá-lo.

Shuya se virou de novo para Noriko e sorriu para ela.

— Isso é ótimo.

Depois ela fez a mesma pergunta que não cansava de repetir:

— Shuya, você realmente está bem?

Shuya confirmou:

— Estou.

Na verdade, ele não estava, mas o que mais poderia dizer? Comparou a mão esquerda saindo do punho da manga da camisa do uniforme com a direita e viu que estavam diferentes. Sentiu o braço esquerdo se enrijecer cada vez mais. Não tinha certeza se era por causa do ferimento do ombro ou do cotovelo. Ou simplesmente porque o curativo estava apertado demais ao redor do cotovelo.

Ele tomou outro gole da sopa e abaixou o copo até o pé. Depois chamou Shogo, que conferia a Uzi. Ele ergueu uma sobrancelha e olhou para Shuya.

— O que foi?

— É sobre Kazuo.

Era isso. Conforme relembrava em detalhes os eventos que ocorreram desde o dia anterior, e também por causa dos tiros que ouviu pouco depois de deixar o farol, voltou-lhe à mente de súbito a questão que o ocupava pouco antes de ter que se separar de Shogo e Noriko.

Em outras palavras — conforme ele mesmo gritou antes: "Que diabos ele está fazendo?" —, a questão se resumia a: *Que tipo de pessoa era Kazuo Kiriyama?*

Até onde ele podia conjecturar, Kazuo não era o único disposto a participar do jogo. Tatsumichi Oki, com quem ele brigou, Yoshio Akamatsu e, se pudesse confiar nas palavras de Hiroki, Mitsuko Soma também poderiam se enquadrar nessa categoria. Mas... Kazuo era absolutamente impiedoso. Ele não hesitava. Era frio e calculista. A sensação ruim que sempre emanava de Kazuo se ampliou durante o jogo e o assaltou diretamente. Shuya voltou a se lembrar das chamas disparadas pela metralhadora e os olhos frios por trás dela. Sentiu um arrepio percorrer-lhe a espinha.

Como Shogo permanecia em silêncio, Shuya prosseguiu:

— O que... o que há com aquele cara? Custo a entender.

Shogo olhou para baixo e tocou com a ponta dos dedos no dispositivo de segurança da Uzi, que servia também como chave de conversão de automático para semiautomático.

Shogo não tinha dito que não era preciso entender? Shuya pressentiu instantaneamente que Shogo lhe ofereceria a mesma resposta. Mas ele tinha uma resposta diferente agora. Olhando para cima, falou:

— Vi gente como ele antes.

— No jogo anterior?

— Não — Shogo balançou a cabeça. — Não lá. Totalmente fora deste jogo. Você lida com um monte de gente quando é filho de um médico que trabalha em bairros pobres da periferia. — Shogo pegou mais um cigarro e o acendeu. Expirou e disse: — Ele é oco por dentro.

— Oco? — Noriko perguntou.

— Isso mesmo — Shogo confirmou. — Não há espaço no coração dele para ética ou amor. Para nenhum tipo de valor. Ele não tem o sentimento de criar raízes. É desse tipo. Como se não bastasse, não há razão para ser como é.

Não há razão, Shuya pensou, *ou ele queria dizer com isso que Kazuo teria nascido daquele jeito? Isso é...*

Shogo soltou uma baforada.

— Hiroki nos avisou sobre Mitsuko Soma, não é?

Shuya e Noriko concordaram.

— Ainda não confirmamos se Mitsuko está mesmo concentrada no jogo. Mas, pelo pouco que vi em nossa turma, creio que Mitsuko e Kazuo são parecidos. A única diferença é que Mitsuko eliminou de si seus princípios e o amor. Havia provavelmente uma razão para isso. Não faço ideia do que seja. Mas Kazuo não tem motivo. A diferença é crucial. Não há explicação para os atos dele.

Shuya olhou para Shogo e murmurou:

— É aterrorizante.

— Sim, é — Shogo concordou. — Pense nisso. É possível que nem seja culpa dele. Obviamente, pode-se dizer o mesmo de qualquer pessoa. Mas, no caso dele, talvez Kazuo jamais tenha tido a chance de avaliar um "futuro desconhecido". Nada pode ser mais aterrorizante que já nascer sem opções. O que eu quero dizer é que, mesmo um cara comum como eu pode às vezes achar tudo vazio de sentido. Por que eu me levanto todas as manhãs e me alimento? Tudo virará fezes no final das contas. Por que eu vou à escola estudar? Mesmo se acontecer de eu ser bem-sucedido, vou morrer de qualquer jeito. Você usa roupas bonitas, as pessoas te respeitam, você ganha uma boa grana, mas para quê? É tudo sem sentido. Logicamente, esse tipo de ausência de significado deve ser apropriado à nossa naçãozinha de merda. Mas... mas, veja só, nós ainda temos emoções como alegria e felicidade, certo? Talvez em volume não muito expressivo. Mas não são elas que preenchem nosso vazio? Essa é a única explicação que eu tenho. Por isso... Kazuo deve ser destituído dessas emoções. Falta-lhe um padrão de valores. Portanto, ele meramente escolhe o que fará. Ele não tem uma base firme. Apenas define ao acaso... Como neste jogo, talvez houvesse bastante oportunidade de ter optado por não participar. Mas ele decidiu pelo contrário. Essa é minha hipótese.

Ele disse tudo isso de um fôlego só e depois concluiu:

— Sim, é aterrorizante que alguém possa viver dessa forma... E que tenhamos um cara igual a ele como inimigo.

Eles silenciaram. Shogo deu mais um trago no cigarro e depois o apagou no chão. Shuya tomou outro gole de sopa. Então olhou para o céu nublado acima da beirada do telhado de galhos produzida por Shogo.

— Eu me pergunto se Hiroki está bem.

Ele mencionou os tiros que ouviu depois de deixar o farol e ainda se mostrava um pouco preocupado.

— Tenho certeza de que ele está bem — Noriko disse.

Shuya olhou para Shogo.

— Será que poderemos ver se ele fizer uma fogueira?

Shogo garantiu:

— Não se preocupe. Podemos ver fumaça saindo de qualquer lugar desta ilha. Vou verificar periodicamente.

Shuya então se lembrou do apito de pássaro. Ele o conduziu a eles. Mas por que Shogo tinha com ele um objeto tão estranho, no final das contas? Shuya estava prestes a perguntar a ele, quando Noriko perguntou:

— Será que Hiroki encontrou Kayoko?

— Se ele a tivesse encontrado, estaríamos vendo fumaça — Shogo respondeu.

Noriko balançou a cabeça e então voltou a murmurar:

— Por que ele tinha que ver Kayoko?

Essa dúvida surgiu antes de saírem da clínica. A resposta de Shuya foi a mesma:

— Não faço ideia.

— Eles não pareciam ser tão chegados.

Mas então Noriko, como se desse conta de algo, exclamou:

— Oh!

Shuya olhou para ela.

— O quê?

— Não estou certa — Noriko balançou a cabeça. — Mas *talvez*...

Ela enfatizou esta última palavra. Shuya franziu as sobrancelhas.

— Talvez o quê?

— Ele estava...

Shogo os interrompeu. Shuya olhou para ele.

Shogo rasgou o lacre de um novo pacote de cigarros e continuou, sem desgrudar os olhos do pacote: — ... muito sentimental... nesta porra de jogo.

— Mas... — Noriko continuou — ... é Hiroki. Talvez...

Shuya olhou para os dois, completamente perplexo.

[RESTAM 8 ESTUDANTES]

68.

Kayoko Kotohiki (a Estudante nº 8) abraçava os joelhos sentada em meio aos arbustos. Ela estava no setor E-7, no declive sul, bem na metade da montanha norte.

A noite se aproximava, mas a luz que atravessava os arbustos não mudou muito. Apenas tinha escurecido. Durante a tarde, a área estivera coberta de nuvens densas e apenas duas horas antes, por fim, começou a chover.

Kayoko enrolou um lenço ao redor da cabeça para se proteger da chuva. Graças aos galhos acima dela, a chuva não a atingia diretamente, mas mesmo assim as ombreiras de seu terninho de marinheiro estavam ensopadas. Ela sentia frio. E, logicamente, o mais importante: estava aterrorizada.

Kayoko primeiro se escondeu no flanco leste do pico da montanha norte, no setor C-8. Portanto, é claro, ela testemunhou Yumiko Kusaka e Yukiko Kitano serem assassinadas praticamente diante de seus olhos. Ela prendeu a respiração. Sabia que o assassino estava por perto, mas, por instinto, pensou que correria mais risco caso se movimentasse. Permaneceu absolutamente quieta. Passou a tarde e a noite sem ser atacada.

Depois disso, ela moveu-se duas vezes de acordo com os anúncios dos quadrantes proibidos. A segunda vez foi logo depois do meio-dia, porque o lado sul do pico, o quadrante D-7, seria proibido a partir da uma hora da tarde. Por isso, o pico da montanha norte estava agora cercado por três quadrantes proibidos. Os limites de movimentação se estreitavam.

Ela não encontrou ninguém até então. Ouviu muitos tiros, algumas vezes à distância, outras perto. Até ouviu uma explosão, mas continuou imóvel e absolutamente quieta. O anúncio a cada seis horas, porém, esclareceu que o número de seus colegas de classe diminuía gradualmente.

Ao meio-dia, supostamente, restavam catorze deles. E depois disso houve mais tiros. Seriam agora apenas doze? Ou dez?

Kayoko deixou a pesada arma (Smith & Wesson M59 automática, incluindo manual, mas é claro que ela pouco se importava com o nome da pistola) ao lado do pé e massageou com a mão esquerda os dedos da mão direita, que a carregava. Ela a segurava todo o tempo e agora os músculos dos dedos estavam dormentes. A palma de sua mão apresentava uma vermelhidão com o padrão do cabo da arma impresso nela.

Kayoko estava exausta, tanto por não ter praticamente dormido como pela fome e sede, pois se alimentou somente do pão e água fornecidos no kit de sobrevivência, por medo de entrar numa casa que pudesse estar ocupada. Seu consumo de água era totalmente insuficiente. Ela fez o melhor que pôde para economizar a água recebida e tinha bebido apenas em torno de um litro desde o início do jogo. Se havia alguma coisa boa sobre a chuva é que ela poderia recolher água deixando a garrafa recém-esvaziada sob um galho por onde a chuva gotejava, mas nem mesmo um terço dela havia enchido. Ela tirava às vezes o lenço da cabeça para umedecer os lábios com ele, mas logicamente isso não ajudava a recuperar sua desidratação.

Kayoko soltou do fundo da garganta um débil suspiro, jogou instintivamente para trás das orelhas os cabelos que lhe batiam na altura dos ombros e pegou de novo a M59. Ela estava atordoada.

Quando se sentou, perplexa, veio-lhe outra vez à mente aquele rosto. O mesmo no qual ela pensava desde que o jogo tinha começado. Não estava tão familiarizada com ele como estava com o dos pais e da irmã mais velha, em quem ela também pensava, mas era um rosto muito importante para ela.

Kayoko viu o rapaz pela primeira vez num evento realizado pela escola na qual acabara de entrar para aprender a cerimônia do chá. Foi no outono do sétimo ano do ensino fundamental.

Patrocinado por um parque do governo provincial, a cerimônia do chá foi realizada para turistas ao ar livre, num feriado. Os praticantes na ocasião eram todos adultos, por isso Kayoko e outros estudantes de sua idade se incumbiram de tarefas servis, como organizar os assentos do lado de fora e preparar docinhos para acompanhar o chá. O rapaz era um dos mestres da cerimônia do chá.

Naquele dia, ele chegou bastante atrasado, por volta do meio-dia. Tinha uma aparência linda, mas ainda parecia um adolescente, como se fosse um estudante do ensino médio. *Ah, esse rapaz deve nos ajudar também*, Kayoko pensou. Mas ele se dirigiu à professora dela (uma senhora de quarenta e dois anos) sentada junto dos mestres, desculpou-se pelo atraso, tomou o lugar dela e começou a preparar o chá.

Sua preparação era impressionante. Ele segurou o batedor de chá e a tigela com gestos graciosos e sua postura ereta era impecável. Apesar da pouca idade, o rapaz não parecia estranho nas roupas tradicionais.

Kayoko deixou de lado suas tarefas para admirá-lo quando alguém deu um tapinha em seu ombro. Ela se voltou e viu a veterana do Clube da Cerimônia do Chá da Escola de Ensino Fundamental Shiroiwa que a convidou para frequentar o curso de cerimônia do chá.

"Ele é um tesão, não? É o neto do diretor. Para ser mais precisa, é o neto da amante do diretor. Eu também sou fã dele. Quer dizer, eu só continuo mesmo vindo às aulas de cerimônia do chá para poder vê-lo."

A veterana informou a Kayoko que o rapaz de dezenove anos, depois de se formar no ensino médio, já era classificado como um instrutor e tinha muitos discípulos. A única reação de Kayoko na época foi pensar: *Ah, ele é de outro mundo. Eu nem sabia que existiam pessoas como ele.* Foi tudo o que imaginou, mas então...

Ela passou a gastar mais tempo na frente do espelho sempre que havia um evento da cerimônia do chá ou cada vez que era informada de que ele estaria presente como convidado em sua classe. Pela idade, Kayoko não usava maquiagem, mas vestia seu quimono tradicional de forma imaculada, penteava-se e inseria nos cabelos, na posição perfeita, um grampo azul-escuro, seu favorito. Sobrancelhas fluidas, olhos curvos mas não muito grandes, o nariz bem definido embora curto, lábios largos de formato gracioso no centro... *O.k., talvez eu não seja bonita demais, porém aparento maturidade...* Ela pensou.

Nem precisaria de motivos para ela ter se apaixonado por completo por esse homem adorado pelas adolescentes e até por mulheres de meia-idade. Afinal, ele era lindo e inteligente, animado e atencioso com as pessoas ao redor, basicamente o tipo de homem ideal que não se acredita poder existir. Além disso, por alguma razão ele aparentemente nem tinha namorada.

Kayoko tinha apenas duas recordações especiais relacionadas a encontros com esse rapaz (embora da perspectiva de alguém de fora, talvez não fossem assim tão especiais).

A primeira delas foi o encontro ocorrido na cerimônia periódica de apresentação da escola de chá na primavera em que ela se tornou uma estudante do oitavo ano. A cerimônia aconteceu na residência do diretor no distrito de Shido, perto de Shiroiwa. Quase imediatamente depois do início do evento surgiu um problema: o representante cultural regional do governo central, um convidado de honra, sem mais nem menos começou a criticar o formato da cerimônia. Era comum isso acontecer. Oficiais do governo anunciavam, como um slogan, sua "lealdade absoluta à nação", mas muitos deles de fato abusavam de sua autoridade procurando obter vantagens. Alguns até ofereciam arranjar mais financiamento para as artes tradicionais nacionais em troca de propina, o que era polidamente recusado pelo diretor. Por isso, a atitude do oficial poderia ser de mera retaliação.

O problema é que o diretor estava ausente, porque tinha sido hospitalizado. O substituto, seu primogênito, estava preocupado com o fato de que sua inexperiência para lidar com o caso pudesse conduzir até mesmo ao fechamento das atividades da escola. Mas o mestre de dezenove anos foi o salvador do dia. Ele conduziu o oficial beligerante a um outro cômodo e, algum tempo depois, voltou sozinho dizendo: "O oficial se retirou. Ele parece satisfeito agora, portanto não há com o que se preocupar".

Não disse mais nada, e os membros importantes da escola presentes tampouco o questionaram. Como consequência, o restante da cerimônia transcorreu harmoniosamente. Porém, Kayoko estava preocupada. Conhecendo o rapaz, ele poderia muito bem ter assumido total responsabilidade dizendo algo como: "Sou o encarregado da cerimônia de hoje", e, se isso fosse verdade, então o oficial poderia revidar contra ele inventando um relatório e providenciando sua prisão por suspeita de ser uma influência maligna contra o governo (e, como resultado, enviando-o a um dos "campos de reeducação").

Encerrada a cerimônia sem mais interrupções, eles começaram a limpar a área e Kayoko aproveitou um momento em que o rapaz estava sozinho no corredor, carregando as almofadas dos assentos, para se aproximar dele.

"Desculpe-me...", ela disse.

Ele parou, ainda segurando as almofadas, e girou com elegância o corpo em direção a Kayoko. Seus olhos tristonhos fizeram disparar o coração de Kayoko, mas ela se conteve e continuou: "Bem... não houve problemas?".

Ele pareceu entender o significado da pergunta dela e abriu um sorriso. Então disse: "Aprecio sua preocupação. Está tudo bem". A apreensão de Kayoko foi ofuscada pela excitação que sentia tendo sua primeira conversa real com o rapaz. Então ela perguntou: "Mas... mas o oficial do governo parecia tão mau. E se ele...?".

Mas ele interrompeu Kayoko e disse algo complicado num leve tom de censura. "Aquele oficial não age daquela forma por mero prazer. Estou certo de que esse tipo de coisa acontece em toda parte no mundo... Mas do jeito que este país funciona, ele aparentemente deforma as pessoas. Deveríamos lutar pela harmonia e é a ela que a arte do chá deve almejar... Mas isso é muito difícil neste país." Perto do fim, ele quase parecia estar falando consigo mesmo.

Então, olhando de volta para Kayoko, prosseguiu: "A cerimônia do chá é impotente. Mas tampouco é algo ruim. Você deve tirar o máximo de prazer dela".

Ele sorriu gentilmente, voltou as costas e se afastou.

Espantada, Kayoko ainda permaneceu imóvel por um tempo. O jeito despretensioso com que ele falou a deixou à vontade e, embora ela não compreendesse totalmente o que ele disse, impressionou-se e pensou: *Nossa, como ele é maduro*.

De qualquer forma, ela deve ter deixado uma boa impressão nele, porque desde esse encontro ele sempre lhe oferecia um sorriso afetuoso quando se viam.

O encontro crucial ocorreu durante o inverno do oitavo ano. Kayoko estava no jardim de um antigo templo onde se realizava outra cerimônia do chá e admirava as camélias (de fato, também naquele momento, ela pensava nele). De repente, ela ouviu alguém por trás dela dizer "Elas são lindas", com a voz límpida à qual seus ouvidos estavam acostumados. De início, Kayoko não pôde acreditar que ele estava lá sorrindo quando ela se virou. Era a primeira vez que ele se dirigia a ela sem se referir ao ensino da cerimônia do chá ou deveres oficiais.

E então por um tempo eles conversaram.

"Então você acha a cerimônia do chá interessante?"

"Sim, eu a adoro, apesar de não ser muito boa nela."

"Verdade? Eu me impressionei com sua postura sempre excelente durante as preparações. Não se trata apenas de suas costas estarem eretas. Há uma certa dignidade."

"Oh, não, eu não sou nem um pouco boa nisso..."

Com as mãos enfiadas dentro das mangas do quimono, ele disse, mantendo seu sorriso gentil enquanto admirava as camélias: "Não, eu realmente penso dessa forma. Sim... é como essas flores. Há alguma tensão, mas são muito lindas. Algo assim".

Obviamente, ela ainda era uma menina e ele deveria estar apenas cumprimentando uma pessoa dedicada ao curso da cerimônia do chá. Mas isso não a impediu de se animar e se sentir vitoriosa (somente depois, no banheiro, ela deu pulinhos de alegria).

A partir de então, Kayoko começou a praticar a cerimônia do chá com mais seriedade. *Vou me empenhar! Logicamente, ainda sou uma criança, mas quando eu tiver dezoito ele estará com vinte e quatro. Ainda estará equilibrado...*

Essas eram as recordações que ela guardava do rapaz.

Kayoko enfiou o rosto em sua saia plissada. Um líquido morno, que não era de gotas de chuva, escorreu para o tecido e cobriu a patela de seus joelhos. Ela se deu conta de que estava chorando. A mão com a qual segurava a arma tremeu. *Como tudo isso pode estar acontecendo?*

Como eu queria vê-lo agora. O.k., ainda sou uma menina. Mas, do meu jeito adolescente, creio que realmente o amo. Essa é a primeira vez que sinto algo sério por alguém. Queria apenas um momento com ele para lhe declarar tudo isso. Mesmo sendo algo dito por ocasião da cerimônia do chá, ele foi gentil o suficiente para me chamar de "linda" e eu gostaria de lhe dizer: "Por ser ainda uma criança talvez não entenda o que significa estar verdadeiramente apaixonada. Mas eu te amo. Eu te amo muito". Algo semelhante.

Alguma coisa fez barulho nos arbustos. Kayoko ergueu o rosto. Enxugou os olhos com a mão esquerda e se levantou. Seus pés se moveram automaticamente e ela retrocedeu na direção oposta do som.

Por entre os arbustos surgiu o rosto e o torso de um rapaz vestindo uniforme escolar: Hiroki Sugimura (o Estudante nº 11). As mangas do casaco e da camisa dele estavam rasgadas e revelavam seu braço direito. O pano branco envolto ao redor de seu ombro estava manchado de sangue que, talvez por causa da chuva, tinha a cor rosa. E ele... empunhava uma arma.

Hiroki estava boquiaberto, mas o que lhe chamou a atenção quando ela viu o rosto sujo de terra do garoto foram seus olhos. Eles reluziam.

Kayoko sentiu um súbito surto de pavor. *Como não o percebi antes de ele se aproximar tanto de mim, como...*

— Kayoko...

Kayoko soltou um grito, virou-se e se pôs a correr. Entrou dentro do mato. Ela não se importava com os galhos que arranhavam seu rosto e os cabelos ou todo o seu corpo ensopado de chuva. Ela apenas fugiu. *Se eu não fugir, ele me matará!*

Kayoko avançou pelos arbustos até o lado oposto. Havia lá uma trilha sinuosa de aproximadamente dois metros de largura. Kayoko instantaneamente decidiu descê-la correndo. Se ela corresse subindo a trilha, ele a alcançaria, mas, se descesse, quem sabe...

Ela ouviu um ruído às suas costas.

— Kayoko!

Era a voz de Hiroki. *Ele está vindo atrás de mim!*

Kayoko reuniu todas as forças de seu corpo exausto e correu o mais rápido possível. *Não posso acreditar. Se soubesse que isso aconteceria, teria praticado corrida em vez de aprender cerimônia do chá.*

— Kayoko! Espere! Kayoko!

Se ela ouvisse com a cabeça mais fria — quer dizer, se fosse uma cena num filme e ela estivesse no cinema assistindo a um ator atuando enquanto engolia pipoca —, não teria dúvida de que ele estava lhe implorando. Mas justamente agora o que soava a seus ouvidos era: "Kayoko! É melhor você parar! Vou matá-la!".

Não havia motivo para que ela parasse. À frente, o caminho se bifurcava. Ela escolheu ir para a esquerda.

Seu campo de visão se abriu à esquerda. Fileiras de tangerineiras num campo se espalhavam sob a luz vinda através da chuva que caía como uma seda. Para além delas, havia um denso bosque de árvores baixas. Se ela pudesse entrar nessa área...

É impossível, pensou. Ela teria pelo menos mais cinquenta metros para chegar lá. Era uma distância desesperadora. Enquanto se empenhava em ziguezaguear vacilante por entre as fileiras irregulares de tangerineiras, Hiroki Sugimura a alcançaria e acertaria uma bala em suas costas com a arma que empunhava.

Kayoko rangeu os dentes. Ela não queria, mas precisava. Afinal, ele estava tentando matá-la.

Ela parou, dando impulso ao pé direito. Deu meia-volta instantaneamente para a esquerda.

Ao se virar, estava empunhando a pistola com ambas as mãos. A trava de segurança estava liberada desde que ela leu o manual. Ali se mencionava que era desnecessário suspender o cão, bastando puxar o gatilho. O resto se resumia à questão de ela saber ou não manusear realmente a arma.

O caminho se transformou numa ladeira e apenas sete ou oito metros à frente ela viu Hiroki Sugimura parado, de olhos arregalados.

É muito tarde. Você acha mesmo que eu não vou atirar?

Kayoko estendeu os braços e espremeu o gatilho. *Bang*. Com um ruído, a chama miúda explodiu do cano e seus braços pularam para cima com o impacto do tiro.

O corpo grande de Hiroki fez um giro sobre si, caindo de costas como se tivesse sido atingido.

Com a pistola segura com firmeza, Kayoko correu em direção a ele. *Preciso acabar com ele. Não posso deixá-lo se levantar mais!*

Kayoko parou a aproximadamente dois metros de Hiroki. Havia um pequeno orifício no casaco dele, no lado esquerdo do peito (na realidade ela tinha mirado no estômago), e um líquido negro e escuro começava a se espalhar ao seu redor. Mas ele ainda segurava a arma na mão direita, agora estendida sobre o solo. Ela ainda poderia erguê-la. *A cabeça. Eu preciso mirar na cabeça dele.*

Hiroki virou a cabeça e olhou para Kayoko. Ela apontou a arma e ia puxar o gatilho...

Mas seu dedo interrompeu de repente o movimento, porque Hiroki jogou fora sua arma. Se ele tinha tanta força para fazer isso, por que não puxou o gatilho? O que estava acontecendo?

A arma dele girou uma vez antes de cair ao solo.

Hã?

Kayoko permanecia de pé segurando a arma, com os cabelos ensopados pela chuva.

— Ouça. — Hiroki estava deitado no horrível caminho sobre o qual poças de chuva começavam a se formar. Disse penosamente, mas com firmeza, fixando seus olhos em Kayoko: — Você precisa queimar umas madeiras verdes. Faça duas fogueiras. Tenho um isqueiro no bolso. Use-o. Então você ouvirá o apito de um pássaro.

As palavras de Hiroki chegavam aos ouvidos de Kayoko, mas ela era incapaz de compreender o que ele estava falando. Toda a situação estava além de seu entendimento.

Hiroki prosseguiu:

— Dirija-se até o trinado do pássaro. Você encontrará Shuya Nanahara, Noriko Nakagawa e Shogo Kawada. Eles a salvarão. Entendeu?

— Co... como?

Hiroki parecia sorrir. Ele repetiu com paciência.

— Faça duas fogueiras. Depois, siga o trinado do pássaro.

Ele moveu timidamente o braço direito, puxou de dentro do bolso do casaco da escola o isqueiro barato e o lançou em direção a Kayoko. Em seguida fechou os olhos de dor.

— Se você entendeu, fuja o quanto antes.

— Quê?

Hiroki de repente arregalou os olhos e gritou:

— Fuja rápido! Alguém pode ter ouvido o tiro. Vá!

Então, como se juntando as peças confusas de um grande quebra-cabeça para poder formar uma figura, Kayoko entendeu por fim a situação. Dessa vez ela tinha certeza.

— Oh, o que eu fui fazer?

Kayoko deixou cair a arma e se ajoelhou ao lado de Hiroki. Ela arranhou a patela dos joelhos, mas não se importou.

— Hiroki! Hiroki! Não posso crer... Não posso crer que eu tenha feito isso com você...

Sem se dar conta, Kayoko desatou a chorar. Lógico, havia algo em Hiroki Sugimura que a assustava. Ele parecia agressivo por praticar artes marciais ou algo semelhante, e ainda por cima era do tipo calado e, quando falava, seu jeito era rude. Às vezes sorria quando conversava com outros rapazes, como Shinji Mimura e Shuya Nanahara, mas nas outras ocasiões estava sempre de cara amarrada. Ela também ouviu que ele saía com Takako Chigusa e eles pareciam se relacionar intimamente. Kayoko sempre pensava sobre como não conseguia entender o gosto de Takako. Uma garota bonita como ela estar atraída por alguém tão intimidador. De qualquer forma, essa era sem dúvida a impressão que ela tinha de Hiroki. E na situação em que estava, quando seus colegas de classe morriam um depois do outro, ela se apavorava absolutamente com Hiroki Sugimura. Mas... mas...

Hiroki fechou de novo os olhos e disse:

— Está tudo bem. — Ele estava sorrindo. Parecia contente. — Eu ia morrer logo de qualquer jeito.

Kayoko notou afinal que, além do ferimento recente, Hiroki tinha outro na lateral do corpo, na altura do estômago, ensopado num líquido que não era chuva.

— Por isso... fuja o quanto antes. Por favor.

Kayoko soluçava convulsivamente ao tocar com delicadeza o pescoço dele.

— Vamos juntos. O.k.? Levante-se.

Hiroki abriu os olhos e a fitou. Ele parecia sorrir.

— Esqueça de mim — ele disse. — Estou feliz porque consegui te ver.

— O quê?

Kayoko arregalou os olhos molhados de lágrimas.

— O quê? O que você quer dizer? — Sua voz tremia.

Hiroki exalou profundamente como se quisesse com isso amenizar a dor ou talvez fosse um longo suspiro.

— Se eu te disser, você promete ir? — ele perguntou.

— O quê? Não entendo. O que você quer dizer? Vamos, responda.

Hesitando, Hiroki falou:

— Eu te amo, Kayoko. Há muito tempo que sou apaixonado por você.

Kayoko de novo era incapaz de compreender o que Hiroki dizia. *Do que ele está falando?*

Hiroki prosseguiu. Ele olhava para o céu com a chuva caindo sobre ele.

— Era só o que eu queria te dizer. Agora... fuja.

As palavras saíram quase inconscientemente da boca de Kayoko.

— Mas eu pensei que... você e Takako...

Hiroki a fitou outra vez. Ele confessou:

— É de você que eu gosto.

Ela por fim compreendeu. Algo parecia ter se chocado contra sua cabeça. Um golpe violento. Era provavelmente uma sensação semelhante à de ser golpeada pela gigantesca bola de ferro pendente da ponta de um guindaste de demolição de prédios antigos.

Você me ama? Você queria me dizer isso... Não me diga que você estava me procurando? É verdade? Se for assim... O que eu acabei de fazer?

A respiração dela estava entrecortada. Ainda engasgada, conseguiu por fim gritar:

— Hiroki... Hiroki!

— Apresse-se! — Hiroki disse e tossiu uma névoa de sangue, respingando na face de Kayoko. Ele voltou a abrir os olhos.

— Hiroki... Eu... eu... eu...

A falta de água deveria tê-la desidratado, mas as lágrimas continuavam a jorrar.

— Não tem problema — Hiroki declarou de forma gentil. Ele fechou os olhos serenamente. — Kayoko Kotohiki... — Ele disse como se o nome dela fosse um tesouro. Era a primeira vez que ele a chamava pelo nome completo. — Não me importo em ser morto por você. Por isso, por favor, fuja logo. Senão...

Chorando, Kayoko esperou o resto da frase. Senão...?

Como Hiroki não disse mais nada, Kayoko lentamente estendeu a mão até ele. Segurou-o pelos ombros e o sacudiu.

— Hikori! Hiroki!

Quando alguém morre nas novelas da TV, suas palavras são cortadas pela metade, como "sen..." ou algo parecido, porém Hiroki conseguiu dizer numa voz penosa, mas clara: "Senão". Então deveria haver mais palavras depois. Senão...?

— Hiroki! Ei, Hiroki!

Kayoko voltou a sacudi-lo. Por fim, ela se deu conta de que ele estava morto.

Ao se dar conta disso, a barragem que represava sua torrente de emoções abruptamente se rompeu. Soluços espasmódicos brotavam-lhe do fundo da garganta.

— Aaahhhhhhhhhhhh!

De joelhos, Kayoko se deixou cair sobre o corpo de Hiroki e chorou.

Ele me amava... Tanto que me procurou correndo o risco de ser atacado. Como deve ter sido difícil para ele. Se encontrasse alguém, poderia ter sido atacado. De fato, esse ferimento na lateral do corpo... no ombro... foi resultado de ter encontrado alguém. Tudo isso para chegar até mim.

Não... não é isso. Kayoko parou de soluçar por um momento.

Fui eu quem o atacou. No final, justo quando Hiroki atingiu por fim seu objetivo.

Kayoko fechou os olhos e voltou a chorar.

Ele me amava... Assim como eu gostaria de dizer como eu me sentia sobre aquele rapaz, Hiroki com certeza pensava em fazer o mesmo comigo, me procurando. Em minha turma havia alguém que gostava de mim... E mesmo assim... eu...

De repente, Kayoko recordou uma cena. Foi quando eles faziam a limpeza da escola. Ela apagava o quadro-negro com um pano molhado e, quando sua mão não pôde chegar ao topo, Hiroki — que até então não trabalhava, apenas a olhava com o queixo posto sobre as duas mãos cruzadas no alto de um cabo de vassoura — disse: "Você é muito baixinha para isso, Kayoko". Ele tomou o pano das mãos dela e limpou a área que ela não conseguia alcançar.

A cena voltou à sua mente.

Por quê? Por que eu não percebi como ele era gentil? Como não pude notar os sentimentos de quem me amava tanto?

Se eu tivesse refletido, teria compreendido que, se ele realmente quisesse me matar, teria de imediato atirado em mim com sua arma. Mas eu não podia saber. Fui incapaz de entender. Como sou idiota. Eu...

Outra lembrança lhe veio à memória. Um dia, empolgada, ela conversava com as amigas falando sem parar do rapaz da cerimônia do chá. Hiroki estava perto delas e a certa altura se virou em direção à janela e disse, sem olhar para ela: "Quem te ouve assim tão empolgada vai achar que você é leviana". O comentário deixou Kayoko furiosa na época, mas de fato ele estava com razão: ela foi tola. E mesmo assim... mesmo assim Hiroki lhe disse que sempre amou essa garota idiota.

Ela simplesmente não podia conter o choro. Encostou a face contra o rosto morno dele e continuou a chorar. Hiroki lhe aconselhou a fugir, mas ela não conseguia se afastar dele. *Vou continuar chorando. Vou chorar pela dedicação (insubstituível) desse rapaz que me amou e minha leviandade (fui muito infantil achando que eu tinha chances com "aquele rapaz"). Não vou parar de chorar. Mesmo que seja um ato de suicídio no jogo permanecer aqui.*

"Você planeja morrer com ele?", uma voz lhe sussurrou em pensamento.

Sim, com certeza, vou morrer com ele. Morrerei em nome do amor de Hiroki por mim e minha leviandade.

— Então por que não vai em frente? — a voz continuou.

Kayoko subitamente tremeu e virou a cabeça. Ela viu os cabelos negros, longos, lindos e ensopados de chuva de Mitsuko Soma (a Estudante nº 11), que olhava para ela de arma em punho.

Bang. Bang. Dois sons surdos repercutiram. Dois orifícios se abriram na têmpora direita de Kayoko. O corpo dela caiu sobre o de Hiroki Sugimura.

O sangue começou lentamente a escorrer dos orifícios em sua cabeça e continuou descendo pela face, sendo lavado pela chuva.

Mitsuko abaixou a Smith & Wesson M19 .357 Magnum que pegou de Tadakatsu Hatagami e disse:

— Você é realmente idiota, Kayoko. Por que não entendeu o que ele sentia por você?

Depois transferiu o olhar para o rosto de Hiroki:

— Há quanto tempo não nos víamos, Hiroki. Está feliz por ter morrido ao lado de sua amada?

Mitsuko balançou a cabeça com ar de satisfação e avançou para pegar a Smith & Wesson M59 que Kayoko deixou cair e a Colt Government .45 (antes pertencente a Mitsuko) que Hiroki largou.

Ela olhou para os corpos entrelaçados e pôs um dedo nos lábios.

— E o que era esse negócio de fazer uma fogueira?

Então ela balançou a cabeça levemente, afastou com o pé a saia de Kayoko, que cobria parte da M59, e começou a estender a mão para pegar a arma azul... Foi quando, de repente, ela ouviu o *ratatatá* de uma velha máquina de escrever atrás dela.

[RESTAM 6 ESTUDANTES]

69.

No mesmo instante, Mitsuko sentiu inúmeros impactos nas costas. Ela viu o pano de sua blusa todo rasgado no peito e o sangue jorrando. Sentiu os pés titubearem. De imediato, uma sensação de queimação invadiu seu peito.

Contudo, mais que o choque provocado pela dor, a sensação de seu descuido bobo ocupava seu pensamento. Com o terreno tão enlameado, como foi possível que não tivesse ouvido o barulho dos passos de alguém se esgueirando por trás dela?

Apesar do grande número de balas que a alvejou, Mitsuko pôde se virar.

Havia um rapaz vestindo um casaco da escola. O peculiar penteado de cabelos escorridos para trás, o rosto elegantemente bem definido, os olhos de pupilas brilhantes e frígidas. Era Kazuo Kiriyama (o Estudante nº 6).

Mitsuko concentrou a força sobre a mão direita que segurava a M19. Seus músculos estavam praticamente inutilizados, mas ela reuniu toda a força que lhe restava na tentativa de erguer a arma.

Apesar de Mitsuko se debater entre a vida e a morte, de repente seus pensamentos deslizaram para outro local. Logicamente isso deve ter durado apenas uma fração de segundo.

A conversa que teve com Hiroki Sugimura, agora caído a seus pés...

Ela disse: "Apenas decidi passar para o lado de quem domina do que me deixar dominar".

Desde quando ela se tornou essa pessoa? Depois de ter sido estuprada aos nove anos por três homens, como contou a Hiroki? Foi no quarto de um apartamento em mau estado de um bairro sórdido onde esses homens a violaram filmando tudo com uma câmera de vídeo? Ou um pouco antes, quando sua mãe (ela nunca teve um pai), completamente bêbada, conduziu a filha a esse lugar, recebeu um envelope gordo (bem, talvez não fosse tanto assim) e saiu antes de tudo começar? Foi a partir daí? Ou quando, ainda sob o choque desses horríveis acontecimentos e praticamente aturdida, ela confidenciou o que tinha sofrido a seu gentil professor da escola, o único em quem confiava? Quando, ao lhe contar tudo com sinceridade, ao contrário, seu olhar mudou e ele também a violou depois da aula no escritório escuro e estreito da sala de leitura? Ou a partir do momento em que sua melhor amiga na época os surpreendeu no ato (ou pelo menos parte dele) e, em vez de consolá-la, acabou espalhando o fato para toda a escola? (Graças a isso, o professor desapareceu.) Ou três meses mais tarde, quando sua mãe desejou levá-la de volta ao mesmo local e Mitsuko resistiu e a matou por acidente? Ou quando ela apagou todas as provas fazendo parecer que se tratava do resultado de um roubo, antes de ir se divertir no balanço do jardim público das proximidades? Ou então quando, depois disso, recolhida por uma tia distante, ela sofreu dia após dia bullying da prima, e essa prima caiu do telhado por puro acidente, mas sua tia a acusou de tê-la assassinado? Ou quando o marido dessa mulher defendeu Mitsuko, para depois de um tempo começar a abusar dela também? Ou...

Ninguém jamais lhe deu nada. Ao contrário, todos tiravam aos poucos algo dela. Então Mitsuko acabou se tornando uma concha vazia... Porém...

Nada disso importava.

Eu tenho razão! Não serei vencida.

Seus braços de repente se fortaleceram e ela ergueu a arma. No punho da blusa de marinheiro os tendões do pulso emergiram, assemelhando-se às cordas de um violino. Então ela puxou o...

O *ratatatá* da Ingram M10 nas mãos de Kazuo Kiriyama expeliu fogo outra vez, formando uma fileira de quatro orifícios desde o peito de Mitsuko até a metade de seu rosto. O sangue jorrou da boca de Mitsuko. Metade de seu lábio superior foi rasgado. Ela curvou-se para trás.

Mesmo assim, Mitsuko sorriu. Recompôs-se e puxou o gatilho sucessivamente.

As quatro balas que restavam no pente atingiram sem erro o peito de Kazuo Kiriyama.

Contudo, ele permaneceu calmo, apenas movimentando levemente o corpo. Mitsuko não entendeu o porquê. A Ingram M10 de Kazuo disparou outra vez.

Antes lindo, o rosto de Mitsuko explodiu como se nele tivesse sido atirada uma torta de morangos. Dessa vez, o impacto das balas projetou a adolescente no ar. No instante seguinte, suas costas bateram no solo molhado. Nesse momento, ela já estava morta. Na verdade, ela já tinha morrido fazia muito tempo. Fisicamente foi alguns segundos antes, mas psicologicamente terminara havia muitos anos.

Kazuo Kiriyama avançou a passos lentos e com frieza removeu a arma da mão de Mitsuko. Também pegou o Colt Government .45 junto da mão de Hiroki Sugimura e a M59 que Kayoko Kotohiki largou. Pouco se importou em olhar esses três corpos sob a chuva.

[RESTAM 5 ESTUDANTES]

70.

Mizuho Inada (a Estudante nº 1) pôs com cuidado a cabeça para fora da sombra do arbusto onde se escondia. Os cabelos bem cortados colavam-se à sua testa por causa da chuva intermitente.

Para além dos arbustos, no meio de um campo estreito encoberto pela fina cortina de chuva, ela percebeu um rapaz de costas num casaco de colégio. Seus cabelos puxados para trás estavam molhados pela chuva. Era Kazuo Kiriyama (o Estudante nº 6).

Ele produziu o que pareciam ser duas pilhas de galhos. Agora estava sentado acertando o formato de uma delas.

Mizuho prendeu a respiração. Sentia frio e estava exausta, mas não ligava para isso. Afinal, chegou a hora de cumprir o que era, para ela, sua maior missão.

Como guerreira espacial.

GUERREIRA PREXIA DIKIANNE MIZUHO, VOCÊ ESTÁ PRONTA?, o Deus da Luz Ahura Mazda perguntou em sua mente. Aparentemente essa voz chegava a ela graças ao cristal mágico fusiforme sob seu terninho de marinheiro (de fato um mero objeto de vidro comprado por catálogo, mas que Mizuho acreditava ser de cristal).

Lógico, Mizuho respondeu. *Eu testemunhei esse demônio se afastando depois de matar Yumiko Kusaka e Yukiko Kitano. Depois eu o perdi de vista, mas acabei de achá-lo. E eu o vi matar Mitsuko Soma, aquele outro demônio, que assassinou Kayoko Kotohiki. Devo exterminar esse inimigo. Eu o segui até aqui.*

MUITO BEM ENTÃO. VOCÊ ESTÁ A PAR DE SUA MISSÃO?

Sem dúvida, senhor. Recebi sua mensagem, pelo vidente local, dizendo que um dia eu me tornaria uma guerreira destinada a lutar contra as forças do mal. Na época não compreendi o significado. Mas agora, entendo claramente.

VOCÊ NÃO TEM MEDO?

Não, senhor. Seguindo sua orientação, não tenho o que temer.

VOCÊ É UM MEMBRO SOBREVIVENTE DA SAGRADA TRIBO DIKIANNE. VOCÊ FOI A GUERREIRA ESCOLHIDA. A LUZ DA VITÓRIA A ENVOLVERÁ EM BREVE. HUM... ALGUM PROBLEMA?

Não, não. É apenas que, grande Ahura Mazda, minha correligionária, a guerreira Lorela Lausasse Kaori, morreu. (Em sua antiga sala de aula da turma B, Kaori Minami, que passou algum tempo saindo com Mizuho Inada, escondia um bocejo ao ouvi-la dizer "Você é a guerreira Lorela", mas isso não vem ao caso.) Ela...

ELA LUTOU BRAVAMENTE ATÉ O MOMENTO DERRADEIRO, MIZUHO.

Ah, sim, estou ciente disso. Porém... porém, ela foi derrotada pelas forças do mal.

É, BEM, SIM. MAS ISSO PORQUE ELA ERA UMA MERA PLEBEIA. NÃO É O SEU CASO. DE QUALQUER FORMA, NÃO VAMOS NOS APEGAR A DETALHES. O IMPORTANTE É QUE VOCÊ DEVE BATALHAR TAMBÉM POR ELA. E DEVE VENCER. ENTENDIDO?

Sim, senhor.

O.K. A LUZ. TENHA FÉ NA LUZ CÓSMICA. NA LUZ QUE A ENVOLVE.

A luz preencheu o interior de Mizuho. A imensa e calorosa força cósmica que tudo engloba.

Mizuho balançou a cabeça positivamente, aliviada. *Sim. Sim. Sim.*

Desembainhou a faca de lâmina dupla (ao encontrar a arma em seu kit de sobrevivência, Mizuho a achou bastante apropriada a uma guerreira). Ela a segurou com ambas as mãos em frente ao rosto. Uma luz imaculada envolveu a lâmina azul, e Mizuho olhou para Kazuo além da luz.

Ela viu as costas de Kazuo. Estavam completamente expostas.

É AGORA. O MOMENTO CHEGOU. VOCÊ DEVE ANIQUILAR O INIMIGO!

Sim!

Mizuho saiu de dentro dos arbustos silenciosamente e correu em direção a Kazuo. Uma luz cintilava ao redor da faca de quinze centímetros que para ela se transformou, naquele momento, numa espada legendária de um metro de comprimento. A espada de luz transpassaria em linha reta o monstro maligno.

Enquanto arrumava a posição de um galho com a mão esquerda, com a direita Kazuo puxou a Beretta M92F e, sem sequer se voltar, estendeu apenas o braço para trás e puxou duas vezes o gatilho.

O primeiro tiro acertou o peito de Mizuho fazendo-a parar, e o segundo estraçalhou com exatidão sua cabeça.

Mizuho caiu de costas. De seus ferimentos jorrava uma elegante curva vermelha no ar. A chuva começou de imediato a lavar seu corpo. Então, a alma da guerreira Prexia Dikianne Mizuho transmigrou para a Terra da Luz.

Ainda de costas para ela, Kazuo Kiriyama guardou a arma e continuou a tarefa de arrumar os galhos.

[RESTAM 4 ESTUDANTES]

71.

A chuva não cessava. Shuya estava sentado com as costas apoiadas contra a parede de rocha úmida. Ele olhava as gotas caírem das extremidades do telhado de folhas. Uns vinte minutos antes, ouviu tiros intensos e incessantes. Depois, uns cinco minutos atrás, escutou tiros de novo, mas apenas dois. Aparentemente, em ambos os casos, o som não se originou num local próximo, porém tampouco a uma grande distância. Talvez partisse do interior da mesma montanha norte onde eles também estavam.

Uma gota grossa atravessou uma folha do "telhado" de galhos e foi cair justo ao lado do tênis Keds do pé direito de Shuya, espirrando contra a poça de chuva misturada à lama no solo.

Noriko disse:

— Talvez Hiroki goste de Kayoko. Se eu fosse ele... teria feito o mesmo. — Ela olhou de soslaio para Shuya. — Eu teria procurado a pessoa que amo...

Era mesmo verdade? Hiroki gostava de Kayoko Kotohiki? Por que — se era tão íntimo de Takako Chigusa, a garota mais linda da turma B — foi se apaixonar justo por Kayoko, uma garota sem muitos atrativos?

Enfim, amar alguém talvez seja realmente desse jeito. Como na canção de Billy Joel, "Don't imagine you're too familiar [...] I'll take you just the way you are".

E os tiros recentes teriam sido de quem contra quem? (Na verdade, o último deles não teve réplica, o que mostrava se tratar mais de uma execução que de um embate.) Incluindo os que ouviu logo depois de ter deixado o farol (e excluindo os que custaram a vida de Yukie Utsumi e de suas amigas), foram três sessões de tiros desde a meia-noite. Não seria estranho assumir que pelo menos três pessoas teriam morrido nas últimas horas. Seriam cinco sobreviventes naquele momento? Quem foram os três mortos? Ou ninguém teria morrido, apenas fugido um do outro depois de uma troca de tiros? Nesse caso, haveria oito remanescentes, incluindo eles mesmos.

— Está cansado, Shuya?

Os três estavam sentados próximos, em fila, mas Shogo, do outro lado de Noriko, sugeriu:

— Talvez seja melhor você dormir um pouco.

Shuya voltou o olhar para eles.

— Não — ele sorriu. — Dormi muito até o meio-dia. Aposto que vocês não pregaram o olho.

Shogo deu de ombros.

— Eu estou tranquilo, mas Noriko... Ela quase não dormiu esperando por você.

Shuya olhou para Noriko, mas ela sorriu e acenou com as mãos diante do rosto num gesto demonstrando que o que Shogo dizia não era verdade.

— Não. Nada disso. Acho que cochilei várias vezes. Shogo, ao contrário, permaneceu todo o tempo acordado, montando guarda, para que eu pudesse descansar — ela disse, transferindo o olhar de Shuya para Shogo.

Shogo soltou uma gargalhada e deu de ombros. Então, levantou com exagero a mão até o peito num gesto de reverência dizendo:

— Estou sempre pronto a protegê-la, vossa alteza!

Noriko riu, tocou a mão dele com a mão esquerda e replicou:

— Sou toda agradecimentos, caro Shogo.

Shuya ergueu a sobrancelha, observando essa interação. Era estranho ver como Noriko e Shogo pareciam íntimos agora. Desde que o jogo começou, Noriko parecia ter falado com Shogo na maior parte do tempo por intermédio de Shuya, mas agora as coisas pareciam diferentes. Eles aparentavam formar um bom par. Era natural, portanto, considerando que haviam passado mais de metade do dia sem a presença de Shuya.

Shogo, de repente, apontou para Shuya e disse:

— Vejam só, parece que temos alguém enciumado por nós dois estarmos nos entendendo bem.

Noriko arregalou os olhos fitando Shuya. Ela sorriu e disse:

— Tá, vai nessa...

Shuya ficou levemente corado.

— Ciúmes, eu? Se liga.

Shogo deu de ombros. Ele levantou a sobrancelha e disse para Noriko em tom de zombaria:

— Ele disse que confia em você. Porque a ama.

Shuya desejava dizer algo, mas estava sem graça. Shogo começou a rir ao vê-lo sem palavras. Chegou a gargalhar. Apesar de querer dizer algo para revidar, Shuya acabou levando na brincadeira e riu também. Noriko também tinha uma expressão sorridente.

Foi um momento de felicidade. Era o tipo de conversa e de risos que se compartilharia com amigos de longa data na lanchonete de sempre depois das aulas. Mesmo que não pudessem descartar uma sensação de que voltaram a se reunir em razão do funeral de um amigo em comum.

Ainda com um sorriso no canto dos lábios, Shogo olhou para o relógio e saiu de debaixo do telhado de galhos para verificar de novo se não haveria algum sinal de Hiroki.

Noriko sorriu e olhou para Shuya.

— Shogo é um gozador.

Shuya sorriu.

— Sim, mas... — Ele olhou de soslaio para o vazio.

Eu devia estar mesmo com ciúmes.

Shuya olhou de novo para Noriko. Ele estava prestes a lhe dizer, num tom brincalhão: "Eu devia estar mesmo com ciúmes". Noriko com certeza riria e diria: "Tá, vai nessa".

Shogo voltou para a frente do telhado. Sua face com a barba por fazer estava úmida das gotas da chuva.

— Tem fumaça — ele disse, de imediato, se virou.

Shuya se levantou às pressas. Ele ajudou Noriko a se erguer com o braço são e ambos caminharam até onde Shogo estava.

A chuva tinha diminuído; por isso, apurando o olhar, eles puderam ver a fumaça sem dúvida flutuando no céu. Conforme acompanharam os olhos de Shogo, viram uma coluna de fumaça branca no lado oposto da montanha norte. Duas colunas, de fato.

— Viva!

Inconscientemente, Shuya soltou um pequeno grito ao estilo de uma canção de rock 'n' roll. Seus olhos encontraram os de Noriko. Ela, não menos entusiasmada, abriu um sorriso e declarou:

— Então Hiroki está seguro.

Shogo pegou o apito de pássaro do bolso e o tocou enquanto observava a fumaça. Ouviu-se o nítido trinado de um pequeno pássaro se ampliando dentro da chuva que envolvia a ilha. Shogo olhou o relógio e, quinze segundos depois, parou de assoprar o apito. Então virou o rosto para eles.

— Vamos esperar um pouco mais aqui. Imagino que ele ouvirá este som apenas se estiver perto. Demorará um pouco.

Eles voltaram para debaixo do telhado.

— Hiroki provavelmente encontrou Kayoko — Noriko disse.

Shuya estava prestes a concordar, mas parou quando percebeu a boca enrijecida de Shogo. Noriko também parou de sorrir.

— Shogo... — Shuya disse.

Shogo ergueu a cabeça e depois a balançou:

— Não é nada. Só acho que as coisas podem não ter sido necessariamente desse jeito.

— Hã? Mas... — Shuya levantou a palma da mão direita aberta. — Hiroki é do tipo que nunca desiste.

Shogo balançou a cabeça, afirmando:

— Talvez seja. — Ele fez uma pausa e afastou o olhar dos dois. — Mas ele pode ter encontrado apenas o cadáver de Kayoko.

O rosto de Shuya ficou tenso. Logicamente, poderia ter sido assim. Kayoko parecia estar viva até o meio-dia, mas... Houve todos aqueles tiros. Eles acabaram de ouvir tiros isolados. Depois de procurar por dois dias, Hiroki pode ter descoberto os restos mortais de Kayoko.

Shogo continuou:

— Ou pode ter havido uma outra possibilidade.

— O que você quer dizer? — Noriko perguntou.

Shogo tirou do bolso um maço de cigarros e respondeu sumariamente:

— Não há garantia de que Kayoko confiasse em Hiroki.

Shuya e Noriko voltaram a emudecer.

Shogo continuou, depois de acender um cigarro:

— Bem, seja como for, vamos rezar para que Hiroki possa voltar até aqui. Então veremos se ele está ou não com Kayoko.

Sem dúvida, Shuya esperava que Hiroki regressasse acompanhado de Kayoko. Então... eles seriam cinco ao todo. Os cinco escapariam.

Apenas cinco.

Shuya então lembrou que Mizuho Inada ainda estava viva, pelo menos estava até o meio-dia.

— Shogo.

Shogo apenas transferiu o olhar para Shuya.

— Mizuho ainda está viva. Será que não poderíamos contatá-la?

Shogo deu de ombros.

— Vou ser repetitivo, mas é melhor não confiar muito nos outros neste jogo. Para ser honesto, não tenho nada contra Hiroki, mas não confio em Kayoko.

Shuya mordeu o lábio.

— Eu sei, mas...

— Bem, se as condições permitirem, podemos tentar imaginar um jeito de contatar Mizuho, mas... — ele soltou uma baforada — ... não se esqueça de que até lá talvez não estejamos vivos.

É isso mesmo. Shogo disse que, no final, se todos os demais estiverem mortos, haverá uma forma de escapar. Isso significa que, não importa o que acontecesse, eles teriam que enfrentar outra vez Kazuo Kiriyama e Mitsuko Soma. Ele não estava certo sobre Mitsuko, mas seria impossível escapar de um confronto com Kazuo. Ele não morreria tão fácil. O que significa que possivelmente nenhum dos três sobreviveria a um embate com Kazuo.

Shogo tragou seu cigarro já curto e disse:

— Vou perguntar de novo, Shuya. — Ele soltou uma baforada e continuou olhando para o amigo. — Mesmo que possamos encontrar Hiroki, provavelmente teremos que enfrentar de novo Kazuo ou lutar com Mitsuko. Você está preparado para agir sem perdão?

Então era isso. Eles só poderiam se dar ao luxo de contatar Mizuho Inada depois de derrotarem Kazuo e Mitsuko. Embora não lhe agradasse o modo como tinha se acostumado à ideia de matar seus colegas de turma, não importava sob quais circunstâncias...

Shuya assentiu e respondeu:

— Estou preparado.

[RESTAM 4 ESTUDANTES]

72.

Shogo soprou o apito de pássaro. Era a terceira vez. A chuva estava passando e o intervalo entre as quedas das gotas da beirada do telhado tinha ficado mais espaçado. Já passava das cinco da tarde.

O próprio Shuya, depois de ouvir o mesmo som de pássaro quatro vezes, pôde encontrar Noriko e Shogo. Mas isso foi porque ele tinha alguma noção da localização deles. Poderia demorar mais para Hiroki encontrá-los, pois ele não possuía essa informação.

Shogo voltou para debaixo do telhado e acendeu outro Wild Seven.

Ele soltou a fumaça e, do nada, perguntou:

— Aonde vocês querem ir?

Shuya olhou para Shogo, que estava sentado do outro lado de Noriko. Shogo se virou para ele.

— Eu esqueci de explicar, mas tenho um contato. Quando estivermos fora daqui, poderemos ficar com ele por algum tempo.

— Um contato? — Shuya replicou e Shogo confirmou.

— Um amigo do meu pai — ele prosseguiu. — Ele providenciará a fuga para fora do país... Imagino que vocês não se oponham, certo? Seríamos presos se permanecêssemos aqui. Seríamos mortos como ratos.

— Fugir do país... — Noriko disse, parecendo um pouco surpresa. — Realmente podemos fazer isso?

Shuya perguntou:

— Quem é esse amigo de seu pai?

Shogo olhou para eles, como se refletisse algo enquanto levava o cigarro à boca com a mão esquerda. Porém, logo afastou o cigarro da boca e disse:

— Não é um bom momento para lhes contar. Caso nos separemos durante nossa fuga, seria ruim se qualquer um de nós fosse pego e compartilhasse nossos planos com o governo. Não significa que eu não confie em vocês. Porém, se eles os torturarem, vocês acabarão eventualmente confessando. Portanto, eu me encarrego de levá-los até lá.

Depois de pensar um pouco sobre o assunto, Shuya concordou. Parecia o jeito certo de fazer as coisas.

— Mas… vejamos… — Shogo disse. Ele mordeu o cigarro e tirou um pedaço de papel do bolso.

Parecia a tal folha na qual todos eles escreveram a declaração "Nós vamos nos matar uns aos outros". Shogo a rasgou em duas e então escreveu a lápis em ambas, dobrou-as várias vezes com cuidado, entregando uma a Shuya e outra a Noriko.

— O que é isso? — Shuya perguntou e fez menção de desdobrar a folha.

Shogo o impediu, dizendo:

— Calma. Não há necessidade de ver agora. Por via das dúvidas, é nossa forma de contato, caso nos separemos. O horário e local estão escritos aí. Vão a esse local e horário todo dia. Eu farei o possível para chegar lá também.

— Não podemos ver agora? — Noriko perguntou.

— Não — Shogo foi taxativo. — Apenas leiam no caso de acabarmos nos separando. Em outras palavras, sua anotação e a de Shuya contêm informações diferentes. É melhor que cada um não saiba a anotação do outro. Apenas caso vocês sejam detidos.

Shuya e Noriko se entreolharam. Então Shuya se virou para Shogo.

— Eu ficarei ao lado de Noriko, não importa o que aconteça.

— Eu sei — Shogo sorriu amarelo. — Mas não podemos descartar a possibilidade de nos separarmos outra vez, como aconteceu com você quando Kazuo nos atacou.

Shuya apertou os lábios e fitou Shogo... mas acabou concordando. Depois de trocar olhares com Noriko, guardou a nota no bolso. Noriko fez o mesmo.

Com certeza, era impossível prever o que poderia acontecer. Em primeiro lugar, escapar da ilha seria algo extremamente complexo. Mas, se esse fosse o caso, então ele e Noriko também não deveriam definir seu próprio local e horário de encontro? Sem contar a Shogo? Em todo caso, se Shogo acabasse sendo pego pelo governo, a situação deles não teria esperanças de qualquer jeito.

Shogo perguntou:

— Então... aonde vocês querem ir?

Shuya lembrou que Shogo havia perguntado para onde eles desejariam ir depois de fugirem do país. Ele cruzou os braços e pensou por algum tempo no caso. Então afirmou:

— Para mim seriam os Estados Unidos. É o país do rock. Sempre quis ir lá algum dia.

Só não imaginei ir para lá como um fugitivo.

— Entendi — Shogo concordou. — E você, Noriko?

— Não tenho nenhum lugar em mente, mas... — Noriko disse e olhou de soslaio para Shuya.

Shuya a olhou de volta, afirmando:

— Vamos juntos. O.k.?

— Ah... — Os olhos de Noriko se arregalaram. Então, ela abriu um sorriso e concordou: — Claro, se tudo bem para você.

Shogo sorriu. Ele tragou mais uma vez o cigarro e fez outra pergunta:

— O que vocês farão nos Estados Unidos?

Shuya pensou um pouco. Então respondeu com um sorriso amarelo:

— Posso me tornar um guitarrista ambulante. Acho que dá para ganhar uns trocados.

Shogo gargalhou.

— Ah! É melhor se tornar roqueiro. Você tem talento. Pelo que eu ouvi, na América você não está em desvantagem por ser um imigrante ou exilado.

Shuya respirou fundo e lhe ofereceu um sorriso cético.

— Não sou tão talentoso assim. Meu nível não é suficiente para que eu me torne um profissional.

— Nunca se sabe, rapaz — Shogo balançou levemente a cabeça, sorrindo. Então foi a vez de olhar para Noriko. — E quanto a você, Noriko? Há algo que queira fazer?

Noriko apertou os lábios. Então disse:

— Sempre quis ser professora.

A resposta de Noriko pegou Shuya de surpresa, pois era a primeira vez que ouvia sobre isso. Ele exclamou:

— Sério?

Noriko moveu o rosto na direção de Shuya e confirmou, balançando a cabeça.

Shuya prosseguiu:

— Você queria ser professora neste país nojento?

Noriko sorriu sem graça.

— Há bons professores também. Eu... bem... — Ela abaixou a cabeça e prosseguiu: — Eu sempre achei o senhor Hayashida um excelente professor.

Nas últimas horas, Shuya quase não tinha se lembrado do cadáver do professor Hayashida, com a cabeça esmagada. O "Libélula" morreu por eles.

— Tem razão — Shuya concordou.

Shogo disse:

— Deve ser difícil para você se tornar professora no exílio. Mas quem sabe possa trabalhar como pesquisadora em alguma universidade. Ironicamente, o resto do mundo parece muito interessado neste país. Então talvez você possa ensinar.

Shogo continuou olhando para a frente, de perfil para eles, depois jogou a guimba do cigarro na poça perto do pé. Enfiou outro cigarro na boca e o acendeu. Ele prosseguiu:

— Vocês devem tentar, os dois. Sejam o que vocês querem ser. Sigam seu coração e deem o melhor de si.

Shuya achou bem simpático o que Shogo dizia. *Sigam seu coração. Deem o melhor de si.* Ele lembrou do jeito de falar do falecido Shinji Mimura, que da mesma forma às vezes dizia coisas que atingiam em cheio a verdade.

Enquanto Shuya se encantava com as palavras simpáticas de Shogo, um pensamento lhe ocorreu: faltava algo no que Shogo dizia.

Shuya logo se deu conta do que era.

— E você? — ele perguntou em voz enérgica, com um misto de ansiedade. — O que você fará?

Shogo deu de ombros.

— Eu lhes disse. Este país tem uma dívida comigo. Não, não é isso. Eu emprestei muito a ele. Vou cobrar de volta. Custe o que custar. Por isso, não poderei ir com vocês.

— Não... — Noriko exclamou angustiada.

Porém, Shuya reagiu de forma diferente. Ele apertou os dentes e disse:

— Se houver algo a fazer, eu vou te ajudar.

Shogo olhou para Shuya por um instante... Depois abaixou os olhos e balançou negativamente a cabeça.

— Não diga tolices.

— Por que não? — Shuya insistiu. — Eu também quero me vingar desta porra de país.

— Tem razão — Noriko replicou.

A intervenção dela surpreendeu Shuya.

Noriko olhou para Shogo e prosseguiu:

— Vamos fazer isso juntos.

Shogo olhou para os dois, soltando um suspiro profundo. Ergueu os olhos e, baixando-os em seguida, disse:

— Olhe. Já devo ter dito isto antes: este pode ser um país de merda, mas é bem administrado. Não seria nada fácil acabar com ele. Não, eu diria que é absolutamente impossível agora, mas eu... — Ele se virou e admirou, além do telhado, o céu embranquecido depois do cessar da chuva. Então voltou a olhar para os dois. — Para usar uma expressão antiga, eu desejaria destruí-los com um único golpe de espada. Desejo me vingar. Questão de satisfação pessoal, nada mal. — Ele parou para repetir. — Nada mal mesmo.

— E então... — Shuya começou a falar, mas Shogo o interrompeu, erguendo a mão.

— Escute até o final.

Shuya se calou e deixou Shogo prosseguir.

— Digo que você morrerá se me acompanhar nessa luta. Você acabou de declarar que iria com Noriko. O que significa... — Ele olhou para Noriko. Depois, olhou de volta para Shuya. — Você ainda tem Noriko. Proteja-a, Shuya. Se um dia ela for ferida, lute por ela. Seja seu adversário um ladrão, a porra da República da Grande Ásia Oriental ou um ser extraterrestre.

Depois, voltando-se para Noriko, acrescentou gentilmente:

— O mesmo se aplica a você. Você ainda tem Shuya, certo? Proteja-o, Noriko. É loucura morrer sem justificativa.

E, falando novamente para Shuya:

— Você entende? Não tenho nada. Portanto, farei isso mesmo que apenas por satisfação pessoal. É diferente de vocês.

Seu tom de voz soou severo no final. Ele conferiu a hora, jogou outro cigarro na poça, levantou-se e saiu de debaixo do telhado. O apito de pássaro ecoou.

Conforme ouvia, Shuya se lembrou de uma música de um roqueiro da China continental intitulada "Nada em meu nome". O trecho mais lindo da canção era a estrofe: "Você diria que me ama mesmo eu não tendo nada em meu nome?".*

Mas o que Shogo estaria querendo dizer quando afirmou que *não tinha nada*?

Depois de soar o apito de pássaro por exatos quinze segundos, Shogo voltou para debaixo do telhado e se sentou.

Noriko gentilmente perguntou a Shogo:

— Não há ninguém de quem você goste?

Isso era algo que Shuya também gostaria de perguntar.

Shogo arregalou os olhos e exibiu em seguida um sorriso amargo.

— Eu não pretendia lhes contar isso, mas... — ele declarou e respirou fundo antes de prosseguir. — Não, talvez eu quisesse contar.

* Trata-se da música "Nothing to My Name" de Cui Jian, cantor, trompetista e guitarrista de Pequim, considerado o "pai do rock chinês". (N. T.)

Shogo enfiou a mão no bolso de trás da calça e puxou de lá sua carteira. Tirou uma foto com as bordas dobradas.

Noriko, a seu lado, a pegou. Ela e Shuya olharam a foto.

Shogo aparecia na foto da cintura para cima. Vestia o uniforme da escola e seu cabelo estava tão comprido quanto o de Shuya. Ele sorria, um sorriso espontâneo difícil de imaginar nele agora. E, à sua esquerda, estava uma garota em terninho de marinheiro. Seus cabelos negros estavam amarrados, jogados sobre o ombro direito. Ela parecia ter um temperamento forte, mas exibia um sorriso muito charmoso. Ao fundo havia uma avenida, árvores parecidas a *gingko*, um outdoor de uísque e um carro amarelo.

— Ela é linda! — Noriko exclamou.

Shogo coçou a ponta do nariz.

— Acha mesmo? Ela não tem o padrão típico de beleza, mas eu sempre a achei encantadora.

Noriko balançou a cabeça.

— Sim. Eu a acho muito bonita e transpira maturidade. Ela tem a mesma idade que você?

Shogo soltou um sorriso genuíno que lembrava o que ele exibia na foto.

— Sim. E obrigado pelos elogios a ela.

Shuya admirou os dois rostos sorridentes um ao lado do outro na foto e pensou: *Olhe só, como ele pode afirmar que não tem nada?*

Mas Shuya não percebeu algo crucial.

— E ela está em Kobe?

Ao ser questionado por Shuya, Shogo de novo sorriu com amargura. Ele balançou a cabeça negativamente.

— Lembre, Shuya. Eu participei de outra edição deste jogo absurdo. E fui o "vencedor".

Foi quando Shuya entendeu. E Noriko também deve ter compreendido. O rosto dela, de repente, enrijeceu.

Shogo continuou:

— Ela estava em minha turma. Não fui capaz de salvar Keiko.

O silêncio caiu sobre eles. Shuya sentiu que podia verdadeiramente compreender a profundidade do ódio de Shogo.

— Entendem agora? — Shogo perguntou. — Eu não tenho mais nada. E é hora de cobrar meu empréstimo com este país. Por ele ter assassinado Keiko.

Shogo pôs outro cigarro na boca e o acendeu. A fumaça flutuou no ar.

— Então Keiko era o nome dela? — Shuya perguntou finalmente.

— Isso mesmo. — Shogo balançou várias vezes, quase imperceptivelmente, a cabeça. — O ideograma "Kei" significa *alegria*.

Shuya notou que era o mesmo ideograma usado no nome de Yoshitoki.

— Você esteve... — Noriko perguntou gentilmente — ... com ela até o fim?

Shogo fumava em silêncio. Depois de algum tempo, disse:

— É muito duro para mim responder à sua pergunta. O sobrenome dela era Onuki. Naquele jogo, a lista começava no número 17. De qualquer forma, o número de Keiko vinha antes do meu, por isso ela partiu três números antes de mim.

Shuya e Noriko ouviam em silêncio.

— Imaginei que ela estivesse esperando por mim em algum lugar perto do ponto de partida. Provavelmente. Porém, ela não estava lá. Quer dizer, não tinha jeito. Assim como no jogo de agora. Seria perigoso ficar vagando ao redor do ponto de partida. — Ele deu um trago no cigarro e exalou a fumaça. — E eu comecei a procurá-la de algum jeito. Era uma ilha como esta, mas de qualquer forma eu tentei.

Ele deu outro trago e exalou. Então prosseguiu:

— Mas ela fugiu.

Shuya estava chocado. Ele olhou para Shogo. O rosto com a barba por fazer estava inexpressivo. Era como se ele estivesse se esforçando para conter a emoção.

— Tentei segui-la, mas fui atacado por alguém. Consegui matar essa pessoa, mas acabei perdendo Keiko de vista.

Ele deu mais um trago e exalou.

— Keiko não foi capaz de confiar em mim.

Ele mantinha o rosto de um jogador de pôquer, mas um aspecto levemente tenso se delineava em seus olhos. Ele prosseguiu:

— Mesmo assim, eu ainda procurei por ela. Quando a encontrei de novo, Keiko estava morta.

Shuya entendeu. Ao reencontrar os dois, Shuya lhes falou sobre o grupo de Yukie Utsumi e comentou: "Confiar em alguém... é realmente muito difícil", ao que Shogo replicou com uma expressão um pouco complexa: "Sim, é... É muito difícil". Shuya agora compreendia por que Shogo afirmara também que Hiroki poderia ter encontrado Kayoko morta ou que ela poderia não confiar nele.

— Quando nos encontramos você me perguntou, Shuya, por que eu confiava em vocês, certo? — Shogo disse.

Shuya ergueu o rosto.

— Sim, perguntei.

— E lembro-me de ter dito que vocês formam um casal simpático — Shogo disse e olhou para o telhado. Quando voltou a abaixar os olhos, o tremor no seu rosto tinha desaparecido. — É verdade. É o que eu senti em relação a vocês. Por isso, decidi ajudá-los, incondicionalmente.

— Ahã — Shuya balançou a cabeça.

Depois de algum tempo, Noriko disse:

— Aposto... — Shuya olhou para ela, que prosseguiu: — ... que Keiko estava apenas apavorada e confusa.

— Não — Shogo balançou negativamente a cabeça. — Eu... eu realmente amava Keiko. Porém, será que eu realmente a tratava bem? Deve ter sido por causa disso.

— Não pense assim — Shuya disse num tom de voz um pouco severo.

Shogo olhou para ele, com os braços envolvendo os joelhos. A fumaça do cigarro entre seus dedos flutuou docemente como um fio de seda.

— Foi um equívoco qualquer. Insignificante. Tenho certeza. Culpa deste jogo de merda. Havia muitas condições ruins. Deve ter sido isso, não é?

Shogo sorriu com amargura e apenas replicou:

— Não sei. Já não entendo mais nada.

Depois, jogou o cigarro na poça e voltou a pegar o apito de pássaro do seu bolso.

— Isso... — ele disse — ... ao contrário de muitas garotas da cidade, Keiko gostava de passear pelo campo. Ela prometeu me levar para observarmos pássaros no domingo depois da semana na qual aquele jogo absurdo foi realizado.

Ele levantou o apito vermelho entre o polegar e o indicador da mão direita até a altura do olhos e o examinou como se avaliasse o valor de uma joia.

— Ela me deu isso. — Ele sorriu e olhou para Shuya e Noriko. — Foi tudo o que me restou dela. É meu amuleto... Apesar de não achá-lo uma boa recordação.

Depois de esperar Shogo guardar de volta o apito no bolso, Noriko devolveu a foto. Shogo a guardou na carteira e a enfiou no bolso de trás da calça.

Noriko o chamou. Shogo ergueu a cabeça e olhou para ela.

— Eu não imagino como Keiko se sentiu na época, mas... — Ela umedeceu os lábios com a ponta da língua. — Mas penso que Keiko te amava de um jeito todo próprio. Do contrário... quer dizer, na foto, ela aparenta estar tão feliz a seu lado. Não acha?

— Será?

— Claro que sim — Noriko confirmou. — E se eu fosse Keiko, eu desejaria que você vivesse. Eu não desejaria que você sacrificasse sua vida por mim.

Shogo sorriu e balançou a cabeça.

— Bem, é apenas uma questão de opinião.

— Mas leve isso em consideração, o.k.? Por favor! — Noriko insistiu.

Os lábios de Shogo se moveram como se ele estivesse prestes a dizer algo, mas então deu de ombros e sorriu. De um jeito triste.

Ele verificou o relógio e saiu de debaixo do telhado para assobiar de novo o apito de pássaro.

[RESTAM 4 ESTUDANTES]

73.

Parou por completo de chover por volta da sexta vez que Shogo assobiou o apito de pássaro. Eram cinco para as seis da tarde, mas uma luz extremamente brilhante em comparação à das horas precedentes envolvia a ilha. Eles removeram o telhado de galhos da parede de rocha.

Depois de sentar contra a parede de rocha contemplando o céu, Noriko disse:

— O tempo melhorou.

Shuya e Shogo concordaram.

Uma brisa leve soprou agitando a vegetação.

Shogo enfiou mais um cigarro na boca e o acendeu.

Olhando Shogo de perfil, Shuya hesitou se devia lhe contar algo ou não. Acabou decidindo falar.

— Shogo.

Com o cigarro pendendo de um canto da boca, Shogo ergueu o rosto.

— E o que me diz de você? Não havia nada que desejava ser?

Shogo riu com ironia enquanto exalava a fumaça.

— Eu queria ser médico. Como meu velho. Isso mesmo: pensei que pelo menos um médico poderia ser útil às pessoas mesmo neste país fodido — ele declarou.

Shuya se sentiu aliviado.

— Então, por que não se torna um? Talento é o que não lhe falta.

Dando tapinhas no cigarro para a cinza cair, Shogo balançou a cabeça, como querendo mostrar que aquela conversa tinha acabado.

Noriko disse:

— Shogo.

Ele moveu a cabeça na direção dela.

— Mesmo sendo repetitiva, vou dizer de novo. — Ela olhou para o céu, que agora começava a apresentar uma mistura de luz alaranjada. — Se eu fosse Keiko, o que eu diria é o seguinte: Por favor, viva. Fale, pense, aja. E algumas vezes ouça música... — Ela parou por um instante, para logo em seguida retomar: — Olhe pinturas para se emocionar. Ria bastante e, às vezes, chore. Se encontrar uma garota maravilhosa, conquiste-a, ame-a.

Foi poético. Poesia pura.

E Shuya se admirou. *São palavras bem próprias a Noriko. E palavras, assim como a música, têm um incrível poder divino.*

Shogo ouvia calado.

Noriko prosseguiu.

— Porque esse é o Shogo que eu realmente amava.

Então ela olhou para Shogo. Ela parecia levemente envergonhada, mas acrescentou:

— Isso é o que Keiko teria dito.

A cinza no cigarro de Shogo se alongou.

Shuya disse:

— Vamos, Shogo. Se estivermos vivos deve haver maneiras de acabar com este país. Deve haver um caminho mais longo, mas... — Shuya parou, mas então prosseguiu. — Nós nos tornamos bons amigos. Nós realmente sentiremos sua falta. Vamos para a América, os três.

Shogo silenciou durante um longo tempo. Então, parecendo se dar conta de que seu cigarro tinha queimado até o filtro, ele o jogou fora.

Ele ergueu a cabeça na direção dos dois. Estava prestes a dizer algo.

Shuya pensou: *Sim, venha conosco, Shogo. Estaremos juntos. Somos uma equipe.*

— Olá, pessoal...

A voz familiar de Sakamochi ecoou.

Shuya levantou às pressas o braço esquerdo com a mão direita e conferiu seu relógio. Os ponteiros no mostrador sujo de lama indicavam seis da tarde, exatamente cinco segundos depois das seis.

— Vocês podem me ouvir? Bem, acho que restaram poucos para me ouvir. Agora anunciarei os mortos. No grupo dos rapazes...

Shuya já estava imaginando o que Sakamochi diria. Restavam apenas quatro rapazes, Shuya, Shogo, Hiroki e Kazuo Kiriyama (logicamente o mesmo acontecia com as garotas: Noriko, Kayoko Kotohiki, Mitsuko Soma e Mizuho Inada). Kazuo não poderia ter morrido tão facilmente. E Hiroki enviou o sinal. Portanto, nenhum dos rapazes estava morto. Mas...

— Temos apenas um. O estudante número 11, Hiroki Sugimura.

Os olhos de Shuya se arregalaram.

[RESTAM 4 ESTUDANTES]

parte 4
grand finale

74.

— **Bem, agora com as moças, temos uma quantia** elevada. Número 1, Mizuho Inada; número 2, Yukie Utsumi; número 8, Kayoko Kotohiki; número 9, Yuko Sakaki; número 11, Mitsuko Soma; número 12, Haruka Tanizawa; número 16, Yuka Nakagawa; número 17, Satomi Noda; e número 19, Chisato Matsui.

Shuya e Noriko se entreolharam. Os olhos de Noriko tremiam. Eles já estavam preparados para ouvir sobre o grupo de Yukie, mas Hiroki e Kayoko também? E Mitsuko Soma... e Mizuho Inada. Basicamente... Isso significava que os únicos que restaram eram eles três e Kazuo?

— Não pode ser! — Shuya exclamou.

Desde que o sinal de fumaça se elevou, não houve nenhum tiro. Ou Hiroki morreu esfaqueado? Ou... ele não tinha ouvido o anúncio de Sakamochi corretamente? Será que seus ouvidos estavam lhe pregando uma peça?

Não era engano. Sakamochi prosseguiu:

— O.k., então. Agora restam quatro estudantes. Podem me ouvir, Kazuo, Shogo, Shuya e Noriko? Muito bom trabalho! Estou realmente orgulhoso de todos vocês. Agora, anunciarei os novos quadrantes proibidos.

Antes que Shuya pudesse marcá-los no mapa, Shogo disse:

— Peguem suas coisas.

— Hã? — Shuya replicou, mas Shogo apenas sinalizou a eles para se apressarem.

Sakamochi continuou.

— A partir das sete da noite...

— Tomem cuidado. É Kazuo. De alguma forma ele deve ter descoberto o método de Hiroki nos contatar. Devíamos estar enviando sinais para Kazuo todo esse tempo.

Sakamochi terminou seu discurso, dizendo:

— O.k., então, deem o melhor de si. Resta só mais um pouco...

Nesse momento, Shuya já havia se levantado às pressas. Noriko levou seu kit de sobrevivência ao ombro.

Shuya viu os olhos de Shogo se moverem para o sistema de alarme: os fios introduzidos em entalhes nos troncos de finas árvores diante de seus olhos.

E então ele viu o fio se afastando do tronco da árvore molhada de chuva.

— Abaixem-se! — Shogo gritou.

Ao mesmo tempo, o *ratatatá* soou. Bem acima das cabeças abaixadas de Shuya e de Noriko, chamas apareceram na parede da rocha e fragmentos caíram sobre eles.

Agachado, Shogo segurou a Uzi e atirou para dentro do mato.

Talvez ele tenha sido atingido, talvez não, mas de qualquer forma Kazuo (quem mais poderia ser?) não revidou os tiros. Shogo exclamou:

— Por aqui! Rápido!

Os três começaram a correr para o sul ao longo da parede de rocha, no lado oposto de onde partiram os tiros de Kazuo.

Ao chegarem à área além da parede de rocha onde Shogo usava o apito de pássaro, ouviram mais uma vez o som da metralhadora. Os tiros não os atingiram. Eles entraram nos arbustos em frente.

Havia uma fenda na parte mais estreita da rocha, profunda, mas de menos de um metro de largura. Coberta com sujeira e folhas, ela prosseguia para o sul. Shuya não sabia de sua existência, mas Shogo devia ter escolhido sua posição com esse lugar em mente. Era uma trincheira natural. Shogo pediu que se apressassem. Shuya e Noriko saltaram para dentro dela. Shogo metralhou em direção a suas costas com a Uzi e os seguiu. Um ruído diferente do som da arma de Shogo voltou a se ouvir. Uma árvore fina com raízes ao longo da beira da fenda teve o tronco destruído bem ao lado da cabeça de Shuya.

— Corram! — Shogo gritou, e eles começaram a correr pelo fundo da fenda.

Shuya quase tropeçou num galho seco caído dentro dela, mas conseguiu de algum jeito se recompor e acompanhou Noriko. Atrás deles, as duas armas trocaram tiros.

De repente Noriko, à frente, parou como se tivesse sido atingida por algo. Ela gemeu e se agachou. Shuya, virando-se em direção a Shogo, correu até ela. Será que havia tropeçado em algo?

Não. Ela olhou para Shuya. Havia um corte horizontal sob seu olho esquerdo e o sangue lhe escorria pela face. Talvez sua mão direita também estivesse cortada. O sangue gotejava de seu pulso levemente fechado. A Browning, antes na mão dela, agora jazia no solo a seus pés.

Shuya pôs a mão direita sobre o ombro de Noriko, olhou para cima e encontrou esticado, na mesma altura do rosto de quem estivesse correndo pela fenda da rocha, um fio fino envergado. Não importa onde Kazuo o encontrou (ele provavelmente desatou o fio usado para segurar algum objeto), o fato é que previu que os três escapariam por aquele caminho. Se Shuya tivesse ido de encontro ao fio, sem dúvida ele teria cortado sua garganta. Pelo menos isso não aconteceu com Noriko, mas na pior das hipóteses ela poderia ter perdido a vista.

O rosto de Shuya estava vermelho de raiva. *Não sei quem é Kazuo Kiriyama afinal. Shogo disse: "O cara apenas escolhe". Não sei se ele é normal ou anormal, gênio ou louco, mas ferir Noriko é imperdoável. Vou matar esse filho da puta!*

De qualquer forma, Shuya enfiou a cz75 dentro da calça para ajudar Noriko a se levantar, recolheu a Browning e com a arma em punho passou o braço sobre o ombro dela. Cambaleando, Noriko começou a se pôr de pé.

Shogo os seguiu enquanto atirava. Olhou de relance para os dois e via-se no canto de sua boca uma expressão como se apertasse os dentes, talvez por ter mais que depressa visto o fio. Ao se voltar de novo, Shuya viu Kazuo Kiriyama saltar para dentro da fenda para mais além de Shogo.

Enquanto atirava, Shogo gritou:

— Abaixem-se!

Segurando sua metralhadora, Kazuo agilmente se abaixou num flanco da fenda. Shogo atirou na rocha ao longo da curva, destruindo-a e levantando poeira.

— Corram! — Shogo repetiu.

Shuya ajudou Noriko a se levantar e os dois começaram a correr sob o fio. Ele desacelerava para o caso de haver outras armadilhas.

Shuya estava impaciente. Se pudesse usar ambos os braços, apoiaria Noriko com um deles e com o outro encheria Kazuo de balas.

Colado atrás deles, Shogo continuava a atirar. Kazuo também revidava enquanto avançava gradualmente.

A fenda que se estendia por cinquenta ou sessenta metros chegou ao fim. Shuya saltou para o solo antes de Noriko. Ele pegou a mão esquerda dela, que não estava ferida, e a puxou. Ela bravamente contraía o rosto para suportar a dor, mas a metade esquerda de sua face estava agora coberta de sangue.

— Não parem! — A voz de Shogo chegava aos ouvidos sobreposta ao som dos tiros.

Shuya puxou a mão de Noriko e se enfiou com ela nos arbustos em frente.

Ao sair do mato, eles se viram no jardim frontal de uma residência construída como se estivesse aderida à superfície da montanha. Era uma casa antiga, térrea. Havia um pequeno caminhão branco bem ao lado do caminho em frente à entrada da casa. Por algum motivo, havia uma máquina de lavar e um refrigerador antigos deitados na caçamba do caminhão. Talvez estivessem ali para ser jogados fora.

— Para trás do caminhão! — A voz de Shogo mais uma vez se fez ouvir por detrás deles.

Shuya e Noriko pisavam no solo encharcado de chuva. De mãos dadas, eles correram para trás do veículo.

No momento em que Shogo os acompanhou deslizando para lá, Shuya já tinha feito Noriko se sentar e segurava a Browning. Ele viu num relance uma silhueta se mover dentro dos arbustos. Atirou várias vezes na direção dela. Shuya sentiu uma dor aguda pegando todo o seu ombro esquerdo com a bala nele alojada. A dor era torturante, mas ele não podia se importar com isso naquele momento.

Shogo recarregou um pente em sua Uzi e a passou para Shuya. Ele disse:

— Atire. Precisamos fazê-lo parar.

Shuya pôs a Browning a seus pés, pegou a Uzi e atirou de volta para a área onde Kazuo tinha reaparecido.

Kazuo não revidou. Enquanto Shuya espiava por cima da caçamba do caminhão, Noriko se pôs a seu lado. Empunhava com firmeza na mão direita ensanguentada a Browning deixada por Shuya no chão.

— Você está bem, Noriko? — Shuya perguntou, enquanto vigiava qualquer provável movimento de Kazuo dentro dos arbustos.

— Estou bem — Noriko respondeu.

Shuya olhou de relance para Shogo atrás de Noriko. Shogo abriu a porta, subiu no assento do motorista e começou a trabalhar em algo.

Com um repentino som de engate, o caminhão no qual Shuya e Noriko estavam encostados começou a vibrar. O ruído se tornou semelhante a um gemido baixo e as gotas de água que molhavam a carroceria começaram a escorrer por causa da leve vibração.

Shogo pôs a cabeça para fora.

— Subam! Vamos cair fora daqui! Noriko, rápido!

Shogo estendeu a mão e ajudou Noriko a entrar no caminhão.

— Shuya! No assento do passageiro!

Shogo gritou enquanto começava a dar marcha a ré com o caminhão. Girou o volante e foi de traseira em direção a Kazuo, virando então. A porta do assento do passageiro estava direcionada a Shuya. Noriko a abriu.

Quando Shuya estendeu a mão direita para entrar, o *ratatatá* se fez ouvir. Dessa vez, no entanto, foi acompanhado de um som de martelada. Diante dos olhos de Shuya, buracos se formaram no teto da cabine estreita do veículo e uma bala destruiu o para-brisa pelo lado de dentro, bem em frente de Shogo. Shuya se encostou bem junto do caminhão — ele sabia onde Kazuo estava agora —, apontou a Uzi para cima e atirou. A sombra deslizou para dentro dos arbustos no alto do sopé da montanha ao redor das residências. Kazuo conseguiu dar a volta e subir até lá.

Sem um segundo a perder, Shuya saltou para o assento do passageiro. Shogo acelerou. O caminhão deslizou para o caminho sem asfalto da entrada. A metralhadora soou outra vez, pondo em frangalhos a mangueira da máquina de lavar na caçamba. Ela rodopiou no ar como uma cobra e, caindo sobre o veículo, desapareceu por trás dele.

Os tiros cessaram.

— Você está bem, Noriko? — Shuya perguntou.

Sentada entre os dois, Noriko balançou o rosto tingido de vermelho, confirmando. Porém, seu corpo estava enrijecido. Ela ainda segurava com firmeza a Browning com ambas as mãos. Shuya pôs a Uzi que empunhava na mão direita entre as coxas, retirou uma bandana do bolso e enxugou o rosto de Noriko. Logo um grande volume de sangue saiu do ferimento no qual se podia ver a carne rosada. A cicatriz do ferimento com certeza não poderia ser removida com uma simples cirurgia. Uma covardia, tratando-se de uma garota...

— Merda! — Shuya olhou para Shogo ao volante. — Ele já estava por perto havia algum tempo. Por isso adivinhou nossa rota de fuga.

Mas Shogo balançou negativamente a cabeça. Enquanto mudava de marcha para avançar ao longo do caminho sinuoso, disse:

— Não. Ele não teria como saber ao certo. Só percebeu no último minuto. Caso contrário, teria dado as caras antes do anúncio de Sakamochi. Se fôssemos lhe dar as boas-vindas imaginando aliviados que era Hiroki, ele teria facilmente acabado conosco no ato. Ele ignorava onde estávamos, por isso durante os intervalos entre os apitos de pássaro, enquanto aguardava o momento propício, ele estirou esse fio. Deve ter posto em outros locais também.

Shuya se convenceu. Talvez tivesse sido mesmo assim. Enquanto ele aguardava o momento propício. Porém, foi por causa do fio que Noriko estava gravemente ferida.

— Noriko, mostre-me sua mão direita.

Noriko por fim soltou a arma (o cabo estava coberto de sangue) e estendeu a mão a Shuya. Na mão bem pequena e frágil havia um rasgo acentuado que atravessava diagonalmente entre o dedo mínimo e o anular. A palma da mão estava coberta com uma teia de sangue no formato do cabo texturizado da pistola. O fio deve ter ferido primeiro seu rosto e depois, conforme ela caía, passou ao longo da mão que ela inconscientemente estendeu. O ferimento teria sido mais grave se ela não estivesse empunhando a arma.

Shuya queria enrolar sua bandana na palma da mão de Noriko, mas se deu conta de que não conseguia usar a mão esquerda.

— Tudo bem. Eu faço — Noriko afirmou.

Pegando a bandana de Shuya, sacudiu-a e a estendeu com a mão esquerda, envolvendo-a ao redor da mão direita. Ela dobrou as beiradas e amarrou. Depois voltou a pegar a Browning.

A visão de repente se abriu para além do para-brisa frontal crivado de balas. O caminhão descia a montanha. Sob o pôr do sol, o campo plano se estendia cercado pela vegetação da montanha.

Shuya percebeu algo:

— Shogo. Estamos nos dirigindo para um quadrante proibido.

— Não se preocupe. Sei o que faço — Shogo respondeu, olhando para a frente. — Vocês ouviram? Os quadrantes proibidos são B-9 a partir das sete da noite, E-10 depois das nove e F-4 começando às onze. Acrescentem esses no mapa.

Shuya lembrava também. Ele puxou o mapa bem desgastado do bolso, estendeu-o sobre as coxas e com o lápis marcou nele os quadrantes enquanto o caminhão chacoalhava.

O veículo desceu e passou pelo lado de algumas casas. Entrou por um caminho também amplo, mas dessa vez asfaltado. A montanha sul estava visível para além das fileiras de campos. À direita havia uma planície suave em continuação à montanha norte. À esquerda, aproximadamente duzentos metros adiante, havia uma residência (com certeza ali já era um quadrante proibido) e à frente, levemente à esquerda, mais duas. Mais além havia casas espalhadas conduzindo à área residencial no litoral leste da ilha. Um pouco à frente dessa região devia estar o campo, agora encoberto pela sombra de uma planície branda, onde eles se depararam com Kazuo pela primeira vez. Mais uma planície além ficava a escola, também fora de vista.

Shogo desacelerou o caminhão e continuou em frente. A visão voltava a descer. À frente deles, viram a ampla estrada que cruzava a ilha longitudinalmente.

Eles passaram através dos campos e logo desembocaram na estrada. Shogo virou o volante uma vez, duas, até parar o caminhão no meio da estrada, mantendo o motor ligado. Ele arremeteu então o punho sobre o para-brisa frontal quebrado, socando todo o vidro para a frente do veículo. Os estilhaços fizeram ruído sobre o capô.

— Verifique o mapa — Shogo disse, voltando a segurar no volante.

Shuya pegou de novo o mapa. Shogo perguntou:

— Que eu me lembre, essa estrada continua até o leste. Estou certo?

Shuya conferiu o mapa com Noriko.

— Sim, está. Mas o quadrante F-4, mais à frente, se tornará proibido às onze da noite.

— Não importa — Shogo disse, sem tirar os olhos do caminho. Diante deles, o asfalto negro e molhado de chuva seguia em linha reta, margeado por linhas brancas. — Então essa estrada deve nos levar diretamente até bem perto da área residencial leste?

— Sim, até uma curva em frente. Não tem erro.

Shogo balançou a cabeça em resposta.

Shuya pôs a cabeça para fora da janela e olhou de novo para trás.

— E quanto a Kazuo?

Shogo olhou afinal para Shuya.

— Ele virá atrás de nós. Com certeza. Continue a olhar bem...

Ele mal acabou de dizer isso quando uma velha caminhonete oliva apareceu na curva da estrada da montanha que eles haviam acabado de descer. Shuya de imediato notou que se tratava do veículo estacionado na casa pela qual eles passaram.

Shogo ajustou o retrovisor para confirmar e disse:

— Viram só?

A caminhonete se aproximou deles rapidamente e, no momento que Shuya confirmou quem estava dirigindo, uma rajada de balas explodiu partindo da frente do rosto de Kazuo. Shuya enfiou a cabeça para dentro do veículo. As balas resvalaram sobre o caminhão. Shogo mudou de marcha e o caminhão se transferiu para a estrada larga, em direção ao leste.

Conforme Shuya se inclinava outra vez na janela para olhar para trás, a caminhonete de Kazuo também entrou na mesma estrada. Shuya puxou o gatilho da Uzi. A caminhonete se moveu com perícia para a direita, esquivando-se dos tiros. Era como se os reflexos de Kazuo se transferissem para o veículo.

— Mire bem, Shuya.

Enquanto Shogo dizia isso, a caminhonete de Kazuo acelerou e estava quase alcançando o caminhão.

— Shogo! Não pode dirigir mais rápido?

— Não me apresse — Shogo disse, e virou o volante ligeiramente da esquerda para a direita.

Ele tentava com isso evitar que os pneus fossem alvejados. Kazuo recomeçou a atirar e Shuya enfiou a cabeça para dentro. Kazuo também destruiu o para-brisa da caminhonete para que pudesse empunhar sua arma melhor. Shuya pôs a cabeça para fora e revidou, mirando no torso de Kazuo, que girou com rapidez o volante e escapou do tiro. Ele praticamente não se abaixava.

A fileira de cartuchos que se projetava da porta de ejeção de súbito parou e o mecanismo do gatilho da Uzi emitiu um som de travamento. Shuya se deu conta de que as balas haviam acabado.

Shogo se inclinou sobre Noriko e entregou a Shuya um pente reserva da Uzi. Antes que Shuya pudesse pegá-lo, a caminhonete de Kazuo se aproximou. Shuya puxou sua CZ75 9mm e disparou. Sem se amedrontar, Kazuo veio à toda.

— Merda! — Shogo exclamou. Via-se um ligeiro sorriso em seu perfil. — Você está redondamente enganado se pensa que vai me vencer na direção.

Shogo de súbito deu uma guinada forte no volante. Ao mesmo tempo, puxou o freio com a mão esquerda. Shuya caiu para um lado. O caminhão deu um cavalo de pau no meio da estrada, no mesmo estilo que se costuma ver em filmes com perseguições de carros.

Enquanto o caminhão girava, a caminhonete se aproximava deles. Do assento do motorista, as chamas se projetaram juntamente com o som familiar da metralhadora. O espelho retrovisor se espatifou bem em frente à cabeça de Noriko.

— Abaixem-se!

Shuya ouviu o berro de Shogo, porém antes disso atirava em Kazuo com sua cz75. Por um milagre as balas da metralhadora de Kazuo não acertaram Shuya. Mas os tiros disparados por Shuya tampouco atingiram Kazuo. No momento em que o para-choque frontal do caminhão foi raspado pela parte frontal esquerda da caminhonete, Shuya teve uma visão mais próxima dos olhos eternamente frígidos de Kazuo Kiriyama.

Os pneus cantaram sobre a superfície molhada e o giro por fim cessou. No momento em que a caminhonete parou por completo, as posições do perseguidor e do perseguido se inverteram. Na realidade, Shogo conseguiu se esquivar da frente da caminhonete de Kazuo, fazendo um giro completo. A caminhonete estava na dianteira. Shogo imediatamente mudou de marcha e acelerou. O motor roncou com um súbito surto de força e o caminhão avançou para a traseira da caminhonete. Kazuo estava se virando para trás.

— Atire, Shuya! Manda bala! — Shogo berrou.

Nem precisaria berrar. Shuya apertou com firmeza o gatilho da Uzi recarregada e disparou com a arma no automático. Ele sabia que os cartuchos vazios estavam sendo lançados para cima de Noriko, mas não podia se preocupar com isso. O para-brisa traseiro da caminhonete se estraçalhou. Com um baque surdo, a parte traseira se ergueu. Então, o pneu direito estourou com estrondo. Shuya ficou sem balas, mas a caminhonete agora cambaleava para a beira da estrada.

Shogo acelerou. Levou o caminhão para o lado esquerdo da caminhonete, deu uma guinada no volante e amassou o veículo com o lado direito do caminhão.

Para os três representou um choque, embora nem tanto se comparado com a caminhonete de Kazuo. De início, ela perdeu o controle para, em seguida, deslizar para o lado direito da estrada e voar para dentro de uma plantação, batendo com estrondo com a frente no solo. Folhas de algo parecido com couves voaram pelos ares. A caminhonete parou.

Shogo freou rápido o carro, que parou quase em paralelo à caminhonete numa posição da qual se podia ver o teto do carro logo abaixo.

— Me empreste a arma, Shuya — Shogo pediu.

Shuya lhe entregou a Uzi. Shogo trocou o pente, estendeu o braço para fora da janela, apontou a arma para o veículo dentro do qual Kazuo ainda estava e puxou o gatilho. A mão de Shogo balançou na vertical em pequenos intervalos. Mesmo da posição em que estava no assento do passageiro, Shuya podia sentir que a caminhonete estava crivada de balas.

Shogo recarregou outro pente e atirou. Ele inseriu mais um e também o esvaziou. Enquanto isso, Noriko carregava balas de reserva nos pentes vazios com a mão ferida. Shogo, que esperava por eles, pegava-os e voltava a atirar. Noriko não parava de inserir balas nos pentes. Ligeiramente inclinado, Shuya olhou para Noriko, depois para as mãos de Shogo e por fim para a caminhonete, o alvo.

Eles repetiram os movimentos uma, duas vezes. Acabaram por fim usando as balas da cz75 de Shuya e da Browning de Noriko que serviam para a Uzi de 9mm.

O dispositivo do gatilho da Uzi indicava com o som de travamento que o pente tinha esvaziado. Estava sem balas. Uma fumaça azulada saía do cano curto da Uzi, que Shogo segurava com o cotovelo dobrado, enchendo a estreita cabine do caminhão do odor de pólvora. Quantos tiros Shogo deu? A Uzi que Shuya trouxe de onde estava o grupo de Yukie veio com cinco pentes extras e cheia de balas de reserva, mas, se incluíssem as balas da cz75 e da Browning, o número não chegaria a duzentos e cinquenta? Ou trezentos?

À esquerda da posição deles, a caminhonete, da qual se podia ver a extremidade esquerda do assento do passageiro e o teto, tinha se transformado num verdadeiro favo de mel. Ou talvez se pudesse chamar de uma malha... não... melhor seria dizer que era uma estranha gaiola própria para coletar insetos em formato de carro.

O céu estava tingido por completo de uma cor alaranjada. Shuya não podia parar para contemplá-lo, mas, julgando pela luz, ele imaginou que um lindo pôr do sol deveria estar se estendendo pelo céu a oeste.

— Você o acertou? — Shuya perguntou.

Shogo estava prestes a responder quando...

A caminhonete se moveu. Estava dando marcha a ré. Cruzou a beira do campo e retrocedeu, subindo para o acostamento. De novo, em direção à traseira do caminhão deles.

Shuya estava sem palavras. Não apenas o motor da caminhonete ainda funcionava, mas Kazuo continuava vivo e a dirigia. Shogo apostou todas as suas fichas, acabando com todo o suprimento de balas e mesmo assim... Kazuo ainda estava vivo!

Por trás do capô crivado de balas, a parte superior do corpo de Kazuo emergiu do assento do motorista como um boneco saído de uma caixinha de surpresas. Empunhando a metralhadora. Ouviu-se o *ratatatá* e a janelinha acima da cabeça de Noriko se despedaçou. Ao mesmo tempo, dois buracos transpassaram a placa de aço próxima à janela. Shuya não se surpreendeu que a carcaça frágil do caminhão de fabricação nacional tivesse permanecido incólume por tanto tempo. Talvez graças à máquina de lavar e ao refrigerador deitados na caçamba. Ou talvez Shogo os tivesse carregado prevendo aquela situação.

— Merda! — Shogo trocou a marcha e deu partida no caminhão. — Atire, Shuya! Vamos contra-atacar!

Shuya disparou sem trégua sua cz75 em direção à caminhonete de Kazuo, que logo começou a se mover em perseguição a eles. Kazuo revidou com balas que passaram raspando pelo rosto de Shuya, criando faíscas ao resvalar na estrutura de metal do caminhão.

Shuya imediatamente esvaziou sua arma. Ele trocou o pente e enquanto atirava percebeu que depois daquelas balas eles teriam apenas a Browning de Noriko e seu pente extra. Nada mais.

Enquanto Shuya hesitava, Kazuo atirou. Ele ouviu o som da metralhadora, seguido outra vez do zunido dos tiros atingindo o refrigerador na caçamba e provocando o voo de faíscas. A diminuta porta do congelador se abriu e caiu no solo.

— Shogo! As balas acabaram!

Shogo girava o volante com calma.

— A metralhadora de Kazuo também já é inútil. Ele não tem tempo para recarregá-la.

Shogo acertou na mosca. Ouviam-se agora tiros de uma pistola. *Bang, bang*. Aparentemente, o assento bem ao lado do ombro de Noriko tinha explodido.

— Noriko! Fique abaixada! — dizendo isso, Shuya estendeu o braço direito para fora da janela e atirou em direção a Kazuo, que agora segurava uma pistola com uma das mãos. Mas não havia balas. Pegou a Browning da mão de Noriko. Atirou.

Em frente e à esquerda do caminhão, entre as casas e o campo, havia os restos de um armazém que se incendiou por completo. Talvez fosse o prédio ao qual Shogo se referiu, que ardeu em chamas na explosão da madrugada. Agora eles estavam a menos de duzentos metros da curva que conduzia à área residencial do lado leste da ilha.

— Ei, Shogo, ali é...

Shogo concordou e virou o volante para a esquerda. A lateral esquerda do caminhão pareceu flutuar sob o corpo de Shuya. Mas, depois de conseguir de alguma forma retomar o equilíbrio, o caminhão saltou para a estrada de barro. Era outra estrada que serpenteava pelos campos, em direção à montanha do norte. Kazuo os seguiu, dirigindo a caminhonete com perícia.

Shuya mirou e atirou. Kazuo abaixou a cabeça e revidou com uma sucessão de tiros. Dessa vez as balas atravessaram a placa de aço perto da cabeça de Shogo.

— Shuya! Continue a atirar até esgotar as balas! Impeça que ele revide! — Shogo berrou, encurvado por sobre o volante.

Shuya notou que o ombro esquerdo do casaco da escola de Shogo estava rasgado e o sangue escorria. Ele foi atingido por Kazuo.

Shuya esboçou um protesto, mas se inclinou para fora e atirou. Shogo devia estar planejando escapar de novo para dentro da montanha. Se fosse assim, era preciso impedir que Kazuo atirasse. Ou, por sorte, talvez Shuya conseguisse acertá-lo.

Ele atirou.

E agora a Browning tinha o bloco da culatra aberto. Shuya estava sem balas.

A montanha se descortinava diante dos olhos deles. Uma visão familiar. Era muito estranho, mas havia uma casa de fazenda cercada por um muro de concreto. E um campo. No meio dele, um trator.

Shuya se deu conta de que foi ali que eles lutaram pela primeira vez com Kazuo. Mas agora eles viam a cena pelo lado oposto.

— Shogo, estou sem balas! Você está fugindo para a montanha?

Shuya pôde perceber, pelo perfil de Shogo, que ele sorria levemente. Shogo replicou:

— Ora, ainda temos balas.

Shuya franziu as sobrancelhas sem entender nada.

O caminhão desviou do caminho da entrada que conduzia à casa da fazenda e arremeteu para dentro de uma estreita leiva do campo. Ele passou pela lateral do trator. A estrada adiante se tornava estreita para o caminhão.

Shogo não parecia se importar e seguiu adiante. Kazuo vinha na cola deles, mantendo a mesma distância de apenas vinte metros. Do assento do motorista, ele voltou a atirar.

O caminhão entrou no campo e parou. A lateral do assento do passageiro dianteiro, onde Shuya se sentava, estava agora voltada na direção de Kazuo. Shogo deu um chute para abrir a porta e gritou:

— Saiam, por aqui! — e pulou para fora do caminhão.

Shuya empurrou Noriko, que se abaixou e o seguiu. Ele olhou de relance para trás. A caminhonete se aproximava!

Houve um barulho de tiros bem próximo.

O pneu esquerdo dianteiro da caminhonete de Kazuo explodiu a apenas dez metros em frente deles.

A caminhonete desgovernou devagar e, como uma prancha de surfe pegando uma enorme onda, deslizou ao longo da leiva do campo elevada à esquerda, com a frente levantada. No momento seguinte, capotou para dentro do campo.

Pouco antes de a caminhonete parar por completo, uma sombra negra saltou do assento do motorista. No momento em que ela deu uma cambalhota e se pôs de joelhos, Shuya pôde ver Kazuo. Voavam faíscas de suas mãos, com o ruído de tiros contínuos. *Bang, bang*. Então, simultaneamente, houve outro estrondo.

Shuya ainda estava dentro do caminhão quando voltou a cabeça e viu pela janela do assento do passageiro o corpo de Kazuo Kiriyama dobrado sendo arremessado para trás.

Kazuo aterrissou sobre o campo com um baque surdo. Ele estava completamente imóvel.

Shuya, de repente, recordou como Kyoichi Motobuchi morreu, seu estômago se assemelhando à lixeira de uma fábrica de linguiças. Havia certa distância até Kazuo, impossibilitando verificar a condição do estômago dele. Mesmo assim, considerando como ele foi crivado de tiros, era improvável que permanecesse vivo.

Então, Shuya saltou para fora do caminhão. Ele viu Shogo saindo de detrás da caçamba, segurando a carabina que Shuya lançou no campo quando fugia de Kazuo.

— Viu? Ainda temos balas.

Shogo pegou a carabina que Shuya jogou fora no dia anterior, carregou-a às pressas com cartuchos que ainda tinha e atirou de volta (ele deve ter sido capaz de dar dois tiros naquele período de tempo), acertando Kazuo.

— Logo de início — Shogo disse devagar — ele perdeu a oportunidade de um ataque-surpresa. Por isso foi derrotado. Porque então teria que acabar com todos nós.

Ele respirou fundo e pôs ruidosamente a carabina ao lado do refrigerador na caçamba do caminhão. Depois, tirou um maço de Wild Seven do bolso. Pegou um cigarro e acendeu.

— Você está sangrando, Shogo — Noriko disse, apontando para o ombro esquerdo dele.

— Sim — Shogo olhou de relance para o ferimento e depois sorriu, exalando a fumaça. — Não é nada.

Bang. Ouviu-se um tiro. O corpo de Shogo se inclinou. O cigarro Wild Seven caiu de sua boca, deixando para trás de si um rastro de fumaça. O rosto com a barba por fazer se contorceu. Seus olhos observaram vagamente os pés de Shuya.

Para além de Shogo, Shuya viu Kazuo erguer o torso de uma parte mais baixa do campo empunhando uma arma na mão direita. Ele ainda estava vivo! Mas como, se ele foi atingido pelo tiro da carabina?

O corpo de Shogo lentamente tombou para a frente. Kazuo com rapidez apontou sua arma para Shuya, que se deu conta de que, assim como Shogo, não estava mais atrás do caminhão. E, como se não bastasse, estava desarmado. Ou melhor, não tinha balas. Era muito tarde para recarregar a carabina na caçamba. Muito, muito tarde.

O cano pequeno da arma de Kazuo, a uns bons dez metros de distância, parecia um túnel gigante. Um buraco negro engolia tudo.

Bang. Shuya instantaneamente fechou os olhos. Ele sentiu a sensação de algo transpassando seu peito e pensou: *Ah. Estou morrendo.*

Ele abriu os olhos.

Ele não estava morto.

Kazuo estava na luz alaranjada diagonal do sol poente com uma pinta vermelha gravada no flanco do nariz. A arma caiu de sua mão. Seu corpo mais uma vez se inclinou para trás. Caiu.

Shuya lentamente voltou a cabeça para sua esquerda. Noriko estava de pé segurando com ambas as mãos a Smith & Wesson .38.

Nossa. Então foi isso que aconteceu. Enquanto Shogo carregava a carabina, Noriko também armou o revólver que Shuya pusera de lado no dia anterior com suas balas remanescentes .38 especiais.

As mãos de Noriko tremiam segurando a arma.

— Ah — ouviu-se a voz de Shogo. Ele se levantou antes de Shuya poder ajudá-lo.

Shuya perguntou rapidamente:

— Você está bem?

Shogo não respondeu. Ele pegou a carabina e, depois de carregá-la com os cartuchos em seu bolso, caminhou em direção a Kazuo. Parou exatamente a dois metros em frente dele, mirou sua cabeça e puxou o gatilho. A cabeça de Kazuo se agitou apenas uma vez.

Shogo girou o corpo e voltou para onde estavam os outros.

— Você está bem? — Shuya voltou a perguntar.

— Sim, não foi nada.

Shogo caminhou até Noriko, segurou com delicadeza as mãos dela que ainda seguravam a Smith & Wesson e a fez baixar a arma. Ele tranquilamente disse:

— Ele morreu. Fui eu quem o matou, e não você.

Depois olhou diretamente para Kazuo.

— Ele usava um colete, foi isso — Shogo disse.

Shuya então entendeu. Kazuo Kiriyama usava um colete à prova de balas.

— Shogo. Você está realmente bem? — Noriko perguntou com a voz ligeiramente trêmula.

Shogo sorriu gentilmente e confirmou, balançando a cabeça.

— Estou bem. Obrigado, Noriko.

Então pegou outra vez o maço de cigarros. Parecia ter notado que estava vazio. Olhou em volta, pegou o cigarro acesso que deixou cair da boca e lentamente o levou aos lábios.

Shuya moveu a cabeça e olhou para a cena da ilha sendo tingida pela luz do entardecer. Terminou. Pelo menos o maravilhoso jogo acabou. E agora, incluindo Kazuo logo diante dos olhos deles, os cadáveres de trinta e nove de seus colegas de turma jaziam espalhados por toda a ilha.

Shuya foi outra vez assaltado por uma tontura. Talvez seus pensamentos estivessem paralisados por uma sensação de vazio. Afinal que diabos foi tudo aquilo?

Relembrou os rostos, um por um. O de Yoshitoki Kuninobu ao gritar "Vou te matar!". O de Shinji Mimura sorrindo levemente quando Shuya partiu. O de Tatsumichi Oki balançando a machadinha com olhos sanguinários. O de Hiroki Sugimura, ao desaparecer na escuridão de fora da clínica, dizendo: "Devo encontrar Kayoko Kotohiki a todo custo". O de Hirono Shimizu quando fugia de Shuya depois de abater Kaori Minami. O rosto choroso de Yukie Utsumi confessando: "Não sei o que seria de mim se você morresse". O de Yuko Sakaki ao se soltar à força da mão de Shuya. E, por fim, os olhos frios de Kazuo Kiriyama, perseguindo-os até aquele momento.

Todos se foram. Não apenas a existência em si de cada um deles, mas tantas outras coisas foram também destruídas.

Mas ainda não tinha acabado.

— Shogo — Shuya chamou. Shogo olhou para cima, com o curto

cigarro na mão. — Precisamos cuidar de seus ferimentos.

Shogo sorriu.

— Estou bem. Foi só um arranhão. Cuide dos ferimentos de Noriko. Vou recolher as armas de Kazuo.

Ele avançou para a caminhonete virada, sempre fumando o curto cigarro.

[RESTAM 3 ESTUDANTES]

75.

Liderando o grupo, Shogo subiu a montanha. As armas que escolhera dentre as que compunham o arsenal de Kazuo foram jogadas no kit de sobrevivência em seus ombros. Ele não pediu a Noriko ou Shuya que as empunhasse. Não era mais necessário.

Shuya seguiu Shogo apoiando Noriko à sua esquerda. A princípio, ele limpou com água o ferimento na face de Noriko e o cobriu com uma fileira de quatro esparadrapos. Shogo aconselhou a não suturá-lo. Shuya lavou também o ferimento da mão dela e o envolveu de novo com a bandana. Shogo pareceu também tratar, ele mesmo, com rapidez de seus ferimentos.

Estava escurecendo na montanha, mas não havia mais necessidade de se embrenhar por dentro dos arbustos. Portanto, era relativamente fácil subir. A chuva caída durante toda a tarde umedecera o solo e molhara as pilhas de folhas secas transformadas agora em lama.

Mesmo assim, eles cobriram uma boa distância desde que Shogo anunciou que iriam subir a montanha e começou a caminhar rapidamente.

— Shogo — Shuya chamou. Shogo se voltou. — Aonde estamos indo?

Shogo sorriu.

— Só mais um pouco. Apenas me sigam.

Shuya ajeitou outra vez seu braço apoiando Noriko, e os dois acompanharam Shogo calados.

O pico com o mirante onde Yukiko Kitano e Yumiko Kusaka foram mortas e o lado sul da montanha se tornaram um quadrante proibido muito tempo antes. Shogo parou justo antes de entrarem nesse quadrante na região que passava um pouco da metade da montanha. *Pensando bem*, Shuya refletiu, *um pouco mais abaixo daqui eu vi Hirono Shimizu atirar em Kaori Minami*.

— Aqui está bom — Shogo afirmou.

Em razão de um desnível do declive não havia árvores no lado norte, podendo-se ter uma ótima vista a partir dali. A ilha, onde se travaram os vários combates entre os estudantes da turma B, nono ano da Escola de Ensino Fundamental Shiroiwa, estava agora imersa na escuridão azulada depois do pôr do sol. Bem abaixo, a escola em que se alojava seu último inimigo, Sakamochi, estava encoberta pelas colinas, impossível de ser vista.

Shuya respirou fundo. Então perguntou:

— O que tem aqui em cima, afinal? Como iremos escapar?

Shogo sorriu sem olhar para Shuya. Então disse:

— Relaxe. Olhem para lá.

Shuya e Noriko viraram o rosto para onde Shogo apontava.

Era além da montanha sul. Embora estivesse escurecendo, eles ainda podiam distinguir o oceano, várias ilhas e, mais além, a grande sombra do continente na horizontal. Dentro dela, puderam ver algo como névoas iluminadas em alguns pontos. Se pudessem observar mais de perto, eles identificariam quais eram de néon e quais eram as luzes da iluminação ao longo da estrada costeira.

Agora Shuya também sabia que essa era a ilha Okishima, na baía da cidade de Takamatsu. Havia outras duas ilhas, Megishima e Ogishima, que juntas formavam uma fileira tendo Okishima na extremidade norte em alto-mar. Isso significava que a ilhota vista além da montanha sul era Ogishima, para além dela era Megishima, e o continente era a província de Kagawa na ilha de Shikoku.

Shogo disse:

— Não é muito familiar para mim, mas é o lar de vocês lá ao longe. O distrito de Shiroiwa deve ser naquela direção. Vocês não o verão de novo, por isso aproveitem e olhem bem para ele agora.

Ele queria dizer com isso que eles jamais voltariam lá porque estavam fugindo do país? Mesmo assim...

Shuya olhou de volta para Shogo.

— Não me diga que andamos até tão longe para isso?

Shogo sorriu com escárnio.

— Qual é a pressa?

Então ele disse a Noriko:

— Mostre-me sua arma. Preciso verificá-la.

Noriko entregou a Shogo a Smith & Wesson que ainda empunhava. Shogo a pegou. Ele abriu o cilindro e verificou as balas. Noriko devia tê-la recarregado depois de dar aquele único tiro em Kazuo.

Shogo não devolveu a arma. Em vez disso, continuou a segurá-la com a mão direita. Respirou profundamente e disse:

— Lembram de como eu disse várias vezes que poderia estar fazendo tudo isso apenas para ter um grupo e que minha real intenção poderia ser matá-los em algum momento?

Shuya levantou as sobrancelhas. Shogo com certeza dissera isso. Mas...?

— Disse, mas...? — Shuya respondeu.

— Portanto — Shogo falou —, vocês dois perderam.

Shogo apontou na direção deles a Smith & Wesson que segurava.

[RESTAM 3 ESTUDANTES]

76.

Shuya sentiu uma estranha expressão se formar em sua fisionomia. Era como se sorrisse e se espantasse ao mesmo tempo. A seu lado, Noriko deveria se sentir da mesma forma.

— O que isso significa? — Shuya questionou. — Agora não é hora para brincadeiras.

— Ninguém aqui está brincando — Shogo declarou e destravou a arma. No rosto de Shuya o sorriso desapareceu. Ele sentiu o corpo de Noriko enrijecer na curva de seu ombro direito.

Shogo prosseguiu:

— Vocês podem desfrutar a vista um pouco mais, se quiserem. Eu avisei que seria a última vez.

Seu rosto com a barba por fazer se abriu num leve sorriso. Era um sorriso cruel, que exibia pela primeira vez.

Um corvo grasnou. Estaria ele voando pelo escuro céu noturno?

Finalmente Shuya falou. Seus sentimentos estavam fora de sintonia com a situação. Ele conseguia falar apenas com voz chorosa.

— Como? Do que você está falando?

— Você custa mesmo a entender, não? — Shogo respondeu, empinando um pouco os ombros. — Vou matar vocês dois. Serei o vencedor. Minha segunda vitória consecutiva.

Os lábios de Shuya tremiam. Não, tudo aquilo era mentira. Só podia ser mentira. Ele gaguejou:

— Vamos, não fale... besteira. Vo-você estava apenas fingindo o tempo todo? Vo-você cuidou de nós. Você nos ajudou muitas vezes.

Shogo replicou friamente:

— Vocês, sim, me ajudaram. Sem vocês, Kazuo teria acabado comigo.

— E... então, a história de Keiko era tudo uma farsa também? — Suas palavras saíam tremidas. Quanto mais tentava se conter, mais a voz se intensificava.

— Tudo mentira — Shogo respondeu secamente. — É verdade que eu participei no Programa da província de Hyogo no ano passado e que havia uma garota chamada Keiko Onuki. Mas não havia nada entre a gente. A garota na foto é minha namorada, mas seu nome é Kyoka Shimazaki, uma pessoa totalmente diferente. Ela ainda está em Kobe. Já nem penso mais nela. Bem, de qualquer forma, ela insistiu para eu ficar com a foto. Mas devo admitir que ela era boa de cama.

Shuya engoliu em seco. Uma brisa leve parecida com as de início de verão soprou contra sua pele, mas por algum motivo ele sentia frio. Então perguntou com cautela:

— Mas e o apito de pássaro?

Shogo tinha outra resposta breve:

— Achei o treco numa loja de artigos gerais. Imaginei que poderia ser útil. E realmente acabou sendo, no final.

Escurecia cada vez mais.

— Vocês perderam no momento em que confiaram em mim — Shogo prosseguiu, mas Shuya não podia acreditar naquilo.

Não pode ser. Simplesmente não consigo acreditar.

Então algo ocorreu a Shuya. Talvez...

Noriko falou antes dele:

— Shogo? Isso é algum tipo de teste para ver se você pode realmente confiar em nós? É porque Keiko não pôde confiar em você?

Shogo deu de ombros e disse:

— Incrível como vocês ainda acreditam naquela invencionice.

Essas foram suas últimas palavras. Shogo Kawada ajeitou a arma com um leve movimento e calmamente puxou o gatilho.

O som de dois tiros ecoou e, alguns momentos depois, a noite descia por completo sobre a ilha.

RESTA 1 ESTUDANTE. **FIM DO JOGO**. RELATÓRIO DO SISTEMA DE RASTREAMENTO DA SEDE DO PROGRAMA DA TURMA B, NONO ANO, ESCOLA DE ENSINO FUNDAMENTAL SHIROIWA

77.

Shogo Kawada (o Estudante nº 5) estava reclinado contra um sofá macio. Conforme o navio avançava, seu corpo balançava levemente ao sabor das ondas altas.

Para um pequeno barco-patrulha, a cabine era até bastante espaçosa. O teto em si era baixo, mas o cômodo deveria ter uns três metros quadrados. No centro havia uma mesa baixa ladeada por sofás; Shogo estava sentado no que estava mais longe da porta.

Sem escotilhas, por estar abaixo do convés, era impossível ver o exterior, mas deveria passar das oito e meia da noite. As luzes amareladas do teto se refletiam sobre o cinzeiro de vidro em cima da mesa. Os cigarros de Shogo tinham acabado.

Com os quadrantes proibidos liberados depois do término do jogo, Shogo obedeceu às instruções de Sakamochi e caminhou até a escola. Na frente dela jaziam os corpos de Yoshio Akamatsu e Mayumi Tendo e, no interior, os de Yoshitoki Kuninobu e Fumiyo Fujiyoshi permaneciam intactos.

A coleira prateada de Shogo foi afinal removida e soldados o escoltaram até o cais, não sem antes filmar o vídeo a ser usado no noticiário. Havia dois barcos ancorados. Um para o vencedor e outro, um navio de transporte militar, destinado a levar de volta os soldados aquartelados na escola. A maioria deles, irrequieta, embarcou nesse barco. Apenas o trio que estava na sala de aula durante as explicações de Sakamochi se uniu a ele no barco de Shogo. No dia seguinte, o pessoal de limpeza subcontratado se incumbiria dos corpos remanescentes dos estudantes na ilha. Os alto-falantes espalhados pela ilha e os computadores no prédio da escola seriam também desmontados em questão de dias. Obviamente o software e os dados de monitoração do jogo já haviam sido removidos do computador. O procedimento foi idêntico ao adotado dez meses antes, logo depois do encerramento do Programa da Escola de Ensino Fundamental Número 2 Municipal de Kobe.

E agora Shogo esperava ali. Eles estavam agora ao sul de Okishima. O barco-patrulha voltava diretamente para o porto de Takamatsu, mas o barco de transporte dos soldados deve ter alterado sua rota e se dirigiria a uma base militar a oeste.

A maçaneta da porta, no formato de um bastão, girou com um clique. O soldado que montava guarda ao lado da porta — o sem carisma chamado Nomura — olhou para dentro e logo depois se postou de lado. Kinpatsu Sakamochi apareceu. Segurando uma bandeja com duas xícaras de chá, perguntou ao entrar na cabine:

— Deixei-o esperando, Shogo?

Do corredor, Nomura fechou a porta atrás dele.

Sakamochi caminhou até Shogo com suas pernas curtas. Colocou a bandeja sobre a mesa e disse:

— Aqui. É chá. Beba sem cerimônias.

Ele tirou de debaixo de sua axila esquerda um envelope do tipo comercial do tamanho de uma folha de papel sulfite e sentou no sofá de frente para Shogo. Sakamochi pôs o envelope em seu lado da mesa e depois jogou para trás da orelha o cabelo na altura dos ombros.

Shogo olhou de soslaio para o envelope com ar de indiferença e começou a falar enquanto fitava Sakamochi:

— O que você quer? Gostaria que me deixasse em paz por um tempo. Estou cansado.

— Olhe, rapaz. — Sakamochi levou a xícara até a boca com um sorriso amarelo. — Você não deveria ser tão arrogante ao falar com adultos. Uma vez tive um estudante chamado Kato. Ele costumava me dar muito trabalho, mas agora que se tornou um adulto é muito respeitável.

— Não me ponha no mesmo nível de suas cobras criadas.

Sakamochi abriu os olhos fingindo espanto e então voltou a sorrir.

— Vamos, vamos, Shogo. Eu quero ter uma conversinha com você.

Shogo recostou-se no sofá e cruzou as pernas. Ele permaneceu quieto, com as mãos apoiando o rosto.

— Por onde vou começar? — Sakamochi baixou a xícara e esfregou as mãos. — Sabia que temos um mercado de apostas do Programa, Shogo? — Seus olhos lampejavam.

Shogo comprimiu os olhos como se visse algo imundo. Então disse:

— Não me surpreenderia. Do jeito que vocês são desprezíveis...

Sakamochi sorriu.

— Apostei meu dinheiro em Kazuo. Vinte mil ienes. Para meu salário, é muito. Mas por sua causa acabei perdendo.

— Que lástima! — Shogo disse num tom destituído de compaixão.

Sakamochi voltou a rir. Então perguntou:

— Lembra que eu expliquei a todos como nós poderíamos saber a localização de cada um de vocês por meio das coleiras?

A resposta era óbvia. Shogo não respondeu.

Sakamochi fitou o rapaz.

— Você esteve com Shuya e Noriko durante todo o tempo, certo? E, no fim, você os traiu. Foi o que aconteceu, não?

— Algo errado com isso? — Shogo replicou de pronto. — Não há restrições neste jogo maravilhoso. Está me censurando por isso? Ora, não me faça rir.

Um sorriso largo se estendeu pela face de Sakamochi. Ele jogou para trás o cabelo, tomou um gole de chá e esfregou as mãos.

Ele voltou a falar como se compartilhassem um segredo:

— Olhe, Shogo, não deveria contar isso a ninguém, mas vou te confessar a verdade. As coleiras são dotadas de microfones embutidos. Por isso, podemos ouvir tudo o que os estudantes dizem durante o jogo. Aposto que você ignorava isso.

Shogo, até então indiferente em suas respostas, esboçou afinal alguma reação. Ele franziu as sobrancelhas e comprimiu de leve os lábios.

— Que porra é essa? Como eu poderia saber? Quer dizer que você ouviu tudo? Como eu enganei os dois?

— Sim, correto — Sakamochi confirmou. — Mas teve uma afirmação sua não muito simpática. Você disse: "Mesmo que consigamos capturar Sakamochi, tenho certeza de que para o governo ele não tem serventia". Foram mais ou menos essas suas palavras, não? Saiba que supervisor de programa é uma ocupação muito respeitável. Não é qualquer um que consegue desempenhá-la.

Ignorando a queixa de Sakamochi, Shogo perguntou:

— Por que está me revelando isso?

— Por nada em particular — Sakamochi replicou. — Apenas me admirei com sua maravilhosa encenação. Por isso, não pude resistir em te contar.

— Você só fala merda.

Shogo afastou o olhar, mas Sakamochi continuou, enfático:

— Uma encenação magistral, mas... — Shogo voltou a olhar para ele. — Há algo que eu não entendo — Sakamochi prosseguiu.

— O que seria?

— Por que você não acabou com aqueles dois logo depois de Kazuo ser morto? Você poderia, não? Apenas isso está além de minha compreensão.

— Foi como eu lhes expliquei — Shogo respondeu sem hesitar. — Só pensei em deixá-los ver pela última vez o lar deles. Para que tivessem uma lembrança agradável antes de eu mandá-los para o inferno. Você pode não acreditar, mas eu tenho boas maneiras. Afinal, se eu venci foi graças a eles.

Sakamochi continuou a sorrir.

— Hum — ele resmungou estranhamente e levantou a xícara até a boca. Recostou-se no sofá com a xícara na mão e voltou a falar: — Sabe, Shogo, eu tive em mãos os dados do Programa da Escola de Ensino Fundamental Número 2 Municipal de Kobe, do qual você participou no ano passado. — Então ele fitou Shogo por um tempo. O rapaz permaneceu calado, olhando firme para Sakamochi. — E, conforme os registros, nada indica que você tenha tido qualquer relação especial com Keiko Onuki.

— Com Keiko? Como eu falei, inventei tudo aquilo — Shogo o interrompeu.

— Como... — Sakamochi insistiu, interrompendo Shogo. — Como você disse a Shuya Nanahara e a Noriko Nakagawa, você viu Onuki duas vezes, a primeira delas apenas por um momento e a segunda pouco antes de vencer, quando ela já estava morta. De acordo com as gravações, você nunca sequer pronunciou o nome dela. Nem uma vez. Lembra-se disso?

— Como não lembraria? É como eu disse, não havia nada entre mim e ela. Você estava ouvindo tudo, não?

— Mas o negócio é que, Shogo, a segunda vez que você a viu, parou lá por duas horas.

— Foi somente uma coincidência. Foi um bom local para me esconder e descansar. Por isso pude me lembrar do nome dela tão vividamente. Posso lhe dizer que ela teve uma morte horrível.

Com o sorriso ainda colado em sua fisionomia, Sakamochi assentiu.

— Outra coisa é que as dezoito horas que demorou aquele jogo... Diga-se de passagem que foi um jogo muito rápido, possivelmente porque a área designada era muito pequena... Seja como for, durante essas dezoito horas você não trocou uma única palavra com ninguém. Quer dizer, fora coisas como "Pare" ou "Não sou um inimigo".

— Isso também foi pura encenação — Shogo o interrompeu. — É tão óbvio.

Sakamochi sorriu, ignorando a afirmação de Shogo.

— Portanto, não tenho ideia de como você abordou aquele jogo. Você se movimentou bastante, mas...

— Foi minha primeira vez. Não sabia como jogar de forma inteligente.

Sakamochi assentiu. Tinha o sorriso parado na ponta dos lábios como se achasse muita graça de algo. Ele bebericou o chá e pôs a xícara novamente sobre a mesa. Levantou os olhos então e disse:

— Por falar nisso, o que me diz daquela foto? Eu gostaria de vê-la, caso você não se importe.

— Foto?

— Vamos, você mostrou a Shuya e Noriko, certo? Você disse se tratar da foto de Keiko. Deixe-me vê-la. Na realidade era a foto de alguém chamada Kyoka, não?

Shogo entortou os lábios.

— Por que eu deveria te mostrar?

— Vamos, apenas me mostre. Não aja com indiferença comigo. Por favor. Vamos, por favor! — Sakamochi disse e fez uma reverência, pondo ambas as mãos sobre a mesa.

Com relutância, Shogo procurou o bolso de trás da calça. Ele arqueou as sobrancelhas e voltou a mão para a frente. Estava vazia.

— Desapareceu — ele disse. — Devo tê-la deixado cair em algum lugar quando lutamos com Kazuo.

— Deixou cair?

— É. Sério. Eu deixei cair minha carteira. Bem, não é tão importante.

De súbito, Sakamochi explodiu de rir. Conforme ria, disse:

— Entendo. — Ele abraçou o estômago, deu um tapa nas coxas e continuou gargalhando.

Shogo o olhou perplexo, mas comprimiu os olhos. Ele voltou o rosto para o teto da cabine sem janelas.

Apesar da vedação das paredes do barco-patrulha, ele podia ouvir um som débil, porém chiado. Sem dúvida não era o som do motor do barco.

O som gradualmente intensificou e depois enfraqueceu. Então, praticamente desapareceu.

Shogo contorceu levemente os lábios.

— O som o incomoda, Shogo? — Sakamochi parou de rir. Porém, ele ainda tinha aquele sorriso arrepiador pregado no rosto. — Aquilo foi um helicóptero. — Ele voltou a pegar a xícara de chá e a esvaziou. Depois colocou a xícara vazia na mesa. — Ele está se dirigindo à ilha onde vocês lutaram.

Shogo franziu de leve as sobrancelhas, mas dessa vez o gesto parecia ter outra conotação. Porém, sem se importar, Sakamochi se empertigou arrogantemente no sofá e mudou de assunto:

— Ei, Shogo, vamos falar mais um pouco sobre as coleiras. Bem, você sabe que elas são chamadas de "Guadalcanal nº 22". Mas isso não importa. De qualquer jeito, você não falou para Shuya sobre como era impossível desmontá-las?

Vendo que Shogo não respondia, Sakamochi prosseguiu:

— De fato, sua suposição estava absolutamente correta. Cada unidade é equipada com três sistemas diferentes, portanto mesmo um deles tendo uma margem de um por cento de erro, com três sistemas, apenas uma em um milhão pode quebrar. Na realidade, a probabilidade é ainda menor. Portanto, é exatamente como você disse. Ninguém pode escapar delas. Qualquer tentativa de removê-la a detonará, matando seu portador. Contudo, é raro que alguém efetivamente tente.

Shogo continuou em silêncio.

Sakamochi prosseguiu enquanto se inclinava.

— A questão é que, como sou muito cismado, dessa vez achei melhor consultar o laboratório de equipamentos das Forças Especiais de Defesa, onde as coleiras são projetadas. E adivinhe só?! — Ele olhou para Shogo. — Eles disseram que as coleiras podem ser desativadas por qualquer pessoa com conhecimentos básicos de circuitos eletrônicos, usando peças de transistores, do tipo que se acha em qualquer rádio. Logicamente, se a pessoa já conhecer a estrutura interna do dispositivo.

Shogo permanecia quieto, mas quando Sakamochi o fitou, disse de repente num tom de voz estranho e vago, como recordando algo:

— Não entendo. Quem poderia ter esse tipo de informação?

Sakamochi sorriu e balançou a cabeça.

— Sim. Bem, seja como for, se ela fosse desativada dessa forma, ela obviamente transmitiria um sinal nos informando a morte do portador, certo? Em outras palavras, e isso realmente é apenas uma hipótese, se houvesse um estudante capaz de remover essa coleira sem fazê-la explodir, então ele teria êxito em sobreviver. Ele teria apenas que esperar o jogo acabar e depois que os militares deixassem o local ele poderia escapar tranquilamente. Exatamente como você disse para Shuya Nanahara. Digamos que o jogo acabasse nesta tarde. Pelas regras, o pessoal da limpeza da subcontratada viria no dia seguinte. Portanto, até lá haveria tempo de sobra. Também, nessa época do ano a água não está tão fria que não se possa nadar.

Sakamochi lançou um olhar sugestivo a Shogo, mas este se limitou a responder dessa vez de pronto com um "Hum", e se recostou de novo no sofá. Depois disse:

— Isso não faz sentido. A estrutura interna da coleira deve ser altamente secreta, certo? Como um estudante de ensino fundamental poderia conhecer seu funcionamento?

— Porém, ele poderia — Sakamochi respondeu.

Shogo olhou de volta para Sakamochi, que continuou:

— Essa é justamente a questão. Tenho todas as informações, inclusive registros e detalhes acerca do dispositivo Guadalcanal. Sob circunstâncias normais, eu não me daria ao trabalho de pesquisar. Apenas me impressionaria com a inteligência da pessoa e fim da história. Porém, dessa vez recebi contato do Gabinete do Supremo Líder e das Forças Especiais de Defesa. Foi pouco antes de o jogo começar. Quer dizer, no dia 20.

Shogo continuava a olhar para Sakamochi, que prosseguiu:

— Eles me informaram sobre um hacker que penetrou no sistema operacional do Centro de Processamento de Operações do Governo Republicano. O hacker entrou sorrateiramente e conseguiu sair sem deixar vestígios. O nível técnico dele é espantoso, e, embora tenha encontrado o administrador enquanto agia, ele não se esqueceu de apagar seu login de acesso antes de escapar. Mas… — Sakamochi fez uma pausa. Shogo se manteve quieto. — … o sistema operacional do governo é muito bem estruturado. Ele possui outro sistema de login secreto que grava todas as operações. Obviamente, esse outro sistema não é em geral monitorado e na época o administrador não atinou para a existência de alguma anormalidade. Por isso demoraram tanto tempo para detectar. Mas eles descobriram. Sim, pode apostar nisso.

Shogo cerrou os lábios e fitou Sakamochi. Porém, nesse momento seu pomo de adão se moveu ligeiramente. O movimento foi quase imperceptível.

— Veja — Shogo disse —, um subcontratado realmente comentou comigo sobre como eles descartavam os corpos. Por acaso eu estava tomando uns drinques num bar com ele. O assunto surgiu. E o instrutor de nosso último jogo nos disse que o Programa dificilmente termina por causa do limite de tempo. Você pode até perguntar a ele.

Sakamochi esfregou a mão direita sob o nariz e encarou Shogo.

— Por que está me contando isso? Eu não perguntei nada.

O pomo de adão de Shogo voltou a se mover. Dessa vez foi perceptível.

Sakamochi, sorridente, retomou o assunto:

— Assim, aparentemente alguns dados hackeados incluíam informações sobre o Programa. Ou seja, especificações técnicas sobre a coleira Guadalcanal. Por que alguém pegaria essas informações inúteis? Quer dizer, para quê? Mesmo se o hacker as divulgasse ao público, bastaria ao governo projetar uma nova coleira para sanar o problema. Não há sinais disso no momento. Mas poderíamos deduzir o seguinte: por algum motivo, o intruso desejava acessar essas informações a qualquer custo. Estarei errado?

Shogo não respondeu. Sakamochi suspirou e pegou o envelope que deixara sobre a mesa. Ele o abriu com uma das mãos, retirou o conteúdo e o dispôs em frente de Shogo.

Eram duas fotos. Ambas em preto e branco e impressas em papel formato B5. Era difícil dizer do que se tratava uma delas por estar destituída de contraste, mas a outra mostrava claramente um caminhão e três pontos negros espalhados ao redor dele. Considerando que a foto fora tirada de um local bem acima do caminhão, os três pontos seriam obviamente cabeças humanas.

— Você vê? — Sakamochi disse. — Esses são vocês três alguns momentos atrás. Logo depois de matarem Kazuo. Essas fotos foram tiradas por satélite. Normalmente não fazemos esse tipo de coisa. Mas gostaria que você olhasse atentamente para essa outra foto. Vê? Você realmente não pode distinguir nada nela, certo? Mas essa é de fato a foto de uma parte da montanha. Foi tirada quando você atirou naqueles dois. Está escura porque não havia luz suficiente e as árvores do bosque impediam que vocês fossem vistos. Entende? Não dá para ver.

Silêncio. O barco balançou um pouco, mas Shogo e Sakamochi se entreolharam imóveis.

Então Sakamochi respirou fundo e de novo ajeitou o cabelo atrás da orelha. Ele abriu um sorriso e disse numa voz estranhamente íntima:

— Olhe, Shogo. Eu tenho acompanhado este jogo desde o início. Depois que você atirou em Shuya Nanahara e Noriko Nakagawa, Shuya levou cinquenta e quatro segundos para morrer, enquanto Noriko se foi num minuto e trinta segundos. Eles deveriam morrer instantaneamente se você deu um tiro em cada um à queima-roupa. Então, qual a razão dessa lacuna temporal?

Shogo estava em silêncio, mas — estivesse ele ciente ou não disso — suas faces enrijeceram. Porém, ele conseguiu dizer:

— Deve ser possível de acontecer. Juraria que eles morreram na hora, mas...

— Já basta! — Sakamochi o interrompeu num tom firme. — Vamos pôr um ponto final nessa farsa — ele prosseguiu, fitando Shogo e balançando levemente a cabeça como se o recriminasse. — Shuya Nanahara e Noriko Nakagawa ainda estão naquela ilha. Eles estão vivos, certo? Eles se esconderam na montanha. Você é o hacker que invadiu o sistema central do governo. Ou um de seus amigos. Você sabia como desmontar a coleira e que podíamos monitorar suas conversas, por isso nos ofereceu aquela encenação típica das novelas radiofônicas de que atirara nos dois. Depois removeu as coleiras deles. Estou errado? Não disse que foi uma encenação maravilhosa? E você continua a encenar.

Shogo fitava Sakamochi. Talvez por estar apertando os dentes, seus lábios estavam visivelmente contorcidos.

Sakamochi continuou, sorrindo:

— Você não deu a eles mensagens sobre locais de encontro? E vocês deveriam se encontrar posteriormente, não? Bem, tire o cavalo da chuva, meu caro! Aquele helicóptero que acabou de passar voando vai pulverizar a ilha com gás venenoso. É um gás composto desenvolvido recentemente, tóxico e erosivo, denominado Vitória Decisiva da Grande Ásia Oriental nº 2. Os barcos-patrulhas já estão por lá. Shuya e Noriko não escaparão.

Olhando Sakamochi, Shogo fincou as unhas no couro sintético do apoio de braço do sofá. Sakamochi voltou a respirar profundamente, afundou as costas no sofá e jogou o cabelo para trás.

— Não temos precedente similar. Para ser exato, você não é realmente o vencedor. Mas um dos oficiais do comitê de ensino para o qual eu trabalho apostou uma bolada em você. Por isso, decidi tratar este caso internamente. Será positivo para minha carreira mostrar a ele que o estou ajudando a ganhar a aposta. Portanto, você será o vencedor oficial. Para todos os efeitos, você assassinou aqueles dois. Satisfeito agora, Shogo?

Todo o corpo de Shogo estava tenso ao extremo, como se pudesse começar a tremer a qualquer segundo. Mas, quando Sakamochi ergueu as sobrancelhas, Shogo balançou a cabeça como se desejasse se livrar de algo nela, e direcionou para o chão o olhar até então posto em Sakamochi.

— Eu… eu não sei nada sobre isso… — ele disse, voltando de súbito o olhar para Sakamochi, apertando e abrindo as mãos. — Esqueça esse negócio de pulverizar gás. É desperdiçar o dinheiro de nossos impostos — Shogo prosseguiu num tom levemente excitado.

Sakamochi riu com sarcasmo.

— Em breve constataremos se será mesmo um desperdício ou não… Ah, outra coisa… — Ele puxou uma pequena pistola automática de debaixo do casaco e a apontou para Shogo, que arregalou os olhos. — Decidi cuidar de você como um assunto interno também. Você tem ideias subversivas. Creio ser contrário aos interesses deste país deixarmos alguém como você vivo. Temos que tirar a laranja podre da caixa. Quanto antes melhor. "Morto antes de chegar ao hospital em razão dos ferimentos no decorrer do jogo." Que tal isso? Ah, vamos, não se preocupe, porque, se você tiver comparsas, nós os investigaremos. Não precisaremos de você vivo para interrogá-lo sobre as circunstâncias.

Shogo lentamente afastou os olhos da arma e olhou para Sakamochi.

— Seu… — Shogo disse. Ele agora mostrava os dentes. Sakamochi abriu um sorriso. — … filho da puta! — Shogo urrou com a voz carregada de indignação e desespero, misturada a uma dose de medo com relação a tudo que era incompreensível. Ele queria avançar no pescoço de Sakamochi. Porém, a arma apontada para ele o impedia. Pôde apenas fechar os punhos sobre as coxas.

— Vo-você não tem filhos? Não acha estranho este jogo de merda?

— Lógico que tenho filhos — Sakamochi replicou casualmente. — Sabe, gosto muito daquilo... Bem, quer dizer, minha esposa está grávida de nosso terceiro rebento.

Shogo não respondeu ao gracejo, berrando em vez disso:

— Então como pode aceitar tudo passivamente? No futuro, um de seus filhos pode acabar neste jogo. Ou os oficiais de alta graduação como você têm privilégios para que seus filhos sejam isentados de participar?

Sakamochi balançou negativamente a cabeça, como se estivesse admirado.

— Não seja ridículo. Como pode dizer algo semelhante, Shogo? Você leu os Requisitos de Implementação do Programa, não leu? Não há exceções. É claro que eu fiz algumas coisas sorrateiramente. Usando meus contatos, matriculei meu filho numa escola de prestígio. Sou humano. Mas justamente por ser humano devemos observar certas regras. Ah, tem razão, você não conseguiu roubar, não? A agenda altamente secreta tinha informações acerca do Programa, mas, sendo assim, eu lhe digo agora: nosso país precisa do Programa. Esse negócio de se tratar de um experimento é conversa para boi dormir. Raciocine comigo: por que você acha que a mídia local transmite a imagem do vencedor? É claro que os telespectadores devem sentir pena dele ou dela, achando que o pobrezinho possivelmente nem queria participar do jogo, mas não teve escolha a não ser lutar contra os outros. Em outras palavras, todos acabam concluindo que não se deve confiar em ninguém, concorda? Isso deve eliminar qualquer esperança dos cidadãos se unirem e executarem um golpe de estado contra o governo. E assim a República da Grande Ásia Oriental e seus ideais subsistirão eternamente. É lógico que cada um precisa morrer igualmente para o bem dessa nobre meta. Eu passei a sabedoria para meus filhos. Minha mais velha está no oitavo ano agora e ela sempre comenta que sacrificaria a vida pela República.

O rosto de Shogo começou a tremer.

— Você é louco — ele disse. — Você está fora de seu juízo! Como pode ser assim? — Ele estava quase soluçando. — Um sistema deve ser algo conveniente ao povo. Não devemos ser escravos de nosso próprio sistema. Se você acha que este país faz sentido, você é um retardado!

Sakamochi o deixou terminar. Depois disse:

— Olhe, Shogo. Você ainda é uma criança. Aparentemente vocês conversaram entre si, mas gostaria que você refletisse um pouco mais. Este é um país maravilhoso. Não há no mundo nação mais próspera que a nossa. Bem, existem restrições a viagens ao exterior, mas nossos produtos industriais para exportação são insuperáveis. Nosso PIB per capita é o mais elevado do planeta e isso não é invenção da mídia governamental. E nossa prosperidade existe apenas em virtude de uma população unificada sob um governo central poderoso. Certo grau de controle é sempre necessário. De outra forma, declinaríamos à categoria de nação de terceiro mundo, como o império americano. Você sabe disso, não? Aquele país está em turbulência por causa de muitos problemas como drogas, violência e homossexualidade. Eles vivem de glórias passadas, mas é só uma questão de tempo até se esfacelarem.

Shogo permaneceu em silêncio. Parecia comprimir os dentes. Então replicou com tranquilidade:

— Deixe-me dizer uma coisa.

Sakamochi ergueu as sobrancelhas.

— O quê? Vá em frente.

— Vocês podem chamar isso de prosperidade, mas... — A voz de Shogo parecia cansada, porém ainda assim digna. — ... será eternamente uma farsa. Essa verdade não mudará mesmo que você me mate aqui e agora. Você está fadado a ser uma farsa para sempre. Não se esqueça disso.

Sakamochi deu de ombros.

— Terminou o sermão?

Ele apontou a arma para Shogo, mirando entre suas sobrancelhas. Shogo comprimiu os lábios e olhou para Sakamochi ignorando o cano da arma. Ele parecia pronto a enfrentar as consequências.

— Adeus, Shogo.

Sakamochi baixou levemente a cabeça como se o cumprimentasse com o olhar. Seu dedo começou a puxar o gatilho quando...

Ratatatá. O som de uma antiga máquina de escrever ecoou.

O dedo de Sakamochi parou por um momento. Ele olhou para a porta por uma questão de segundo, o suficiente para se distrair.

Quando olhou de volta, Shogo estava bem em frente de seu rosto. Apesar de haver uma mesinha entre eles, Shogo estava a apenas dez centímetros de distância. Ele se moveu com a rapidez de um mágico ou de alguém com poderes paranormais sendo teletransportado.

O *ratatatá* continuou do lado de fora da cabine.

A mão esquerda de Shogo abaixou a arma na mão direita de Sakamochi. Sakamochi gelou e olhou para a face de Shogo, agora à distância de um beijo. Seus cabelos longos não estavam tão desgrenhados e ele não tentou afastar a mão de Shogo. Ele simplesmente o olhou de boca fechada.

O *ratatatá* se fez ouvir de novo.

A porta se abriu.

— Um ataque inimigo... — Nomura parou ao entender a situação e tentou erguer seu rifle.

Ainda mantendo a mão direita de Sakamochi abaixada com sua mão esquerda, Shogo girou o corpo de Sakamochi como se dançassem um tango. Ao se virar, ele apertou o dedo indicador de Sakamochi no gatilho e começou a atirar. Três balas atravessaram Nomura bem em cima do coração. Ele gemeu e caiu. O som da metralhadora se intensificou, provavelmente porque a porta estava aberta.

Shogo olhou de novo dentro dos olhos de Sakamochi. Com seus corpos ainda entrelaçados, ele posicionou seu punho direito sob o queixo de Sakamochi e executou um leve movimento de giro.

Com os olhos abertos direcionados ao rosto de Shogo, Sakamochi tossiu sangue, que gotejou de seus lábios para o queixo e depois para o assoalho.

— Eu falei que era desperdiçar dinheiro de nossos impostos.

Shogo girou o pulso outra vez. Os olhos de Sakamochi se desviaram para longe de Shogo. Então olharam devagar para cima.

Shogo se afastou de Sakamochi, que caiu sobre o sofá. Sob sua garganta agora exposta, pouco abaixo do queixo, na altura da glote, havia um bastão marrom enterrado como um estranho ornamento. Olhando bem, podia-se ver um HB gravado em dourado em sua extremidade traseira. Esse era um dos lápis que todos, inclusive Shogo e Shuya, tiveram que usar para escrever "Nós nos mataremos uns aos outros", mas Kinpatsu Sakamochi não teria como confirmar que se tratava de um lápis.

Depois de olhar apenas um momento para Sakamochi, Shogo enfiou a arma que tomou dele na cintura da calça. Correu até Nomura, que jazia de costas, e se apoderou de seu rifle. Ele pegou pentes extras do cinto de Nomura e deixou a cabine. Abriu as duas portas à direita no corredor, mas havia apenas fileiras de beliches. Ninguém em seu interior.

O som da metralhadora se aproximava. Um soldado desceu cambaleando pelas escadas além do estreito corredor. Era o soldado Kondo, agora morto. Ele empunhava apenas uma pistola, talvez por se achar seguro dentro do navio com o término do jogo.

Shogo circundou o corpo de Kondo, postou-se ao pé da escada e olhou para cima.

Lá estava Shuya Nanahara (o Estudante nº 15) segurando uma Ingram M10, ao lado de Noriko Nakagawa (a Estudante nº 15), ambos olhando para ele. Estavam molhados da cabeça aos pés.

78.

— Shogo! — Shuya exclamou aliviado, ao constatar que Shogo aparecera são e salvo embaixo da escada. Ao ouvir tiros que não eram de sua metralhadora, Shuya imaginou que eles teriam chegado tarde demais.

Shogo subiu correndo as escadas com o rifle que tomou de um dos soldados.

— Tudo bem com você?

— Sim — Shogo confirmou. — Sakamochi está morto. Vocês se livraram de todos os outros?

— Pegamos todos do convés. Mas não conseguimos achar o tal de Nomura.

— Então acabamos com todos. Eu me livrei de Nomura — Shogo disse. Ele passou pelos dois e correu pelo estreito corredor até a ponte onde a casa do leme se localizava.

Havia um corpo estendido no corredor que conduzia à ponte e mais dois dentro e fora da sala de conferências abaixo da casa do leme. Um deles era o soldado Tahara, os outros eram membros da tripulação. Tahara era o único armado, embora tivesse apenas uma pistola. Shuya os abateu descarregando todas as balas da Ingram. Havia mais dois estirados no convés, os primeiros soldados navais que Shuya matara.

Depois de olhar de relance o cadáver de Tahara, Shogo se apoiou no corrimão que conduzia à casa do leme acima e disse:

— Você foi impiedoso, Shuya.

— Sim — Shuya concordou. — Fui mesmo.

Depois de subir à casa do leme pela escada, Shogo viu estirados num canto mais dois membros da tripulação abatidos por Shuya. Na janela que separava o grupo de Shuya da escuridão havia vários buracos formados por balas perdidas ou pelos tiros que atravessaram os corpos dos marinheiros.

O barco passava por uma ilha iluminada com as lâmpadas de residências, possivelmente Megishima. Shuya se perguntava se os tiros teriam sido ouvidos lá ou mesmo mais longe pelo mar ao redor deles. Bem, não era incomum ouvir disparos súbitos neste país, logo isso não deveria ser motivo de apreensão.

Shogo olhou para a frente. Shuya e Noriko olharam na mesma direção e viram o que parecia ser um cargueiro de transporte de cascalho se aproximando deles pela direita. Shogo pegou o leme e moveu delicadamente a barra perto dele.

— Vocês dois não se resfriaram? — Shogo perguntou.

— Eu estou bem.

— E você, Noriko?

— Também — Noriko disse.

Shogo continuava a olhar em frente ao dizer:

— Desculpem. Parece que eu não ajudei em nada dessa vez.

Em seu campo de visão, o cargueiro de cascalho havia se aproximado bastante.

— Isso não é verdade — Shuya respondeu, alternando o olhar das mãos de Shogo para o barco à frente.

— De mãos vazias, eu não estava em condição de vencer Sakamochi com uma pistola. Vocês chegaram no momento exato.

Conforme chegavam mais perto, o cargueiro se avolumava. Mas eles conseguiram sem problema passar ao lado um do outro. As luzes do outro barco se distanciaram.

— Ufa! — Shogo respirou fundo e largou o leme. Ele começou a apertar fileiras de botões nos instrumentos náuticos desconhecidos para Shuya. Shogo olhou o painel por um tempo e, depois de confirmar que um dos diodos tinha apagado, pegou o transmissor de rádio. Uma voz se fez ouvir pelo alto-falante:

— Aqui é o Centro de Serviço de Tráfego Marítimo de Bisan Seto.

Shogo respondeu:

— Este é o barco-patrulha de Defesa DM 245-3568. Peço que confirmem nossa localização.

— DM 245-3568, não podemos confirmar. Está com problemas?

— Detectamos uma anormalidade em nosso dispositivo de navegação GPS. Pararemos a embarcação por uma hora para repará-lo. Poderia notificar os outros navios?

— Entendido. Necessitamos de sua localização atual.

Shogo leu o monitor no instrumento náutico, informando verbalmente a posição. Depois desligou o transmissor de rádio.

Ele procurava apenas ganhar tempo para mover o barco para algum outro local. Shogo pôs de novo as mãos no leme, girando-o com firmeza para a esquerda. Shuya sentiu o balanço do barco, por causa da ampla mudança de rumo.

Enquanto movia com cuidado o leme, Shogo disse:

— O desgraçado do Sakamochi percebeu o que acontecia. Foi ótimo eu ter instruído vocês a subirem a bordo.

Shuya balançou a cabeça, concordando. A água gotejava de sua franja.

Shogo tinha razão. Depois de atirar duas vezes para o ar quando estavam na montanha, ele levou o dedo em riste à boca indicando a Shuya e Noriko, que o olhavam surpresos, para se manterem quietos. Ele tirou seu mapa do bolso e rabiscou algo no verso. Estava escuro, mas com dificuldade eles conseguiram ler. Em seguida, Shogo removeu a coleira deles. Precisou somente de um fio ligado a algo semelhante a uma peça de rádio — onde ele a teria arranjado? —, um canivete e uma pequena chave de fenda. Então Shogo pegou em seu kit de sobrevivência uma escada improvisada — em que momento ele a teria criado? — feita com bambu e corda. Ele rabiscou mais no mapa: "Entrem sorrateiramente no navio em que eles me enfiarem. Será à noite, vocês estarão seguros. Sigam pela praia até o porto. Haverá uma corrente amarrada à âncora. Amarrem a escada de corda a ela e segurem. Quando a âncora levantar e o barco começar a se mover, subam ao convés e se escondam nos salva-vidas, na popa da embarcação. Esperem o momento apropriado para atacar".

Obviamente não foi tarefa fácil se agarrar a uma frágil escada de corda enquanto o barco acelerava, com ondas agitadas os açoitando. Também foi difícil se transferirem para o convés, mesmo estando a algumas dezenas de centímetros acima do alto da escada de corda. Com o braço esquerdo inutilizado, Shuya simplesmente não pôde fazer algo que seria uma tarefa simples. Mas Noriko conseguiu subir ao convés, apesar de sua mão ferida, e então ajudou Shuya. A força de Noriko pegou Shuya de surpresa.

— Mas... — Shuya disse — ... você deveria ter nos explicado tudo logo de início.

Shogo girou de volta o leme para a direita e encolheu os ombros com destreza.

— Nossas ações se tornariam menos naturais se eu contasse a vocês. Desculpem por isso! — ele disse e largou o leme. Agora apenas o mar completamente negro se estendia à frente deles. Por enquanto, não havia sinal de nenhum barco se aproximando. Shogo então começou a conferir vários aparelhos semelhantes a medidores.

— É fantástico! — Noriko disse. — Hackear o sistema de computador do governo.

— Sim, realmente! — Shuya concordou. — Você mentiu para nós quando afirmou que era uma negação com computadores.

Olhando sempre em frente, Shogo sorriu.

— Bem, no final, eles acabaram descobrindo. Pelo menos não fui tão mal assim.

Shogo se deu por satisfeito com as leituras dos instrumentos e se afastou de lá. Ele caminhou até um dos soldados que jazia no chão. Curiosos para saber o que ele faria, Shuya e Noriko olharam quando Shogo começou a vasculhar os bolsos do morto.

— Merda! — ele exclamou. — Até mesmo os caras das Forças Especiais de Defesa estão parando de fumar nos últimos tempos.

Shogo procurava por cigarros.

Todavia, ele conseguiu extrair um maço amassado de Buster do bolso da camisa de outro soldado. Sem se importar que o maço estivesse tingido de sangue, Shogo puxou um cigarro, enfiou-o na boca e o acendeu. Ele se encostou na lateral do leme, apertou os olhos e exalou com satisfação.

Enquanto o olhava, Noriko disse:

— Se nosso grupo tivesse um número grande de pessoas, não teria sido possível escapar como fizemos.

Shogo balançou a cabeça levemente:

— Tem razão. E teria que ser à noite. Mas de nada adianta pensar sobre isso. O importante é estarmos vivos.

— Você tem razão — Shuya concordou.

— Por que vocês dois não tomam uma ducha? — Shogo sugeriu. — O banheiro fica em frente das escadas. É pequeno, mas deve ter água quente. Vocês podem pegar as roupas dos soldados para vestir.

Shuya concordou e, colocando a Ingram na mesinha ao lado da parede, passou o braço por sobre o ombro de Noriko.

— Vamos fazer isso, Noriko. Você primeiro. Não quero que você tenha uma recaída no resfriado.

Noriko concordou. Eles estavam prestes a se dirigir às escadas quando Shogo os fez parar.

— Shuya, espere. — Ele amassou o cigarro contra a parte inferior do pedestal do timão. — Primeiro vou lhes mostrar como pilotar este barco.

Shuya ergueu as sobrancelhas. Ele imaginava que Shogo se incumbiria da direção do barco. Mas, pensando bem, talvez Shogo quisesse também tomar uma ducha. Nesse ínterim, Shuya e Noriko teriam que pilotar o barco.

Shuya concordou mais uma vez e voltou para a frente do timão com Noriko.

Shogo respirou fundo e deu um tapa leve no leme.

— Estou pilotando o barco manualmente agora. É mais simples de entender do que deixá-lo no piloto automático. Agora, isso aqui... — Shogo disse, indicando a alavanca próxima ao timão — ... é como um acelerador e freio conjuntos. Jogando para a frente, aumenta a velocidade; para trás, diminui. Simples, não? E veja agora esse outro... — Shogo apontou para o medidor redondo instalado bem acima do leme. A fina agulha estava apontada em diagonal para a esquerda. Estava rodeada de números e letras indicando direções. — ... é uma girobússola. Ela mostra nossa direção. Veem este mapa oceânico?

Shogo indicou a rota que estavam tomando para seguirem seu trajeto por entre as ilhas e chegar à ilha de Honshu a partir da posição atual, a leste da ilha Megishima. Ele disse que seria aconselhável atracar o barco em alguma praia discreta na província de Okayama. Depois, explicou brevemente sobre o radar e o medidor de profundidade.

Ele tocou o queixo.

— Foi uma explicação muito por alto, mas suficiente para pilotar essa geringonça. Agora, vocês sempre pilotem à direita de um navio que esteja vindo. E outra coisa é que vocês não podem parar de imediato. Conforme forem se aproximando da costa, vocês devem desacelerar bem antes. Entenderam?

Shuya ergueu de novo as sobrancelhas. Ele se perguntava por que Shogo estava alertando também sobre a forma de atracar. Mesmo assim, ele balançou a cabeça, concordando.

Shogo acrescentou:

— Os bilhetes que eu lhes dei... Vocês ainda os têm? Eles contêm suas informações de contato.

— Sim, estão conosco. Mas... você virá conosco, não é? É lógico.

Shogo não respondeu de imediato à pergunta de Shuya. Ele tirou um cigarro que tinha guardado no bolso, enfiou-o na boca e aproximou dele o fogo do isqueiro. Nesse momento, Shuya notou algo estranho: a mão de Shogo tremia delicadamente segurando o objeto.

A seu lado, Noriko também pareceu notar. Seus olhos se arregalaram.

— Shogo...

— Vocês me perguntaram... — Shogo disse aludindo às palavras de Shuya, com o cigarro pendente da boca. — ... se eu não iria com vocês para os Estados Unidos. — Ele tirou o cigarro da boca com a mão cada vez mais trêmula e exalou a fumaça. — Pensei bem sobre o caso. Mas...

Ele interrompeu a frase pela metade e enfiou novamente o cigarro na boca. Depois o afastou, soltando uma baforada.

— Parece que não há mais necessidade de eu responder sobre isso.

Subitamente, o corpo de Shogo deslizou. Sua cabeça se inclinou para a frente conforme ele caía de joelhos.

79.

— **Shogo! — Shuya correu na direção dele** e entrelaçou seu braço direito no de Shogo para mantê-lo de pé. Noriko também correu até ele e segurou seu braço esquerdo.

Exaurido de todas as forças, o corpo de Shogo pesava. Foi quando Shuya afinal se deu conta de que as costas de Shogo estavam ensopadas. Havia um pequeno orifício bem abaixo de seu pescoço.

Kazuo. Fora o tiro disparado por Kazuo. Shogo afirmou que não era nada. Por quê...? Por que ele não o tratou de imediato? Ou será que ele sabia que era fatal? Ou ele postergou o tratamento para que Shuya e Noriko pudessem subir a bordo conforme planejado?

Shogo lentamente escorregou pelos braços deles e caiu sentado.

— Estou com sono. Deixem-me dormir — ele pediu.

— Não, não, não! — Shuya gritou. — Vamos levá-lo para o hospital mais próximo. Lá o ferimento...

— Não fale besteira — Shogo riu e, assim como os dois marinheiros estirados no canto da cabine, deitou de lado.

— Por favor! — Shuya se ajoelhou e tocou o ombro de Shogo. — Por favor, levante-se!

— Shogo... — Noriko chorava.

— Noriko! — Shuya falou num tom enérgico. Noriko olhou para Shuya. — Não chore. Shogo não pode morrer!

— Shuya, não ralhe com ela por coisas insignificantes — Shogo o repreendeu com delicadeza. — Você precisa aprender a ser gentil com as garotas. Além disso, sinto muito, mas estou morrendo.

O rosto de Shogo empalideceu de maneira incrível. Em contraste, a cicatriz sobre sua sobrancelha esquerda estava agora vermelho-escura como uma centopeia.

— Shogo...

— Eu-eu não estou certo se vou... aceitar seu convite... — Shogo disse. Sua cabeça tremia, mas ele continuava movendo os lábios. — ... Ainda estou... em dúvida. M-m-mas e-eu que... quero agra... agradecer a vocês.

Shuya não parava de balançar a cabeça. Olhava para Shogo. Estava mudo.

Shogo levantou a mão direita trêmula.

— A-adeus.

Shuya segurou a mão dele.

— N-Noriko, você também.

Contendo as lágrimas, Noriko segurou a mão de Shogo.

Shuya agora se deu conta de que Shogo estava morrendo. Não, ele já sabia, mas agora aceitava o fato. Que mais poderia fazer? Ele tentou imaginar algo para dizer. Ele sabia o que era:

— Shogo.

Os olhos sonolentos de Shogo se transferiram de Noriko para Shuya.

— Vou destruir este país em seu lugar. Vou acabar com este país de merda, eu juro!

Shogo sorriu. Sua mão caiu da de Noriko para o próprio peito. Ela acompanhou a mão dele e a apertou.

Shogo fechou os olhos, parecendo voltar a sorrir. Depois falou:

— E-eu lhe disse, S-Shuya. Vo-você não deve fazer isso. E-esqueça. Vocês dois... de-devem apenas tentar viver, po-por favor. Como nós fizemos a-aqui, confiem e respeitem um... ao outro. O.k.?

Shogo disse tudo isso e respirou longa e profundamente. Seus olhos permaneceram fechados.

— É o que eu desejo — Shogo declarou nitidamente.

Foi o fim. Shogo parou de respirar. A luz estranhamente amarelada que descia do teto da casa do leme iluminava sua face lívida. Ele tinha a expressão serena.

— Shogo! — Shuya gritou. Ele ainda tinha mais a dizer. — Você poderá se encontrar com Keiko! Você será feliz com ela! Você...

Era tarde. Shogo não podia ouvir mais nada. Mas seu rosto aparentava uma enorme paz.

— Merda! — Os lábios de Shuya tremeram ao pronunciá-lo. — Merda!

Segurando as mãos de Shogo, Noriko chorava.

Shuya também pousou a mão sobre a mão grossa de Shogo. Um pensamento lhe ocorreu. Ele procurou nos bolsos de Shogo e estava lá: o apito de pássaro vermelho. Ele o enfiou na mão direita de Shogo e a fechou para que ele o segurasse. Shuya então finalmente chorou.

Epílogo
Em Umeda, Osaka

Em meio à multidão alvoroçada que se movimentava dentro do terminal de trem da linha privada Umeda-Osaka, com cada indivíduo ocupado por um motivo diferente, Shuya Nanahara (o Estudante nº 15, turma B, nono ano da Escola de Ensino Fundamental Distrital Shiroiwa da província de Kagawa) ouviu o anúncio quando descia por uma das duas escadas rolantes ladeadas pelas amplas escadas da estação: "Temos novas notícias sobre o recente assassinato de um instrutor do Programa na província de Kagawa". Ele gentilmente apertou o corpo de Noriko Nakagawa (a Estudante nº 15, mesma escola) com o braço direito e parou.

Na gigantesca tela de TV, ao lado e na mesma altura da escada rolante, podia-se ver uma grande imagem em close de um repórter aparentando ter uns cinquenta anos, o cabelo repartido de lado.

Shuya e Noriko avançaram juntos até a frente do monitor. Passava das seis da tarde de uma segunda-feira, portanto muitos estudantes e trabalhadores de terno esperavam ao redor da área. Shuya e Noriko não usavam mais os uniformes da escola. Shuya vestia calças jeans, uma camiseta e uma jaqueta de brim. Noriko também vestia calças jeans com uma camisa polo verde-escura e um casaco cinza-claro por cima (apenas os tênis que ambos calçavam eram os mesmos de antes, lavados). Oculto pela gola da jaqueta levantada, o pescoço de Shuya estava envolto por um curativo, e na face esquerda de Noriko um grande esparadrapo quase não era notado graças à aba do boné de beisebol de couro preto que ela mantinha puxada por cima dos olhos. Embora ainda mancasse da perna direita, não chamava muito a atenção. Como seu braço esquerdo ainda estava paralisado, Shuya acertou a correia da bolsa no ombro esquerdo com a mão direita.

Os bilhetes que Shogo deixara indicavam o nome e o endereço de um médico na cidade de Kobe. Uma pequena clínica localizada numa ruela discreta da cidade, provavelmente similar à casa em que o pai de Shogo trabalhava. O médico, aparentemente na casa dos vinte anos, os recebeu calorosamente e cuidou dos ferimentos de ambos.

— O pai de Shogo foi um veterano de meu pai na faculdade de medicina. Devo muito a ele também — o médico declarou.

Ele deu guarida a Shuya e Noriko em sua residência e, parecendo ter bons contatos, no dia seguinte providenciou as formalidades para a fuga deles do país.

— Shogo deixou algum dinheiro comigo apenas para o caso de uma emergência. Nós o usaremos.

Eles pegariam primeiro um barco pesqueiro a partir de um vilarejo de pescadores na província de Wakayama até o oceano Pacífico e depois se transfeririam para outro barco na Nação Democrática da Península Coreana.

— Vocês não terão problemas para ir de lá para os Estados Unidos. A questão é se vocês conseguirão se transferir sem dificuldades desse primeiro barco... — O médico exprimiu sua preocupação, mas obviamente não restavam opções a Shuya e Noriko.

Antes de deixarem a casa do médico, Noriko telefonou para casa. Mais precisamente, ela primeiro ligou para uma boa amiga de outra turma da escola, pedindo-lhe para levar uma mensagem à sua família para que telefonasse para a casa do médico de um telefone público. Era uma precaução contra grampos telefônicos. Shuya deixou Noriko sozinha por alguns instantes, mas ele podia ouvi-la soluçando do corredor onde o telefone estava na casa do médico. O próprio Shuya não contatou a Casa de Caridade. Apenas no fundo do coração agradeceu e se despediu da senhorita Anno. E fez o mesmo com Kazumi Shintani.

O âncora do telejornal prosseguiu: "A inspeção do sítio foi postergada em virtude da pulverização de gás venenoso pelo helicóptero das Forças Especiais de Defesa sobre a ilha Okishima, da província de Kagawa, onde o Programa foi realizado. Contudo, ela foi realizada hoje à tarde, dois dias depois do incidente. Detectou-se o desaparecimento de dois estudantes".

A imagem mudou. Uma câmera com zoom cinegrafou do mar os oficiais da polícia e os soldados inspecionando a ilha onde o grupo de Shuya e os outros batalharam por suas vidas. A câmera captou também imagens do porto. Havia pilhas de corpos. Por um momento, Shuya conseguiu reconhecer pelo menos dois deles. De rosto voltado para a câmera estavam os cadáveres de Yukie Utsumi e Yoshitoki Kuninobu, na beira de uma pilha negra de casacos de escola e terninhos de marinheiro. Apesar da pulverização de gás venenoso, suas faces se mantinham intactas por terem morrido no interior de um prédio. Shuya apertou o punho direito.

"Os estudantes desaparecidos são Shuya Nanahara e Noriko Nakagawa, do nono ano da Escola de Ensino Fundamental Shiroiwa, da prefeitura de Kagawa." A tela agora exibia grandes fotos deles em close, lado a lado. Eram as mesmas fotos usadas na caderneta de identificação dos estudantes. Shuya olhou ao redor, mas na multidão ninguém com os olhos fixos na tela parecia tê-los notado.

Em seguida, foi exibida a imagem da linha costeira onde não se viam praticamente residências, com a montanha bem perto do litoral. Conforme a câmera dava um zoom, via-se um pequeno barco-patrulha militar com a pintura do exército atracado num banco de areia, e era possível entender com clareza que os oficiais da polícia e soldados o examinavam da praia. Esse segmento foi tomado imediatamente depois de o incidente vir à tona, portanto era uma imagem antiga.

"Bem cedo pela manhã do dia 24, o barco-patrulha do instrutor de programa da província de Kagawa, Kinpatsu Sakamochi, foi encontrado encalhado no distrito de Ushimado, na província de Okayama, e dentro dele o corpo do instrutor e o de nove soldados das Forças Especiais de Defesa, incluindo o cabo Tokihiko Tahara, foram descobertos, juntamente com o do vencedor do Programa, Shogo Kawada." A foto em close de Sakamochi apareceu. Seus cabelos longos. "Suspeitando ter havido confrontação, a polícia e oficiais das Forças Especiais de Defesa efetuaram investigações, porém as autoridades agora acreditam que o desaparecimento dos dois estudantes detectado hoje pode fornecer o vínculo crucial para desvendar o incidente. Eles são procurados no momento..."

O repórter prosseguiu, porém Shuya estava com o rosto colado em alguma coisa na tela e já não ouvia mais nada.

Foi um clipe curto intitulado VENCEDOR SHOGO KAWADA ENCONTRADO MORTO. Sob circunstâncias normais, eles apenas mostrariam um subtítulo genérico: O ESTUDANTE VENCEDOR, e o curto segmento teria sido transmitido apenas no jornal da TV local da província de Kagawa. Shuya e Noriko assistiram várias vezes às notícias na casa do médico em Kobe, mas elas mostraram apenas a foto de Shogo. Eles viam esse clipe pela primeira vez.

Ladeado por soldados, Shogo fitava a câmera. Então...

No final do clipe, com duração aproximada de dez segundos, Shogo sorriu e exibiu o punho direito com o polegar apontado para cima.

Aumentava uma agitação de censura por aqueles na multidão com os olhos fixos na tela. Deveriam supor que Shogo estaria orgulhoso de sua vitória.

Mas logicamente não era bem assim, Shuya pensou enquanto olhava a tela voltar à imagem do repórter.

Seria uma mensagem para ele e Noriko? Shogo sabia que morreria quando estava de pé em frente à câmera do governo? Ou teria sido apenas uma demonstração de seu senso de ironia singular?

Nunca saberei. Como Shogo disse uma vez.

Então as fotos de Shuya e Noriko foram exibidas de novo.

"Qualquer pista deve ser informada pelos cidadãos a..."

— Vamos, Noriko. É melhor nos apressarmos — Shuya sussurrou. Ele pegou na mão esquerda dela com sua mão direita. Eles deram as costas para a tela e começaram a caminhar.

— Shogo me disse — Noriko falou enquanto eles andavam, de mãos dadas — antes de você voltar... Quando você estava no grupo de Yukie... Ele me disse algo.

Shuya inclinou a cabeça e olhou para Noriko, que ergueu o rosto. Os olhos dela, escondidos na borda do boné, estavam úmidos.

— Ele disse que estava feliz por ter amigos tão bons.

Shuya olhou em frente e balançou a cabeça. Ele apenas balançou a cabeça.

Eles deixaram um grupo de seis ou sete estudantes passar e então recomeçaram a andar. Shuya disse:

— Noriko. Ficaremos sempre juntos. Eu prometi a Shogo.

Noriko parecia concordar.

— Agora estamos fugindo. Mas algum dia quero destruir este país. Não quebrarei minha promessa a Shogo. Quero destruir este país por ele, por você, por mim, por Yoshitoki, por todos. Você me ajudará quando o momento chegar?

Noriko apertou a mão de Shuya e respondeu claramente:

— Lógico que sim.

Eles se afastaram da multidão e pouco depois estavam em frente a uma máquina de venda de passagens. Noriko olhou para o display acima da máquina, pegou algumas moedas do bolso e as contou, entrando na fila para comprar as passagens.

Shuya permaneceu sozinho, esperando Noriko. Sua vez chegou logo. Ela enfiou as moedas na abertura.

Shuya casualmente olhou para a esquerda.

Ele comprimiu os olhos. Pela entrada para o saguão da estação pôde distinguir, para além da rua onde táxis e carros passavam, o distrito de Osaka, com as bases de seus arranha-céus. Um homem alto em uniforme preto emergiu dessa cena e caminhou direto em direção a eles. Ele se esquivou com habilidade do fluxo de passantes olhando fixamente na direção de Shuya.

O homem, é claro, trajava uniforme policial. A insígnia do pêssego dourado brilhava no centro de sua boina.

Shuya lentamente estendeu a mão direita até a Beretta M92F inserida sob a jaqueta, nas costas de suas calças jeans, enquanto procurava por uma rota de fuga. Havia uma rua na entrada oposta ao policial. Se eles conseguissem chegar até lá, poderiam pegar um táxi...

Shuya sussurrou para Noriko, que voltava com as passagens:

— Esqueça o trem.

Noriko pareceu compreender a situação. Ela virou com rapidez a cabeça e arregalou os olhos ao ver o policial.

— Vamos sair por ali.

No momento em que Shuya disse isso, o policial veio correndo na direção deles.

— Temos que correr, Noriko! Corra o mais rápido que puder! — ele gritou.

Enquanto se afastavam precipitadamente, Shuya pensou: *Ei, essas palavras me soam familiares.*

Ele olhou de relance para trás. O policial segurava uma arma. Shuya puxou sua Beretta. O oficial atirou de imediato. *Bang. Bang.* Dois tiros na horizontal, mas felizmente nenhum passante, incluindo Shuya e Noriko, foi atingido. Houve gritos, alguns se atiraram ao chão para se proteger, enquanto outros — sem ideia de onde o tiro partira — se espalhavam em direções aleatórias. Com a arma abaixada, o policial voltou a correr em direção a eles, mas então colidiu com uma mulher obesa carregando uma sacola de compras e caiu desajeitadamente. A mulher caiu também, derrubando sua sacola, deixando rolar pacotes pelo chão, talvez de frutas e verduras.

Shuya viu apenas isso e voltou a olhar em frente.

Enquanto corria ao lado de Noriko, um pensamento de súbito lhe ocorreu. O grito, o som dos passos de ambos correndo e a voz do policial lhes ordenando que parassem, tudo se distanciou, desapareceu, restando apenas este pensamento a lhe preencher a mente.

Talvez fosse um pensamento sereno e inapropriado à situação. E, além disso... *É um plágio. Nossa!*

Mas ainda assim, ele pensou o seguinte:

Noriko, juntos conviveremos com a tristeza.
Eu a amarei com toda a loucura de minha alma.

Algum dia, garota, não sei quando,
Chegaremos ao lugar aonde realmente desejamos ir.
E caminharemos sob o sol.
Mas, até então, vagabundos como nós, baby, nasceram para correr.

Logo os gritos e os berros voltaram. E também o som da respiração pesada de Noriko, bem como os batimentos de seu coração.

Isso continuará. Sem sombra de dúvida, continuará.
O.k. Desta vez estamos decididos. Vamos!
Continuaremos, até nossa vitória!

(FIM)

Agora, de novo, "restam dois estudantes".
Mas, logicamente, eles estão na companhia de todos vocês.

Este livro, composto na fonte Fairfield, foi impresso
em papel Polen Bold 70g/m² na gráfica Leograf.
São Paulo, Brasil, junho de 2022.